LE PRINCE HALIL

PAR

SIXTE DELORME

OUVRAGE ORNÉ DE 80 GRAVURES SUR BOIS

PARIS

LIBRAIRIE DUCROCQ

55, RUE DE SEINE, 55

LE PRINCE HALIL

Les bohémiens sur la lisière de la forêt.

LE PRINCE HALIL

PAR

SIXTE DELORME

OUVRAGE ORNÉ DE 80 GRAVURES SUR BOIS

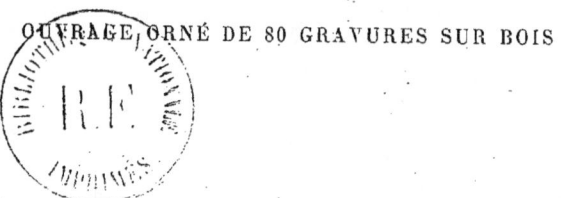

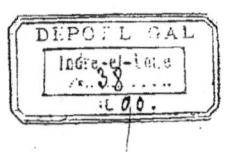

PARIS
LIBRAIRIE DUCROCQ
55, RUE DE SEINE, 55

PREMIÈRE PARTIE

CHAPITRE PREMIER

PARIS, QUAI DE BÉTHUNE

— Père, demanda Juliette, vous aimeriez donc ce tranquille quartier ?

— Oui, répondit M. de Mausseins ; j'y
passerais quelques bonnes années si vous
y étiez heureuses, Marthe et toi, si vous y trouviez un peu du bien-être d'autrefois, si j'avais encore l'espoir d'assurer votre avenir... Cet espoir, je
l'ai eu tant que j'ai cru pouvoir compter sur Lucien ; mais maintenant...

— Maintenant, dit la jeune fille, Lucien connaît notre situation ; il a
fait à Marthe des promesses qu'il n'oubliera pas.

— Il les a déjà oubliées! Nous avons épuisé nos dernières ressources pour réparer ses fautes ; il sait que vous serez désormais obligées de travailler, vous, mes pauvres chéries, et que nous allons quitter notre appartement de la rue d'Antin pour réaliser une économie de cinq à six cents francs par an ; il sait que je suis malade, à bout de forces, à peine capable de remplir le petit emploi qui m'a été accordé... par pitié...

— Père!... murmura Juliette, suppliante.

— Il le sait, acheva M. de Mausseins, et il continue cette vie de désordre qui nous a causé tant de chagrins ! Chacune de ses lettres me fait trembler...

Juliette courba la tête. Le père et la fille, silencieux, poursuivirent leur promenade autour de l'île Saint-Louis.

C'était en 1869, un dimanche de décembre. La matinée avait été froide et brumeuse, mais depuis midi le brouillard s'était dissipé, le ciel était pur, le soleil déclinant faisait étinceler la Seine.

— Le beau temps ! reprit Juliette. Marthe aurait dû venir avec nous.

— Elle était lasse, dit le père. La tâche est rude pour elle !

Juliette soupira. Le rayon de gaîté qui s'était allumé dans ses yeux s'éteignit.

Elle avait seize ans, cette Juliette ; elle était jolie, le teint clair, la joue fraîche, le regard vif, la bouche gracieuse, la taille svelte, la main très fine sous le gant terni et éraillé.

Le comte de Mausseins était grand et maigre ; la barbe, taillée en pointe, commençait à peine à grisonner, tandis que les cheveux, coupés ras, étaient entièrement blancs. Une ride profonde séparait les sourcils ; les yeux étaient cernés, les lèvres décolorées ; parfois un mouvement nerveux tiraillait la face. Cependant la physionomie n'était pas dure ; elle avait un caractère de distinction attractive, elle inspirait autant de sympathie que de respect. Moralement et physiquement, cet homme devait avoir beaucoup souffert. Mais peut-être un observateur exercé l'aurait-il classé plutôt parmi les malheureux qui se résignent que parmi ceux qui se révoltent.

Enveloppé d'un ample pardessus de coupe élégante, mais dont le drap montrait la corde, chaussé de bottines trop légères pour la saison, ganté de noir, le crêpe au chapeau, il regardait distraitement les vieilles maisons du quai de Béthune.

— Voyez, père! dit Juliette, en s'arrêtant devant le numéro 45.

— Oh! murmura M. de Mausseins, ce sera encore trop cher!

— Qui sait? répliqua la jeune fille. On peut toujours s'informer.

Sous le cartouche de la porte cochère était accroché un écriteau :

APPARTEMENTS A LOUER

AU DEUXIÈME ET AU CINQUIÈME

La maison était un vaste hôtel, construit par un riche traitant du xviiie siècle. Elle avait grand air, avec ses pilastres cannelés, ses portes-fenêtres à frontons triangulaires, ses balcons un peu lourds et sa large porte ouverte entre deux cariatides de marbre vert sombre.

A droite et à gauche du vestibule on apercevait deux beaux escaliers de pierre blanche ; les rampes de fer forgé étaient des œuvres d'art.

Le riche traitant n'avait fait construire que quatre étages ; le dernier propriétaire en avait élevé un cinquième, en retrait, avec terrasse et balcon.

M. de Mausseins et Juliette traversèrent la chaussée ; ils allèrent s'adosser au parapet du quai. Le père regarda un instant la terrasse du cinquième étage, où des guirlandes de vigne vierge, mortes depuis la fin d'octobre, pendaient sous des arceaux de fer.

Peut-être se disait-il que la vigne vierge reverdirait au printemps, et qu'on passerait de bonnes heures là-haut, les jours de soleil. L'air serait frais et pur, au bord de la Seine ; on verrait, du balcon, la rivière, le jardin des Plantes, la butte des cèdres, les collines de la rive gauche. Et puis cette partie de l'île Saint-Louis était si calme..., pour ainsi dire endormie. On y pourrait vivre ignoré, se laisser oublier, oublier soi-même, peu à peu !

Comme M. de Mausseins, Juliette regardait les fenêtres du cinquième étage, la terrasse, le berceau de vigne vierge.

— La terrasse plairait à Marthe, dit-elle ; nous y ferions un jardin.

— Eh bien, répondit le père, allons demander le prix de l'appartement.

La loge du concierge était à gauche du vestibule. Sur la porte vitrée était collé un écriteau :

BEAUVILLIERS, ÉBÉNISTE

RESTAURATION ET NETTOYAGE DE MEUBLES

ENCADREMENTS. — OBJETS D'ART

La première pièce de la loge ressemblait à un magasin de bric-à-brac. M. Beauvilliers disait : *ma galerie* !

C'était un petit vieillard imberbe et jouffu, ce Beauvilliers, le teint fleuri, la lèvre grasse, l'œil pétillant sous des lunettes d'argent. Coiffé d'une calotte de velours noir à large houppe violette, le tablier de toile bleue noué sur le gilet de tricot, il se promenait dans sa *galerie*, donnant de légers coups de plumeau aux appliques de bronze, aux cadres sculptés, aux tableaux, aux miniatures, aux ivoires, aux boites de vernis-Martin.

M. de Mausseins entra. Beauvilliers pirouetta sur le talon gauche, mit le plumeau sous son bras, et souleva la calotte de velours en la prenant par la houppe.

— Monsieur vient voir mes collections ? demanda-t-il. Monsieur sait probablement que je ne suis pas marchand de curiosités, mais que je fais volontiers des échanges...

— Je venais pour l'appartement, répondit M. de Mausseins.

— Les appartements, rectifia Beauvilliers ; nous en avons plusieurs à louer. C'est évidemment celui du deuxième étage qui conviendrait à Monsieur. Il y a un magnifique salon ovale, avec plafond peint, quatre portes-fenêtres sur le grand balcon...

— Ce n'est pas cela qu'il me faut.

— Ah ! Monsieur se contenterait du logement de là-haut ? C'est parfaitement distribué : deux chambres à coucher, avec grand cabinet clair, une salle à manger, et la cuisine avec petit office lambrissé.

— Et une terrasse ? demanda Juliette.

— Un belvédère, Mademoiselle. C'est très propre ; on a remis à neuf l'an passé. Et puis... l'appartement porte bonheur.

— Il y a donc des appartements qui portent bonheur ? dit M. de Mausseins.

— Et d'autres qui portent malheur, comme le logement du cinquième au numéro 43. En moins de dix ans trois personnes sont mortes dans ce galetas. En voilà quatre, en comptant le pauvre M. de Cardan, qui a fait une si triste fin...

— M. de Cardan ? J'ai connu une famille de ce nom.

— Une excellente famille, vieille noblesse, poursuivit Beauvilliers. Il y a encore, m'a-t-on dit, deux frères de Cardan, riches à millions. Mais leur aîné, celui dont je parlais, a été bien malheureux. Ruiné par les folies de son fils, il était venu cacher sa misère dans le galetas du numéro 43. J'ai eu l'honneur de le connaître personnellement, Monsieur ! C'est moi qui lui ai acheté ses derniers objets d'art... Pour l'obliger, Monsieur..., je vous jure que c'était pour l'obliger ! Il avait recueilli la fille de son fils, une enfant souffreteuse, et il voulait, le pauvre homme, lui donner tout le bien-être possible. C'était pour elle qu'il travaillait : il copiait de la musique, il nettoyait des estampes, il peignait des paysages de fantaisie, à cinq ou six francs, toile comprise. Malgré tout, voyez-vous, c'était fier, ces nobles ruinés : ça payait régulièrement son terme et ça n'aurait pas fait pour deux sous de crédit chez les commerçants du voisinage.

— Ses frères lui venaient en aide? demanda M. de Mausseins.

— Non, Monsieur, ils ne lui pardonnaient pas d'avoir été trop faible pour son fils qui, disaient-ils, avait déshonoré la famille. M. de Cardan *peinait* sans se plaindre ; sa petite Jeanne le consolait. Il l'adorait, cette enfant chétive et infirme.

— Infirme ? dit Juliette déjà attendrie.

— Oui, Mademoiselle. On l'appelle, dans le quartier, « la petite brûlée ». Elle n'avait jamais été bien portante. Un jour de l'hiver dernier, le grand'père était allé chez son marchand de couleurs ; il avait laissé Jeanne endormie dans un fauteuil, devant la cheminée. L'enfant, prise de je ne sais quel malaise, tomba dans le feu. Les voisins accoururent à ses cris; ils la sauvèrent, mais elle souffre toujours des suites de cet accident. M. de Cardan faillit devenir fou de chagrin. Depuis ce temps il a été découragé, et s'il faut tout vous dire je ne serais pas éloigné de croire...

Beauvilliers n'acheva pas. Un grand jeune homme entra dans la loge en disant :

— Bonsoir, Monsieur Beauvilliers ; je vous ramène votre pensionnaire. Vous la ferez souper avec vous, n'est-ce pas? Je rentrerai probablement un peu tard.

Le jeune homme portait dans ses bras une petite fille de six à sept ans. L'enfant se suspendait à son cou.

— Merci, Monsieur Robert, dit-elle timidement. Vous voulez bien que j'aille chez vous encore demain ?

— Oui, ma mignonne, demain, tous les jours ! Embrasse ton ami et sois sage...

— Oh ! dit Beauvilliers, elle sait qu'il ne faut toucher à rien, dans ma galerie.

Le jeune homme fit asseoir la fillette sur un tabouret, lui mit un baiser à chaque joue, salua et partit.

Le regard de l'enfant le suivit avec une expression si affectueuse et si triste à la fois, que Juliette se sentit émue..

Beauvilliers dit à demi-voix :

— C'est elle..., la petite brûlée..., voyez : elle était tombée sur le côté gauche ; la main, le poignet, le cou, la joue sont plaqués de cicatrices rouges...

M. de Mausseins fit un geste de pitié.

Jeanne regarda Juliette et sourit. Juliette fut attirée par ce pâle sourire. Elle se pencha vers l'enfant et la caressa.

Beauvilliers reprenait son récit, et M. de Mausseins écoutait, oubliant, ou paraissant oublier qu'il n'était entré que pour s'informer du prix des appartements.

— Dans ces derniers temps, disait le concierge, M. de Cardan eut de nouveaux chagrins. Son indigne fils, qui depuis quelques années avait disparu, revint à Paris et se fit arrêter pour des fautes très graves. Les journaux parlèrent de cette arrestation et la famille fut exaspérée. M. de Cardan, accablé de honte, n'avait plus la force de travailler. Vers la fin de novembre, il vint me prier de lui faire vendre des bijoux de femme qu'il avait conservés comme des reliques. Je lui rendis encore ce service, — oh ! sans commission, Monsieur, je vous en donne ma parole ! Depuis ce moment jusqu'à la catastrophe je ne le revis qu'une fois. C'était la semaine dernière, mercredi, je crois..., oui, mercredi, le jour du marché aux fleurs. Le pauvre homme s'était fait un jardinet, avec deux ou trois caisses, là-haut sur une plate-forme du toit, entre deux cheminées. A une heure, il alla au quai ; je le rencontrai rapportant quelques pieds de giroflée. Il rentra chez lui, écrivit une lettre et la fit porter par Jeanne au bureau de la rue Saint-Antoine ; c'était bizarre, car l'enfant ne sortait jamais seule. Puis il monta sur le toit, pour planter ses giroflées. Lorsque Jeanne revint, le grand'père expirait... Il était tombé sur les dalles de la cour... Ah ! Monsieur...

M. de Mausseins fit signe au concierge de parler plus bas. La petite Jeanne pleurait. Juliette s'était assise et l'avait prise sur ses genoux.

Beauvilliers, à voix basse, acheva son récit. Juliette, qui prêtait l'oreille en caressant la petite brûlée, n'entendit plus que quelques mots : — « On a eu des doutes... — enquête faite par le commissaire « de police du quartier... — J'étais là, Monsieur et j'ai vu... — Monceau « de papiers à demi-consumés dans la cheminée... — Cendres encore « chaudes... — Lu sur un fragment de lettre : *Vous ne pourrez pas* « *sauver l'honneur...* »

— Et l'enfant, demanda M. de Mausseins, que va-t-elle devenir?

— Je ne sais pas, Monsieur, répondit le concierge. Les parents ne veulent pas en entendre parler. Ma femme a fait des démarches, elle en fera encore, mais nous ne réussirons pas. Le seul parti serait de mettre la pauvre créature aux Enfants assistés. M. Robert ne veut pas, il s'obstine...

— M. Robert?

— Ce grand jeune homme que vous avez vu tout à l'heure. C'est un de nos locataires, un peintre, bon vivant, le cœur sur la main, très gai, toujours en train de rire ou de chanter. La petite s'est prise d'amitié pour lui, et lui, le brave garçon, il s'est attaché à la petite. Il l'emmène dans son atelier, il l'amuse, il la cajole ; elle passe des journées à le regarder peindre, à écouter ses histoires, ou ses chansons. C'est lui qui nous paie les dépenses de nourriture et d'entretien que nous faisons pour la pauvre mignonne...

— Il est riche ?

— Oh ! non, Monsieur ! Un artiste qui a du talent, mais qui n'est pas encore connu... ça vit à la diable... Il nous donne ce qu'il peut : — « Madame Beauvilliers, voilà trois francs pour la petite ! » — « Mon- « sieur Beauvilliers, voilà cinq francs, ayez bien soin de la petite ! » Il a son idée : il espère trouver une honnête famille qui se chargera de Jeanne, et qui peut-être l'adoptera...

— Ah ! si nous étions plus riches ! murmura M. de Mausseins, en mettant discrètement quelques pièces de monnaie dans la main du concierge.

Péniblement impressionné par la lugubre histoire de M. de Cardan, il allait se retirer.

— Monsieur ne veut donc pas voir l'appartement du cinquième ? demanda enfin Beauvilliers.

— Je viendrai le voir prochainement, avec ma fille aînée, répondit M. de Mausseins. Dites-moi seulement le prix.

— Cinq cent cinquante francs. C'est pour rien : quatre pièces et le belvédère ! Et puis, je vous le répète Monsieur, ce joli logement porte-bonheur. Mlle Darteil, la couturière qui l'occupait en 1867, a fait un riche mariage. Le dernier locataire, M. Champy, qui était tailleur à façon, a eu le lot de cent cinquante mille francs au tirage des obligations de la Ville. J'ai cru qu'il deviendrait fou de joie ! Monsieur prendrait la fin du bail ; il y aura encore dix-huit mois le 8 janvier prochain.

M. de Mausseins hésitait.

— Tenez, Monsieur, reprit vivement Beauvilliers, je vais tout vous dire : c'est pour M. Champy que je sous-loue, et M. Champy ferait la concession d'un demi-terme... Je pense bien que Monsieur ne regarde pas à soixante ou soixante-dix francs, mais...

M. de Mausseins rougit un peu.

— Nous réfléchirons, dit-il ; ma fille aînée décidera... Allons, Juliette.

Juliette embrassait la petite brûlée et lui disait à l'oreille :

— Nous sommes amies, n'est-ce pas ? Nous nous reverrons, je te le promets !

CHAPITRE II

MARTHE ET JULIETTE

Le comte revint le surlendemain, à dix heures. Il amenait Marthe et Juliette.

Ces jeunes filles avaient comme leur père un grand air de distinction. Leur mise était très modeste, et cependant certains détails révélaient des habitudes d'élégance.

Marthe avait trois ans de plus que Juliette. M. de Mausseins témoignait à sa fille aînée une tendre déférence. Il semblait se complaire à laisser deviner qu'elle tenait la place de la mère de famille.

— Viens, lui dit-il en souriant, c'est toi qui décideras ; moi je serai toujours si bien entre vous deux !

Marthe répondit par un regard caressant ; elle appuya un peu plus fortement sa main sur le bras du père.

— Il me semble, dit-elle, que j'aimerai comme vous ce tranquille quartier.

Elle avait sans doute compris que l'âme malade de M. de Mausseins ne demandait pour ainsi dire qu'à s'endormir.

— Marthe, dit Juliette, tu vas voir M. Beauvilliers et sa galerie. Mais regarde d'abord cet immense vestibule et ces magnifiques escaliers. Les dames qui habitaient cette maison, au siècle passé, devaient porter de grands paniers et danser solennellement le menuet !

— Est-ce que cela t'épouvante ? riposta M. de Mausseins.

— Moi ? Non. J'aurais porté des paniers très légers et animé le menuet.

Marthe était grave, un peu triste comme son père. Juliette était une enfant vive et rieuse.

Brunes l'une et l'autre, avec un teint délicat, des yeux intelligents et une charmante expression de bonté, elles se ressemblaient beaucoup de visage ; mais Marthe, déjà mûrie par les dures épreuves que la famille avait traversées, se donnait toute au devoir... Juliette était la joie.

— Monsieur Beauvilliers, dit-elle en entrant dans la loge, où est ma petite amie ?

— Jeanne ? répondit le concierge. Elle est chez M. Robert. Vous auriez voulu la voir ?

— Oui, Monsieur.

— Ma femme ira la chercher, pendant que nous visiterons l'appartement. Vous la trouverez chez moi en redescendant.

On monta le large escalier de gauche. Beauvilliers, qui passait devant, s'arrêta sur le palier du deuxième étage et attendit M. de Mausseins pour lui dire à demi-voix :

— J'ai de nouveaux renseignements, Monsieur, sur l'affaire de Cardan. C'est bien, comme je l'avais pensé, l'arrestation de son fils qui a désespéré le malheureux vieillard. Par égard pour la famille on fait semblant de croire que la mort a été accidentelle ; mais les précautions mêmes que M. de Cardan avaient prises pour sauver les apparences prouvent...

M. de Mausseins tressaillit.

— Je comprends, dit-il brusquement... Montons, Monsieur... et ne parlez plus, devant mes enfants, de cette douloureuse histoire...

Au quatrième étage, l'escalier devenait beaucoup plus étroit ; le carrelage rouge remplaçait la belle pierre blanche.

— Ah ! nous y voilà enfin !... s'écria Juliette après avoir encore gravi très rapidement une trentaine de marches...

Le concierge répondit sans sourciller :

— L'appartement est un peu plus haut... C'est ce que nous appelons « le petit cinquième !... » On a construit à droite et à gauche, sur la cour, dans ces dernières années.

— Le « petit cinquième » est un joli mot, riposta la rieuse Juliette ; mais il serait bon de dire aux gens, avant de les faire monter : « C'est une façon de sixième ! »

— Vous verrez comme on doit « s'y plaire » dit le concierge... Les voisins du grand cinquième sont honnêtes et gais ; ici la couturière qui a pris la clientèle de Mlle Darteil ; là un peintre de paysage, qui chante toute la journée.

M. de Mausseins éprouva une nouvelle déception. Le petit cinquième n'avait pas une seule fenêtre sur le quai...

— Mes pauvres enfants, dit-il, cela ne ressemble guère à ce que je vous avais promis...

— Père, dit Marthe à voix basse, vous êtes certain qu'on obtiendrait une réduction ?...

— D'un demi-terme, oui... Mais ce sera triste, pour vous, cet appartement sur une cour...

Le concierge entendit ces derniers mots.

— Oh ! insinua-t-il, monsieur changera d'avis quand il aura tout vu !...

Et ouvrant la porte du cabinet qui servait de cuisine, il se hâta d'ajouter :

— Je vais vous montrer le belvédère !...

Un escalier de quatre ou cinq marches mettait l'appartement en communication avec la cuisine ; et au milieu de cette cuisine éclairée par une fenêtre à bascule, était dressée une échelle à crampons.

Juliette avait déjà le pied sur le premier échelon.

— Prends garde !... s'écria le comte.

— Il n'y a aucun danger, monsieur, dit le concierge. Le belvédère est une terrasse aussi grande que la pièce où nous sommes...

Juliette ouvrit la fenêtre.

— Oh ! dit-elle, il y a des bancs, une table...

— Et une balustrade, reprit le concierge. C'est M. Champy qui avait fait faire tout cela. Il aimait à dîner là-haut, les soirs d'été... Souvent même il y travaillait une bonne partie de la journée... Voyez-vous,

mademoiselle, ces tringles, de fer scellées dans la balustrade?... C'était
pour dresser la tente...

M. de Mausseins était monté, lui aussi....

— Eh bien ! seigneur, dit la rieuse Juliette, vous plaît-il que nous
dressions notre tente sur ces hauteurs ?... Ah ! que c'est beau !...

Le temps s'était remis au froid ; le vent du nord, pendant la nuit, avait
balayé les nuages ; le soleil faisait étinceler les toits blancs de givre...

Du belvédère de M. Champy, on découvrait un immense horizon...

— Mais c'est la campagne, là-bas, à gauche ! s'écriait Juliette...

— Oui, mademoiselle, répondait le concierge, la vraie campagne : les
collines au-dessus d'Ivry... Cette pointe derrière la ligne de peupliers,
c'est le clocher de Villejuif.

— Et là-bas, à droite, ce dôme doré ?

— Le dôme des Invalides... vous pouvez voir d'ici presque tous les
monuments de Paris : les deux tours de Saint-Sulpice, la Sainte-Chapelle,
Notre-Dame, le Panthéon...

La Seine miroitait sous ce soleil triomphant qui venait de dissiper
toutes les brumes.

Marthe, rêveuse, murmura :

— Oui, c'est beau !...

M. de Mausseins, le cœur serré, regardait le toit de la maison voisine,
le toit du n° 43. Sur une plate-forme, entre deux cheminées, il voyait le
jardin de M. de Cardan, les caisses vertes et les plants de giroflées.

— M. Champy, dit le concierge, était sujet aux étourdissements. C'est
pour cela qu'il avait fait faire une balustrade solide.

Marthe ne rêvait plus ; elle avait repris le bras de son père.

— Il faudrait obtenir, disait-elle tout bas, une réduction de soixante-
dix francs... On pourrait payer alors, sans trop se gêner, le dernier
billet de Lucien.

— Le dernier?

— Ah ! père, il l'a juré !

Et ce fut cette réduction de soixante-dix francs qui détermina la
famille de Mausseins à louer l'appartement du quai de Béthune.

Le comte redescendit et donna le denier à Dieu.

En entrant dans la loge de Beauvilliers il aperçut une petite fille chétive,
maladive.

— Oh ! pauvre enfant, murmura-t-il, je l'avais oubliée !...

Il venait de reconnaître Jeanne.

Les yeux rouges, le visage tout marbré, les lèvres bleues, la « petite brûlée » était assise sur un escabeau.

M. de Mausseins s'approcha d'elle?

— Tu es malade, lui dit-il.... tu souffres ?...

Elle ne répondait pas ; la tête appuyée sur la main droite, elle semblait engourdie.

La femme du concierge accourut :

— Ah ! monsieur, s'écria-t-elle, si vous pouviez nous aider à la placer tout de suite aux enfants assistés !... La famille ne veut rien faire pour elle,... rien !... Il y a des parents riches, mais ils disent : « Nous ne connaissons pas ça !... »

Marthe et Juliette caressaient l'enfant.

— Attendez-moi ici un instant, dit M. de Mausseins.

Et il se dirigea vers le bureau de police du quai.

Dix minutes après il revenait avec le commissaire.

— Oh ! certainement, monsieur, disait le magistrat, votre intervention n'aurait aucun résultat aujourd'hui... N'écoutez donc que votre cœur... Cependant, je dois vous rappeler que cette petite fille est malade,... infirme...

— N'est-ce pas une raison de plus ?... répliqua le comte.

Et s'avançant vers sa fille aînée :

— Marthe, dit-il, cette enfant est seule au monde ; elle a grand besoin de soins et d'affection, tu vois !

Marthe répondit tristement :

— Si nous étions... plus riches !

— C'est ce que je m'étais dit, reprit tristement le comte... Et cependant, j'avais pensé...

Il hésitait, Marthe réfléchissait.

Mais déjà Juliette s'était assise sur l'escabeau ; elle avait pris Jeanne sur ses genoux, et lui renversant légèrement la tête, elle lui souriait.

Ce sourire réchauffait l'enfant.

Jeanne étendit son bras droit, celui qui n'avait pas de cicatrice, et le passa sur l'épaule de la jeune fille, en disant :

— Vous êtes belle... je vous aime, vous !...

Juliette regarda Marthe, — et cette Juliette avait parfois des regards irrésistibles...

Marthe se rapprocha de M. de Mausseins et lui dit à l'oreille :

— Au fait.... puisque nous allons travailler !...

Le comte prit joyeusement les deux mains de sa fille aînée...

— Tu es la meilleure des mères, dit-il, mais tu n'avais que de grands enfants !...

Au commencement de janvier, la famille était installée dans l'appartement du petit cinquième. Jeanne avait sa couchette dans la chambre de Marthe et de Juliette.

Les filles de M. de Mausseins travaillaient jusqu'à onze heures ou minuit, et quand le père, inquiet, disait : « Mais il est temps de dormir », on lui répondait :

— Oh ! plus qu'une demi-heure ; c'est pour « la petite brûlée ! »

Ruiné par les prodigalités de sa femme et par les folies de son fils, le comte vivait péniblement d'un emploi qu'on lui avait donné dans une administration.

La comtesse était morte en 1867. M. de Mausseins ne parlait d'elle qu'avec une affectueuse pitié. Il l'avait trop aimée pour jamais lui adresser un reproche.

— Ah ! disait-il, la pauvre âme, que n'aurais-je pas donné pour lui épargner la douleur d'entrevoir notre situation !

On prononçait rarement le nom du fils, et c'était presque toujours avec une sorte d'inquiétude qu'on se demandait :

— Lucien n'a pas écrit ?...

Le 23 avril 1870 on avait reçu une lettre de Bordeaux, et Marthe, ne reconnaissant pas l'écriture de Lucien, fut encore plus inquiète.

— Si j'osais lire, dit-elle à Juliette, si j'osais lire avant le père...

En commençant la lecture de cette lettre, le comte pâlit et s'écria :

— Malheureux !... malheureux !...

Marthe et Juliette, suppliantes, lui tendaient leurs bras. Il les repoussa.

— C'est la fin !... reprit-il avec une agitation croissante...

Et il s'enferma dans sa chambre.

Ses filles l'entendirent sangloter.

— Non, disait-il, je ne sauverai pas l'honneur !...

Le lendemain, cependant, et les jours suivants il fit de nombreuses démarches. Le soir il rentrait harassé et désespéré. Marthe essayait vainement de lui arracher une explication. Il ne pouvait plus pleurer; il ne voulait plus parler. Ce malheureux père vieillissait à vue d'œil.

Enfin un violent accès de fièvre acheva de le briser. Il voulut se lever et tomba sur le carreau.

Marthe, depuis ce moment, passa toutes les nuits auprès de son lit.

Le 30 avril seulement, après une crise nerveuse qui détermina une effusion de larmes, il fit à sa fille aînée une entière confidence.

— Déshonorés, s'écriait-il, déshonorés!... Que d'humiliations, cependant, j'ai subies sans me plaindre pour recueillir les neuf mille francs qui sont là, dans mon secrétaire!... Et il en faut vingt-deux mille!...

— Vingt-deux mille!...

— Si je ne les ai pas cette après-midi, avant cinq heures...

— Eh bien?... demandait Marthe, haletante...

— Oh! mourir! mourir!... Vous laisser dans la misère, mes adorées!... C'est affreux, mais... si j'avais pu ne pas vous laisser la honte!...

Marthe savait tout maintenant.

Lucien de Mausseins, officier de cavalerie en garnison à Bordeaux, continuait sa vie de désordre. Il avait joué, et, pour payer ses dettes de cercle, il venait de recourir à de déplorables expédients.

C'était un grand enfant, disaient ses camarades.

Oui, un grand enfant qui n'avait pas de sens moral et qui, avec une incroyable légèreté, commettait les fautes les plus graves.

Vers la fin du mois de mars, ce jeune homme s'était présenté chez un joaillier sous le nom de Louis de Mausseins, fils aîné de M. le marquis de Mausseins, propriétaire à Paris, rue de Grenelle-Saint-Germain. Il avait acheté une parure de vingt-deux mille francs.

Avant de livrer cette parure, le joaillier avait télégraphié à son correspondant de Paris qui, le soir même, répondait:

« Renseignements excellents. Mausseins riche à trois ou quatre millions. »

Mais ce que Lucien s'était gardé de dire au bijoutier de Bordeaux, c'est qu'il y avait deux Mausseins, deux frères ennemis, irréconciliables, qui, depuis plus de dix ans, n'échangeaient pas un salut...

2

Le Mausseins de la rue de Grenelle était riche, le Mausseins du quai de Béthune absolument ruiné. Louis, le fils aîné du marquis, était auditeur au conseil d'Etat; Lucien, le fils du comte, sous-lieutenant de hussards.

Lucien s'était fait apporter la parure et l'avait remise à un courtier véreux qui, le lendemain, allait la revendre à Paris.

Il avait signé onze billets de deux mille francs; il les avait signés L. DE MAUSSEINS. Le premier devait être payé à la fin d'avril. Le joaillier eut des soupçons et demanda à des agences parisiennes de plus amples renseignements. C'était lui qui écrivait de Bordeaux au comte de Mausseins, et sa lettre se terminait ainsi :

« Vous avez sans doute encore de hautes relations, des amis dévoués, « qui vous aideront à acquitter la dette de votre fils. Promettez-moi de « me faire parvenir les vingt-deux mille francs le 1ᵉʳ mai avant midi, et « je m'engagerai à ne mettre en circulation aucun des onze billets. »

M. de Mausseins avait promis de payer; il venait de le dire à Marthe. On était au 30 avril, et deux heures sonnaient.

Après le déjeuner, la petite Jeanne, toujours maladive, s'était recouchée; elle venait de s'endormir.

Au moment des cruelles confidences, le comte avait fait éloigner Juliette. La jeune fille, vivement alarmée, revint à la porte de la chambre.

— Ouvrez, cria-t-elle, ouvrez.... je vous en supplie !...

Personne ne répondait... Elle eut peur et entra.

Le comte inclina la tête du côté du mur et feignit de dormir.

Assise auprès du lit, les deux bras pendants, les yeux pleins de larmes, Marthe était accablée comme le père.

Juliette s'agenouilla devant sa sœur. Elle lui prit les mains et les couvrit de baisers.

— Oh ! lui dit-elle tout bas, tu as un immense chagrin, et tu ne veux pas que j'en prenne ma part?... Ecoute-moi,... viens, laisse-moi t'embrasser !...

Marthe dégagea ses mains et se cacha le visage, la tête renversée sur le dossier du fauteuil. Sa poitrine se soulevait violemment...

— Mon Dieu, murmura Juliette, te voilà comme Clotilde le jour où elle perdit cette bonne Léonard qui lui avait servi de mère...

Marthe se leva brusquement...

— Clotilde ?... s'écria-t-elle... Tu as dit Clotilde ?...

— Oui... Eh bien,... je t'ai fait du mal ?...

— Non, ma chérie, non ! Merci, merci !... Ah ! si tu savais !...

Et la fille aînée de M. de Mausseins pressait sa jeune sœur sur sa poitrine. Puis se relevant :

— Père, dit-elle, regardez-moi !... Père !...

Elle souriait à travers ses larmes.

Le comte se souleva sur le coude.

— Mes enfants, soupira-t-il, mes pauvres enfants ...

— Père, reprit Marthe, passant un bras sous les épaules du malade, j'ai du courage maintenant, du courage et de l'espoir !... Avez-vous entendu ce que m'a dit Juliette ?...

M. de Mausseins ne comprenait pas.

— Elle m'a dit, poursuivit la jeune fille : « Nous avons une grande amie, dévouée, généreuse ?... »

— Dévouée ?... généreuse ?...

— Et riche... riche !...

Juliette acheva :

— Clotilde !... Clotilde de Bellegarde !...

— Hélas !... dit le malade, les heureux oublient !... Il y a cinq ou six mois que vous n'avez vu cette amie... Et puis... treize mille francs !... On ne demande pas treize mille francs à une jeune fille !...

— Oh ! répliqua Marthe, vous qui avez un si noble cœur, vous ne croyez donc plus aux grandes affections ?... Laissez-moi partir, je vous en conjure... Il ne me faudra pas une demi-heure pour aller de l'île Saint-Louis à la rue de Tournon... Avant quatre heures je serai de retour, apportant le salut de notre malheureux !...

— Avant quatre heures... balbutia le père comme dans un rêve... Si Clotilde voulait !...

— Elle voudra !...

— Si elle faisait cela !...

— Elle le fera !... Père, croyez !... Nous voilà sauvés !... Reposez-vous, dormez... Embrassez-moi encore une fois... encore... Adieu !...

La jeune fille avait dans le regard une telle confiance, et Juliette paraissait si heureuse d'avoir prononcé le nom de Clotilde, que le malade se reprit à espérer...

— Va, dit-il, va !... Je veux vivre... Dieu m'a donné deux anges à aimer...
Marthe s'habilla avec une rapidité fiévreuse.

— Écoute, disait-elle à sa sœur, je ne doute pas... je n'ai jamais douté
du cœur de Clotilde... Mais s'il me fallait attendre là-bas, — je dois
tout prévoir, — rassure le père ; parle-lui comme je lui parlais tout à
l'heure, avec l'accent de la foi !... Pas une minute de défaillance, pas
une larme... Tu me comprends ?... Mais d'abord va le caresser, essaie de
l'endormir dans tes bras... Oh ! ne le quitte pas, surtout, ne le quitte pas !

— Non !...

— J'ai tremblé cette nuit... Il avait le délire... Cinq ou six fois il a répété :
« Accident. M. de Cardan... Sauver les apparences. »

— Il a parlé de M. Cardan ?

— Et il ajoutait, avec une exaltation qui m'épouvantait : « Il faut qu'on
« croie !... il le faut !... si M. de Cardan n'avait pas brûlé ses papiers !... »
Juliette frissonna.

— Va, dit-elle, je veillerai...

— Je t'avais dit : ne pleure pas !...

— Est-ce que je pleure ?

Le cinquième étage, le vrai cinquième, était en gaieté, par cette
délicieuse journée de printemps.

De l'atelier de la couturière, montaient des fusées de rires...

Le peintre de paysage, un cévenol, un robuste montagnard du Vivarais,
chantait à tue-tête la chanson des vachers de son pays :

> Ohé, là-bas !... ohé, là-bas !...
> Montez, bardelles, sus le jas !...
> La belle qui va la première
> A t'une cloche d'argent fin...
>   Dig, din ! dig, din !...
> Quand elle s'en revient de beire,
> A la brunée et au matin,
> Elle danse par le chemin...
>   Dig, dig, dig, din, din, din !

La voix était forte, vibrante... Au milieu et à la fin du couplet, le
vigoureux chanteur lançait chaque syllabe comme un coup de cloche.

Marthe descendit les six étages en courant et se dirigea vers le pont
de la Tournelle.

Depuis dix-huit mois que la ruine de la famille était achevée, la jeune fille allait ainsi, bien souvent, seule, sans hésitation, pour approvisionner le ménage ou pour demander du travail.

Elle s'était rapidement aguerrie ; et d'ailleurs simple, chaste, l'esprit et le cœur sans cesse occupés de multiples devoirs, elle se sentait trop respectable pour craindre de ne pas être respectée.

Juliette était revenue auprès du père, poursuivie par le souvenir de cette lugubre histoire de M. de Cardan, que Jeanne et les voisines lui avaient racontée. Naturellement vive et enjouée, descendant et remontant dix fois par jour l'escalier, elle était plus familière que sa sœur avec les gens de la maison. M. de Mausseins l'appelait : « la petite gazette de l'île Saint-Louis ».

— Père, dit-elle en rentrant dans la chambre du malade, j'ai fait un bon rêve, cette nuit... Lucien était revenu ; je le voyais là, à genoux devant votre lit...

— Je n'ai plus de fils, répondit le comte...

Et après un instant d'accablement, il murmura :

— Moi aussi, j'ai rêvé... et je n'ose plus m'endormir.

Il s'endormit pourtant sous les caresses de Juliette. Mais la fièvre le reprit et une secousse nerveuse le réveilla.

Son visage amaigri s'était coloré, ses yeux brillaient d'un étrange éclat.

Il se redressa sur son oreiller et appela d'une voix très forte :

— Marthe !...

Elle vient de partir, père, dit doucement Juliette.

— Quelle heure est-il donc ?

— A peine trois heures...

— Ah !... oui, elle est chez Clotilde... Du quai de Béthume à la rue de Tournon, il faut ?...

— Marthe a dit : vingt-cinq ou trente minutes...

— Elle ne pourrait pas encore être de retour, alors... Écarte ce rideau ; je veux voir la pendule...

Longtemps le regard de M. de Mausseins suivit la marche des aiguilles sur le cadran. Et il lui semblait que jamais ces aiguilles n'avaient marché avec une telle rapidité.

Juliette, elle aussi, regardait, mais à la dérobée... Elle voulait sourire, parler, détourner l'attention du père... et elle se sentait défaillir...

Un médecin du quartier était venu le matin. C'était un jeune homme, froid et gourmé, qui hachait ses phrases :

— Névrose, disait-il, névrose bien caractérisée... Voyez la trépidation presque continue... des muscles de la face!... La névrose est... la maladie... de Paris... Traitement psychologique... surtout !... Eviter les moindres émotions... essayer de calmer... l'agitation fébrile... d'amortir la sensibilité... en attendant qu'il nous soit possible de rétablir... l'équilibre...

Il avait fait préparer une potion opiacée, et s'était retiré en répétant :

— Traitement psychologique... Pas d'émotions !...

La potion avait pour quelques instants engourdi le corps et la pensée. Maintenant une lutte pénible s'engageait entre la somnolence et la fièvre. Parfois les yeux de M. de Mausseins se fatiguaient et se troublaient. Après cinq ou six minutes de torpeur, cinq ou six minutes de halte dans la souffrance physique et morale, le malade se débattait contre de nouvelles hallucinations. Et aussitôt qu'il recouvrait la lucidité de son intelligence, il songeait à la mission dont Marthe s'était chargée.

— Depuis quand, demandait-il, n'aviez-vous pas vu Mˡˡᵉ de Bellegarde? Juliette répondait :

— Depuis la fin de novembre, père... Clotilde a passé l'hiver à Menton...

— Nous aussi, reprenait le comte, nous y avons passé des hivers... Votre mère aimait ce pays... Quelle heure est-il, Juliette?... Il y a des moments où je ne vois plus que des points rougeâtres qui tournent en spirale avec une vertigineuse rapidité...

Et toujours cette question : « Quelle heure est-il? » revenait sur ses lèvres...

Assise auprès de la fenêtre, Juliette travaillait. Elle venait de dérouler sur ses genoux une étoffe grise à bandes violettes.

— Que fais-tu?... dit M. de Mausseins.

— J'attache ces boucles de cuivre au coutil de la tente...

— Quelle tente ?

— Pour le belvédère... Voici les beaux jours; nous porterons un fauteuil là-haut ; vous y serez si bien!...

— Non! répliqua le comte avec tant de brusquerie que la jeune fille tressaillit. Laisse cela et ouvre ce secrétaire... Apporte-moi les deux tiroirs de gauche, là, là, sur mon lit ?

— Père, murmura l'enfant de plus en plus inquiète, le médecin a recommandé...

— Je sais... pas d'émotions !... Aux affligés, « pas de chagrin » !... à l'ouvrier, qui n'a que ses bras pour gagner le pain de la famille : « pas de travail, mon ami, pas de travail !... » Allons, donne !... Faut-il donc que je me lève ?... Oh ! voilà quatre heures !... Marthe avait dit : « Avant quatre heures ! »

— Mais, père, il faut bien qu'elle ait le temps d'expliquer...

— Expliquer ?... Non, ma fille ne racontera pas ces infamies !...

Les mains tremblantes, les joues plaquées de rouge, le regard ardent, M. de Mausseins fouillait dans les deux tiroirs... Il choisit une vingtaine de lettres et en fit un paquet qu'il voulut cacheter lui-même. Puis, il appela Juliette et, l'attirant sur son épaule :

— Tu m'aimes ? dit-il.

— Ah ! s'écria l'enfant, si je vous aime !

— Eh bien ! jure-moi..., quoi qu'il arrive, de brûler toutes ces lettres, sans les lire..., sans les lire !...

— Mais... père..., balbutia Juliette, effrayée.

— Jure !... reprit le comte.

— Oui !

— Et maintenant, laisse-moi voir encore... Quatre heures et demie !... Va-t-en dans ta chambre... Va... Je m'habillerai, j'irai chez mon frère, je lui dirai... Mon Dieu, que lui dirai-je ?... Tout, s'il le faut !... Pour l'honneur de notre nom, il ne voudra pas... Ah ! lui, lui, m'écouter, me comprendre, avoir pitié !... Non, il me répondra : « Cela ne me regarde pas, c'est l'affaire du juge d'instruction ! » Marthe !... Marthe !...

— La voici !... s'écria Juliette... Clotilde la ramène dans sa voiture...

L'enfant descendit jusqu'au palier du quatrième étage et se pencha sur la rampe, regardant, écoutant...

M. de Mausseins écoutait, lui aussi, pressant sa poitrine des deux mains, comme pour étouffer les battements de son cœur.

Une voiture s'arrêta sur le quai ; mais ce n'était pas le coupé de Mlle de Bellegarde. C'était un léger phaéton, attelé d'un superbe trotteur cap-de-more, qui piaffait devant la porte cochère en faisant bruire les pièces d'argent de son harnais.

Un jeune homme conduisait ce phaéton. Il jeta les rênes à un domestique bronzé comme un Nubien et entra dans la maison qu'habitait M. de Mausseins. Juliette l'entendit demander au concierge :

— M. Desnoël est-il dans son atelier ?

L'enfant remonta lentement :

— Ah ! dit le père avec une explosion de désespoir, nous sommes condamnés, condamnés !...

— Non ! s'écria Juliette, se rappelant tout à coup les paroles de Marthe, j'ai confiance, moi !...

— Confiance ?...

— Clotilde est à Paris ; je le savais... Elle va venir avec ma sœur... elle vient !...

— Le malade se penchait sur le bord du lit... Son regard plein d'angoisse ne se détachait plus du cadran de la pendule.

Juliette, elle aussi, regardait les aiguilles avec épouvante. Mais, essayant de dissimuler son émotion, elle se remit au travail...

Pour la seconde fois, le père demanda :

— Que fais-tu ?

La tente du belvédère, répéta Juliette étonnée. Voyez...

Elle se leva, déployant toute l'étoffe et vint se placer devant la pendule.

M. Mausseins ne parut pas remarquer ces mouvements.

— Ah ! oui, je sais, dit-il... Mais avez-vous bien pris les mesures ?... Je verrai cela dès que je pourrai monter sur la terrasse... Fixe solidement les anneaux ; le vent souffle là-haut quelquefois avec beaucoup de violence.

Il parlait d'un ton calme, qui rassurait sa fille.

Cinq heures sonnèrent... Juliette frissonna. Puis domptant son émotion, elle éleva la voix :

— Quand faudra-t-il donc, demanda-t-elle, brûler les lettres que vous m'avez confiées ? Vous avez oublié de me le dire... Ah ! mais il n'y a pas de secret pour Marthe... Elle mettra cela au feu, ce soir, devant vous n'est-ce pas ?

L'enfant, tandis que la pendule sonnait, faisait toutes ces questions

avec une extrême volubilité. Peut-être espérait-elle détourner l'attention
du père, l'empêcher d'entendre les heures.

M. de Mausseins avait fermé les yeux. Juliette le regardait timidement.

Il était immobile, les bras étendus sur la couverture ; on ne l'entendait
plus respirer.

La jeune fille vint se pencher sur le lit, tremblante, oppressée. Elle
sentait les larmes monter à ses yeux, mais Marthe lui avait dit : « Surtout,
ne pleure pas ! »

Le silence devenait effrayant.

Enfin, le malade se redressa...

— Tu vois, dit-il, je suis fort ; tu m'as communiqué ta confiance... Je
viens de réfléchir ; j'ai examiné notre situation avec plus de sang-froid...
Donne-moi les lettres que j'ai mises sous cette enveloppe.

Juliette apporta les lettres. M. de Mausseins les déchira et en recueillit
avec soin les moindres fragments.

— Ecoute, reprit-il, tu iras sur le pont de la Tournelle...

— Pour attendre Marthe ?...

— Oui... En l'attendant tu t'accouderas sur le parapet et tu laisseras
peu à peu tomber ces lambeaux de papier... Le vent les dispersera à la
surface de l'eau... Et puis ?

— Et puis ?

— Je serai délivré d'une grande inquiétude... Ah ! ne dis à personne
ce que je te fais faire.

— Pas même à Marthe ?

— A Marthe ?... Plus tard... Elle comprendra...

— Mais, père, elle va revenir... Je descendrai, sous quelque prétexte,
dès qu'elle sera là auprès de vous...

— Non, ne perdons pas une minute !... Je t'en prie... Je le veux !...
Ne vois-tu pas, pauvre enfant, comme j'ai besoin de repos ? Quand tu
auras fait ce que je te demande, j'attendrai avec plus de tranquillité le
retour de ta sœur... Je dormirai peut-être... Viens, que je t'envoie avec
de bons baisers... Souris-moi comme autrefois, lorsque nous étions
heureux... Oh ! que je vous aime, mes chéries ! Ma dernière pensée sera
pour vous... Et maintenant, va, Juliette, va !...

La jeune fille obéit.

— Sa dernière pensée, disait-elle, en descendant l'escalier...

A peine était-elle sortie que le malade se levait.

— Adieu, murmura-t-il, adieu !...

Un portrait de Marthe était accroché en face du lit, sous un buste de Mme de Mausseins, et le portrait semblait regarder avec une expression de tendresse suppliante.

Le comte détourna la tête.

Surexcité par la fièvre, il s'habilla promptement. Puis, emportant l'étoffe que ses filles voulaient tendre sur le toit, il traversa rapidement la chambre voisine.

C'était la chambre de Marthe et de Juliette.

Par l'entrebâillement des rideaux de perse, on voyait dans l'alcôve le lit couvert de blanche guipure ; et, tout au fond, sur le papier gris et bleu du mur, un christ d'ivoire étendait ses bras.

A droite, derrière un vieux paravent était la couchette de la petite Jeanne. La fillette venait de s'éveiller.

Deux ou trois fois elle avait appelé Juliette, qui d'ordinaire l'aidait à s'habiller ; mais Juliette n'avait pas répondu.

La petite brûlée s'était assise sur un tabouret, et elle s'habillait lentement lorsque M. de Mausseins entra.

Elle eut peur sans savoir pourquoi et se blottit derrière le paravent.

Le comte passa sans la voir ; il sortit de la chambre et se dirigea vers le belvédère.

L'échelle était dressée ; le soleil, qui descendait sur l'horizon, éclairait encore vivement le bord de la lucarne.

CHAPITRE III

Les éclats de rire montaient toujours de l'atelier de la couturière, mais le peintre ne chantait plus sa chanson vivaraise :

> La belle qui vient la première
> A t'une cloche d'argent fin,
> Dig, din ! Dig, din !...

Un coup de sonnette avait interrompu le dix-huitième couplet.

— Canaille !... s'était écrié l'artiste... Si c'est mon ahuri de Capellan, je l'étrangle ; si c'est un philistin, je le f...lanque par la fenêtre,... et si c'est un critique d'art, je le fourre dans mon bahut que je referme pour toujours !... Mort au monde, l'empêcheur de danser en rond !

Mais s'apaisant aussitôt il avait conclu en ces termes :

— Allons, il est dit que je ne finirai pas mon pâturage cévenol aujourd'hui !...

Et Robert Desnoëls, boutonnant sa vareuse bleue, s'était élancé de l'échafaudage vacillant sur lequel il avait passé presque toute sa journée à peindre des roches basaltiques et des pins tortus au milieu d'un plateau gazonné.

C'était peut-être le plus aimable et le plus joyeux garçon qui fût venu du pays d'Antraygues... Un vrai « jeune », bien portant d'esprit comme de corps, taille élancée, fortes épaules, poitrine robuste, allures franches, front large sous des cheveux roux en broussaille, teint vif, bonnes lèvres vermeilles, barbe dorée, et des yeux !...

Des yeux bleus, pétillants, riants, ensoleillés pour ainsi dire, même quand il y avait dix couches de nuages entre la terre et le soleil !

A la première rencontre, on était tenté de mettre ses deux mains dans les mains de ce cévenol et de lui demander :

— N'est-ce pas que tout est pour le mieux dans le meilleur des mondes ?...

Cependant, au coup de sonnette, Robert Desnoëls avait eu un mouvement de colère. Le pouce dans la palette, il alla ouvrir la porte avec la ferme intention de « rembarrer les amateurs ».

Mais l'amateur qui venait de monter les cinq étages fut très bien accueilli.

— Vous, prince !... s'écria joyeusement Robert Desnoëls.

— Prince de je ne sais quel conte ou quelle féerie, répondit le visiteur... Dites-moi donc simplement, « mon ami » ; ou bien appelez-moi « Halil,... monsieur Halil », si vous ne voulez pas que je sois votre ami !...

— Oh ! répliqua le peintre, ça me va !... Halil, mon ami, entrez ; offrez-moi un de vos excellents cigares ; allumons... et causons... en travaillant, si vous voulez...

— Certainement, jusqu'à la nuit... Puis, je vous enlève et nous souperons où il vous plaira... J'ai ma voiture sur le quai.

— Avec *negro bono* ?

— Avec negro bono... Je vais ouvrir votre fenêtre et montrer à mon Abyssinien ces deux doigts. Cela voudra dire qu'on vienne nous prendre dans deux heures... Là, c'est entendu ; Abdallah va promener le cheval. Mais que faisiez-vous aujourd'hui ?... Cette gorge de la Malmontagne, où nous avons passé de si bonnes heures, à la fin de l'été dernier ?

— Non ; j'ai essayé ce matin,... ça ne venait pas !... Je ne retrouvais plus ce vert-rouge de la fougère à demi-grillée sur les blocs de grès par les chaleurs du mois d'août... Et puis, j'avais autre chose dans l'œil...

— Quoi ?...

— Dites donc, est-ce que vous n'avez pas dans l'œil le bleu merveilleux du ciel de l'Orient, et l'éclatante blancheur des palais et des mosquées, et l'or des sables, et les chatoyants reflets des costumes de soie ?...

— L'Orient ?... dit lentement le personnage que le peintre appelait le prince Halil, je ne me souviens pas d'y avoir passé une minute de ma vie... Et cependant, je le vois... je le vois !...

— Eh ! vous y êtes né !... s'écria l'artiste.

— Je n'en sais rien !...

Les deux amis étaient dans l'atelier. Halil regarda, rêveur, une grande toile où Robert avait peint un des sites les plus sauvages de la forêt de Fontainebleau...

— Vous souvenez-vous, demanda-t-il, de ce que je vous ai confié, un soir, devant cet amas de rochers ?... Il y avait deux mois que nous nous rencontrions tous les jours dans les sentiers de la forêt, deux mois que je me sentais prêt à vous ouvrir mon cœur... Jamais, vous si expansif, vous ne m'aviez demandé le secret de ma vie. Mais vous m'aviez vu triste bien souvent et vous êtes bon. J'étais couché sous les pins, ce soir-là, et, suivant votre expression, j'avais plus d'ombre encore dans l'âme que sur le front... Votre regard, doucement ému, m'invita à parler... — Eh bien, oui, vous dis-je, ce n'est pas vivre !... N'avoir ni famille, ni amour, ni amitiés !... Ignorer d'où l'on vient, ne pas savoir où l'on va, traîner partout l'ennui d'une fortune inutile !...

— Mais, répondit le peintre, la main tendue, vous avez un ami,... un ami qui sait...

— Qui sait ?...

— Que vous venez de l'Orient et que vous y retournerez... que vous êtes né prince et que vous usez de votre fortune en prince généreux,... que vous avez un grand cœur et que vous aimerez noblement !...

Halil souriait, attendri...

— J'aimerai ?... Ah bah ! j'ai essayé plusieurs fois et cela ne m'a pas réussi.

Et il ajouta, faisant de vains efforts pour cacher sa tristesse sous la raillerie :

— J'ai demandé des explications à un de mes derniers précepteurs, qui prétendait m'enseigner la philosophie... Il m'a répondu : « Vous êtes trop riche !... »

— Trop riche !... dit le peintre.

— Pour aimer et pour être véritablement aimé... Et dire que je ne puis savoir d'où me viennent ces richesses !.... Riez, ami, je suis un sombre personnage de roman... Chaque chapitre de mon existence est intitulé : *Mystère !*... Vous avez raison, c'est ridicule !

— Mais non, dit vivement Robert Desnoëls, ce n'est pas ridicule et je ne ris pas... Allons, venez, beau ténébreux ; c'est dans ma chambre à coucher que je travaille aujourd'hui. Il y avait là, au-dessus de mon lit, un plafond bête, d'une blancheur douteuse... Ce blanc sale me révoltait !... Je me suis fait un échafaudage avec deux tréteaux et des planches, et j'ai brossé un plateau de mes Cévennes, avec des rochers, des pins, des bouleaux.... Regardez là-bas, à gauche : voilà les vaches, les *bardelles*, qui viennent de boire au torrent... Peut-on vous demander de poser un moment pour le berger ?...

— C'est un coin de votre Vivarais que vous faites de mémoire ?... répondit Halil.

— Oui, c'est ce pays que j'ai « dans l'œil » moi... J'y suis né, j'y ai grandi, j'y ai rêvé des poèmes que je ne saurais écrire ; mon esprit et mon cœur y reviennent, comme dit la chanson patoise de nos montagards : *l'aigô s'en vô de la foûnt*...

— Traduisez, ami Robert, dit Halil.

— Voilà :

> L'eau coule de la fontaine,
> L'eau descend à la plaine,
> Le feu monte vers le ciel,
> Et le montagnard toujours...
> Revient à la montagne
> Toujours !...

Le peintre était remonté sur son échafaudage ; il posait de légères couches de blanc d'argent sur ses roches bleuâtres ; il y mettait des lichens.

— Si je fais un chef-d'œuvre, disait-il, tant mieux pour le propriétaire !... Quand je déménagerai, je n'enlèverai pas son plafond.

Et de sa voix de stentor, il se mit à chanter, sur un air connu, très connu :

> Monsieur le propriétaire,
> Si ce plafond ne vous plaît pas,
> Vous le ferez mettre à bas...
> Et puis vous irez vous faire...
>   Lan laire,
>   Lan laire !...

— Mais, dit-il en se retournant vers son ami, croyez-vous que je fasse un chef-d'œuvre ?...

— Je vais ouvrir la fenêtre, pour mieux voir le ravin et le torrent, répondit Halil.

— Ouvrez, ouvrez !... Ça manque de lumière, ici... Je ne retrouve pas dans les eaux de mon torrent la transparence de tout à l'heure... Ce bâtiment en retour d'équerre, avec sa terrasse à balustres, me donnerait des idées féroces, si parfois sur cette terrasse n'apparaissaient deux jeunes filles brunes... Oui, ma parole, sans les jeunes filles, j'inventerais une catapulte pour démolir cette cahute aérienne que mon concierge appelle « le petit cintième !... »

Robert Desnoëls était gai jusque dans ses accès de mauvaise humeur.

— Allons, bon ! reprit-il... Une ombre, une silhouette qui se promène là-haut, à notre droite, sur les toits, comme feu M. de Cardan !

— M. de Cardan, dit Halil, ah ! oui, je me souviens... ce pauvre vieillard dont vous m'avez raconté la mort... Sait-on enfin le mot de l'énigme ?

— On sait... on sait qu'il avait été riche ; que, depuis quelques années, il traînait péniblement sa misère, et que ce sont ses voisins qui ont avancé la somme nécessaire pour le faire enterrer décemment... Mais écoutez donc !... n'entendez-vous pas une voix d'enfant qui appelle dans l'escalier ?...

— Oui, elle crie : Juliette !... Juliette !...

— Oh ! c'est la petite brûlée qui appelle ma jolie voisine !

L'enfant répéta avec un accent suppliant :

— Juliette... venez !...

Personne ne lui répondit.

D'ailleurs, la gaieté des couturières du grand cinquième devenait de plus en plus bruyante.

Robert Desnoëls écoutait encore... Les cris de l'enfant l'avaient troublé.

Halil demanda :

— Qu'est-ce donc que cette « petite brûlée ?... »

— Une petite-fille de M. de Cardan, répondit le peintre. Le comte de Mausseins l'a recueillie, malade, infirme, quelques jours après la mort du grand-père. Elle a maintenant une famille qui l'aime et qui lui prodigue les soins... C'est encore une de mes bonnes amies, cette pauvre fillette !... Ah ! elle n'appelle plus ; M\ʰᵉ Juliette doit être rentrée.

Et le peintre, rassuré, reprit :

— Je m'étais attaché à cette petite Jeanne ; j'avais connu son grand-père. L'année dernière, un matin de mai, j'étais à l'étude à la pointe de l'île, sous les vieux saules dont les longues racines baignent dans l'eau. M. de Cardan arriva avec son pliant et sa boîte. Voyant la place prise, il allait se retirer. Je l'invitai à travailler auprès de moi ; la causerie s'engagea et nous éprouvâmes quelque sympathie l'un pour l'autre. Il vint me voir plusieurs fois dans mon atelier. J'essayais de l'égayer ; je riais de ses « jardins de Babylone », je raillais sa manie de se promener sur les toits. Ah ! j'étais loin de prévoir que cela tournerait au tragique !

— Moi aussi, dit Halil, je me promène quelquefois sur les toits... J'ai fait faire une terrasse et un *divan* au-dessus des combles de mon hôtel... J'y vais fumer le narghilé...

— Parbleu ! répliqua Robert, je vous y ai vu... Coiffé du tarbouch rouge et étendu sur les coussins, vous étiez un admirable prince oriental...

— C'est là que je me réfugie lorsque je sens revenir les accès de tristesse noire... Oh ! mais je n'ai pas encore comme votre vieux peintre, préparé la mise en scène... de l'accident... Je ferai les choses plus mystérieusement, moi... On m'aura vu, un matin, monter l'avenue des Champs-Élysées, au galop de mon meilleur cheval... Le soir, à vingt-cinq ou trente lieues de Paris, des paysans trouveront le cheval fourbu, expirant... Halil aura disparu... disparu !...

L'artiste sourit :

— Et, dit-il, le paysagiste Robert Desnoëls, voyageant sur l'échine maigre d'un âne arabe, retrouvera son ami à Constantinople, ou à Smyrne, ou à Bagdad, ou à Trébizonde, ou devant les pyramides d'Égypte... N'est-ce pas, prince ?

— Ah ! encore ce titre ?...

— « Prince » me plaît; ça va très bien avec Halil, et Halil parfaitement avec tout le reste !...

L'ami de Desnoëls était un jeune homme de vingt à vingt-cinq ans,
svelte et fort, fier et doux comme ces émirs syriens dont la mâle distinction avait produit une sensation si vive, en 1860, aux soirées des Tuileries.

Le front haut et droit, très découvert, portait — royalement, disait
Robert, — une abondante chevelure ondulée, aux reflets bleuâtres. Le
teint était d'une blancheur nacrée, le nez légèrement busqué, la lèvre un
peu charnue, l'œil grand et noir, velouté, mélancolique sous ses longs
cils, la barbe soyeuse, effilée en pointe sur une large poitrine.

Grec ou Arménien, Arabe, Syrien ou Persan, cet homme était beau, de
la souveraine beauté des nobles races orientales.

Ses attitudes avaient une élégance naturelle, sa démarche un calme
presque indolent. Sa parole était lente et sa voix grave, à demi-voilée
le plus souvent, parfois pourtant chaude et pénétrante.

Halil venait d'ouvrir les deux fenêtres de la chambre à coucher. Il jeta
un coup d'œil vers la terrasse de M. de Mausseins.

— Vous regardez mes voisines ? demanda le peintre.

— Mais ce ne sont pas vos voisines qui se promènent là-haut... C'est
un homme, un vieillard...

— Ah! oui, le père ... Un malheureux !...

— Malheureux... pourquoi ?...

— Je ne sais pas, mais cela se voit, cela se sent... Oh ! c'est une
physionomie qui inspire une respectueuse pitié. Quand je rencontre cet
homme dans l'escalier, je le salue comme on doit saluer le plus honorable
des déclassés... Ses deux filles sont belles, charmantes... La petite est
un oiseau babillard... Tout le monde l'aime dans le quartier... Elle vient
sur ce belvédère arroser ses fleurs ; je l'entends chanter, je mets le nez à
la fenêtre, elle rit, je ris... Il n'y a pas de mal à cela, n'est-ce pas ?...
Nous sommes deux enfants, elle et moi, elle un peu moins que moi qui
dois avoir douze ou quinze ans de plus qu'elle... Mais l'aînée...

— L'aînée ?...

— Ah ! celle-là, je n'en parle qu'avec une sorte de vénération !... C'est
la consolatrice du père ; c'est elle qui rend à ce vieillard le courage, la
force... Elle est l'âme de la maison... Je devine, je devine... Mais tenez,

3

vous allez me trouver naïf..., j'ose à peine la regarder... Elle me trouble...,
elle m'émeut, sans me rien dire, sans me voir peut-être...

— Aimez donc, dit Halil, puisque vous pouvez aimer, vous !...

— Oh !... reprit l'artiste, rougissant, je n'ai jamais pensé à cela...
Cette famille de Mausseins, dont je ne sais le nom que depuis quelques
semaines, m'attire, j'en conviens ; c'est probablement parce qu'elle
est malheureuse... Voilà tout !... Mais je l'aimerais mieux sans sa terrasse à balustre, qui domine et assombrit mon appartement... Cependant...

— Cependant ?

— Si l'aînée de ces jeunes filles voulait passer deux ou trois heures
debout, là-haut, dans une noble attitude que j'ai surprise...

— Ah !...

— Ce serait une belle figure à mettre au premier plan d'un paysage
sévère... J'ai eu juste le temps de fixer quelques lignes... eh bien,
c'est déjà grand !... Je ne montrerai cela qu'à vous seul ; attendez !

Le peintre allait descendre de son échafaudage ; deux cris vibrants le
firent tressaillir et pâlir :

— Père !... père !.

C'était une voix de femme qui avait poussé ces deux cris, et cette voix
reprit aussitôt, avec un accent déchirant :

— Mon Dieu !... au secours !... au secours !...

Robert Desnoëls ne fit qu'un bond de son estrade à la fenêtre....

— Oh !... s'écria-t-il, en portant ses mains à son front, c'est à devenir
fou !...

M. de Mausseins était suspendu dans le vide, au bord de la terrasse,
à dix-huit mètres au-dessus des dalles de la cour !...

Et c'était Juliette qui venait de crier éperdue...

Juliette à genoux, penchée sur la balustrade, crispant ses mains avec
une énergie désespérée sur les bras du malheureux qui tombait !...

Une enfant de quinze ans !...

Dans cet effort suprême elle déployait une vigueur inouïe...

Et elle avait déjà réagi contre de si cruelles émotions !

Tout à l'heure, en descendant l'escalier, elle éprouvait de sombres
pressentiments. Ces étranges paroles du père l'effrayaient :

— « A vous ma dernière pensée !... »

A peine était-elle arrivée au pont de la Tournelle, qu'elle revenait sur ses pas en courant...

Sous la porte cochère elle s'était arrêtée, presque honteuse de n'avoir pu réprimer ce mouvement d'effroi.

Puis elle avait entendu deux appels suppliants :

— Juliette !... Juliette !...

C'était Jeanne, la petite brûlée, qui appelait ainsi, du cinquième étage.

Juliette remontant, haletante, s'était précipitée dans la chambre du malade... Le lit était vide,..., l'étoffe rayée, l'étoffe de la tente, n'était plus sur le fauteuil...

La jeune fille avait couru vers l'échelle du belvédère, et sur le quatrième échelon elle avait vu la pauvre petite brûlée, qui essayait de monter en disant :

— Mon Dieu..., je ne pourrai pas !...

Alors, en deux bonds, Juliette était arrivée à la plate-forme du belvédère...

— Père, disait-elle, voilà Marthe et Clotilde !

Et, apercevant sur la terrasse l'étoffe de la tente accrochée à une tringle, du côté de la cour, elle s'était élancée vers la balustrade.

Elle comprenait tout : le père était mort... ou il mourait là-bas, brisé sur les dalles !-

La jeune fille se sentait inondée de sueur... Ses tempes battaient violemment, son cœur se brisait, ses jambes fléchissaient.

En un instant, — quelques secondes, — elle passait par toutes les angoisses.

Elle devinait... elle voyait...

M. de Mausseins avait voulu mourir comme M. de Cardan !

Mais Juliette arrivait..., et le malade, le désespéré, était encore là, sur la terrasse.

Il venait de franchir la barre d'appui... Debout, sur une étroite corniche bordée d'un conduit de tôle, il murmurait une dernière fois les noms de ses filles... Il fermait ses yeux pleins de larmes, et peut-être demandait-il pardon à Dieu...

En entendant les deux cris : « Voici Marthe et Clotilde... Père !... Père !... », il avait hésité...

Hésiter, revoir Juliette, c'était ne plus vouloir mourir...

Il s'était retourné vers la terrasse, tendant les mains à la jeune fille qui l'appelait...

Et alors, succombant à ces terribles émotions, il était tombé, la poitrine sur la balustrade...

Juliette l'avait saisi... Les genoux repliés entre les barreaux, elle le soutenait en criant :

— Au secours !...

C'était un malade épuisé, usé; il se sentit glisser; le conduit de tôle venait de fléchir ou de rompre...

Instinctivement, M. de Mausseins chercha du bout du pied une saillie, une aspérité à la surface du mur...

Ce mouvement le perdait, le malheureux !...

Il se rejetait en arrière, ses genoux n'avaient plus de point d'appui.

— Juliette, balbutia-t-il, laisse-moi... mourir !...

Il entraînait sa fille... il la regardait avec une indicible angoisse...

— Mourir... seul... répéta-t-il, de plus en plus oppressé... Adieu, va... adieu !... Non, non !...

L'enfant, maintenant, ne pouvait plus crier... Les dents serrées, la gorge étreinte par l'épouvante, le buste violemment cambré, la tête renversée, elle s'acharnait à résister...

Elle avait pour ainsi dire noué ses doigts autour des poignets du malade...

Et ce malade, à bout de forces, finissait par s'abandonner, presque inerte.

L'œil injecté, la pupille étrangement dilatée, la bouche convulsée, il courba la tête et heurta du menton la corniche de la terrasse... Ses jambes battirent le mur.

Il n'y avait pas plus d'une minute qu'il s'était senti glisser ; mais quelle minute !

Une quinzaine de personnes étaient là-bas dans la cour, immobilisées par la stupeur... A toutes les fenêtres apparaissaient des visages effarés...

Lorsque quelques voisins, des quatrième et cinquième étages, se décidèrent à venir en aide à Juliette, on pensait :

— Ils n'arriveront pas !

Mais Robert Desnoëls avait crié à la jeune fille :

— Courage !... Je vais...

Il n'avait pas eu le temps d'achever.

La voix grave d'Halil disait :

— Place !...

Halil avait mis sur son épaule une planche de l'échafaudage du peintre.

— Ami, reprit-il, aidez-moi !

Robert comprit aussitôt. Ils allaient jouer leur vie, mais ni l'un ni l'autre n'hésiterait...

L'appartement de M. de Mausseins formait angle droit avec la chambre à coucher de l'artiste. Sur le vide de cet angle, à dix-huit mètres du sol, il fallait jeter un pont volant.

Mais la terrasse était élevée d'un mètre et demi au-dessus de l'appartement de Robert Desnoëls.

— Vous me porterez bien ? dit Halil à son robuste compagnon. Placez-vous ainsi...

— Allez !

Le peintre tourna le dos à la fenêtre et s'arc-bouta vigoureusement, les mains posées au-dessus des genoux.

Halil jeta la planche sur l'épaule gauche de Robert et la poussa rapidement. Puis, par un brusque mouvement, il la souleva.

La planche toucha la terrasse.

Ce fut l'affaire de quelques secondes ; le pont volant était établi...

Établi en pente raide..., une des extrémités reposant sur la corniche de la terrasse, l'autre sur la nuque de Robert Desnoëls...

— Va !... dit le peintre...

Avec une agilité prodigieuse, Halil s'élança...

Il était à cheval sur la passerelle ; il montait par saccades, par bonds, regardant Juliette,... lui disant dans un regard magnétique :

— Je veux que vous luttiez encore, je veux que vous espériez malgré tout,... et que vous ayez la force !... Je veux !...

Et Juliette le voyait ; elle ne voyait que lui...

Jeanne, la petite brûlée, apparut sur la terrasse... Elle se traîna péniblement vers la balustrade et s'arrêta, muette d'épouvante, derrière Juliette...

Halil se pencha en avant ; la planche vacilla : un fragment de la corniche se détacha et alla se briser là-bas sur les dalles.

Un cri strident s'éleva de la cour...

— Ah !...

Marthe était revenue... Marthe regardait frémissante...

C'était elle qui avait crié...

Juliette fit un dernier effort. Par une violente secousse, elle ramena la poitrine du père jusques sur l'arête de la corniche.

Halil, avec un admirable sang-froid, mit un genou sur la passerelle et étendit le bras gauche pour saisir M. de Mausseins...

Robert Desnoëls n'avait pas fléchi sous le poids, mais la planche glissait...

Le robuste cévenol releva la tête, contractant énergiquement les muscles de son cou...

Les témoins de cette scène ne parlaient plus, ne respiraient plus. Deux hommes allaient périr...

Robert Desnoëls, lui, ne pouvait voir, mais il devinait ; il lui semblait que son cœur cessait de battre.

En se penchant vers M. de Mausseins, Halil avait chancelé...

Mais l'intrépide jeune homme reprit l'équilibre et se mit debout...

Puis il s'élança...

La planche glissa et tomba dans la cour. Robert Desnoëls se retourna en criant :

— Ami !... ami !...

Il tremblait, maintenant, et il avait sur le front de grosses gouttes de sueur froide.

— Ami !... répéta-t-il en joignant les mains.

Une voix forte commanda :

— A nous maintenant, à nous !

Alors seulement Robert Desnoëls vit son ami penché sur le bord de la terrasse.

M. de Mausseins était sauvé !...

Halil l'avait saisi par les poignets ; il le hissait par-dessus la balustrade et le déposait aux pieds de Juliette.

Deux voisins du cinquième étage gravirent l'échelle qui conduisait au belvédère. Le peintre les suivit.

Il tendait les bras pour presser Halil sur sa poitrine ; mais Halil était tout à Juliette qui s'affaissait en balbutiant :

— Mon Dieu !... mon Dieu !... Père !... Marthe !...

Jusqu'à la fin de cette terrible scène, la vaillante enfant n'avait pas versé une larme. Quand elle vit son père couché sur la terrasse, elle se sentit défaillir et éclata en sanglots.

Le malade, très pâle, les yeux à demi-fermés, ne faisait pas un mouvement.

Robert Desnoëls lui souleva la tête, pendant qu'une voisine courait chercher un flacon d'éther.

Marthe arrivait, haletante.

Juliette se jeta au cou de sa sœur. Les deux jeunes filles s'étreignirent sans pouvoir se parler. Puis elles s'agenouillèrent auprès de leur père, lui prenant les mains et les couvrant de baisers.

La petite Jeanne, tremblante, regardait par-dessus l'épaule de Juliette :

— Oh ! dit-elle, est-ce qu'il est mort, comme grand-père ?

On apporta l'éther. Desnoëls parvint à en faire filtrer une goutte entre les dents du malade évanoui.

Un mouvement nerveux, rapide comme un frisson, agita les lèvres du comte.

— Père, s'écria Marthe, me voilà !... Regardez-moi... écoutez-moi !...

— Mesdemoiselles, dit le peintre, je vais avec l'aide de mon ami, porter M. de Mausseins dans sa chambre, et nous enverrons chercher le médecin.

— Monsieur, répondit Juliette, les yeux encore pleins de larmes, si vous voulez, je vous aimerai bien... bien... et votre ami aussi !...

— Oh ! si je veux ! s'écria le bon cévenol..

Marthe le remercia d'un regard.

— Mais, dit Robert, profondément troublé, je n'ai rien fait, moi... rien !... C'est mon ami qui a sauvé M. de Mausseins !...

Halil se tenait à l'écart. Marthe courut lui tendre ses deux mains.

— Monsieur, dit-elle, toute notre vie est à vous !...

Et après lui avoir ainsi, en trois ou quatre paroles, exprimé sa reconnaissance, elle lui demanda timidement son nom.

Halil répondit avec une émotion contenue :

— Je suis un passant, mademoiselle, un passant qui ne sait où il va... et qui n'espérait guère laisser dans de nobles cœurs comme les vôtres de durables souvenirs, M. Desnoëls vous parlera de moi quelquefois...

La jeune fille n'osa insister. Elle suivit son père, que Robert emportait comme il aurait emporté un enfant de douze ans.

Un instant après, M. de Mausseins, étendu sur son lit, murmurait :

— Non, mes chéries, non, je ne veux pas mourir !...

Mais presque aussitôt il retomba dans la torpeur.

— Oh ! dit Juliette, si Clotilde était là, s'il pouvait la voir, l'entendre !...

Et dix fois peut-être Marthe répéta :

— Père, Clotilde a promis... Père elle va venir !... M. de Bellegarde était absent, il fallait attendre son retour... Clotilde est certaine qu'il ne refusera pas !

— Clotilde ?... dit enfin le malade, regardant avec égarement les personnes qui l'entouraient.

Un spasme lui souleva la poitrine ; la crise allait se déclarer. Le médecin entra.

Halil et Robert se retiraient.

— Mademoiselle, dit le peintre, en pressant la main que Juliette lui tendait, voulez-vous me prouver... que vous m'aimez ?...

— Vous le prouver ?... demanda vivement l'enfant... que faut-il faire, monsieur Robert ?...

— Ce sera bien simple... Si vous pensez que je puisse être utile à M. de Mausseins, frappez à ma porte... Me le promettez-vous ?

Cette fois, ce fut Marthe qui répondit :

— Nous vous le promettons, monsieur Desnoëls; je me souviendrai toujours... toujours!...

Et l'artiste, redescendant à son atelier, saisit le bras d'Halil.

— A nous deux, maintenant, dit-il... Vous avez été admirable jusqu'au bout, admirable de sang-froid, d'audace, de dévouement... Mais pourquoi n'avez-vous pas voulu dire votre nom à ces pauvres gens?...

— Parce que... c'était inutile, répondit Halil.

— Pour vous peut-être, mais non pour eux!... Vous leur refuseriez donc cette satisfaction, ce bonheur... de pouvoir vous témoigner leur reconnaissance?... Je ne vous comprends pas... Venez dans mon atelier, que je vous dise tout ce que j'ai sur le cœur!...

Les deux amis se rangèrent devant la porte du peintre, pour laisser passer une jeune femme que suivait un domestique en livrée.

Elle montait si rapidement que Robert et Halil ne purent distinguer ses traits à travers le clair réseau de sa voilette blanche.

Robert put seulement constater que la jeune femme était blonde et qu'elle laissait sur son passage un vague parfum de fleurs.

— Charmante figure, dit-il, pour un paysage de printemps.

— Une figure que vous avez à peine entrevue! répliqua Halil, souriant...

— Oui, mais qui n'en est que plus poétique! C'est une Parisienne riche et élégante, une nature fine, délicate, nature d'artiste...

— Comme vous allez vite sur le chemin des conjectures!...

— Je ne suppose pas, je sens... je sais!... Une Parisienne du meilleur monde, vous dis-je, une duchesse artiste... Elle a passé l'après-midi à lire, ou à peindre, ou à faire quelque chef-d'œuvre de broderie dans le jardin ou dans la serre de son hôtel..., et elle en est sortie toute imprégnée de discrètes senteurs...

— Quelle imagination..., et quel enthousiasme, mon ami!...

— Ecoutez!...

La jeune femme avait sonné à la porte de M. de Mausseins. Juliette venait d'ouvrir et s'écriait :

— Clotilde!...

M{\ae}lle de Bellegarde arrivait au plus fort de la crise nerveuse que subissait le comte. Elle se pencha sur le lit du malade, et dit rapidement, à voix basse :

— Voici quinze mille francs, monsieur... Mon père viendra vous voir demain ; il a un grand service à vous demander...

— Un service, à moi? balbutia M. de Mausseins... Que dites-vous... un service?...

— Oui, monsieur, il veut vous prier de le remplacer pour la surveillance d'une importante affaire industrielle... Mais il faudra que vous habitiez là campagne; vous y déciderez-vous?...

— Oh ! mademoiselle !... murmura le malade, les mains jointes, les yeux pleins de larmes...

Clotilde de Bellegarde semblait ne pas vouloir lui laisser le temps de se reconnaître.

— Ce n'est pas à cent lieues de Paris que nous vous exilerons, poursuivit-elle... Et d'ailleurs, vous aurez pour compagnes d'exil, votre Marthe, votre Juliette... Le pays est très beau, c'est un pays que j'aime, j'y passerai avec vous plusieurs mois toutes les années !... Dites oui!...

Chacune de ces paroles était une caresse, et chacune de ces caresses calmait peu à peu la violence de la crise.

— Pas d'émotions, répéta le médecin, pas d'émotions!...

— Parlez, mademoiselle, dit le malade, ces émotions sont si douces!... Laissez-moi vous voir, là, entre mes deux chéries!... vous m'apportez la guérison... la guérison de l'âme, au moins... ah! si vous saviez!

— Je ne veux rien savoir, répliqua la jeune fille, tant que vous ne m'appellerez pas Clotilde et que vous ne m'embrasserez pas comme autrefois!... Faites-vous pardonner, monsieur!

— Pardonner?...

— De n'avoir pas tout d'abord pensé à nous qui vous aimons comme vous méritez d'être aimé!... Mais non ; c'est à Marthe que s'adressent mes plus graves reproches... De toutes mes amies d'enfance aucune ne m'est plus chère, aucune n'est plus digne d'estime et d'affection. Elle n'avait qu'à m'écrire : « Viens! »

— Oh ! merci! merci! s'écria M. de Mausseins... Maintenant j'aurai la force d'accomplir ma tâche... Ah! j'ai été fou... oui, fou!... Me voilà calme, je vais me lever, aller à Bordeaux...

— A Bordeaux ?...

— Ce soir... Il le faut... Marthe a dû vous dire...

— Partir ce soir?...

— Arriver demain matin... arriver !...

— Non, monsieur, non! dit énergiquement le médecin... Je ne le permettrai pas! Vous ne pourriez pas même aller du quai de Béthune à la gare d'Orléans...

— J'irai pourtant, répliqua le comte... Marthe m'accompagnera... Quelle heure est-il, Juliette?

— Sept heures bientôt...

— Donne-moi l'indicateur des chemins de fer; donne !... Il y a encore un train express, ce soir!.. Je ne trouve pas, je ne vois plus... Cherche, Marthe !...

— Mais, reprit le médecin, j'affirme qu'il y a pour vous impossibilité absolue de faire ce voyage.

— Monsieur, si je n'arrive pas vivant à Bordeaux demain avant midi, ma fille y arrivera. Elle m'aura laissé en chemin, pour accomplir un devoir sacré... Je le veux, je l'ordonne !...

— Père, dit Marthe, j'irai, moi; j'irai seule !

— Non!... Emmène dans ta chambre Mlle de Bellegarde, je vais me lever; docteur, je vous en supplie, aidez-moi!...

Les jeunes filles durent céder.

Elles se retirèrent dans la pièce voisine...

— Ah! dit Juliette, en s'asseyant entre Marthe et Clotilde, j'ai bien cru que le pauvre père et moi nous ne vous reverrions plus !...

Et elle essaya de leur raconter les scènes émouvantes dont le souvenir la faisait trembler.

— Je ne sais, disait-elle, à quel pressentiment j'ai obéi, lorsque je suis revenue en courant du pont de la Tournelle... et que j'ai remonté nos six étages... Une voix me rappelait...

Assise dans l'ombre de l'alcôve et à demi-cachée par le rideau, Jeanne écoutait, l'œil humide...

— Ah! murmura-t-elle, tu m'avais donc entendue?...

— C'était toi, s'écria la jeune fille avec une tendresse passionnée... C'était toi qui m'appelais !... Et je ne me souvenais plus!... Viens, viens!...

La petite brûlée s'avançait lentement, intimidée peut-être par Mlle de

Bellegarde qu'elle ne connaissait pas et qui l'examinait avec une vive curiosité.

Juliette courut la prendre dans ses bras et la couvrit de caresses. Puis, la couchant sur ses genoux, elle la berça en disant :

— Oh ! comme je t'aimerai !... Tu es mon enfant, vois, mon enfant !...

Marthe allait répondre à Clotilde qui lui demandait tout bas : « Quelle est donc cette petite fille ?... »... Mais M. de Mausseins venait de s'écrier avec l'accent de la désolation :

— Je n'aurai donc pas la force ?... Je ne pourrai donc pas !...

— Père, répondit la jeune fille en se précipitant dans la chambre du comte, quelqu'un ira à Bordeaux, cette nuit !...

— Cette nuit ?...

— Ce soir, par le train-poste de huit heures quinze minutes...

— Toi ?

— Oh ! non, je ne vous quitte pas !... Quelqu'un qui mérite, je crois, toute notre confiance ; quelqu'un qui nous a donné aujourd'hui même une grande preuve de dévouement... Viens avec moi, Clotilde, viens !... Seule... je n'oserais pas, peut-être !...

CHAPITRE IV

L'APPARITION

Les deux jeunes filles sortirent sans attendre la réponse de M. de Mausseins.

Sept heures sonnaient. Robert Desnoëls s'habillait pour aller souper avec son ami.

La grande discussion n'était pas encore terminée.

— Oui, disait le peintre, en se frappant le côté gauche de la poitrine, quand on est brave comme vous l'avez été, prince, quand on expose ainsi sa vie pour des inconnus, c'est qu'on a quelque chose là... quelque chose de plus que les autres hommes.

Accoudé sur le dossier d'un fauteuil, Halil répondait lentement, entre deux bouffées de cigare :

— Non. Voyons les choses telles qu'elles sont... C'est d'abord... que je n'ai pas le vertige. Vous avez bien vu, il y a quelques mois, un Anglais se mettre à cheval sur une gargouille de Notre-Dame?... Cet Anglais gagnait un pari de deux mille livres... Je ferais cela pour rien, si, pour rien comme pour cent mille livres, ce n'était parfaitement ridicule...

— Tenez, vous m'exaspérez!... s'écria le peintre... Alors c'est parce que je puis avoir le vertige que je n'ai pas risqué ma vie, moi, et que je me suis contenté de poser pour la pile de pont !

— Pardon, répliqua tranquillement Halil, nous nous sommes partagé les rôles. Vous avez pris celui qui exigeait le plus de force, moi celui qui exigeait le plus d'agilité... Tout était dans l'ordre logique. Quant à ma vie, n'en parlons pas...

— Comment, n'en parlons pas !...

— Eh ! pourquoi voulez-vous que j'y tienne ?

— Je veux... je veux... Ah ! sacrebleu, vous me mettez hors de moi, à la fin !... Adieu !... Je ne soupe pas avec vous ce soir... Vous êtes de trop méchante humeur, quand vous avez été bon et généreux jusqu'à la folie !... Ah ! mais, on a sonné, je crois...

— C'est probablement mon Abyssinien qui fait dire qu'il attend.

Robert alla ouvrir, en achevant de nouer sa cravate.

— Oh ! mesdemoiselles !... balbutia-t-il tout confus...

— Vous voyez, monsieur, dit Marthe de Mausseins, nous avons déjà recours à vous !...

Clotilde de Bellegarde était entrée avec la fille aînée du comte... Du seuil de l'atelier Halil la voyait...

Il ne voyait qu'elle ; il la regardait avec une étrange émotion...

— Elle ! se disait-il... Elle !...

Robert Desnoëls, rougissant comme une jeune fille, souriait à Marthe et balbutiait :

— Merci, mademoiselle, merci... Je pourrai donc enfin vous être utile?... Veuillez vous asseoir... Ah ! c'est difficile, n'est-ce pas?... Il y a ici des rochers, des arbres, des lacs sur toutes les chaises !...

Et le peintre cévenol empilait une vingtaine d'études de paysage, pour pouvoir offrir deux sièges.

Halil, lui, s'avançait lentement vers Clotilde.

Il la regardait de ses grands yeux de charmeur, le cœur gonflé, la lèvre tremblante.

Mlle de Belgarde était un peu plus grande que Marthe de Mausseins ; plus svelte aussi et plus vive.

Elle était blonde et blanche ; mais la blancheur de son teint n'avait rien de maladif.

Clotilde était une de ces gracieuses Parisiennes, frêles en apparence et toujours actives cependant, dont on dit :

— Peut-être le secret de leur nerveuse vigueur est-il dans la continuité du mouvement.

Elle avait visité, au commencement de l'hiver, les villes et les villages du littoral de la Méditerranée ; elle avait fait deux rapides excursions, l'une en Corse, l'autre en Algérie ; puis elle était revenue passer six semaines aux environs de Fontainebleau, où son père faisait construire une vaste usine. L'air balsamique de la forêt l'avait fortifiée.

Robert Desnoëls venait de dire en la voyant passer :

— Tempérament d'artiste !

Ame d'élite, en tous cas, que devaient profondément émouvoir les belles œuvres d'art, les grands spectacles de la nature et la sincère affirmation des sentiments généreux.

Le modelé très ferme du front donnait à la physionomie un remarquable caractère d'intelligence et de fierté. Les autres traits, la bouche spirituelle, le nez droit, aux narines transparentes et légèrement relevées, le menton à fossette, les fines attaches du cou, avaient une exquise délicatesse. Mais le charme de ce jeune visage était surtout dans les yeux...

Des yeux d'un gris-bleu veiné d'or, dont les reflets chatoyants étaient amortis ou plutôt attendris par des cils cendrés, presque bruns...

Les cheveux, relevés en deux nattes lisses n'avaient rien de cette teinte cendrée ; ils étaient d'un blond pur, sans ombres.

L'observateur le plus subtil n'aurait pu dire si c'était un contraste ou une harmonie.

En entraînant Mlle de Bellegarde chez Robert Desnoëls, Marthe ne lui avait pas laissé le temps de remettre son chapeau et de rejeter sur son front sa voilette blanche. Clotilde s'arrêta à l'entrée de l'atelier, la tête à demi-éclairée par le rayonnement horizontal du soleil couchant.

Halil avait-il donc vu autrefois ce beau front sous ses cheveux d'or, ces yeux bleus aux caressantes clartés sous des cils presque bruns ?

Autrefois, oui !... Il y avait peut-être vingt ou vingt-deux ans...

Et Halil se souvenait tout à coup.

Mais non, l'illusion était si parfaite, qu'au premier abord, le jeune homme perdit pour ainsi la notion du temps.

L'apparition l'avait ébloui ; elle réchauffait maintenant son cœur, elle y ravivait la tendresse, elle y réveillait l'émotion.

Clotilde n'avait pas encore aperçu Halil, et pourtant elle l'attirait irrésistiblement. Quand elle le vit enfin, il venait à elle, la bouche entr'ouverte, l'œil humide.

Leurs regards se rencontrèrent : il y eut pour le jeune homme un moment de trouble délicieux...

— Vous ! murmura-t-il...

Clotilde se troubla, elle aussi ; elle baissa les yeux et passa sa main sous le bras de Marthe.

Halil n'osait plus ni avancer, ni se retirer.

— Elle !... pensait-il... Non, c'est impossible !...

Mlle de Mausseins le vit.

— Ah ! monsieur, s'écria-t-elle, Dieu permet donc que je puisse, ce soir, vous témoigner ma reconnaissance !... A peine, tout à l'heure, auprès de notre père inanimé, vous avions-nous adressé la parole... En venant chez M. Desnoëls, je le disais à Mlle de Bellegarde, mon amie, ma meilleure amie, qui m'exprimait son admiration pour votre courage, pour votre dévouement...

Halil éprouva une vive douleur. Il lui sembla que l'apparition allait s'évanouir.

— Mlle de Bellegarde ?... balbutia-t-il en attachant sur Clotilde ses yeux pleins de tristesse.

— Clotilde de Bellegarde, répéta Mlle de Mausseins.

Halil s'inclina consterné. Ce nom n'était pas celui qu'il avait espéré entendre. L'illusion se dissipait.

Une chère illusion pourtant !...

La situation était cruelle pour lui, et presque pénible pour les deux jeunes filles. Robert Desnoëls y mit fin, avec sa joyeuse bonhomie.

— Suis-je assez... paysan cévenol ? s'écria-t-il... J'oubliais la présentation !... Mesdemoiselles, mon ami, le prince Halil, un brave qui ne veut pas avoir été brave, une nature sensible et aimante qui ne veut ni s'émouvoir, ni aimer.

Halil releva la tête.

— Non, dit-il, avec plus de tristesse que d'amertume ; je suis ce que les circonstances m'ont fait : un demi-sauvage, trop timide parfois, et parfois incapable de contenir certains mouvements...

Mlle de Mausseins, ajouta-t-il, désirait parler à M. Desnoëls ; j'étais là-bas, dans cette chambre, et j'y devais attendre la fin de l'entretien. Mais j'ai été attiré par la ressemblance extraordinaire de Mlle de Belle-garde avec une personne... dont le souvenir est l'objet de toute ma tendresse..., de tout mon respect... Je n'ai plus qu'à faire agréer mes excuses...

En prononçant ces mots : tendresse, respect, sa voix avait fortement vibré.

Il se retira dans la chambre de Robert, jetant un dernier regard à Clotilde, et la jeune fille éprouva une singulière impression de tristesse, peut-être de pitié.

— Eh bien ! tant pis, dit le peintre, je l'aime comme il est !... Veuillez vous asseoir, mesdemoiselles, et dites-moi ce que je puis faire pour être utile à M. de Mausseins.

— Je voulais vous prier, répondit Marthe, d'aller... pour mon père... à Bordeaux.

— J'irai, mademoiselle... mais quand ?...

— Ce soir...

— Ah ! diable !... Eh bien ! oui, puisque vous le voulez... j'irai ce soir...

Marthe hésitait, encore plus attendrie que confuse...

— C'est que, reprit-elle, le temps presse, monsieur Desnoëls... le train-poste part à huit heure quinze.

— Ah ! il faut que je prenne le train de huit heures quinze ?... Je le prendrai ; deux minutes pour jeter quelques objets dans une valise, et je pars ! La voiture de mon ami attend sur le quai, le cheval s'appelle *Eclair*... vous voyez, c'est bien simple !... Oh ! mais, j'oubliais..., que vais-je faire à Bordeaux ?...

Cette fois ce fut d'une voix éteinte que Marthe répondit :

— Mon père vous prie... d'aller chez M. Lucien de Mausseins, sous-lieutenant de hussards...

— Qui demeure ?...

— Cours d'Albret, 17..., et de lui porter vingt-deux mille francs que je vais vous remettre.

4

— Bien, mademoiselle... laissez-moi chercher une feuille de papier, pour vous donner au moins... une signature...

— C'est inutile, Monsieur Desnoëls, répondit la jeune fille... vous le voyez bien, puisque... je suis venue tout de suite chez vous !...

— C'est vrai, dit naïvement l'artiste.

— Il faut, reprit Mlle de Mausseins, que Lucien reçoive cette somme avant midi.

— Avant midi, je vous le promets, ou plutôt dès mon arrivée... Et c'est tout ?

Marthe rougit.

— Non, murmura-t-elle... Vous direz à Lucien..., à mon frère : « M. de Mausseins m'a ordonné d'aller avec vous... chez le joaillier. »

En achevant cette phrase, la jeune fille n'avait pu retenir ses larmes.

— Vous nous avez inspiré une grande confiance, monsieur Desnoëls, reprit-elle cependant avec un accent plus ferme, et je sens que nous pouvons compter...

— Sur ma discrétion, mademoiselle ?...

— Oh ! oui !...

— Eh bien ! dit vivement l'artiste, je ferai pour M. de Mausseins ce que je ferais pour mon père... J'obéirai sans demander d'autres explications que celles qui sont indispensables à l'accomplissement de ma mission...

Marthe, sans parler, avançait timidement sa main...

— Vous pouvez me donner votre main, s'écria Robert ; je crois que je suis un honnête homme... et un bon garçon !... Et après ?...

— Après ?... Vous raconterez à Lucien... ce que vous avez vu tout à l'heure de votre fenêtre.

Robert comprit tout alors. L'idée lui était déjà venue que la scène du belvédère avait pu être une tentative de suicide... Le mot de Marthe ne lui laissait plus de doute.

— Mademoiselle, dit-il, qu'ajouterai-je à ce douloureux récit ?...

— Vous ajouterez : « Votre père est mourant ; venez, afin qu'il vous pardonne ! »

— Et j'amènerai à Paris M. Lucien de Mausseins ?

— Oui... Dites à mon frère que je le supplie de venir, et repartez avec lui demain, si c'est possible...

— Il faudra que ce soit possible !

— Merci, monsieur, merci!... Vous nous rendez des services que nous n'oublierons jamais !... Je vais chercher les vingt-deux mille francs.

— J'irai les prendre, si vous me le permettez, mademoiselle, et recevoir les dernières instructions de M. de Mausseins.

Marthe se leva. Clotilde s'était tenue à l'écart depuis le commencement de cet entretien. Elle examinait, dans le demi-jour de l'atelier, une petite toile inclinée sur un chevalet.

— Oh ! dit-elle à demi-voix, c'est bien cela... Et c'est vrai... à donner le frisson !

Robert entendit, en passant avec Marthe.

— Le fait est, répliqua-t-il, que le jour où j'ai peint cela, nous n'étions pas follement gais, le prince et moi... la nature non plus... La lueur du soleil couchant n'éclairait plus qu'un angle de cette toile : un entassement de roches grises, amoncelées comme les ruines d'un donjon au-dessus d'une gorge sombre. Deux pins, presque noirs, se tordaient entre les roches, dessinant leurs silhouettes sur un ciel d'orage, et du fouillis de fougères qui masquait le fond de la gorge, s'élançaient les fûts blancs de quelques maigres bouleaux.

— Je reconnais ce paysage, reprit Clotilde de Bellegarde ; c'est le défilé de la Justice, le plus sauvage peut-être de ceux qui conduisent au cirque d'Arbonne... La première fois que je l'ai vu, le ciel menaçant semblait ainsi descendre sur les rochers, et le tonnerre commençait à gronder du côté des Hautes-Plaines. Mon cheval soufflait bruyamment ; il y avait là, dans les fougères qu'il brisait, d'inquiétants froufrous de couleuvres ou de vipères... L'étude est bien belle, monsieur, elle a un grand caractère... Si vous consentiez à la vendre...

— Halil, cria le peintre, Halil, demi-sauvage ou sauvage et demi, nous avons besoin de votre consentement. C'est pour vous que j'ai fait cette étude, pour vous et devant vous, le soir où l'approche de l'orage vous inspirait des idées si... tragiques !... Voulez-vous que je la donne à Mlle de Bellegarde ? Venez... je vous prie !

— La voici, mademoiselle, dit Halil, prenant la petite toile et la présentant à la jeune fille ; M. Desnoëls devait m'en faire un tableau, il le fera, cet été, dans le cirque d'Arbonne...

— Eh bien ! répliqua Clotilde, poussez l'obligeance jusqu'à l'extrême limite ; permettez à M. Desnoëls de céder à mon père une copie de ce tableau.

— M. de Bellegarde aura l'original, mademoiselle.

Les jeunes filles se retirèrent et Robert se hâta de ranger quelques objets de toilette dans une petite malle de cuir.

— Partir... arriver, se disait-il, trouver Lucien de Mausseins et lui remettre les vingt-deux mille francs, c'est bien simple... Bon, la brosse à cheveux là dessous... Mais pourquoi Mlle Marthe m'a-t-elle recommandé d'aller avec son frère chez le joaillier ? C'est probablement la partie la plus délicate de ma mission... Nous disons... deux chemises, deux paires de manchettes... Allons, pas de boutons, c'est toujours comme ça !... Et puis, il faudra le ramener, ce diable de sous-lieutenant, l'enlever peut-être... On a fait ses fredaines, on a jeté sa gourme, mon gaillard ?... Ah ! et les faux-cols ?... Suffit... On essaiera d'abord de la persuasion... Mon petit hussard, si la douceur ne réussit pas, vous aurez affaire à un montagnard cévenol... Ah mais !...

Pendant que Robert monologuait ainsi, Halil rêvait, les bras croisés sur la poitrine, devant le chevalet sur lequel il avait pris l'étude de paysage pour l'offrir à Clotilde.

— Combien de temps vous faudra-t-il, demanda le peintre, pour me conduire à la gare d'Orléans ?

— Cinq minutes.

— Merci ; je monte chez M. de Mausseins, je reviens boucler ma valise et nous partons.

Halil saisit vivement le bras de son ami.

— Robert, dit-il avec un accent passionné, que savez-vous sur la famille de Mlle de Bellegarde ?...

— Rien, répondit l'artiste, mais je saurai... puisque vous le désirez...

— Oui !... oui !...

— Pas ce soir, toutefois... En deux ou trois minutes je ne peux pas recueillir les biographies du père, de la mère, du grand-père et de tous les aïeux.

Halil fit un geste de découragement.

M. de Mausseins, brisé par la fièvre et les émotions, ne dit qu'un mot à Robert Desnoëls :

— Allez, monsieur, et soyez béni !... Je viens de lire dans votre

regard, et je remercie ma bien-aimée Marthe de vous avoir confié notre
honneur !...

Le peintre échangea quelques paroles à voix basse avec les filles du
comte et redescendit rapidement.

— Venez, dit-il à son ami, je crois bien que je n'ai plus une minute
à perdre... Quelle heure est-il, au fait ?

— Huit heures moins cinq.

— Oh ! tout est bien. Le train ne part qu'à huit heures quinze...

— Alors, dit Halil, je n'aurais pas le temps de passer à mon hôtel...

— A votre hôtel... Pourquoi ?

Halil ne répondit pas.

Un petit homme très maigre, très brun et très chevelu montait
l'escalier.

— Té !... cria-t-il avec un fort accent marseillais, tu pars, Robert ?

— Oui, répondit l'artiste, pour deux ou trois jours...

— Oh !... soupira le petit homme désappointé. Mais c'était le soir de
la *Dorade* !

— Ah ! c'est vrai !... Eh bien ! Capellan, tu recevras la *Dorade*, et tu
lui présenteras mes excuses. Voici la clef de l'appartement. Vous êtes
chez vous, mes bons !...

— Bien, bien !... Pourtant... moi qui t'apportais un chef-d'œuvre,
mon hymne au soleil !

> Le soleil se levait, et des bastides blanches,
> Sous son premier regard, les vitres s'embrasaient...
> Au sourire du dieu s'éveillait dans les branches
> Tout un peuple d'oiseaux, etc...

— Superbe !... interrompit Desnoëls... A bientôt, Capellan !...

— *Et les flots s'irrisaient* !... acheva le Marseillais... Un chef-d'œuvre,
je te dis... C'est grand comme l'antique !...

— Tu me le liras à la prochaine réunion. Adieu, adieu !...

L'auteur de l'hymne au soleil se dressa sur la pointe des pieds et mit
ses deux mains sur les épaules de l'artiste cévenol.

— C'est que, murmura-t-il, Robert, mon excellent Robert, je venais
dîner, avant la séance... J'arrive du boulevard, on ne m'a offert que
des absinthes...

— Parbleu, répondit Desnoëls, tu dîneras bien sans moi, tiens !...

Et le plus discrètement possible le peintre glissa dix francs dans la main du Marseillais.

— Merci, dit Capellan, tu me comprends toujours, toi !... Ça fait cent quinze francs que je te devrai sur mon drame...

— C'est bizarre, grommelait le peintre, que la *Dorade* s'obstine à tenir ses séances chez moi, chez un Cévenol !

— Qu'est-ce donc que cette *Dorade?* demanda Halil...

— Une société de poètes marseillais, qui s'assemble dans mon atelier, tous les quinze jours... Ils m'ont nommé président à l'unanimité, d'abord parce que je ne fais pas de vers, et ensuite parce que je ne suis pas de Marseille.

Huit heures sonnaient. Le cocher noir, qui promenait sur le quai le cheval cap-de-more demanda :

— Sidi (le maître) conduira ?

— Oui, dit Halil en s'élançant sur le siège, prends cette valise...

Robert Desnoëls s'assit à côté de son ami, et pendant que le cheval filait comme un trait, le domestique noir sautait sur le strapontin.

Le peintre songeait à sa délicate mission.

Halil le regarda plusieurs fois du coin de l'œil, sans se décider à l'interroger.

Cependant aux abords du pont d'Austerlitz, il lui demanda :

— Eh bien ?...

Robert sourit.

— Ah ! oui, dit-il, c'est donc une de ces soudaines passions qu'on appelle des coups de foudre ?

— Non, répondit tristement Halil, je ne pourrais exprimer ce qui me fait attendre avec une si vive impatience les renseignements que vous m'avez promis... C'est une joie et une souffrance ! Quand je vous aurai tout dit, et je veux tout vous dire, je vous paraîtrai au moins... excusable.

Robert l'interrompit.

— Oh ! mon ami, il ne peut y avoir en vous ni sentiment bas, ni vulgaire curiosité ! J'ai questionné aussi adroitement que possible, et le peu que j'ai appris chez M. de Mausseins, le voici. Mlle Clotilde de Belle-garde est aussi bonne et aussi intelligente que jolie.

— Oui !

— Elle est riche, très riche...

— Peu importe !

— Elle a dix-huit ans et n'a jamais connu sa mère qui est morte en la mettant au monde.

— Ah !... Mme de Bellegarde est morte à Paris ?...

— Je ne sais pas... Mlle Clotilde a été élevée dans un couvent de Vaugirard, avec Mlle Marthe de Mausseins... Depuis trois ans elle vit avec son père qui est un de nos principaux industriels... Oh ! mais, je me souviens maintenant. Tout le monde ici a entendu parler de M. de Bellegarde, grand spéculateur plutôt que grand industriel...

— Où demeure-t-il ?

— Je n'ai pas eu le temps de m'en informer.

— A-t-il toujours habité Paris ?

— Je saurai tout cela à mon retour.

— Puis-je vous demander où vous allez ce soir, Robert ?

— Mais assurément, je vais à Bordeaux, et si je n'avais été pris ainsi à l'improviste, je vous aurais dit : « Venez donc avec moi, voir les quinconces et les allées de Tourny. »

La voiture s'arrêta dans la cour de la gare d'Orléans. Le peintre mit pied à terre et tendit la main à son ami.

— Adieu, beau prince, faites des rêves blonds !...

Halil jeta les rênes au domestique noir.

— Abdallah, dit-il, tu vas retourner à l'hôtel.

— Seul, Sidi ?...

— Seul. Tu diras à Sidi Kassem que je pars pour Bordeaux et que je serai de retour après-demain. Si quelque affaire imprévue me retient un ou deux jours de plus, je télégraphierai.

— Vous venez ?... vous venez avec moi ? s'écria joyeusement Robert Desnoëls. Oh ! quel ami vous êtes !

— Non ; je suis le plus égoïste des égoïstes... J'ai tant de choses à vous demander encore, et tant de choses à vous raconter !...

Cinq minutes après, les deux amis s'installaient dans le premier wagon du train de Bordeaux. Ils étaient seuls dans un compartiment de huit places, et Robert, nonchalamment étendu, venait d'allumer un cigare.

La locomotive siffla, un panache de fumée monta sous la toiture de verre.

— En route ! dit Robert... Demandez et racontez.

La portière de gauche s'ouvrit brusquement, et un troisième voyageur, essoufflé, s'assit, ou plutôt se blottit dans un coin du compartiment.

Accoudé près de la portière de droite, en face du peintre, Halil ne put réprimer un mouvement de contrariété.

Robert se pencha et dit à demi-voix :

— Patience ! avant d'arriver à Etampes, j'expliquerai à ce butor qu'il y a dans le train un compartiment réservé aux gêneurs, afin qu'ils puissent se gêner entre eux !

Mais Halil ne prenait pas aussi gaiement les choses. A la lueur vacillante de la lampe, il examinait le nouveau venu.

— Ah !... se disait-il, si c'était lui, lui encore !... Ce serait me pousser à bout, et cette fois, de gré ou de force, il faudrait en finir !...

Ce troisième voyageur, que Robert Desnoëls qualifiait de butor, parce qu'il arrivait mal à propos et sans doute aussi parce que, en entrant, il n'avait même pas fait un simulacre de salut, était un homme de cinquante à soixante ans, boutonné jusqu'au col dans une longue et ample redingote.

En s'essuyant le front, il avait laissé entrevoir de ses traits le peu que ne masquait pas une barbe grisonnante, extrêmement touffue : des pommettes osseuses, un nez en bec d'aigle, des yeux fendus en amande, protégés par des lunettes vertes ou bleues. Puis, ayant relevé le collet de sa redingote, il semblait s'être assoupi, la tête inclinée sur la poitrine, les mains posées sur les genoux.

Quand le train-poste eut franchi à toute vapeur les stations d'Ablon et d'Athis, Halil se leva comme pour respirer à la portière l'air frais de cette belle soirée.

— L'admirable ciel !... dit-il... Voyez donc, Robert, comme il est diaphane, là, dans l'échancrure des collines !

Le peintre se leva, lui aussi, et Halil reprit à voix basse :

— Avez-vous étudié la physionomie de notre compagnon de voyage ?

— Non, répondit le peintre, je n'en ai pas eu le temps.

— Eh bien, regardez !

CHAPITRE V

LE SUSPECT

— Mais... dit Robert, c'est que je ne vois nettement, là-bas dans l'ombre, qu'une masse noire, deux grandes mains maigres et une pointe de barbe blanche. En somme, ce gêneur ne sera pas trop gênant... Il s'est déjà endormi...

— Non, et il ne dormira pas... vous pouvez en être certain !...

— Bah !... Et pourquoi ?

— Parce que c'est le *suspect* !

— Lui ?... Vous êtes certain de l'avoir reconnu ?

— Absolument certain !

— Mais qui vous a fait supposer ?...

— Eh ! ma défiance était depuis longtemps en éveil. Je vous l'ai déjà dit : à chacun de mes voyages cet homme se trouve sur mon chemin. Il m'avait encore suivi, l'an dernier à Fontainebleau ; je vous l'ai montré dans la forêt. Et quand nous sommes allés dans vos montagnes, au commencement de septembre, ne l'avons-nous pas rencontré ?... Regardez-le bien tout à l'heure ; au premier mouvement qui mettra sa tête dans la lumière de la lampe, vous le reconnaîtrez comme moi... C'est vous qui l'avez surnommé « le suspect ».

— Oh ! je me rappelle. Je ferais ce portrait avec deux ou trois taches d'encre : un grand nez mince et crochu dans une forêt de barbe grisonnante...

— Oui... cette fois vous ne direz pas que le hasard a tout fait !

— Cependant nous sommes partis à l'improviste... Il y a deux heures, vous le savez, je ne pensais nullement à faire ce voyage de Bordeaux... Et vous-même, c'est seulement dans la cour de la gare que vous m'avez dit : « Je vais avec vous. »

— Mais lui aussi, il est parti à l'improviste... Pas le moindre bagage, pas un paquet, pas un sac de nuit !... Il arrive au moment où la locomotive siffle et, pourtant, — retenez ce détail, — au lieu de monter dans un des derniers wagons, il se jette dans le premier !... Cet homme doit toujours être prêt à me suivre, ou plutôt il me suit partout... Ah ! tenez, n'avez-vous pas remarqué une voiture qui stationnait sur le quai, quand nous sommes sortis de votre maison ?...

— Le coupé de Mlle de Bellegarde...

— Non. Une voiture de place attelée de deux bons chevaux. Elle était à quelques pas du pont de la Tournelle.

— Mais enfin, que voudrait cet homme et pour qui... opérerait-il ?

— Ce n'est pas pour le préfet de police, en tous cas. Je ne suis rien moins qu'un personnage politique...

— Voyons, vous êtes bien sûr de n'avoir jamais conspiré ? Souvenez-vous...

— Je me souviens maintenant d'une chose plus grave, beaucoup plus grave que toutes celles que je vous ai racontées...

Cet hiver, en revenant de ce bal de l'Opéra où nous nous étions si fort ennuyés, vous et moi, j'ai surpris Kassem causant avec cet homme dans la serre de mon hôtel.

— Kassem ?

— Oui, le vieillard qui m'a élevé, qui m'a servi de père...

— Il causait chez vous avec le suspect... et vous n'avez pas exigé une explication ?

— Je l'ai provoquée du moins, cette explication, et Kassem m'a répondu avec son imperturbable sang-froid : « — Je ne connais pas cet homme... « C'est un intrigant qui prétend avoir été en relations avec mes parents « de Beyrouth... Il venait m'emprunter cinq cents francs pour entre- « prendre un petit commerce. »

Emprunter à six heures du matin, comme c'était vraisemblable !

J'ai insisté, mais je n'ai pu arracher à Kassem que la fameuse phrase par laquelle, depuis plus de trois ans, il clôt toutes nos pénibles discussions.

— Quelle phrase ?...

— « L'ordre viendra, j'obéirai ! »

— Alors, que concluez-vous ?...

— Que puis-je conclure ?... Ami, je donnerais la moitié de ma vie pour connaître les secrets de Kassem !...

Involontairement Halil venait d'élever la voix.

L'inconnu, le suspect qui, depuis le départ, n'avait pas fait un mou- vement, se pencha à la portière de gauche.

Mais presque aussitôt il reprit sa place dans l'angle du compartiment, jeta un foulard sur sa tête, le noua sous son menton et se disposa à dormir.

Halil s'était retourné. Pendant plus de dix minutes il observa silen- cieusement ce personnage mystérieux qui ne donnait aucune prise à l'attaque.

— Ah! dit enfin Robert Desnoëls, c'est à présent que vous avez une physionomie de conspirateur!

— Il y a des moments, répliqua le jeune homme, où je sens se réveiller en moi un être violent, plus enclin à briser les obstacles qu'à les tour- ner...

— Et vous êtes dans un de ces mauvais moments?

— Mauvais... Qui sait ?... N'ai-je pas le droit de défendre mon indé- pendance ?... Ah ! parbleu, puisque l'occasion se présente, je la saisirai. L'ennemi est venu de lui-même se mettre sous ma main. Je le tiens !... M'aiderez-vous, Robert ?

— Que voulez-vous donc faire ? demanda le peintre presque alarmé.

— Forcer cet homme à se découvrir, à parler !... S'il refuse...

Halil serrait énergiquement le poignet du Cévenol.

Robert eut comme toujours une inspiration originale et gaie.

— Attendez, dit-il, le suspect m'agace, moi aussi : je vais l'obliger à se montrer dans toute sa laideur !...

— Comment ?...

— En lui offrant un cigare.

— Un cigare ?

— Et du feu !... Notre homme n'aura pas le temps de réfléchir et de se mettre sur la défensive... J'ai là de grosses allumettes-bougies ; une seule me suffit d'ordinaire pour monter mes cinq étages, lorsque mon concierge fait des économies de gaz. Vous allez voir la scène... Oh ! tout se passera sans bruit, sans violence... je me conduirai en parfait gentleman !...

— Non répondit Halil ; donnez-moi ces allumettes et laissez-moi faire. Je suis redevenu calme, vous le voyez bien ; j'ai tué la bête !... Ah ! quelle est la station la plus proche ?

— Nous venons, je crois, de franchir celle de Saint-Michel. La suivante doit être Brétigny.

— Le train s'y arrête-t-il ?

Robert s'approcha de la lampe pour consulter l'indicateur qu'il avait acheté à la gare d'Orléans.

En tournant les feuillets il jeta encore un regard sur le suspect.

Et décidément le suspect s'était endormi. Sa tête, presque complètement enveloppée par le foulard, oscillait à chaque secousse du wagon.

— Eh bien ? demanda Halil.

— Le train ne s'arrête pas à Bretigny ; il file à grande vitesse jusqu'à la gare d'Etampes... Sapristi ! quatre minutes d'arrêt seulement... Impossible de souper !... Je songeais tout à l'heure, avec un misérable sentiment d'envie, aux poètes de la *Dorade* marseillaise, qui doivent faire chez moi une orgie de bière et de charcuterie variée... Est-ce que vous n'avez pas faim, vous ?...

— Non...

Le peintre dut constater que ses plaisanteries rataient toutes, depuis que le suspect s'était installé dans l'angle du wagon.

— Asseyez-vous là-bas, lui dit Halil, bien en face de l'ennemi, et soyez prêt à tout.

En réalité Robert Desnoëls se préparait à intervenir pacifiquement. Le calme de son compagnon avait fini par l'inquiéter plus que ses accès de colère.

Le train passa devant la gare de Bretigny...

Halil prit un porte-cigare dans la poche de son pardessus et marcha vers l'inconnu qui paraissait toujours dormir d'un profond sommeil.

— Monsieur, dit-il, voulez-vous me faire l'honneur d'accepter ce cigare?

La formule était correcte, mais ironiquement polie, et le ton avait quelque chose du commandement, de la menace.

La phrase pouvait se traduire par :

— Monsieur, je vous somme d'accepter ce cigare !...

L'inconnu avait légèrement tressailli, mais il ne répondait pas.

Cependant, il était impossible qu'il n'eût pas entendu.

— Monsieur, monsieur !... dit Halil de plus en plus impérieux.

Cette fois, le suspect s'éveilla et, s'il joua la surprise, il la joua assez habilement.

— Ah !... balbutia-t-il, où sommes-nous donc ? Je m'étais endormi... Est-ce qu'on change de train ?...

Halil réitéra son invitation, présentant le cigare de la main droite et tenant dans la main gauche la boîte d'allumettes bougies.

— Merci, monsieur, répondit l'inconnu, je fume peu..., quelquefois une cigarette...

— Fort bien, dit Halil, j'ai là précisément des cigarettes orientales, des cigarettes de pur latakié... Cela vous rappellera votre pays...

— Mon pays ?... Je suis de Mostaganem, monsieur.

— Ah !...

Halil tirait de sa poche un petit étui de maroquin brodé de paillons.

— Vous accepterez, monsieur, répéta le jeune homme, en s'inclinant...

L'inconnu, allongeant sa grande main osseuse, prit enfin une cigarette et la porta à ses lèvres.

— Vrai latakié !... dit-il très tranquillement. Je m'y connais ; j'ai fait en Algérie le commerce des articles d'Orient et mes fournisseurs m'apportaient de ce tabac... Cela vient du Liban, je crois... On peut donc s'en procurer à Paris ?

— Voici du feu !... reprit Halil irrité par cette parole calme et lente.

Le jeune homme avait allumé une des bougies et l'approchait du visage du soi-disant négociant algérien.

Le nez crochu et la bouche aux lèvres sèches s'éclairèrent vivement. Tout le reste de la face était dans l'ombre, sous le foulard de soie rouge.

Et pourtant Halil ne doutait plus ; il reconnaissait l'homme qui l'avait suivi dans la plupart de ses voyages et que Robert Desnoëls appelait *le suspect*.

Il s'assit auprès du mystérieux personnage et engagea brusquement la conversation.

— Vous voyagez beaucoup, monsieur... beaucoup ?...

— Plus que je ne voudrais, répondit le suspect d'un ton dolent... A mon âge, c'est déjà bien pénible... Ah ! les affaires deviennent si difficiles !...

— Des affaires multiples, sans doute, et fort différentes les unes des autres, si j'en juge par les diverses circonstances où... nous nous sommes rencontrés ?...

— Rencontrés ?... Monsieur fait erreur... probablement.

La formule laissait deviner des habitudes de domesticité. Halil insista, appuyant fortement sur chaque syllabe...

— Non ; monsieur ne fait pas erreur... Monsieur a rencontré monsieur quinze ou vingt fois peut-être, et l'idée est venue à monsieur de nouer plus intime connaissance avec... Monsieur !...

— J'en pourrais témoigner, dit Robert Desnoëls qui n'avait pas encore pris la parole.

Monsieur que voici, ajouta-t-il en désignant le prince, m'a exprimé, dans la forêt de Fontainebleau, le désir de faire amitié avec... monsieur...

L'inconnu devait se sentir fort mal à l'aise ; il avait déjà laissé éteindre sa cigarette.

— Rallumez, je vous prie !... reprit Halil, et montrez-nous cette bonne physionomie d'honnête marchand que nous n'avons jamais pu qu'entrevoir dans nos précédents voyages... Nous avons des affaires à régler et... on ne traite pas avec un homme masqué !...

Le jeune homme fit un signe à Robert et lui remit la boîte d'allumettes-bougies. Puis il arracha le foulard rouge qui enveloppait la tête de l'inconnu... Les lunettes tombèrent du nez crochu sur le tapis.

A la vive clarté de l'allumette-bougie que tenait le peintre, le visage du suspect exprima la douleur plutôt que l'épouvante.

Ce visage n'était point laid; il avait même un caractère de noblesse. L'œil grand et noir, aussi noir que celui d'Halil, étincela dans la profondeur de l'arcade sourcillière, mais l'ardent éclat de ce regard s'éteignit aussitôt.

— Messieurs, dit doucement l'inconnu, vous êtes jeunes et forts, vous êtes heureux, et vous insultez un vieillard !...

— Un espion! s'écria Halil, qui ne voulait pas se laisser émouvoir.

— Non, pas un espion !

— Que me voulez-vous, enfin ?... Pourquoi me suivez-vous partout ?... Que veniez-vous chercher dans la forêt de Fontainebleau ?...

— Mais... je n'y suis jamais allé !

— Ah ! vous me forcez d'invoquer encore une fois le témoignage de M. Desnoëls... Parlez, Robert !

— Laissez donc à monsieur, dit tranquillement le peintre, le temps d'interroger sa mémoire.

— Bien, mon ami, j'attendrai...

— Vous vous trompez, messieurs... balbutia l'inconnu... Quel intérêt aurais-je à dissimuler ?...

— Eh ! reprit Halil, c'est précisément ce que nous désirons savoir !... Voyons, vous ne vous souvenez pas d'avoir exploré avec nous le labyrinthe du Long-Rocher, la gorge de la Malmontagne, le Grand-Désert, le Défilé de la Salamandre, le Cirque d'Arbonne ?...

— Avec vous ?...

— Derrière nous, si vous aimez mieux... à distance respectueuse...

— Mais... non...

— Il n'y a pourtant que sept ou huit mois. Et vous ne vous souvenez pas non plus d'avoir fait, en même temps que nous, un voyage dans les Cévennes, d'avoir vu la source de la Loire, au mont Gerbier, et enfin d'avoir attendu, comme nous, le lever du soleil à la ferme de la Cour-d'Argent, sur le sommet du Mêzenc ?...

L'inconnu redevenait très calme.

— Je ne suis pas un touriste, messieurs, dit-il, je voyage pour mon commerce...

— Singulier commerce !... Allons expliquons nous au moins sur un point très délicat... Vous me direz bien, j'espère, ce que vous faisiez chez moi un matin de l'hiver dernier ?...

— Chez vous... monsieur ?...

— Je précise. Avec quelqu'un qui ne voyage plus, lui, avec M. Kassem, chez moi, à Paris, dans mon hôtel de la rue de Villiers.

Le suspect, cette fois, ne se hâtait pas de répondre.

— Allons, poursuivit dédaigneusement Halil, je ne vous reproche rien ; vous faisiez votre métier de policier... Quels renseignements apportiez-vous à Kassem, ou quels ordres veniez-vous recevoir ? C'est moi cependant qui dois ordonner... moi qui suis le maître !...

L'inconnu se leva et se tint debout, adossé à la portière, la tête penchée sur la poitrine.

— Oui, dit-il avec effort..., vous êtes le maître, mais...

— Enfin ! s'écria le jeune homme... vous parlerez !...

— Non !...

— Question d'argent, n'est-ce pas ?... J'ai là, sur moi, quelques centaines de francs... attendez, il y a plus que je ne croyais dans mon portefeuille, sept cents francs ; les voici... Je vous en donnerai dix fois plus, si vous voulez, à notre retour à Paris !

D'un simple geste, l'inconnu repoussa les sept billets de banque que lui présentait Halil.

— Oh ! murmura-t-il, quand vous saurez tout, vous regretterez de m'avoir méprisé... Vous êtes bon, cependant... je le sais... Laissez-moi descendre à la prochaine station et peut-être ne me trouverez-vous plus sur votre chemin...

— Peut-être ?... répondit Halil qui ne pouvait plus contenir son irritation... Vous avez entendu, Robert ?... Il a dit : « Peut-être !... »

— Celui-là seul qui a reçu le serment, dit lentement le suspect, a le droit de délier !...

— Ah ! encore ces énigmes !... Vous parlez comme Kassem, maintenant... Eh bien ! de gré ou de force, vous direz tout !... Je veux en finir aujourd'hui, à l'instant même !...

— J'en ai déjà trop dit... Celui qui a le droit de punir me jugera et me punira !...

Halil se jeta sur le mystérieux personnage et lui saisit les deux bras.

— Ami, dit Robert épouvanté, ami, que faites-vous ?... Réfléchissez... c'est une honte !...

Mais Halil n'entendait plus la voix de la raison.

— Achevez !... cria-t-il... Au nom de celui qui a sur vous tous les droits, je vous ordonne d'achever !... Qui êtes-vous ?

— Qu'importe?... Je suis un pauvre homme... On m'appelle...

L'inconnu hésita. Il n'avait pas même essayé de se défendre contre les violences d'Halil...

— Misérable ! reprit Halil, ton nom, le voilà : « Lâche ! lâche ! lâche ! »

— Robert Desnoëls voulut encore intervenir.

— Laissez, monsieur, dit tristement l'inconnu... J'étais armé, et si j'avais voulu!... Oh ! non, non, cette pensée ne me viendra jamais !... Cherchez dans la poche de mon habit, vous y trouverez un revolver, Donnez-le à cet... enfant, afin qu'il me tue, s'il lui plaît de me tuer...

Halil, honteux, lâcha prise et recula.

— Ah! s'écria-t-il, malheureux que je suis,... malheureux !

L'inconnu fut ému ; il s'inclina avec respect en portant la main droite à son front, et prononça quelques mots dans une langue gutturale.

Cette langue, c'était le syriaque, mêlé d'arabe et de persan, que parlent en Asie plusieurs peuplades nomades.

Halil avait compris, et ces quelques mots l'avaient jeté dans un trouble profond.

— Toi, murmurait-il..., toi !... Mais par quel signe as-tu donc juré ?... L'inconnu répéta lentement.

— Que dit-il ? demanda Robert Desnoëls.

— Il dit, répondit Halil : « Par le triple fer, maître, je suis ton servi- « teur, ton esclave, chargé de veiller sur toi, toujours prêt à mourir « pour toi ! »

Pendant que le jeune homme traduisait ainsi la phrase qui l'avait si fortement ému, l'inconnu manifestait une vive agitation.

— Non, non, disait-il c'est pour toi seul que j'ai parlé, pour toi seul, maître !...

Il y avait dans son accent de la supplication et presque de l'épouvante.

Robert se retira aussitôt à l'autre extrémité du wagon.

Halil reprit doucement :

— Kassem, lui aussi, me dit qu'il est mon serviteur, qu'il m'aime, qu'il est prêt à mourir pour moi !...

— La lèvre de Kassem n'a jamais menti !... répondit l'inconnu.

— Vous m'êtes dévoués, poursuivit le jeune homme et vous me laissez souffrir !... J'ai prié, moi, j'ai prié en pleurant, et aucun des fidèles qui m'entourent n'a voulu me dire si j'avais encore en ce monde quelqu'un à aimer... Ah ! vous n'avez pas de pitié !...

— Maître, maître ! ne force pas ton serviteur à se parjurer... Il y va de ta vie, et toute notre joie est de te voir vivre heureux, puissant !...

— Heureux !... Eh bien ! est-ce possible encore ?... parle, ami, parle !

— Non !...

Ce non fut comme un sanglot.

Halil tendit les bras. L'inconnu se rejeta brusquement en arrière et la portière s'ouvrit.

Robert poussa un cri d'effroi. Le suspect devait être tombé sur la voie.

Et le train traversait à toute vitesse l'ancienne avenue de Chamarande !

Halil, lui, n'avait pas crié. Debout devant la portière ouverte, les bras étendus, l'œil fixe, il était consterné. Cet inconnu, qui se disait son serviteur, son esclave, mourait pour lui et par lui, broyé sur les rails !

— Regardez, s'écria Robert Desnoëls, regardez, Halil !

Une ombre passa rapidement et la portière se referma.

Halil se pencha vers la voie, regardant à sa gauche. La nuit était très claire. A l'arrière du wagon, la silhouette d'un homme se dessinait nettement. Cet homme avait saisi des deux mains la barre d'appui ; il se tenait debout sur l'étroit marche-pied.

— Est-ce toi ?... dit Halil dans cet idiome syriaque qui lui était familier. Parle-moi, je t'en conjure !...

— Maître, répondit l'inconnu, ordonnes-tu que je me jette sous les roues ? Je le ferai... mais je n'aurai pas livré les secrets du...

Le train s'engageait sur le pont qui franchit la route de Paris à Orléans ; le bruit des roues empêcha Halil d'entendre la fin de la phrase.

— Va !... cria le jeune homme... tu as fait ton devoir !...

Et se rejetant dans l'angle du wagon, il s'assit et pleura.

A la gare d'Etampes, il se hâta de descendre et courut jusqu'à l'extrémité du train, fouillant du regard chaque compartiment. Mais l'inconnu avait disparu.

En revenant vers le premier wagon, Halil rencontra Robert Desnoëls qui sortait du buffet.

— Invisible ?... demanda le peintre...

— Oui !

— C'est dommage !... ce suspect avait fini par gagner mon estime... Je l'aurais invité à souper !

— Oh ! toujours les mêmes déceptions ! Ce n'est pas vivre !... murmurait douloureusement Halil...

— Non, sacrebleu ! dit le joyeux Cévenol, ce n'est pas vivre... Dix ou douze minutes d'arrêt à Orléans... est-ce raisonnable ? A peine le temps de manger un potage et d'attaquer les hors-d'œuvre... Nous ne nous laisserons pas prendre à ce traquenard ; voici du solide... Ici, garçon, dans le compartiment du milieu !... Déposez le pâté là, sur ce grand journal... Et le vin ?... Malheureux, vous oubliez le vin !... Et les deux verres ? Je les ai payés... Vite, vite !... Vendre et retenir ne vaut !... Ah ! voilà l'oubli réparé ? Merci !...

Le train s'ébranlait.

— Il était temps !... reprit le peintre... nous aurions traversé sans boire les immenses plaines de la Beauce, dont la vue seule donne soif !... A table, Halil, à table !... Bien en face l'un de l'autre, mon ami, genoux contre genoux... Ce supplément du *Moniteur* servira de nappe... Bon !... pas de couteau !... mon royaume pour un couteau !...

— Attendez, j'ai, du moins, répondit Halil, quelque chose qui y ressemble. Tout ce que Kassem m'a appris des gens de ma race, c'est que, même pour aller voir leurs amis, ils sont armés jusqu'aux dents. Par respect pour les traditions, j'ai consenti à porter ce joujou ciselé...

— Un poignard... une merveille de poignard !... Prince, vous êtes un personnage de drame, et vous mettez du drame partout... Un poignard pour couper un pâté !...

A force d'entrain et de gaîté, l'artiste réussit quelquefois à ramener un vague sourire sur les lèvres de son compagnon de voyage. Mais, aux approches d'Orléans, Halil redevint triste et inquiet. Comme à Etampes, dès que le train roula sur les plaques de la gare, le jeune homme s'empressa de descendre.

— Allez-vous encore à la recherche du suspect? demanda Robert.

— Oui !

— Je vous accompagne. Si nous le trouvons, je lui offre une rude poignée de main, et je l'apporte dans notre compartiment... Il y a laissé son chapeau !...

Ils cherchèrent vainement, et Halil dit en remontant dans le train :

— Vous voyez ce qu'on obtient des honnêtes gens !... Un coquin m'eût dit ce que je voulais savoir. Je n'aurais eu qu'à y mettre le prix !...

— Ah ! répliqua Robert, un peu durement, Kassem ne vous a donc pas appris qu'il y a encore, par ci par là, quelques braves gens ?...

— Kassem est un honnête homme, lui aussi, répondit Halil... Et pourtant, il s'est efforcé de me faire croire que tout s'achète et que tout se vend !...

— Voilà une opinion qui ne sort pas précisément victorieuse de l'épreuve d'aujourd'hui !...

— Eh ! pensez-vous donc que j'aie attendu jusqu'à ce soir pour me révolter ?...

— Non, vous avez un grand cœur, et je vous vois à chaque instant lutter contre l'influence d'une détestable éducation. Mais cette lutte est pénible, mon ami... Pourquoi a-t-on voulu faire de vous un être sans croyance, sans conscience et sans affection, un être triplement malheureux, enfin ?...

— Pourquoi ?... Oh ! souvent je l'ai demandé à Kassem... Cet homme ne paraît pas me comprendre... Mais, écoutez, Robert, je vais vous dire tout ce que je sais de moi-même... Vous m'aiderez ensuite à chercher une réponse à ce pourquoi...

Je vous l'avais confié, l'an dernier, dans cette forêt de Fontainebleau, où vous m'aviez vu si sombre, si las de la vie, j'ignore qui je suis, d'où je viens, où je vais... J'ignore également quelle est la source de cette fortune qui a fait de moi un oisif, un inutile...

Robert voulut protester...

— Oui, poursuivit le jeune homme, un oisif, un inutile, qui fait le bien par caprice, pour se désennuyer, pour tuer le temps, comme vous dites, vous Français !... Tout ce que je me rappelle de mon enfance, le voici :

J'ai dû passer quelques mois dans un village de la montagne, d'où j'apercevais la mer... Ce village, perché sur un massif de roches et ces vastes horizons presque toujours bleus, sont mes plus lointains et aussi mes plus vagues souvenirs.

— Etait-ce en France?... demanda le peintre.

— Je le crois, en France ou en Italie.

— Quel âge aviez-vous alors?

— Deux ou trois ans... La femme qui me berçait sur ses genoux, avec un autre enfant un peu plus grand que moi, m'avait appris déjà quelques mots de cette langue gutturale qui est la langue de Kassem...

— Et du suspect?...

— Oui... Kassem était auprès de moi, lui aussi. Il n'a jamais osé m'affirmer le contraire... Quand je lui parle de cette femme et de l'enfant qu'elle berçait avec moi, il baisse les yeux ou détourne la tête, pour ne pas me laisser voir que son regard s'attendrit. — « Ils sont morts, me « dit-il un jour que je le harcelais de questions; ils sont morts, et j'ai « cru que tu allais mourir comme eux... Le bras de l'*Implacable* s'était « étendu jusqu'à nous!... » — Et il ajouta: — Que leur mémoire te « soit chère, car ils t'aimaient autant que je t'aime!... »

— Il vous a dit leurs noms? demanda Robert.

— Oui, sans hésitation. C'étaient sa femme et son fils. Vous le voyez déjà, je porte malheur aux gens qui s'attachent à ma destinée !...

— A ce moment, reprit le jeune homme, il y a une lacune dans mes souvenirs... Puis je me retrouve seul, avec Kassem, dans une ville bruyante... Nous y passons quelque temps et nous entreprenons un long voyage...

— En France, toujours ?

— Je le pense ; c'est pendant ce voyage et dans les hôtelleries que j'ai commencé à apprendre le français... Enfin, nous nous arrêtons à l'entrée d'une vallée que je revois comme si j'y étais encore : une vallée très verte, entourée de forêts. Une rivière, bordée de grands arbres, coule au milieu des prairies. Trois ou quatre hameaux m'apparaissent sur la lisière des bois, et tout au fond, dans l'unique endroit où le pays soit nu, où le sol, ici rougeâtre, là blanc comme neige, soit complètement infertile, fume la haute cheminée d'une usine... Ah ! si j'avais la mémoire des noms comme j'ai la mémoire des sites !...

— Comment ! vous ne vous souvenez pas du nom de ce pays ?...

— Jamais je n'ai pu me le rappeler. Et puis, je vous l'ai dit, il n'y avait là que quelques groupes de maisons dans les échancrures de la forêt... La plus grande et la plus belle était située à mi-côte, à peu de distance de l'usine, au bord d'une route peu fréquentée... Là je perdis Kassem, ou, pour parler plus exactement, Kassem m'abandonna.

— Lui, vous abandonner !

— Il obéissait à un de ces ordres qu'il ne croit pas devoir discuter... Hélas ! je m'acharne à l'interroger et sa réponse est toujours la même : « l'ordre était venu ! »

— Mais il sait, lui, le nom du pays où il vous avait conduit !

— Evidemment... Et il refuse de me le dire ! Sur ce que je viens de vous raconter, il avoue que mes souvenirs sont exacts : il a même affecté parfois de me venir en aide, lorsque je cherchais à me rappeler certaines circonstances de nos voyages ; mais sur tout le reste, il s'obstine à garder le silence... Ah ! pardon ; je lui ai encore arraché un aveu : c'est que Kassem est un nom d'emprunt... et Halil aussi !...

— Cet homme m'irrite, dit Robert... Oh ! cent fois plus que ne m'irritait le suspect !... Pourquoi, puisqu'il tenait tant à s'envelopper de mystère, ne poussait-il pas les choses jusqu'au bout ?

— Comment !

— Eh ! oui... Il aurait pu se faire passer pour un de ces juifs cosmo-
polites si souples, si rusés, qui sont Français en France, Allemands en
Allemagne, Russes en Russie. Cela ne dit rien et répond à tout...

— Oh ! je crois que les fils de Jacob, entre eux, y regardent de plus
près, de trop près !... Le suspect nous disait tout à l'heure : « Je suis
de Mostaganem ». Kassem, lui, préfère laisser croire que nous sommes
des Tunisiens chassés de leur pays par une révolution de palais. Dans
l'intimité nous parlons le syriaque ; pour le commun des mortels, nous
ne savons que l'arabe... et un peu de français... Mais laissez-moi
revenir à ma verte vallée... Là j'ai été heureux, mon ami... bien heureux
et bien malheureux !...

CHAPITRE VI

CONFIDENCES

Halil reprit, attendri :

— Le soir de notre arrivée dans ce frais pays vers lequel se reporte si souvent ma pensée, je m'étais endormi entre les bras de Kassem, au fond d'une hutte de bûcheron. Le lendemain matin, je m'éveillai à quelques centaines de pas de l'usine, dans le jardin de la grande maison.

Tenez, je le revois, ce jardin, comme je revois la vallée : les pelouses sous la large terrasse, les corbeilles de fleurs, les bouquets d'arbustes, la source claire dans les roches moussues et, là-bas, sur la pente de la colline, les allées du potager avec leurs bordures de fraisiers.

C'était très probablement au commencement de l'été. Ah! vous ne savez pas pourquoi j'aime tant ces petits œillets blancs qui envahissent toutes les plates-bandes dans mon jardin de la rue de Villiers?... Je me réveillai dans une corbeille d'œillets blancs...

Une femme penchait son visage sur le mien, une femme blonde et blanche, vêtue d'un long peignoir bleu... Oh! ami, ami!...

Halil interrompit un instant son récit... Il ne cherchait plus, cette fois, à dissimuler son émotion...

Robert lui pressa la main.

— Ce souvenir vous attriste? demanda le peintre.

— Oui... et non, répondit le jeune homme. C'est le plus doux, le plus cher de tous mes souvenirs... C'est par lui que je me sens revivre, par lui que je redeviens bon, par lui que je retrouve le désir d'aimer! Robert, en voyant Mlle de Bellegarde, j'ai cru revoir cette femme adorée..., ma mère, ma mère!...

— Oh! reprit-il après un moment de rêverie, ma mère adoptive, mais toujours, toujours, je la nommerai ma mère!...

Elle était agenouillée dans la corbeille d'œillets, elle écartait les plis des riches étoffes dans lesquelles j'étais enveloppé... Kassem m'a avoué qu'avant de m'abandonner il m'avait vêtu comme un petit prince d'Orient, et j'avais sur la poitrine l'étrange et magnifique bijou que depuis lors je n'ai cessé de porter.

— Quel bijou? dit Robert Desnoëls. Vous ne m'en aviez jamais parlé.

— Je vais vous le montrer, répondit Halil, et vous comprendrez pourquoi certaines paroles de l'inconnu, du suspect, comme vous l'appelez, m'avaient si profondément troublé. Voyez, à la lumière de la lampe.

Halil s'était levé. Il ouvrait son gilet et prenait sur sa poitrine une plaque d'or longue et large à peu près comme sa main.

— Oh! mais, s'écria Robert, c'est un chef-d'œuvre de l'art oriental!...

Cette plaque ovale, suspendue au cou d'Halil par un ruban de moire, avait la forme d'un petit bouclier. Une triple bordure de perles, de rubis et de turquoises l'entourait. Au centre, qui était assez fortement bombé, on avait enchâssé des prismes de saphir dont la disposition figurait une montagne, un entassement de rochers.

Et sous ces rochers se perdait la pointe d'un glaive à trois lames et à trois poignées.

Entre les saphirs et la triple bordure, des caractères d'un type inconnu à Robert Desnoëls étaient épars, ou pour ainsi dire semés dans un bandeau d'ornementation admirablement ciselé.

— Quel délicieux dessin et quelle finesse d'exécution! disait l'artiste ravi. On a donc fait de ces merveilles, en Orient?

— On en fait encore, répondit Halil. Cette plaque a été ornée et gravée, paraît-il, à l'époque de ma naissance... Mais, regardez donc, surtout... le signe!...

— Le signe?...

— Le glaive aux trois lames de fer ou d'acier et les trois poignées émaillées...

— On dirait plutôt trois poignards engagés les uns dans les autres. Les manches des deux premiers serviraient de fourreaux à ces lames aux reflets bleus appliquées sur la plaque d'or... Il me semble avoir vu quelque chose d'analogue dans les vignettes coloriées d'un vieux manuscrit de la bibliothèque impériale... Attendez donc, c'était, si je ne me trompe, dans une chronique des croisades... Mais quelle est cette figure couronnée de rayons, là, au-dessus des trois glaives?

— L'emblème du soleil, assurément.

— Et que signifient ces caractères gravés dans le métal, entre les délicates arabesques du bandeau?

— C'est une inscription en syriaque. Elle peut se traduire ainsi :

> Par le feu d'en haut
> Et par le triple fer,
> Éternelles menaces,
> Que le fils de l'Émir des émirs,
> Du Tout-Puissant qui tient la hache
> Et les trois glaives dans ses mains,
> Soit victorieux de la perfide Ghazié
> Dont le sombre regard tue.

— Qui donc appelle-t-on le Tout-Puissant, l'Émir des émirs? demanda Robert.

— Je ne sais, dit Halil... A cette question, Kassem répond, dans son bizarre langage, « que mes yeux s'ouvriront lorsque je serai *Akkal* par la volonté de celui qui instruit et commande! »

— Akkal?...

— C'est, je pense, l'équivalent d'*initié* !...

— Et la « perfide Ghazié », la connaissez-vous?...

— C'est l'ennemie que Kassem et le suspect appellent l'*Implacable*... Ils ne parlent d'elle qu'avec une haine farouche.

— C'est sans doute un personnage terrible du monde fantastique, une méchante fée comme celle de nos vieux contes?...

— Peut-être... Cependant j'ai lu dans des études sur les populations orientales que les *Ghaziés* ou *Ghawazies*, sont des nomades d'origine égyptienne, qui dansent, chantent, découvrent l'avenir et jettent des sorts... Je pourrais vous décrire leur costume, d'après les gravures d'un album que j'ai chez moi...

— Et votre Kassem, qui prétend ne croire à rien, croit au pouvoir surnaturel de ces sorcières égyptiennes !

— Oui; quelles contradictions, n'est-ce pas? Et il conjure les maléfices par le « triple fer ! »

— C'est la formule qu'a employée le suspect?

— Précisément... Mais le pouvoir de la Ghazié devait être bien plus sûrement conjuré par l'influence d'une femme franque, d'une femme pâle aux cheveux d'or... Tels sont, paraît-il, les termes d'une prédiction à laquelle Kassem et son maître tout-puissant avaient foi. Et la prédiction ajoutait que cette femme franque serait « une douce mère sans enfant ! »

— Je vous l'avais bien dit, s'écria Robert, que tout cela était de la féerie, de la pure féerie !...

Halil s'assit auprès du peintre et continua son récit :

— Ah ! oui, dit-il, la femme pâle et blonde était une fée ! Son premier regard m'avait charmé... Je retrouve encore parfois, comme dans un rêve, quelque chose des caresses de ce regard !... Et ce soir, dans votre atelier, j'en ai eu l'illusion, lorsque la jeune fille qui accompagnait Mlle de Mausseins fixait sur son amie ses yeux attendris...

Cette femme qui me souriait dans le jardin de la grande maison était bien la mère annoncée par la prédiction, la douce mère ‾sans enfant. Peut-être n'espérait-elle plus alors avoir sur ses genoux un fils de son sang...

Je lui souriais, moi aussi, je lui tendais mes mains... Elle me couvrit de baisers et m'emporta en courant.

Les questions qu'elle dut m'adresser, les réponses que je lui fis en syriaque ou en français, je ne pourrais vous les dire... Tout ce dont je me souviens, c'est que j'avais entendu les enfants dans les hôtelleries de la route appeler leurs mères « maman » et que ces deux syllabes revenaient à chaque instant sur mes lèvres... De quels moments de ma vie aurais-je gardé la mémoire, si j'avais oublié ces heures de pure joie ! Je trouvais une mère, et la femme blonde tenait dans ses bras un enfant !... Aussi, je vous le répète, j'ai été heureux une fois, j'ai été heureux deux ans !...

— Et Kassem, demanda Robert, qu'était-il devenu ?

Halil hésita.

— Faut-il l'avouer, répliqua-t-il, j'avais oublié Kassem... Ma mère adoptive me donnait toute sa tendresse, elle développait rapidement mon intelligence, elle formait mon cœur à l'image du sien... C'est son âme qui se révolte contre l'éducation que j'ai reçue, ou plutôt que j'ai subie plus tard.

Cette femme *franque*, dont le souvenir m'est si doux, mon père l'appelait Aimée...

— Votre père d'adoption ?

— Oui... et jamais ce nom charmant, Aimée, ne fut plus dignement porté. Ma mère devait être aimée dans tout le pays, comme elle l'était dans la maison. Elle devait être la bienfaitrice des pauvres gens, la con-solatrice des malheureux.

— Ce n'est donc pas elle qui vous a appris que le monde n'est qu'une immense fourmillière, et que les fourmis sont fatalement condamnées à être écrasées sous les pieds de quelques géants ?...

— Oh! non !... je suis sûr que, pour tous les êtres faibles ou souf-frants, elle avait une tendre pitié... Quand elle me conduisait dans les hameaux de la vallée, il fallait qu'elle s'arrêtât à chaque porte, et qu'elle mît un baiser sur le front de chaque enfant. Lorsqu'elle entrait dans l'usine, les ouvriers poussaient des cris de joie.

— Qu'était-ce donc, cette usine ?

— Je l'ignore... et pourtant je la revois presque aussi nettement que le paysage : de vastes bâtiments, des hangars, d'énormes amas de cen-dres et de scories, autour d'une cour dont le sol était noir. Puis, sous de hautes toitures à jour, que supportaient des piliers de brique, de longues rangées de feux... et dans une atmosphère étouffante, des hommes demi-nus, inondés de sueur, s'inclinant, se redressant, élevant les bras et courant dans la poussière du charbon.

Il y avait aussi quelques enfants : des femmes travaillaient sous les hangars...

— Mais quel travail faisaient-elles, ces femmes ?

— Eh ! je ne me rappelle pas !... Je vous l'ai dit, mon ami, depuis trois ou quatre ans surtout, je me suis acharné à rechercher dans ma mémoire les moindres détails de ces choses...

Les détails !... Ils se représentent à mon esprit, pour ainsi dire, un à un Mais les noms... les noms ?... Comment se fait-il que j'aie oublié, complètement oublié le nom de mon père d'adoption ?... Cent fois peut-être j'ai parcouru du regard les colonnes des Bottin. Parmi ces milliers de noms, me disais-je, il y en aura bien un qui me frappera !... Ce sera pour moi une révélation... Et rien ne m'a mis sur la voie, rien, rien !...

— Vous avez encore interrogé Kassem, cependant ?...

— Oh ! pensez ! Les prières, les larmes, les emportements ne feront pas dire à cet homme ce qu'il a juré de me cacher !...

— Votre père adoptif était bon comme sa femme... comme votre mère ?...

— Probablement... Et pourtant, je n'ai gardé de lui qu'un triste souvenir... Je devrais même dire : un souvenir effrayant !... Je vois un homme de haute taille qui me repousse avec douleur... et avec colère, en me criant : « Va-t'en !... va-t'en ! »

— Oh ! pourquoi ?...

Halil mit sa main sur l'épaule de Robert Desnoëls, et reprit de cette voix grave à laquelle l'émotion donnait un accent si pénétrant :

— Ami, j'arrive à la fin des journées heureuses... Dans le reste de ma vie, je ne retrouve aucune joie comparable aux joies de ce temps-là !...

Il y avait près de deux ans, je crois, que je vivais dans la verte vallée, deux ans que la volonté de Kassem m'avait donné une famille... Je me sentais bien aimé !... Ma mère me traitait toujours avec la même bonté, elle ne cessait de me prodiguer les soins et les caresses. Mais, depuis quelques semaines, elle ne me faisait plus faire de longues excursions dans les hameaux des alentours. Elle passait les après-midi sur la terrasse et dans le jardin.

Je la revois assise, l'aiguille à la main ; elle a sur ses genoux et autour d'elle, sur des coussins et des tabourets, des flots d'étoffes blanches.

Deux femmes travaillent avec elle, et il me semble encore les entendre rire et chanter.

Moi, je joue sur les pelouses, mais souvent je reviens me blottir au milieu des étoffes blanches, et je souris à ma mère...

Elle interrompt parfois son travail et étend sa main sur ma tête ; elle me caresse le cou, le front, les joues, mais ses yeux ne me voient pas ; ils sont fixes, tout humides, et je ne puis savoir ce qu'ils regardent... J'appelle : mère ! Et alors elle m'attire, elle me presse sur son cœur avec une tendresse passionnée... et les deux ouvrières chuchotent...

Un matin, un gai matin, — ce devait être au commencement de l'été, comme lorsque Kassem m'abandonna dans la vallée, — ma mère était encore couchée. Elle me prit un instant sur son lit ; puis elle m'envoya à la ville voisine avec un jeune domestique.

Quand je revins, le soir, tout le pays était en fête. On avait planté, sur la terrasse, un grand pin paré de rubans ; les ouvriers, leurs femmes, leurs enfants soupaient dans le jardin.

Quelques-uns de ces enfants me crièrent, en battant des mains :

— Va vite, va voir la petite sœur !...

Et ma mère, elle aussi, me dit, en me voyant entrer dans sa chambre :

— Regarde la petite sœur !

Oh ! quelles heures j'ai passées dans cette chambre auprès d'un berceau !... Quelles heures !...

J'étais là, trois ou quatre jours après, agenouillé sur le tapis, attendant que la petite s'éveillât, lorsque mon père vint, apportant une lettre ouverte...

Ma mère poussa un grand cri !...

Plusieurs femmes accoururent, des parentes ou des domestiques, et se pressèrent autour de son lit, s'efforçant de la calmer, de la rassurer.

— Non !... dit-elle en se soulevant brusquement sur ses oreillers, il est à nous... on ne nous l'arrachera pas... maintenant !...

— Je ne puis vous dire bien exactement, poursuivit Halil, l'âge que j'avais alors... mais toutes ces choses, je vous le répète, sont restées profondément gravées dans ma mémoire... Je crois revoir parfois les tentures et les meubles de la chambre, comme tout à l'heure je revoyais les piliers de l'usine, les rangées de feux, les ouvriers demi-nus.

Ma mère m'appela d'une voix et d'un ton qui m'épouvantèrent :

— Halil, mon enfant !... Halil !...

Je me précipitai vers son lit.

Mon père d'adoption parlait tout bas en me regardant tristement... La petite sœur s'était éveillée dans son berceau et criait...

— Apportez-les moi, reprit ma mère, tous deux, tous deux !...

Elle découvrit un de ses seins ; la petite y colla ses lèvres... Et moi j'étais assis au bord du lit, la tête près de l'épaule de ma mère qui me disait en pleurant :

— Tu m'aimes, n'est-ce pas Halil ?... Tu ne veux pas nous quitter ?

Oh ! que me demandait-elle !...

Et le surlendemain, dans la soirée, comme je jouais sur le sable de la terrasse, j'entendis encore des cris, des sanglots...Des ouvriers de l'usine écoutaient, consternés...

— On pleure, leur dis-je..., tout le monde pleure ?

Un de ces hommes me regarda avec colère...

— Ah ! le maudit bohémien, s'écria-t-il, c'est lui qui...

— Tais-toi !... lui dit son compagnon... Il ne sait pas, lui, il ne peut pas comprendre !

Je revins à la maison... Je voulus entrer dans la chambre, et je vis ma mère pâle... pâle... blanche comme ces étoffes dont elle était entourée, quand elle travaillait pour l'enfant qui allait venir...

Elle avait la bouche entr'ouverte et elle ne me parlait pas... ses yeux à demi-clos ne me voyaient plus...

Mon père était tombé sur les genoux au pied du lit.

C'était lui que j'avais entendu sangloter. Il cachait son visage dans ses mains et appelait encore parfois :

— Aimée !... Aimée!...

Je ne comprenais pas sans doute ; mais j'éprouvais la première grande douleur de ma vie. L'épouvante pesait sur moi et je m'étais arrêté, tremblant, auprès du berceau de la petite sœur.

Une femme qui pleurait prit des ciseaux dans une corbeille, s'approcha du lit, et souleva doucement la belle tête dont l'immobilité et la pâleur me donnaient le frisson.

Je la vis saisir une boucle blonde, puis ouvrir les ciseaux...

— Mère, murmurai-je... ne laisse pas couper tes cheveux !...

Mon père tressaillit violemment ; il se releva et me poussa hors de la chambre en criant :

— Va-t-en !... va-t-en !...

Qu'avais-je fait, moi ?... Avais-je donc porté malheur pour la seconde fois ?... Robert, il était passé, le temps d'aimer et d'être aimé !...

— Non, Halil, dit le peintre, et quand vous aimerez, ce sera à plein cœur ; vous vous donnerez tout entier !... Mais pourquoi ce malheureux homme vous disait-il : « Va-t-en » ? Oh ! chasser ainsi un enfant de cinq à six ans !...

— Il ne me chassait pas, répondit le jeune homme. Le lendemain il voulut me revoir. « Oh ! si tu savais, me disait-il, si tu pouvais com« prendre l'affection qu'elle avait pour toi !... » Et quand les prêtres furent venus et que le convoi se mit en marche, il m'appela et me saisit la main...

Je suivis avec lui le cercueil couvert de fleurs que portaient les ouvriers de l'usine. La route était très longue, et quand il pensait que je pouvais être las, il me prenait dans ses bras.

J'avais alors mon front contre sa joue, et je sentais couler ses larmes ; mais sa douleur m'épouvantait toujours, et je n'osais ni lui parler ni le regarder...

Il a fait tout ce qu'il a pu ensuite pour ne pas me laisser deviner que ma présence le faisait souffrir... Oh ! je me rends bien compte de tout cela, maintenant !... Cet homme, ce malheureux m'aurait élevé, malgré tout, si les autres avaient voulu...

— Quels autres ?... demanda Robert Desnoëls.

— Vous devinez bien ? Il se serait peut-être repris à m'aimer encore... plus tard !... plus tard !...

A table, j'avais ma chaise presque en face de la sienne, à gauche de la place qui demeurait inoccupée... mais il ne me disait rien... Son silence et ses yeux fixes me faisaient peur.

D'ailleurs je n'étais bien qu'auprès du berceau de la petite fille... La voir démailloter, caresser ses pieds et ses mains, lui parler de l'absente, comme si elle avait pu me répondre, c'était tout mon bonheur...

Combien cela dura-t-il ?... Quelques semaines ou quelques jours... je ne sais pas... Un matin, mon père d'adoption amena un étranger dans la chambre où j'étais avec la nourrice de la petite sœur.

6

L'étranger, c'était Kassem, que je reconnaissais à peine, et dont la vue m'inspira une singulière répulsion.

— Viens, me dit-il, la voiture est là, dans la cour.

Je ne voulais pas partir. Je m'étais réfugié derrière le berceau, entre les genoux de la nourrice, serrant étroitement dans mes bras l'enfant qu'elle allaitait.

— Ainsi, brutalement, dit Robert Desnoëls, ce Kassem venait vous reprendre ?... Il vous avait abandonné, il se ravisait, il vous enlevait... Ah ! il aura des comptes à rendre, celui-là...

Halil reprit avec amertume :

— Il obéissait à l'ordre de... *l'inconnu*... Cela répond à tout, vous le savez bien !... On allait m'emporter, malgré mes pleurs et mes cris ; j'ignore ce que dit mon père d'adoption, mais il fallut me laisser passer encore cette journée dans la maison où j'avais été aimé... où j'avais été si heureux !... Et le lendemain...

Le lendemain, je me réveillai sur les coussins d'une grande voiture fermée... On me conduisait je ne sais où... Ah ! je me souviens... dans le nord de l'Italie...

Nous avons beaucoup voyagé depuis lors, Kassem et moi, et c'est seulement en 1856 que nous sommes venus nous installer à Paris... Vous savez le reste, mon ami ; on m'a donné des maîtres qui avaient pour mission de faire de moi, comme dit mon tuteur, un homme pratique, sans faiblesses et sans préjugés. J'ai appris cinq ou six langues, un peu d'histoire, de géographie, de mathématiques ; mais surtout j'ai fait de la gymnastique, de l'escrime, de l'équitation.

Abdallah, mon domestique noir, dit que je monte à cheval comme Mohammed ; je ne tue personne, parce que personne ne me provoque, et je n'ai jamais songé à franchir sur une corde raide les chutes du Niagara.

— Oh ! dit Robert Desnoëls, la pratique de la gymnastique ne vous a pas été inutile, cette après-midi !...

— Eh bien, soit !... Mais ce qui n'était pas utile, ou plutôt ce qui m'a été fatal, c'est l'enseignement dont Kassem ou son maître tout-puissant avait tracé le programme... Ah ! j'ai eu d'illustres professeurs ; les plus savants peut-être et aussi les plus sceptiques de votre Paris !... En m'apprenant l'histoire, ils me démontraient que le pouvoir appartient tôt ou tard à l'homme le plus habile, c'est-à-dire le plus perfide, ou à

celui qui déploie la volonté la plus énergique et la plus opiniâtre ; qu'il
y a plusieurs morales, celle des grands et celle des petits...

Le peintre Cévenol se leva, indigné.

— Sacrebleu !... s'écria-t-il, mettez-moi donc en présence de ces trois
ou quatre grands hommes !...

— Eh bien, dit Halil tristement, ne parlons plus de ces choses ; je vous
attriste, je vous blesse...

— Non ! parce qu'au fond, vous êtes aussi naïf et aussi aimant que
moi !...

— Que voulez-vous... pendant plus de dix ans on m'a sans cesse
répété : « Tiens-toi en garde contre ton imagination et contre ton
cœur !... Ne t'attache pas, ne te livre pas !... Ouvre ta main, si tu
veux, — tu es riche, — mais n'ouvre pas ton âme et ne montre jamais
ta pensée toute nue ! »

— Et vous venez de la déshabiller, votre pensée ; vous lui avez ôté
sa chemise en chemin de fer !... Et vous vous êtes attaché à un gueux
de peintre que vous avez rencontré dans les bois ; et votre plus cher
souvenir est encore celui de la femme blonde qui vous a servi de mère ;
et ce soir, devant une jeune fille que vous aperceviez pour la première
fois, vous vous êtes troublé comme jamais je ne me troublerai, moi,
devant Mlle Marthe ! Et tout à l'heure, quand le suspect, refusant de
vous livrer les secrets de Kassem, vous demandait : « Maître, faut-il
que je me jette sous les roues ? » Vous lui avez crié : « Va-t'en, tu as
fait ton devoir!... » Ah ! vous étiez un élève réfractaire, plus têtu que
le plus têtu des Cévenols !

Mais j'y pense, ajouta le peintre, cette jolie éducation a dû vous faire
cruellement souffrir ?...

— Oui, dit Halil, je vous l'ai avoué. Je ne pouvais pas toujours jouer
seul dans notre hôtel de la rue de Villiers ; Kassem faisait venir des
enfants, il me donnait des compagnons... Dès que je commençais à m'attacher à eux, il les congédiait, je ne les revoyais plus... Tenez, il y a des
moments où j'ai peur... pour vous... Oh ! mais s'il osait!...

— Laissez donc !... Je l'enlèverais, je l'apporterais chez moi et je lui
peindrais ses trois poignards sur la poitrine et un superbe soleil dans le
dos !... Ah ! il ne m'aime pas ?... Moi, je l'exècre ! A votre place, il y a beau
temps que je lui aurais dit : « Adieu, mon bonhomme, on se la brise ! »

— Le quitter, rompre avec lui pour jamais ?... Ah ! l'idée m'en est mille fois venue... Mais lui seul peut me dire si j'ai une famille et si cette famille doit me donner place au foyer. Quand je veux partir, un mot m'arrête : « Le temps est proche ! »... Robert, vous m'avez fait asseoir, l'an dernier, dans votre maison, à votre table, entre ce père et cette mère qui vous adorent et que vous vénérez. Comme vous étiez heureux, ami !... heureux de les retrouver pleins de force et de santé, heureux de pouvoir leur assurer le bien-être par votre travail, par votre talent !...

— Sapristi !... dit le peintre, ne me parlez pas comme ça !... Voilà que je me sens repris du mal du pays et que je vais chanter sur un air à porter le diable en terre la chanson de *la petite Toinon :*

> Verdiers et tourtereaux,
> Vous allez vers Antraygues,
> Et moi je n'y vas pas !...
> Vous avez l'âme gaie,
> Et moi je ne l'ai pas.
> Faites mes amitiances
> Aux gens de not' pays,
> A mon père, à ma mère,
> A mon oncle Jeangris,
> Bonhomme,
> Brave homme,
> Il doit se faire bien vieux !...

Ça, ma parole d'honneur, c'est cent fois plus beau que l'hymne au soleil de mon imbécile de Capellan !... Ça manque un peu de rime, comme les chansons de Courbet, mais quel sentiment et quelle couleur, hein ?... Halil, mon ami, voulez-vous que nous retournions à Antraygues, cette année ?...

— Pour que je sois encore témoin de votre bonheur ?... répondit Halil en essayant de sourire. Oui, oui, mais il me serait si doux, mon ami, de penser qu'un jour pourrait venir où, à mon tour, je vous conduirais dans mon pays, dans la maison où je suis né... et qu'alors vous verriez mon père m'ouvrir ses bras !... Et je ne sais où est la maison, et personne ne m'a dit, jusqu'à cette heure : « Votre père vous attend ! »

— Ah ! sacrebleu, dit Robert, ça finit par me faire autant de chagrin qu'à vous !... Je forcerai Kassem à parler !...

— Vous ?

— Moi Jacques-Simon-Robert Desnoëls dit le Roux, né natif d'Antraygues en Vivarais, peintre paysagiste, appelé, dans un avenir lointain,
à dégoter le père Corot !... Là !...

Le brave garçon se mettait en quatre pour égayer son compagnon
de voyage, ou du moins pour le consoler, pour lui rendre un peu d'espoir...

— Si vous faisiez cela !... murmura Halil, rêveur...

— Quoi ?... si je dégotais le petit père Corot ?... Je vois le paysage
plus... nature, moi, et moins poétique, moins dans le bleu... Tenez, je
suis un homme positif et je vous dis : espérez, espérez !... Il a bien sa
corde sensible, votre Kassem, que diable ?...

— Oh ! c'est lui qui est l'homme positif !... Quand je lui parle de mon
père d'adoption et de la femme qui m'a tant aimé, il me répond : « Je
jure que j'ai largement récompensé... ces gens-là ; ils nous doivent
leur fortune !... »

— J'étranglerai ce Kassem, je vous en donne ma parole !... Et maintenant, nous arrivons à Tours, je crois... Oui, voilà, sous ce beau ciel
étoilé, les deux clochers de Saint-Gatien... Le train s'arrête quelques
minutes ; descendons-nous pour nous dégourdir les jambes ? Non... vous
n'espérez plus retrouver le suspect ?... Faites donc votre lit ; ma valise
vous servira d'oreiller !...

Quand le peintre, se promenant à grands pas le long du quai, passa
pour la seconde fois devant le fourgon des bagages, un homme, qui se
tenait debout, tête nue, sur le marche-pied, lui toucha légèrement l'épaule.

Robert se retourna et reconnut le suspect...

Il allait appeler Halil.

Le suspect lui fit signe de se taire, et dit rapidement :

— Vous *lui* êtes dévoué ?... Il vous aime, il a confiance en vous ?...

— Oui, répondit l'artiste...

— Eh bien ! ne le quittez pas un instant et promettez-moi de le ramener
le plus tôt possible à Paris... Sa vie n'est peut-être plus menacée comme
autrefois, mais... voulez-vous lui rendre un service, un service de frère ?...

— Parbleu...

— Faites qu'il attende encore quelques mois !... Adieu, je ne vous ai
rien dit, vous ne m'avez pas vu...

Robert Desnoëls revint sur ses pas en grommelant :

— Sapristi ! j'ai déjà pris deux engagements, d'Orléans à Tours ; si j'en tiens un, il me sera difficile de tenir l'autre !...

Va pour le dernier !... ajouta-t-il après une demi-minute de réflexion.

Et il remonta dans son wagon.

Halil se souleva sur le coude.

— Robert, demanda-t-il, vous m'avez dit que M. de Bellegarde est un industriel ?

— Grand industriel et grand spéculateur. Mais vous songez donc toujours à cette famille de Bellegarde ?...

— Ah ! si j'y songe !...

Robert Desnoëls ne se réveilla qu'à six heures et demie, en entendant une voix nasillarde qui criait :

— Libourne, trois minutes d'arrêt !...

— Halil, dit le peintre, j'ai donc sérieusement dormi ?

— Très sérieusement !

— Je suis le plus malheureux des hommes ; je n'ai pas vu Angoulême au lever du soleil !... C'était un de mes rêves, pourtant, de voir les premières lueurs du jour descendre sur l'Houmeau, et teinter de rose les eaux de la Touvre !

— Ne regrettez rien, dit Halil ; une brume épaisse couvrait la rivière et enveloppait toute la base du cône sur lequel la ville est perchée. Je n'apercevais que des toits et des cheminées au-dessus des arbres des remparts.

— Vous n'avez donc pas dormi, vous ?

— J'ai à peine fermé les yeux ; mais la fatigue me gagne, maintenant.

— Et vous n'avez pas vu le suspect lorsqu'il est venu reprendre son chapeau ?

— Non, répondit Halil étonné...

— Ah ! poursuivit le peintre, il faut convenir que la police de Kassem est bien faite. Ce diable d'homme et ses habiles agents nous donneront du fil à retordre... Tenons-nous sur nos gardes et... prenons patience !...

CHAPITRE VI

COUPS DE FEU DANS UN BOIS DE PINS

Deux jeunes officiers de hussards montèrent dans le compartiment.
Jusqu'aux environs de Bordeaux, Halil sommeilla et Robert fuma son
sixième ou septième cigare en regardant la rivière qui étincelait au soleil,
les vignobles des petites collines et les jolies villas dont les fenêtres
commençaient à s'ouvrir.

Lorsque le train sortit du tunnel de Lormont et que les regards des
voyageurs purent embrasser le magnifique spectacle du port, l'un des
deux officiers dit à son compagnon :

— N'est-ce pas pour ce matin, l'affaire du vicomte?

— Oui, entre huit et neuf heures, je crois, après le premier exercice
des recrues.

— Où est le rendez-vous?

— On parlait hier, au cercle, de la lande de Gazinet, près de Pessac.

— C'est l'épée qui a été choisie?...

— Non, le pistolet... L'adversaire n'a jamais touché une épée...
D'ailleurs le vicomte n'était pas l'insulté, il n'avait pas le choix...

— Quel homme est-ce donc, l'adversaire?

— Le fils d'un riche marchand de vins, un gros garçon, tapageur,
fort connu dans les théâtres et les cafés...

— Querelle de jeu, probablement?

— Oh! s'il ne s'agissait que de jeu!... Mais Mausseins est perdu de
réputation. Traqué par ses créanciers, il a eu recours à des expédients
inavouables. Il est entré au cercle avant-hier au moment où Cabidol, le
fils du marchand de vins, racontait certaine histoire de bijoux.

Robert Desnoëls ne put entendre la fin de la phrase.

— C'est un pauvre sire, ce Mausseins, reprit l'officier, élevant la
voix... Nature faible et nerveuse, avec des emportements d'enfant gâté.
Hier la violence avait fait place à l'abattement. Le malheureux vicomte
avait tout l'air d'un homme qui cherche à se faire loger une balle dans
la tête.... Parbleu! ce serait peut-être le meilleur moyen de sortir d'une
déplorable situation!

Le train venait d'entrer dans la gare de la Bastide. Robert Desnoëls
se leva comme pour reprendre sa valise, et dit à l'oreille d'Halil:

— Avez-vous entendu?..

— Oui. Est-ce d'un parent de M. de Mausseins qu'il était question?

— Mon ami, vous avez sauvé le père, je suis venu pour sauver le
fils... Nous allons essayer, du moins... Quelle heure est-il?

— Sept heures quinze.

— Nous arriverons à temps. Le tout est de trouver immédiatement
une voiture avec de bons chevaux.

— Vous me laisserez chercher cela, je vous prie.

Dix ou douze calèches monumentales et trois ou quatre omnibus de
famille attendaient dans la cour de la gare les voyageurs du train-
poste. Halil jeta son dévolu sur une *citadine* attelée de deux mules un
peu maigres mais très vives.

— Cours d'Albret, 17, dit Robert au cocher... Et vite, vite; il y a dix
francs de pourboire!

— Té!... rien de pareil pour les jambes de mes cocottes... Vous
allez voir ça, patron!

Deux minutes après, la citadine roulait sur le pont. Les deux mules, harnachées comme celles qui emportent si lestement les fiacres tou-lousains, faisaient sonner leurs grelots et filaient avec une rapidité qui émerveillait Robert. A sept heures et demie elles traversaient le quartier de la place d'Armes et descendaient à fond de train sur le cours d'Albret.

Elles s'arrêtèrent devant une grande maison neuve, dont le rez-de-chaussée était occupé par un ébéniste, un brocanteur et un coiffeur.

— Tiens! dit Robert, c'est de bon augure, la Providence fait déjà quelque chose pour nous! Entrez chez ce coiffeur, Halil, et demandez des torrents d'eau parfumée. Pour un prince oriental, c'est ce qui presse le plus, l'ablution. Je vous appellerai, si j'ai besoin d'un coup de main pour enlever mon sous-lieutenant.

Et le peintre, faisant signe au cocher d'attendre, entra dans l'allée du numéro 17.

Il pénétra dans la cour, cherchant vainement la loge du concierge.

Au fond de cette cour s'entr'ouvrit une fenêtre sur les vitres de laquelle était collé un écriteau ainsi conçu :

ÉLODIE BRANCASSE

LISSEUSE

Une jeune fille aux cheveux noirs, au teint chaud, apparut dans son négligé matinal. Les bras nus jusqu'aux coudes, le genou droit posé sur une chaise, devant une longue table à repasser, elle agaçait du bout du doigt un perroquet enchaîné à la barre d'un perchoir.

— Il est mignon!... Il est bien mignon!... disait-elle avec ce chanton-nement bordelais qui a parfois une harmonie câline.

Elle aperçut Robert et lui cria :

— Eh bé! que demandez-vous?

— Le concierge, mademoiselle.

— Est-ce qu'on a besoin de concierge, à Bordeaux?

— Alors, pourriez-vous me dire si c'est bien dans cette maison que demeure M. Lucien de Mausseins, sous-lieutenant de hussards ?

— Monsieur le vicomte?... mais, oui... Je *lisse* pour lui... Il est bien mignon!...

— Ah! A quel étage est son appartement ?

— Au deuxième... Voulez-vous que j'appelle M. Auguste, son bros-seur? Il est bien mignon !

— Non, merci, mademoiselle.

Et Robert monta en se disant :

— Ils sont donc tous mignons, à Bordeaux ?...

Il sonna au deuxième étage ; un soldat effaré vint ouvrir et dit :

— C'est pour un billet ?... Laissez la carte ; monsieur passera dans la journée. Mais... Monsieur est sorti...

— Où est-il?... dites vite, je vous prie... J'arrive de Paris pour une affaire fort importante.

— De Paris?... Avec l'argent?...

A tout hasard Robert répondit : Oui.

— Oh ! alors!... Quel malheur que vous ne soyez pas arrivé un quart d'heure plus tôt!... Monsieur aurait peut-être consenti à l'arrangement que proposaient les témoins.

— Il se bat... ce matin?

— Il se bat... On n'a pas pu lui faire entendre raison...

— Et il est parti?

— Il n'y a pas plus de dix minutes. J'ai vu, de la fenêtre, passer les voitures qui emmenaient Monsieur et son adversaire avec les témoins.

— Où a lieu le duel?

— Dans le bois de Gazinet, près de Pessac... Ah ! s'il savait que vous êtes là... avec l'argent!...

— Eh bien?

— Il changerait d'idées... Car, on peut bien vous dire çà, à vous qui êtes sans doute son ami...

— Un ami de la famille...

— Il est désespéré; il est parti comme un homme qui ne veut pas revenir!...

Le peintre se hâta de redescendre et consulta l'indicateur des chemins de fer.

— Ah ! murmura-t-il, tout est contre nous, ce matin !...

Le train d'Arcachon, qui dessert Pessac, partait de Bordeaux à huit heures, mais ne s'arrêtait pas à l'escale de Gazinet. D'ailleurs, serait-on avant huit heures, à la gare du Midi ? C'était plus que douteux.

— Que faire ?... se demandait Robert. Les deux adversaires et leurs témoins sont partis en voiture... Donc...

Sans formuler autrement sa conclusion, il entra chez le coiffeur, où son compagnon de voyage l'attendait.

— Halil, mon ami, dit-il à voix basse, nous sommes arrivés trop tard... mais j'espère encore. Venez vite, venez !

Et, courant au cocher de la citadine qui fumait sa cigarette sur le trottoir, il lui dit :

— Pouvons-nous rattraper deux voitures qui viennent de partir pour Pessac ?

— Qui viennent de partir ?...

— Il y a dix minutes.

— Té... ça dépend...

— Vingt francs de pourboire ! dit Halil.

— Oh ! si c'est comme ça !...

Le cocher fit claquer sa langue, et les deux mules, secouant leurs colliers de grelots, reprirent le trot accéléré.

— Halil, dit Robert Desnoëls, l'officier qui est monté dans notre compartiment, à Libourne, était très exactement informé. Le fils de M. de Mausseins se bat ce matin.

— Et vous pensez pouvoir empêcher ce duel ? répondit Halil.

— Je l'essaierai, du moins ; mais nous avons affaire à une de ces natures faibles sur lesquelles, dans certaines circonstances, il faut agir rapidement, pour ainsi dire avec brutalité. Vous m'aiderez à frapper le grand coup ?

— Volontiers !

— Cet enfant a fait des folies et peut-être commis des fautes graves. Il est au désespoir, il se voit déshonoré. En tous cas, à Bordeaux, sa réputation est perdue, sa carrière brisée. Il n'a plus qu'un espoir : c'est de se faire tuer !

— Il faudra donc le sauver malgré lui... comme son père ?...

— Oui, dit Robert Desnoëls, je ne regrette pas de vous avoir laissé deviner les causes du désespoir de M. de Mausseins. Il faut achever ce que vous avez si généreusement commencé : ramener à ce père son enfant plein de repentir, et de cet enfant faire un homme !...

Halil ne répondit pas, mais il pressa fortement la main du peintre cévenol.

On était enfin sorti du faubourg, et la citadine roulait encore plus rapidement sur la route, dans cette contrée peu accidentée où les riches vignobles confinent aux landes.

Aux abords du célèbre domaine de Haut-Brion, le cocher fit halte et questionna un cantonnier.

Les deux voitures qu'il s'agissait d'atteindre avaient suivi cette route.

— Elles allaient bon train, dit le cantonnier, à cinquante ou soixante mètres l'une de l'autre.

— Quelle avance peuvent-elles encore avoir sur nous ? demanda Robert.

— Oh ! une bonne demi-heure !...

— Et le brosseur me disait dix minutes ! grommela le peintre.

Les mules repartirent à fond de train ; le cocher, un petit bigourdan nerveux et ardent, jurait de brûler la demi-heure. A la montée de Pessac, il interrogea quelques passants.

— Ah ! les *pòbres* !... dit-il en se retournant vers Halil, nous les tenons, nous les tenons !... Nous avons encore gagné plus de dix minutes, et maintenant la plaine est unie comme un billard !...

Aux approches de Gazinet, cependant, on n'apercevait pas les deux voitures. L'embarras était grand. Plus de villages ; çà et là des hameaux perdus dans la sombre verdure des pins. A droite et à gauche de la route, des bois, des landes de genêts et d'ajoncs, puis des prairies que coupaient des sentiers étroits.

Le Bigourdan ralentit la marche de son attelage.

— Ça, s'écria-t-il, c'est le bout du monde !... Plus un chrétien pour vous répondre : « Tu vas bien, té, que Dieu te bénisse !... »... Oh ! mais on a des yeux !...

Il venait de voir des traces de roues dans la poussière blanche de la route.

— Deux calèches !... reprit-il... c'est lourd pourtant, et ça file plus vite que je ne pensais !...

A un demi-kilomètre après le passage à niveau du chemin de fer, les traces disparurent. Le Bigourdan les retrouva cependant à droite de la grande route, dans un chemin sablonneux bordé de ces fossés profonds d'où s'élancent les dards aigus des iris.

— Voyez !... dit-il... Est-ce qu'on a gagné les vingt francs tout de même ?

— Oui, répondit Halil, les voici.

Les deux calèches venaient de s'arrêter, à trois ou quatre cents pas, sur la lisière d'un bois de pins. Le Bigourdan engagea les roues de sa citadine dans les ornières creusées par ces pesantes voitures, et deux minutes après, ses voyageurs mettaient pied à terre.

Robert Desnoëls interrogea rapidement les cochers des calèches. Puis, franchissant le fossé, il pénétra dans le bois. Halil le suivit.

— Ici, à gauche !... dit le peintre. Ah ! sapristi, j'aperçois nos hommes ; nous sommes juste sur la ligne de tir !... Les témoins frappent dans leurs mains...

Une détonation le fit tressaillir.

— Voilà, dit tranquillement Halil, une balle qui ne tuera personne !... Elle a brisé une branche de ce pin, là, devant moi...

Un second coup de feu retentit.

— Ah ! s'écria Robert, comme je voudrais pouvoir dire avec les témoins que l'honneur est satisfait !... Mais voici le moment pénible, mon ami ; c'est nous qui allons tirer, et à bout portant !...

— Eh ! dit Halil, ne vous semble-t-il pas qu'on se dispose à recharger les armes ?... Le plus petit des deux adversaires paraît très ému, il gesticule vivement en parlant à ses témoins.

— Le plus petit, celui que nous ne voyons que de dos et qui a tiré le dernier ?

— Précisément. Est-ce le sous-lieutenant de Mausseins ?

— Je le crois ; sous la redingote noire, le jeune homme a, comme ses deux témoins, des allures toutes militaires.

— L'adversaire fait bonne figure et attend tranquillement l'issue des pourparlers.

— Il n'a plus de colère, lui ; si le vicomte faisait deux pas en avant, il en ferait quatre en disant : « Donnons-nous la main ; étions-nous assez bêtes ! »

— Oh ! mais votre vicomte manque absolument de tenue ; il s'emporte, il ne veut pas même laisser aux témoins le temps de délibérer !

— Je vous l'ai dit, il] voulait se faire tuer, et le voilà furieux de retourner à Bordeaux sans une éraflure !...

— Alors, que décidez-vous ?...

— En avant, mon ami, en avant !... Aux yeux des formalistes, notre intervention n'est peut-être pas très correcte, mais il serait absurde de laisser ces deux grands enfants se casser la tête, ou se trouer la poitrine.

Les quatre témoins s'étaient réunis dans un angle de la clairière où avait eu lieu le combat. La discussion devenait vive ; un des jeunes gens qui assistaient l'adversaire de Lucien de Mausseins dit très haut :

— Mais enfin, Messieurs, les rôles sont singulièrement intervertis ; votre ami n'est pas l'offensé !...

Robert et Halil s'avancèrent ; leur entrée en scène causa un mouvement de surprise et d'agitation.

— Je vais parler aux témoins, dit Desnoëls, chargez-vous du jeune fou, et frappez fort !

Halil se dirigea vers Lucien.

— Monsieur, dit-il d'un ton très ferme, nous arrivons de Paris ; nous sommes envoyés par votre famille, et nous ne souffrirons pas que vous recommenciez ce combat !...

A ces mots : « Nous arrivons de Paris », le sous-lieutenant s'était troublé ; mais presque aussitôt il reprit une attitude hautaine.

— Retirez-vous pour un instant, messieurs, mes témoins ont seuls qualité pour terminer cette affaire.

Halil voulut frapper le grand coup.

— Vos témoins, répliqua-t-il, auraient dû vous dire qu'il ne suffit pas de faire bonne contenance devant une épée ou un pistolet, lorsqu'on a des fautes à réparer.

— Des fautes ?... murmura Lucien pâlissant...

— Et l'honneur de sa famille à sauver ! poursuivit le prince. Dans la situation où vous êtes, Monsieur, ce n'est pas par un duel qu'on se réhabilite !

— Assez, monsieur, assez !... dit Lucien hors de lui. Je ne souffrirai pas que le premier aventurier venu me fasse la leçon. Ici, dans ce moment,... c'est plus qu'une inconvenance, c'est une insulte !... J'ignore votre nom, et vous intervenez, dans une affaire qui m'est exclusivement personnelle... Si vous n'aviez tout d'abord prétendu être envoyé par ma famille...

— Eh bien ?...

— C'est à vous que je demanderais raison.

— A moi ? répondit Halil avec le plus beau sang-froid. Au fait ! pourquoi non ?... Voici les témoins qui reviennent avec M. Desnoëls; nous allons leur soumettre le cas... Mais je dois les avertir tout d'abord que je suis un tireur plus redoutable que votre premier adversaire.

— Tant mieux ! s'écria le jeune homme. Je suis prêt.

Les témoins s'étaient rapprochés. Robert Desnoëls revenait avec eux, en disant :

— Vous vous êtes mis d'accord, n'est-ce pas, messieurs, et vous déclarez que l'honneur est satisfait ?

— Oui, répondit un des officiers de hussards qui avaient assisté Lucien ; il ne nous reste plus qu'à dresser le procès-verbal de la rencontre et à constater que l'attitude des deux adversaires a été excellente.

— Té !... s'écria l'offensé, le fils du marchand de vins, c'est tout ce que je demande, moi !... Constatez, constatez !... C'était la première fois que je voyais le feu !

Ce gros bon garçon se montrait fort gai, fort aimable ; il paraissait enchanté d'avoir fait ses premières armes.

Le sous-lieutenant, très pâle, les doigts crispés sur son pistolet, s'était à peine incliné devant les témoins.

Halil salua :

— Eh bien ! messieurs, dit-il, pendant que vous régliez ce différend par la seule solution raisonnable, j'ai joué de malheur, moi... Il paraît que j'ai insulté.

— Oh !... interrompit Robert.

— Le mot a été prononcé, mon ami !... Il paraît que j'ai insulté M. le vicomte de Mausseins. Comme je n'en veux pas convenir et que nous ne pouvons nous entendre...

Lucien eut un mouvement de colère.

— Comme décidément, poursuivit Halil, nous ne pouvons nous entendre, M. le vicomte et moi, nous allons sans doute vous prier de recharger les armes...

— Que dites-vous là ?... demanda Desnoëls stupéfait.

— Je dis que je voulais remplir un devoir d'honnête homme, et que M. Lucien de Mausseins ne m'a répondu que par des violences et des injures... Mais vous vous êtes présenté vous-même, Robert ; présentez-moi donc... je vous en prie... Il faut bien que je puisse trouver parmi ces messieurs un second témoin !...

— Messieurs, dit le peintre, le prince Halil...

Et il ajouta vivement :

— Un modèle d'honneur et de bravoure !

— Je vais, reprit Halil, afin que vous puissiez juger cette nouvelle querelle, répéter devant vous ce que je disais à M. le vicomte de Mausseins...

Lucien tressaillit et fit un geste de dénégation.

— Je ne propose pourtant qu'une chose raisonnable, dit le prince toujours calme. Il faut bien que ces messieurs sachent comment j'ai eu le malheur de vous offenser !... Mais si vous le préférez, expliquez vous-même...

— Non, non !... s'écria Lucien affolé. C'est moi qui vous ai insulté... et je ne rétracte rien !...

Robert s'avança, très ému :

— Malheureux, dit le peintre, si vous saviez !... Ecoutez...

— N'achevez pas !... interrompit vivement Halil. Je vous le demande... Je l'exige !...

Et, après avoir glissé deux mots dans l'oreille de Robert, il se mit à la disposition du sous-lieutenant.

— Vous tenez donc beaucoup, dit-il, en souriant, à me laisser prendre le rôle d'offensé ?

— Hé !... qu'importe ?... répondit le jeune homme tremblant de douleur et de colère... Faisons vite, c'est tout ce que je veux !...

— Au moins faudra-t-il savoir qui tirera le premier...

— Vous !...

— Alors... vous ne tirerez pas... Enfin, vos amis ont entendu ; ils décideront !...

Ces deux mots prononcés à voix basse par le prince Halil avaient subitement calmé l'émotion de Desnoëls. L'artiste ne songeait plus qu'à précipiter le dénouement de cette scène pénible. Un jeune Bordelais consentit à servir de second et les pourparlers s'engagèrent aussitôt.

Halil se retira à l'entrée de la clairière.

Quelques paroles énergiquement accentuées par Robert, arrivèrent jusqu'à lui :

— Oui, messieurs, immédiatement !

— Mais, objectaient les officiers, M. de Mausseins est dans un tel état d'agitation que les chances ne sont plus égales... Notre responsabilité devient grave, car nous sommes les témoins... d'un malade!...

Les mots « guérison » et « leçon », prononcés par Robert Desnoëls, parvinrent encore à l'oreille d'Halil.

Le prince rentra dans le bois; il y rencontra le premier adversaire de Lucien.

— Monsieur, lui dit ce jeune homme, je ne croyais pas avoir si mal visé tout à l'heure. Sur un espace de quatre mètres, à droite et à gauche de la ligne de tir, je ne trouve aucune trace de ma balle.

Halil sourit.

— C'est moi, répondit-il, que vous avez failli atteindre. J'étais là lorsque vous avez fait feu; votre balle a brisé cette petite branche de pin; elle a dû passer à quelques centimètres au-dessus de l'épaule de votre adversaire.

Le Bordelais rougit de plaisir. Il prit une carte dans son portefeuille et la colla sur la résine du pin; sa carte commerciale, à marque dorée :

MAISON AGÉNOR CABIDOL ET FILS

Fondée en 1760

Sous la haute protection de

M. LE DUC DE RICHELIEU

Spécialité des grands crus du Médoc

Halil souriait.

— Voici notre adresse, avec quelques indications de marques et de prix, ajouta le jeune Bordelais... S'il vous plaisait de visiter nos chaix! C'est une des curiosités de Bordeaux.

Cabidol fils devenait éloquent. Mais déjà Robert Desnoëls rappelait Halil.

En moins de cinq minutes, toutes les conditions du combat avaient été réglées. On rechargea les armes. Robert compta vingt-cinq pas et les adversaires prirent position.

Halil, qui devait tirer le premier, observa rapidement l'attitude et la physionomie du vicomte de Mausseins.

— Pauvre enfant!... pensa-t-il...

Les yeux gonflés et cernés, le sous-lieutenant se mordait la lèvre inférieure. Au lieu de s'effacer, il présentait toute la poitrine.

Il tenait son arme relevée, le canon à la hauteur de la joue.

Les témoins s'éloignèrent. L'un des officiers frappa dans ses mains.

Robert Desnoëls éprouva une émotion semblable à celle qu'il avait ressentie la veille, à Paris, lorsque Halil s'était mis debout sur la planche vacillante.

Au commandement, le prince fit feu...

Lucien poussa un cri de fureur...

La balle de l'adversaire venait de lui briser son pistolet à quatre centimètres au-dessus du pouce. Un éclat de bois l'avait légèrement blessé entre l'oreille et le cou.

Halil s'avança vers le sous-lieutenant.

— Je vous avais averti, dit-il, que vous ne tireriez pas. Cependant si vous désirez qu'on recharge mon pistolet ?...

Le jeune homme, détournant la tête, repoussa l'arme que lui présentait son adversaire.

— Non ?... reprit le prince... Et maintenant écouterez-vous M. Desnoëls, qui vient au nom de M. de Mausseins... de M. de Mausseins désespéré... mourant ?...

— Mon père !... répondit Lucien, fondant en larmes...

— Votre père !... dit Robert, qui était accouru sur un signe de son ami... votre père !... Ah ! s'il pouvait vous voir pleurer !... Et si Mlle Marthe était là, vous tendant les bras !...

Halil retourna vers les témoins et leur parla à voix basse. Les deux officiers et les trois Bordelais, remontant aussitôt en voiture, reprirent le chemin de Pessac.

Le peintre était resté seul auprès de Lucien. Il lui retraçait les scènes douloureuses dont il avait été témoin la veille ; il lui racontait la tentative de suicide de M. de Mausseins.

— Oui, lui disait-il, Mlle Marthe me l'a avoué en m'envoyant à Bordeaux, votre père a voulu mourir !... Au cri déchirant poussé par Mlle Juliette, je m'étais précipité à ma fenêtre... Je voyais tomber ce vieillard, ce malade, que ne pouvaient plus retenir les mains d'une enfant éperdue... Il me semblait entendre déjà le bruit de sa chute sur les dalles de la cour... Non, jamais je n'ai passé par de telles angoisses !... L'homme qui se dévoua pour essayer de sauver M. de Mausseins, lorsque nous désespérions tous... tous...

— Oh ! dites... dites !... supplia Lucien...

Bouleversé par ce récit, le jeune officier s'était laissé tomber sur l'herbe et sanglotait, la tête dans ses mains.

— Voyez, reprit Robert Desnoëls : l'homme qui a exposé sa vie pour votre père... le voilà !...

Halil venait de rentrer dans la clairière ; il regardait, il écoutait, beaucoup plus ému que pendant le combat...

— Misérable que je suis !... s'écria Lucien... misérable !... C'est vous monsieur, que j'ai insulté... vous !... Oh ! pardon, pardon !...

— Levez-vous, dit Halil, et donnez-moi votre main !...

— Non, je ne suis pas digne de votre pitié !... Vous auriez dû me tuer ; c'était faire justice... Et puis...

— Et puis ?...

— Ah ! mourir... mourir !... Je n'avais plus que cette pensée... que cet espoir... La mort... ou, ce soir... le déshonneur !...

— Le déshonneur !... répondit le prince... Quelle faute avez-vous donc commise ?... Oh ! je ne vous en demande l'aveu que pour aider à la réparer, si c'est encore possible...

— Réparer ?... Non, je sais trop bien que mon père est ruiné..., ruiné !...

— Monsieur de Mausseins, dit sévèrement Robert, il restait à votre famille un bien que jamais elle n'aurait aliéné... une réputation sans tache. C'est la dot de vos deux sœurs...

— Oui... oui !...

— Si vous croyez que votre mort puisse le sauver, ce dernier bien... le préserver de toute atteinte, nous vous laisserons mourir !... Le croyez-vous ? Répondez !...

Lucien courba la tête, accablé, atterré.

— Il faut donc vivre... vivre comme un homme de cœur qui n'a plus qu'une pensée : se relever, se réhabiliter par la dignité de ses mœurs et par l'acharnement au travail !... Si vous nous le promettiez, si vous le juriez...

Le sous-lieutenant se releva et dit en essuyant ses larmes :

— Regardez-moi, monsieur ; dites si vous doutez de mon repentir...

— Non, répondit Robert...

— Et de ma résolution ?...

Il y avait tant de sincérité dans ses yeux, tant de fermeté dans l'accent, que Desnoëls s'écria joyeusement :

— Ah ! l'enfant est mort... voilà l'homme !... Monsieur Lucien, nous retournons à Bordeaux, et avant midi vous irez payer vingt-deux mille francs... Qu'avez-vous donc, sacrebleu ?... Vous faisiez meilleure contenance devant le pistolet du prince... Passez votre bras sous le mien et venez !...

— Oui, je veux vivre, répondit le jeune officier, s'efforçant de dompter son émotion... vivre pour mériter votre estime, votre amitié...

Le regard qu'il attachait sur Robert exprimait la plus vive reconnaissance.

— Eh ! dit l'artiste, ce n'est pas nous qu'il faut remercier. Moi, d'abord, je n'allume pas mes cigares avec des billets de mille ; je suis peintre, et mes paysages ne se vendront que deux siècles après ma mort. Quant au prince, à cinq heures, lorsqu'il entra dans mon atelier, il ignorait la cruelle situation de votre famille. C'est M. de Mausseins et Mlle Marthe qui vous envoient les vingt-deux mille francs.

— Mon père... Marthe ?

— Ils les ont empruntés sur ce dernier bien dont je vous parlais tout à l'heure, sur l'honneur de la maison... Cette dette sacrée, vous l'acquitterez !...

— Je vous en donne ma parole !... répondit le sous-lieutenant.

— Vous la donnerez demain à votre père, dit Halil.

— Demain ?...

— M. de Mausseins, ajouta Robert, vous attend pour vous pardonner... En rentrant à Bordeaux, vous demanderez une permission de quinze jours ou d'un mois...

— Cette permission, murmura tristement Lucien, je crains fort de ne pouvoir l'obtenir...

— Nous irons avec vous chez votre colonel, et ce soir nous vous ramènerons à Paris. Je suis ponctuellement les instructions de Mlle Marthe... Oh ! mais vous êtes blessé !...

Le peintre venait de voir une large tache rouge sur le col et la cravate du sous-lieutenant.

— Blessé ?... Non, répondit le jeune homme, arrachant lui-même l'éclat de bois qui lui avait déchiré la chair... Quelques gouttes de sang pour une telle leçon, c'est peu !...

On chercha dans la lande un de ces ruisseaux qui coulent sur le gravier, et que les habitants du pays appellent des *jalles*.

Halil fit asseoir Lucien au bord du ruisseau, et pansa la légère blessure.

— Ne saviez-vous pas, dit-il à Robert, que j'avais appris un peu de médecine et de chirurgie ?... Kassem a même voulu me faire étudier spécialement le double chapitre des poisons et contre-poisons. C'est, à son avis, le complément indispensable du bagage scientifique, pour un Oriental.

Le Bigourdan était remonté sur son siège et criait à ses mules qui piétinaient dans le sable :

—. Hop ! hop ! les cadichoûnes !

Lucien de Mausseins retournait à Bordeaux avec le prince Halil et Robert Desnoëls.

Entre ces trois jeunes hommes, il y eut un instant de malaise. Le sous-lieutenant gardait l'attitude d'un accusé qui n'ose affronter les regards de ses juges.

Le peintre rompit la glace.

— Que diable, monsieur, dit-il, vous n'êtes point un grand coupable, je pense, et nous ne vous conduisons pas au conseil de guerre ! Ne voyez en nous que de bons camarades, heureux de vous rendre service... Que pouvons-nous faire maintenant pour vous être utile ?

— Ah ! murmura Lucien, si vous pouviez me faire retrouver l'estime de moi-même !...

— Eh ! répondit Robert, nous vous y aiderons ! Voulez-vous un conseil, pour commencer ? Travaillez, travaillez !... Faites la guerre aux besoins factices et forcez-les de battre en retraite !... L'homme le plus maître de lui-même est peut-être celui qui a le moins de besoins... Puis, épurez vos relations et ne vous livrez qu'aux gens qui ont à la fois de la tête et du cœur... Et si vous vous sentez trop faible, si vous avez peur d'être encore entraîné, enfermez-vous dans votre chambre, dans un vrai galetas de sous-lieutenant, et ne laissez que le moins souvent possible la clef sur la porte...

— Je voudrais être souvent auprès de vous, répondit Lucien. Vous me rendriez le courage et l'espoir...

— Eh bien, nous serons proches voisins, à Paris. Vous viendrez dans mon atelier et vous verrez quel homme je suis, quand j'ai bien travaillé... C'est cela qui sera contagieux !... J'éclate de bonheur, vrai, j'éclate !... On m'entend chanter, je crois, des deux pointes de l'île, et ça met tout le monde en train, les petites ouvrières des ateliers voisins, les serins des vieilles rentières et jusqu'aux hirondelles, qui sifflent plus joyeusement en passant devant mes fenêtres... Vous serez heureux autant que moi, monsieur Lucien...

— Heureux !...

— Oui, je vous en donne ma parole. Votre retour, votre repentir, vos bonnes résolutions ranimeront M. de Mausseins et lui feront aimer la vie... Ah ! quelle joie, là-haut, dans le petit appartement du quai de Béthune !... On vous attend, vous dis-je, on vous attend pour revivre... Vous verrez comme Mlle Juliette travaille, elle aussi, comme elle est active et gaie, cette jeune sœur !... Mlle Marthe est moins expansive, mais vous lirez dans ses yeux la satisfaction du devoir accompli. C'est elle qui vous a sauvé, elle, dont je ne parle qu'avec une sorte de vénération. Je sais combien elle vous aime...

— Malgré tout ?...

— Malgré tout ! Je l'ai compris hier, lorsqu'elle m'a fait l'honneur de venir chez moi avec Mlle de Bellegarde...

— Avec Mlle Clotilde ?...

— Une belle jeune fille envers qui vous avez contracté, je crois, une dette sacrée... Oh ! ne me questionnez pas ; ce que j'ai deviné, Mlle Marthe vous le dira demain.

Halil écoutait avec un vif intérêt. Il se pencha vers le sous-lieutenant et lui demanda :

— Vous connaissez Mlle de Bellegarde ?

— Je la voyais souvent, il y a quelques années, répondit Lucien. Elle était la meilleure amie de mes sœurs, au couvent de la rue de Vaugirard. Plus tard, jusqu'à la mort de ma mère, elle nous faisait de fréquentes visites. C'était le temps où j'avais de grandes ambitions. M. de Bellegarde voulait m'ouvrir un chemin dans l'industrie ; je regardais plus haut... et je n'aurais dû voir que Mlle Clotilde... Ah ! si ma famille était riche comme autrefois !...

Halil était redevenu sombre ; il se demandait pourquoi le mot de

Lucien : « Ah ! si ma famille était riche comme autrefois ! » l'avait fait souffrir.

Car il avait souffert, et il souffrait encore à cette pensée que Clotilde aurait pu être la femme de Lucien de Mausseins.

Que lui importait, cependant ? Il ne croyait pas aimer cette jeune fille, qu'il n'avait vue qu'un instant, qu'il ne reverrait sans doute jamais !...

Et pourtant, ses sourcils s'étaient subitement rapprochés, et dans ses grands yeux noirs avait passé cette lueur que Robert Desnoëls appelait « le reflet d'acier ! »

Si rapides qu'eussent été ces mouvements de physionomie, le peintre les avait remarqués. Il eut sans doute l'intuition du sentiment qu'éprouvait son ami, car il se hâta de dire :

— Il y a longtemps, monsieur Lucien, que vous n'avez vu Mˡˡᵉ de Belle-garde ?

— Longtemps, oui, répondit le jeune homme, mais je sais qu'elle a toujours des relations très affectueuses avec mes sœurs. Elle ne nous a pas abandonnés, elle, dans notre infortune !... C'est une nature d'élite. Marthe m'écrivait encore, il y a quelques mois : « Notre amie a la bonté, la grâce, l'intelligence élevée, les goûts délicats de sa mère. »

— Sa mère ! dit vivement Halil... Votre famille a été liée avec elle ?...

— Non ; nous ne l'avons pas connue. Mais M. de Bellegarde a plu-sieurs fois parlé d'elle à mon père et à mes sœurs. Il ne s'émeut peut-être qu'au souvenir de cette charmante femme...

— Quel homme est-ce donc, ce M. de Bellegarde ?

— Oh ! l'homme des grandes affaires... toujours calme et toujours en mouvement... Personne, à Paris, n'a une existence plus laborieuse et plus exactement réglée. On peut savoir, à deux ou trois minutes près, les heures auxquelles il se rend à la Bourse ou chez les banquiers, ou chez les ministres, ou dans les bureaux des sociétés industrielles. Sou-vent, il travaille en voiture avec un de ses secrétaires, se faisant lire des rapports, compulsant des dossiers, annotant des lettres, dictant des réponses ; jamais de temps perdu. En toutes choses, le calcul précis, l'ordre méthodique.

— Rien à l'imprévu, rien à la fantaisie ? dit Robert Desnoëls. M. de Bellegarde n'est pas mon homme !

— Sa volonté est énergique et tenace, poursuivit Lucien, et cependant il a l'apparence de la souplesse, l'abord facile, la physionomie affable.

— Oh ! trop d'habileté, alors !...

— Je ne sais, mais ses ennemis n'ont pu entamer sa réputation de loyauté. Ils ont vainement cherché une tache dans son passé, lorsqu'il a voulu se créer une situation politique.

— M. de Bellegarde a eu cette ambition ?...

— Quelque temps... Il a posé sa candidature à la députation dans son pays natal, et tout à coup, au grand étonnement des gens qui le connaissaient bien, il s'est désisté. Le gouvernement lui promettait, dit-on, un siège au Sénat. En tout cas, si M. de Bellegarde fait un jour partie d'une de nos deux assemblées, ce sera pour y jouer un rôle très actif. Il n'aime que le travail...

— Le travail et Mlle Clotilde ?... ajouta Robert.

— Oh ! Mlle Clotilde est maîtresse absolue dans l'hôtel de la rue de Tournon. Depuis la mort de Mme Léonard, une amie de sa mère, qui l'a élevée avec autant d'intelligence que de dévouement, elle ordonne et dirige tout. Le père semble heureux de lui abandonner une partie de son autorité. Cette belle jeune fille répand autour de lui le charme de son esprit et de sa bonté. Peut-être exerce-t-elle encore plus d'influence qu'on ne suppose. Elle a de l'énergie, elle aussi, et s'il lui fallait soutenir quelque grande lutte morale, je crois...

Robert et Halil attendirent vainement la fin de la phrase.

Halil surtout prêtait une extrême attention aux paroles de Lucien de Mausseins.

— Ne disiez-vous pas, demanda-t-il, que M. de Bellegarde avait posé sa candidature à la députation ?

— Oui, répondit le sous-lieutenant, il y a dix-huit mois tout au plus.

— Dans son pays natal ?...

— En Alsace, ou en Lorraine... Ah ! je me souviens maintenant, c'était en Lorraine qu'il espérait se faire élire. Il y passa plus d'un mois avec sa fille; mes sœurs écrivaient alors à Mlle Clotilde, à Metz, hôtel de l'Europe.

— Depuis quelle époque M. de Bellegarde et sa fille habitent-ils Paris ?

— Je ne pourrais vous fixer une date précise... Ah! je sais cependant que Mlle Clotilde a dû y être amenée peu de temps après la mort de sa mère. Elle nous disait un soir, devant la grille du Luxembourg : « C'est ici que Mme Léonard et ma nourrice m'apportaient presque tous les jours; j'ai fait mes premiers pas sur le sable de ce jardin, autour de la fontaine de Médicis. »

— Mme de Bellegarde n'est donc pas morte à Paris?

— Non. Je me rappelle que Mlle Clotilde faisait toutes les années un voyage à Metz ou aux environs de Metz. Elle allait s'agenouiller sur la tombe de sa mère... Oh! ne vous l'ai-je pas dit? elle a voué un culte à la mémoire de cette mère qu'elle n'a pu connaître. M. de Bellegarde et Mme Léonard lui parlaient si souvent de la chère morte... et ils lui en parlaient avec une telle tendresse, avec une telle admiration !...

Le regard humide d'Halil interrogeait encore Lucien de Mausseins.

— Mes sœurs m'ont raconté, poursuivit le sous-lieutenant, qu'il y a dans l'hôtel de la rue de Tournon une sorte de sanctuaire, une « chambre de l'absente » absolument semblable à celle où Mme de Bellegarde a rendu le dernier soupir. Si la mère de Mlle Clotilde pouvait revenir dans cette chambre, elle y retrouverait tout l'ameublement d'autrefois. Ses livres, ses albums de gravures et de dessins, sa musique, les quelques objets d'art ou de curiosité qu'elle avait recueillis en Lorraine, sont à leur place accoutumée. Le piano est ouvert, et sur le pupitre on a mis une mélodie qu'elle aimait. Le berceau de sa fille est auprès du lit, avec le fauteuil préféré, la petite table à ouvrage, la broderie... et le tableau mystérieux.

— Le tableau mystérieux?... dit Halil...

— Je ne sais, monsieur, reprit Lucien de Mausseins, si je devrais vous parler de ces choses intimes; mais j'ai cru comprendre que votre curiosité n'avait rien que de très bienveillant pour la famille de Bellegarde.

— Si l'un de nous a quelque reproche à se faire, répondit gravement Halil, c'est moi, moi qui vous ai questionné... Et pourtant mon ami Desnoëls vous affirmera que j'obéissais à un sentiment bien pur...

— Bien honorable! dit Robert.

— Oh! je ne pouvais en douter, répondit Lucien... Voici donc ce que je sais du tableau mystérieux auquel je faisais allusion : c'est un petit portrait à la sanguine. On a voilé le dessin et son cadre d'un crêpe très épais. M. de Bellegarde a prié sa fille de ne jamais soulever ce voile devant lui. C'est étrange, n'est-ce pas?... D'autant plus étrange que le petit portrait est une gracieuse tête d'enfant. Mes sœurs l'ont vu...

— Une tête d'enfant!... murmurait Halil...

— Dessinée par Mme de Bellegarde.

Halil se rapprocha de Robert et lui dit rapidement à voix basse :

— Je voudrais voir ce portrait... mon ami; vous aurez peut-être bientôt l'occasion de visiter l'hôtel de la rue de Tournon.

— Comment?... demanda le peintre.

— Si vous y portez l'étude de paysage que vous avez offerte à Mlle Clotilde...

— Ah! oui... Eh bien?...

— Je songeais... à vous accompagner. Mais non, c'est impossible!... Et puis un étranger ne pénétrerait pas dans la chambre de l'absente. Oh! pourtant voir cette chambre... et ce dessin !...

— Qui sait !... répondit Robert, j'y songerai.

— Monsieur Lucien, reprit Halil, vous avez été plusieurs fois reçu à l'hôtel de la rue de Tournon ?

— Très souvent, dit le sous-lieutenant.

— Vous devez y avoir vu un portrait de Mme de Bellegarde.

— Oui, dans le grand salon, un très beau portrait, peint tout récemment, d'après un daguerréotype. Mais le portrait le plus ressemblant de de Mme de Bellegarde, c'est Mlle Clotilde... Oui, Mlle Clotilde; elle a, de sa mère, disent les vieux amis de la maison, la taille élancée et un peu frêle, le teint délicat, les cheveux blonds, l'œil intelligent et doux, tout, même les attitudes, la démarche, la voix!...

Halil pressa silencieusement la main de Robert et se replongea dans son rêve, dans le plus cher de ses rêves.

— Ah! pensait-il, si je parvenais enfin à retrouver la famille qui m'avait recueilli, et si tous mes souvenirs se réveillaient, se ravivaient dans la chambre de l'absente!... Et si j'y revoyais le berceau de la petite fille que je nommais ma sœur..., et si cette enfant que j'ai tant aimée était Clotilde de Bellegarde !

La citadine du Bigourdan roulait sur le pavé de Bordeaux, et Robert songeait à la partie la plus délicate de la mission que lui avait donnée

Mlle Marthe de Mausseins. Il devait, avant midi, payer les vingt-deux mille francs.

— Onze heures et demie, dit-il au moment où la voiture débouchait sur le cours d'Aquitaine ; monsieur Lucien, j'ai reçu l'ordre de vous accompagner chez un joaillier... Indiquez donc l'adresse au cocher.

— Cours de l'Intendance, numéro 12, répondit Lucien rougissant.

— Voulez-vous y aller seul ?... reprit Robert. Voici la somme.

Et le peintre tirait de son portefeuille une liasse de billets de banque.

— Allez donc, ajouta-t-il, nous vous attendrons à l'endroit que vous nous désignerez, chez vous si vous voulez.

— Merci, monsieur, dit le sous-lieutenant, mais venez avec moi, je vous en prie, j'ai un dépôt à remettre entre vos mains.

— Un dépôt ?

— Une garantie de mes promesses et de mes résolutions.

La citadine s'arrêta sur le cours de l'Intendance, à quelques pas de la place de la Comédie. Lucien, très troublé, mit pied à terre en balbutiant :

— Entrez avec moi, monsieur Desnoëls.

— Non, non, répondit vivement Robert.

Quelques minutes après, le sous-lieutenant sortait du magasin du joaillier. Si brèves qu'eussent été les explications, elles avaient dû être pénibles. Le sous-lieutenant rapportait tous les billets signés L. de Mausseins. On venait de lui dire assez nettement pourquoi aucun de ces billets n'avait été mis en circulation.

Le joaillier, un israélite doucereux, avait suivi son jeune client jusque sur le trottoir et lui disait en souriant :

— Oh ! monsieur le vicomte peut être assuré de notre discrétion. Nous avions dû prendre quelques renseignements, mais ils ont tous été si favorables à M. de Mausseins... M. le comte est un homme d'honneur, il n'aurait pas laissé protester la signature... de son fils !...

Lucien ne répondit pas. Accablé de honte, il se jeta dans la citadine du Bigourdan et se laissa tomber sur les coussins en balbutiant :

— Monsieur Desnoëls, pourquoi ne m'avez-vous pas laissé mourir ?

— Parce que vous n'êtes pas un lâche, répondit Robert, et que vous aurez l'énergie de vous relever... Allons, donnez-nous vos deux mains et regardez-nous, là, bien en face !... Nous voulons être vos amis, vos deux meilleurs amis.

Une larme roula sur la joue de Lucien.

Le sous-lieutenant déposa les billets sur les genoux de Robert.

— Monsieur, dit-il, voici le dépôt que je désirais vous confier. Si vous me voyez m'engager encore dans le mauvais chemin, remettez ces billets sous mes yeux... Cela suffira !

— Je vous le promets, s'écria le peintre, et, maintenant, déjeunons !... L'air des Landes donne un appétit du diable. Voyons, où déjeune-t-on, à Bordeaux?... J'ai entendu parler de certain restaurant du *Chapon fin,* est-ce loin d'ici ?

— Non; mais si vous le voulez, je ferai apporter le déjeuner chez moi.

— Pourquoi ?

— Il me semble que le premier passant venu, dans cette ville où j'ai commis tant de fautes, a le droit de me mépriser.

La citadine ramena les trois jeunes gens au numéro 17 du cours d'Albret. Un soldat attendait sous la porte cochère.

— Mon lieutenant, dit-il à voix basse, le planton du colonel a apporté ce billet.

— Donne, et va commander à déjeuner pour trois personnes.

Lucien prit le billet et lut.

— Messieurs, dit-il, je suis aux arrêts pour huit jours, et il faut que je parte avec vous ce soir,... ce soir !...

— Nous irons chez votre colonel, répondit Robert, et nous lui dirons que M. de Mausseins est gravement malade, qu'il attend son fils avec une douloureuse impatience. A quatre ou cinq heures vous serez libre.

Le peintre fit tout ce qu'il put pour égayer le déjeuner, mais il ne parvint pas à dissiper la tristesse de Lucien.

Cinq ou six fois, d'ailleurs, ce déjeuner fut interrompu par des créanciers qui accouraient effarés. Ils avaient entendu dire que le vicomte de Mausseins s'était battu en duel, ou qu'il allait se battre dans les landes de Pessac. A chaque coup de sonnette, le jeune homme tressaillait.

— Monsieur, lui dit Halil, vous avez encore quelques dettes à Bordeaux? Dressez-en l'état immédiatement et veuillez me le remettre. Vous écrirez à vos créanciers qu'ils seront intégralement désintéressés dans la huitaine.

Lucien ne savait comment exprimer sa reconnaissance.

— Oh! ajouta le prince souriant, ce n'est pas un service sans conditions que je veux vous rendre. Il me donnera le droit de veiller sur mon débiteur !...

— Prenez garde, dit Robert, nous aurons sur vous double autorité !... Et maintenant, nous allons chez votre colonel. Où demeure-t-il, cet homme terrible ?

— Sur la place d'Aquitaine.

A cinq heures, Robert revenait seul.

— Le colonel, dit-il, est allé passer une partie de l'après-midi à Libourne. Halil l'attendra ; mais nous ne pourrons prendre le premier train express pour Paris. Je viens de télégraphier à M. de Mausseins que nous arriverons demain soir à six heures, et que tout va bien, tout, même l'état moral !

Halil ne rentra qu'à huit heures et demie. Il paraissait fort préoccupé.

— Monsieur Lucien, dit-il, vous avez écrit à vos créanciers ; toutes vos affaires sont terminées ?

— Oui, monsieur.

— Vous nous exprimiez ce matin, je crois, le désir de ne pas revenir à Bordeaux ?...

Le sous-lieutenant pâlit.

— Ah ! murmura-t-il, je suis jugé !...

— Jugé, reprit gravement Halil, comme un jeune homme faible et imprudent, mais qui fera désormais preuve de courage et de fermeté. Votre colonel vous aime, monsieur, il croit à la sincérité de votre repentir ; mais il pense, comme moi, comme M. Desnoëls, que vous ne pourriez avant de longues années, dans l'état militaire, venir en aide à votre famille. Or, c'est pour la famille, n'est-ce pas, que vous devez travailler, vous sacrifier, s'il le faut ?...

— Oui !... Mais que faire ?

— Nous étudierons cette question à Paris. L'idée m'est venue tout à l'heure de me faire présenter à M. de Bellegarde et de lui demander ses conseils, son assistance, pour votre avenir. Ecrivez donc votre démission ; nous la porterons ensemble au colonel, qui veut vous serrer la main.

Lucien était atterré. Il comprenait que la carrière militaire lui était absolument fermée.

— Monsieur Lucien, reprit Halil, je vous affirme que le colonel, comme nous, n'a en vue que l'intérêt de votre famille.

La gorge serrée, la lèvre tremblante, les yeux gros de larmes, le sous-lieutenant ne pouvait répondre.

Il écrivit sa démission.

— Bien, mon ami! s'écria Robert... Vous allez maintenant travailler pour quatre!...

Et le lendemain, à six heures et demie, les trois jeunes gens étaient à Paris. Lucien et Robert entraient dans la maison du quai de Béthune.

CHAPITRE VII

Penchée sur la rampe de l'escalier, Juliette criait joyeusement :

— Père, les voilà !...

— Ah ! dit Lucien, le cœur me
manque... Je devrais monter cet
escalier sur les genoux !...

— Courage... ! dit Halil... Demain, à cinq heures, je viendrai vous demander des nouvelles de M. de Mausseins. Nous nous reverrons dans l'atelier de M. Desnoëls.

— Comment, s'écria Robert, vous ne venez pas avec nous?...

— Non, et même je vous prie de ne pas dire que je vous ai accompagné à Bordeaux. Pas un mot, s'il vous plaît, de mon intervention dans les affaires de M. Lucien.

— Venez du moins m'attendre un instant chez moi, Halil, dit le peintre cévennol; j'aurai peut-être tout à l'heure des choses intéressantes à vous apprendre. Et il ajouta :

— Mˡˡᵉ de Bellegarde est là-haut...

— Chez M. de Mausseins ?

— Oui, vous n'avez donc pas vu son coupé, à gauche de la porte cochère?...

— Non, non, adieu!... Il me tarde de rentrer chez moi... J'aurai, ce soir, avec Kassem, une explication qui sera probablement décisive.

Halil sortit rapidement et se dirigea vers la voiture de place qui l'avait amené de la gare d'Orléans. Mais il aperçut sur le quai le coupé de Mˡˡᵉ de Bellegarde.

— Oh ! se demanda-t-il, ai-je donc été si troublé à la seule pensée de revoir cette jeune fille?...

Et au lieu de rentrer immédiatement chez lui, il dit au cocher de fiacre : — Attendez.

Puis, remontant en voiture et relevant les glaces, il observa tantôt la porte de la maison qu'habitait M. de Mausseins, et tantôt l'élégant coupé, attelé d'un bel alezan que promenait au petit pas un domestique en livrée bleu de roi.

Point d'armes aux portières de ce coupé; un chiffre seulement, composé de deux lettres entrelacées : les initiales *M. B.*

Chaque fois que l'alezan, dans sa lente promenade, revenait vers le pont de la Tournelle, les yeux d'Halil se fixaient obstinément sur ces chiffres. Pourquoi cet accouplement des initiales *M. B.*?... C'était comme une énigme irritante.

Deux noms s'unirent dans l'esprit du jeune homme : Mausseins-Bellegarde.

Halil se souvint d'un trait de superstition orientale, que Kassem lui avait raconté :

« Un Arabe qui pense à se marier a vu dans ses rêves une femme
« inconnue ; il va consulter les *tholbas*. — *En cha Allah* (s'il plaît
« à Dieu), les signes se rapprochent devant l'œil du songeur, disent les
« marchands de philtres et de talismans. — Un *thaleb* apporte le Koran,
« ou les Hadite-Sidna-Mohammed. L'Arabe ouvre le livre au hasard. Si la
« page de gauche commence par la première lettre de son nom, la lettre
« qui suit est le *signe de la femme du rêve*. C'est probablement l'initiale
« de la future épouse, ou celle de sa famille, ou à tout le moins celle de
« sa tribu. Et ce qui doit arriver arrivera, toujours s'il plaît à Dieu ! »

Halil sourit en se rappelant cette puérile explication des *tholbas*. Mais
un instant après, il se demandait si c'était bien le hasard qui venait de
rapprocher Mlle de Bellegarde et le fils du comte de Mausseins. La première personne que Lucien avait saluée, à son retour à Paris, la première après Juliette, c'était peut-être Clotilde !

— Eh bien, se dit le prince, pourquoi pas ? Ce qui doit arriver
arrivera... *en cha Allah !*

Il se sentait attristé, maintenant, comme à Bordeaux lorsque Lucien
lui exprimait son admiration pour Mlle de Bellegarde ; et comme à Bordeaux il avait honte de ce sentiment de tristesse.

Abaissant brusquement la glace de droite, il se pencha à la portière ;
mais au moment où il allait dire au cocher : « Avenue de Villiers, 28 »,
Clotilde apparut sur le quai.

Relevant de la main gauche sa longue robe de faille noire, la jeune
fille se retourna vers la porte du numéro 45 et dit à Juliette qui l'avait
accompagnée :

— A demain, ma chérie... Nous parlerons plus longuement de tous
nos projets !

Elle remonta dans sa voiture. Un homme de haute taille, vêtu avec
une élégante simplicité, la rosette rouge à la boutonnière, sortit de la
maison de M. de Mausseins. Il mit un baiser sur le front de Juliette et se
dirigea vers le coupé aux initiales *M. B.*

Halil l'examinait avec une curiosité inquiète.

Cet homme était de ceux dont on dit « qu'ils n'ont que l'âge qu'ils
veulent avoir ». A première vue on ne lui aurait pas donné plus de quarante-cinq à quarante-huit ans. Les cheveux commençaient à blanchir
au-dessus des tempes, mais le visage n'avait pas une seule ride. La tête

8

était ferme sur de fortes épaules, le teint clair, la lèvre fine, l'œil peut-être trop couvert.

La main, un peu large et grasse, se posait sur la portière du coupé, lorsque deux cavaliers, un officier supérieur et son ordonnance, débouchèrent du pont de la Tournelle et descendirent la pente du quai de Béthune.

L'officier, un général de brigade en petit uniforme, montait un magnifique cheval arabe.

Il passa devant la voiture d'Halil et se dirigea vers le coupé en disant :

— Monsieur de Bellegarde !...

Le personnage qui accompagnait Clotilde fit un mouvement de joyeuse surprise et s'avança jusqu'au milieu de la chaussée.

Le général mit pied à terre et salua très affectueusement M. de Bellegarde. De part et d'autre, il y eut beaucoup d'empressement et d'apparente cordialité.

Une causerie fort amicale s'engagea devant la portière du coupé. Clotilde avait tendu sa main, et Halil remarqua que le général retenait cette main aussi longtemps que les convenances le lui permettaient.

Il était jeune, ce général, il avait une physionomie ouverte, des allures vives..., sans doute de l'esprit, car Clotilde prenait plaisir à l'écouter.

Halil pouvait apercevoir le profil souriant de la jeune fille. Il épiait les gracieux mouvements de la tête blonde et les ondulations du buste à demi-penché.

Eh bien, ce n'était pas cette Clotilde dont l'apparition l'avait si profondément ému. Lorsqu'elle était entrée avec Marthe de Mausseins dans l'atelier de Robert, elle était à la fois grave et attendrie. Un instant après, quand, parmi les études de paysage, elle avait reconnu les rochers d'Arbonne, son regard exprimait une émotion d'artiste ; tout en elle, disait le peintre, avait un *accent* de sincérité. Maintenant, elle jouait un rôle, elle mimait avec une coquetterie séduisante, elle donnait la réplique avec une prestesse qui devait émerveiller l'interlocuteur.

— Elle ne l'aime pas, peut-être, se dit Halil... mais lui ?...

De qui voulait-il parler ?

Le général pressa encore la petite main gantée et s'élança sur son cheval arabe, qu'il fit piaffer avant de le remettre à l'amble, sa meilleure allure.

Halil entendit M. de Bellegarde qui disait :

— Oh ! très beau..., très beau !...

— Un pur *saharien*, répondit le général...

C'est ce *Mebrouk* qu'on a envoyé du Maroc ; Sa Majesté m'en a fait cadeau avant-hier.

— Que veut dire *Mebrouk* ? demanda Clotilde.

— Mademoiselle, j'irai m'en informer ; peut-être a-t-on envoyé des lettres arabes avec les chevaux !...

Et le général, enchanté d'avoir eu le dernier mot, se dirigea vers un hôtel dont on apercevait la terrasse, plantée de tilleuls, à la pointe de l'île.

Le coupé de M. de Bellegarde remonta le quai et s'engagea sur le pont.

A sept heures, Halil rentrait dans sa maison de l'avenue de Villiers.

— Aujourd'hui, dit-il avec énergie, Kassem parlera !

Cette habitation de l'avenue de Villiers était un grand pavillon construit vers 1775, entre cour et jardin, à l'angle d'un parc des Ternes.

Kassem avait fait entourer la cour d'une haute galerie en hémicycle, sous laquelle étaient les écuries, les remises, la loge du concierge et les chambres des palefreniers. Au-dessus de cette galerie régnait un promenoir couvert d'une légère toiture dorée, et défendu contre la curiosité des voisins par une cloison de bois peint découpée en fines arabesques, comme les *moucharabis* du Caire.

C'était bizarre sans doute, cette construction orientale accolée à des bâtiments Louis XVI, mais on n'en était plus, dans le quartier, à s'étonner des bizarreries de Kassem et des fantaisies d'Halil.

Au milieu d'une pelouse, entre deux vastes volières de bambou, le triple jet d'une fontaine retombait dans un bassin pavé de marbres de couleur.

Lorsque Halil rentra dans la cour, Abdallah était assis sur un banc de pierre, devant le bassin, regardant tristement un flamant rose qui venait de mourir à ses pieds.

Au bruit que fit la porte cochère en se refermant, le domestique noir releva la tête.

Il se hâta de cacher l'oiseau mort dans le gazon, derrière le banc, et alla baiser la main et le genou du jeune maître.

— J'ai vu... dit Halil en affectant de sourire. Décidément, les flamants du lac Menzaleh ne peuvent vivre au bord de cette cuvette... Nous en avons perdu deux, à la fin de mars, pendant les dernières neiges... Mais qu'as-tu donc ?... Vas-tu dire encore : « Mauvais présage ».?

Adallah, roulant de gros yeux humides, répondit :

— Sois le bienvenu, notre seigneur ; que le mal soit loin de toi !

Kassem descendait le perron, répétant la formule arabe que venait de prononcer le noir.

C'était un vieillard encore robuste. Il ressemblait singulièrement à l'inconnu que Robert Desnoëls appelait « le suspect ».

Halil, à son retour de Bordeaux, fut frappé de cette ressemblance.

— Ce sont les mêmes yeux fendus en amande, pensa-t-il, c'est le même nez busqué dont l'arête est presque tranchante, et le même menton pointu, et la même lèvre sèche... mais le suspect est plus grand et plus jeune... Et puis Kassem, avec sa longue barbe blanche, avait une physionomie vénérable.

Coiffé d'un tarbouch rouge-sombre et vêtu d'un paletot râpé dont les manches semblaient s'être raccourcies sur ses poignets noueux, il traînait ses babouches de cuir jaune dans le sable de la cour.

Comme le domestique noir, ce vieillard s'inclinait pour baiser la main et le genou d'Halil.

— Non, non, dit le jeune homme, vivement étonné de ces marques de respect... Que fais-tu donc ?

— Permets, *Sidna !*... (Notre Seigneur) répondit Kassem sans se relever.

— Pourquoi *Sidna ?*... reprit Halil... Que signifie cet accueil ?...

— Ce sera ainsi désormais...

— Ainsi?...

— Puisque tu t'es affranchi de l'ami ! répliqua le vieillard dont la voix tremblait un peu... Mais le serviteur te reste... Tu as fait comprendre que tu voulais être le maître, le seul maître... c'était ton droit !

Halil saisit les longues mains de Kassem et les serra fortement. Il était affligé et irrité.

— Ecoute, dit-il à voix basse, tes espions affirment...

— Mes espions?

— Les gens qui, sur ton ordre, me suivent partout...

— Pour veiller sur toi, pour éloigner de toi le danger que tu ne soupçonnes pas... Il est bon que tu le saches enfin, l'homme qui t'a suivi à

Bordeaux est comme moi ton serviteur dévoué ;... c'est mon frère !...

Halil tressaillit.

— Eh bien ! répliqua-t-il, ton frère m'affirmait que tu n'avais jamais menti... Et ce que tu viens de dire n'est pas la vérité... Tu sais que je ne veux pas être le maître, le seul maître... Oui, tu le sais... Mais ce n'est pas ici que nous devons échanger des explications maintenant inévitables... Suis-moi !

— Je t'obéis, répondit le vieillard toujours très respectueux.

Halil monta rapidement le perron et traversa un grand vestibule où deux domestiques attendaient ses ordres.

— Le bain dans vingt minutes, dit-il en passant ; le souper à neuf heures...

Et soulevant une tapisserie persane tendue entre deux colonnes, il se dirigea par un large escalier vers cette partie de l'habitation que les Orientaux nomment le *divan*.

De l'hôtel de l'avenue de Villiers on disait quelquefois : « C'est la maison des muets ». Les domestiques, choisis avec un soin méticuleux et sévèrement éprouvés par Kassem, n'oubliaient jamais que leur première vertu devait être la discrétion. C'étaient des Suisses de l'Engadine, calmes, sobres, laborieux, âpres au gain.

Abdallah, l'Abyssinien, — tache noire parmi ces visages blancs de montagnards roumanches, — Abdallah seul avait son franc-parler et ses libres allures. Le jeune maître, sûr de son affection, l'avait particulièrement attaché à sa personne ; il lui aurait été impossible de trouver un chien plus fidèle que son *habesch*.

L'habesch voulut suivre son *sidi*, mais Halil n'eut qu'à faire un signe de tête : le noir s'assit sur la première marche de l'escalier.

C'était sur les combles du grand pavillon, au milieu d'une terrasse à l'italienne, qu'Halil avait fait construire son *divan*.

La pièce principale de ce petit appartement prenait jour sur le jardin. Les grillages en arabesques des deux fenêtres cintrées tamisaient la lumière, et les vitraux des arcades plaquaient de reflets muticolores le stuc poli des parois.

Dans les niches blanches et sur les tablettes de bois découpé, brillaient quelques beaux spécimens de l'ancienne orfévrerie de Damas, de Constantinople et de Téhéran. Du centre du plafond aux caissons peints, aux poutrelles sculptées, descendait un petit lustre d'argent bruni.

Sur une épaisse natte turque étaient rangés en demi-cercle des coussins, des tables très basses, des tabourets, des plateaux, des bassins de cuivre et des narghilés.

Beaucoup de livres épars ; deux tableaux seulement : une *Caravane*, de Marilhat, et une *Fantasia*, de Fromentin ; et pas d'autre meuble parisien qu'un petit piano de Pleyel, au-dessus duquel était accroché un violon.

Halil s'était jeté sur une pile de coussins ; debout devant lui, Kassem attendait.

— Mais assieds-toi donc, dit le jeune homme, et écoute-moi.

— J'écoute, sidi, répondit Kassem en se courbant pour dérouler le tuyau d'un narghilé. Permets que je te serve, puisque tu n'as pas laissé monter ton habesch !

Halil ne put réprimer un mouvement de colère.

— Je ne souffrirai pas cela, s'écria-t-il. Ces démonstrations de respect sont de cruelles ironies ! L'existence que tu m'as faite était bien déjà assez triste ; si tu prends à tâche de la rendre encore plus pénible, je partirai !...

— Non, non, dit vivement le vieillard en s'asseyant, je ferai ce que tu voudras, comme toujours, et tu ne partiras pas... Où irais-tu ?... Que deviendrais-tu ?

— Eh ! reprit Halil, que m'importe ? Le dernier des bohèmes qui battent le pavé de Paris est peut-être plus heureux que moi... Cette fortune que tu me donnes...

— Mais c'est la tienne !...

— Cette fortune, je la hais...

Kassem avait promptement repris tout son sang-froid.

— Tu la hais !... dit-il avec un étrange sourire, et pourquoi ?... Va, tu en feras plus de cas dans quelques années... Moi, je n'en veux pas à mon père de m'avoir répété mille fois le proverbe des Arabes : « Le chien est le chien, mais quand il a de l'argent, on l'appelle monseigneur le chien ! »

Halil fit un geste de dédain.

— Et moi, répliqua-t-il, j'appellerai toujours un rustre un rustre, un brigand un brigand, et un homme inutile, comme moi, un homme inutile !... Cette oisiveté que tu m'imposes, me fait honte...

— Le temps viendra !... dit simplement Kassem.

— Ah ! j'attendais cette réponse, reprit le jeune homme... « Le temps viendra ! » C'est un de ces vagues oracles avec lesquels autrefois on calmait l'impatience des peuples malheureux... L'amusette est encore assez bonne pour des enfants !

— Tu es le maître de tout, riposta le vieillard, de tout excepté du temps !

— Je ne veux pas être le maître, te dis-je, je veux être libre... libre !...

— Eh ! ne l'es-tu donc pas ?

— Encore une raillerie !... M'as-tu laissé choisir mes relations ?... Toutes les affections de mon enfance, tu t'es fait un jeu de les briser... et depuis... depuis...

— Tu as des amis, pourtant...

— J'en ai un... et c'est à peine si j'ai osé quelquefois l'amener dans cette maison !

— Pourquoi ? demanda Kassem... Je l'estime, ce jeune homme, j'ai confiance en lui. Il t'aime celui-là, sans calcul, sans arrière-pensée ! Et la preuve qu'il t'aime ainsi, c'est que, tout en me détestant, car il me déteste, n'est-ce pas ? il serait, si je le voulais, un de mes plus sûrs alliés.

— Lui ?...

— Je n'aurais qu'à lui donner certaines explications, à le prier de modérer tes impatiences, de veiller sur toi, de faire, en un mot, ce qu'il vient de faire pendant votre voyage à Bordeaux... et ailleurs.

— Ailleurs ?... Donc, jusqu'au dernier moment, tu nous as fait suivre, tu nous as fait épier ?... C'est ainsi que je suis libre !...

— Oh ! tu le seras pleinement désormais... Je compterai sur ton ami, M. Robert Desnoëls. Une dure expérience m'a appris à me servir des hommes, à utiliser ceux qui peuvent être des instruments solides...

— Robert... un instrument entre tes mains ! Alors je romprais avec lui, je ne le verrais plus... Au fait, je suis bien naïf, c'est ce que tu veux, sans doute... nous séparer ?...

— Ah ! tu vas dire encore que je me fais un jeu de briser toutes tes affections !... Enfant, enfant cruel !...

— Eh bien! oui, reprit Halil après un instant de réflexion, j'étais injuste... Je consens à tout... Demain Desnoëls viendra passer la soirée ici; tu lui révéleras ce que tu t'obstines à me cacher.

— Cela n'est pas en mon pouvoir, répondit tristement le vieillard... Un autre ordonne, j'obéis!...

— Ainsi je continuerai de vivre dans cette douloureuse incertitude?... Je ne saurai pas si j'ai une famille... je n'aurai pas l'espoir de prendre un jour ma place au foyer d'un honnête homme. Encore une fois je te prie... Kassem!... Une parole me rendrait le courage... Tu ne me réponds pas? Rien ne peut donc t'émouvoir?

Halil s'était rapproché de Kassem, il lui tendait la main, il le suppliait du regard...

— Un seul mot, reprit-il, un seul mot, et je ferai tout ce que tu voudras, aveuglément!...

— C'est ma vie que tu me demandes, dit Kassem, et si ce sacrifice pouvait te préserver de tout mal, je le ferais avec joie... Mais...

— Ta vie pour un mot... tu as dit ta vie?...

— Oui, pour un mot imprudent sur... celui qui commande!...

— Je ne t'interrogerai plus... murmura le jeune homme accablé. Mais, reprit-il avec sa douceur caressante, tu peux bien sans danger... sans manquer à tes serments, me parler de ma mère?...

Le vieillard se leva et se dirigea vers la porte.

Un cri d'Halil le fit revenir sur ses pas.

— Tu me fais souffrir, balbutia Kassem, et tu vas souffrir, toi aussi... Je t'avais pourtant fait comprendre... rappelle-toi...

— Dis!...

— Ta mère a été une douce victime... Elle est morte frappée par la main qui, un an après, atteignait en France ma femme et mon fils... Ah! si nous nous retrouvons jamais face à face avec... l'*implacable*, quels comptes nous aurons à lui demander!... Mais non, non... je craindrais encore pour toi son regard, son souffle!...

Halil était assis, les coudes sur les genoux, le front entre les mains... Kassem, croyant qu'il pleurait, lui toucha l'épaule et lui dit en arabe :

— Tiens ton âme!...

Le jeune homme tressaillit et releva fièrement la tête.

Cette phrase arabe, si expressive, si énergique « Tiens ton âme ! », il

Une Ghazié.

l'avait entendue bien souvent; mais il lui sembla que, pour la première fois, il en comprenait le véritable sens.

— Je ne pleurais pas..., répliqua-t-il, et à cette créature que tu nommes l'implacable — la Ghazié, n'est-ce pas? — je montrerais un visage d'homme... Ce que tu viens de me dire de ma mère, je le savais; quand il sera temps de régler les comptes tu verras que je n'ai rien oublié!... Mais je voulais te parler de ma seconde mère... de la femme française qui m'avait recueilli... qui m'aimait, que j'aime toujours, moi, comme si elle était là à me sourire, à me consoler!... Son nom, dis-moi son nom!

— Je ne peux pas... répondit obstinément Kassem; je ne dois pas... Adieu!... D'ailleurs, elle est morte, elle aussi!...

— Elle avait un mari, un enfant, une petite fille... Que sont-ils devenus?...

Le vieillard se taisait...

— Ils sont à Paris!... poursuivit Halil... Laisse-moi les revoir!...

— Eh! que sais-je?... dit Kassem avec brusquerie, presque avec rudesse. Ne me parle plus de cette famille... Je lui ai payé largement les services rendus...

— Ah! s'écria le jeune homme indigné, tu crois que toute cette tendresse se paie!

— Oui!... Ces gens-là ne nous reprocheront rien... Ils te doivent leur fortune!

— Tais-toi!... tais-toi!...

Et Halil, prenant Kassem par la main, l'entraîna vers la fenêtre.

Les yeux fixés sur ceux du vieillard, il lui demanda à brûle-pourpoint:

— Tu connais M. de Bellegarde?...

— De Bellegarde? Non!...

Kassem avait dit « non » avec un calme parfait.

Pas d'autre hésitation que celle de l'homme qui, avant de répondre, interroge ses souvenirs.

Dans la voix et sur le visage, rien, absolument rien qui trahît une émotion.

La main que tenait Halil n'avait pas tremblé. Le regard n'exprimait qu'un peu d'étonnement.

— Pourquoi me demandes-tu cela?... dit le vieillard... Veux-tu que je fasse prendre des informations sur ce M. de Bellegarde?...

Halil ne répondait pas. Son agitation venait de s'apaiser tout d'un coup. Ou plutôt il se sentait abattu, brisé comme après une crise violente.

— Voyons, que puis-je faire? reprit doucement Kassem… Ah! tu as tes secrets, toi aussi; tu te venges du pauvre vieil ami!…

— Non, non, dit le jeune homme avec un accent de profonde tristesse… C'était une idée folle… Encore une illusion qui s'en va!…

— Enfant!… répéta le vieillard… tu n'as donc plus confiance en moi?… Eh bien, je ne te demande que d'attendre…

— Toujours?…

— Quelques mois, peut-être quelques semaines. Va, il me faut plus de courage qu'à toi!…

Kassem s'éloigna. Halil demeura un instant devant la fenêtre, le front appuyé sur le vitrail. Il regardait vaguement le jardin de son hôtel. Un reflet du soleil couchant éclairait les pointes d'un cytise des Alpes et d'un arbre de Judée, qui entrelaçaient leurs branches chargées de grappes d'or et de fleurs de pourpre. Une bande de lumière, glissant entre deux massifs de rhododendrons et de magnolias, s'étendait sur la pelouse centrale et avivait la blancheur d'une corbeille d'œillets nains à demi épanouis.

Halil ne pouvait détacher ses regards de ces œillets blancs dont le parfum pénétrant montait jusqu'à lui. Deux ombres s'allongèrent à gauche de la corbeille, sur le sable d'une allée. Abdallah et le jardinier de l'hôtel passèrent, se dirigeant vers le rideau d'arbustes qui masquait le mur du fond.

Le jardinier, une bêche sur l'épaule, portait le flamant rose, dont le long col pendait jusqu'à ses genoux. Il allait l'enterrer au pied de l'arbre de Judée.

— Encore un fils de l'Orient qui ne reverra pas l'Orient !... se disait Halil.

Abdallah regardait creuser le trou et semblait présider à la cérémonie des funérailles. Il se pencha pour arracher à l'aile du flamant une plume qu'il fixa au sommet de sa tête, dans les touffes épaisses de ses cheveux crépus.

Quand le jardinier eut enfoui l'oiseau et piétiné sur la terre, l'habesch revint vers l'hôtel en chantant une mélancolique chanson de son pays, probablement une chanson d'esclave, qu'on pourrait traduire ainsi :

> Trop tôt, toujours trop tôt,
> Frères, vous verrez les navires
> Qui glissent sur la *bleue*,
> Déployant leurs ailes blanches !...

Par la fenêtre entr'ouverte, Halil appela le domestique noir. Abdallah monta en achevant sa chanson.

— Tu as donc du chagrin, toi?... lui demanda le jeune maître... Veux-tu que je te renvoie dans ton pays?...

— Moi?... s'écria l'habesch, non, sidi, non ! Très gai, Français, Parisien, ma parole !...

Et pour prouver qu'il était très gai, il riait de façon à montrer toutes ses dents.

— Pas de chagrin... Il n'y en a que pour moi, pensait Halil en descendant à la salle de bain.

— Monsieur Kassem vient de sortir, dit un domestique, il prie monsieur de ne pas l'attendre pour souper... Une affaire imprévue...

La nuit tombait et, d'ordinaire, au coucher du soleil, Kassem s'enfermait dans l'hôtel comme dans une citadelle.

A dix heures, Kassem n'était pas encore rentré.

Halil venait de remonter dans sa chambre à coucher, au premier étage. Après avoir allumé les bougies de deux candélabres d'argent, Abdallah attendait les ordres du maître.

Mais, debout dans l'embrasure d'une fenêtre ouverte sur les jardins, le maître oubliait d'ordonner.

CHAPITRE VIII

L'habesch finit par bégayer timidement :

— Sidi, demain ?...

Sans oublier, bien entendu, l'indispensable *en cha Allah !* « s'il plaît à Dieu ! »

Halil ne répondant pas, le noir se mit à réciter, ou plutôt à psalmodier le long chapelet de *salams* que tout bon musulman doit savoir :

— Sidi, qu'Allah te sauve !...

Qu'Allah te couvre !...

Qu'Allah te récompense avec le bien !...

Qu'Allah accomplisse ton désir !...

Qu'Allah se rappelle tes parents !...

Le jeune maître se retourna brusquement et dit d'un ton très bref :

— Va-t'en, va !... Demain matin, à six heures, un cheval sellé !...

— Lequel, sidi ?...

— Guebla...

— Abdallah suivra Sidi ?...

— Non !

Et dès que l'habesch fut sorti en marmottant ses salams, Halil vint s'asseoir auprès de la cheminée, devant un petit bureau de santal.

Il écrivit ces quelques lignes presque sans hésitation :

« Mademoiselle,

« *Mebrouck* est un mot arabe qui signifie *heureux*.

« Chaque fois que j'entends prononcer ce mot, je... »

Le reste ne venait pas.

Les pensées étaient-elles trop vagues, ou trop tumultueuses ?

Trop tumultueuses évidemment, car après avoir fait quelques pas du bureau à la fenêtre, le jeune homme venait se rasseoir et reprenait la plume avec empressement, avec résolution... Et c'était tout, la phrase commencée ne s'achevait pas.

La nuit était claire et douce, et le parfum des œillets blancs remplissait la chambre ; Halil entendit crier le sable du jardin. Il retourna vers la fenêtre.

— Sois heureux dans ton sommeil, dit la voix de Kassem...

— Heureux ?

— J'ai de bonnes nouvelles, ajouta le vieillard. Bientôt... bientôt !...

— Quelles nouvelles ? dit Halil.

— Espère !...

Halil n'acheva pas sa lettre ; il froissa la feuille de papier et y mit le feu.

Le lendemain matin, avant dix heures, il revenait du bois sur son Guebla, un pur sang plus beau peut-être que le Mebrouck du général.

Chose bizarre, il revenait aux Ternes par les quartiers de la rive gauche, par la rue de Tournon...

En rentrant à l'hôtel, il trouva un billet que Robert avait fait porter par un commissionnaire.

« Bonnes nouvelles, ami... »

— Lui aussi ! se dit Halil.

« M. de Mausseins va beaucoup mieux, ajoutait le peintre ; il a pleuré, il a pardonné ; peut-être aujourd'hui fêtera-t-on le retour de l'enfant prodigue. Mlle Marthe sourit, Mlle Juliette chante. Nous avons fait des heureux. A ce soir ! »

Il y avait un double *post-scriptum :*

« Mlle Clotilde a promis de venir dîner chez ses amies.

« Kassem n'est peut-être pas ce qu'un vain peuple pense. Que faisait-il hier, à dix heures, dans les parages de l'Odéon ? »

— Ce soir, Mlle Clotilde... Kassem à l'Odéon... murmurait Halil, relisant lentement le billet et son double *post-scriptum*.

La journée lui parut longue. Vingt fois peut-être il fut tenté de questionner Kassem, mais il n'osa pas. A cinq heures, il était dans l'atelier de Robert.

— Eh bien ! lui dit le peintre, cette explication a-t-elle été décisive ?

— Non, répondit Halil, elle a été pénible comme toutes les autres, voilà tout !... Je manque toujours de sang froid et je n'obtiens que de vagues promesses. Vous savez : « Le temps viendra !... » C'est l'éternelle réponse...

— Et ce matin, avez-vous fait le juge d'instruction ?

— Comment ?...

— C'est bien simple, si je m'en rapporte aux romans judiciaires. On pose au prévenu trois ou quatre questions en l'air ; on enregistre tous ses dires avec une apparente confiance ; on lui laisse croire qu'il *roulera* son juge, et tout à coup, d'un ton fort dégagé, on lui demande : « Que faisiez-vous le 2 mai 1870, à dix heures du soir ?... »

— Dans les parages de l'Odéon, n'est-ce pas ?...

— Parbleu !...

— Eh bien, non !... Je n'ai pas fait le juge d'instruction... Je n'ai pas le droit d'interroger ainsi un vieillard qui m'a servi de père !...

— Mon ami, reprit Robert en riant, je vais bien vous étonner ; mais enfin j'ai constaté le flagrant délit : ce respectable vieillard vagabonde dans le quartier latin... Vous vous rappelez que, par le plus grand des hasards, je suis le président honoraire d'un petit cénacle de poètes marseillais ?

— La *Dorade ?...*

— Oui ; et que le jour où nous partîmes pour Bordeaux, la *Dorade* devait tenir chez moi une de ses réunions ?... Capellan, grand homme incompris, se jeta à mon cou lorsque nous descendions l'escalier. « La phalange allait venir, me dit-il, et je devais lire mon *Hymne au soleil*, un petit chef-d'œuvre, mon bon !... » Je lui laissai la clef de mon appartement. Eh bien ! hier, en rentrant, j'ai trouvé chez moi...

— Toute la phalange ?

9

— Non, mais le cher Capellan qui s'y était installé pour la vie. L'auteur de l'*Hymne au soleil* voulait me faire l'honneur de partager mes repas et de dormir sous mon plafond peint... Il avait apporté de je ne sais où ses meubles, ses vêtements, sa lingerie, son bagage littéraire...

— Oh ! c'était bien encombrant !...

— Pas précisément ; le tout tient dans un foulard rouge !... Mais c'était Capellan lui-même qui menaçait de devenir encombrant, surtout maintenant que je vais faire le portrait.

— Ah ! vous allez faire le portrait ?

— Oui, mon ami, et je commencerai probablement par une adorable jeune fille blonde. Je pensai donc qu'au lieu d'héberger à perpétuité mon poète marseillais, il serait plus habile de lui faire encore une avance sur les recettes de son drame, *le Connétable de Bourbon*, qui, je l'espère bien, ne sera jamais joué. Puis on pousserait la prudence et la générosité jusqu'à lui louer une chambre dans un hôtel meublé du quartier latin.

Ces graves questions doivent être tranchées très rapidement : à neuf heures, le grand homme de la *Dorcde* était installé dans une mansarde, à quelques pas du Luxembourg. A neuf heures et demie, il avait déjà lié connaissance avec deux étudiants en droit, un Limousin besoigneux et un Valaque richissime. A dix heures, il leur lisait son *Hymne au soleil*, et je m'en allais, heureux d'en être quitte à si bon marché, lorsque, derrière le théâtre de l'Odéon, j'aperçus mon ennemi intime, Kassem, le terrible Kassem !...

— D'où venait-il ?...

— Ah ! je ne le lui ai pas demandé... Il paraissait très préoccupé, il ne me voyait pas et je n'avais nulle envie de le presser sur mon cœur. Tout ce que je puis vous dire, c'est qu'il sortait de la rue de Vaugirard et qu'il allait prendre l'omnibus.

Halil réfléchissait.

— Pourquoi, dit-il, Kassem était-il sorti, la nuit, à la dérobée, quelques minutes après notre entretien, et qu'allait-il faire dans les quartiers de la rive gauche, lui qui n'y met pas les pieds une fois par an ?... Voilà ce que je voudrais savoir... Ah ! s'il avait éprouvé la moindre émotion lorsque je lui ai demandé : « Tu connais M. de Bellegarde? »

— Comment, dit Robert, vous lui avez parlé de M. de Bellegarde?... Et qu'a-t-il répondu ?...

— Il m'a répondu avec le plus grand calme : « M. de Bellegarde ? non, je ne le connais pas ! » Pourtant, Robert, c'est bien de la rue de Vaugirard que Kassem venait de sortir lorsque vous l'avez reconnu ?

— Oui... J'avais dû marcher un instant derrière lui... probablement depuis la grande porte du Luxembourg jusqu'à l'Odéon...

— Et la rue de Tournon débouche dans la rue de Vaugirard... et de la porte du Luxembourg à l'hôtel de M. de Bellegarde, il y a tout au plus une trentaine de pas !

— Et, ajouta Robert, voilà qui ébranle fortement la confiance que nous pouvions avoir encore en la sincérité de Kassem ! Mais laissez-moi faire, ami ; aujourd'hui ou demain je questionnerai quelqu'un qui ne mentira pas,... quelqu'un qui ne saurait pas mentir !

— Mlle Clotilde ? demanda vivement Halil.

On frappait avec impatience à la porte de l'appartement ; le peintre courut ouvrir. Il revint, amenant Lucien de Mausseins.

Et ce Lucien, si léger, si mobile, était radieux. Fautes et tristesses, il semblait avoir tout oublié.

— Merci, dit-il en prenant familièrement la main d'Halil, vous avez eu une fière idée de me faire donner ma démission !

Le prince éprouva une impression de malaise. Il se rappelait les confidences que le colonel du régiment de hussards lui avait faites l'avant-veille à Bordeaux : « Je ne laisserais pas figurer le nom du sous-lieute-« nant de Mausseins sur un tableau d'avancement ; ce jeune homme ne « se relèvera peut-être jamais dans l'estime de ses chefs et de ses « camarades ! »

Lucien reprit d'un ton fort dégagé :

— Vous aviez raison, j'aurais végété dix ou douze ans sans parvenir seulement à joindre les deux bouts ! M. de Bellegarde me l'a dit, lui aussi !...

— Ah ! vous avez vu M. de Bellegarde ? demanda Robert.

— Hier en arrivant. Oh ! nous avons beaucoup parlé de vous... et du prince.

— De moi ? dit Halil. Mais il ne me connaissait pas...

— Je vous demande pardon, il vous connaissait déjà, sans doute par Mlle Clotilde. D'ailleurs mes sœurs avaient eu fort à faire de répondre à ses questions...

— Sur mon compte ?

Lucien dit cette fois, avec l'accent de la véritable émotion :

— Sur tout ce qui s'est passé, prince, le soir où vous avez si généreusement exposé votre vie pour sauver mon père !...

— Ainsi, dit Halil hésitant, M. de Bellegarde sait... de quelle
étrange façon je me suis présenté à Mlle Clotilde, ici, dans l'atelier de
M. Desnoëls ?...

Lucien parut étonné.

— Non, répondit-il, et j'ignore les circonstances auxquelles vous
faites allusion. M. de Bellegarde ne m'en a parlé ni hier ni cette après-
midi. Car je l'ai revu tout à l'heure chez lui... J'ai cru un instant qu'il
allait ramener la conversation sur le prince Halil, mais il est brusquement revenu aux questions d'affaires... Oui, messieurs, nous sommes
dans les grandes affaires !...

— Vous ? demanda le peintre, souriant.

— Mon père et moi... j'allais dire toute la famille, puisque, bien
entendu, mes sœurs partent avec nous...

— Vous partez ?... dirent tristement Robert et Halil...

Lucien éprouvait une joie d'enfant. Il allait et venait dans l'atelier,
sautillant, riant, bavardant.

Il racontait à ses deux nouveaux amis les projets de M. de Bellegarde.
Le riche industriel faisait établir une cristallerie aux environs de Milly,
à quelques kilomètres du chemin de fer de Paris à Malesherbes par
Corbeil.

— Je connais ce pays, dit Robert, c'est sur la lisière de la forêt de
Fontainebleau.

— Eh ! répondit Lucien, c'est précisément ce voisinage de la forêt qui
a déterminé M. de Bellegarde. Il y a, paraît-il, dans les bois, à peu de distance de Milly, d'inépuisables bancs de sable de grès très fin, très pur...

— Parbleu, s'écria le peintre, vous souvenez-vous, Halil, de ces
buttes que je vous ai montrées entre les maigres plantations de pins, près
de la route d'Arbonne ? Vous avez voulu escalader la plus haute, qu'on
appelle le Mont-Blanc...

— Oui, dit Halil ; au soleil, c'était éblouissant comme un glacier des
Alpes !

— Eh bien, reprit Lucien, M. de Bellegarde s'est dit : « La principale

condition de la production à bon marché, c'est d'avoir la matière première sous la main ; je supprimerai presque complètement les frais de
transport ; au lieu de faire venir la montagne jusqu'à moi, j'irai à la montagne ! »

— Au Mont-Blanc !... ajouta Robert... Vous nous aviez bien ren-
seignés, M. de Bellegarde est un homme pratique !...

— Notez, dit Lucien, qu'il a l'expérience de ces sortes d'affaires ; il a
été verrier...

— Verrier?... répéta Halil, essayant de se rappeler l'usine où sa mère
d'adoption l'avait conduit si souvent.

— Mais oui, répliqua le jeune de Mausseins, c'est par là que M. de
Bellegarde a débuté dans l'industrie.

— En Lorraine? demanda le prince, de plus en plus ému...

— Précisément, en Lorraine, répondit Lucien. La verrerie primitive
s'est peu à peu transformée ; elle est devenue une usine importante. C'est
là que M. de Bellegarde a trouvé le directeur qu'il place à la tête de son
entreprise de Milly.

— Et à quelle époque, demanda Robert, cette affaire de Milly sera-t-
elle organisée?

— Oh ! elle est en pleine voie d'organisation. Les bâtiments sont construits et aménagés, le personnel est recruté, le combustible emmagasiné.
Encore quelques jours, et Mlle Clotilde allumera le feu du premier fourneau.

— Alors, interrompit Robert, c'est à Milly que vous allez ?

— Eh oui, en pleine campagne, entre Milly et Maisse. M. de Bellegarde met à notre disposition une maison et un jardin, au bord d'une
petite rivière... Nous nous installerons la semaine prochaine peut-être.
Mon père sera chargé de l'administration financière de l'usine, de la
caisse, de la surveillance, et moi...

— Et vous ? demanda le peintre, sans penser que sa question pouvait
être prise pour une raillerie...

— Moi, acheva très tranquillement Lucien, je m'occuperai de la correspondance, sous la direction de mon père. C'est par là que je commencerai mon apprentissage des affaires. Puis, M. de Bellegarde me fera
étudier les procédés de son industrie. Mon avenir, l'avenir de ma
famille est dans cette cristallerie de Milly. Je me mettrai immédiatement
à l'œuvre, je veux travailler avec les ouvriers !...

— Bravo ! dit gaiement Robert... Quand nous irons là-bas, — et nous
irons, n'est-ce pas, Halil ? — nous vous trouverons demi-nu, le buste
et le visage ruisselants de sueur noire, dans une atmosphère embrasée.
Nous vous verrons courir, la pelle ou le ringard à la main, devant la
flamme des fours, sur une épaisse couche de poussière de charbon...
Oh ! j'ai visité plusieurs verreries dans le département de la Loire, et je
connais le métier... il est rude !...

— Tant mieux !... s'écria Lucien...

Il était sincère, ce jeune homme, dans son impatient désir de se
réhabiliter par le travail; il ne parlait de sa « nouvelle vie » qu'avec une
sorte d'enthousiasme.

Mais Robert et Halil n'étaient-ils pas enthousiastes à leurs heures,
eux aussi ?

— Ah ! certes, dit le peintre, si je souffle sur ce beau feu, ce n'est que
pour le faire flamber plus vivement. A la besogne, mon ami, à la besogne
le plus tôt possible ; les grandes choses qu'on rêve ne valent jamais les
petites qu'on fait !...

Mais déjà l'imagination du futur industriel voyageait en zigzag, elle
battait les buissons à droite et à gauche.

— A propos, dit Lucien (on aurait pu lui demander : à propos de quoi ?), il paraît que la petite maison est charmante. Mon père et mes sœurs sont enchantés d'aller habiter la campagne, et moi je sens que nous y vivrons heureux... D'ailleurs, l'usine est à trois kilomètres de la station de Maisse, et de Maisse à Paris il n'y a qu'un trajet de deux heures trois minutes. Si jamais j'éprouve un irrésistible besoin de revoir les boulevards et de souper chez Bignon avec de joyeux camarades...

Robert et Halil échangèrent un regard attristé.

Lucien surprit ce regard et rougit.

— Oh ! reprit-il, je n'y songerai guère. La vie sera très active, là-bas, et puis, elle aura ses moments de plaisir. M. de Bellegarde a un château aux environs de Milly, dans la petite vallée où il fait construire l'usine. J'y passerai une partie de mes soirées, j'aurai à ma disposition des chevaux et des voitures, nous ferons d'intéressantes excursions dans la forêt. On parle déjà de donner une grande fête, pour l'inauguration de la cristallerie. M{{lle}} Clotilde a eu une idée fort originale.

— Quelle idée ? dit Halil...

— Ah ! c'est son secret, répondit Lucien... Peut-être vous le révélera-t-elle ce soir...

— Ce soir ?...

— Mais oui, elle va venir, et mon père sera bien heureux si vous consentez à passer quelques instants avec nous... Me promettez-vous ?... C'est dit ; je vais porter votre réponse !

— Hum !... murmura Robert, dès que le jeune homme eut refermé la porte de l'atelier, nous avons fait là une belle conversion !... Vous inspire-t-elle pleine confiance, Halil ?...

Mais Halil, assis devant le chevalet du peintre, s'était replongé dans ses souvenirs. Il revoyait la vallée où s'étaient écoulées les deux plus heureuses années de sa vie, la ceinture de forêts, les hameaux, la rivière bordée de grands arbres, et, tout au fond, sous une colline de sable, l'usine, ses toitures à jours, ses lourds piliers et ses cheminées de briques rouges.

Etait-ce une verrerie, cette usine ?...

Les ouvriers y couraient, demi-nus, haletants, ruisselants de sueur, dans la poussière de charbon, devant une longue rangée de feux...

Une jeune femme blonde apparaissait, portant un enfant dans ses bras, et tous ces pauvres gens souriaient...

Si, ce soir-là, on avait demandé à Robert Desnoëls : « Pourquoi ne chantez-vous pas ? » Robert Desnoëls aurait répondu :

— Chut !... Regardez ce grand jeune homme, immobile dans un fauteuil, devant mon chevalet. Il est heureux en rêve, ne l'éveillons pas !...

Marchant sur la pointe du pied, prenant toutes les précautions possibles pour ne pas faire crier le parquet, le peintre alla trois ou quatre fois s'accouder à la fenêtre de sa chambre à coucher. Il écoutait... Peut-être attendait-il un signal.

Enfin il entendit quelques accords plaqués sur un vieux piano.

— Ami, dit-il en revenant auprès d'Halil, vous verrez tout à l'heure Mˡˡᵉ Clotilde de Bellegarde.

Vingt minutes après, Lucien de Mausseins entr'ouvrait la porte de l'atelier et disait :

— Venez, messieurs, mon père est levé ; il vous attend.

Ce fut Marthe qui reçut Robert et Halil.

Elle les fit entrer dans un petit vestibule. Le peintre se sentait timide devant cette jeune fille, dont il pressait doucement la main. Halil écoutait une belle voix de mezzo-soprano, qui chantait, accompagnée par le vieux piano, une mélodie de Schubert.

— Messieurs, dit Lucien, mon père désire être seul un instant avec vous.

Et il se retira. La voix de femme qu'Halil écoutait avec émotion cessa de chanter.

Marthe précéda les deux visiteurs dans un étroit couloir un peu sombre, et leur ouvrit la porte d'une chambre très simplement meublée.

Au fond de cette chambre, M. de Mausseins se tenait debout, la main gauche appuyée sur le dossier d'un fauteuil.

Il voulut parler ; deux larmes roulèrent sur son visage amaigri.

— Père, dit Marthe, je vous laisse avec nos bienfaiteurs...

— Avec vos amis, mademoiselle !... s'écria Robert.

— Oh ! oui !... murmura la jeune fille.

Le comte fit asseoir devant lui Halil et Desnoëls.

— Laissez-moi bien vous voir, dit-il enfin... Ah ! si j'avais deux fils comme vous !...

Robert se hâta de parler des bonnes résolutions de Lucien...

— Je sais,... je sais, reprit M. de Mausseins ; mon grand enfant a les

meilleures intentions du monde. Et pourtant, je tremblerai toujours !...
C'est un caractère si mobile... une nature si faible! Hélas! nous étions
mal armés, lui et moi, pour la bataille de la vie... Je n'ai jamais pu vouloir
fortement; il ne pourra pas, lui aussi !... Voyez, nous sommes de pauvres
gens ; vous avez sauvé le père et le fils, messieurs, l'un de son désespoir,
l'autre de... sa folie, et nous ne trouvons pas une parole pour vous
remercier dignement !...

— Oh! répliqua Robert, Mlle Marthe l'a dite, cette parole !...

Le comte sourit.

— Marthe, dit-il,... Marthe a de la raison et de l'énergie pour toute
la famille. C'est elle qui commande ici, c'est elle qui gouverne et nous
obéissons avec joie... Ah ! si je pouvais donner à Lucien unè femme
comme elle, ou comme Mlle de Bellegarde, l'avenir me paraîtrait moins
redoutable !...

Et M. de Mausseins ajouta, reportant toutes ses pensées sur son
fils :

— Le malheureux enfant, que serait-il devenu, là-bas ?... Dites-moi
tout, messieurs ; le mal est peut-être encore plus grand que je ne suppose, mais par ce qui s'est passé à Bordeaux, par ce que vous avez pu
voir ou deviner, je jugerai de ce que nous avons à craindre désormais...

Halil répondit, affectant beaucoup plus de confiance qu'il n'en avait
réellement :

— Eh bien, monsieur le comte, nous sommes revenus pleins d'espoir.
Nous avions vu votre fils dans une de ces situations où les caractères se
révèlent, s'affirment... M. Lucien aurait su racheter noblement, sur un
champ de bataille, quelques fautes de jeunesse.

— Il voulait mourir, dit M. de Mausseins, il me l'a avoué ce matin...
Et moi aussi, j'ai voulu mourir... Qu'est-ce que cela prouve ? Que nous
sommes aussi faibles l'un que l'autre !...

— Non, répondit Halil, cela prouve que vous êtes des hommes d'honneur... Votre fils est brave, j'ai eu deux fois en quelques minutes l'occasion de le constater.

— Brave devant la lame d'une épée ou devant le canon d'un pistolet,
répliqua tristement M. de Mausseins... brave comme tout le monde...
Oh ! ce n'est pas par lâcheté qu'il a quitté le service militaire ; mais il a
été forcé de donner sa démission... forcé, n'est-ce pas ?...

Il fallait tromper ce pauvre père. Halil n'hésita pas, mais il se sentait rougir.

— S'il y a un coupable, dit-il, c'est moi, qui ai donné le conseil, moi qui ai insisté de toutes mes forces!...

— Après un long entretien avec le colonel?... demanda M. de Mausseins.

Robert vint au secours de son ami.

— Le colonel?... s'écria-t-il gaiement, nous avons été obligés de lui arracher son sous-lieutenent. Il ne voulait pas comprendre qu'on pût faire un industriel, ou un financier, ou un ingénieur, d'un officier de hussards. Son idée fixe était de le retenir au corps en lui infligeant huit ou dix jours d'arrêts, et en le faisant garder à vue par un grognard à trois chevrons!... Pour lever les dernières difficultés, le prince s'est chargé de pourvoir à l'exonération de votre fils... Tout est pour le mieux, hors du meilleur des régiments!...

Le comte ne se laissait pas persuader. Marthe entra sans frapper. Peut-être avait-elle entendu...

— C'est notre jour de fête, dit-elle; vous voyez : Juliette a rempli la maison de fleurs... Venez, père; Clotilde vous chantera les mélodies que vous aimez!...

M. de Mausseins prit le bras d'Halil et suivit la jeune fille.

Marthe guidait Robert dans le couloir obscur.

— Oh! merci! lui dit-elle à voix basse.

Et elle le fit entrer dans la pièce la plus vaste de l'appartement, où le comte avait réuni tout ce qui lui restait de beaux meubles et d'objets d'art.

Un immense dressoir sculpté et deux vieilles tentures habilement drapées masquaient une alcôve. Devant la fenêtre, un chiffonnier de bois de rose, aux cuivres luisants, portait deux vases de Delft, où s'épanouissaient de grosses touffes de giroflées blanches et d'ancolies multicolores. Le piano était ouvert, et, au-dessus de ce piano, comme dans le divan d'Halil, était accroché un violon.

Robert en entrant, se heurta à une machine à coudre.

— Voilà notre salon, dit Marthe, et mon atelier, et la salle à manger aussi!

Le couvert était mis pour le dîner. Juliette accourut, cachant ses bras demi-nus sous un tablier blanc.

Une petite fille chétive, souffreteuse, Jeanne la brûlée, s'était accrochée à sa jupe et suivait péniblement, en boitant...

— Monsieur est servi ! s'écria la rieuse Juliette, présentant son front aux lèvres du père.

— Ah ! dit le comte, c'était donc la surprise que tu me promettais ce matin ?... Nous sommes, vous et moi, messieurs, des invités de la dernière heure, mais vous ne refuserez pas de vous asseoir à notre table... Je vous en prie !...

— Ce sera, ajouta Lucien, le dîner des bonnes gens, préparé et servi par Juliette...

Halil s'inclina en souriant. Ses yeux avaient déjà rencontré ceux de Mlle de Bellegarde.

Debout devant le piano, Clotilde nouait sur le corsage de sa robe de cachemire bleu une étroite écharpe de dentelle blanche. Elle répondit timidement au respectueux salut d'Halil.

Ce n'était plus la jeune fille aux vives allures qui, la veille sur le quai de Béthune, donnait la réplique au général avec une coquetterie si provocante. La muette admiration du prince, qui déjà l'avait troublée à leur première rencontre dans l'atelier de Robert Desnoëls, l'étonnait et l'inquiétait. Et comme à cette première rencontre, Clotilde éprouvait une impression de tristesse. Halil l'attirait et l'effrayait à la fois.

Peut-être s'avouait-elle qu'elle était venue pour le revoir, pour lui parler ; et pendant le dîner, assise en face de lui, elle évita de le regarder ; elle n'échangea pas avec lui deux paroles !

La bonne humeur de Robert et la gaieté enfantine de Juliette animèrent ce repas ; mais le plus joyeux des convives fut Lucien, ce Lucien étourdi et turbulent qui, décidément, semblait ne plus se souvenir de ses fautes ni des malheurs de sa famille.

M. de Mausseins lui jetait parfois un regard attristé.

— Pauvre tête folle ! murmurait le père.

Lucien n'entendait pas ou ne comprenait pas. A peine la table était-elle levée, qu'il pria Mlle de Bellegarde de chanter un air de l'opérette à la mode.

Il courut au piano, battit bruyamment le clavier et fredonna entre deux éclats de rire :

Quand je suis sur la corde raide...

— Ça fait le tour du monde, dit-il, on ne chante plus que ça à Bordeaux. Je voudrais bien entendre la petite Chaumont, aux Bouffes ; il paraît qu'elle enlève ces couplets avec un brio étourdissant !...

— Je ne sais pas ces couplets, répondit Clotilde, et puis je les chanterais mal...

Lucien dut comprendre, cette fois.

Mlle de Bellegarde était assise auprès de M. Mausseins. Halil venait de se rapprocher d'elle. Marthe avait apporté un album de musique.

— Père, disait-elle, cherchez la mélodie que vous préférez.

— Ah ! murmura le comte, c'est le recueil de Schubert ?... Ces belles choses, elles aussi, ont fait le tour du monde, mais elles ne deviendront jamais populaires comme les couplets de « la corde raide ». Voici ma préférée, enfants, l'*Éloge des larmes*.

— Oui, je sais, répliqua Lucien, une petite... machine tendre et mélancolique.

— Une caresse pour les cœurs qui ont beaucoup souffert, dit gravement Halil.

Clotilde venait enfin de regarder le prince.

— Vous aimez cette musique ? lui demanda-t-elle en se levant pour aller au piano...

— Comme un artiste, comme un poète qu'il est !... s'écria Robert.

— Un poète qui n'a jamais écrit un quatrain, répondit Halil, un artiste qui n'est ni peintre, ni sculpteur, ni musicien !...

— Ah !... ni musicien ?...

Juliette avait décroché le violon suspendu au-dessus du piano ; avec une câlinerie charmante, elle le déposa sur les genoux de M. de Mausseins.

— Non, non, dit vivement le comte ; il y a trois ans que je n'ai touché ce violon... Les cordes sont brisées...

— Regardez bien, dit Juliette, il me semble qu'on en a mis de neuves !...

— Toi, enfant, c'est toi qui as fait cela ?... balbutiait le père... Oh ! ma chérie, tu penses à tout !... Mais je ne jouerai pas ; vois, mes mains tremblent, je ne pourrais pas même accorder l'instrument...

— Mademoiselle, dit Robert, priez le prince Halil d'accorder ce violon.

Halil dut obéir.

— Là, c'est fait! reprit Robert... Maintenant, priez le prince de jouer l'*Éloge des larmes* et Mlle Bellegarde de le chanter.

— Oui, dit simplement Clotilde, en plaçant l'album sur le pupitre.

La main d'Halil tremblait en prenant l'archet; elle tremblait comme la main de M. de Mausseins.

Marthe, assise au piano, entre Mlle de Bellegarde et le prince, joua le prélude. Clotilde chanta avec un peu d'hésitation les premières mesures de la célèbre mélodie.

Halil hésitait, lui aussi... Sous ses doigts nerveux la sonorité du violon était inégale, tantôt éclatante, presque dure, et tantôt amortie comme par une sourdine. Peut-être écoutait-il avec trop d'émotion la voix de la jeune fille...

A la fin de la strophe, cette voix se raffermit... puis elle s'éleva ample et chaude.

— Voilà l'âme qui parle! dit Robert à l'oreille de M. de Mausseins.

— Et l'autre âme qui lui répond, murmura le comte, écoutez!...

Les cordes vibraient sous l'archet, elles pleuraient comme la voix de Clotilde.

Quand la mélodie s'éteignit et qu'Halil eut déposé le violon sur le piano, M. de Mausseins se leva. Il vint presser la main de Mlle de Bellegarde.

— C'est beau, disait-il, les yeux pleins de larmes, c'est beau!...

Et dans son enthousiasme fiévreux, maladif, il saisit aussi la main d'Halil et la rapprocha de celle de Clotilde.

Le jeune homme pâlit. Mlle de Bellegarde passa vivement son bras autour du cou de Marthe.

— Eh bien, oui, s'écria Lucien, c'est peut-être plus beau que la musique d'Offenbach, plus beau que les couplets de la corde raide!

— Oh! tais-toi, répliqua le comte, tes railleries me font mal... J'étais si heureux!...

Les deux mains que M. de Mausseins avait unies se séparèrent.

— Encore!... disait Robert... encore une fois, l'*Éloge des larmes*, quoique mon ami Halil ne soit pas artiste, quoiqu'il ne soit pas musicien!...

— J'étais sous le charme, répondit le prince, sous le charme des souvenirs... Cette mélodie de Schubert, j'ai dû l'entendre souvent dans mon enfance...

— Je l'avais trouvée, dit Clotilde, dans les albums de ma mère, avec le *Roi des Aulnes, Gretchen abandonnée*, l'*Adieu*...

— Oui, interrompit Juliette, toutes ces belles choses que ton père ne veut plus entendre chanter... Et c'est lui cependant qui les avait apportées de Ramyes !...

— Ramyes?... dit vivement Lucien... Voilà le nom que je ne pouvais me rappeler l'autre jour, lorsque je vous parlais du pays de M. de Bellegarde.

Les yeux de Clotilde s'attachèrent, étonnés, sur Halil, puis sur Robert Desnoëls.

Le peintre se hâta de dire :

— Oui, mademoiselle, nous avons beaucoup parlé de ce beau pays de Lorraine. Nous nous proposons de le visiter cette année, le prince et moi.

La jeune fille sourit.

— J'y suis née, répondit-elle, et j'y retourne le plus souvent possible. Nous y avons encore des parents qui vous recevraient cordialement, messieurs.

— N'est-ce pas là, demanda Juliette, que vous avez rencontré, l'an dernier, le général de Fallières?

Clotilde ne répondit que par un signe de tête. Elle venait de s'asseoir auprès de M. de Mausseins. Halil, debout devant elle, la regardait avec une obstination qui l'inquiétait.

— Mademoiselle, demanda le comte, savez-vous quelle est ici la personne que la musique impressionne le plus ?...

— Non... dit Clotilde à voix basse...

— Eh bien, voyez !...

M. de Mausseins montrait à la jeune fille Jeanne, la petite brûlée, assise sur le tapis, auprès du piano.

L'enfant était encore plus pâle que de coutume ; elle avait les yeux pleins de larmes, et ses mains tremblaient, allongées entre ses genoux...

Clotilde l'appela doucement :

— Viens, ma mignonne, viens !...

CHAPITRE IX

Ce fut Halil qui prit Jeanne entre ses bras et qui l'apporta à Mlle de Bellegarde.

— Il ne faudra donc plus chanter... ni jouer du violon devant toi?.. lui disait-il en la caressant...

— Pourquoi?... demanda-t-elle...

— Puisque cela te fait souffrir!...

— Souffrir?... Non!...

— Pauvre enfant... murmura Clotilde, que ferais-tu dans ce Paris, toi aussi?... C'est l'air fortifiant de la forêt que tu devrais respirer à pleins poumons!...

Et se tournant vers Juliette, elle ajouta :

— On pourrait bien, en attendant, l'envoyer jouer tous les jours dans mon jardin?...

— Veux-tu, Jeanne? demanda Juliette.

— Avec toi?... dit la petite brûlée...

Un vieux domestique sans livrée vint annoncer que la voiture de Mlle de Bellegarde attendait sur le quai.

— Déjà!... s'écrièrent à la fois Marthe et Juliette.

Clotilde se leva aussitôt.

— A demain! dit-elle... N'oubliez pas de m'amener notre enfant!...

Et elle ajouta à demi-voix, en passant son bras sous celui de Juliette :

— Neuf heures bientôt ; je fais attendre deux sénateurs et un général !...

Mais, le lendemain, elle ne revint pas, le surlendemain non plus.

Halil passait tous les jours quelques instants chez M. de Mausseins. On l'accueillait avec une simplicité touchante. Le comte lui témoignait une vive sympathie ; Juliette et Lucien l'égayaient ; mais c'était Marthe qu'il aurait voulu interroger, Marthe la confidente de Clotilde, Marthe qui certainement devait avoir des nouvelles.

Et après chaque visite, il retournait plus triste à son hôtel de l'avenue de Villiers. Souvent l'idée lui vint de surprendre Kassem par quelque brusque question : « Tu as vu M. de Bellegarde ; qu'allais-tu faire chez lui, que lui as-tu dit ? » Mais cette tentative aurait-elle plus de succès que la précédente ?... Kassem devait être constamment sur la défensive ; ce vieillard observait, épiait, devinait... Exiger de lui une nouvelle explication, c'était se livrer !...

Le soir du quatrième jour, Halil se fit conduire à l'Opéra. Il renvoya sa voiture, passa un quart d'heure dans une loge et sortit à l'entr'acte.

— Je verrai Lucien de Mausseins, se disait-il en s'acheminant vers l'île Saint-Louis ; il parlera, lui !...

Mais Lucien était parti dans l'après-midi pour Milly. Il allait visiter la cristallerie avec M. de Bellegarde, et prendre les premières dispositions pour l'installation de la famille.

En sortant de l'appartement de M. de Mausseins, Halil frappa à la porte de Robert Desnoëls.

— Ah! s'écria le peintre, voilà mon homme : un ami qui me dira franchement ce qu'il pense de ma figure !...

— De votre figure ?

— Oui, regardez-moi du côté droit ; je suis content, je m'épanouis, n'est-ce pas ?

— Halil cherchait à comprendre.

— Maintenant, reprit Desnoëls, regardez le côté gauche : sombre comme la moitié d'un masque de tragédie, n'est-il pas vrai?... Eh bien! voilà : je suis content, parce que j'ai vendu deux tableaux ; je suis navré, parce que je ne fais pas le portrait de la jeune fille blonde !...

— Vous ne faites pas le portrait?... Pourquoi?...

— C'est-à-dire que je le ferai peut-être... plus tard, cet hiver, ou l'an prochain, on ne saura jamais!... Le père de la jeune fille est venu aujourd'hui : il m'a dit cela d'une façon très aimable et très habile...

— Et c'est lui qui a acheté vos paysages?

— Précisément ; il s'est ingénié à me donner du goût pour le système des compensations... Et voici un détail qui a, je crois, un intérêt particulier : je suis invité à aller voir mes tableaux, cet été, dans un château des environs de Paris, entre Maisse et Milly... Ils y seront ce soir... ou plutôt ils y sont !...

— Ainsi, dit Halil, M. de Bellegarde est venu chez vous ?...

— Oui, avec Lucien de Mausseins... Il m'a appris de très bonne grâce beaucoup de choses que je ne lui aurais pas demandées : que de grandes affaires le rappelaient à Milly, que Mlle Clotilde n'était à Paris que pour quelques jours, qu'elle allait voyager, et enfin qu'il avait tenu à me présenter lui-même ses excuses... Lui-même !... Cela sent son grand seigneur... Ah ! les gens de votre monde trouvent toujours quelque jolie manière de dire à un peintre : « Vous êtes paysagiste, vous ne faites pas le portrait ! »

— Je ne suis pas de son monde, répondit Halil avec amertume, presque avec colère... Je ne suis pas du monde... non ! Dans cette société parisienne où M. de Bellegarde s'est fait une situation si brillante, je dois passer pour un déclassé... Kassem l'a voulu !...

— Oh ! dit Robert affligé ; qu'avez-vous donc, mon ami?...

— Bah.! peu de chose... Je crois seulement que, si Mlle de Bellegarde ne vient plus dans cette maison, c'est pour ne pas s'exposer à m'y rencontrer...

— Quelle supposition !

— Je ne suppose pas, j'affirme !... Si Mlle Marthe consentait à parler, vous verriez que je ne me trompe pas... J'aurais dû comprendre... elle me regardait tout à l'heure avec tristesse, pour ainsi dire avec pitié!...

— Non, s'écria Robert ; elle sent que vous êtes malheureux, mais elle

ne sait pas pourquoi... Je le sais, moi ; donnez-moi vos deux mains, là,
et laissez-moi lire dans vos yeux... Vous aimez!...

— Aimer ? dit Halil en s'efforçant de rire ; je n'y dois pas songer...
Ce serait un crime ou une folie, que Kassem et... les autres me feraient
durement expier !...

— Les autres?... Quels autres ?...

— Eh ! si je le savais !...

Halil mit dans son regard une ardente expression de menace. Puis,
tout à coup se calmant, il dit avec une froideur apparente :

— Robert, vous a-t-on parlé, chez M. de Mausseins, du général de
Fallières ?

— Il me semble, répondit le peintre, que Mlle Juliette a prononcé ce
nom, l'autre jour, devant nous...

— Et c'est tout ce que vous savez ?... — Tout !... — Je voudrais
avoir quelques renseignements sur ce général. — C'est facile... — Oh !
pas par la famille de Mausseins ! — Alors, venez avec moi. — Ce soir ?
— Immédiatement. Je vous conduis au Helder, où vous avez plusieurs
fois soupé, je crois... Nous y trouverons très probablement des officiers
de la garde, qui me reçoivent souvent à leur mess. Ils feront parler l'illustre Ernest...

— Le garçon de café ?

— Eh ! ce garçon de café est un personnage d'importance... Il sait
tout, il peut tout. C'est lui qui protège la brillante jeunesse de l'armée...
En tous cas, c'est, dit-on, l'homme de France le mieux renseigné sur
certaines questions, par exemple sur les questions d'avancement. S'il
dit à un lieutenant : « D'ici à trois mois, vous serez capitaine », le lieutenant va commander ses épaulettes !

Ce fut précisément un futur capitaine des grenadiers de la garde que
Robert Desnoëls trouva au café du Helder.

— Je viens consulter Ernest, dit le peintre ; je voudrais obtenir, pour
un de mes compatriotes, la protection du général de Fallières ; l'oracle
m'indiquera-t-il les voies et moyens ?

— Parbleu !... répondit le lieutenant... Tenez, le voilà, l'oracle !...
Ernest, mon cher Ernest ?...

La tête haute, la lèvre souriante, l'œil pétillant, le maître Jacques du
Helder honora d'un signe amical le jeune officier.

Le lieutenant transmit à l'oracle la demande de Desnoëls.

Ernest cligna de l'œil et fit doucement claquer sa langue.

— De Fallières ?... répondit-il, un charmant garçon, qui va au galop de grade en grade et de succès en succès. Je l'ai connu commandant d'état-major. Très original à cette époque-là : toujours l'air de se lancer à fond de train dans les aventures, et jamais un accroc, surtout jamais un *impair* !... Pas un sou de dettes non plus !

— Très fort !... dit le lieutenant...

— On le prétend, depuis qu'il est arrivé, reprit froidement Ernest. C'est le plus jeune de nos généraux de brigade ; à première vue, vous ne lui donneriez pas trente-cinq ans. Beaucoup de souplesse, un peu d'esprit, du chic surtout, du chic !... La coqueluche des salons... Présenté il y a trois ans, comme un conducteur de cotillon supérieur au fameux marquis... est de toutes les fêtes... monte des chevaux arabes... Bien apparenté, du reste : un oncle ancien ministre, encore très puissant, un autre au Sénat, des cousins dans les ambassades.

— Étonnant, cet Ernest !... s'écria le lieutenant... Il dit tout cela d'un trait, comme un bon soldat qui récite sa théorie !...

Le garçon de café ajouta, en refaisant le nœud de sa cravate blanche devant une glace :

— Relations solides dans le monde des affaires. Avant la fin de l'année, très brillant mariage.

Les doigts d'Halil se crispèrent sur le bras de Robert.

— Il a pourtant son côté faible, cet homme fort ?... demanda le peintre.

— Possible, répondit Ernest ; en tous cas, il le cache bien... Si vous avez quelqu'un à lui recommander, voyez Amédée, son valet de chambre, et tâchez de savoir à quelle heure monsieur revient de la rue de Tournon... C'est peut-être le meilleur moment !... Bonsoir, messieurs... Lieutenant, j'ai fait mettre de côté, pour vous, deux boîtes de mes cigarettes... Pur *latakié*, vous savez !...

Et l'oracle pirouetta sur le talon.

Robert et Halil remontèrent le boulevard et se dirigèrent vers la rue Le Peletier. — Eh bien, disait le peintre, que voulez-vous faire ?...

— Le sais-je ?... répondit Halil... En ce moment je ne ferais que des folies ; j'irais chez M. de Bellegarde... ou chez le général...

— Pourquoi ?...

— Ah ! oui, pourquoi ?... Quel droit puis-je avoir d'intervenir dans les affaires de ces gens-là ?... Je vous l'ai dit quelquefois, Robert, il y a en moi un être violent que je m'efforce de dompter, mais qui se révolte !...

— Étouffez la révolte, et venez chez moi demain... Vous verrez, nous avons des amis dans la place !...

Le lendemain, à cinq heures, Halil était avec Robert dans le petit salon de M. de Mausseins. Juliette lui présenta le violon.

— Non, s'écria-t-il, non, mademoiselle, je vous en prie !...

Marthe le vit si malheureux, qu'elle ne put s'empêcher de dire :

— Vous nous jouerez les mélodies de Schubert avec Mlle Clotilde, quand elle sera de retour...

Halil ne voulut pas demander : — Où donc est-elle ?...

Mais après un long silence, il reprit, s'adressant à Juliette :

— N'avez-vous plus votre petite Jeanne ?... Sa famille l'a-t-elle enfin réclamée ?...

— Oh ! non, balbutia la jeune fille, ce n'est pas sa famille... si elle en a une, la pauvre enfant, qui serait bonne pour elle comme...

Et, n'osant achever, elle interrogea timidement les yeux de sa sœur.

— Comme Mlle Clotilde, ajouta Marthe.

— Ah ! dit Halil, Mlle de Bellegarde a emmené votre petite Jeanne... à Milly ?

— Non, répondit Marthe... en Lorraine, à Ramyes...

Halil attacha sur la jeune fille un regard plein de reconnaissance.

— En Lorraine... à Ramyes, pensait-il... Eh bien, j'irai !

Sa résolution était prise... il ferait ce voyage... il reverrait Mlle de Bellegarde... Et puis, comme disait à tout propos son habesch, Allah déciderait !...

— Oui, ce soir, s'écriait-il un instant après, dans l'atelier de Robert, je veux partir ce soir !...

— Demain, demain, répliquait énergiquement le peintre. Voulez-vous donc tout compromettre, tout perdre, peut-être, en éveillant les soupçons de Kassem ?

— Kassem ?... Je lui dirai nettement : « Je vais en Lorraine ! »

— Non, non, écoutez-moi !... Vous rentrez chez vous tranquille.

— Tranquille !

— Bon ! Faut-il donc que ce soit moi qui vous apprenne à dissimu-

ler?... Vous rentrez chez vous de fort mauvaise humeur, si vous aimez
mieux, comme un homme qui s'ennuie... mais qui s'ennuie au point de
ne pas reculer devant un tête-à-tête avec Kassem !

— Oh! c'est un rôle que je jouerai avec beaucoup de naturel !

— J'arrive... par hasard... vous m'invitez à dîner et j'accepte... Je
dis pour vous égayer tout ce qui me passe par la tête... Tenez, je vous
raconte une séance solennelle de la *Dorade,* la société des poètes marseillais ; je vous déclame des vers... de la Cannebière, j'imite Capellan
lisant son *Hymne au soleil...* Rien ne vous déride ; vous paraissez condamné à broyer du noir à perpétuité. Kassem triomphe, lui ; il croit que
toutes ses tartuferies grecques, ou turques, ou arabes, ou persanes
ont réussi, que vous êtes découragé, abattu, incapable désormais de
faire acte de volonté. Alors, comme un médecin qui n'a plus qu'à
envoyer son malade aux bains de mer ou au diable, je vous propose de
voyager.

— Et je refuse ? dit Halil, souriant enfin.

— Parbleu ! J'insiste. Je vous offre de vous conduire dans mon pays,
de vous montrer les choses les plus pittoresques : une fête dans un
village de la montagne, une assemblée de sorciers et de possédés, une
procession de mendiants, des courses d'aveugles et de béquillards.
Vous finissez par céder, et pour ne pas vous laisser le temps de réfléchir, je vous enlève !...

— Immédiatement ?

— Demain, à la pointe du jour... Votre negro-bono nous conduit à la
gare de Lyon, vous le renvoyez et, au lieu de filer sur le Vivarais,
nous sautons dans une voiture de place : Cocher, à la gare de l'Est !

— Enlevez-moi !...

— Faudra-t-il vous accompagner jusqu'à Ramyes ?

Halil hésita.

— Jusqu'à Metz ?... — Oui !

Et le surlendemain matin, à Metz, deux jeunes gens qui venaient de
passer la nuit à l'hôtel de l'Europe, traversaient rapidement la place
Royale et se dirigeaient vers la gare.

— Ainsi, disait Robert Desnoëls, c'est à Saint-Avold que nous nous
séparerons ?

— Et que vous m'attendrez, je vous prie, répondait Halil.

— Bien, vous avez mis dans votre valise les choses indispensables pour trois jours ? Avec ce léger bagage, vous irez à pied jusqu'à Hombourg-le-Haut, qui sera votre quartier général. Moi, j'ai ma boîte de peintre et mon sac de toile ; pendant que vous ferez campagne, je travaillerai ; le maître d'hôtel dit que le pays est très beau.

A dix heures et demie, Halil sortait seul de Saint-Avold et s'engageait, sur les indications d'un petit paysan, dans la fraîche vallée de la Rosselle.

— Hombourg, disait l'enfant, c'est à deux petites lieues, tout bon chemin.

La matinée était très belle ; en amont des moulins, la petite rivière, très pure, peu encaissée, miroitait au milieu des prés, sous les peupliers, les saules et les vernes ; sur les pentes de la colline, des jardins, des vergers ; de l'autre côté de la vallée, des chanvres, des seigles, puis, de gradin en gradin, encore des vergers, des houblonnières, des orges, des bouquets de bois ; tout cela très vert, plaqué d'or çà et là par la floraison des colzas.

Le voyageur cheminait à l'ombre des noyers ; les cultivateurs qui déjà remontaient du « marais » à leurs villages, la gourde de terre rouge en bandoulière, la pioche sur l'épaule et le faix d'herbe sur la tête, lui disaient bonjour en passant. A la pointe de la forêt de Steinberg, des bohémiens qui préparaient leur repas au bord d'une source envoyèrent deux de leurs enfants faire la roue devant lui, dans la poussière du chemin.

Il se sentait libre et fort, dans l'air vivifiant de cette campagne lorraine. Tout lui souriait, le grand soleil, les haies en fleurs, les paysans robustes, les bohémiens en guenilles. Il jeta en l'air deux pièces d'or, que les petits mendiants saisirent au vol...

Deux pièces d'or !... Robert Desnoëls n'était pas là pour lui dire :

— Attention, ami, vous avez laissé le prince à Paris !...

Les enfants remercièrent — en allemand — et coururent au campement, où cinq ou six hommes dormaient, étendus sur l'herbe, entre les mulets dételés.

Une femme qui soufflait à pleins poumons un feu de broussailles, releva la tête et cria en allemand :

— Est-ce possible, Fritz, quarante francs !...

Les bohémiens se levèrent en sursaut. Après avoir vu et touché les pièces d'or, ils saluèrent le généreux voyageur. Puis, prenant dans leur misérable voiture deux clarinettes, un trombone, une flûte, un ophicléide, ils jouèrent avec un entrain extraordinaire la plus belle de leurs valses.

L'hercule de la troupe, un grand diable maigre, vêtu d'une sordide casaque à larges boutons d'acier, soufflait furieusement dans le trombone.

A la montée de la route, loin, bien loin par delà l'angle de la forêt, Halil entendait encore les éclats du cuivre.

Avant midi, à un détour de la vallée, il aperçut Hombourg-le-Haut perché sur cette butte rocheuse que les gens de la contrée appellent, en leur orgueil naïf, « la guérite du monde ».

La journée devenait chaude ; plus un souffle d'air ; la fumée montait des toits rouges en colonnes droites comme la tour de la vieille église.

Au lieu de gravir la rampe escarpée, Halil s'arrêta, dans la *ville neuve,* entre le chemin de fer et la rivière. Il s'assit sur un banc de pierre devant une grande auberge, à vingt pas de la Rosselle.

C'était gai, cette auberge du *Barbeau,* tapissée de vigne jusqu'au deuxième étage, et cette place de village, que traversaient les chevaux allant à l'abreuvoir, et cette jolie rivière, étincelante au soleil de midi.

Pendant qu'on préparait le déjeuner et que les servantes mettaient le couvert du voyageur dans la vaste salle propre et fraîche, dont chaque matin on saupoudrait le carreau de sable fin, Halil causait sous l'auvent avec l'aubergiste.

— Combien y a-t-il de kilomètres d'ici à Ramyes ? demandait-il.

— Cinq ou six ; un pauvre pays, allez, absolument perdu dans les bois... Pourtant, ça a beaucoup gagné depuis que la verrerie fait l'article de luxe... Il y a maintenant une bonne route et deux grandes maisons ouvrières.

— La verrerie, s'écria le voyageur, incapable de dissimuler sa joie, la verrerie de M. de Bellegarde ?...

L'aubergiste eut d'abord l'air de ne pas comprendre.

— Ah ! oui, dit-il enfin avec un gros rire, il se fait appeler comme ça, le richard, au jour d'aujourd'hui ?... On l'a connu moins fier, par ici, il était Marchal tout court, comme son père et son grand-père...

— Marchal? Marchal de Bellegarde, répétait Halil, songeant aux initiales M-B qu'il avait vues sur le coupé de Clotilde.

— Oh! reprit l'aubergiste, ce que j'en dis, ça n'est pas pour lui rien reprocher. Il n'a fait que du bien dans le pays depuis des années. Mais...

— Mais?...

— C'est à sa fille qu'on sait gré de tout... Elle est bonne comme sa mère...

— Sa mère?...

— Une femme dont on ne peut parler qu'avec respect... Elle était d'une excellente maison de Hombourg-le-Haut. Je ne sais pas comment il se fit qu'on la maria avec le plus jeune des Marchal, le troisième fils d'un meunier dont vous pouvez apercevoir d'ici la maison; tenez, là-bas, à gauche, entre ces deux grands... peupliers au hameau de Bellegarde. Enfin, il a réussi, celui-là, sa femme lui a porté bonheur. Elle était belle, douce, intelligente, elle avait un charme pour se faire aimer. Tout le pays a été à son enterrement; oui, monsieur, tout le pays!...

— C'est ici, à Hombourg, demanda Halil, bien ému, qu'elle a été enterrée?

— Dans l'ancien cimetière, là-haut, derrière la chapelle Sainte-Catherine. Sa tombe est la seule sur laquelle il y ait toujours des fleurs... Mlle Clotilde en a encore porté hier; ma femme l'a vue passer...

— Mlle Clotilde est ici?...

— Non, elle est à Ramyes, chez une sœur de sa mère, qui est allée s'établir dans leur maison... Ah! vous connaissez Mlle Clotilde?...

— Non, dit Halil, rougissant, mais j'ai été en relations d'affaire avec M. de Bellegarde.

Une heure après, le jeune homme gravissait la rue qui conduit à Hombourg-le-Haut.

Sur la place de l'église, il demanda quelques indications, et bientôt, à l'issue d'une ruelle tortueuse qui desservait les jardins du quartier, il apercevait la jolie chapelle de Sainte-Catherine, le mur à demi-ruiné de l'ancien cimetière et, dans le fond de l'enclos, les trois croix du calvaire sur un tertre gazonné.

La porte du cimetière était fermée. Halil hésitait à franchir les murs. Un vieux paysan sortit d'une masure et dit, en soulevant son bonnet de laine brune :

— Si monsieur veut monter au calvaire, j'ai la clé dans ma poche.
C'est presque tout ce que je peux faire à présent, d'ouvrir cette porte et
d'entretenir les tombes. J'ai été fossoyeur cinquante-sept ans.

— Oui, répondit Halil, je désirerais monter au calvaire.

— Pour dessiner, peut-être ?

— Précisément.

— La plus belle vue de tout le pays, monsieur. Ah ! il en est venu,
des *dessineux*, l'an dernier, et cette année aussi, des Allemands surtout !...

Halil avait tiré son portefeuille de sa poche. Le crayon à la main, il
suivit le vieillard qui tenait à lui montrer le panorama.

Ah ! l'ancien fossoyeur avait sa manière à lui, d'entretenir ce cimetière
où les gens du village ne venaient plus que deux fois par an : le lendemain de la Toussaint et le dimanche des Rameaux.

Les hautes herbes avaient tout envahi, tombes et sentiers ; de gros
lézards verts fuyaient entre les orties ; les ronces et les chèvrefeuilles
s'étaient accrochés aux bras des croix ; les touffes de digitale pous-

saient avec une vigueur extraordinaire entre des bouquets de houx et
de noisetiers ; une partie de l'enclos s'était transformée en verger ; les
pruniers, les cerisiers, les cormiers y enchevêtraient leurs branches.

Dans ce fouillis de verdure, les yeux d'Halil cherchaient la tombe de
Mme de Bellegarde, « la seule, avait dit l'aubergiste, sur laquelle il y eût
toujours des fleurs ».

— Vous regardez mes arbres ? disait le fossoyeur... Pour sûr y aura
des cormes, à c' t'année, y aura des cormes !... Avec des prunelles, des
pommes de recque, ça fait notre boisson...

Enfin, après avoir monté les quatorze marches du calvaire, le vieillard
étendit son bâton et nomma chacun des villages qu'on apercevait dans
la vallée et sur les collines.

Mais Halil n'écoutait pas... Il venait de découvrir dans un angle du
cimetière, où le mur avait été récemment réparé, une croix de marbre
sur un socle de grès.

Et devant cette croix une corbeille d'œillets blancs commençait à
fleurir, dans sa bordure d'héliotropes et de géraniums.

Le fossoyeur finit par s'étonner de l'obstination avec laquelle Halil
regardait cette tombe.

— Si vous voulez voir le monument, dit-il, je vas vous conduire...

— Quel monument ?

— Celui de Mme Marchal... Ah ! une brave femme, monsieur, ou plutôt
une femme qui avait toutes les qualités !... Notre nouveau maire proposait, il y a deux ans, de la faire transporter dans le cimetière de là-bas,
mais M. Marchal n'a pas voulu ; il dit que sa femme aimait notre « montagne » du Calvaire... C'est bien tenu, n'est-ce pas ?... La demoiselle est
encore venue hier avec le jardinier de la cure.

— Hier ?

— Dans l'après-midi, à trois heures, pour faire planter ces géraniums.
J'étais tout endormi sur le banc, devant ma maison, quand elle a passé...
— « Bonjour, père Christian ! — Ah ! demoiselle, je vous vois donc
encore une fois !... — Mais nous nous verrons bien l'année prochaine,
tous les ans, mon ami !... » —Moi, ça me fait toujours quelque chose...
parce que...

— Parce que ?...

— Qui voit la fille voit la mère... Mlle Clotilde a une clé de la grande porte, mais jamais elle ne s'en irait sans entrer chez nous : — « Père Christian, voilà pour le sable, père Christian, voilà pour l'arrosage, père Christian, voilà pour le millet des oiseaux !... » — Ah ! elle le paie cher, l'entretien !...

Autour de la tombe, le terrain avait été soigneusement déblayé et, entre les petites haies de buis, le sol était couvert d'une épaisse couche de sable de grès blanc comme neige.

— Je verrai le monument avant de partir, dit Halil s'efforçant de cacher son trouble...

Et il ajouta en mettant vingt francs dans la main du fossoyeur :

— Mais j'aurais besoin, pour dessiner, d'une planchette, de quelques crayons, et de deux ou trois grandes feuilles de papier... Si vous pouviez envoyer quelqu'un...

— Oh ! répondit Christian, je vous trouverai ça à la ville basse.

Le vieillard s'en alla, et dès qu'il eut disparu dans la ruelle des jardins, Halil, descendant du calvaire, courut vers la tombe.

Sur la croix de marbre, il lut l'inscription suivante :

MARIE-AIMÉE GÉRARD

FEMME MARCHAL

Décédée dans sa 29e année, le 14 août 1850

— Aimée !... Marie-Aimée !... murmurait Halil.

Son cœur battait violemment, ses yeux se mouillaient.

S'agenouillant dans le sable, où Clotilde avait laissé la trace de ses pas, il pleura, les mains jointes...

— Mère, disait-il, mère, écoutez-moi ! Mère, m'entendez-vous ?... Ah ! vous aviez une grande âme, un grand cœur !... Je me souviens, je me souviens... Je vous aime comme vous m'avez aimé !...

Les pigeons d'un colombier voisin vinrent s'abattre autour de la tombe, dans les hautes herbes ; un rossignol chanta sous la ramure d'un cormier.

— Mère, reprit le jeune homme, je suis malheureux... malheureux !... Oh ! vous ne m'auriez pas repoussé, vous !...

Un froissement de branches le fit tressaillir ; à une vingtaine de pas, derrière le fouillis des ronces et des aubépines, une voix d'enfant dit doucement :

— Le nid est là, dans la buissonnée, je l'ai vu... mais la demoiselle ne veut pas qu'on *épeure* les oiseaux!...

Halil se releva et vit sous les cormiers deux petits garçons qui hésitaient à pénétrer dans le fourré. Il se hâta de retourner au calvaire.

Un quart d'heure après, assis sur la mousse de la plate-forme, il essayait de dessiner une vue de Hombourg, les lignes courbes des peupliers qui marquent « le coude de la Rosselle », la colline avec ses jardins et ses vergers entourés de murs en pierre sèche, les noyers deux ou trois fois centenaires et les ruines du vieux château.

Adossé à une croix, le père Christian le regardait travailler. Il devait se dire que cet artiste, qui donnait vingt francs pour une planchette et deux feuilles de papier, n'était pas habile comme les dessinateurs allemands.

— Est-ce que vous ne mettrez point dans votre tableau, demanda-t-il en se courbant sur son bâton, la maison de naissance des Gérard?

— Laquelle? dit Halil.

— Celle qui a des cheminées rouges sur son toit d'ardoises, là-bas, au bout de l'allée de poiriers. Mme Aimée y est venue au monde... Ah! on ne comprendra jamais dans le pays pourquoi M. Marchal a vendu cette maison... Faut croire qu'il avait grandement besoin d'argent quand il est allé à Paris! Maintenant, il voudrait racheter; mais il a beau faire sonner ses écus, Pétrus Fell se bouche les oreilles.

— Pétrus Fell, c'est le propriétaire actuel?

— Un brasseur de la ville basse. M. Marchal n'a pas su le prendre; il est venu lui dire avec ses grands airs : « La propriété vous a coûté « vingt-deux mille francs, je vous en donne quarante mille, allez vous-en « le plus tôt possible! » L'autre a répondu : « Je suis chez moi, allez vous-en tout de suite vous-même! » Dommage quelquefois, monsieur, que les femmes ne se mêlent point des affaires; pour trente mille, peut-être moins, Mlle Clotilde aurait pu avoir la maison et les terres. Maintenant, jamais un Fell ne vendra à un Marchal!

Ce bavardage de vieillard avait pour le voyageur un intérêt particulier. Certains détails étaient des indications précieuses sur les familles Marchal et Gérard, et sur le caractère du riche industriel qui se faisait appeler M. de Bellegarde.

— Et Mlle Clotilde, dit Halil, désire-t-elle vivement racheter la maison où est née sa mère?...

— Oh! répondit Christian, si elle le désire!... Chaque fois qu'elle vient à l'ancien cimetière, elle monte au calvaire et, de la place où vous êtes, elle regarde « le bien des Gérard! » Je crois qu'elle aurait voulu installer ici la sœur de sa mère, la pauvre Mme Andriol, qui est devenue veuve à Metz, il y a cinq ou six ans, et qu'on a logée à Ramyes.

C'était avec attendrissement, presque avec pitié, que le fossoyeur avait dit : « La pauvre Mme Andriol ».

— Bonne dame, reprit-il, bonne dame!... Le cœur sur la main comme tous les Gérard... Ah! si ça ne dépendait que de Mlle Clotilde, elle serait à Paris plutôt qu'à Hombourg-le-Haut, plutôt surtout que dans ce désert de Ramyes... Mais voilà : le mari, un brave homme pourtant, n'avait pas réussi dans dans ses affaires... Paraît qu'il a mangé des mille et des cent à M. Marchal!...

— Et c'est auprès de Mme Andriol, dit Halil, que Mlle de Bellegarde passe la plus grande partie de son temps, quand elle vient en Lorraine?...

— Oui, monsieur. D'ailleurs, la demoiselle doit trouver les journées trop courtes à Ramyes : elle y a tant à faire!... Elle veut voir les ouvriers chez eux et savoir si les malades, les vieilles gens, les enfants ne manquent de rien... Et surtout elle s'occupe de ses petites écoles...

— Ah! il y a des écoles, à Ramyes?

— C'est elle qui les a fondées, monsieur, et c'est elle qui paie les maîtres, les maîtresses, les cahiers, les livres!... Il faut que toujours elle fasse du bien, comme sa mère... On devrait la marier dans le pays; elle y tuerait la misère!

Halil ne dessinait plus; il songeait, les yeux fixés sur la maison des Gérard. Peut-être faisait-il ce doux rêve d'y vivre avec Clotilde et de « tuer la misère » dans le pays de Hombourg.

— Tenez, mon ami, dit-il enfin au père Christian, je vous laisse mon dessin; demain, je viendrai le reprendre.

Le fossoyeur voulut lui faire visiter « le monument ». Halil revint auprès de la tombe de Mme Marchal.

— Il y aura dix-neuf ans le lendemain de la Notre-Dame d'août, disait le vieillard, que j'ai comblé cette fosse... Ah! ce jour-là, M. Marchal nous a fait pitié à tous!... Il était brisé de douleur et de fatigue; depuis le creux de Ramyes jusqu'au cimetière, il avait porté le petit bohémien.

— Le petit bohémien?

— Un enfant qu'on avait abandonné, deux ou trois ans auparavant, dans le jardin de sa maison et que Mme Aimée élevait comme son propre fils...

— Et cet enfant, demanda Halil oppressé,... cet enfant, sait-on ce qu'il est devenu?

— Non, répondit le père Christian ; il a disparu quelques jours après la Notre-Dame... Les Marchal et les Gérard n'en ont plus voulu entendre parler... On disait à Ramyes : « C'est le petit bohémien qui a fait le malheur de Mme Aimée !... »

Le jeune homme pâlit... Ces dernières paroles l'avaient frappé au cœur. En retournant à la ville basse, il se sentait accablé par une sorte de fatalité.

— Pourquoi lutter? se disait-il... J'aurais contre moi Clotilde elle-même,... Clotilde !...

Et il voulait repartir pour Paris immédiatement. Il s'enfermerait dans son hôtel, il souffrirait seul... seul, jusqu'au jour où Kassem le conduirait en Orient... Alors il finirait bien par oublier la France, et les Bellegarde... et cette folie d'aimer !... Sans croyances, sans passions, et par conséquent sans illusions, sans faiblesses, il commencerait une nouvelle vie...

— Une nouvelle vie! murmura-t-il. Pourquoi?

En passant devant la porte cintrée d'un vaste bâtiment flanqué de hangars, il lut cette enseigne, peinte en rouge sang de bœuf :

PETRUS FELL. — BIÈRES ET MALT.

L'idée lui était venue, au cimetière, en causant avec le père Christian, d'aller voir ce Petrus Fell et de lui demander : — Voulez-vous me vendre votre maison de la ville haute ?... Il l'aurait achetée, cette maison pour la céder à Clotilde et pour y installer Mme Andriol.

Maintenant il ne pouvait plus songer à la réalisation de son projet. Du prince Halil les Marchal et les Gérard n'accepteraient rien ; les deux familles devaient le considérer comme un ennemi.

Lentement, il revint vers la petite place que les habitants de Hombourg-le-Bas appellent « le Port de la Rosselle ».

— Eh bien ! monsieur, lui dit l'aubergiste du Barbeau, vous avez vu nos ruines, et notre église, et la chapelle Sainte-Catherine, et la guérite

du monde?... Venez vous reposer dans mon jardin, au bord de l'eau...
Vous irez à Ramyes demain matin... Si vous y alliez cette après-midi,
vous ne pourriez revenir qu'à la nuit tombante, et ce ne serait pas très
prudent...

— Oh! je n'ai rien à craindre, répondit le jeune homme...

— Rien à craindre dans ces bois... rien à craindre!... Des gens du
pays, c'est possible; mais... des autres...

— Quels autres?...

— Tenez, monsieur... vous êtes riche probablement... très riche, et
vous pouvez semer l'or sur les routes... mais...

Halil regardait avec étonnement ce gros homme joufflu et rubicond,
qui balbutiait en faisant tourner sur le bout de son index son large
bonnet de peau de loutre.

— Voilà, reprit l'aubergiste, s'enhardissant peu à peu : vous semez
des pièces d'or; qui sait s'il ne poussera pas des voleurs... et des
assassins!...

— Oh! des assassins!... dit Halil, souriant...

— Ne riez pas, monsieur; les bohémiens que vous avez rencontrés
vous ont suivi; ils sont venus ici, chez moi!... Ils ont cherché à savoir
si vous passeriez quelques jours dans le pays, si vous visiteriez les
environs...

— Mais vous ne leur avez pas dit que j'irais ce soir à Ramyes?

— Non; je les ai mis à la porte, en les menaçant de la gendarmerie.
C'est une mauvaise bande de maraudeurs allemands, qu'il a fallu chasser
des villages voisins... Je parie que leurs petits va-nu-pieds font le guet
et que, si vous vous mettez en route ce soir, toute la bande sera sur
vos talons !

— Eh bien! dit Halil, décidément je vais à Ramyes !

— Oh! monsieur !...

— Faites-moi donner, je vous prie, ce qu'il faut pour écrire.
Et Halil écrivit :

« Ami, il paraît que dans ce joli pays de Hombourg-l'Evêque, on peut
« être exposé à quelques mésaventures. Si je ne suis pas de retour à
« Saint-Avold après-demain, venez à l'auberge du Barbeau. L'aubergiste
« fournit très volontiers toutes les explications, même celles qu'on ne
« lui demande pas. »

La lettre fut adressée à M. Robert Desnoëls, artiste peintre, à Saint-Avold, hôtel du Lion-d'Argent.

Pourquoi Halil s'était-il décidé à partir pour Ramyes?... Demandez donc aux désespérés pourquoi le danger les attire!...

L'aubergiste crut devoir insister.

— Monsieur, dit-il, j'ai un bon cheval qui m'a mené quelquefois en quarante minutes au marché de Forbach. Laissez-moi l'atteler au cabriolet; je vous conduirai.

— Merci, répondit le jeune homme, j'irai seul, à pied, et j'espère bien être de retour avant la nuit.

— Alors, prenez ma canne à épée... Ah! voyez si la lame n'est pas rouillée; je ne m'en suis jamais servi.

— J'accepte la canne à épée, et je n'aurai pas plus que vous l'occasion de m'en servir!... Et maintenant, veuillez m'indiquer le chemin.

— La route qu'on vient d'empierrer, sous les ruines du château; puis, si vous voulez gagner un quart d'heure par la *coursière,* le second sentier à gauche de la carrière de grès, dans les bois.

— Bien. Je souperai à huit heures.

CHAPITRE X

A RAMYES

La *Tour* de Ramyes était un vieux colombier tapissé de lierre depuis ses assises jusqu'à sa corniche.

La maison qu'on appelait « le Château de la Tour » avait été construite en 1842, dans le voisinage de ce colombier, sur le penchant d'une colline exposée au midi.

Le principal corps de logis avait trois étages ; il était flanqué de deux petits pavillons à toits aigus. Entre ces pavillons, devant les cinq fenêtres du premier étage, régnait un balcon de bois découpé.

Des allées en pente douce, tracées à droite et à gauche d'une vaste terrasse plantée de pins du Nord, aboutissaient à la large avenue qui traversait les jardins dans toute leur longueur.

Depuis sept ou huit ans seulement, M. Marchal de Bellegarde avait mis le rez-de-chaussée et le premier étage du château à la disposition de sa belle-sœur, Mme Andriol. Les autres appartements étaient occupés par des contremaîtres de la verrerie.

A l'heure où Halil sortait de Hombourg par la route des ruines,

11

Mme Andriol se reposait des fatigues de la matinée dans une chambre à coucher dont les deux fenêtres étaient ouvertes sur le balcon.

C'était une petite femme maladive, usée par le travail et les peines morales, et toujours tourmentée par le besoin d'action, de mouvement. Sous les cheveux entièrement blancs, le visage conservait, sinon la fraîcheur, du moins la mobilité de la jeunesse ; les yeux bleus avaient encore de l'éclat, et quand les lèvres fines souriaient, la physionomie ouverte, intelligente, retrouvait son charme d'autrefois.

Mme Andriol venait d'abaisser les stores des fenêtres et s'était jetée dans un grand fauteuil. Elle ne se reposait pas pour se reposer, mais pour écouter les confidences d'une jeune fille qui la regardait comme sa seconde mère.

Clotilde était assise sur un tabouret très bas, entre le fauteuil et la fenêtre ; elle avait mis ses coudes sur les genoux de Mme Andriol et, les mains croisées, la tête penchée, elle balbutiait :

— Mais non, tante Louise,... je ne peux pas te dire que je l'aime... Je l'ai vu deux fois seulement, rien que deux fois,... vrai !... Et c'est bien par hasard, va,... dans la maison de M. de Mausseins.

— Et par hasard aussi tu as remarqué qu'il avait un grand air de noblesse, de beaux yeux noirs, le regard doux, un peu triste ?...

— Ai-je dit tout cela ?...

— Eh oui, tu me l'as dit...

— C'est que... au moment où je l'ai vu, il venait de faire des choses hardies jusqu'à la folie, pour sauver un vieillard désolé, désespéré !...

— Raconte, raconte, ma mignonne...

Et Clotide racontait ; et quand elle eut terminé son récit, elle releva la tête, toute fière de voir tante Louise émue, bien émue...

— Ainsi, reprit Mme Andriol, c'est... ton héros, ce jeune homme ?...

— Oh ! mon héros !...

— Enfin, tu l'admires ?...

— Mais, toi aussi, tante Louise ?...

— Moi, ce n'est pas la même chose... Que lui as-tu dit après ce bel acte de courage ?...

— Je ne me souviens pas... Peut-être ne lui ai-je rien dit...

— Oh ! rien ?...

— Oui... il y a des instants où l'on est ainsi : on ne trouve pas ce qu'il faudrait dire...

— Et lui ?...

— Il ne me parlait pas... Tiens, voilà ce qui m'a troublée... Il venait à moi... lentement, comme si je l'avais attiré... Oh ! je t'assure que je ne faisais rien pour cela !... Je n'en aurais pas eu la pensée...

Et la jeune fille, prenant les deux mains de Mme Andriol, s'en couvrit le front et les yeux.

— Cependant, dit tante Louise, tu as tes heures de coquetterie... Tu te faisais un jeu, l'an dernier, d'attirer... le pauvre général...

— Oh ! ce n'est pas la même chose !

— Pas la même chose... Et pourquoi ?

— Le général ne m'a jamais fait peur...

— Ton héros te fait peur ?

— Je ne sais pas... Il venait à moi. Il paraissait charmé... et il avait les yeux pleins de larmes... Je crois même... qu'il allait me tendre les bras...

— Oh !

— Je me réfugiai auprès de Marthe, mon amie... Mais lorsque Marthe nous présenta l'un à l'autre et qu'elle lui dit : « Mademoiselle de Bellegarde », il laissa retomber ses mains et ferma les yeux comme un homme qui souffre d'une déception...

— Et alors ?...

— Il se retira... Je ne m'expliquais pas comment j'avais pu lui causer ce chagrin... Un instant après il vint me faire ses excuses... Je ressemble, paraît-il, à une femme qui avait été pour lui la plus tendre, la plus généreuse des protectrices, une femme qu'il nommait sa mère !... Il avait cru la retrouver, cette mère !...

— Jeune comme toi... belle comme toi ?...

— C'est du moins ce que j'ai dû comprendre...

— Clotilde, dit gravement Mme Andriol, cet homme est peut-être un habile comédien !...

— Lui !... s'écria la jeune fille. Ah ! si tu le voyais une fois seulement, une fois !... Il y a dans ses regards, dans ses allures, dans ses paroles, une si grande franchise !... Cela se sent, va !... Il ne saurait pas mentir...

— Comme tu prends sa défense !... Est-il riche ?...

— Très riche, à ce qu'on dit... Mais pourquoi me fais-tu cette question... toi ?...

— Parce que... Ah! chère enfant, j'ai des défiances que tu ne peux pas avoir...

— Eh bien! moi, je suis certaine que, si je lui disais : « Monsieur, nous sommes ruinés », il ne pourrait dissimuler sa joie !... Je sais beaucoup de choses, sans en avoir l'air...

— Par exemple ?...

— Par exemple qu'il voudrait que nous fussions pauvres, lui et moi... Et il trouverait encore le moyen d'être généreux... M. Desnoëls l'a dit à Marthe, et Marthe me l'a répété.

— M. Desnoëls ?...

— Ce peintre, si bon et si gai, dont je te parlais ce matin.

— Et qui devait faire ton portrait, si ton père n'avait brusquement pris le parti de t'envoyer à Ramyes ?

— Oui. Ah! il connaît bien le prince, lui !

— C'est un prince que vous aimez, Mademoiselle ?...

— Ne dis donc pas que je l'aime... J'ai plus de raison que tu ne penses !...

— Mais lui ?... Tu l'as revu chez M. de Mausseins... Il t'a parlé ?...

— Nous avons fait ensemble un peu de musique, un soir... Nous avons échangé quelques paroles à propos d'une mélodie de Schubert, que j'avais trouvée dans les recueils de ma mère... Il s'était ému, passionné, en jouant cette mélodie... M. Desnoëls lui disait : « Vous avez une grande âme d'artiste, Halil !... »

— Halil !... s'écria Mme Andriol... Il s'appelle Halil ?... Mais c'est le nom de l'enfant abandonné !...

— De l'enfant abandonné ?... murmura Clotilde... Peut-être le petit bohémien dont Mme Léonard voulait un jour me raconter l'histoire ?

— Lui un bohémien ! reprit Mme Andriol, s'animant de plus en plus... Ah! c'est un bohémien, ce bel enfant que l'on trouve enveloppé dans de riches fourrures, les mains croisées sur un magnifique bijou orné de perles et de diamants ?... Mme Léonard était une honnête femme, elle a dû te dire la vérité !

— Je la suppliais de parler, répondit Clotilde. Elle me conduisit dans la chambre de ma mère, devant un petit portrait qui était toujours voilé.

— Tu l'as regardé, ce portrait ?

— Oui, plusieurs fois, en secret... Mon père entra et fit un signe. Mme Léonard lui dit tristement : « C'est bien, monsieur, je n'oublierai plus ce qui a été convenu... »

— Et tu ne sais rien, pauvre chérie, tu ne sais rien ?... On s'est défié de ton cœur, on n'a pas voulu te permettre d'aimer fraternellement, si jamais tu le revoyais, cet Halil que ta mère aimait comme son fils !... Notre famille a été cruelle pour cet enfant innocent. Eh bien ! cela me révolte, à la fin... Attends, attends !... Je te dirai tout, moi !...

Et Mme Andriol, ouvrant son secrétaire, prit une liasse de papiers.

— Tiens, reprit-elle, voici une lettre de ta mère. Lis !...

Clotilde lut, toute tremblante :

« Louise, viens... viens voir comme je suis heureuse ! J'aurais dû « t'écrire hier. Mais la journée a passé si vite !... Dieu m'a exaucée, « j'ai un enfant à aimer...

« Un enfant !... Mon mari me dit qu'il n'est pas à moi, qu'on ne sait « d'où il vient, que je suis folle de m'attacher ainsi à un petit être aban- « donné. Et je sens qu'il l'aime déjà, lui aussi !... Il l'a porté à la verrerie, « il l'a montré à tous les ouvriers. Le soir, il est allé à Hombourg cher- « cher une couchette qu'il a fait mettre dans notre chambre... et aujour- « d'hui, il a fini par me dire : « Puisque nous n'espérions plus !... »

« C'est hier, entre cinq et six heures du matin, que j'ai eu ma grande « joie... Ma bonne Léonard s'était levée quelques minutes avant moi ; « elle était au jardin, dans l'avenue, comptant, comme elle le fait si « souvent, tous les fruits de nos jeunes arbres. Tout à coup je la vis « traverser rapidement la pelouse, puis se pencher au bord de la cor- « beille d'œillets. Elle fit un geste de surprise, tourna la tête vers la « maison et me cria :

« Descendez, vite, vite !...

« J'accourus... Louise, ma chérie, dans la corbeille d'œillets il y avait « un enfant, un petit garçon de trois ou quatre ans enveloppé d'une « chaude fourrure... Il venait de s'éveiller,... il me souriait en me ten- « dant ses deux mains... Je le pris dans mes bras ; il me regarda avec « une tendresse caline qui me ravit et me fit pleurer...

« Est-il beau !... disait ma Léonard...

« Oui, beau !... un teint admirable, des cheveux noirs ondulés et bou-

« clés, de grands yeux fendus en amande, des pieds et des mains... que
« je voudrais constamment couvrir de baisers.

« Nos caresses l'étonnaient. Je crus que nous l'avions effrayé... Il se
« pelotonna sur mes genoux, relevant la tête timidement, de temps à
« autre... Et avec un accent guttural, qui a de la douceur pourtant, il
« me dit: « Encore ! »... Mais je ne fais plus que cela, de le caresser, de
« l'embrasser, de tenir ses mains dans les miennes, d'attirer sa tête sur
« ma poitrine... Comme c'est bon de se sentir mère !...

« Si tu entendais les causeries que nous faisons, lui et moi !... Il ne
« sait que quelques mots de français, et moi je ne peux pas même te dire
« encore quelle est la langue qu'il parle, ou qu'il essaie de parler. Cepen-
« dant, nous nous comprenons à merveille. Je lui ai demandé son nom ;
« il m'a répondu : Halil !... »

— Halil !... s'écria Clotilde de Bellegarde, en se jetant dans les bras
de Mᵐᵉ Andriol...

— Mais oui, mais oui, répondit tante Louise qui ne voulait plus
s'émouvoir, il s'appelait Halil. Je te l'avais bien dit tout à l'heure !...
Et alors... Soyons calmes, je te prie !... Ce n'est pas un nom de Français, mais ta pauvre mère le trouvait très beau et très doux.

— Moi aussi, murmura Clotilde.

— Ah !... je n'aurais peut-être pas dû te montrer ces chères lettres,...
ton père va m'en faire un crime encore...

— Cependant, reprit la jeune fille, si le prince que j'ai rencontré chez
M. de Mausseins était cet Halil dont tu parles...

— Eh bien?... dis toujours !...

— J'aurais pu l'aimer comme un frère...

— Un frère,... un frère,... oui, au fait, presque comme un frère !...

— Pourquoi donc mon père s'obstinerait-il à nous éloigner l'un de
l'autre?...

— Parce que... parce que... Allons, je ne sais pas si j'ai eu tort ou
raison de commencer, mais j'irai jusqu'au bout... Assieds toi et laisse-
moi chercher parmi ces lettres... Celle que je t'ai lue est de...

— De 1850.

— Bien. Je suis venue cinq ou six fois à Ramyes, cette année-là et
j'ai vu souvent l'enfant trouvé... C'était déjà un petit homme, un peu
sérieux ou plutôt un peu mélancolique. Il observait, il apprenait et rete-

naît beaucoup plus que les garçons de son âge... — vois-tu, les filles
sont généralement plus intelligentes... — ses questions nous embarras-
saient quelquefois, et ses réponses nous étonnaient. Mais nous l'aimions
surtout parce qu'il avait un bon cœur. Il s'était attaché à ta mère dès
le premier jour, et c'était une affection !... Non... une adoration, te dis-
je !... On l'envoyait jouer, il partait, et deux minutes après on le revoyait
blotti devant Aimée, la regardant avec ravissement. Ah ! enfin, voilà la
lettre que je cherchais... Elle est du mois d'octobre de l'année suivante.
Ecoute :

« Louise, nous t'attendons demain, demain matin, le plus tôt pos-
« sible... Il nous tarde trop de te faire partager notre joie !... J'étais
« mère par adoption, mais bientôt... Comprends-tu ?... Je veux te lais-
« ser deviner... Mon mari dit que notre petit Halil nous a porté bonheur.
« C'est vrai que Dieu a béni la maison, depuis qu'Halil y est entré !

« Si tu pouvais passer toute la semaine avec nous, tu m'aiderais à
« préparer bien des choses. Puis j'irais avec toi à Metz, acheter un ber-
« ceau. Nous avons encore des mois et des mois à passer d'ici au
« printemps, mais je voudrais déjà avoir ce berceau dans ma cham
« bre. »

— Hein, petite, ajouta Mme Andriol en s'essuyant les yeux, tu penses
que je ne mis pas six heures, ce jour-là, à faire mes paquets ?... Et quand
on me vit descendre, non pas le lendemain matin, mais le soir même, le
mauvais chemin qui conduisait alors de Hombourg à Ramyes, ce fut une
joie !... Aimée voulait courir, ton père s'y opposait, et moi, de là-haut,
je faisais signe d'attendre. Ce fut Halil qui m'embrassa le premier...
Ah ! En ce temps là, il portait le bonheur, l'enfant trouvé... C'était ton
père qui le disait, ton père !...

Quelques mois après, j'étais encore revenue ici, dans cette maison...
Il y avait deux jours que je t'avais vue naître. Aimée était heureuse...
son bonheur rayonnait : jamais elle ne m'avait paru aussi belle... Tiens,
tu as ses yeux et son regard ! Mets ta tête là, ma mignonne, et ne me
regarde plus, si tu veux que j'achève !...

Clotilde se raprocha et mit son front entre les mains de Mme Andriol.

— Oh ! parlez ! dit-elle...

Et sa poitrine se soulevait...

Si tu pleures... c'est fini !... gronda tante Louise.

— Non !... Non !...

— Eh bien ! ce matin-là, nous t'avions quatre ou cinq fois démaillottée et emmaillottée, ta mère et moi. Je venais de te reporter dans ton berceau... Ton père entra... Ah ! c'est plus fort que moi ; il faut que je te dise ce que j'ai vu, ce que j'ai entendu... C'est lui qui a fait le mal, lui !...

— Oh ! s'écria Clotilde relevant brusquement la tête...

— Sans le vouloir, le malheureux, sans le vouloir... Comprends donc bien que je ne l'accuse pas !... Il était plein de tendresse pour ta mère, il aurait fait le possible et l'impossible pour lui épargner un chagrin... Mais était-ce donc le moment de dire à Aimée : « Ta fillette est venue à la bonne heure, va ! Lis cette lettre, on nous reprend Halil ! »

— Mais, m'écriai-je, ce n'est pas possible ! Et je lui fis un signe qu'il comprit très bien, car il devint pâle et voulut reprendre la lettre... Oh ! il était trop tard... Aimée avait lu. Il me semble encore l'entendre appeler : « Halil, mon enfant,... Halil ! »

Le soir elle eut la fièvre et avant minuit le délire. Un domestique monta à cheval et courut à Metz chercher le docteur Fauvel, le meilleur médecin du grand hôpital. Ton père avait déjà amené notre vieux médecin de Hombourg.

Le docteur Fauvel arriva le matin à neuf heures. C'était un homme très bon, mais un peu brusque. Après avoir passé deux ou trois minutes dans la chambre d'Aimée, il demanda à ton père :

— Que s'est-il donc passé ?... Dites-moi la vérité, bien franche, bien nette ?... Il y a eu une grande frayeur... ou un grand chagrin ?...

Ton père n'osait pas répondre et ce fut moi qui parlai.

— Je passerai ici toute la journée, reprit le docteur, et ce soir mon confrère de Hombourg me remplacera... Mais...

Il vit sans doute que je le comprenais trop bien et il n'acheva pas...

Ce « mais » me tomba sur le cœur comme une couche de glace !...

Deux jours après... Non, non, je t'en ai assez dit, n'est-ce pas ?... Clotilde, mon enfant, j'aurais dû me taire... Embrasse-moi !... Ah ! comme nous avons été malheureux !... ton père surtout !... S'il savait que je t'ai raconté ces choses... Ne le lui dis jamais, jamais !...

Clotilde se leva tout en larmes, et alla s'enfermer dans la chambre voisine, celle où sa mère était morte.

— Que fais-tu ?... s'écria Mᵐᵉ Andriol effrayée... Que fais-tu ?... Réponds-moi, je te prie... viens !...

— Non, laisse-moi seule un moment, dit la jeune fille...

Tante Louise regrettait de plus en plus d'avoir parlé.

Debout devant la porte, elle écoutait, anxieuse.

— Allons, reprit-elle doucement, descends au jardin, avec moi. Nous verrons ce que fait cette « petite brûlée » que tu as amenée de Paris... Il me semble que déjà le bon air de notre vallée la ranime et la fortifie... Elle a le teint plus clair, n'est-ce pas, et le regard plus vif...

Clotilde revint, s'efforçant de paraître plus calme.

— Et Halil ?... demanda-t-elle à demi-voix.

— Tu veux que je te parle d'Halil ?... répondit Mᵐᵉ Andriol... Je te ferais encore souffrir...

La jeune fille insista.

— Eh bien ! dit enfin tante Louise, en perdant ta mère, il avait tout perdu, le pauvre petit... Dans un moment de colère ton père l'avait emporté loin du lit d'Aimée... Sa douleur le rendait injuste, ce malheureux homme, et je crois me rappeler qu'il criait à l'enfant épouvanté : « Va, va, c'est toi qui l'as tuée ! »

— Oh ! murmura Clotilde ! mon père n'a pas dit cela !...

— Mon Dieu,... c'est du moins le sens de ses paroles... Sa douleur l'égarait, te dis-je...

Les domestiques avaient entendu, et personne, depuis lors, dans la maison, dans l'usine, dans le hameau, n'eut la générosité de consoler cet enfant... Tiens, ta nourrice, une femme bien douce pourtant, le menaçait lorsqu'il s'approchait de toi ; elle ne pouvait pas souffrir qu'il vînt se réfugier auprès de ton berceau... Et à chaque instant, malgré les durs regards, malgré les brutales menaces, il revenait pour te voir, pour te caresser... Il semblait te dire : « Je n'ai plus que toi à aimer ! » La nourrice et les domestiques s'obstinaient à le chasser comme s'il avait pu te porter malheur... Cette cruauté stupide m'indignait, me révoltait...

Dans tout le hameau il n'y avait peut-être que moi pour lui témoigner un peu d'affection... Ah ! si cependant, il y avait encore Philippe Burtel...

— Le sabotier de la tour ? demanda Clotilde.

— Oui, ce vieux sabotier qui est si adroit, si intelligent, et qui fait de si curieuses mécaniques !... Il avait alors une soixantaine d'années et venait de perdre, dans la même semaine, sa fille unique et son petit-fils. Halil, chassé de sa chambre, sortait du jardin et montait vers la tour où ta mère avait fait faire un logement pour les Burtel... Il passait des heures entières, assis sur un tas de bois, à regarder travailler le sabotier. Ces deux affligés se comprenaient... Le soir, Philippe nous ramenait l'enfant et disait aux domestiques :

— Vous êtes donc fous de le traiter comme un petit loup enragé ? Que vous a-t-il fait, cet innocent... Ah ! si la pauvre madame pouvait revenir en ce monde !... Je le prendrai, moi, et j'en ferai un brave garçon, si Monsieur veut me le donner.

Mais non, c'est moi qui l'aurais élevé, moi qui l'aurais aimé comme ta mère l'aimait, si ton père ne nous avait dit : — Nous n'avons sur lui aucun droit... Sa famille le réclame,... demain peut-être on viendra nous l'enlever...

— Sa famille ? dit vivement Clotilde, tu la connais, tante Louise ?...

— Non... Je sais seulement qu'elle est riche et que, lorsque ton père est parti pour Paris, elle a mis à sa disposition des sommes considérables.

La jeune fille songeait.

— Veux-tu, demanda-t-elle, que nous allions voir ce Philippe Burtel, à la tour ?

— Oh ! le pauvre homme, répondit Mme Andriol, dans quel état vas-tu le trouver ?... S'il n'avait pas auprès de lui son neveu Siéfer, l'Alsacien, que deviendrait-il ?... Enfin, nous le verrons...

Mais des cris joyeux montèrent du jardin... Une cinquantaine de petites filles traversèrent le parterre en courant, s'élancèrent sur la terrasse et appelèrent :

— Madame... Mademoiselle !

— Ah ! dit tante Louise, je t'avais fait oublier tes fillettes, avec mes tristes histoires...

— Oui, répondit Clotilde, je devais mener toute mon école dîner au rond-point de la fontaine, sous les ruines de Hombourg... Viendras-tu ?

Les fillettes crièrent :

— Mademoiselle, les voitures sont là !...

Allons, puisque les voitures sont là, dit Mme Andriol... Cette après-midi me paraîtrait bien longue, sans toi !... Descends, je te suis... Ah ! tu emmènes ta petite brûlée ?

— Oh ! oui !...

— Prends un de mes châles pour l'envelopper ; il fera froid ce soir sur la lisière des bois...

Clotilde descendit de la terrasse et appela :

. — Jeanne... Jeanne !...

— Nous vous l'amenons, mademoiselle, répondirent deux fillettes aux joues fermes et fraîches.

Elles avaient enlacé leurs mains, pour porter la petite brûlée comme dans un fauteuil, et elles marchaient en la balançant doucement.

Jeanne, souriante, se sentait revivre dans ce bon air, sous ce beau soleil.

— Ah ! si Juliette était là !... dit-elle.

Dans cette vallée de Ramyes où, avant la construction de la verrerie, on ne comptait peut-être pas trente maisons, — trente masures, — Clotilde avait fondé deux écoles :

L'une pour les filles des ouvriers et des paysans, et celle-ci, elle la nommait l'*école Marie-Aimée*, en mémoire de sa mère ; l'autre pour les garçons de six à douze ans.

Les bambins et les bambines de trois à six ans avaient leur *asile* dans une annexe.

Chaque fois que Mlle de Bellegarde venait revoir le pays natal, elle faisait faire à « ses enfants » quelques excursions dans la forêt, ou dans les prairies, sur les rives de la Rosselle.

Ce jour-là, à l'heure où Mme Andriol racontait à Clotilde l'enfance d'Halil, les marmots de l'asile et les fillettes de l'école Marie-Aimée avaient envahi le jardin.

C'était plein de santé, alerte, gai, même un peu turbulent, ce petit peuple. Les filles, toutes très proprement vêtues, quelques-unes fort jolies sous leurs bonnets à rubans bleus, entouraient Mlle de Bellegarde et lui demandaient :

— On va partir ?... on part ?...

Les bambins de l'asile, la taille serrée dans la blouse de toile d'Alsace, sautillaient en battant des mains.

Quatre maîtresses s'efforçaient vainement de modérer cette impatience.

— Quelle folie !... disaient-elles, en riant cependant sous leurs chapeaux de paille.

— Eh bien oui, nous partons, répondait Clotilde... Appelez tante Louise.

Alors tous les regards se dirigeaient vers le balcon du premier étage, et toutes les voix reprenaient :

— Madame..., madame !...

Enfin tante Louise apparut sur le seuil du vestibule, portant deux châles, deux ombrelles et deux chapeaux.

— C'est toujours ainsi, dit-elle à Clotilde, il faut que je pense à tout !... Vous vous en alliez tête nue, ta Jeanne et toi,... tête nue, et vêtues comme des faneuses !

— Tu me grondes devant toute l'école, répliqua gaiement Mlle de Bellegarde ; quelle autorité aurai-je désormais ?... Tiens, nous voilà coiffées, je mets les châles sur mon bras,... allons !...

A ce signal, toute la bande joyeuse redescendit de la terrasse dans le jardin et courut vers la grille.

Deux minutes après, les fillettes et les bambins avaient pris d'assaut deux grandes voitures de l'usine, attelées de vigoureux percherons. Les maîtresses les faisaient asseoir sur des sacs bourrés de foin et recommandaient aux *grandes* de prendre soin de la marmaille.

Mme Andriol, Clotilde et Jeanne prirent place sur le devant de la première voiture. Les deux cochers firent claquer leurs fouets et les percherons partirent au trot.

Un grand cheval normand, aux allures calmes, un peu lourdes, suivit de loin, traînant le fourgon des provisions.

Les voyageurs et les voyageuses des deux grandes voitures manifestaient très bruyamment leur satisfaction. De toutes les maisons de la vallée on devait entendre leurs cris et leurs éclats de rire.

A ce moment, dans la partie haute de la forêt qu'on appelle le Montmousse, et qui ferme le val de Ramyes du côté de Hombourg, un enfant en haillons courait à perdre haleine entre deux taillis de châtaigniers.

C'était un garçon de dix à douze ans, très maigre et très hâlé. Son pantalon en loques, attaché par des ficelles à une veste beaucoup trop courte, laissait voir jusqu'aux genoux des jambes nerveuses, presque noires, que les ronces et les broussailles avaient zébrées de violet.

Le front de ce petit sauvage ruisselait de sueur sous un épais buisson de cheveux rouges ; la lèvre inférieure, fortement retroussée sur le menton, démasquait des dents aiguës, des dents de jeune loup.

Pieds nus, les coudes collés aux flancs, les poings en avant, cet enfant ne prenait pas même le temps d'écarter les branches qui lui fouettaient le visage ; il les brisait à coups de tête.

Il suivait un étroit sentier, parallèle à un chemin creux qui est l'ancienne voie directe, la *coursière*, de Ramyes à Hombourg.

Quand il fut arrivé au faîte de la colline, à quatre-vingts ou cent mètres du point où la coursière et le sentier obliquent à gauche pour aboutir à la route neuve, il s'arrêta haletant. Puis, relevant d'un brusque mouvement du bras les mèches de cheveux humides qui lui tombaient sur les yeux, il regarda sous la futaie.

N'apercevant pas ce qu'il était venu chercher à la lisière de la forêt, il appuya sur ses lèvres le revers de sa main droite et siffla entre ses doigts.

Un sifflement plus discret lui répondit aussitôt.

L'enfant reprit sa course en plein taillis, à droite du sentier. Dès qu'il eut traversé le fourré, il se dirigea vers une sablière profondément creusée entre deux chênes trois ou quatre fois centenaires.

C'était comme une galerie souterraine, sur l'orifice de laquelle pendaient les puissantes racines des vieux arbres.

Une main écarta les racines et un homme de trente-cinq à quarante ans apparut, aussi misérablement vêtu que l'enfant.

Et comme l'enfant, cet homme avait le teint hâlé, les cheveux rouges, le front bas, les pommettes osseuses, l'œil rond à prunelle cuivrée, la mâchoire forte et proéminente.

— Eh bien ! Fritz, dit-il en allemand, tu l'as vu... Il vient ?...

— Il monte... le voilà !... répondit le petit sauvage.

— Vrai ?...

— Si tu veux le voir passer, suis-moi ; nous n'aurons qu'à nous coucher au bord du sentier... En allongeant le bras, nous lui toucherions l'épaule...

— Non, c'est inutile, répliqua l'homme... Mais tu es certain qu'il doit descendre à Ramyes ?...

— Oui...

— Et qu'il repassera ce soir?...

— Je le crois...

— Va donc et ne le perds pas de vue...

— Mais c'est que... les gens de là-bas nous ont déjà chassés,... tu sais bien.

— Tu diras que tu as faim... tu pleureras, ils te laisseront mendier... va, je cours avertir les autres.

L'enfant obéit, il revint sur ses pas et alla se coucher à plat ventre au bord du sentier.

Un grand jeune homme, élégamment vêtu, arriva par la coursière et passa sous les yeux du petit bohémien. Il fit une courte halte, pour respirer, au point culminant de la forêt, et reprit sa marche dans la direction de la route neuve.

Sur cette route en lacet défilaient alors les voitures qui conduisaient aux ruines de Hombourg les bambins de l'asile et les fillettes de l'école Marie-Aimée.

En accélérant un peu sa marche, le voyageur aurait pu apercevoir au moins les chapeaux de paille et les bonnets à rubans bleus.

Les naïves paroles d'une vieille chanson lorraine, chantée par une cinquantaine de voix, parvenaient assez distinctement jusqu'à lui :

> Ce matin l'alouette
> Montait vers le soleil...
> Monte, alouette, monte,
> Dedans le bleu du ciel !...
>
> Rencontre l'hirondelle
> Qui revenait de loin...
> — D'où viens-tu, la brunette ?
> — De chez les Sarrasins. —
>
> — As-tu vu par les routes
> Le comte d'Hémilly,
> Qui va-t-en Terre-Sainte,
> Pour demander un fils.

Le grand jeune homme écoutait, attendri, la vieille chanson lorraine.

— Où donc, se demandait-il, ai-je entendu cet air et ces paroles ?

Il hâta le pas, mais des cinq ou six autres couplets quelques mots seulement arrivèrent à son oreille. Les voitures avaient disparu, au tournant de la route neuve, derrière un massif de roches grises.

D'ailleurs, le voyageur était enfin sorti du bois, et toute son attention se portait sur la vallée de Ramyes.

Il la regardait avec une émotion croissante, cette verte vallée au fond de laquelle une petite rivière, bordée de saules et de vernes, serpentait dans les jardins et les prés.

Ses yeux cherchèrent la maison qu'on appelait le château ; mais elle était pour ainsi dire perdue parmi les constructions de date plus récente. Les hameaux jadis épars semblaient s'être rapprochés de l'agglomération centrale pour ne former qu'un village. Pendant les dix ou douze dernières années surtout, les lacunes s'étaient rapidement comblées. A la fin de chaque été, disaient les habitants du pays, on plantait les drapeaux sur une vingtaine de toitures neuves.

Le voyageur demanda à un garde forestier qui passait, le fusil en bandoulière :

— C'est bien Ramyes que j'aperçois là-bas ?

— Oui, monsieur.

L'aspect général était gai ; les nouvelles maisons, comme les anciennes, avaient été presque toutes bâties dans les pâtures ou dans les vergers. Pas un seul mur de clôture ; partout des haies vives, des haies d'aubépin, de troëne, de prunellier, d'églantier ; ou bien de légères palissades sur lesquelles le houblon et la clématite avaient étendu leurs frais rideaux.

Au centre de la vallée, deux vastes bâtiments de briques, percés de nombreuses fenêtres, — deux cités ouvrières, — bordaient une large voie qui aboutissait à la place, et autour de cette place plantée de marronniers, la famille Marchal de Bellegarde avait fait construire les deux écoles et l'asile. Et là-bas, de la profonde trouée que la rivière avait creusée entre deux buttes sablonneuses, surgissaient les cheminées d'une usine.

Tout, dans ce village, parlait de travail, de progrès, de prospérité. Cependant, dès la première minute, le voyageur qui le regardait de la lisière des bois avait éprouvé un serrement de cœur.

— Est-ce donc ma vallée?... murmurait-il... Je ne la reconnais plus !...

Puis il avait fini par découvrir la maison au balcon de bois, les toits pointus des deux pavillons, les pins de la terrasse, les pelouses, le grand jardin ; et plus haut, sur la côte exposée au midi, la tour, le vieux colombier tapissé de lierre.

Alors il avait tressailli et ses yeux s'étaient mouillés...

Le chapeau à la main, ce voyageur traversa la route neuve et monta sur un bloc de grès, en se disant :

— Salue cette maison, Halil !... Là tu as été aimé, là tu as été heureux !...

Et après un instant de douce rêverie, il se demanda :

— Irai-je frapper à la porte de cette maison ?

Pour la seconde fois depuis qu'il avait revu la vallée de Ramyes, son cœur se serra.

L'hésitation fut longue et pénible.

— Eh bien ! oui, s'écria enfin le jeune homme avec un accent d'énergique résolution, eh bien ! oui, j'irai, je verrai Clotilde de Bellegarde, et je lui dirai : « Voulez-vous que je sois encore votre frère ? »

Cependant, il ne descendit pas dans la vallée par les lacets de la route neuve. Ce n'était plus son Ramyes d'autrefois, ce joli village ; il n'y retrouverait rien sans doute qui lui parlât du passé ; il n'y reverrait aucune de ces choses qui sont de vieilles amies et qui semblent dire au voyageur : — Viens, nous te guiderons dans le pays où tu as passé ton enfance... Ici tu as souri, là tu as pleuré !

D'ailleurs, là-bas, tous les regards suivaient le passant. On se demanderait : — Que veut cet étranger ?

La tour, au contraire, l'attirait ; la tour enveloppée de son lierre touffu. Halil la voyait toute verte, au milieu des cultures, à cinquante ou soixante mètres au-dessus du château.

Le chemin rocailleux qui y conduit longe la crête de la colline. On l'appelle « la voie de la Corniche ». C'est comme une étroite terrasse, d'où l'œil du passant peut fouiller le fond de la vallée.

A gauche, du côté du plateau, s'étendent des champs d'orge, des semis de pins et des landes de bruyère d'où surgissent çà et là les pyramides des genévriers ; à droite sur les pentes, des vergers, des houblonnières et quelques vignes dont le raisin mûrit quand il peut.

Halil s'engagea dans ce chemin; il marchait lentement, regardant tantôt les fenêtres et tantôt les pelouses, les jardins de la grande maison. Peut-être espérait-il voir apparaître Clotilde et la petite Jeanne; mais il n'aperçut qu'un paysan qui travaillait dans le potager.

Arrivé devant la tour, il s'assit sur la margelle d'un puits.

C'était bien un ancien colombier, cette grosse tour ronde bâtie sur le roc. Dans son épaisse muraille, on avait percé une porte basse et une étroite fenêtre. Du côté du midi, au bord de la toiture en poivrière, s'avançait une sorte de mansarde dont l'œil-de-bœuf était masqué par le cadran d'une horloge.

Une petite maison construite en torchis et couverte de bardeaux s'était accolée au colombier; une étable avait fait face à la maison, un hangar s'était accroché à l'étable, un poulailler au hangar et des cordons de vigne, fixés par des fils de fer à de robustes merisiers, formaient la clôture du jardin.

Halil reconnaissait tout cela. Dans l'unique pièce de la tour, qui servait de magasin, de cuisine et de salle à manger, il voyait, ou plutôt il revoyait des étagères circulaires chargées de sabots, de boîtes ouvragées, de tabatières et de pipes sculptées, de petites mécaniques bizarres qu'on aurait pu prendre pour des jouets. Sur un vieux meuble aux

12

cuivres brillants, il retrouvait une réduction minuscule de la cathédrale de Metz, exécutée en bois de poirier.

Mais ce qui l'intéressait le plus, c'était l'atelier en plein air et, dans cet atelier, un vieillard assis au soleil...

Le vieillard était immobile dans un vaste fauteuil. Vêtu d'une longue casaque de molleton, coiffé d'un bonnet de laine noire, les jambes et les cuisses enveloppées d'une chaude couverture, il dormait paisiblement.

Des boucles de cheveux, blanches et soyeuses, passaient sous le bonnet, encadrant un visage qui avait encore de la fraîcheur.

Les mains, allongées sur la couverture, entre les genoux, tenaient un morceau de buis et un petit instrument de fer ou d'acier à peu près semblable à un burin.

Auprès du vieillard, un homme d'une trentaine d'années faisait des sabots. A cheval sur son rustique établi, il plongeait vigoureusement l'évidoir dans les blocs de noyer que la doloire avait déjà dégrossis.

— Je voudrais bien savoir, se disait Halil, ce que Robert penserait de moi, si je lui écrivais : « Mon ami, je me sens tout ému en regardant creuser des sabots ! »

— Hé, bonjour monsieur, dit le sabotier avec un fort accent alsacien. Est-ce que jamais vous avez vu quelqu'un faire le lézard mieux que l'oncle Philippe?... Ah ! le bonhomme, il peut bien se reposer, maintenant qu'il y est forcé ; il a bien assez « chatouillé le bois » en son temps !...

— Maintenant qu'il y est forcé ? demanda le voyageur.

— C'est vrai, reprit le sabotier, vous ne savez pas peut-être, vous n'êtes pas du pays...

— Non...

— Eh bien ! l'oncle Philippe Burtel a eu quatre-vingt-un ans la veille de la Chandeleur... Croiriez-vous ça, hein... avec une mine comme celle-là on ne lui en donnerait pas soixante!... C'est qu'on a soin de lui, allez, on peut s'en vanter, n'est-ce pas?... Voyez : rose comme un enfant... C'est moi qui l'ai rasé, ce matin !

Halil fit un signe de la main, comme pour dire : ne l'éveillons pas !

— Oh ! cria le sabotier, pas de danger, monsieur ! Sourd comme un

pot, le bon vieux, et aveugle aussi, paralysé des deux jambes ! Ça lui
est tombé dessus, toutes ces infirmités, l'autre hiver, une nuit qu'il revenait de Hombourg-le-Haut... Que voulez-vous? on s'était attardé à boire
deux ou trois verres de blanquet de Moselle avec l'ami Christian.

— L'ancien fossoyeur?

— Précisément... Ah! vous connaissez le père Christian ?... Vrai, ça
n'était pas dans les habitudes de l'oncle Philippe de s'attarder à Hombourg... Deux ou trois fois par an, voilà tout !... Le froid le surprit en
chemin, le pauvre homme ; il s'assit, pour dormir un quart d'heure, sous
un chêne de la forêt, et le lendemain il était comme vous le voyez,
sourd, aveugle, paralytique... Ma parole, sans la dâme du château qui
l'a fait soigner par les meilleurs médecins, il y a beau temps qu'il serait
à trois pieds sous terre, avec... les autres !

Halil se rapprocha du vieillard endormi et demanda au sabotier :

— Votre oncle habitait-il Ramyes vers 1850 ?

— Oh ! certainement. Il est comme moi des environs de Saverne, mais
voilà bien près de cinquante ans qu'il s'est établi dans ce pays ; il s'y
était marié... la femme, la fille et les deux petits-enfants dorment dans
le cimetière de Hombourg-le-Haut, sous la garde du père Christian.

— Mais, reprit Halil, en 1850 avait-il son atelier dans cette tour?

— Oui, monsieur, répondit le sabotier ; c'est Mme Aimée qui lui avait
permis de s'y installer ; et c'est elle aussi qui fit faire la porte, la fenêtre,
le toit et toutes les réparations... Ah ! quand l'oncle Philippe parle de
Mme Aimée !...

Quatre heures sonnèrent à l'horloge de la tour, et un carillon joua les
premières mesures de l'air joyeux :

> Quand une fille d'Hombourg
> Met sa coiffe des dimanches,
> Et sa jupe de velours,
> Et sa gorgerette blanche...

Halil écoutait, murmurant :

— Oh ! je me souviens... je me souviens !...

— C'est l'oncle Philippe qui a fait cette horloge, reprit le sabotier, et
le carillon également... Ah ! quel homme, monsieur !... Il n'y avait peut-
être pas un ouvrier adroit comme lui dans tout le département. On venait

le chercher de Saint-Avold, de Metz, pour réparer des machines, et il faisait la besogne mieux que les plus habiles mécaniciens... Ah! vous regardez son église de bois là-bas, sur la commode... Entrez, il faut voir ça de près... C'est son chef-d'œuvre, monsieur... Tout sculpté au couteau!... Et ces mécaniques, et ces coffrets, et ces têtes!... Il portait tout ça à des marchands de Metz, autrefois, mais le brave homme ne savait pas se faire payer... Et il travaille encore au jour d'aujourd'hui pour se distraire... On dirait que ses doigts ont des yeux.

— Que faisait-il donc tout à l'heure, lorsqu'il s'est endormi? demanda Halil, examinant avec attention le morceau de buis qui avait roulé sur les genoux du vieillard.

— Ça, c'est un boîtier de montre... Il y en a encore deux ou trois autres dans la tour, sur les rayons... Si vous en voulez un ?

— Oh ! oui.

Le sabotier chercha un instant et revint apportant un boîtier assez finement ouvragé au burin.

— Voyez, dit-il, c'est une image qu'il a bien souvent gravée... Reconnaissez-vous notre tour, là, à gauche ?

— Oui, et devant la tour un sabotier qui travaille.

— Ça y est, vrai... l'oncle Philippe, jambe de ci, jambe de là, sur son cheval de bois !

— Et là, au premier plan, cet enfant qui le regarde travailler ?

— Le petit garçon que Mme Marie-Aimée avait trouvé un matin, couché là-bas dans une corbeille d'œillets. L'oncle Philippe m'a cent fois raconté cette histoire. Ils étaient une paire d'amis, le petit et lui, à ce qu'il paraît... Mais suffit... on n'aime pas à parler de ces choses, dans le pays...

— Oh! pourquoi ?... dit Halil dont la voix trembla...

— Parce que... Je ne suis pas d'ici, moi... je ne saurais dire...

Halil n'osa pas insister.

— Vous me permettrez bien, reprit-il timidement, de vous laisser un souvenir, en échange de ce boîtier?

— Un souvenir?

Le voyageur tira de la poche de son gilet un très beau chronomètre d'or émaillé et le mit sur les genoux du vieux Philippe...

— Pour nous... c'est pour nous ?... vous voulez ?... balbutiait le sabotier émerveillé.

— Mais oui, répondit Halil, et votre oncle me fera le plus grand
plaisir en acceptant cette montre. Vous lui direz...

— Que faudra-t-il lui dire ?

— Ah ! tenez, je désirerais lui parler moi-même, lui demander certains renseignements... Pourra-t-il m'entendre, me répondre ?...

— Vous entendre, non ; mais il m'entend, moi, quand je lui parle
très haut dans le cornet qu'il s'est fabriqué. Je lui répéterai ce que
vous m'aurez dit... Quant à vous répondre, oui, monsieur, oui ; la voix
est toujours bonne... et ça toujours sain, ajouta le sabotier en avançant
son doigt vers le front du vieillard... Et le cœur, donc !... « Siéfer, tu
« te donnes trop de mal pour moi,... Siéfer, tu me gâtes, tu me
« pouponnes comme une nourrice,... Siéfer, tu es fou, mon ami!... »
Du matin au soir, c'est la même chanson... Ah ! vous voulez lui parler,... nous allons le réveiller.

— Non,... non... dit Halil, j'attendrai... Ou plutôt je reviendrai tout
à l'heure, quand j'aurai demandé là-bas l'autorisation de visiter l'usine...
A qui faut-il s'adresser pour obtenir cette autorisation ?

— A personne, c'est inutile ; je vais vous conduire, moi... Ah ! mais...
est-ce qu'on s'amuse à nous casser nos arbres ?

Le sabotier courut dans la direction du plateau, le long de la haie
du jardin. Halil l'entendit crier :

— Pillards, vauriens, bandits !... Vous osez revenir, voleurs,
canailles !...

— Qu'était-ce donc? demanda le voyageur lorsque Siéfer redescendit
devant la tour.

— Un petit brigand de la bande de bohémiens que nous avons chassée
de Ramyes avant-hier... Ah ! les coquins, en ont-ils pris des poules, des
canards, des oies dans les fermes des environs !... Mais que diable
faisait-il, ce vilain moineau, sur nos mérisiers? La merise n'est pas
mûre, pourtant !... Monsieur, aidez-moi à rouler tout doucement dans
la tour le fauteuil de l'oncle Philippe... Là, merci !... Je ferme la porte...
Le bonhomme dormira encore une demi-heure. Vous savez, si je l'avais
laissé seul, là, au soleil, ces bandits lui auraient enlevé la montre, la
couverture, le bonnet, tout !...

— J'ai rencontré une troupe de ces bohémiens sur la lisière de la
forêt, ce matin, dit Halil.

— Près de Ramyes ?...

— Non là-bas, entre Saint-Avold et Hombourg... Ils ont une grande voiture, traînée par des mulets décharnés...

— C'est ça, monsieur, c'est ça !... Les femmes font semblant de tresser des paniers d'osier, et les hommes jouent des valses allemandes...

— En effet... je leur ai donné quelque argent, et leurs enfants m'ont suivi jusqu'à Hombourg.

— Prenez garde, monsieur,... prenez garde !... C'est de la mauvaise graine de Silésiens affamés et enragés, ça !... Les hommes ont de méchantes figures... le grand diable qui joue du trombone surtout...

— Cependant, dit Halil, si ces pauvres gens ont faim !...

— Le loup a faim, lui aussi, répondit durement Siéfer, et quand il sort de ses bois, tout le monde crie : tue, tue !

— Oh !

— Vous allez me dire que ces vagabonds là sont encore des espèces d'hommes, n'est-ce pas !... Mais s'ils ont les dents si longues, qu'ils mangent les moutons de leur pays !... Nous ne voulons pas nous laisser manger, nous !...

Halil et son guide descendirent vers le village par une ruelle en escalier, la voie de communication directe entre le chemin de la Corniche et la « rue du Château ».

Le sabotier regardait du coin de l'œil ce grand jeune homme qui venait de faire à l'oncle Philippe un si beau présent. Il n'osait lui demander : — Vous êtes donc bien riche, vous qui donnez une magnifique montre d'or pour un boîtier de buis ?

Devant la grille de fer forgé qui bordait le jardin de la grande maison, Halil s'arrêta.

Il le retrouvait tel qu'il l'avait vu autrefois, ce jardin, avec les deux allées demi-circulaires qui le reliaient à la vaste terrasse, les pelouses vallonnées, les corbeilles de fleurs, les massifs d'arbres verts, les ruisseaux alimentés par une source qui bouillonnait entre des blocs de roches moussues.

Dans deux corbeilles tracées en ovales allongés au milieu de la pelouse principale, les œillets blancs étaient en pleine floraison. Jamais Halil n'en avait aspiré le parfum avec tant de bonheur.

— Voulez-vous que nous entrions ? demanda le sabotier.

Halil, profondément troublé, balbutia :

— Je ne sais... peut-être tout à l'heure en revenant de l'usine... si les maîtres de la maison ne refusent pas de me recevoir...

— Oh ! reprit Siéfer, le maître est à Paris ; mais amené par moi, voyez-vous, monsieur, vous seriez toujours le bienvenu... Tout le monde me connaît au château, et Mme Andriol cause des heures entières avec moi quand elle vient voir l'oncle Philippe.

D'ailleurs, ajouta-t-il, vous ne gêneriez personne ; Mme Andriol et Mlle Clotilde sont parties...

— Parties ?...

— Avec les fillettes de l'école... Je les ai vues passer de là-haut... Ah ! ça piaillait comme des moineaux, toutes ces petites folles... C'est leur bon temps, quand Mlle Clotilde est au pays...

— Eh bien, entrons, dit Halil...

— Vous n'avez qu'à pousser la grille...

Une jeune servante apparut au balcon ; elle reconnut le sabotier et le salua de la main.

— Avez-vous besoin de quelque chose, Siéfer ?... je descends...

— Non, mademoiselle Catherine, ne vous dérangez pas ; nous voulons seulement voir le jardin... si vous permettez...

— Oh ! allez, allez !... Et l'oncle Philippe, comment se porte-t-il ?...

— Bien, bien, aussi bien que possible, avec ses vieilles jambes qui ne veulent pas revivre et ses pauvres yeux qui voudraient tout voir !...

— Dites-lui donc que Madame ira probablement à la tour, demain ou après-demain, avec mademoiselle.

— Merci, merci ; en voilà du plaisir pour le bonhomme !... Il m'en parlera pendant quinze jours !...

Et le sabotier reprit fièrement, en se retournant vers le voyageur qu'il accompagnait :

— Qu'est-ce que je vous avais dit ?... On est comme chez soi, hein ?...

Halil, le cœur gonflé, parcourut lentement les allées du jardin. Il descendit vers la rivière et reconnut, au bord de l'eau, un auvent sous lequel Mme Aimée venait quelquefois s'asseoir avec lui aux chaudes journées de juillet. Puis, traversant le potager et revenant le long des pelouses, il dit à son guide :

— Si Mlle de Bellegarde était là, je lui demanderais de me laisser
cueillir quelques-uns de ces œillets...

— Oh! attendez, s'écria l'Alsacien, c'est comme si elle était là!...
Elle vous dirait : « Prenez, prenez donc, encore, encore!... » Ou plutôt
elle vous mettrait un énorme bouquet sur les bras. Elle a le cœur de sa
mère, c'est sa joie de donner...

Et Siéfer alla cueillir pour Halil un bouquet d'œillets blancs.

A plusieurs reprises, il remarqua que « son voyageur » qui tout à
l'heure ne cessait de questionner, ne parlait plus maintenant et ne semblait même plus entendre ce qu'on lui disait; il montait vers la terrasse,
le regard obstinément fixé sur une fenêtre du premier étage.

Tout à coup l'étranger, étendant la main vers cette fenêtre, demanda
d'une voix étouffée :

— C'était... la chambre de Mme Aimée, n'est-ce pas ?...

Siéfer n'avait encore répondu ni oui ni non, que son voyageur redes-
cendait au jardin, marchait à grands pas vers la grille et passait furtivement son mouchoir sur ses yeux...

— Monsieur, monsieur, cria le sabotier, vous avez laissé tomber vos
œillets!...

— Ah! donnez, mon ami, répondit Halil sans retourner la tête,
donnez... et conduisez-moi à l'usine...

— Aux usines; il y en a deux, la verrerie et la fonderie de fer... Prenons à gauche, alors, « par l'avenue des Cités »; nous verrons, en passant, la place et les écoles.

Et Halil eut encore une douce émotion, en lisant sur le fronton d'un
des bâtiments neufs : *École Marie-Aimée*...

— Tout ça, répétait Siéfer, c'est à Mlle Clotilde qu'on le doit...
M. Marchal aime à faire du bien dans le pays, je ne dis pas non, mais...

Le voyageur ne demanda pas l'explication de ce « mais ». Il se dirigeait rapidement vers les usines, deux grands bâtiments de briques,
isolés l'un de l'autre par une large avenue.

— Où donc est la verrerie? dit-il...

— A droite, répondit Siéfer.

— Depuis quand a-t-elle été reconstruite ainsi?

— Depuis une dizaine d'années, je crois. Ah! vous aviez vu l'ancienne?... L'oncle Philippe dit que c'est bien changé, maintenant sur-

tout que M. Marchal fait faire du bohême et du filigrané... Passons sous cette voûte, nous verrons d'abord le gros ouvrage, la fabrication des bouteilles qu'on expédie en Champagne.

Au sortir d'un long corridor voûté, Halil aperçut les feux des fourneaux, et tous les détails du tableau dont il avait si nettement conservé la mémoire lui apparurent à la fois, éclairés, ici par les lueurs rouges des foyers, là, par la lumière blanche, presque éblouissante, qui se dégageait des creusets.

Ruisselants de sueur, des tiseurs plongeaient leurs lourds ringards dans les masses de houille enflammée ; d'autres remuaient le *bain*, la matière en fusion, dont les bavures couraient parfois sur les seuils des ouvreaux.

Les *aides*, armés de la canne creuse (la felle), *cueillaient* le verre dans des creusets ; puis, courant dans la poussière de charbon, ils allaient rouler la *cueille* sur une tablette de fer. Leurs petits auxiliaires, les *gamins*, puisaient de l'eau dans un baquet et rafraîchissaient la felle.

Enfin les souffleurs s'emparaient des cannes, les balançaient comme de longs pendules et plongeaient dans les moules la matière vitrifiée.

— Regardez, monsieur, disait Siéfer, voilà ce qui « tue les poumons des verriers ! »

Ces ouvriers, demi-nus, la plupart maigres, les yeux rouges, les pommettes violacées, les lèvres tuméfiées, se penchaient vers le moule et soufflaient dans la felle en la faisant tourner rapidement entre les paumes de leurs mains. Puis, toujours avec la même activité fiévreuse, ils coupaient le col de la bouteille, revenaient présenter l'extrémité de la canne creuse à l'ardente chaleur de l'ouvreau, plongeaient une verge de fer dans le creuset, et prenaient encore un peu de matière en fusion, pour la rouler autour du goulot dont ils allaient polir l'intérieur et ébarber l'orifice.

Quelques-uns, haletants, la poitrine en feu, essayaient de renouveler leur provision d'air par de grandes et pénibles aspirations ; d'autres, les plus affaiblis, se sentaient aveuglés par la sueur qui coulait dans leurs yeux comme une pluie de larmes chaudes ; ils secouaient cette pluie d'un coup de tête, ou bien ils l'essuyaient avec l'avant-bras.

— Pauvres gens, murmurait Halil, pauvres gens, quelle vie !... Voilà donc pourquoi, en me rappelant l'usine de Ramyes, j'éprouvais un sentiment de tristesse,... presque d'angoisse !...

— Savez-vous à quoi je pensais, monsieur ?... dit Siéfer le sabotier...
Je me demandais s'il y a encore ici deux ou trois souffleurs du temps
de Mme Aimée.

— Deux ou trois ?...

— Eh ! eh ! ça s'use si vite, un verrier... ça fond !... mais on en voit
tout de même qui « tiennent coup » pendant des vingt ans et plus... Des
hommes, ceux-là !

— Mme Aimée venait souvent à l'ancienne verrerie ?...

— L'oncle Philippe dit qu'elle y venait tous les jours et que tous les
jours elle avait « le noir dans l'âme » en remontant au château... Tenez,
vous aussi, monsieur, vous avez du noir dans l'âme... n'est-ce pas ?...
Allons voir la cristallerie... ça sera plus gai !... Ah ! précisément, voilà
M. Hartmann, le second contremaître, qui passe ; je vais lui demander
si nous pouvons entrer.

Le sabotier et le contremaître échangèrent quelques mots à voix
basse. Puis M. Hartmann dit en saluant Halil :

— Venez, monsieur ; nous avons fait aujourd'hui de très bonnes *pa-
raisons ;* on va souffler du *filigrané,* comme dans les ateliers de Murano.

Une demi-heure après, Halil et Siéfer sortaient de la cristallerie et se
dirigeaient vers la fonderie de fer.

— Eh bien ! qu'y a-t-il donc là-bas ? demanda le sabotier, en traversant la large avenue qui sépare les deux bâtiments... Que fait tout ce
monde autour du *mai ?...*

Le *mai* était un sapin qu'on avait planté à l'entrée de l'avenue, à
l'époque de la construction des écoles. A ses branches mortes flottaient
encore des lambeaux de banderoles tricolores.

Une foule bruyante, dans laquelle les femmes et les enfants étaient
en majorité, entourait ce sapin...

— C'est curieux, reprit Siéfer, ils ont tous le nez en l'air, comme les
mioches de chez nous sous l'arbre de Noël !... Ah ! diable ..., entendez-
vous, monsieur ?...

Des voix irritées glapissaient :

— Oui, oui... à coup de pierres !

— Non, non, répondaient trois ou quatre ouvriers qui venaient de
sortir de l'usine ; prenons patience, il ne passera pas toute la nuit sur
sa branche !

— Si, si, les pierres, les pierres !... Attention, vous autres !...

La foule recula, faisant place à une trentaine d'enfants qui s'étaient armés de cailloux.

— A quel oiseau de proie en veulent-ils donc? dit Siéfer... A mon chenapan de bohémien, peut-être... Il faut voir ça, monsieur !...

Et le sabotier courut vers le mai. Halil le suivit indigné.]

— Oh ! s'écria-t-il, nous ne laisserons pas lapider ce petit malheureux !...

Les pierres volaient déjà et faisaient craquer les branches mortes du sapin.

— Voyez, monsieur, dit Siéfer ; avais-je deviné ?... Le coquin a décidément la manie de se percher !

— Oh ! répondit une femme, c'est quand il s'est vu entouré qu'il a monté au mai... Il grimpe comme un chat-tigre.

Les branches craquèrent plus fortement. Le petit bohémien, atteint par une pierre à la hanche droite, poussa un cri de douleur et essaya de monter plus haut.

Halil accourut, repoussant les enfants du village.

— Arrêtez, cria-t-il, arrêtez !... Vous n'avez donc pas de cœur, pas de pitié ? Je ne souffrirai pas, moi...

Siéfer l'interrompit :

— Laissez-moi faire, monsieur, je me charge de dénicher le petit corbeau !...

Le sabotier, mettant bas sa veste, mesura d'un coup d'œil la hauteur du sapin.

— Prenez garde ! dirent plusieurs voix, le brigand a un couteau; il a voulu en jouer, tout à l'heure.

— Eh bien! moi aussi j'en ai un, répliqua le sabotier, en plongeant la main dans la poche de son pantalon.

Siéfer se mit à grimper ; il montait rapidement, par « embrassées » régulières, égales. On voyait étinceler la lame du couteau qu'il tenait entre ses dents.

Le petit bohémien cria enfin en allemand :

— Pardon !... pardon !...

— Eh bien! lui dit Halil, descends... je te promets, moi, qu'il ne te sera fait aucun mal !...

La foule murmura.

— De quoi vous mêlez-vous ?... gronda un tiseur de la verrerie, en brandissant son ringard... Le bandit aura affaire à moi !...

Halil, très calme, regarda cet homme bien en face, dans les yeux, et répéta en accentuant fortement chaque parole :

— Descends, mon enfant, je ne te laisserai faire aucun mal !...

La foule l'entoura, menaçante.

Tout à coup le petit bohémien se laissa glisser jusques à la plus basse branche. Puis, saisissant cette branche des deux mains et lui imprimant une violente secousse, il se balança dans le vide.

L'élan qu'il avait pris devait le rejeter hors du cercle formé par la foule. Mais la branche sèche se brisa et l'enfant tomba aux pieds du tiseur.

— Ah ! le malheureux, dit l'ouvrier épouvanté... il s'est fendu la tête sur mon ringard !...

Le bohémien, en effet, s'était blessé au front ; un filet de sang coulait sous ses cheveux rouges.

Mais aussitôt qu'Halil l'eut relevé, le petit sauvage se secoua énergiquement, en appelant d'une voix aiguë :

— Père !... Père !...

— Ne crains rien, lui dit le prince ; je t'ai donné ma parole... Tu es blessé... tu souffres ?... Viens, que je lave ton front...

Et le prenant entre ses bras, il voulait le porter à la fontaine de l'usine.

— Je vais vous aider, monsieur, dit Siéfer, descendant de son arbre.

Mais le bohémien se débattait désespérément.

— Vous voyez, monsieur, reprit le tiseur... on ne fera pas boire la bête enragée !...

— Qui sait ?... répondit Halil ; peut-être cet enfant ne me comprend-il pas... Eloignez-vous un peu, je vous prie, et laissez-moi lui parler en allemand...

Le bohémien, voyant qu'on renonçait à l'emporter, avait cessé de crier. Il essuya du revers de sa main le sang qui coulait sur sa joue, et porta la tête en avant, l'œil ardent, les dents serrées, la lèvre frémissante, comme un fauve qui cherche une issue entre les traqueurs.

Halil lui demanda en allemand :

La branche sèche se brisa...

— Tu ne veux donc pas qu'on panse ta blessure ?...

— Non, dit le petit sauvage, je veux m'en aller !...

Et il se jeta tête base dans la foule, renversant deux des enfants qui lui avaient lancé des pierres.

Des femmes furieuses l'arrêtèrent et la lutte s'engagea.

— Oh ! mais, cria le tiseur, il mord, le brigand ! Bâillonnez-le et liez-lui les mains; on le conduira à la gendarmerie de Hombourg !

Le bohémien fut bientôt terrassé ; les enfants se ruaient sur lui, lorsque Halil intervint de nouveau :

— Vous ne le frapperez pas, dit-il... Liez-lui les mains, comme on vient de vous le conseiller, et conduisez-le à la gendarmerie.

Le vaincu se roula sur le sol, demandant pardon et pleurant à chaudes larmes.

— Eh bien ! va-t'en, va-t'en, reprit Halil en l'entraînant vers la place des Ecoles...

— Non, monsieur, non, dirent la plupart des témoins de cette scène. Siéfer lui-même disait non.

Mais déjà le bohémien était libre ; il traversait la place, il courait avec une agilité prodigieuse vers la route de la forêt. Les plus vigoureux des enfants de Ramyes durent renoncer à le poursuivre...

— Eh bien ! monsieur, demanda Siéfer, vous avez entendu ce qu'il vous a dit en partant, dans son patois silésien ?...

— Je n'ai pas compris, répondit Halil...

— Il vous a menacé, le damné sauvage ; il vous a dit : « Prends garde, toi !... »

Le prince sourit dédaigneusement.

Le tiseur, suivi d'une quarantaine de personnes, s'approcha de lui et dit avec colère :

— Encore une fois, cela ne vous regardait pas, monsieur !... Pourquoi ne nous avez-vous pas laissé faire un exemple ?... Nous avions eu assez de peine, pourtant, à chasser la bande avant-hier !... Vous êtes étranger, personne ici ne vous connaît, et si je ne vous avais pas vu tout à l'heure avec Siéfer...

Halil tressaillit.

— Et si je vous prouvais, dit-il, que je ne suis pas précisément un étranger ?

— Ah ! reprit le tiseur, si vous étiez du pays, vous sauriez que jamais on ne souffrira ici la présence de ces vagabonds... jamais, monsieur, jamais !

— Et pourquoi ?

— Parce qu'ils nous ont porté malheur... parce que c'est un bohémien comme celui que vous venez de délivrer qui a causé la mort de Mme Aimée?...

— Non ! non !

— Eh ! tout le monde vous le dira, à la verrerie, à la fonderie, au château, partout !... Est-ce vrai, Siéfer ?

La foule appuyait les affirmations du tiseur, et le sabotier, tête basse, se taisait.

Halil, très pâle, étendit la main et ordonna d'une voix que l'émotion faisait vibrer :

— Répondez, répondez !

Siéfer releva la tête, et dit avec un accent assez ferme :

— Philippe Burtel affirme que non ! Il sait, lui...

— Il ne sait rien ! s'écria le tiseur... Un pauvre homme en enfance !

Le prince promena sur la foule ce regard qui savait si bien parfois commander le respect :

— Ah ! murmura-t-il, pauvres gens, quel mal vous faites, sans le vouloir !...

Et pressant les mains de Siéfer, il reprit :

— Allons, mon ami, je veux parler à Philippe Burtel, avant de quitter pour jamais ce pays !...

— Je croyais que monsieur pensait retourner ce soir au château, dit le sabotier, attristé sans savoir pourquoi.

Halil avait le cœur plein d'amertume, plein à déborder... Il détourna la tête et demeura un instant sans parler. Puis, faisant un pénible effort, il demanda :

— Au château ?... Ne me dira-t-on pas ce que m'ont dit ces ouvriers, ces femmes,... ces enfants ?...

Siéfer balbutiait :

— Peut-être... Mme Andriol,... ou mademoiselle... Mais non,... je crois qu'on a toujours défendu de raconter cette histoire... devant mademoiselle...

Le jeune voyageur l'interrompit brusquement :

— Venez... venez !

Et d'un pas très rapide, il se dirigea vers la ruelle en escalier qui conduisait à la tour.

Le sabotier le suivait, en se demandant :

— Quel mal lui avons-nous fait ?... Que veut-il dire à l'oncle Philippe ?... Pourquoi regarde-t-il encore la fenêtre de Mme Aimée ?...

Toutes ces questions, il n'aurait pas osé les adresser au voyageur. C'était un paysan, ce sabotier alsacien, et un rude paysan, mais la douleur muette d'Halil lui inspirait une respectueuse pitié.

Cependant, en ouvrant la porte de la tour, il crut devoir dire :

— L'oncle Philippe n'entend bien que moi, monsieur,... il est accoutumé à ma grosse voix ; mais si vous voulez essayer de lui parler vous-même, je m'en irai dans le jardin.

— Non, répondit Halil ; vous êtes un honnête homme, n'est-ce pas ? et ce qui va se passer entre ce vieillard et moi, vous ne le raconterez à personne, à personne... pas même aux gens du château ?...

Siéfer leva la main, comme pour jurer.

— Entrons donc, reprit le voyageur.

Le sabotier poussa la porte, et l'air frais du soir pénétra dans la tour.

Le vieux Philippe Burtel essaya de se soulever sur son fauteuil.

— Ah ! dit-il, je t'ai appelé plusieurs fois, garçon... Pourquoi ne m'avais-tu pas laissé au soleil ?

Siéfer prit sur une étagère une sorte de cornet acoustique et l'appliqua dans l'oreille de l'oncle Philippe :

— Il y avait encore autour de la maison, répliqua-t-il, des chenapans de Silésiens qui auraient fourré leurs doigts dans les poches de votre gilet...

— Eh !... qu'y auraient-ils trouvé ?...

— Cherchez... là, dans la poche de droite...

— Oh ! s'écria le vieillard, une montre..... d'argent... pour moi... pour un aveugle ?

— Non, c'est une très belle montre d'or !... J'ai fait un échange avec un voyageur, oncle Philippe, et vous avez une montre d'or pour un de vos boîtiers de buis ?...

— Alors, ce sera pour toi, garçon, comme tout le reste... Mais de quel voyageur me parles-tu donc?... Les Anglais millionnaires ne passent pas souvent par le pays !...

— C'est pas un Anglais, c'est un monsieur de...

— De Paris, dit Halil.

— De Paris, répéta Siéfer... Il est ici avec moi, il veut vous parler...

— Ah ! il me semblait bien aussi que tu n'étais pas entré seul.

Et le vieillard, portant la main à son bonnet, ajouta :

— Vous avez voulu nous faire du bien, monsieur, merci, merci !... Moi, je sens venir le moment où je n'aurai plus besoin de rien : mais si je pouvais laisser quelque chose à ce bon garçon-là !...

— Dites-lui de n'avoir aucune inquiétude pour votre avenir, reprit le voyageur en se rapprochant de Siéfer, et demandez-lui... s'il se souvient d'Halil...

Le sabotier, tout troublé, répéta lentement la phrase.

— Si je me souviens d'Halil!... s'écria Philippe Burtel... Que me demandes-tu donc?...

— Ce n'est pas moi qui demande,... c'est le monsieur de Paris...

— Oui, je m'en souviens, comme je me souviens de mon petit-fils Philippe, le dernier que j'ai perdu !... Je l'aimais, moi, ce pauvre enfant trouvé, je l'aimais malgré tout le monde!... Il passait des heures et des heures assis là-bas, devant le puits, à me regarder travailler, et quand il arrivait, le cœur gros, les yeux rouges, je le consolais, moi qui avais tant besoin d'être consolé !... Pourquoi ne m'ont-ils pas laissé l'élever ? Ah ! que j'aurais voulu savoir où ils l'avaient envoyé ! — Chasser cet enfant... bon Dieu ! ajouta le vieillard, c'était pourtant comme le propre fils de Mme Aimée !...

— Et on s'obstine à prétendre, murmura le voyageur très ému, que cet enfant a causé la mort de sa mère... de sa mère adoptive !... Tout à l'heure encore, vous avez entendu, Siéfer ?...

— Faut-il lui parler de cela?... demanda le sabotier de plus en plus étonné.

— Oui, je vous en prie !

Siéfer répéta aussi exactement que possible...

— Oh! dit Philippe Burtel en frappant des deux poings les bras de son fauteuil, toujours la même sottise cruelle !... C'est la faute de...

mais non, je ne veux nommer personne... On a mieux aimé accuser un enfant de six ans !... Eh bien ! s'il revenait dans le pays, cet enfant... je crois que Dieu me donnerait la force de me lever... je le prendrais par la main, moi, et j'irais dire aux gens de là-bas : « Le voilà, vous allez le saluer avec respect... il est meilleur que le meilleur d'entre vous !... »

— Ami, s'écria le jeune voyageur en saisissant les mains du vieillard, ami, cet Halil est là, devant vous !...

— Ah ! monsieur, dit Siéfer, très ému lui aussi, ne croirait-on pas qu'il vous a entendu, qu'il vous a compris ?... voyez !... Oncle Philippe, Halil est ici, dans notre maison,... il tient vos mains dans les siennes... et il pleure !...

— Halil ! répéta l'aveugle, attirant le jeune homme sur sa poitrine. Halil ! toi,... mon enfant ? Viens, viens !... Mais que fais-tu donc ? Toi, à genoux devant le pauvre vieil ami !...

— Oui, à genoux, balbutia Halil, comme devant mon père !... Laissez-moi ainsi, laissez !...

Il oubliait que Philippe Burtel ne pouvait l'entendre. Mais Siéfer était là, répétant chaque parole avec l'accent qu'y mettait Halil...

— Oh ! que je voudrais te voir ! disait le vieillard en se penchant... Te voir ! approche-toi encore... Te voir !...

Ses yeux qui ne voyaient plus avaient un regard, et ce regard pénétrait profondément dans l'âme du jeune homme ; il y ressuscitait tout un monde de souvenirs.

Philippe Burtel passa ses mains tremblantes sur la tête d'Halil.

— C'est ma pensée qui te revoit, reprit-il, ma pensée, mon cœur... Voilà tes longs cheveux bouclés, ton front haut et large, tes grands yeux pleins de larmes, comme le jour où je te fis comprendre que ta mère était morte !... Ah ! si tu étais resté avec moi !... Où t'avaient-ils envoyé, dis ?... Qu'as-tu fait depuis ce temps-là ? Raconte... Est-ce que tu es heureux, mon enfant ?

— Heureux, moi ?... répondit le jeune homme avec une telle expression de tristesse que le bon Siéfer s'écria :

— Ah ! j'avais donc deviné !...

— Parle, poursuivit l'aveugle : tu peux tout me dire, à moi !... Comment es-tu revenu à Ramyes ? Et pourquoi ?... Je pensais à toi toujours, toujours !... Si tu n'étais revenu qu'après ma mort, vois-tu, Siéfer devait te remettre...

— Ah! le coffret? dit le sabotier... C'était pour lui?...

— Oui, va le chercher, va !

Siéfer apporta une petite boîte de marqueterie, délicatement travaillée.

— Regarde, Halil, regarde, là, dit le sabotier... Qu'aurais-je pu te laisser, moi, pour mieux te prouver que je n'avais cessé de t'aimer?... J'ai fait ce portrait quelques jours après ton départ... mais où te retrouver?...

C'était le doux visage de Mme de Bellegarde qu'il avait gravé sur le couvercle du coffret.

— Ah ! va, disait-il, ma mémoire a travaillé encore plus que mes mains... Regarde, est-ce bien Mme Aimée,... ta mère?...

Et Halil reconnaissait les traits de la chère morte...

— Sa fille lui ressemble, reprit le vieillard, ou plutôt, tiens, c'est Mme Aimée telle que je la vis pour la première fois, quand M. Marchal nous l'amena de Hombourg... Mais ne l'as-tu donc jamais rencontrée à Paris, cette jeune fille?...

Halil hésitait à répondre.

— Essayez donc de parler vous-même à l'oncle Philippe, lui dit Siéfer ; je voudrais aller voir là-haut si ces damnés Silésiens ne nous ont rien enlevé...

Avait-il deviné, ce paysan, pourquoi « son voyageur » rougissait et balbutiait?

— Il n'y a aucune particularité de ma vie, aucune, lui répondit le jeune homme, dont je ne puisse parler devant vous.

— Essayez toujours, répliqua le sabotier, l'oncle Philippe serait si heureux d'entendre votre voix !...

Halil le remercia d'un regard et se pencha vers Philippe Burtel.

— Ami, dit-il, m'entendez-vous?...

— Oui, répondit le vieillard... Ta voix est douce comme autrefois !... Parle-moi encore, mon enfant... Que te demandais-je donc?... Ah ! tu as peut-être vu Mlle Clotilde, à Paris?...

Siéfer pressa vigoureusement la main de son voyageur et se dirigea vers le jardin.

— Mlle Clotilde?... dit enfin Halil, oui, je l'ai vue plusieurs fois...

— N'est-ce pas qu'elle est belle?... reprit Philippe Burtel...

— Oh ! vous disiez bien, tout à l'heure : belle comme sa mère !... La première fois que je l'ai aperçue, je me suis senti si troublé, si ému, que je lui ai tendu les bras !...

— Et... elle?...

— Je ne sais ce qu'elle a pensé... Peut-être lui avais-je fait peur...

— Peur?...

— Eh ! je devais lui paraître si étrange !...

— Mais tu ne lui as donc pas dit : « Je suis Halil, cet Halil qui t'aimait comme un frère? »

— Oh ! alors, je ne savais pas qu'elle était la fille... de Mme Aimée... On prononça son nom devant moi : Clotilde de Bellegarde, et ce nom n'était pas celui que je cherchais vainement à me rappeler depuis plus de dix-huit ans...

— Ah ! oui, dit Philippe Burtel, à Paris Maurice Marchal est Monsieur de Bellegarde !...

— Et puis, reprit Halil, comment Mlle Clotilde se serait-elle souvenue de moi?... Il n'y avait peut-être pas six semaines qu'elle était née, lorsque je partis de Ramyes...

— Mais Mme Léonard, qui l'a élevée, avait dû lui parler de toi?...

— Je ne crois pas...

— Mme Léonard était pourtant la meilleure amie de sa mère ; elle ne pouvait pas oublier, elle, que, dans le cœur de Mme Aimée, il y avait eu presque autant d'affection pour Halil que pour Clotilde !... Et M. Marchal et Mme Andriol, n'ont-ils donc jamais dit à cette enfant... Mais non, non... je me rappelle, maintenant... Plusieurs fois j'ai voulu demander devant Mlle Clotilde : « A-t-on des nouvelles d'Halil? » Et toujours Mme Andriol m'a fait signe de ne pas achever !...

— Eh ! s'écria le jeune homme, je ne le sais que trop aujourd'hui, entre cette famille et moi il y a une barrière que je ne renverserai pas !... M. Marchal me hait, comme tout le monde me hait dans sa maison et dans son pays!

— Tout le monde?...

— Oh ! vous seul, à Ramyes, ne m'avez pas repoussé... vous, mon ami !...

— Et Siéfer?...

— Si vous n'aviez pas été là, peut-être Siéfer aurait-il dit... comme les autres !...

— Non, enfant, celui-là t'aurait cordialement accueilli dans notre pauvre maison... En frappant à la porte, tu n'aurais eu qu'à te nommer... Mais tu souffres et tu es injuste, sans doute... Pourquoi, par exemple, M. Marchal te haïrait-il ?... Le jour où toute la population de Ramyes pleurait derrière le cercueil de Mme Aimée, je le vis te prendre dans ses bras... il te porta jusqu'à Hombourg, jusqu'au cimetière du

haut pays... Et quand vous étiez agenouillés au bord de la fosse, il attirait ta tête sur son épaule... Etait-ce donc de la haine, cela ?

— Je m'en souviens, répondit Halil, aucune des circonstances de cette triste journée n'est sortie de ma mémoire... Quelqu'un me les a encore racontées aujourd'hui... Christian...

— Tu as vu Christian, à Hombourg ?...

— Tout à l'heure, devant la tombe de ma mère... Ce que vous venez de me dire, il me l'avait dit... Et pourtant...

— Et pourtant ?...

— Je devine, je sens que M. de Bellegarde ne veut plus entendre parler de moi !...

— Tu n'es donc pas allé chez lui, à Paris ?... Tu n'as donc pas revu Mlle Clotilde,... ta sœur ?

— Eh ! je vous l'ai dit, mon ami, je ne savais pas,... je n'en étais encore qu'à supposer... Et au moment où j'allais tout apprendre, au moment où j'espérais avoir avec Mlle Clotilde une explication décisive, M. Marchal envoie sa fille en Lorraine.

— Mais... elle y vient tous les ans !...

— A cette même époque ?...

— Attends... Deux ou trois mois plus tard, je crois... Oui, c'est cela... elle arrive toujours vers la Notre-Dame d'août...

— Vous voyez !... D'ailleurs, il m'a été facile de comprendre que M. Marchal voulait l'éloigner de moi... Dans la maison où nous nous étions rencontrés, elle était entourée d'affection, de respect... Eh bien, son père exige qu'elle n'y revienne plus !... Elle me l'aurait dit, elle me l'aurait écrit, je n'en serais pas plus certain !...

Le vieux Philippe réfléchit un instant. Puis, levant ses yeux vers ceux d'Halil, comme s'il avait pu, lui, le pauvre aveugle, y lire la pensée du jeune homme, il demanda d'un ton très calme :

— On t'a dit, n'est-ce pas ? que M. Marchal est sur le point de marier sa fille ?...

La réponse se faisait attendre ; mais la main droite d'Halil, qui était appuyée sur l'épaule du vieillard, eut un mouvement nerveux très significatif.

— Avec un général de Fallières, qui est originaire de Metz, poursuivit Philippe Burtel. C'est un brillant mariage ; mais le général a bien vingt ans de plus que Mlle Clotilde... Enfin, puisqu'elle l'aime !...

Halil redressa brusquement sa haute taille :

— Non, elle ne l'aime pas !... s'écria-t-il...

— Qu'as-tu dit ? demanda Philippe Burtel... Tu oublies, mon pauvre enfant, qu'il faut toujours me parler comme me parle Siéfer... Allons, tu n'as rien à cacher à ton vieil ami !...

— Eh bien ! répéta Halil, en rapprochant ses lèvres du cornet acoustique, j'ai dit : « Elle ne l'aime pas ! »

— Ah !... elle te l'a affirmé ?...

— Non!

— Et toi... tu l'aimes, cette jeune fille ?...

L'aveugle sentit encore se crisper la main posée sur son épaule.

—Je voudrais l'aimer... comme un frère, répondit Halil, sans pouvoir réprimer l'émotion qui faisait trembler sa voix.

— Elle n'est pas ta sœur, dit l'oncle Philippe,... même par adoption... M. Marchal t'avait recueilli, mais quand ta famille vint te réclamer, il ne t'avait pas adopté...

Il y eut un long silence...

Jamais, jusqu'à cette heure, Halil n'avait été ainsi forcé d'interroger son cœur. Et son cœur lui répondait...

— Ecoute, reprit lentement le vieillard, je ne suis qu'un ignorant, moi..., — qu'aurais-je pu apprendre, ici, dans ma tour ? — et cependant je veux te conseiller...

— Oh ! dites !...

— Tu es riche ?...

— Oui...

— Aussi riche que les Marchal de Bellegarde?

— Peut-être plus qu'eux...

— Eh bien ! si ta famille ne s'oppose pas à ton mariage avec Mlle Clotilde ?...

— Ah ! s'écria le jeune homme avec une explosion de douleur, je n'ai pas de famille moi !...

— Pas de famille !... Que me dis-tu, mon pauvre enfant ? Qui donc est venu te réclamer, à Ramyes, après la mort de Mme Aimée ?...

— L'homme qui m'avait amené en France, l'homme qui m'abandonna dans le jardin du château... Lui seul pourrait me dire si je reverrai un jour mon pays, si je retrouverai des parents,... et mes prières, mes menaces n'ont pu lui arracher son secret... Ami, je vous le répète, je suis malheureux..., malheureux !...

Et Halil fit au vieux Philippe les douloureuses confidences qu'il avait déjà faites à Robert Desnoëls.

L'aveugle écoutait avec une profonde tristesse.

— Ah ! dit-il, en perdant Mme Aimée, tu avais tout perdu !... Et cependant, il me reste un espoir... Si Mlle Clotilde savait !...

— Eh ! répondit Halil, elle sait peut-être, aujourd'hui... et comme son père elle ne voudra plus même entendre prononcer mon nom !...

— Elle !... C'est impossible...Tu ne la connais pas, alors ! Tiens, laisse-
moi lui envoyer Siéfer ; il la priera de venir me voir, ce soir ou demain...
Je lui parlerai, moi, et tu entendras, caché là, derrière cette porte !...

— Non,... non, s'écria le jeune homme,... je l'aime au point de lui faire
tous les sacrifices, tous !... Je n'aurai pas cette... lâcheté de la rendre
malheureuse comme moi !... Adieu, mon ami, adieu !... J'ai revu le pays
où j'ai passé les meilleures années de ma vie, j'ai versé tous mes chagrins dans votre cœur, j'aurai maintenant la force de partir !...

— Partir,... tu veux partir, ce soir ?...

— Oui,... si j'attendais à demain, je n'aurais plus le courage !...

— Mais regarde ce que je suis devenu... Mes jours sont comptés,
enfant,... mes jours de grâce !... Je ne te reverrai donc plus ?...

— Eh bien ! je reviendrai prochainement... après le mariage de
Mlle Clotilde !... Je vous le promets !...

Huit heures sonnèrent et le carillon joua l'air :

> Quand une fille d'Hombourg
> Met sa coiffe des dimanches...

Dix minutes après, Halil se dirigeait vers la coursière de Hombourg, par
le chemin de la Corniche. Il emportait le coffret sculpté par Philippe Burtel.

Siéfer proposa de l'accompagner.

— Non, répondit le voyageur... je vous remercie... je désire être
seul... Mais si jamais vous avez besoin de l'aide d'un ami, jetez les yeux
sur la carte que j'ai laissée à l'oncle Philippe et souvenez-vous !...

— Savez-vous, répliqua gravement le sabotier, ce qu'on dit, dans
mon pays, aux gens qui ont du chagrin et qui veulent s'en aller
seuls ?...

— Non...

— On leur dit : « Ton faix est donc trop lourd, que tu penses à le jeter
en chemin ?... »

— Oh ! dit Halil en s'éloignant, ce n'est pas aujourd'hui que je déposerai le mien !...

Et pourtant, avant d'arriver à la région des bois, il se laissa tomber
au bord du sentier. La nuit était venue et, couché dans un creux de la
roche, entre deux genévriers, il regardait encore la vallée. Une brume
légère flottait sur les prairies où serpentait la petite rivière, mais elle

ne s'élevait pas vers les pentes des collines, elle n'enveloppait ni le village, ni le château.

Le village était calme, presque endormi déjà... Au château, une fenêtre seulement était éclairée, une fenêtre du rez-de-chaussée.

Neuf heures sonnèrent. Halil se releva, étendant la main vers cette lumière et disant :

— Adieu !... adieu !...

CHAPITRE XI

LES BRAVES

Cette nuit de mai était claire, les lacets de la route coupaient de leurs bandes blanches les champs de trèfle et de blé ; entre les chênes et les châtaigniers du Montmousse, le ciel avait encore une teinte rosée.

Halil retrouva facilement la coursière de Hombourg. Pendant quelques minutes, il se dirigea d'un pas très rapide vers la partie la plus accidentée de la forêt. Mais lorsqu'il arriva au point où le sentier, bordé de talus en pente raide, semblait se perdre sous les taillis, il fut obligé de ralentir sa marche.

L'obscurité devenait presque complète ; à chaque instant, le voyageur trébuchait contre les roches qui faisaient saillie au milieu des bruyères, et plusieurs fois ses pieds s'embarrassèrent sous les longues racines des vieux arbres, allongées en travers du chemin comme des couleuvres.

Halil craignit de s'égarer dans ces ténèbres et se détermina à regagner Hombourg par la route neuve.

En revenant sur ses pas, il entendit un sifflement très doux, comme ces sons de flûte par lesquels les rossignols préludent quelquefois ; puis, à de très courts intervalles, un autre sifflement encore plus discret et des froissements de branches.

Peut être pensa-t-il avoir alarmé des braconniers à l'affût. En tous cas, l'idée ne lui vint même pas de se mettre sur ses gardes.

Cependant il était armé ; il tenait à la main la canne à épée que le maitre d'hôtel de Hombourg lui avait prêtée, et sous son bras gauche, dans la poche de son paletot, il pouvait sentir la coquille du petit poignard oriental que Robert Desnoëls appelait « un terrible jouet ».

Qu'avait-il à redouter dans ce pays de Ramyes? Cinq ou six ouvriers de la verrerie lui avaient, il est vrai, reproché un peu vivement son intervention en faveur du petit bohémien ; mais c'étaient, en somme, d'honnêtes et pacifiques travailleurs ; ils ne seraient pas venus s'embusquer sur le passage de l'étranger, pour vider la querelle à coups de poing, ou à coups de couteau.

D'ailleurs Halil fut bientôt sorti de la forêt ; il aperçut encore une fois le village, le château, la tour ; sa résolution de repartir pour Paris sans voir Clotilde de Bellegarde faiblit un instant.

La lune venait de monter au-dessus des collines qui séparent Ramyes de Forbach ; elle commençait à éclairer assez vivement les terres du plateau à la gauche du voyageur.

Sur le bord de ce plateau peu fertile, par delà le ravin au fond duquel coulait la petite rivière de Ramyes, un gardeur de moutons ramenait ses bêtes vers leur enclos.

C'était un de ces pauvres enfants qui, après avoir vécu toute la journée dans l'isolement, passent la nuit sur la paille au fond de la hutte roulante. Devant la porte de l'enclos, il se mit à chanter ou plutôt à psalmodier lentement la longue complainte du sire d'Hémilly :

> J'ai vu le seigneur comte
> Epuisé et navré...

En arrivant à Ramyes, Halil l'avait entendue, cette complainte, chantée sur un mouvement beaucoup plus vif par les fillettes de l'école Marie-

Aimée. La voix traînante du berger, l'air dolent et les naïves paroles
de la chanson l'attristaient maintenant au point de le faire pleurer.

— Oh ! murmura-t-il, je deviens lâche !... Et détournant la tête pour
ne plus voir la vallée, il accéléra sa marche.

Du centre de Ramyes, la route neuve s'élève par des lacets en pente
douce jusqu'à la lisière de la forêt. Là, laissant à gauche les futaies et
les taillis de Montmousse, elle décrit ses deux dernières courbes et
reprend à peu près en ligne droite la direction de Saint-Avold. Ce n'est
qu'après un parcours de trois ou quatre kilomètres qu'elle redescend
obliquement vers les ruines de Hombourg.

A gauche, pendant ces trois ou quatre kilomètres, elle est dominée
par les roches et les bois ; à droite, elle longe le ravin où un des
affluents de la Rosselle a creusé son lit trop souvent obstrué par les
éboulements de sable et de gravier.

En approchant de la dernière courbe, Halil entendit encore un froissement de branches. Puis une pierre roula le long du talus jusque dans
les touffes de genêts et d'ajoncs qui bordaient le fossé.

Alors seulement le voyageur s'arrêta.

Mais il n'eut pas le temps de regarder l'escarpement d'où la pierre
venait de tomber.

Deux hommes sortirent du bois et s'élancèrent sur la route.

Halil fit un bond du côté du ravin et se mit sur la défensive.

— Eh bien ! que voulez-vous ?... dit-il en relevant sa canne pour parer
le premier choc.

Pas de réponse... Un des deux hommes, très grand, la taille sanglée
dans une longue casaque sur laquelle brillaient de larges boutons de
métal, la tête enveloppée d'un mouchoir de couleur sombre, traversa la
route en brandissant une perche de châtaignier.

Une perche de plus de trois mètres !...

Et pourtant, devant la fière attitude du voyageur, le premier agresseur hésita.

— Misérable !... dit Halil..., ce matin j'ai fait l'aumône à tes enfants !...

Il venait de reconnaître un des Silésiens nomades qu'il avait rencontrés entre Saint-Avold et Hombourg, à la pointe de la forêt de Steinberg. Celui-là devait être le géant de la bande, l'hercule au trombone.

L'autre trapu, vigoureux, tête nue, les cheveux et la barbe en broussaille, se glissait le long du talus. Il suivait le fossé et sur ce fossé les chênes du Montmousse allongeaient leurs ombres.

— Le danger est là, se dit Halil.

Et se rejetant contre le talus pour s'y adosser, le jeune homme tira de sa canne une lame triangulaire.

Mais le coffret qu'il portait sous le bras gauche l'embarrassait ; son mouvement ne fut pas assez rapide et le plus petit des deux agresseurs gagna du terrain.

Halil vit l'ennemi se courber, puis se ruer sur lui la tête en avant.

— Ah ! se dit-il, c'est le taureau, celui-là... Frappons en plein front !

Il opposa le genou droit et abaissa vivement la main qui tenait la poignée plombée de l'épée.

Le choc fut rude, mais Halil le soutint vigoureusement.

L'agresseur, deux fois atteint au front, roula dans les genêts.

Le bohémien se redressa aussitôt, criant en allemand :

— Va donc, Goltz, grand lâche !

L'hercule de la troupe éleva sa longue perche ; mais Halil, se courbant à son tour, esquiva le coup et fondit sur son adversaire.

La lame triangulaire étincela à la clarté de la lune.

L'Allemand, épouvanté, laissa tomber sa perche et battit en retraite.

Halil le poursuivit jusqu'au détour de la route.

— J'aurai toujours raison de celui-ci, se disait-il ; quant à l'autre bandit, dès que nous serons seul à seul, les chances redeviendront égales..., et alors !...

Cet autre bandit ne se hâtait pas de prêter main-forte au « grand lâche ». Debout au bord de son fossé, il semblait vouloir assister en simple specta-teur à ce premier épisode de la lutte.

Cependant, lorsqu'il vit que son camarade Goltz, affolé, ne songeait plus même à se mettre sur la défensive, il siffla vigoureusement entre ses doigts.

Halil fit un bond qui le rapprocha du fuyard.

Mais trois autres héros de la phalange, deux hommes et un enfant, descendirent du talus et se ruèrent sur le voyageur.

L'enfant avec une agilité extraordinaire, se glissa entre ses jambes et essaya de le faire tomber en le mordant au jarret.

Alors seulement Halil recula, entraînant le jeune bandit qui ne voulait pas lâcher prise.

Il entendit le gardeur de moutons qui continuait de chanter sa complainte. L'idée lui vint d'appeler ce berger à son secours :

— A moi, cria-t-il,... à moi !...

La voix était vibrante, elle dut porter peut-être jusqu'aux premières maisons de Ramyes. Cependant le berger ne descendit pas du plateau.

Frappant du pied gauche le petit forcené qui s'acharnait contre lui des griffes et des dents, Halil lutta avec l'énergie du désespoir. Il put un instant tenir en respect, à la pointe de l'épée, les trois Allemands qui l'attaquaient à la fois et l'hercule qui revenait à la charge.

Son unique préoccupation était de ne pas se laisser complètement cerner. Pourtant, il ne pouvait plus songer à s'adosser au talus. Au-dessus de ce talus, il avait vu remuer les branches, dans un taillis de châtaignier. Le reste de la bande était probablement embusqué derrière ce rideau de verdure.

Il fallait donc combattre au bord de la ravine et combattre désormais sans perdre un pouce de terrain. Une seconde de trouble, une défaillance, un faux pas, et c'en était fait... Halil roulait sur les roches ou dans les broussailles...

Tout à coup, le jeune homme éprouva une vive douleur au bras droit ; le petit bohémien venait de le mordre un peu au-dessus du poignet.

— Ah ! les misérables ! s'écria-t-il...

Et pour la seconde fois il appela :

— A moi, au secours, à moi !...

Les mains des assaillants allaient enfin le saisir, l'étreindre ; il les repoussait, frappant avec rage, et à plusieurs reprises la pointe de son épée déchira les haillons et dut labourer les chairs.

Alors il lui sembla entendre du côté de Hombourg un bruit sourd mais continu... C'était comme le roulement d'une voiture sur le sol dur de la route.

Sa vigueur se ranima et de toutes ses forces il cria :

— Assassins !... assassins !...

Dans cette lutte, le coffret tomba à ses pieds. Le petit bohémien s'en empara et s'enfuit.

L'hercule le poursuivit en vociférant :

— Donne, satané voleur, donne !... Apporte, ou je te brise les reins sur mon genou !...

Le jeune bandit répondit par un ricanement.

L'Allemand, qui avait traité Goltz de grand lâche, se mit, lui aussi, à la poursuite du voleur.

Au détour de la route, l'enfant s'arrêta et jeta le coffret dans le fossé :

— Imbéciles, dit-il, voilà tout ce qu'il y avait dans la boîte !...

Et élevant les bras, il montrait un petit bouquet de fleurs blanches, le bouquet d'œillets nains cueilli par Siéfer dans le jardin du château.

Halil respira... Il n'avait plus que deux adversaires à repousser, et ceux-là hésitaient.

— Eh bien ! se dit-il, je n'hésiterai pas, moi !

Il s'élança en avant et porta un coup droit. Un des bohémiens tomba en hurlant.

Mais tous les autres se ruèrent sur lui avec une furieuse violence.

Pour éviter le choc, il dut encore reculer, et reculer jusque sur la pente du ravin.

Ses agresseurs le suivirent, l'hercule reprit sa longue perche et dit :

— Dans la rivière..., dans la rivière !...

Halil descendait lentement faisant toujours face à l'ennemi. Le bruit qu'il avait entendu sur la route, du côté de Hombourg, se rapprochait.

Les Allemands entendaient eux aussi, car leur petit sauvage s'écria eu s'armant d'une pierre :

— Vite, donc, vite !...

Pour la dernière fois Halil appela :

— A moi !... au secours !...

Le cri expira sur ses lèvres...

Atteint par une énorme pierre au-dessous du sein gauche, le jeune homme chancela, ses yeux se troublèrent, ses tempes battirent.

La douleur avait été aiguë... C'était la sensation non pas d'une meurtrissure, mais d'une profonde déchirure des chairs et des muscles.

Le blessé avait laissé tomber son épée. Revenir sur ses pas pour la ressaisir, c'était perdre la dernière chance de salut. Il n'eut que le temps de prendre dans sa poche son petit poignard oriental et de le tirer du fourreau. Deux des Allemands étaient déjà descendus et l'attaquaient par derrière.

L'attaque.

Il se retourna pour frapper..., une seconde pierre l'atteignit au-dessus de la tempe... Puis il lui sembla que le sol se dérobait sous lui...

Les bohémiens se ruèrent tous à la fois sur le blessé.

Halil tomba inanimé...

Il ne sentit peut-être ni le genou de l'hercule qui lui broyait la poitrine... ni le frémissement des mains qui se glissaient sous ses vêtements...

Elles eurent bientôt achevé leur ignoble besogne, ces mains de bandits.

L'hercule s'empara d'un portefeuille ; ses dignes auxiliaires trouvèrent un porte-monnaie, un étui à cigarettes et des jumelles d'ivoire à monture d'or. Ce fut tout.

Mais dans le portefeuille qu'il s'était hâté d'ouvrir, le géant de la troupe espérait découvrir une fortune... Ses longs doigts impatients froissèrent une liasse de papiers soyeux.

Le genou toujours appuyé sur la poitrine de la victime, il cherchait à voir si ces papiers étaient des billets de la Banque de France. Les camarades voulaient savoir, eux aussi.

— Combien ? demanda l'Allemand qui avait traité Goltz de « grand lâche ».

Un coup de sifflet les fit tous tressaillir.

— C'est Hans qui nous avertit, grommela le géant. Finissons-en, et partons !...

Le jeune bandit qui, à deux reprises, s'était si furieusement escrimé des griffes et des dents, vit briller auprès de la main d'Halil la lame du poignard oriental.

— A moi le couteau, dit-il, c'est ma part !...

— Eh bien, frappe toi-même, Fritz ! s'écria l'hercule.

— Non, dit l'enfant, cet homme m'a défendu, lui, ce soir, à Ramyes.

— Donne donc ! reprit Goltz saisissant le poignard.

— Non, répéta Fritz, en mettant ses deux mains sur la poitrine d'Halil..., on ne le frappera plus !...

— Oh ! attendez, ajouta-t-il..., j'ai senti là quelque chose...

Ses doigts se glissaient déjà sous la chemise de la victime...

— Eh bien, va-t-en, gronda l'hercule en renversant Fritz d'un coup de poing... On ne le frappera plus, ton défenseur... Tu as raison, mon garçon..., plus de sang !...

Et Goltz, saisissant Halil par les pieds, traîna le corps dans l'herbe jusqu'à la rivière.

— Un coup de main, vous autres, dit-il en ricanant... Poussez !...

L'eau clapota.

Les bandits revinrent sur leurs pas.

Ils allaient se disputer le portefeuille ; Fritz accourut et dit vivement :

— Ecoutez donc... On vient, là-haut !...

Et donnant l'exemple de la prudence et de l'agilité, il disparut dans un fouillis de ronces.

Deux femmes, deux bohémiennes en guenilles, étaient descendues de la forêt sur la route. Elles s'avancèrent au bord du ravin et demandèrent :

— C'est fini ?

— Oui, répondit l'hercule, mais allez-vous-en et emmenez Hans !... S'il ne peut pas marcher, vous le porterez !...

Hans, c'était l'allemand qu'Halil avait blessé. Il avait rampé jusqu'au fossé, laissant sur la route une traînée de sang.

Les deux femmes allèrent s'asseoir auprès de lui.

— Qu'as-tu ? lui disaient-elles, en le regardant à la clarté de la lune.

— Hé ! répondit-il, en lâchant une bordée de jurons, vous ne voyez donc pas que j'ai mon compte ?... Mais qu'est-ce que vous faites là, au lieu de m'aider à remonter ?... Entendez-vous ?...

— Eh bien, lève-toi..., mets tes bras sur nos épaules..., là !...

— Entendez-vous ?... répéta le blessé avec épouvante...

— Quoi !...

— Là, sur cette route, à moins de cent pas, peut-être !...

— Une voiture ?...

— Oui !...

— Viens, nous te porterons, s'il le faut... On se cachera dans les taillis !...

— Mais, dit le bohémien, le voyageur a crié tout à l'heure, il a appelé plusieurs fois : « A moi, au secours !... » On a dû l'entendre du village... Ah ! nous sommes pris... voyez !... Sauve qui peut, là-bas !...

Une grande voiture découverte apparaissait au détour de la route. Sa lanterne projetait une vive lumière sur le talus et sur le fossé.

Hans s'était relevé ; il grimpait le long de l'escarpement, s'accrochant aux racines des chênes. Les deux bohémiennes, qui étaient déjà au bord du taillis, se penchèrent et, saisissant le blessé chacune par un bras, elles l'entraînèrent dans le bois.

Une seconde voiture arrivait et, comme la première, elle ramenait à Ramyes une trentaine de fillettes et de petits enfants qui bavardaient, riaient, chantaient...

— Silence un instant ! dit une voix de femme... Arrêtez, Marcelin, arrêtez !... Avez-vous vu ?

— Oui, mademoiselle, répondit le cocher de la première voiture, j'ai aperçu trois ombres là sur le talus... Vous ne vous étiez pas trompée..., on criait : « A moi !... au secours !... »

— Oh ! ce cri m'a bouleversée !... reprit Clotilde de Bellegarde... Allez, Marcelin, appelez Jacques et voyez !...

Le cocher s'était déjà élancé de son siège. Il avait décroché la lanterne et explorait le bord du fossé...

— Ah ! dit-il, qu'est-ce donc que cette boîte ? regardez, mademoiselle !...

Et il apporta à Clotilde le coffret sculpté par Philippe Burtel.

De ce coffret tombèrent deux ou trois œillets blancs.

L'autre cocher cherchait, lui aussi ; il venait de heurter du pied un chapeau et, en se baissant pour le ramasser, il avait aperçu une traînée de sang...

— Viens avec moi, Marcelin, s'écria-t-il, là, du côté du ravin !...

La traînée rouge se prolongeait en effet jusqu'au bord du ravin, et sur la pente raide, vers la rivière, on voyait dans la terre, dans le sable, de nombreuses traces de pas.

Marcelin avait rapidement examiné le chapeau que son camarade venait de trouver.

— Eh ! dit-il, pourquoi t'es tu mis dans la tête que c'est la damnée bande de bohémiens qui s'est battue sur la route ?...

— Oui ! oui !... j'en ai vu passer deux, là-bas, au tournant !...

— Mais ce chapeau, est-ce une coiffure de bohémien ?... Regarde au fond... cette lettre dorée, un H, et l'adresse du chapelier : *Armand, rue de la Paix, à Paris !*

Mme Andriol, qui était assise auprès de Clotilde, poussa un cri de terreur.

Un enfant en haillons et un homme de haute taille venaient de sortir du ravin. Ils traversèrent la route et passèrent en courant devant la première voiture.

Les chevaux effrayés, hennirent et reculèrent.

Clotilde se leva et saisit les rênes. Elle put voir l'homme et l'enfant bondir sur le talus et s'élancer dans la forêt.

Quelques-unes des petites filles, épouvantées, pleuraient et se cramponnaient aux robes des maîtresses.

Mlle de Bellegarde se pencha vers Jeanne qui s'était blottie entre elle et Mme Andriol...

— Ne crains rien, lui dit-elle, et enveloppe-toi bien dans les plis du châle. Tu frissonnais tout à l'heure...

Pendant que Clotilde s'efforçait de rassurer la pauvre petite brûlée, Marcelin et Jacques, les deux cochers de la verrerie, descendaient dans le ravin.

Vers le bas de la pente, ils aperçurent encore sur le sable des taches de sang, puis l'épée triangulaire, ensanglantée elle aussi...

A partir de là, les fougères étaient fortement foulées, et les traces de pas se rapprochaient les unes des autres par cinq ou six voies.

Sur la bande de terrain humide et presque marécageux qui s'étendait de la base de l'escarpement à la petite rivière, ces voies s'entre-croisaient et s'enchevêtraient. Elles finissaient par ne plus former qu'un sentier dans les hautes herbes.

Marcelin et Jacques suivirent ce sentier et arrivèrent à trois ou quatre mètres du bord de l'eau.

Là, dans une étroite clairière qu'entouraient des taillis d'oseraie, ils trouvèrent l'herbe complètement foulée.

Jacques recueillit une demi-feuille de papier à lettre, sur laquelle il lut ces mots écrits au crayon :

« Prier Robert de faire une étude de la vallée, prise du chemin de la corniche... Tour... Portrait de P... B... Envoyer un souvenir à Siéfer. »

— Vois donc, Marcelin, dit le cocher... c'est bien Siéfer qu'il y a là ?...

— Mais oui... Siéfer, le sabotier de la tour !...

L'étroit sentier se perdait sous les oseraies. Marcelin écarta les branches et, la lanterne à la main, explora le bord de la rivière...

— Oh ! dit-il..., le mort !... Pauvre beau garçon !...

Jacques accourut et se pencha :

— Oui, murmura-t-il,... en pleine jeunesse,... ça n'avait peut-être pas vingt-cinq ans !

La petite rivière, très peu profonde depuis sa source jusques aux prairies de Hombourg, coulait en cet endroit sur un lit de cailloux, et ce lit, engravé du côté de la rive gauche, s'affaissait ou plutôt se creusait vers la berge de la rive droite.

Tout le corps d'Halil, des pieds au milieu de la poitrine, était sous l'eau ; la tête seule émergeait presque complètement ; les épaules reposaient sur un amoncellement de gravier.

Le visage était très pâle, l'œil mi-clos sous les longs cils bruns, la bouche entr'ouverte, la lèvre inférieure un peu convulsée... Le sang, qui s'était répandu par filets le long de la joue gauche, commençait à se coaguler sur la barbe.

— C'est là qu'ils l'ont frappé !... dit Jacques en soulevant les cheveux pour examiner la blessure faite par la pierre au-dessus de la tempe...

— Et là !... répondit Marcelin en approchant sa main de la poitrine d'Halil, à demi-baignée par l'eau limpide et froide de la petite rivière.

Le gilet était ouvert ; les deux hommes virent la chemise plaquée de rouge.

— Que faire ? se demandaient-ils.

Jacques balbutia :

— Que veux-tu ?... nous enverrons quelqu'un pour avertir les gendarmes de Hombourg, et demain matin...

— Comment ! s'écria Marcelin, nous laisserions ce malheureux dans la rivière toute la nuit ?...

— Il le faut bien... Demain matin, le juge de paix viendra avec les gendarmes... pour la levée du corps...

— Ah ! oui, je sais, reprit Marcelin se rappelant les stupides préjugés qui ont encore force de loi dans nos campagnes... je sais... on peut retirer les noyés, mais en laissant tremper leurs pieds dans l'eau... Pourtant... ce n'est pas un noyé !...

— C'est un homme assassiné... il n'y faut pas toucher... jusqu'à l'arrivée de la justice !

— Et... s'il n'était pas mort ?...

— Oh ! regarde !... avec ces deux blessures !...

Une voix de femme appela du bord de la route :

— Marcelin !...

— Nous allons remonter, mademoiselle, répondit le cocher.

Clotilde, ne pouvant maîtriser plus longtemps son impatience et son émotion, était descendue de voiture. Penchée sur le ravin, elle explorait du regard la clairière bordée d'oseraies.

— Eh bien ? reprit-elle, en voyant sortir Marcelin du fourré.

— Que faut-il faire, mademoiselle ?... C'est un jeune homme que les bandits ont attaqué sur la route. Nous l'avons trouvé dans la rivière...

— Un jeune homme ? répéta Clotilde.

— De vingt à vingt-cinq ans...

— Il est... du pays ?

— Non... de Paris, peut-être. Dans le chapeau que Jacques a ramassé, j'ai vu l'adresse d'un chapelier de Paris.

— Il est grièvement blessé, ce malheureux ?

— Mort... je crois...

Clotilde frissonna.

— Je voulais le retirer de l'eau, poursuivit Marcelin, mais Jacques dit qu'il faut attendre l'arrivée de la justice.

— Non !... non !... s'écria Mlle de Bellegarde, je vais descendre, moi !... S'il respire encore, on le portera à Ramyes... au château...

Sur les deux voitures, les fillettes tremblaient et pleuraient.

Clotilde dit aux maîtresses :

— Emmenez ces pauvres enfants, je vous prie, elles iront bien à pied d'ici au village !...

Les fillettes s'en allèrent effarées, se retournant de temps à autre pour voir de loin apporter le mort.

Mme Andriol demeura seule sur la première voiture avec une des maîtresses et la petite Jeanne, qu'elle avait attirée entre ses genoux.

Clotilde allait descendre dans le ravin.

— Oh ! mademoiselle, lui disait Marcelin, vous ne verrez pas ça... non... il ne faut pas !...

— Il faut faire son devoir, mon ami, répondit la jeune fille.

Elle avait déjà les pieds dans les bruyères, lorsque Jacques cria :

— Viens, Marcelin... je crois qu'il a respiré !...

— Attendez, mademoiselle, dit vivement Marcelin... Nous allons le retirer de l'eau et l'apporter sur la route...

Une légère aspiration ou plutôt un soupir avait, en effet, soulevé la poitrine d'Halil... Jacques crut même apercevoir un mouvement des lèvres...

Lorsque Marcelin, revenant au bord de la rivière, se pencha et abaissa sa lanterne, le blessé ouvrit les yeux ; puis il fit un effort pour relever la tête...

— A moi... Siéfer ! murmura-t-il. Dites-lui...

Il n'acheva pas... le menton fut secoué deux ou trois fois par un tressaillement convulsif ; puis les yeux se fermèrent et la tête pâle s'inclina vers l'épaule gauche ; le filet d'eau qui coulait sur les graviers lava la joue ensanglantée.

— Cette fois, dit Jacques à voix basse... cette fois, c'est bien fini !...

— Aide-moi donc !... répliqua brusquement Marcelin... Puisque Mlle Clotilde le veut !...

Les deux cochers retirèrent le corps de la rivière et bientôt Mlle de Bellegarde les vit remonter vers la route avec leur fardeau.

La victime des bandits silésiens était inerte dans ses vêtements ruisselants d'eau ; la tête tombait en arrière sur le bras de Marcelin, les mains et les pieds pendaient, et pour ainsi dire à chaque pas, les porteurs étaient obligés de relever le buste qui s'affaissait...

Alors seulement Clotilde se sentit envahie par l'épouvante.

La jeune fille revint vers la première voiture, en disant à Mme Andriol :

— Les voilà !... Nous aurions dû faire emmener Jeanne.

— Ah ! répondit tante Louise, j'y ai bien pensé, mais elle n'a pas voulu nous quitter.

Les cochers déposèrent leur fardeau sur le bord de la route et allèrent reprendre leurs lanternes qu'ils avaient dû laisser dans le ravin.

Marcelin remonta le premier et souleva le corps. La tête de la victime apparut en pleine lumière.

Avant que Mme Andriol songeât à la retenir, la petite Jeanne s'était penchée ; elle frissonnait et pourtant elle voulait voir...

— Oh ! dit-elle..., le prince !...

— Qu'as-tu dit ?... demanda Clotilde éperdue...

— Le prince..., répéta l'enfant..., l'ami de monsieur Robert !...

La jeune fille poussa un cri déchirant :

— Lui ! lui !...

— Que fais-tu ?... Reviens..., je t'en supplie, balbutiait Mme Andriol...

Mais Clotilde ne l'entendait pas... Elle avait couru vers Marcelin et là, s'agenouillant, elle regardait, l'œil fixe, les lèvres tremblantes, Halil, inanimé...

— Je vous avais bien dit, mademoiselle, reprit doucement Marcelin, qu'il ne fallait pas voir cela !...

— Ne pas le voir !... murmura la jeune fille... Mon Dieu !...

— Revenez, mon enfant, dit la maîtresse qui était restée sur la voiture avec Jeanne et Mme Andriol, c'est moi qui vais rester auprès de ce malheureux.

— Non !... s'écria Clotilde !... mais vous ne voyez donc pas !...

Elle fit un énergique effort pour dominer son émotion, pour contenir sa douleur.

— Marcelin, vous disiez... qu'il avait respiré ?

— Oui, mademoiselle, répondit le domestique... Il nous a regardés, il nous a parlé...

— Parlé ?...

— Il me semble qu'il a prononcé le nom de Siéfer, le sabotier de la tour... Ah !... tenez !...

La main droite d'Halil se crispait dans la poussière de la route ; la bouche, comme tout à l'heure au bord de la rivière, était agitée par un frémissement qui convulsait les lèvres.

Clotilde se releva.

— Vite, vite, dit-elle, portons-le sur la voiture et partons !... Jacques, vous détellerez un de vos chevaux et vous irez chercher le docteur Paulin à Hombourg... Il faut qu'il vienne, ce soir..., ce soir..., immédiatement.

Mme Andriol accourait à son tour. Elle avait enfin compris. La petite Jeanne venait de lui dire :

— Je le reconnais bien, madame... c'est le prince Halil, celui qui a sauvé M. de Mausseins !

— Clotilde se jeta dans les bras de tante Louise :

— Ecoute, murmura-t-elle en fondant en larmes s'il meurt..., je mourrai !...

Un instant après, la voiture de Marcelin descendait vers le village de Ramyes.

Etendu sur les sacs qui avaient servi de sièges aux petites filles de l'école Marie-Aimée, Halil était immobile, évanoui...

Sa tête reposait entre les genoux de Clotilde. Parfois la jeune fille se penchait, posant sa main sur la poitrine du blessé.

— Eh bien? demandait Mme Andriol.

— Oh! répondait Mlle de Bellegarde, nous n'arriverons donc pas? Il y a des moments où je n'ose plus... espérer!...

Il y avait des moments, en effet, où le cœur d'Halil cessait de battre ; les pulsations, toujours très faibles d'ailleurs, s'arrêtaient tout à coup.

— Marcelin, reprenait Clotilde, combien de temps faudra-t-il à Jacques pour arriver à Hombourg?...

— Pas plus d'une demi-heure, mademoiselle, répondait le cocher.

— Une demi-heure... si longtemps!... Et pour ramener le docteur?...

— Le docteur a un bon cheval, mais ça trotte toute la journée dans la campagne... Et encore la route monte depuis les ruines jusqu'à la croisée du chemin de la corniche... Mettons une heure et demie pour aller et revenir, mademoiselle!...

— Ah!... mon Dieu, mon Dieu!... Allez plus vite, Marcelin... Que fais-tu donc, tante Louise?...

Tante Louise essayait de réchauffer les mains du blessé.

A l'entrée du village, la petite Jeanne, qui s'était blottie entre les sacs, derrière Clotilde, se releva et regarda par-dessus l'épaule de la jeune fille.

— Est-ce qu'il est mort?... demanda-t-elle.

— Tais-toi!... tais-toi!... dit Mlle de Bellegarde avec une explosion de douleur.

Un cahot secoua la voiture. Halil s'agita, étendant les deux bras et essayant de crier:

— Misérables!... Lâches!... Lâches!...

Clotilde s'inclina et mit sa main sur les lèvres du blessé.

— Halil, murmura-t-elle... Halil, calmez-vous et regardez-moi... Vous êtes à Ramyes... avec Clotilde.

— Clotilde!... balbutia le blessé.

Plusieurs fois, avant que la voiture s'arrêtât devant la grille du château, il sembla se réveiller en sursaut, appelant tantôt Robert Desnoëls et tantôt Siéfer.

Marcelin entendit.

— Mademoiselle, dit-il, nous avons trouvé là-bas, à quelques pas de la rivière, un papier sur lequel j'ai lu ces deux noms : Robert et Siéfer... Voulez-vous qu'on aille à la tour chercher l'Alsacien ?

— Oui, répondit la jeune fille.

La petite Jeanne ouvrit le coffret que Jacques avait recueilli sur la route neuve, le coffret sculpté par Philippe Burtel.

— Ah ! dit-elle, il y a dans cette boîte des œillets blancs comme ceux de votre jardin !

CHAPITRE XII

NUIT DE MAI

Le village était en émoi; les fillettes de l'école venaient de raconter ce qu'elles avaient vu et entendu; les ouvriers des usines accouraient, et déjà, aux abords du château, se pressaient cent cinquante ou deux cents personnes.

Quelques enfants, debout sur les soubassements de la grille, regardaient dans la voiture et disaient :

— C'est le mort... qu'on amène !

Clotilde, épouvantée, se penchait, appelant doucement :

— Halil !... Halil !...

Elle mettait sa main sur le cœur du blessé, et, quand ce cœur cessait de battre, le sien s'arrêtait aussi.

Des femmes demandèrent à Mme Andriol :

— Qu'est-il donc arrivé, madame ?... Les petites parlaient d'un homme assassiné... là-haut, sur la route neuve...

— Voyez ! répondit tante Louise.

Et elle ajouta à demi-voix :

— Un jeune homme, un étranger...

— Un étranger ?... dit un tiseur de la verrerie. Peut-être le voyageur que Siéfer accompagnait cette après-midi ?... Ah ! c'est la maudite bande de bohémiens qui a fait le coup !

— Oui, répondit Mme Andriol, nous avons vu deux de ces misérables traverser la route en courant et se jeter dans la forêt.

Une voisine sortait de sa maison, la lampe à la main.

— Donnez, Marguerite, dit l'ouvrier...

Et prenant la lampe, il se rapprocha de la voiture pour examiner le visage de la victime.

— Oui, oui, s'écria-t-il, c'est bien le voyageur qui sortait de la verrerie lorsque le bohémien s'était réfugié sur le mai... Ah ! le pauvre monsieur, nous avons failli nous battre, lui et moi, à cause du petit sauvage !

La voiture s'arrêta ; Marcelin descendit de son siège et deux domestiques du château l'aidèrent à porter le blessé sur la terrasse.

Clotilde les suivit, soutenant des deux mains la tête d'Halil.

— Où faudra-t-il le déposer, mademoiselle ? demanda Marcelin.

— Dans la chambre de mon père, répondit la jeune fille.

Jeanne montait avec elle, portant le coffret, et Mme Andriol, avant de faire refermer la grille du jardin, disait à la maîtresse d'école :

— Envoyez-nous Mlle Aline immédiatement, je vous prie... Qu'elle prenne à la pharmacie ce qu'elle jugera nécessaire... Nous ferons tout ce que nous pourrons jusqu'à l'arrivée du docteur Paulin.

Mlle de Bellegarde avait fait installer une pharmacie dans la maison d'école. Le médecin de Hombourg y venait tous les matins, et préparait lui-même la plupart des remèdes que recevaient gratuitement les verriers, les fondeurs et leurs familles. Mlle Aline l'assistait ; c'était une auxiliaire aussi intelligente que dévouée, cette garde-malade des pauvres, comme on l'appelait dans le pays.

— Si jamais on veut la poursuivre pour exercice illégal de la médecine, disait le docteur Paulin, j'écrirai aux juges : « Eh ! laissez-la donc tranquille, la bonne vieille ; elle ne fait pas de la médecine, elle fait des miracles de dévouement ! »

Dix heures sonnaient lorsqu'elle entra dans la chambre où Marcelin et les deux domestiques venaient de déposer le blessé.

Halil était étendu sur une chaise longue, le buste et la tête relevés par d'épais oreillers.

Mme Andriol lui faisait respirer des sels ; Clotilde, debout, les mains jointes, le regardait avec une navrante expression d'angoisse.

— Eh bien ! dit Mlle Aline en embrassant la jeune fille, on a donc besoin de moi, mignonne ?... Ah ! c'est pour ce pauvre enfant ?... Qu'a-t-il donc ?... Je l'avais vu passer, plein de santé, plein de force, devant ma pharmacie, cette après-midi...

Clotilde voulut répondre... mais elle ne put retenir ses larmes.

— Dites-moi... que nous le sauverons !... murmura-t-elle.

Aline tenait déjà dans sa main le poignet du blessé.

— Pulsations à peine sensibles, dit-elle... arrêts presque complets par instants...

— Mais, qu'est-ce que cette blessure-là ? ajouta-t-elle en voyant des taches rouges à la manchette du jeune homme... la main a été déchirée... Non, elle a été mordue !... Oh !... se peut-il !... Mon enfant... m'entendez-vous... me comprenez-vous ?...

Halil respira péniblement et ouvrit les yeux ; son regard hésitant, vacillant, erra autour de la chambre.

Peut-être ne reconnut-il pas Clotilde, car aussitôt il fit un effort pour se lever et jeta un cri :

— A moi !...

Un spasme le suffoqua et le fit retomber sur les oreillers ; un peu de sang suinta entre ses lèvres ; la sueur perla sur le front et les joues ; puis les pupilles se dilatèrent, la respiration devint de plus en plus lente, le blessé parut s'assoupir.

Aline fit apporter une bougie et examina le côté gauche de la tête, où le sang s'était coagulé.

— Il y a eu fracture du crâne... dit-elle, fracture avec commotion.

Tout à coup, le blessé fut secoué par un frisson, les dents claquèrent, un mouvement convulsif fit dévier la bouche.

— Mais, reprit vivement la garde-malade, nous ne pouvons pas le laisser ainsi, ce malheureux, dans ses vêtements tout mouillés !... Il faut le déshabiller et le mettre au lit...

Un paysan entra brusquement en disant :

— Où est-il ?... Où est-il ?... Laissez-moi le voir !...

— Ah ! venez, Siéfer, s'écria Mme Andriol ; il vous a appelé plusieurs fois !...

— Il m'a appelé... moi?... balbutiait le sabotier, et je n'arrive que pour le voir mourir ! Ah ! s'il m'avait permis de l'accompagner !... Je voulais aller avec lui à Hombourg... L'oncle Philippe m'avait dit : « Ne le quitte pas ! »... Monsieur..., monsieur, me voilà...

— Vous voilà... vous voilà, dit Aline avec un peu d'impatience, eh bien ! vous allez le déshabiller... Vite, vite, s'il vous plaît !... Oh ! je ne suis pas une femme, moi..., je vous aiderai !... Vous, mesdames, apportez-nous du linge, une chemise chaude, des bandelettes de toile...

Et comme les yeux de Clotilde l'interrogeaient, suppliants :

— Allez, ajouta-t-elle, le mal est moins grand, peut-être, que nous ne pensions au premier moment... Nous n'aurons pas de miracles à faire, le docteur et moi !...

Lorsque Mme Andriol et Clotilde revinrent, Halil était couché et Aline examinait la blessure de la poitrine.

— Ah ! dit-elle, j'ai bon espoir... Le docteur auscultera cet enfant tout à l'heure et il vous dira comme moi que, s'il ne survient aucune complication de nature à déterminer des désordres internes, la guérison sera prompte... Mais ne vous laissez pas effrayer par les accidents inévitables..., la fièvre, le délire probablement... Avancez, Siéfer, avec le bougeoir,... plus près, mon ami, plus près... C'est là, sous le sein gauche, que ce malheureux enfant a été frappé...

Clotilde était au pied du lit..., elle écoutait anxieuse, derrière le rideau...

— La plaie contuse est plus large et plus longue que ma main, reprit Aline, mais les chairs n'ont été entamées qu'ici, sur ce côté... Quelles singulières coupures !... Le gilet et la chemise ne sont pas déchirés, pourtant... Donnez-moi une éponge et de l'eau, madame Andriol...

— Ah ! s'écria-t-elle en lavant la plaie, je comprends... Voilà un bijou qui a fait un peu de mal et beaucoup de bien !... Voyez, madame, c'est la bordure de ce médaillon qui a coupé la chair, et l'écoulement du sang s'est produit à l'extérieur... Dieu merci !...

Mme Andriol vit le médaillon, ou plutôt la plaque d'or qu'Halil portait toujours suspendue à son cou par un ruban de moire.

Cette plaque d'or, si richement ornée et si finement ouvragée, Mme Marchal la lui avait montrée plusieurs fois. Tante Louise reconnaissait la bordure de perles, de rubis et de turquoises, les prismes de saphir, la figure entourée de rayons, le glaive à triple lame et à triple poignée, les caractères syriaques de l'inscription.

— Oh ! mon enfant! dit-elle en prenant le blessé dans ses bras, toi que ma pauvre Aimée appelait son fils!... son fils!... Clotilde, viens... c'est lui!... Ton cœur ne t'avait pas trompé... c'est lui... notre Halil.

Mlle de Bellegarde accourut; elle saisit les deux mains du blessé et les porta à ses lèvres.

— Lui... balbutia-t-elle, Halil, mon frère?...

— Votre frère?... dit Aline très émue.

— Nous vous raconterons tout, répondit Mme Andriol, n'êtes-vous pas notre meilleure amie?... Mais que personne ne sache...

— Eh bien! dit Aline, je ne veux rien savoir, moi! Mademoiselle Clotilde, asseyez-vous au chevet de notre malade, mais ne lui parlez pas, laissez-le reposer... Jusqu'au moment où la période de prostration sera terminée, il n'y aura qu'une chose à faire : répandre de l'eau froide goutte à goutte sur la blessure de la tête... Siéfer, prenez cette éponge et pressez-la doucement... doucement... moi, je cours à la pharmacie.

Quand le docteur Paulin arriva, une heure après, les pansements sommaires étaient faits, il ne put qu'approuver.

Halil commençait à sortir de sa torpeur, sa volonté semblait se réveiller et lutter contre l'engourdissement...

— Nous n'éviterons pas la crise, dit le médecin, mais nous pouvons toujours en atténuer la violence.

Et après avoir prescrit une potion calmante, il examina les deux blessures...

— Rien de bien grave à la poitrine, dit-il; l'écoulement qui s'est produit à l'extérieur nous dispensera de pratiquer des incisions douloureuses, ou d'appliquer les ventouses scarifiées... Relevez le buste du malade ; je ne puis maintenant l'ausculter comme je le voudrais... Pourtant... Non, il n'y a pas de désordres internes... En tout cas, je serai ici demain matin, à six heures... alors il respirera, il parlera... Y a-t-il eu des crachements de sang ?

— Non, répondit Mme Andriol, mais un peu de suintement sur la lèvre...

— Ah ! cependant le coup a été très violent... C'est une énorme pierre qui a produit cette large contusion... un pavé, peut-être... Est-ce qu'on exploite encore la carrière de grès, dans la forêt, pour le pavé de Metz ?

15

— Oui, monsieur, répondit Siéfer...

Après avoir recouché le blessé, le docteur Paulin promena lentement son doigt autour de la plaie, sur la zone violacée...

Halil s'agita et poussa un cri.

— La sensibilité est déjà plus vive, reprit le médecin..., mais la potion que j'ai prescrite l'amortira.

On pourra, sans causer trop de souffrance, presser de temps à autre les tissus meurtris et engorgés... Mlle Aline sait très bien ce que je veux dire. Répétez maintenant les lotions à l'eau froide et nous replacerons les bandelettes...

Le docteur Paulin constata une fracture du crâne.

— C'est cette blessure, dit-il, qui a déterminé l'évanouissement immédiat.

Et, comme la vieille Aline, il ajouta :

Il y a eu commotion au cerveau...

Ce mot fit encore trembler Mlle de Bellegarde. La jeune fille crut remarquer que le visage du docteur Paulin s'était subitement assombri.

Cette commotion peut avoir des conséquences... dangereuses ?... demanda-t-elle.

— Dangereuses... quelquefois, dit le médecin. Oh ! pas dans ce cas, je pense, reprit-il en voyant se mouiller les yeux de Clotilde... La blessure ne me paraît pas très profonde... Cependant, je vais m'en assurer.

Il ouvrit sa trousse et y prit un petit instrument d'acier qu'il déposa sur la table auprès du lit. Puis, inclinant la tête du blessé sur le côté droit et relevant les cheveux, il examina la plaie.

La pression qu'il exerça du bout de l'index, si légère qu'elle fût, fit tressaillir le blessé.

— Oh !... murmura Clotilde... il souffre !...

— Oui, dit le médecin, il souffre... et, c'est précisément ce qui me rassure... L'état de stupeur où je l'ai trouvé tout à l'heure m'inquiétait plus que je ne voulais l'avouer. Eh bien ! nous ne sonderons pas la plaie..., c'est inutile... mais je désirerais demander à Mlle Aline quelques renseignements.

— Me voilà ! répondit la vieille fille qui venait d'entrer, apportant la potion calmante.

— Ah ! reprit le médecin, c'est vous, mon aide-major, qui avez lavé la blessure du crâne ?...

— Oui, c'est moi...

Le docteur Paulin questionna Aline à voix basse...

— Vous n'avez pas constaté, lui demanda-t-il, autre chose que l'écoulement du sang?... vous comprenez?...

— Parfaitement... Il n'y a pas eu autre chose; j'ai très bien observé.

— L'hémorragie avait été abondante?...

— Oui, autant que j'ai pu en juger, car une partie de la tête baignait dans l'eau, lorsque Marcelin a découvert le blessé au bord de la rivière... On vient de me le dire. Après avoir frappé ce malheureux enfant, sur la route ou dans le ravin, les bohémiens avaient voulu le noyer...

— Eh! dit le docteur Paulin en élevant la voix, c'est peut-être cette immersion qui le sauve... Tenez, la stupeur se dissipe, la réaction va s'opérer... Il ne faudrait maintenant qu'un peu plus de chaleur... Apportez cet édredon, je vous prie...

Dix minutes après, un changement notable s'était produit dans l'état du malade. La peau devenait moite, les joues se coloraient, le regard n'avait plus cette fixité, la bouche ce rictus qui épouvantaient Clotilde et Mme Andriol.

Mlle de Bellegarde prit le bougeoir des mains de Siéfer et se pencha sur le lit.

Les yeux du blessé clignotèrent rapidement et les lèvres tremblèrent, laissant échapper une plainte.

— Eloignez la lumière, dit le médecin à voix basse et attendez avec calme... Il se peut qu'en ce moment toutes les sensations un peu brusques soient comme des chocs, et que ces chocs de la parole, de la lumière même, aient leur contre-coup dans la région du cerveau... Allons, rassurez-vous; ces signes de sensibilité nerveuse excluent toute crainte de paralysie.

Clotilde alla reprendre sa place au pied du lit. A demi cachée par le rideau, elle observait, silencieuse; mais chaque gémissement du malade lui causait une souffrance.

A des intervalles de plus en plus rapprochés, Halil essayait de se soulever sur ses oreillers; alors les aspirations étaient courtes, mais fortes, bruyantes, probablement douloureuses.

Un peu avant minuit, la crise s'annonça par la trépidation des jambes et des bras. Le blessé se débattit, rejetant les couvertures et repoussant le médecin qui l'empêchait de se lever.

— Siéfer, dit-il, Siéfer... nous ne laisserons pas lapider cet enfant!... allons, mon ami, allons!...

— Oh! est-ce possible, murmura le sabotier, il pense encore, le pauvre monsieur, à défendre le petit sauvage!... C'est pourtant ce damné bohémien qui l'a suivi partout et qui...

— Chut! dit le médecin... Venez, Siéfer, tenez-vous là devant le lit... Bien... notre malade vous a vu..., son intelligence se réveille..., il vous reconnaîtra, sa main cherche la vôtre...

Clotilde regardait et écoutait, osant à peine respirer.

— Ah! Siéfer, s'écria le blessé..., il ne m'a pas repoussé, lui!...

— Vous pouvez lui répondre, dit le médecin à l'oreille de l'Alsacien, mais évitez toute allusion aux scènes violentes...

Siéfer s'inclina, pressant doucement la main qu'Halil lui tendait.

— C'est de l'oncle Philippe que vous me parlez, monsieur?... Eh! pourquoi vous aurait-il repoussé, cet homme?... Il vous aime comme si vous étiez son fils...

— L'oncle Philippe, reprit le blessé... Ah! oui, il m'entend, il me comprend... Siéfer, il faut le remettre au soleil, il y était si bien!... Aidez-moi à rouler le fauteuil... Tenez, c'est là, devant le puits, que je m'asseyais pour le regarder travailler... Au soleil, Siéfer... au soleil!... On voit le château d'ici... Est-elle dans le jardin?

— Mademoiselle Clotilde?...

Halil sourit et répéta avec une caressante expression de tendresse:

— Elle... Clotilde!...

Au pied du lit le rideau s'agita.

— Halil! mon frère! balbutiait Mlle de Bellegarde en appuyant son front sur l'épaule de tante Louise.

— Donnez-moi le boîtier, Siéfer, poursuivit le blessé parlant avec une singulière volubilité... Comment! il a fait cela depuis qu'il est aveugle?...

— Mais oui, monsieur, répondit l'Alsacien. Je vous le disais, tout à l'heure, il a des yeux au bout des doigts, le bonhomme!...

— Et le coffret?... Qu'ai-je donc fait du coffret?... Ah! j'y ai mis mes œillets... Donnez, donnez!...

— Le voici, dit Mme Andriol.

Siéfer déposa sur le lit le coffret sculpté par Philippe Burtel.

A plusieurs reprises, le blessé passa sa main sur le couvercle. Il se penchait pour voir la figure gravée par son vieil ami...

— Aimée, disait-il..., Marie-Aimée!... Où donc ai-je lu ce nom?...

Sa tête alourdie s'affaissa...

— Aline, dit le médecin, faites-lui prendre trois cuillerées de la potion et laissons-le s'endormir; les accidents nerveux que je redoutais ne se produiront pas, sans doute... Vous banderez la tête et vous continuerez l'irrigation, goutte à goutte... Je serai ici à six heures.

Mais à peine le docteur Paulin était-il parti pour Hombourg, que le blessé se redressait en criant :

— Au secours!... Robert!... Robert!...

L'agitation redoubla, les yeux devinrent brillants, injectés, les pommettes rougirent, la sueur coula de plus en plus abondante sur le visage, le cou, la poitrine.

— Je suis là, monsieur, dit Siéfer... Voyez!...

— Oui, poursuivit le malade avec une extrême animation, je les vois..., ils sont cinq, les lâches!... cinq!... misérables!... Qui donc m'avait dit : « Vous semez de l'or, il poussera des assassins!... »

Et il se mit à rire d'un rire effrayant...

— Et cet homme qui ne m'entend pas, là-haut..., en portant ses deux mains à son front.

Il ne veut pas m'entendre... Il me tue avec sa chanson :...

> Monte, alouette, monte
> Dedans le bleu du ciel!

L'accès de délire arrivait à son paroxysme... Le malade criait, chantait, riait; il voulait se lever et c'était à grand'peine que Siéfer, aidé de Marcelin, parvenait à le retenir dans son lit.

— Eh bien! oui, dit-il..., je me laisserai tuer... mais avant... Oh! les bandits!... Voyez l'enfant... l'enfant... c'est le plus acharné de tous... Va-t-en, misérable, va-t-en... je ne peux pourtant pas l'écraser sous mes pieds... Un enfant!...

La voix était brève, rauque, sifflante parfois. Des suffocations entrecoupaient les phrases... elles les hachaient.

Il y eut cependant une trêve... ou plutôt un instant de stupeur. Puis tout à coup, le blessé se releva sur le genou droit; il étendit les deux bras pour repousser Siéfer et cria :

— Non... non, pas sans l'avoir revue!... Si elle me chasse... Robert... vous lui direz... Je veux la voir... je veux... Oh! ils m'ont donc tous maudit... tous!... Adieu!... Je mourrai...

— Maudit?... s'écria Clotilde éperdue...

— Que fais-tu? dit Mᵐᵉ Andriol... Clotilde...

Mais la jeune fille avait déjà couru auprès du blessé; elle passait son bras autour du cou d'Halil et elle lui disait en pleurant :

— Non, vous ne mourrez pas... nous vous aimerons, Halil... nous vous aimons !... Regardez-moi... Je suis Clotilde, votre sœur... Siéfer, apportez la lumière... je veux qu'il me voie !...

Et Halil la vit...

— Vous, dit-il, vous... *ma mère !*... Ah! vous m'aimez... et moi, je suis heureux... heureux... je vous adore !... Mère... Marie-Aimée... mon bonheur... ma vie !... Laissez-moi vous voir encore... Où sommes-nous donc ?...

— Chez moi... chez nous... dit Clotilde...

— Chez vous !... Oh !... parlez-moi... Pourquoi pleurez-vous ?... Je ne vous quitterai plus, mère... Ah! comme j'ai souffert, loin de vous !...

— Enfin, dit Aline, les larmes !...

Oui, les larmes après la crise, les larmes bienfaisantes, et après les larmes, l'apaisement...

— Mère, je vous aime... je vous aime... de toute mon âme... murmurait le malade en s'affaissant peu à peu sur le bras de Clotilde...

Sa tête s'inclinait, ses yeux se fermaient, sa respiration devenait plus lente, mais plus égale...

La jeune fille était toujours là, penchée sur lui... le caressant de son regard, de son souffle... Elle n'osait se relever, retirer son bras...

— Ma mignonne, dit Aline, prenez un peu de repos, maintenant... Allez et essayez de dormir. S'il fallait encore calmer, consoler... charmer, je vous appellerais...

— Non, répliqua Clotilde... je passerai la nuit avec vous... Je veux qu'il me voie, à son réveil...

Elle emmena Siéfer sur le balcon et lui demanda :

— Depuis quand le connaissiez-vous ?...

— Mais... depuis aujourd'hui, répondit l'Alsacien... Quatre heures n'avaient pas sonné lorsque je l'ai vu arriver par le chemin de la Corniche.

Et le sabotier raconta, avec leurs moindres détails, tous les incidents de l'après-midi : l'émotion du jeune voyageur devant Philippe Burtel, ses questions sur les choses et les gens du pays, l'apparition du petit bohémien, la visite au château...

— Voyez-vous, demoiselle, disait-il, je sentais que cet étranger que je promenais dans votre jardin n'était pas... un étranger... Il regardait trop souvent les fenêtres du premier étage, une surtout...

— Laquelle ? dit la jeune fille.

— Celle de la chambre de Mme Aimée... et avec des yeux !... Et puis, tenez, dans les allées et là-bas, au bord de la rivière, c'était plutôt lui qui me conduisait... En remontant vers la terrasse, il a vu les œillets blancs au milieu de la grande pelouse, et il a voulu en avoir... Je lui en ai cueilli quelques-uns.

— Ces œillets que la petite Jeanne a trouvés au fond du coffret ?

— Oui, demoiselle... et il s'en allait vite, vite, devant moi, pour ne pas me laisser voir qu'il pleurait ou qu'il allait pleurer.

— Mais il ne voulait donc pas nous attendre, nous voir ?...

— Oh ! je crois bien qu'il le voulait... c'était pour ça qu'il était venu... seulement...

— Seulement ?...

Siéfer dut raconter le pénible incident qui avait suivi la visite à l'usine, l'intervention d'Halil pour protéger le petit bohémien, la colère de la foule, les dures paroles du tiseur : « Si vous étiez du pays, vous sauriez que c'est un bohémien comme celui-là qui a causé la mort de Mme Aimée. »

— Oh ! s'écria Clotilde, comme ces pauvres gens l'ont fait souffrir sans le savoir... sans le vouloir !...

— C'est ce qu'il leur a dit tristement,... doucement, avant de remonter à la tour, répondit le sabotier...

— Et voilà pourquoi il partait sans nous voir ?

— Oui... L'oncle Philippe avait beau lui dire : « Mademoiselle Clotilde viendra avec Mme Andriol... je lui parlerai de vous, » il ne voulait rien écouter... Ah ! s'il m'avait permis de l'accompagner,... et si nous avions été deux là-haut, sur la route neuve !... Tenez, mademoiselle, j'avais

le cœur gros, moi, en rentrant à la tour... quelque chose me disait...
Non, non, j'avais tort, mais...

— Achevez, Siéfer, je vous en prie...

— Quelque chose me disait : « Voilà un malheureux qui est las de la
vie et qui veut en finir !... »

— Las de la vie, lui !... Eh bien ! moi aussi, j'ai eu des pressentiments... En revenant des ruines, lorsque j'ai entendu crier : « A moi, au
secours, à moi ! » j'ai pensé à lui !... Ecoutez, il s'éveille, il appelle...
Non, il rêve.

Le matin, entre six et sept heures, lorsque le docteur Paulin revint
au château, le malade était calme, ou plutôt il était engourdi, les mains
jointes sur la couverture, la tête inclinée vers l'épaule droite, les yeux
fixés sur le rayon de soleil que laissait pénétrer jusqu'au milieu de la
chambre la fenêtre entr'ouverte.

— La sensibilité est encore émoussée, dit le médecin, l'intelligence
elle-même est pour ainsi dire assoupie... Attendons..., c'est l'affaire de
deux ou trois jours, peut-être seulement de quelques heures...

Un peu avant midi, en effet, l'intelligence commença à se réveiller...
Le blessé reconnut Mlle de Bellegarde assise au chevet du lit.

— Clotilde !... murmura-t-il...

— Oui, répondit la jeune fille... Clotilde, votre sœur.

Les yeux d'Halil exprimèrent une joie indicible.

Il voulut parler, mais sa parole, qui était si rapide et parfois si
vibrante pendant la crise nerveuse, était devenue hésitante, embar-
rassée... C'était presque comme le bégaiement d'un petit enfant.

Clotilde mettait le bout de ses doigts sur les lèvres du malade et disait :

— Non ! non !... plus tard ! On vous condamne au silence pour toute
la journée, monsieur !

Halil obéissait. Il lui suffisait de voir aller et venir Clotilde souriante,
dans cette chambre ensoleillée où la petite Jeanne apportait des gerbes
de fleurs.

Deux ou trois fois cependant, il eut encore des hallucinations... A
plusieurs reprises, dans l'après-midi, il appela Siéfer, l'oncle Philippe et
Robert Desnoëls.

Ce Robert Desnoëls avait apporté la joie à Saint-Avold. Son fonds de
bonne humeur était si riche, si riche, qu'on pouvait le croire inépuisable.

Et pourtant il en dépensait, il en gaspillait, de la bonne humeur, ce
grand diable de peintre, aux cheveux roux, à la face vermeille, au regard
franc, à la parole chaude, au rire sonore! Il en remplissait l'hôtel et le
café du Lion-d'Argent !

Le soir même de son arrivée, il était déjà le personnage le plus popu-
laire de Saint-Avold. Le maître d'hôtel, un gros homme au teint fleuri,
à l'œil pétillant, à la lèvre lippue, l'avait supplié de dîner à la table de
famille.

— Monsieur Robert, disait-il, je me suis procuré pour vous..., des
truites de torrent, longues comme ma main, pas plus..., les meilleures
truites du monde... Je les ai accommodées moi-même, au blanquet de
Moselle... Vous verrez ça quand la cloche sortira du puits où ma sauce
se glace, une gelée transparente légèrement rosée, qui tremble sur son
lit de persil !

— Ah ! cher monsieur Salmon, répondait Robert, vous êtes un père !...
Des truites de torrent, des truites comme celles que je pêchais autrefois
dans les ruisseaux du Vivarais !...

— Et des morilles à la crème, monsieur Robert!... C'est Michelle,
ma fille, qui les a cueillies ce matin, avec sa cousine Bastienne.

Mademoiselle Michelle, une belle brune, grande, fraîche, un peu indo-
lente, rougissait jusqu'au blanc des yeux.

Au dessert, elle écoutait avec ravissement les chansons bizarres de
M. Robert.

— Quelle voix ! disait-elle.

— Oui, une rude voix ! ajoutait M. Salmon. C'est le blanquet de Moselle
qui fait chanter comme ça !... Encore un verre, monsieur Robert !...
Alors, vrai, demain vous tirez le portrait de Michelle ?

— Vrai, monsieur Salmon, après le déjeuner, nous nous mettons à
l'ouvrage, dans la cour, sous l'acacia.

— A votre santé !...

— Mlle Michelle se mettra à son balcon... Je veux la peindre comme elle m'est apparue quand je suis entré, la tête à demi-penchée dans son cadre de verdure et de fleurs!,.. Vous étiez charmante, charmante..., mademoiselle Michelle!...

— Eh! il ne faut pas trop le lui dire, monsieur Robert!... s'écria le maître d'hôtel... Allons, Michelle, des verres, et encore deux fioles de blanquet!

Les habitués du café entraient, saluant joyeusement le maître d'hôtel et l'ami Robert.

Et l'ami Robert distribuait d'énergiques poignées de main au percepteur, au greffier du juge de paix, à l'agent-voyer, au maître clerc de l'étude Morlot, au représentant de l'*Assurance générale,* au secrétaire de la mairie, au chef de la Société philharmonique.

On fit des projets pour le lendemain matin; le greffier proposa une excursion à Créhange et une partie de pêche dans la Nied; le percepteur s'efforça de faire opter monsieur Robert pour une promenade dans la forêt de Longeville et un déjeuner aux ruines du Castelberg.

A minuit, Robert déclarait enfin qu'il irait faire une étude du Castelberg, mais qu'il reviendrait déjeuner à l'hôtel.

— Et le portrait?... disait-il... J'ai fait un serment à Mlle Michelle, et je tiens tous mes serments, moi!

— Eh bien, nous vous accompagnerons, Monsieur Robert, s'écrièrent cinq ou six voix émues... Salmon, vous mettrez nos couverts, n'est-ce pas?... Nous déjeunerons avec notre artiste... C'est pour onze heures?

— Onze heures sonnantes!

Les habitués du Lion allèrent se coucher en fredonnant le refrain d'une chanson d'atelier...

— Ah! disaient-ils, ces artistes!

Cependant le représentant de l'*Assurance Générale* n'était pas « à l'unisson ».

— Je suis accablé, murmurait-il, accablé par le poids des affaires!... A huit heures, demain, il faut que je sois à Hombourg, à dix heures à Forbach. Non, jamais je ne serai revenu pour le déjeuner!

— On vous attendra jusqu'au quart! répondait le greffier.

Le lendemain, en revenant de l'étude avec les bons compagnons, Robert Desnoëls trouva à l'hôtel une lettre d'Halil.

— Comment! comment! s'écria-t-il, les routes ne sont pas sûres du côté de Hombourg?...

— Pas sûres? répondirent les camarades en dépliant les serviettes; qui dit cela, monsieur Robert?

— Un de mes amis qui m'écrit de Hombourg... du *Barbeau*.

— Un peintre aussi?

Robert hésita.

— Oui, un peintre, dit-il enfin.

— De Paris?...

— Il habite Paris depuis quelques années, mais il est d'origine espagnole... Oh! ces peintres espagnols, il n'y en a plus que pour eux, maintenant... D'un Salon à l'autre, ça gagne des centaines de mille francs.

— Des centaines de mille!...

— Vous avez bien dû voir ça dans les journaux... Il leur suffit, à ceux-là, de mettre du rouge sur du blanc, de plaquer çà et là un peu de jaune ou de bleu, de faire papilloter les couleurs, et les riches amateurs se pâment d'admiration... Ah! si, au lieu de m'appeler Robert tout court, je me nommais le senor Miguel-y-Novalès, je remuerais l'or à la pelle!...

— C'est pourtant un bon garçon comme vous, ce peintre espagnol, monsieur Robert? Pourquoi ne nous l'avez-vous pas amené?

— Oh! il a des affaires!...

— Comme monsieur de la *Générale*... Un peintre qui a des affaires!...

— Et puis... son caractère est bizarre, par moments... Quand la tristesse le prend, bonsoir les amis, le voilà parti tout seul, pour promener ses idées noires dans les bois...

— Peines de cœur!... soupira la brune Michelle...

— Ah! bast, s'écria le greffier du juge de paix, votre Espagnol voyait tout en noir quand il vous a écrit que les routes n'étaient pas sûres du côté de Hombourg... Est-ce que jamais on a entendu parler de ça?...

— Mais non, mais non, répondirent le gros maître d'hôtel et les bons compagnons.

— Le pays du bon Dieu!... reprit le greffier... Tout le monde laisse la clé sur la porte, et encore la plupart des portes n'ont-elles que des serrures de bois!...

— Cependant, dit Robert, si je comprends bien certain passage de cette lettre, ce doit être l'aubergiste du *Barbeau* qui a renseigné mon ami...

Le maître d'hôtel éclata de rire :

— Milloie, du *Barbeau !...* ah ! le malin? Il a pris votre Espagnol pour un Anglais, et il veut l'empêcher de porter son argent à la *Cloche* de Forbach!... Elle est bonne celle-là, elle est bonne !...

— Le greffier, que la promenade matinale avait mis en appétit, regarda la pendule et tira sa montre :

— Onze heures seize à la pendule, onze heures vingt à ma montre, dit-il, tant pis pour les gens qui manquent le train !... Faites donc servir, Salmon !...

A deux heures et demie on prenait le café dans la cour de l'hôtel.

Robert, assis devant l'acacia, était au travail, au portrait.

Mlle Michelle posait accoudée au balcon.

— Un peu plus de trois quarts, mademoiselle, disait le peintre..., là, c'est bien ! Il n'est pas défendu de parler, de sourire, de chanter même, si l'envie vous en prend... La tête un peu plus inclinée, s'il vous plaît...; le menton sur la paume de la main... Ah ! c'est le bras droit qu'il faut replier... Là ! c'est bien !

Les bons compagnons groupés derrière le peintre, regardaient « avancer l'ouvrage ». Adossé à l'acacia, le maître d'hôtel tirait de sa pipe de lentes et longues bouffées...

— C'est un plaisir de voir ça, disait-il... ça prend couleur peu à peu, comme le coq de bruyère quand il se dore devant le beau feu de chêne... Ne bouge donc pas, Michelle !...

Et parfois la jeune fille demandait :

— Si ce n'était point abuser... monsieur Robert...

— Abusez, abusez, mademoiselle, répondait l'artiste...

— Oh ! non, je ne saurais point... est-ce vrai, papa?

M. Salmon riait d'un gros rire qui le secouait de l'abdomen au menton.

— Si ce n'est point abuser, reprenait Michelle, qu'est-ce que vous faites, maintenant, monsieur Robert... le balcon, ou moi?...

— Oh! le balcon posera toujours assez sans se fatiguer... Je dessine une torsade de cheveux, mademoiselle... une magnifique torsade de cheveux noirs... Ne rougissez donc pas !

— Ah ! mais c'est que le soleil a donné tout le matin de ce côté. Il fait chaud, monsieur Robert !...

Là! c'est bien! disait le peintre.

— Pourquoi avez-vous mis ce corsage de velours, aussi ? Pas de velours, mademoiselle, de la mousseline... comme hier...

— Mais...

— J'aime mieux la mousseline, moi !

— Puisqu'il aime mieux la mousseline !...

— Eh bien, attendez, monsieur Robert.

M{^lle} Michelle rentra dans sa chambre ; elle se convertissait à la mousseline...

Le représentant de la *Générale* arriva en gémissant :

— Ah ! les affaires, les affaires !

— Tiens... tiens, qu'est-ce que je vous avais dit ? s'écria le greffier en se balançant sur sa chaise... Les affaires..., toujours la même chanson !... Eh ! la grande affaire, c'est un bon déjeuner comme celui de ce matin !

— Ah ! répondit mélancoliquement le représentant de la *Générale*, j'avais tout arrangé pour être de retour à onze heures dix... Je filais directement sur Forbach et, en revenant, je menais grand train ma tournée de Hombourg... Mais la fatalité s'en mêle..., me voilà empêtré dans cette maudite histoire de Ramyes !

— Quelle histoire ?...

— Comment, vous ne savez pas ?... L'affaire de cette nuit, le drame de la route neuve ?...

— Non, non..., première nouvelle, mon cher !...

Le représentant de la *Générale* se donna un air important :

— Je ne sais pas, dit-il, ce qui m'arrivera ce soir, mais deux fois déjà aujourd'hui j'ai dû guider les recherches de la gendarmerie... La première fois, messieurs, à huit heures du matin, de l'autre côté de Styring, devant le poteau d'Allemagne... Je sortais d'une grosse ferme, où je venais de renouveler une police, lorsque, sous les vernes, au bord de la rivière, j'aperçois un campement de bohémiens, toute une tribu de *loqueteux*, avec sa sale guimbarde et ses mulets étiques. Hommes, femmes, enfants, faisaient une singulière besogne : ils comblaient un trou qu'ils avaient creusé... Ça prenait la terre à pleines mains et ça la rejetait dans la fosse...

— Une fosse ! interrompit le greffier ; ça devient lugubre !

— Parbleu !... Vous allez voir... Je me dis : Ces brigands-là ont volé quelque chose qu'ils ne peuvent emporter ; ils enterrent l'objet, et cette nuit ils viendront le reprendre... J'approche..., toute la sequelle se sauve comme si elle avait à ses trousses le procureur impérial et quatre brigades de gendarmerie... Les mulets galeux retrouvent, pour emporter la guimbarde, une vigueur dont jamais je ne les aurais cru capables et, cinq minutes après, la tribu traversait la rivière au gué des contrebandiers... Ma curiosité s'émoustille, je descends par les prés et je vais regarder dans la fosse... Et au fond de cette fosse il y avait un homme, sous vingt centimètres de terre tout au plus. Les pieds passaient encore et la tête n'était qu'à demi-recouverte...

— Diable !... dit Robert, alors, c'est donc vrai qu'on assassine là-bas, du côté de Hombourg ?

— Plus vrai que vous ne pensez, répliqua le représentant de la *Générale*... Écoutez la suite... Naturellement, en rentrant à Forbach, j'avertis la gendarmerie, et me voilà obligé de partir pour Styring... C'est moi qui ai montré la fosse, messieurs !...

— Et l'homme assassiné ?...

— C'était un bohémien, un garçon de trente à trente-cinq ans...

— Oh ! dit dédaigneusement le maître d'hôtel, si ça s'est passé entre bohémiens !...

— Hum ! hum !... reprit le représentant de la *Générale,* mon mort (il disait mon mort !) avait plutôt le type des « mâche-paille » du nord de la Prusse... Ça se voit tout de suite au front de bœuf, à l'arcade sourcilière, au menton, à la dent... Les camarades n'avaient laissé sur le corps que ce qu'il n'avaient pu emporter : les tatouages !... Et il y en avait, des tatouages !... Des cœurs percés de flèches, des cors de chasse, des drapeaux, des aigles, des casques, des canons. Il y avait aussi un soleil au milieu de la poitrine.

— Un Prussien illustré, alors ?... dit Robert...

— Tiens, j'oubliais d'ajouter que la poitrine était trouée de part en part... Un douanier de Styring était venu avec nous là-bas, il disait aux gendarmes : « C'est une lame triangulaire qui a passé par-là ! »

Le maître d'hôtel du Lion d'Argent n'aimait pas plus les Prussiens que les bohémiens :

— *De profundis,* murmura-t-il, c'est toujours un chenapan de moins... Et si je débouchais maintenant une bouteille de kirsch, du kirsch de 1824, hein ?...

— Débouchez ! répondit le narrateur... Nous verrons s'il vaut celui que j'ai bu ce matin chez Milloie, au *Barbeau,* car voilà le plus curieux de l'histoire : en revenant de Forbach, je me suis arrêté à Hombourg pour les affaires de la compagnie ; Milloie était attablé devant sa porte avec le brigadier de gendarmerie, et le brigadier s'écriait : — Ces bandits-là ont des ruses infernales ; ils nous ont fait prendre le change !... Tandis que nous les poursuivions du côté de Longeville, ils étaient déjà peut-être à Œting ou à Morschack !

— Voyons, brigadier, lui demandai-je, est-ce d'une bande de bohémiens qu'il s'agit ?...

— Mais oui, de ces misérables qui ont assailli un voyageur cette nuit sur la route neuve de Ramyes !...

Robert se leva brusquement.

— Un voyageur, dit-il,... cette nuit, sur la route de Ramyes ?

— Un jeune homme, répondit le représentant de la *Générale*... On ne sait pas encore son nom, mais Milloie m'a donné sur tout le reste des indications très précises et je vais les transmettre à la *Gazette de Metz,* dont je suis le correspondant...

— Quelles indications ? demanda Robert, très ému...

— Voilà : Ce jeune homme, élégamment vêtu et fort distingué de ton, de manières, était arrivé hier au Bardeau un peu avant midi... Et, détail qui nous intéresse particulièrement, il était venu à pied, disait-il de la gare de Saint-Avold... Milloie lui fit servir à déjeuner dans sa grande salle et, pendant qu'on préparait le repas, l'étranger demanda des renseignements sur Hombourg, sur Ramyes, sur plusieurs familles du pays. À une heure il monta à la ville haute, probablement pour visiter l'église et la vieille chapelle. En tous cas, on sait qu'il est allé au calvaire et qu'il y a dessiné une vue de la vallée... C'est sans doute un artiste comme monsieur Robert...

Desnoëls respira ; jamais il n'avait vu dessiner Halil.

— Tandis que le voyageur était au Calvaire, poursuivit le narrateur, deux petits bohémiens vinrent rôder autour du Barbeau... Ils questionnèrent les gens de l'auberge... ils voulaient savoir ce qu'était devenu un grand homme brun qui leur avait donné des pièces d'or sur la route de Saint-Avold, à la pointe de la forêt de Steinberg.

À ce dernier détail, Robert se sentit pâlir...

16

— Et puis... et puis?... s'écria-t-il.

— Milloie chassa les va-nu-pieds en les menaçant de la gendarmerie et quand l'étranger redescendit de la vieille ville, il lui dit : « Prenez « garde, monsieur, prenez garde !... vous voulez absolument aller à « Ramyes ce soir ? — Oui ! — Il pourrait vous arriver malheur dans « la forêt... vous avez semé les pièces d'or, Dieu fasse qu'il ne « pousse pas des voleurs et des assassins !... » Le jeune homme leva les épaules en riant et demanda une feuille de papier à lettres... Milloie le vit écrire très rapidement cinq ou six lignes, pas plus... Ah ! il regrette bien de n'avoir pas regardé l'adresse du billet... on saurait tout peut-être maintenant... Mais, qu'avez-vous donc, monsieur Robert ?

— Ah ! répondit le peintre, il faut que j'aille à Hombourg immédiatement !

— Comment ! dit le maître d'hôtel, est-ce que vous supposeriez ?...

— Je ne suppose pas, monsieur Salmon... ce jeune homme est mon ami,... ce billet, c'est à moi qu'il était adressé !... mais achevez, monsieur, achevez !... s'écria l'artiste en mettant sa main tremblante sur le bras de l'agent d'assurances...

— Eh bien ! Milloie a fait tout ce qu'il a pu pour empêcher le voyageur de partir le soir... Voyant qu'il ne pouvait rien obtenir, il lui a proposé de le conduire à Ramyes dans son cabriolet... Le jeune homme a refusé ;... Milloie l'a pour ainsi dire forcé d'emporter une canne à épée,... et quelques heures plus tard,... voyons, il pouvait être neuf heures et demie, un cocher de la verrerie Marchal, monté sur un cheval sans selle, arrivait à Hombourg chez le docteur Paulin... Le jeune voyageur avait été assassiné sur la lisière de la forêt...

Robert poussa un cri :

— Assassiné !...

— Frappé de je ne sais combien de coups de couteau, puis traîné dans un ravin et jeté dans la petite Rosselle !... Les maîtresses de l'école de Ramyes revenaient des ruines de Hombourg avec leurs enfants... Ce sont elles qui ont aperçu, au détour de la route Neuve, le chapeau du voyageur, la canne à épée, la traînée de sang... L'homme qui conduisait leur voiture est descendu au bord de la rivière, et il a vu le cadavre...

Robert n'écoutait plus. Les doigts enfoncés dans son épaisse chevelure rousse, il sanglotait en criant :

— Malheureux que je suis... malheureux !... ne pas l'avoir suivi... l'avoir laissé assassiner !...

Les habitués du Lion-d'Argent se pressaient autour de lui; sa douleur les avait profondément émus.

— Mais, monsieur Robert, lui disaient-ils, pourquoi vous désoler ainsi?... N'est-il allé qu'un seul voyageur, hier, de Saint-Avold à Hombourg?... Ce jeune homme que les bohémiens ont attaqué n'est peut-être pas votre ami, votre peintre espagnol...

— Ah! balbutia l'artiste, je voudrais être mort avec lui!... Laissez-moi partir, messieurs, laissez, je vous en supplie !... Adieu, ce soir ou demain...

— Au moins, monsieur Robert, dit le maître d'hôtel, attendez le train de cinq heures, qui fait halte à Hombourg.

— Attendre !... non, non... Ah ! si vous saviez !...

— Eh bien, dirent plusieurs personnes, nous vous accompagnerons...

— Non, merci... je vais courir...

— Cinq minutes pour atteler ma jument, reprit M. Salmon...

— Allons, je vous aiderai...

La fenêtre du balcon se rouvrit et Mlle Michelle apparut, rougissante, dans un nuage de mousseline...

— Me voilà, monsieur Robert, dit-elle en reprenant sa pose penchée... Si ce n'était point abuser... je vous demanderais : « Est-on mise à votre goût?... » Mais...

Le peintre sortait de la cour, entraînant M. Salmon...

Il ne répondait pas à la jeune fille, il ne l'entendait pas, il ne la voyait pas...

Mlle Michelle, ébahie, cherchait vainement à comprendre...

— Où vont-ils donc?... murmura-t-elle.

— A Hombourg, répondit l'agent d'assurances...

— A Hombourg... sans moi?...

— Oui... c'est pour l'affaire du voyageur assassiné... Ce pauvre monsieur Robert pleure comme s'il avait perdu un frère !...

— Mon Dieu... il pleure... lui?...

La jeune fille se hâta de descendre, mais pendant que l'agent d'assurances répétait devant elle le récit qui avait épouvanté Desnoëls, la voiture de M. Salmon roulait sur le pavé de la rue.

— Oh!... balbutia Michelle, les yeux humides, j'aurais tant voulu aller avec eux ?... Pauvre monsieur Robert ! il a un grand chagrin... c'est un homme de cœur !...

— Mon enfant, dit l'agent d'assurances, puis-je m'installer au bureau ?... Je n'ai plus que le temps de griffonner quelques notes pour la *Gazette*... Ah ! comment s'appelait donc l'ami de monsieur Robert ?

— Le peintre espagnol ?

— Bon, c'est un peintre espagnol,... un artiste,... qui jette de l'or aux bohémiens ?

— M. Robert dit qu'il était très riche, qu'il gagnait des centaines de mille francs...

— Un homme célèbre alors ?... Voilà une histoire qui fera du bruit ! Mais le nom de ce peintre... le nom, mon enfant ?...

— Je ne m'en souviens pas...

— Attendez, dit le greffier,... c'est Nobilès ou Nobalès...

— Novalez, rectifia le secrétaire de la mairie, je suis certain d'avoir bien entendu !

— Vous allez raconter tout cela ce soir ?... demanda le greffier.

— Oui, le journal s'imprime la nuit...

La voiture de M. Salmon s'arrêtait à quatre heures devant la porte du Barbeau.

— Venez, monsieur Robert, dit le maître d'hôtel du Lion d'Argent, j'aperçois Milloie... A qui parle-t-il donc si respectueusement, le bonnet à la main ?...

Le peintre avait déjà mis pied à terre, il entrait dans l'auberge, il s'élançait vers la porte de la grande salle...

Une femme accourut du fond de la cuisine...

— Attendez un instant, dit-elle, mon mari est avec... quelqu'un de la justice !...

Mais le peintre poussa la porte et s'écria, tendant les bras à l'aubergiste qui le regardait stupéfait:

— Oh ! monsieur, je vous en conjure, dites-moi la vérité, si cruelle qu'elle soit !...

— La vérité ?...

— C'est chez vous que mon malheureux ami est venu hier ?... vous avez fait, je le sais, tout ce que vous avez pu pour le détourner d'aller à

Ramyes... vous vouliez au moins l'accompagner... Ah ! fatalité !... Pourquoi suis-je resté à Saint-Avold ?...

Et le bon Robert pressait énergiquement les deux mains de l'aubergiste.

— Je l'aimais comme un frère !... reprit-il en pleurant... Où est-il, monsieur... je veux le voir encore... le voir !...

— Mais il est à Ramyes, au château...

— J'y vais,... venez avec moi, monsieur... c'est moi qui le ramènerai à Paris... Le ramener mort,... lui pour qui j'aurais...

— Mort ?... répondit vivement l'aubergiste... Non, non, Dieu merci...

— Vous avez dit non ?... Il vit ?...

— Il vit, et le médecin espère le sauver !...

— Ah !...

Robert s'était laissé tomber sur une chaise, il tremblait, les mains jointes, tandis que de grosses larmes roulaient sur ses joues...

— C'est à vous peut-être qu'il avait écrit avant de partir ?... reprit l'aubergiste.

— Oui,... oui !... Et cette lettre m'avait effrayé... Ah ! j'aurais dû n'écouter que mes pressentiments !...

— Calmez-vous, monsieur, calmez-vous... J'ai vu le docteur Paulin ce matin, à dix heures, et, je vous le répète, il a bon espoir... Ces deux blessures ne sont pas aussi graves qu'on le craignait...

— Deux blessures ?...

— Oui, l'une à la tête, l'autre à la poitrine. La crise a été assez violente, cette nuit, mais s'il ne survient aucune complication, dans une quinzaine de jours, ce sera un convalescent que vous ramènerez à Paris !...

Robert courut à la fenêtre et cria :

— Monsieur Salmon,... il est sauvé,... sauvé !... Pouvez-vous me conduire à Ramyes ?...

— Oh ! certainement, répondit le maître d'hôtel du Lion d'Argent.

Cette scène avait pour témoin un personnage aux allures discrètes — un peu mystérieuses même — qui, dès l'entrée de Robert Desnoëls, s'était retiré dans l'embrasure d'une fenêtre.

Ce personnage vint saluer Desnoëls.

— Monsieur, lui demanda-t-il, voudriez-vous me donner une place dans votre voiture ?... Je suis magistrat ; le parquet de Metz m'a chargé de faire une enquête sur le crime qui a été commis cette nuit aux environs de Ramyes.

— Venez, monsieur, répondit Robert.

— Avant de partir, reprit le magistrat, j'aurais désiré obtenir de vous quelques indications sur... la personnalité de la victime... Veuillez nous laisser seuls un instant, monsieur Milloie.

— Je suis à votre disposition, dit le peintre, mais, vous devez le comprendre, il me tarde d'être auprès de mon malheureux ami.

— Eh bien, mettons-nous en route immédiatement. Si je proposais que notre entretien eût lieu ici même, avant le départ, c'était par égard pour vous et pour votre ami... Voyez s'il n'y a aucun inconvénient à ce que la personne qui nous conduira entende mes questions et vos réponses...

Et, d'un regard oblique, le magistrat désignait à Robert le maître d'hôtel de Saint-Avold, déjà engagé dans une conversation fort animée avec l'aubergiste de Hombourg.

— Vous aviez sans doute raison, répondit le peintre à voix basse... J'étais hors d'état d'y réfléchir, moi... Parlez donc, monsieur.

— Quel est le nom de la victime ?

— Halil... le prince Halil...

— Ah ! dit le magistrat, j'ai plusieurs fois entendu prononcer ce nom pendant les quelques années que j'ai passées à Paris... Oui, je me souviens, maintenant... Ce prince Halil est un Oriental très riche, très généreux, qui habite un somptueux hôtel aux Champs-Elysées ou dans le faubourg Saint-Honoré...

— Avenue de Villiers...

— C'est hier qu'il est arrivé dans ce pays ?

— Nous étions avant-hier à Metz et nous avons passé la nuit à l'hôtel de l'Europe. Hier matin, vers dix heures, nous nous séparions à la gare de Saint-Avold.

— Et le prince allait à Ramyes ?

— Oui, monsieur.

— Il tenait à s'y rendre seul,... il est parti de Hombourg à pied ?

— En effet !

— Pouvez-vous me dire pourquoi ?...

Robert hésitait.

— Avant de répondre à cette question, balbutia-t-il,... j'aurais voulu... prendre l'avis de mon ami... Le prince n'a peut-être pas de secrets pour moi, et pourtant... vous le savez... je n'ai pas cru devoir l'accompagner à Ramyes.

— Soit, monsieur, dit le magistrat, je ne puis blâmer votre réserve... J'interrogerai donc le blessé...

— Oh ! non,... répliqua Robert, pas sur ce point, je vous en prie... Ce serait pour lui un chagrin, une douleur !... Mais, si mes explications ne devaient en aucun cas être divulguées...

— Faut-il donc vous rappeler que, pour moi, l'obligation du secret est un devoir professionnel, un devoir sacré ?... Si les explications que je vous demande ne sont pas absolument indispensables à l'instruction, au moment où nous monterons ensemble dans cette voiture, je les aurai pour ainsi dire rayées de ma mémoire... Je vous le promets sur l'honneur !... Jugez donc vous-même, et n'hésitez plus à me répondre oui ou non !...

— Eh bien ! non, dit Robert avec cet accent de loyauté qui impose le respect, ces explications n'auraient aucune utilité pour l'enquête dont vous êtes chargé. Mais ce que je puis vous raconter, le voici :

— Halil est arrivé à Ramyes, guidé, entraîné par les sentiments les plus honorables, les plus nobles... et pourtant nous avons dû, lui et moi, prendre toutes les mesures possibles afin que ce voyage n'éveillât l'attention de personne... Il venait, pour remplir un devoir de reconnaissance, revoir une famille à laquelle il a voué une vive affection; mais, dans l'intérêt même de cette famille, il voulait passer inaperçu... Et tout est compromis, monsieur, si tout n'est pas perdu !... Le douloureux événement de cette nuit ruine de chères espérances !...

— Cependant, répondit le magistrat, personne ne connaît encore, à Hombourg, le véritable nom de la victime...

— Oui, mais on doit le connaître à Ramyes... Demain on le saura à Hombourg, à Saint-Avold, à Metz !... Oh ! si nous avions pu le cacher quelques jours encore !...

— Quelques jours ?...

— Jusqu'à notre retour à Paris !...

— Qui sait ?... Si on l'ignore ici, dans cette maison, c'est que les gens qui ont relevé le blessé, et ceux qui lui ont donné leurs soins l'ignorent eux-mêmes... La victime n'a pas pu ou n'a pas voulu le dire...

Quant à moi, rien ne m'oblige, pour le moment du moins, à le livrer à la publicité.

— Est-ce une promesse, monsieur ?... Ah ! quel service vous nous rendriez !...

— Ce n'est pas un service... Que penseriez-vous de nous si, sous prétexte de poursuivre les assassins, nous compromettions les intérêts de la victime ?... Eh bien ! j'agirai avec une extrême réserve ; nous irons ensemble au château de Ramyes, puisque c'est là qu'on a transporté le blessé ; j'interrogerai votre ami devant vous, devant vous seul !... Et même, si vous le voulez, je m'assurerai de la discrétion des gens de la maison... je les connais d'assez longue date...

— Merci, monsieur, s'écria Robert, touché de ces marques de sympathie ; faites ce qui sera compatible avec votre devoir ; nous avons, Halil et moi, la mémoire du cœur !... Mais, reprit-il, comment se nomme le propriétaire du château ?...

— M. Marchal...

— Marchal ?...

— Un riche industriel dont vous avez dû entendre parler à Paris... Ah ! j'oubliais qu'à Paris il est beaucoup plus connu sous le nom de Bellegarde...

Robert tressaillit.

— Monsieur, dit-il en présentant sa large main, je sens que je dois vous témoigner pleine et entière confiance. La famille dont je vous parlais tout à l'heure, celle qui est particulièrement intéressée à ce que le secret soit gardé, c'est cette famille Marchal de Bellegarde !...

— Venez donc, répondit le magistrat ; si j'ai des devoirs professionnels à remplir, j'ai aussi, comme le prince Halil, des devoirs d'affection, de reconnaissance...

Au moment où Desnoëls et son compagnon de voyage sortaient de l'auberge, M. Milloie disait à M. Salmon :

— Ah ! c'est un peintre, votre M. Robert ?...

— Oui, il faisait, cette après-midi, le portrait de ma fille Michelle, répondait le maître d'hôtel de Saint-Avold.

— Et son ami est peintre, lui aussi ? Christian raconte, en effet, que ce jeune homme est allé dessiner au Calvaire.

— C'est un artiste espagnol. M. Robert dit qu'on se dispute ses tableaux, là-bas, à Paris... Les riches amateurs les couvrent d'or.

— Ah ! conclut l'aubergiste du Barbeau, tout s'explique... Ça gagne en quelques jours plus que vous et moi en cinq ou six ans, et ça jette l'argent à poignée sur les grands chemins !... Mais, voilà ces messieurs.

Desnoëls et le magistrat échangèrent un regard.

Millöie honora le peintre de son plus gracieux salut.

— Si monsieur veut bien attendre deux minutes, dit-il, je lui remettrai la valise de son ami... Oh ! je ne suis pas en peine pour la petite somme qui m'est due... on voit du premier coup d'œil à qui l'on a affaire...

— Mais... nous allons régler cela avant de partir, répondit Robert.

— Non, non, quand ces messieurs repasseront! Je serai si heureux de les recevoir!... Ah ! monsieur me permettra de lui donner un conseil... Le docteur Paulin demeure à quelques pas d'ici; c'est lui qui soigne le blessé... En passant devant sa porte, monsieur pourrait demander des nouvelles; je vais vous montrer la maison.

La voiture s'arrêta donc devant la porte du médecin. Mais, à quatre heures, le docteur Paulin était reparti pour Ramyes.

— Monsieur était très las, dit la gouvernante..., il avait déjà fait deux grandes tournées, ce matin... Cependant il a voulu remonter au château... Impossible de lui faire prendre du repos, tant que ses malades ne sont pas hors de danger...

— Allons, allons !... s'écria Robert...

M. Salmon fouetta sa jument grise, et cinq minutes après les voyageurs, laissant à leur gauche les ruines de Hombourg et les prairies de la Rosselle, montaient la côte de Ramyes.

Quand ils arrivèrent au premier détour de la route neuve, des femmes et des enfants entouraient un cantonnier et lui demandaient :

— C'est là ?...

— Un peu plus haut... il y a encore du sang au bord du fossé et sur le talus.

Le magistrat voulut interroger cet homme et se fit montrer l'endroit où le crime avait été commis.

— Tenez, répondit le cantonnier en se rapprochant du ravin, voilà positivement la place de « la bataille ». S'il n'était pas venu ce matin tant de curieux, on pourrait voir dans la poussière les empreintes des souliers et celles des pieds nus... Mais quant à savoir où le voyageur a été frappé, c'est plus difficile. J'ai suivi les traces de sang ici à droite, dans les bois, et jusque dans l'ancienne sablière... et pourtant on a dû se battre aussi là-bas, au fond de la ravine, où l'herbe a été si fortement foulée.

— Laissez-moi examiner ces traces, dit le magistrat à Robert Desnoëls.

— Bien, monsieur; je descends avec vous...

Le peintre avait mis pied à terre, lorsque le cantonnier poursuivit en indiquant du bout de sa pelle une trouée dans les oseraies :

— En tous cas, c'est là, dans la rivière, que Marcelin et Jacques ont trouvé le cadavre...

— Le cadavre!... s'écria Robert, pâlissant...

— Oh ! reprit le cantonnier, paraît qu'il n'est point mort tout de même, le pauvre jeune homme... Mais j'ai vu remonter le docteur Paulin,... et, vous savez, il ne veut dire ni çi ni ça, le docteur...

Le magistrat tendit la main à Robert :

— Allez, monsieur, lui dit-il, allez au château, je me reprocherais de vous avoir fait perdre une minute... nous nous reverrons là-bas, dès que j'aurai procédé aux constatations...

Desnoëls remonta en voiture, et bientôt, de la lisière de la forêt, il découvrait la vallée de Ramyes.

— Du courage, monsieur Robert, du courage, lui disait le gros Salmon en se retournant sur son siège.

Le peintre ne répondit que par un signe de tête ; il se sentait oppressé, l'émotion lui serrait la gorge.

— Je ne suis venu que deux ou trois fois dans ce pays, reprit le maître d'hôtel du Lion d'argent... On appelle ça encore aujourd'hui « le Désert », mais ça a bien changé !... D'ici une vingtaine d'années, ma parole, le Désert de Ramyes sera une ville, une vraie ville comme Saint-Avold et Forbach... Tenez, voilà le château où l'on a transporté votre ami,... là, sur cette pente, à cent cinquante ou deux cents mètres de la rivière.

Robert s'était levé ; les deux mains posées sur le dossier du siège, il regardait la maison que Salmon lui montrait du bout de son fouet.

— Ah ! dit-il, on vient de relever la persienne d'une fenêtre, au premier étage... Ne voyez-vous pas maintenant plusieurs personnes sur le balcon ?...

— Mais oui, deux dames...

Une de ces dames, celle qui est nu-tête, se penche vers le jardin...

— Elle appelle… et voilà une enfant qui monte du jardin vers la terrasse…

— Elle rentre avec l'autre dame ; l'enfant, une petite fille coiffée d'un large chapeau de paille, redescend vers les pelouses.

Et ce fut précisément cette petite fille que Desnoëls et Salmon revirent sous la terrasse, dans la grande allée, quand la jument grise s'arrêta devant la grille du château…

L'enfant venait lentement, des fleurs dans la main droite, un pliant sous le bras gauche…

Elle fit un mouvement de surprise, .. laissant tomber le pliant et les fleurs.

— Oh ! monsieur Robert !… s'écria-t-elle en battant des mains…

A ce cri « Monsieur Robert », une jeune fille apparut au balcon.

Elle fit, elle aussi, un geste de surprise et se pencha pour saluer…

— Tiens, dit le gros Salmon… tout le monde a l'air de vous connaître, ici !…

— Quel heureux hasard !… répondit le peintre… Le château appartient à la famille Marchal de Bellegarde, n'est-ce pas ?…

— Oui…

— Eh bien, j'ai travaillé à Paris, pour M. de Bellegarde...

Le jardinier ouvrit la grille et Robert prit la petite Jeanne dans ses bras...

L'enfant lui rendait ses baisers...

— *Il* est là-haut... lui disait-elle à voix basse.

— Halil ?...

— Chut !... Mme Andriol ne veut pas qu'on dise son nom... Venez... il parlait de vous tout à l'heure... Ah ! et Juliette ?... Vous l'avez vue avant de partir ?...

— Oui, ma mignonne, Juliette va bien... elle pense à toi souvent... Laisse-moi encore t'embrasser pour elle !...

Clotilde accourut et mit sa main dans celle du peintre.

— Comme il va être eureux !... murmura-t-elle...

La jument grise de M. Salmon secoua son collier de grelots.

— Ah ! dit Robert... j'oubliais l'excellent homme qui m'a amené de Saint-Avold...

— Attendez, répondit la jeune fille... je vais le faire entrer et le prier de dîner avec vous ; puis, nous monterons vite... le médecin vient d'arriver.

— Et que dit-il, ce médecin ?... demanda Desnoëls en essayant de lire dans les yeux de Clotilde. Parlez je vous prie ; je ne vis plus depuis que j'ai appris la terrible nouvelle...

— Oh ! répondit Mlle de Bellegarde, si vous saviez par quelles transes nous avons passé... cette nuit !... Mais vous voyez bien que je ne pleure pas... que je ne tremble plus maintenant !... Venez donc, et apportez à notre malade un peu de votre gaieté... Ah ! par exemple, il faudra que vous fassiez antichambre ; je vous annoncerai... Le docteur Paulin dit, comme le médecin de M. de Mausseins : « Pas d'émotions surtout,... pas d'émotions ! »

La jeune fille alla recevoir M. Salmon et revint avec lui sur la terrasse.

Robert, tenant toujours Jeanne entre ses bras, entendait le gros bonhomme qui disait :

— Très honoré, mademoiselle, très honoré... mais je ne peux pas accepter... Une demi-heure pour laisser reposer mon cheval et je repars... M. Robert a là-bas, à Saint-Avold, une bonne douzaine d'amis qui sont dans l'inquiétude... L'avoir vu pleurer comme ça, le brave garçon... ça leur a fait de la peine... Tout ce monde-là attend mon retour avec impatience, sans parler de Michelle qui va me demander : « Quand reviendra-t-il ?... Quand finira-t-il le portrait?... »

Et voyant que Robert revenait sur ses pas, M. Salmon lui cria :

— Allez voir votre ami,... allez!... j'attendrai dans le jardin que vous m'apportiez les nouvelles!...

Clotilde et Desnoëls montèrent rapidement l'escalier; mais la jeune fille entra seule dans la chambre du blessé.

Le docteur Paulin venait d'achever le pansement et disait à Mme Andriol :

— Tout va bien, madame, je retourne à Hombourg pleinement rassuré... Ah ! la belle chose que la jeunesse !... Avant la fin de la semaine notre malade se lèvera..., vous lui ferez faire de bonnes promenades dans le jardin.

Le médecin sortit avec Aline; Mme Andriol les suivit.

— Ainsi, reprit à demi-voix le docteur Paulin, c'est convenu; jusqu'à nouvel ordre les curieux ne sauront que ce qu'on ne peut les empêcher de savoir...

— Merci, répondit tante Louise; nous pouvons compter absolument sur la discrétion de Siéfer... Quant à Marcelin, je lui ai parlé hier...et...

Mme Andriol n'acheva pas; elle venait d'apercevoir Robert qui attendait dans la pièce voisine.

Clotilde était auprès d'Halil et, penchée sur le lit, elle demandait au blessé :

— Vous avez bien souffert, encore?...

Au lieu de lui répondre, le jeune homme sourit... Il la regardait avec ravissement, comme le jour où elle lui était apparue pour la première fois, dans l'atelier du peintre Cévenol.

— Allons,... balbutia-t-elle,... je vais reprendre ma place, ici, dans le fauteuil, mais il ne faudra pas que vous me parliez..., le docteur l'a défendu...

— Clotilde !... murmura le malade.

— Si vous me promettiez de dormir... tout à l'heure, reprit-elle doucement,... je vous confierais un secret !... Comment ! vous ne voulez pas dormir?... Répondez-moi par signe, seulement, monsieur... Vous obéirez?... Eh bien ! le voilà, mon secret : un de vos amis va venir,... votre meilleur ami !...

— Robert ?...

— Oui...

— Ah !... enfin !...

— Plus un mot,... et plus un mouvement, ou je ne laisse entrer dans cette chambre que Mlle Aline, tante Louise et Siéfer !...

Au nom de Robert, Halil avait relevé la tête.

Clotilde la prit entre ses mains, cette tête endolorie et la replaça sur l'oreiller.

Puis elle fit entrer Desnoëls, en lui disant à voix basse :

— Vous savez, il faut être gai,... il le faut !...

— C'est la consigne, mademoiselle ?... répondit le peintre... vous allez voir !...

Marchant sur ses pointes, comme s'il avait eu peur de faire crier le parquet, le robuste Cévennol s'avança vers le lit.

Le malade, souriant, l'œil humide, le regardait venir.

— Sacrebleu !... s'écria le peintre... Halil... Halil... mon ami, comme vous voilà fait !... Ces bandelettes au front, ces longs cheveux sur les joues... un prince égyptien, un Ramsès... Oh ! un Ramsès non momifié, n'est-ce pas ? Je me suis dit en entrant... là... je me suis dit... sacrebleu... c'est bête !...

Et Robert fit trois ou quatre pirouettes pour ne pas laisser voir qu'il pleurait...

— Oui, reprit-il, c'est bête d'avoir la larme à l'œil parce qu'on retrouve un ami sous les traits d'un grand roi Ramsès !... Sacrebleu, mademoiselle, est-ce qu'on peut l'embrasser tout de même ?

— Certainement, monsieur Robert, mais ne pleurez plus !...

— C'est passé, là !... Nous sommes sauvé, Halil !... Je vous en voulais à mort de vous être battu sans moi. Il faut lui pardonner, mademoiselle?... Embrassons-nous, l'ami... Vive la France !...

Mais le grand garçon suffoquait ; il se releva brusquement et se mit à danser dans la chambre, en chantant :

> Y a des peintres pas veinards...
> Faut qu'ils lèchent leur palette !
> Y en a d'autr's qui sont chançards,
> Ils barbottent dans l'assiette
>   Au beurre,
>   Au beurre !

— Vous êtes fou, Robert !... murmurait Halil.

— Excusez-moi, mademoiselle, dit le peintre en revenant auprès du lit, ça c'est mon meilleur remède contre les grandes émotions !...

Un instant après, le blessé s'endormait en murmurant :

— Clotilde... Robert... ami... Clotilde... ma sœur...

Ce fut seulement le lendemain, dans l'après-midi, que le magistrat délégué par le parquet de Metz put avoir un entretien avec le blessé.

Cet entretien eut lieu en présence de Robert Desnoëls et du médecin.

L'intelligence d'Halil avait encore à lutter parfois contre l'engourdissement déterminé par la commotion du cerveau. Parfois, la vue du malade se troublait, la voix redevenait faible, la parole hésitante, la mémoire rebelle, et alors il fallait, suivant l'expression du docteur Paulin, attendre le réveil des facultés.

Cependant la torpeur se dissipa peu à peu, et Halil parvint à répondre assez nettement à la plupart des questions qui lui furent adressées.

Le magistrat, suivant sa promesse, ne fit aucune allusion au mobile du voyage à Ramyes. Sa principale préoccupation semblait être de réunir en faisceau toutes les circonstances qui, se rattachant de près ou de loin au crime commis par les bohémiens, pouvaient établir la préméditation.

Le blessé raconta sa rencontre avec les bandits, le guet-apens, l'attaque dans la forêt. Il s'anima un instant en retraçant les épisodes de la lutte.

— Les lâches, disait-il, les lâches !... je les poursuivais l'épée dans les reins !... Ils étaient cinq, et malgré tout j'en aurais eu raison, s'ils n'avaient lancé contre moi un enfant !... Je ne pouvais pas me résoudre à frapper cet enfant !... Et pourtant !...

— Pourtant ?

— Voyez !

Le blessé déroula les bandes qui lui enveloppaient le poignet droit et la jambe droite.

— C'était, je crois, reprit-il, le seul brave de la bande... Il se battait comme un loup, à coups de dents !...

— Oh ! s'écria le magistrat... Et dire que ces brigands ont pu tranquillement repasser la frontière !...

— Pas tous !... répondit Robert... Celui qu'on a trouvé sous trente centimètres de terre, dans la fosse de Styring, a payé pour les autres !... Sacrebleu, si j'avais été là avec vous, Halil !...

— Oui, dit le malade dont le regard s'assombrit, je me souviens... j'ai vu tomber à mes pieds un de ces misérables... Ah !...

Le blessé tressaillit et porta la main à son front.

— Vous souffrez, monsieur ?... demanda le docteur Paulin. Nous allons nous retirer et vous laisser reposer.

— Non, répondit Halil... mais c'est étrange, je viens de ressentir là, au-dessous de la tempe, la douleur du choc... C'est passé maintenant et je vais pouvoir répondre ; parlons plus bas seulement...

Le magistrat reprit, après une pause de quelques minutes :

— Vous avez encore essayé de lutter, en vous retirant vers la rivière ?...

— C'est peu probable, dit le médecin, l'évanouissement a dû être immédiat.

— Je ne sais,... répondit Halil, peut-être ai-je fait quelques pas, mais je ne me souviens plus de rien... Ah ! si, cependant, j'ai eu un instant de réveil... J'éprouvais une sensation de fraîcheur et en même temps j'avais soif,... tenez, jamais je n'ai ainsi ressenti cette souffrance de la soif !... Qui donc m'a donné à boire ?... La souffrance s'est apaisée... et il m'a semblé que je m'endormais dans un bain...

— Vous n'avez pu voir aucun de ces bandits, lorsqu'ils se penchaient sur vous pour vous dépouiller ?...

— Non...

— Que vous ont-ils enlevé ?... Votre montre ?

Le blessé répondit gaiement :

— Non,... j'avais eu la bonne idée de la donner !...

— D'autres bijoux,... des valeurs ?...

— J'avais trois ou quatre mille francs en billets de banque dans un portefeuille... Voyez donc, Robert, ce que cela est devenu, puisque ces messieurs m'ont fait la grâce de me laisser mon paletot...

— Rien dans les poches !... s'écria le peintre. Vous aviez si souvent rêvé le bonheur d'être pauvre... le voilà, le bonheur !... Pour payer notre retour, mon ami, je serai obligé de mettre un tableau en loterie au Lion de Saint-Avold.

Mais Halil ne riait plus ; il passait la main sur sa poitrine et ne retrouvait pas la plaque d'or.

— Ah ! dit Robert, c'est votre médaillon que vous cherchez ?... Atten-

dez, je vais vous le montrer; il tenait à vous peut-être plus encore que
vous ne teniez à lui... puisqu'il était entré dans votre chair! N'est-ce
pas, docteur ?

Et l'artiste apporta sur le lit le coffret sculpté par Philippe Burtel.
Au fond de ce coffret, Clotilde avait déposé la plaque tachée de sang. A
la partie inférieure du côté gauche, les perles de la bordure étaient
écrasées ; au milieu, un des prismes de saphir qui figuraient l'entassement de rochers était sorti de son alvéole.

— Oh ! alors, reprit Halil, je ne regrette plus rien... plus rien, si ce
n'est peut-être mon petit poignard oriental...

— C'était une arme de luxe ? demanda le magistrat.

— Je l'ai vu plusieurs fois, dit Robert : un poignard de vingt-cinq
centimètres environ, à manche d'or incrusté de pierreries.

Le magistrat prenait des notes. — Voilà, dit-il, des renseignements
que je vais faire transmettre à la police allemande... Ah ! si je pouvais en même temps lui signaler les noms des bandits !...

— Les noms... répondit Halil... je n'en connais qu'un...

— Vous en connaissez un ?... Dites, monsieur, dites !...

— Lorsque le plus grand de ces bohémiens fuyait devant moi et allait
se jeter dans la forêt, un de ses camarades lui a crié : « Koltz... oh le
lâche !... » Oui, c'est bien cela, Koltz... ou plutôt Goltz... Ah ! n'oublions
pas le signe particulier : ce Goltz est le trombone de la troupe.

— Bien, monsieur ; c'est tout ce que vous vous rappelez ?...

— Tout.

— Reposez-vous donc, vous devez en avoir grand besoin. Moi, je
vais à Forbach, où m'attend le commissaire de police qui a été chargé
de l'enquête sur l'affaire de Styring... Peut-être demain ou après-demain
vous communiquerai-je d'importantes nouvelles... On agira, de concert
avec la police allemande, le plus promptement et le plus énergiquement
possible. Il faut rassurer les populations de ce pays, que ces invasions
de bandits ont vivement alarmées.

Le magistrat se retira avec le médecin et dit, en prenant congé de
Robert, qui l'avait accompagné dans l'antichambre :

— M. de Bellegarde doit s'intéresser vivement à cette affaire... J'avais
songé à lui écrire.

— Je crois, répliqua le peintre, qu'il vaudrait mieux laisser écrire

17

Mlle Clotilde. Elle me parlait ce matin avec émotion du zèle que vous
avez déployé.

— Vous avez raison... C'est d'ailleurs une question de convenance !...

Robert revint vers le lit du malade en se disant :

— Du diable si jamais j'aurais pensé qu'il y eût en moi l'étoffe d'un
diplomate !...

Il croyait trouver le blessé abattu, somnolent, après cette longue
conversation ; mais non, Halil était énervé, agité.

— Eh bien, dit-il, que vous semble de cet interrogatoire ?... Il y
avait des moments où j'aurais pu croire que j'étais... l'accusé !...

— Oh !...

— Ces gens-là vont faire beaucoup de bruit... Vous avez bien entendu :
se concerter avec la police allemande, agir énergiquement... rassurer
les populations ?... Oui, mon ami, beaucoup de bruit pour rien !... Et
avant qu'ils aient retrouvé la piste de leurs bandits, Kassem saura tout...

— Non !...

— Comment, non ?... Vous parliez de pressentiments, tout à l'heure...
eh bien..., j'ai des pressentiments, moi, ou plutôt... j'ai peur !...

— Peur..., vous ?...

— Oh ! pas pour moi, vous le savez !... Pour quelqu'un que j'aime de
toute mon âme..., et que j'ai le droit d'aimer, maintenant !...

— Quelle folie !...

— D'aimer ?...

— Non, non... mille fois non ! Mais de supposer que la haine de
Kassem s'acharne contre... cette jeune fille !...

— De la haine, pourquoi ?... Non, c'est toujours ce même parti pris
de briser toutes mes affections...

— Eh ! vous voyez pourtant qu'il n'a rien entrepris contre moi !...

— Contre vous, oui, mais... contre elle ?... Robert, je vous le répète,
le soir même de notre retour de Bordeaux, Kassem est allé chez M. de
Bellegarde... Quand vous l'avez rencontré, à dix heures, il sortait de la
rue de Tournon.

— En effet...

— Et c'est à la suite de cette visite que M. de Bellegarde a fait partir
sa fille pour la Lorraine !... Ecoutez, j'en suis à me demander si je n'ai
pas beaucoup moins à craindre de M. de Bellegarde que de Kassem !...

Robert tenait à poignée son épaisse barbe rousse et marchait à grands pas du lit au balcon, du balcon au lit.

— Sacrebleu, s'écria-t-il, je trouverai quelque chose..., je trouverai !

— Quoi ?...

— Un moyen de dérouter Kassem...

— Hélas !...

— Oui, oui..., Kassem et toute son armée de suspects !... Ayez confiance, Halil...

— Je le voudrais tant !...

— Que faut-il donc vous dire, pour faire passer en vous cette confiance et ce courage qui sont en moi ?... Ah !... voici la magicienne ! Venez mademoiselle, votre malade a la fièvre, et vous seule pouvez le guérir !...

Clotilde entrait, tenant par la main la petite Jeanne.

— La fièvre ?... dit-elle effrayée.

— Non, murmura le blessé en lui tendant ses deux mains... C'est que je suis un malade... insupportable... quand vous n'êtes pas là !...

La jeune fille s'accouda au chevet d'Halil...

— Je ne vous quitterai plus, ce soir, dit-elle avec une telle douceur, que chacune de ses paroles était une caresse.

— Ce soir..., jamais !... murmura le blessé.

Robert alla rêver sur la terrasse aux moyens de « dérouter Kassem et son armée de suspects ».

J'ai beau me dire « confiance, confiance ! » pensait-il, c'est *flou*... ça manque de conviction !...

Mme Andriol venait du jardin en lisant un journal ; elle aperçut le peintre :

— Ah ! monsieur Robert, s'écria-t-elle, voyez donc... quel étrange récit !...

Desnoëls parcourut rapidement un article de la *Gazette de Metz* intitulé : *Le drame de Ramyes.*

— Parbleu ! dit-il, c'est Monsieur de la *Générale* qui a fait des siennes !...

— Comment ! Monsieur de la *Générale ?* demanda tante Louise très étonnée...

— Je vous expliquerai tout... répondit Robert. Mais voilà qui va bien... très bien... cent fois mieux que je ne pouvais l'espérer !...

Et sans même songer à relever les inexactitudes dont fourmillait le long récit adressé par l'agent d'assurances à la *Gazette de Metz,* il attirait l'attention de Mme Andriol sur les lignes suivantes :

« La victime de cette féroce agression est un peintre d'origine espagnole, M. Novalez, qui s'est fait à Paris une brillante réputation. »

— Novalez... un peintre espagnol?... balbutiait Mme Andriol qui n'avait pas encore le mot de l'énigme...

— Voyons, répondit Desnoëls, regrettez-vous, madame, qu'au lieu du peintre Novalez, on n'ait pas imprimé : le prince Halil?...

Tante Louise commençait à comprendre.

— Oh ! quelle idée!... reprit Robert dont les yeux pétillèrent de joie... quelle idée ! J'ai trouvé, cette fois!...

Et laissant sur la terrasse Mme Andriol ébahie, il remonta rapidement dans la chambre du blessé.

— Ami, demanda-t-il, on reçoit bien quelques journaux dans votre hôtel de l'avenue de Villiers ?...

— Mais, oui...

— Lesquels?... Lesquels?...

— Le *Nouvelliste parisien,* le *Paris,* le *Sport,* puis deux ou trois journaux illustrés, des revues... Ah ! on reçoit aussi des journaux de Constantinople...

— Mais vos journaux parisiens, Kassem les lit-il?...

— Kassem est un homme sérieux, un homme d'affaires..., je vous l'ai assez dit, je crois... Il ne lit que les journaux de Bourse... et la *Gazette des Étrangers.*

— La *Gazette des Étrangers !*... Quelle chance !...

— Et il la lit très régulièrement, avec une attention qui m'a parfois donné à réfléchir, ajouta le malade... Peut-être y trouve-t-il des nouvelles de certains personnages dont les allées et venues l'intéressent particulièrement...

— C'est évident, dit Desnoëls..., vous en aurez la preuve cette semaine !

— Comment ?...

— Vous saurez... plus tard... Je me retire dans mon cabinet de travail... Il faut que je fasse un chef-d'œuvre !

— Son cabinet de travail... un chef-d'œuvre !... murmurait Halil égayé, malgré toutes ses préoccupations, par l'entrain du peintre cévennol.

Robert demanda à Mme Andriol quelques feuilles de papier à lettre ; puis, s'enfermant dans sa chambre et, allumant un cigare, il s'assit devant la table.

— Creusons le sujet, dit-il.

La méditation fut longue, interrompue de temps à autre par des exclamations comme celles-ci :

— Eh-bien, après ?... Au fait, pourquoi pas ? Les bons camarades en diront ce qu'ils voudront... Et si je le faisais, le tableau ?... C'est une trouvaille ça... Complet, complet ! Tout y est, le fond, la mise en scène, les oppositions de figures, la variété des attitudes, les contrastes des costumes... A l'œuvre, mon garçon, à l'œuvre !...

Il poussa la table dans l'embrasure de la fenêtre et écrivit avec beaucoup de verve :

« La lettre suivante, qui vient d'être communiquée à notre rédacteur
« en chef, n'était pas destinée à la publicité, mais elle donne, sur un
« artiste parisien et sur un riche personnage de la colonie étrangère,
« des renseignements si curieux, que nous avons aussitôt demandé
« l'autorisation de l'imprimer. Cette autorisation nous a été accordée, à
« une condition toutefois, c'est que nous supprimerions la signature du
« correspondant et trois ou quatre noms propres. C'est fait, et voici
« la lettre :

                    « Vals, le 11 mai 1870.

« Oui, mon ami, vous avez raison, je suis devenu presque aussi ner-
« veux, presque aussi irritable, presque aussi... hérisson que le baron
« de V...

« J'étais parti le 26 avril, sans dire bonjour ni bonsoir à personne
« et j'espérais bien ne pas trouver à Vals le tout-Paris de nos fameuses
« premières... Pensez, en cette saison !... J'avais une avance de plus
« de trois semaines... Et en arrivant, je tombe dans les bras de notre
« énorme Y..., qui a tant spéculé, tant spéculé... et qui souffre tant
« de ses calculs !... Il me conduit à son hôtel, et j'aperçois, en entrant
« dans le salon de conversation, Mlle B..., la blonde Moldave qui a
« une passion si malheureuse pour la musique de Gounod. Elle chantait
« le *Vallon* adorablement faux ; M... tenait le piano ; M... le Napolitain,

« le jettatore?... Et il se pâmait, le lâche !... — Oh ! divine... divine !...
« Quelle voix !... Quel style !... Quel sentiment !... — Est-ce assez...
« napolitain, dites ?...

« Ce soir-là, mon ami, entre onze heures et minuit, on taillait le bac-
« carat dans la chambre de F..., ce grand beau garçon qui croit avoir
« une cervelle comme vous et moi, puisqu'il voulait se la brûler l'année
« dernière à Monaco !...

« Je repars, je vais me réfugier dans les montagnes, je visite le pays
« des volcans et j'y rencontre... Devinez qui !... Le prince Halil, cet
« Oriental si riche, si élégant, si généreux, si original, si... tout ce que
« vous voudrez..., que Dartigues, dans une de ses spirituelles chroniques,
« appelait l'Émir aux yeux de gazelle !... Il était avec Robert Desnoëls,
« le peintre dont les paysages ont obtenu tant de succès aux derniers
« Salons. Le prince et l'artiste regardaient passer devant les immenses
« coulées de lave de la Bastide, une procession de mendiants... Et
« quels mendiants !... Des aveugles, des manchots, des tortillards, des
« béquillards, des culs-de-jatte, tous les spécimens des infirmités et des
« laideurs humaines !... Ce peuple en guenilles montait du village et
« suivait à la file indienne la bannière de Saint-Roch. — Ah ! s'écria
« Desnoëls, si je faisais le tableau de genre !... Pourquoi n'essaieriez-
« vous pas ?... dit le prince Halil... C'est que... pour avoir à sa dispo-
« sition, pendant le temps nécessaire, cette admirable collection de dépe-
« naillés, il faudrait... — De l'argent?... Choisissez les plus remarquables
« sujets, engagez les pourparlers et je me charge du reste... D'ailleurs
« le tableau n'est-il pas pour moi?... — Vous voulez?... — Oui !...

« Et voilà comment il se fait que nous aurons au prochain Salon
« une Procession de mendiants Cévennols. Le fond est superbe : une
« forêt de sapins, des aiguilles de basalte, des coulées de lave, les
« ruines d'un château, le pic de l'Étoile, quel paysage ! Desnoëls y met
« sa cour des miracles, et le prince Halil y jette l'or à poignées... Que
« voulez-vous mon ami, tout augmente, comme dit mon maître d'hôtel ;
« le mendiant devait être à meilleur marché, du temps de Callot ! »

— Voyons ce chef-d'œuvre, dit Robert en déposant la plume.

Il lut et relut les trois pages, ajouta quelques points d'exclamation et
conclut :

— Oh! ça n'enfonce pas Mme de Sévigné, mais enfin, j'y ai mis assez de cancans, le nom d'Halil et le mien y figurent plusieurs fois, des mots qui ont traîné un peu partout seront accueillis amicalement, comme de vieilles connaissances, c'est tout ce qu'il faut!... Maintenant, recommandons la copie à Cardillac.

Et Desnoëls écrivit :

« Cher monsieur,

« Vous seriez bien aimable de me faire passer la réclame ci-jointe
« dans un de vos plus prochains numéros... Est-ce une réclame? Je
« ne m'y connais guère, c'est la première fois que j'embouche cette
« trompette!... Votre amitié me pardonnera, d'ailleurs, ne fût-ce que
« pour l'originalité de la chose.

« Pas un mot, s'il vous plaît, de ma fugue en Lorraine, pas un mot,
« même aux ennemis intimes!...

« Envoyez-moi le journal à Metz, poste restante et recevez la cordiale
« poignée de main de votre tout dévoué

                         « ROBERT DESNOELS. »

« P. S. C'est pour vous que j'ai travaillé ce matin, dans la forêt de
« Longeville. Dès mon retour à Paris, je vous porterai le sous bois animé
« par le passage d'un braconnier et meublé d'une hutte de bûcheron. »

Cette lettre terminée par le post-scriptum corrupteur, Robert la mit sous enveloppe avec le bizarre récit daté de Vals, puis il adressa le tout à

MONSIEUR HECTOR CARDILLAC
Rédacteur de la *Gazette des Étrangers,*
à Paris.

— Le plus fort est fait, se dit-il, voilà le Kassem et les suspects lancés sur la fausse piste... Peut-être eût-il mieux valu écrire à Kassem lui-même ; mais que dire à cet homme terrible?... On ne peut lui parler que d'argent... D'argent... pourquoi pas?...

Le peintre cévennol se replongea dans ses réflexions.

— Allons, pensait-il, je manque d'habitude et d'expérience... Ce que c'est que de suivre toujours bêtement le droit chemin!... Ah! comme j'aurais besoin des leçons de Capellan!

Cependant, après de vertueuses hésitations, Robert se décida à écrire :

« Antraygues, le 14 mai 1870.

« J'ai fait des folies, Kassem, et cet aveu ne va pas te surprendre, n'est-ce pas ?... Envoie-moi mille francs, mille francs, pas un centime de plus, sinon, Robert me le dit, je serais tenté de recommencer.

« Comme nous passons la plus grande partie de nos journées, Robert et moi, dans les hameaux de la montagne, où le service postal ne se fait pas aussi facilement qu'à Paris, adresse la somme à M. Desnoëls père, propriétaire au Mas d'Antraygues, commune d'Antraygues-sur-Volane (Ardèche). »

— Maintenant, reprit Robert, il ne s'agit plus que de déterminer Halil à recopier ces quelques lignes et à les signer de son nom... Mais s'il refuse ?...

Ah ! pardon, en supposant qu'il consente, il faudra encore que j'écrive à mon père pour le prier de mettre la lettre au bureau d'Antraygues... Donc, j'aurai des explications à donner... Des explications !... Bah ! ma famille sait bien que je ne puis rien faire dont elle ait à rougir !...

Desnoëls rentra dans la chambre d'Halil, mais le blessé avait la fièvre, et Clotilde, inquiète, ne voulait laisser à personne le soin de veiller sur lui.

Ce fut donc le lendemain seulement que Robert put retourner à Saint-Avold et mettre à la poste les lettres pour Antraygues et Paris.

Quand il fit sa réapparition au Lion d'argent, Mlle Michelle était à sa fenêtre, par hasard, et par hasard aussi elle avait un corsage de mousseline.

CHAPITRE XIII

QUELQUES JOURS DE BONHEUR

Deux semaines s'écoulèrent paisiblement.

— C'est bizarre, disait Robert Desnoëls, pas un nuage sur notre horizon !...

Et le brave garçon était redevenu gai comme au temps où Halil l'avait rencontré dans la forêt de Fontainebleau.

— Ah ! pensait-il, quand les honnêtes gens veulent s'en donner la peine, ils se font un joli ciel bleu, malgré les Kassem, les suspects et toute la bande !...

La *Gazette des étrangers* avait en effet publié la correspondance de Vals ; Kassem s'était hâté d'expédier les mille francs à Antraygues, et du bureau d'Antraygues ces mille francs avaient été réexpédiés à Saint-Avold. Aucun indice ne faisait supposer que M. de Bellegarde eût appris ce qui s'était passé à Ramyes. Robert pouvait donc conclure :

— Nul danger ne nous menace du côté de Paris.

Il y avait bien, il est vrai, sur les routes lointaines, un Golz, un Fritz et d'autres bandits que la police française n'avait pu arrêter, mais le magistrat délégué par le parquet de Metz ne revenait plus au château, et Halil disait quelquefois :

— C'est tout ce que je lui demande !...

Desnoëls faisait deux parts de son temps : il passait la matinée à Ramyes et l'après-midi à Saint-Avold. Dans le salon du château étaient déjà accrochées trois ou quatre toiles : une vue de la vallée, une étude de la tour, un Siéfer creusant ses sabots, un Philippe Burtel endormi au soleil ; dans la salle à manger du Lion d'argent, on venait admirer une clairière de la forêt de Longeville, une esquisse des ruines du Castelberg, un beau portrait de Mlle Michelle Salmon. Jamais le peintre cévennol n'avait travaillé avec cette verve endiablée.

La fin de mai approchait, le temps était doux, le jardin plein de fleurs, le village charmant dans son fouillis de verdure.

Depuis quelques jours, Halil était en pleine convalescence.

— Encore un peu de patience, disait le docteur Paulin, et vous pour-rez revoir votre Paris !... Ah ! vous le trouverez enfiévré par les crises politiques... Il se passe là-bas des choses inquiétantes... Voulez-vous que je vous apporte mes journaux ?

— Merci, répondait le jeune homme, je me trouve bien de tout ignorer !...

Si parfois Mlle Aline faisait remarquer que la guérison avait été rapide, ainsi qu'elle l'avait prévu, Halil était tenté de murmurer :

— Peut-être trop rapide !...

Tant qu'on avait redouté les accès de fièvre, l'inflammation des bles-sures, l'engorgement des poumons, Clotilde ne s'était pour ainsi dire jamais éloignée du chevet de son malade.

Alors c'était elle qui entrait la première dans la chambre le matin, elle qui relevait les rideaux et ouvrait la fenêtre, elle qui se penchait vers le lit, elle qui mettait sa main sur le front du blessé.

Il l'entendait venir, il la voyait entrer, il lui souriait avec une chaste tendresse ; il se demandait si c'était Clotilde ou Marie-Aimée...

Puis la jeune fille s'asseyait dans le fauteuil et la causerie commen-çait, la bonne causerie qu'on avait à regret interrompue la veille, et qu'entretenaient les mille riens délicieux de l'intimité.

Ces deux beaux enfants ouvraient naïvement leurs cœurs. C'était une histoire sans fin, ou plutôt une histoire toujours nouvelle, le récit des années qu'ils avaient passées éloignés l'un de l'autre.

Clotilde parlait de Mme Léonard, qui l'avait élevée, de ses amies de pension, des maîtresses dont le souvenir lui était cher, des études préférées, des livres favoris. Elle racontait ses voyages avec M. de Bellegarde, mais surtout elle se plaisait à dire ce qu'elle avait fait à Ramyes, chaque été, auprès de Mme Andriol.

C'était tante Louise, qui lui avait donné l'idée de fonder les deux écoles; c'était tante Louise qui avait indiqué les moyens de venir en aide aux ouvriers et d'améliorer leur situation; c'était tante Louise qui avait fait de cette population laborieuse une grande famille affectueusement groupée autour de la maison des Marchal.

— Et vous ne me parlez plus de vous?... disait Halil...

— Oh! moi, répondait Clotilde, on m'aime un peu dans le pays, à cause de ma mère... Je lui ressemble donc bien, dites?

— Puisque je vous ai reconnue!... Ah! vous étiez sans cesse, elle et vous, au fond de ma pensée.

— Elle... mais moi... une enfant de six semaines?

— Je me souvenais...

— De m'avoir entendue crier et pleurer?...

— De vous avoir bercée bien souvent... quand on voulait le permettre...

— Chacun son tour, monsieur; je ne peux pas vous bercer, mais c'est moi qui viens vous dire tous les soirs: dormez!

— Il y a de cela dix-huit ans, reprenait le malade. Comment ai-je pu vivre dix-huit ans sans vous?

Et Halil racontait, lui aussi, l'histoire de son enfance et de sa jeunesse. Certaines parties de son récit étaient si tristes que Clotilde s'écriait:

— Assez! assez!... cela vous fait souffrir!...

— Non, répondait Halil... le passé est passé, et je suis tout au bonheur présent!

Il parlait peu de Kassem, très peu, le moins possible...

Clotilde, de son côté, parlait rarement de M. de Bellegarde.

L'idée vint quelquefois au malade de lui demander:

— Votre père sait-il que je suis ici, avec vous, dans sa maison, dans sa chambre?

Mais au moment d'aborder ce sujet, il se sentait attristé, presque effrayé...

Clotilde, d'ailleurs, évitait tout ce qui pouvait donner lieu à une explication. Il y avait entre ces deux enfants une complicité tacite.

Chaque jour la jeune fille se disait : J'écrirai demain... Et elle écrivait deux ou trois fois par semaine, sans avoir le courage de raconter ce qu'on appelait dans le pays : « le crime de la route neuve ».

— Plus tard, murmurait-elle..., plus tard..., à mon retour !...

Lorsque arrivait le courrier de Paris, et qu'un domestique montait, apportant « les lettres de mademoiselle », Halil éprouvait une sorte d'anxiété...

Clotilde les ouvrait devant lui, ces lettres de Paris, et pendant qu'elle lisait, le regard d'Halil pesait sur elle.

Le plus souvent, elle se hâtait de dire :

— Ah ! c'est de Marthe... M. de Mausseins va beaucoup mieux... Bon ! voilà un billet de Juliette !... Que de baisers à donner à notre petite Jeanne !

Et Halil respirait.

— On ne s'entretient pas là-bas, demandait-il, de la disparition d'un peintre fort connu, sur le quai de Béthune... et un peu aussi sur le boulevard ?

— Attendez, répondait Clotilde, je cours au *post scriptum*..., c'est toujours dans le *post scriptum* qu'on met les choses les plus importantes !... Tenez, lisez vous-même !...

Si la lettre était de M. de Bellegarde, Halil le savait avant que Clotilde l'eût ouverte... Il le devinait à des indices fugitifs, imperceptibles peut-être pour tout autre que lui : une ombre qui passait sur les yeux bleus, un mouvement de la lèvre, une légère contraction de la main, ou, comme a dit un ingénieux observateur, « une inquiétude des doigts ».

La jeune fille s'empressait de dire :

— Mon père est au Fresnoy (entre Maisse et Milly) ; il y va maintenant presque tous les jours... Que de travaux et de soucis !... La construction de l'usine est terminée... tout sera prêt le mois prochain... Ah ! voici des nouvelles de M. Lucien... Il fait achever les préparatifs pour l'installation de sa famille... C'est pour ainsi dire une lettre d'affaires, cela !...

Halil se rassurait, et la causerie reprenait son cours. On oubliait Paris, on ne voulait plus voir le danger...

Mme Andriol entrait, vive et joyeuse :

— Bonjour, enfants ! Bonjour, mon cher malade, mon beau prince, mon pauvre héros !...

Et elle l'embrassait maternellement, ce pauvre héros !...

La petite Jeanne arrivait en chantant ; Clotide la faisait asseoir sur le lit, Halil la prenait dans ses bras.

La bonne vie !

Comment songer à l'avenir, ou plutôt comment le voir sombre et plein de menaces, cet avenir !...

Et lorsque Robert revenait de l'étude, sa boîte et ses toiles sur le dos, son chevalet et son parasol sous le bras, quels bavardages, quelles plaisanteries, quels rires !...

On déjeunait dans la chambre du malade, et Robert, assis en face d'Halil, entre Clotilde et Mme Andriol, était presque aussi fou qu'au Lion d'argent.

A deux heures il aidait le blessé à se lever et à s'habiller, et en lui contant mille folies il le promenait de la porte à la fenêtre. Puis l'ayant fait asseoir sur le balcon, à l'ombre d'une large tenture, il repartait pour Saint-Avold.

Pour Halil et Clotilde, l'après-midi passait toujours trop vite. L'air était si pur, le jardin si frais et si riant, les deux âmes si pleines de leur bonheur !...

Le malade avait des étonnements attendris : un oiseau qui venait se poser sur un pin de la terrasse l'émerveillait...

— Jamais, disait-il, je n'avais vu ce capuchon de velours noir, cette aigrette blanche, ce joli collier, cette gorge empourprée, ces ailes gris-perle, nuancées de rose...

— Ce doit être un rossignol de muraille, répondit Clotilde ; il en est venu deux, au printemps de l'année dernière, dans notre jardin du Fresnoy.

Il fallait alors qu'elle parlât de cette belle propriété du Fresnoy, auprès de laquelle M. de Bellegarde faisait construire sa cristallerie.

— C'est là, disait-elle, que nous nous reverrons, lorsque...

Et brusquement elle reprenait sans achever la phrase commencée :

— De notre petit parc à la forêt de Fontainebleau, il n'y a que quelques kilomètres... Vous monterez à cheval, le matin... je vous guiderai vers les sites que je préfère. M. Robert dit que vous avez un admirable cheval arabe...

— Mon Guébla?... Il est encore plus beau que le Mebrouck du général de Fallières!...

Clotilde riait.

— Oh! s'écriait elle, est-ce possible?... Le général a toujours les plus beaux chevaux, les meilleurs soldats, les domestiques les plus intelligents, les objets d'art les plus rares... C'est cette conviction qui le rend heureux!...

— Eh bien, répondait Halil, laissez-moi vous faire un aveu... Un soir où je souffrais, un soir où j'avais le cœur plein d'amertume, j'ai voulu vous écrire...

— A moi... ici?...

— Non, c'était à Paris... J'ai voulu vous écrire : « Mademoiselle, *Mebrouck* est un mot arabe qui signifie *heureux*... »

— Vous m'auriez écrit cela?... Et pourquoi?

— N'était-ce pas répondre à la question que vous aviez faite, le matin, sur le quai de Béthune?...

Clotilde rougissait.

— Ah! murmurait-elle, vous étiez là?... vous avez entendu?... Alors il y a eu un jour où vous m'avez... détestée?...

— Détestée... vous!

— Eh bien! je veux que désormais vous me disiez toutes vos pensées... toutes!... sinon...

— Sinon?...

— Je croirai que vous n'êtes qu'un homme du monde... comme le général!

Pauvre général!...

Halil souriait, se répétant à lui-même le mot qu'il avait dit au vieux Philippe Burtel :

— Non, elle ne l'aime pas!...

Un moment venait, avant la chute du jour, où la causerie languissait et finissait par s'éteindre. Clotilde s'accoudait sur le balcon ; elle songeait les yeux à demi fermés.

La nuit allait s'étendre sur la vallée ; seules les pointes des peupliers étaient encore éclairées par un dernier rayon de soleil: du bord de la rivière et des prairies qu'on commençait à faucher, montaient des souffles plus frais, des parfums plus pénétrants.

C'était l'heure où la petite Jeanne revenait du jardin. Elle était lasse et Clotilde s'asseyait pour la prendre sur ses genoux.

L'enfant reposait sa tête sur l'épaule de la jeune fille et étendait son bras pour le passer autour du cou d'Halil.

— Eh bien ! demandait-elle, vous ne vous dites donc rien?...

Plus tard, vers la fin de mai, lorsque le convalescent put sortir, il voulut tous les jours passer quelques instants avec Clotilde chez le vieil aveugle de la Tour.

C'était habituellement dans l'après-midi, après le départ de Robert.

L'oncle Philippe attendait, impatient; il ne faisait plus son somme au soleil.

— Viennent-ils, garçon?... disait-il à Siéfer... Va voir, va !...

Le sabotier allait regarder à l'entrée de la ruelle en escalier qui mettait l'avenue du château en communication avec le chemin de la Corniche.

Quand il revenait sur ses pas en criant: les voilà ! l'oncle Philippe entendait sans cornet acoustique.

— C'est drôle, disait le vieillard... la première fois ça m'a fait une fausse joie... j'ai cru que je n'étais plus sourd !... Allons, garçon, roule mon fauteuil dans le jardin, ces enfants seront là chez eux !...

Siéfer s'était bien gardé de lui raconter le drame de la route neuve, et quand Philippe Burtel demandait des explications sur le retour d'Halil, le sabotier répondait :

— Eh ! ne vous avait-il pas dit qu'il reviendrait?... Il est au château, Mme Andriol l'aime comme un fils, Mlle Clotilde le regarde avec des yeux... de fiancée... Êtes-vous content, là?...

Ah ! s'il était content, le bonhomme..., surtout lorsqu'il pouvait tenir, unies dans ses mains, la main de la jeune fille et celle d'Halil !...

Il faisait pour eux de doux rêves ; il leur révélait à demi ses pensées, il leur demandait s'ils se reverraient souvent à Paris, s'ils reviendraient bientôt à Ramyes, s'ils y passeraient ensemble la belle saison...

— J'y voudrais passer toute ma vie, répondait Halil...

Clotilde, rougissante, fermait les yeux et répétait à voix basse :

— Toute la vie !...

Oui, le vieillard était heureux, mais il aurait tant voulu les voir, ces enfants, les voir se sourire !...

Le 29 mai, ils étaient entrés chez lui plutôt que de coutume, le matin, et Jeanne les avait accompagnés. Ils venaient de faire une promenade dans les bois, du côté de Forbach.

Cette matinée était chaude ; les roches de grès scintillaient au soleil comme si elles avaient été poudrées d'argent, et déjà les cigales chantaient sous les genêts du plateau.

Clotilde, vêtue d'un peignoir de toile grise brodé de soie bleue et serré à la taille par une longue cordelière, s'était assise dans le jardin de Philippe Burtel. Elle se reposait à l'ombre des festons de vigne suspendus entre les merisiers. Ses joues s'étaient colorées, sa lèvre était humide, ses yeux avaient l'éclat du beau ciel d'été.

L'oncle Philippe travaillait avec acharnement ; son burin fouillait une plaque de poirier sur laquelle commençaient à se détacher des pétales de roses.

De temps à autre, le vieillard effleurait de la main les saillies du bois.

— C'est comme ça, disait-il, que je vois ma sculpture, en la caressant. Ah ! si tu savais ce que je fais, Halil !

Mais Halil n'entendait pas, ou n'écoutait pas.

— Mon dernier ouvrage, probablement, reprit le vieillard, un coffret de mariage !

Neuf heures sonnèrent ; le carillon de la tour joua l'air des noces rustiques :

> Quand une fille d'Hombourg
> Met sa coiffe des dimanches...

La petite Jeanne arriva du fond du jardin, balançant une guirlande de liserons qu'elle avait arrachée à la haie.

Elle monta sur les genoux de Clotilde, éleva les bras et dit avec sa câlinerie charmante :

— Inclinez un peu votre tête, ma grande amie, je veux la couronner !

— Voilà ! répondit Mlle de Bellegarde, en se prêtant à ce jeu.

L'enfant essaya de fixer la guirlande dans les cheveux de Clotilde, mais ils se dénouèrent, ces cheveux blonds, et leurs nappes dorées tombèrent sur les épaules de la grande amie.

Robert Desnoëls entra dans le jardin et s'arrêta derrière le fauteuil de l'oncle Philippe :

— Le joli tableau ! s'écria-t-il.

Pourtant, ce matin-là, Robert n'avait pas, dans le regard, la franche gaieté des bons jours.

— D'où venez-vous... lui dit Halil..., et quel chef-d'œuvre avez-vous à nous montrer aujourd'hui ?...

— J'arrive de Saint-Avold, répondit le peintre, en hésitant un peu..., je vous ai attendu au château plus d'une heure... J'avais quelque chose à vous demander...

— Demandez, mon ami !...

— C'est que... c'est que... je suis devenu timide..., tout à coup...

Clotilde avait renoué ses cheveux ; elle se leva et prit Jeanne par la main.

— Allons, fillette, dit-elle, je veux parler à M. Siéfer ; nous le prierons de nous faire des sabots, pour courir dans la neige, cet hiver, au Fresnoy.

— Non, mademoiselle, répliqua vivement Robert. C'est moi qui m'en vais et j'emmène Halil... Oh ! pas à Paris, ni en Orient ! mais sapristi ! comme je joue mal l'homme du mystère !...

Les deux amis se retirèrent dans la tour et Halil dit gaiement en mettant ses deux mains sur les épaules du peintre :

— Voyons ce mystère ?

— J'aurais peut-être mieux fait de garder le secret jusqu'à notre retour, répondit Desnoëls. Vous étiez heureux... et je vais vous causer un chagrin.

— Un chagrin ? Vous avez des nouvelles de là-bas ?...

— Des nouvelles, non... mais j'ai vu le *suspect!*...

— Le suspect, ici ?... dit Halil avec un mouvement de colère plutôt que de surprise...

— A Saint-Avold, répliqua le peintre, dans l'hôtel où j'ai passé la nuit...

— Encore !... Que nous veut cet homme ?

— Eh ! le sais-je ?...

— Vous lui avez parlé, cependant ?...

18

— Non !...

— Moi je serais allé droit à lui..., et je lui aurais dit : « Si tu es un ami ou un dévoué serviteur, comme tu l'affirmes, va-t'en... et tais-toi !... »

Les yeux d'Halil s'étaient assombris, ses sourcils se rapprochaient, sa parole était brève et dure...

— Ah ! parbleu ! s'écria Robert, vous êtes le maître, vous ! Mais, écoutez-moi, ami ; voici ce qui m'est arrivé :

Hier, j'avais fait de longues excursions dans les environs de Saint-Avold ; un riche propriétaire de Faulquemont m'avait retenu à souper, et je rentrais à l'hôtel fort tard... entre onze heures et minuit.

Dans la salle à manger du Lion d'argent, un voyageur, le bougeoir à la main, examinait les études que j'ai accrochées à la boiserie.

Un grand portrait de femme avait surtout attiré son attention... Non pas peut-être le portrait lui-même — car je doute fort que ce voyageur soit un amateur de peinture — mais les deux initiales R. D. que j'ai eu l'imprudence de mettre en beau rouge dans un angle de la toile...

L'étranger questionnait un domestique : « Vous avez ici des artistes « (il a même dit, paraît-il, des artistes de talent !)... Comment se « nomme l'auteur de ce remarquable portrait ?... »

Et le domestique se hâtait de répondre, l'innocent : « C'est M. Ro-« bert !... — De Saint-Avold ?... — Oh ! non, monsieur, de Paris !... « Il y aura bientôt trois semaines qu'il est arrivé... Ah ! quel bon « garçon !... Et drôle, avec sa large figure de vive la joie !... Demain « matin, au lever du soleil, vous l'entendrez chanter... C'est lui qui « met en train toute la maison !...

« Monsieur Robert ? répliquait le voyageur... il me semble avoir « connu un peintre de ce nom, un homme de quarante à cinquante « ans, petit, chétif...

« Non, non, disait le domestique, le nôtre est un jeune homme de « vingt-huit à trente ans, grand, robuste, infatigable, un montagnard du « Vivarais, à ce qu'il raconte...

« — Ah ! reprenait l'étranger, il est venu visiter la Lorraine avec des amis ?

« — Avec un autre peintre.

« — Qui est ici... dans cet hôtel ?...

« — Non, c'est cet Espagnol que les bohémiens ont attaqué sur la

« route neuve de Ramyes. Vous avez dû voir cela dans les journaux?

« — Un Espagnol?... les bohémiens l'ont attaqué, blessé?

« — M. Robert dit qu'il est complètement guéri, mais on a eu des in-
« quiétudes pendant quelques jours. Ah! si vous l'aviez vu pleurer, ce
« pauvre M. Robert!... »

J'entrai au moment où cet animal de domestique prononçait mon
nom et je criai du vestibule :

— Oui, c'est moi ; tout le monde est couché? Du feu, Victor, ma
clef, mon bougeoir !

— Voilà, monsieur.

Le voyageur passa très rapidement devant la porte vitrée du bureau.

Il était dans l'escalier avant que Victor m'eût donné ma clef. Mais
j'avais eu le temps d'apercevoir les épais sourcils, les pommettes
osseuses, le nez en bec d'aigle, la longue barbe d'un gris jaune... Oh !
cette tête, comme je la peindrais de mémoire ! Et la main... la main
qui tenait le bougeoir !... Je les reconnaissais, ces longs doigts maigres,
ridés, parcheminés...

— Et alors ?... dit Halil.

— Alors, j'aurais dû m'élancer dans l'escalier...

— Oui!...

— L'idée m'en est venue trop tard, je l'avoue. La surprise m'avait
pour ainsi dire cloué au sol... Je perdis un temps précieux à demander au
garçon : « Quel est cet homme ?... Pourquoi lui parliez-vous de moi? »

Victor me montra le registre où le voyageur s'était fait inscrire sous
le nom de Lombard, voyageur de commerce, domicilié à Paris, faubourg Saint-Martin.

Il me répéta mot à mot les questions que ce soi-disant Lombard
lui avait faites.

J'étais furieux :

— Et qu'avez-vous répondu? criais-je, en secouant le pauvre diable
qui balbutiait, ébahi!

Il avait raconté tout ce qu'il savait, le naïf, tout !...

— Que j'étais ici, à Ramyes? dit Halil.

— Hélas oui!...

— Et qu'avez-vous fait?

— Je me suis demandé si je devais frapper à la porte de ce voyageur... Sa chambre n'était séparée de la mienne que par une mince cloison. Je voulais exiger une explication...

— Comment, vous avez hésité?

— Oui, j'ai hésité. Je pensais en montant l'escalier : peut-être me suis-je trompé!

— Après tous les renseignements qu'on venait de vous donner!

— C'est ridicule, c'est absurde... et c'est ainsi! J'ai eu le tort irréparable de remettre l'explication au lendemain... Le voyageur s'était déjà couché, je n'entendais aucun bruit dans sa chambre. Tenez, Halil, je n'ai peut-être pas dormi deux heures, pendant cette nuit!... Je me reprochais d'avoir manqué de sang-froid, de présence d'esprit... Ah! vous ne me traiterez jamais assez rudement!

— Oh! ami!...

— Et lorsque je me suis levé..., M. Lombard était parti!...

— Pour Ramyes?...

— Je ne sais pas... C'est en vain que je me suis informé à Saint-Avold et aux environs. Il était parti sans parler à personne, en laissant cinq francs sur le bureau de l'hôtel et, dans ma chambre, sa carte de visite!...

— Dans votre chambre?...

— Sur mon chevalet:... Vous allez voir cela..., je n'ai pas pu lire, moi: c'est écrit en arabe ou en syriaque...

Robert tira de sa poche un feuillet d'agenda sur lequel étaient tracés au crayon des caractères orientaux.

— Oui, dit Halil, c'est notre syriaque...

Et il lut à haute voix :

« *Pourquoi tromper Kassem? N'est-il pas le meilleur ami d'Halil? Vingt-quatre ans de dévouement méritaient une autre récompense. La jeunesse est confiante et généreuse, pourtant!... Halil regrettera un jour d'avoir méconnu cette grande affection. Le temps est proche!...* »

— Évidemment, dit Robert, ceci était à votre adresse, le suspect sait très bien que je ne peux pas lire son syriaque... Mais il y avait un autre billet, en français, celui-là... Voyez :

« *Si vous êtes un homme d'honneur, vous vous souviendrez de votre promesse. Veillez!...* »

La colère d'Halil était tombée. Dans l'âme du jeune homme, il n'y avait plus que de la tristesse, une profonde tristesse.

— Oh! s'écria Robert, j'aurais dû me taire!... Là-bas je n'ai su ni agir ni parler, et ici...

— Et ici, dit Halil, en lui pressant la main, vous souffrez de me voir souffrir!... C'est vous, Robert, qui êtes le meilleur des amis!... Mais quelle promesse aviez-vous donc faite à cet homme?

— Au suspect?...

— Oui...

— Je lui avais juré en allant à Bordeaux, de veiller sur vous, de calmer votre impatience, de vous défendre, de vous garder de tout mal!... Ah!... j'ai bien tenu mon serment, en effet!... J'étais à Saint-Avold, à boire, à rire, à chanter, pendant que les bandits vous traînaient mourant au fond du ravin!...

— Mourant?... reprit Halil avec son mélancolique sourire... Voyez, je suis plus fort peut-être qu'à notre départ de Paris... Oh! je veux vivre, maintenant, et je vivrai pour lutter!...

— Pour lutter encore!

— Puisqu'il le faut!... J'ai plus de courage et plus d'énergie que jamais, Robert..., mais je vous en supplie, ne dites rien à Clotilde, à Mlle de Bellegarde!

— Oh! non! vous avez bien vu que je ne voulais pas parler devant elle!...

Halil relut attentivement le billet écrit en syriaque.

Et après un instant de rêverie silencieuse, il le rendit à Robert en murmurant :

— Kassem me fait dire encore une fois que le temps est proche... Cela signifie, ami, que les jours de bonheur sont passés!...

Clotilde, inquiète, s'était rapprochée de la tour. Elle n'osait pas entrer, mais elle avait envoyé la petite Jeanne.

L'enfant s'était arrêtée sur le seuil, regardant, étonnée, Halil, qui songeait, la tête courbée, et Robert Desnoëls qui n'avait plus de joie dans les yeux par cette belle matinée de printemps...

— Oh! dit-elle... vous êtes donc tristes... tous deux?...

Halil la prit dans ses bras et l'éleva au-dessus de sa tête :

— Viens, s'écria-t-il, viens, Jeanne ; il faut au moins qu'il y ait un peu de bonheur pour les petits enfants!... Allons jouer au soleil!

Pendant les deux jours suivants, Halil s'efforça de dissimuler son inquiétude. Mais cette inquiétude se trahissait de temps à autre par des signes qui ne pouvaient échapper aux regards de Clotilde.

La jeune fille observait avec son intelligence vive et pénétrante; ce qu'elle ne voyait pas, son cœur aimant le devinait.

Le convalescent eut chaque soir un léger accès de fièvre; son caractère devint plus inégal, sa tendresse fut moins expansive. Parfois, lorsque Mˡˡᵉ de Bellegarde était seule auprès de lui, il allait céder à un impérieux désir d'effusion, et subitement il semblait retomber dans cet état de somnolence qui avait un instant alarmé le docteur Paulin.

La réaction était brusque et se manifestait le plus souvent par une gaîté factice, une gaîté trop nerveuse.

Parfois aussi, après de longs silences, Halil adressait à Clotilde des questions étranges.

Le lendemain du jour où Robert avait apporté de Saint-Avold la carte de visite du suspect, la jeune fille était assise sur la terrasse. Son attention paraissait complètement absorbée par un de ces ouvrages délicats qui sont pour ainsi dire des travaux d'artiste.

Le buste penché devant un métier à broder, elle fixait sur un fond de satin des applications de velours, découpées dans les lambeaux d'une vieille étoffe.

Debout de l'autre côté du métier, Halil la regarda longtemps sans parler.

Elle éprouvait, sous ce regard, un embarras indéfinissable.

Ce n'était pas de la crainte cependant; elle savait combien était pure et respectueuse l'affection de l'honnête homme qu'elle appelait son frère.

Mais plutôt elle se sentait sous l'influence d'un pressentiment. Un mot allait peut-être décider de sa destinée.

Elle l'attendait ce mot, anxieuse, les yeux obstinément baissés...

Halil dit enfin à demi-voix :

— Vous travaillez avec plus d'ardeur encore, Clotilde, que mon vieil ami Philippe Burtel !...

Le ton était calme, la parole un peu lente. Pourtant certaines inflexions troublèrent Mˡˡᵉ de Bellegarde.

— Je vais laisser cela, répondit-elle timidement; si vous désirez que nous montions à la tour...

— Non... nous irons ce soir... mais n'est-ce pas pour vous que l'oncle Philippe travaille ?...

— Pour moi ?...

— Oui, vous avez bien vu... il fait un coffret de mariage !

Le coup était porté ; la jeune fille tressaillit.

— Ah ! dit-elle sans regarder Halil, un coffret de mariage ? Le pauvre homme serait très embarrassé, je crois, si vous lui demandiez d'y graver la date de la cérémonie.

Elle riait, mais ce rire lui soulevait la poitrine et sa voix tremblait.

Halil reprit avec effort :

— On a beaucoup parlé de ce mariage à Ramyes, à Hombourg, à Saint-Avold... à Paris aussi !...

— Je ne savais pas, dit doucement Clotilde. Jusqu'à cette heure, personne, si ce n'est vous, n'y a fait allusion devant moi !...

Halil se rapprocha :

— Je vous ai attristée, Clotilde ?...

— Attristée ?... Non... Qu'importent tous ces bavardages ?... Mais vous ne voulez donc pas que je me marie ?...

— Je veux..., je veux... Ai-je le droit de vouloir ?...

Mᵉˡᵉ de Bellegarde releva la tête...

— Il y a de l'amertume dans vos paroles, répondit-elle... Eh bien, achevez !... Vous m'avez promis de ne me cacher aucune de vos pensées...

— Je ne vous cache rien, répliqua le jeune homme... Je pensais... que ce mariage nous séparerait... pour toujours !...

Ses yeux étaient humides, ils suppliaient. Clotilde ne put résister...

— Ah ! dit-elle, ne souffrirais-je pas autant que vous... plus que vous, de cette séparation ?

— Plus que moi ?... Non... Ma vie serait finie..., finie !...

Clotilde se leva très émue et lui tendit la main.

— Vous ne connaissez pas encore... votre sœur, dit-elle... Je veux que vous ayez confiance ! Je veux...

Un bruit de pas la troubla. Plusieurs personnes montaient du jardin. Une voix d'homme, une voix sonore, appela.

— Halil !... Que faites-vous donc ?... Ah ! vous brodez ?... Un prince oriental, un émir qui brode !... Tableau à faire !

— Eh bien ! non, dit Halil en riant d'un rire trop vibrant peut-être, je ne me déshonorais pas, ami Robert, je ne brodais pas !...

— A la bonne heure, riposta le peintre, je pourrai vous présenter aux habitués du Lion d'argent. Je leur ai promis un héros, il faut que je leur amène un héros !... Mais venez donc voir mon étude, là-haut, sur le chemin de la Corniche. Siéfer en est content. Son jardin, son atelier, sa tour, son puits, tout y est... Seulement, il veut un prince assis sur la margelle du puits, ce sabotier... On ne peut pas lui refuser ça, n'est-ce pas, mademoiselle ?

— Vous voilà comme nous aimons à vous voir, monsieur Robert, répondit Clotilde. Hier, nous ne vous reconnaissions plus !

— C'était mon jour de « vague à l'âme », dit le peintre... heureusement ça n'arrive guère qu'une fois l'an !...

Il était plus préoccupé qu'il ne voulait l'avouer, ce pauvre Robert. Depuis deux jours il cherchait vainement à savoir ce qu'était devenu le suspect. Il ne retournait plus à Saint-Avold, il n'égayait plus de ses boutades et de ses chansons les habitués du Lion d'argent, il laissait Mlle Michelle poser à la fenêtre, dans le cadre de glycine.

Ce suspect, cette âme damnée de Kassem, lui avait écrit : « Veillez ! » Eh bien ! Robert veillait à Ramyes, aux abords du château...

— Pas de nouvelles, mon ami, le fantôme s'est évanoui !..., disait-il en montant avec Halil la ruelle qui conduisait à la tour de Philippe Burtel. J'ai adroitement interrogé les domestiques de Mme Andriol, les contremaîtres de l'usine, les paysans, les cantonniers, les gardes-forestiers, personne ne l'a vu !... Il faut qu'il ait repris hier matin le chemin de Paris... J'aurais dû me renseigner à la gare de Saint-Avold...

— J'aimerais mieux, répondait Halil, le tenir ici sous ma main, comme je l'ai tenu dans le train de Bordeaux !

Et pendant que les deux amis se communiquaient ainsi leurs appréhensions, Mme Andriol était assise auprès de Clotilde.

La jeune fille venait de reprendre sa place devant le métier à broder, et, comme tout à l'heure, sur la terrasse, elle travaillait, la tête inclinée, les yeux baissés.

Tante Louise l'examinait avec une attention inquiète.

— Ma chérie, demanda-t-elle enfin, tu as pleuré ?

— Oui...

— Pourquoi?... Regarde-moi... Que te disait-il donc?...

— Ah! s'écria Clotilde dont le cœur débordait, il faut que ce soit moi..., moi..., qui lui donne du courage!...

— Pauvres enfants... murmura Mme Andriol.

Et elle ajouta en attirant sur son épaule la tête de la jeune fille :

— Ah ! si ta mère était de ce monde..., ou si je n'étais pas ce que je suis, moi, une pauvre femme sans autorité!... N'importe, s'il faut que j'aille à Paris et que je parle à ton père, je ferai ce voyage quand tu voudras... Quel jour as-tu écrit?...

— Avant-hier...

— Et... as-tu tout dit, cette fois?...

— Non...

— Peut-être vaut-il mieux que j'écrive moi-même... Je sais bien qu'en réalité je suis ici chez vous, mais puisque tout le monde, à Ramyes, me considère comme la maîtresse de la maison... puisque je remplace ta mère...

— Attendons encore... un jour ou deux, répondit Clotilde... j'ai des projets que je te dirai...

— Quels projets?

— Je voudrais amener Halil à faire une démarche...

— A Paris?...

— Oui, et si vous n'étiez pas venue, il y a un instant, avec M. Robert, je l'aurais déterminé..., je lui aurais inspiré peut-être plus de confiance que je n'en ai moi-même... Ah! cet entretien a été pénible, pour lui comme pour moi... Il faudra pourtant que nous le reprenions où nous l'avons laissé !... Je saisirai la première occasion...

Cette occasion ne se présenta pas ; ou plutôt il y eut entre Halil et Clotilde comme un accord tacite pour ne pas la faire naître.

Et le surlendemain, dans la matinée, la jeune fille reçut une lettre de Paris. Elle pâlit en jetant les yeux sur les premières lignes.

— Qu'est-ce donc?... demanda Mme Andriol...

— Lis avec moi, répondit Clotilde, c'est... de mon père... un ordre !...

La lettre était brève et sèche, elle allait au but sans préambule :

« Ma chère Clotilde,

« Dès que tu auras reçu ce billet, tu feras tes préparatifs de départ.

« On te conduira en voiture dans l'après-midi, à Hombourg ou à Saint-
« Avold. Tu pourras donc prendre à Metz l'express de sept heures, qui
« arrive à Paris à quatre heures trente du matin. Le landau t'attendra à
« la gare de l'Est.

« Si mes occupations me retiennent au Fresnoy, je te prie de venir
« m'y rejoindre dans la soirée de demain. Il est temps de songer à l'ins-
« tallation de la famille de Mausseins.

« C'est sur ta demande que j'ai voulu assurer une situation au comte
« et à son fils. Ce fils, je dois te l'avouer, m'inspire peu de confiance,
« mais je ne tarderai pas à le mettre à l'épreuve. Fais comprendre à
« Mlle Marthe que si elle peut exercer une influence énergique et cons-
« tante, je lui en témoignerai ma reconnaissance.

« J'aurai d'ailleurs à t'entretenir de sujets plus graves et qui nous
« touchent plus personnellement. J'ai toujours pensé que, dans les cir-
« constances où l'honneur et les grands intérêts de notre maison seraient
« engagés, je pourrais compter sur ta raison comme sur ton obéissance
« et ton affection.

« M. M. DE BELLEGARDE.

« P. S. L'express part de Metz à sept heures sept minutes. »

— Tu vois ?... murmura Clotilde, en désignant spécialement à tante
Louise les dernières lignes et le post-scriptum...

Il y avait dans cette lettre de vagues reproches, des ordres précis,
une menace... et pas la moindre marque de tendresse paternelle.

M. de Bellegarde comptait cependant sur l'affection de sa fille...

— Il sait tout !... reprit Clotilde.

— Oui, peut-être... dit Mme Andriol, accablée... Qui donc lui a écrit ?...

— Eh !... qu'importe !...

— Pas un mot pour moi, n'est-ce pas ?... Pauvre tante Louise, c'est
elle qui sera responsable... comme toujours !

— Non... j'ai fait ce que je devais faire, je le dirai.

— Et tu partiras... ce soir ?

— J'obéirai...

La jeune fille ne pleurait pas; elle prenait une attitude résolue, énergique.

— Sa mère, elle aussi, savait vouloir !... se disait Mme Andriol.

Halil entra avec la petite Jeanne.

Clotilde dit avec calme:

— Je vous attendais pour faire encore une promenade... là-haut.'

Ce mot « encore » fut toute une révélation...

Halil s'arrêta sur le seuil du salon, regardant, profondément troublé, la lettre que Mlle de Bellegarde remettait dans son enveloppe.

Clotilde revint vers la porte et essaya de sourire.

— Allons, reprit-elle, venez-vous?... Apportez-moi mon ombrelle que j'ai laissée là-haut, sur le balcon et nous partirons...

Dès qu'Halil fut sorti, elle se rapprocha de tante Louise et lui dit rapidement à voix basse :

— Il faut qu'il demeure ici au moins jusqu'à la fin de la semaine... ici, chez toi !... Tu m'aideras à accomplir ma tâche en le consolant..., en lui répétant à toutes les heures : « Courage, confiance !... » Et quand le moment sera venu... A Ramyes ou à Paris, je l'appellerai !

Halil redescendit, apportant l'ombrelle...

— Donnez-moi votre bras, dit Clotilde et n'ayez plus cet air triste ; vous voyez bien que j'ai du courage, moi, du courage et de l'espoir !

Le regard d'Halil rayonna.

Ils montèrent vers la tour.

Siéfer les vit passer et se dit : L'oncle Philippe a raison..., Dieu ne peut pas permettre qu'on les sépare...

Ils s'arrêtèrent quelques minutes sur le chemin de la Corniche, où Robert travaillait, et le peintre vit tant de bonheur dans les yeux de son ami qu'il s'écria :

— Salut au prince d'Orient, salut à la belle princesse du pays lorrain !... Entendez-vous chanter les cigales ?...

— Oui, répondit Halil, souriant...

— Et les pinsons, et les chardonnerets, et les loriots ?... Ah ! il y en a, aujourd'hui, de la musique dans l'air !...

— Aujourd'hui ?... balbutia Clotilde...

Elle tremblait en songeant qu'un mot allait faire évanouir toute cette joie...

— Venez, reprit-elle... les heures passeront si vite !...

Halil se rappela ce qu'elle lui avait dit, lorsqu'il était entré dans le salon de Mme Andriol : « Nous ferons encore une promenade là-haut. »

— Ah! murmura-t-il, j'étais si heureux!... Où voulez-vous que nous allions?

— Un peu plus loin, sous ces rochers, répondit Clotilde.

Ils poursuivirent leur chemin jusqu'aux abords d'une hutte autour de laquelle, dans l'herbe courte et maigre, commençaient à fleurir les plantes des sols arides, la sabline des roches, l'œillet des Chartreux.

— Reposons-nous ici, dit la jeune fille, je verrai toute cette vallée que nous aimons tant vous et moi!

Elle fit asseoir Halil auprès d'elle, entre deux blocs de grès, à l'ombre des genévriers.

— Ami, reprit-elle, il faut me promettre d'avoir du courage... d'être patient... de ne jamais désespérer!... Nous allons nous séparer... pour quelques jours.

Il ne répondit pas. Cette idée de la séparation l'avait accablé.

— Mon Dieu! s'écria Clotilde avec l'accent de la désolation, il me laissera donc partir sans force!...

— Partir?...

— Eh bien, oui!... dit-elle d'un accent plus ferme..., mon père me rappelle..., je dois partir ce soir... tout à l'heure... et avant de partir, je veux savoir... si vous croyez en moi, si vous attendrez avec confiance!

La jeune fille parlait d'une voix vibrante; ses yeux étincelaient sous les larmes, et, d'un geste rapide, elle les essuyait, ces larmes qu'elle ne pouvait plus refouler...

Jamais Halil ne l'avait vue si belle et si fière, jamais il n'avait ainsi compris l'énergie de son noble caractère.

— Oui, s'écria-t-il, enthousiasmé, j'aurai confiance, oui j'aurai la force et le courage!... Que faut-il faire?...

— Ah! dit Clotilde, le caressant du regard, vous voilà tel que vous devez être! Eh bien lisez!

Elle lui tendait la lettre de M. de Bellegarde; elle lui montrait du doigt les dernières lignes.

— Hélas!... murmura le jeune homme, je vois dans chaque mot une menace pour mon bonheur!... Et vous espérez encore... Clotilde?

— Oui, répondit la jeune fille..., malgré tout!...

— Malgré l'obstination de votre père..., malgré les promesses qu'il a dû faire?... Relisez sa lettre... il croit son honneur engagé!

— A qui aurait-il fait ces promesses ?...

— Au général de Fallières... je devine..., je comprends...

— Non, je ne puis admettre que mon père ait ainsi disposé de moi !...
Oh ! ce n'est pas que je me fasse illusion sur les difficultés que j'aurai
à vaincre... Les premières explications surtout seront douloureuses,
mais je pourrai parler d'honneur, moi aussi, car c'est un devoir d'honneur que j'ai rempli en vous recevant dans notre maison !...

Halil sentit la rougeur lui monter au front :

— Vous m'avez accueilli avec la tendresse d'une sœur, dit-il ; pensez-
vous que M. de Bellegarde veuille vous en faire un crime ?...

Clotilde protesta vivement.

— Mon père a l'âme grande, répondit-elle, il vous aurait reçu comme
moi... Mais j'ai commis une faute...

— Vous...

— Je n'aurais pas dû attendre qu'il apprît par des étrangers votre
présence à Ramyes, chez lui, auprès de sa fille !...

— Par quels étrangers !

— Je ne sais pas !...

Halil ne put réprimer un mouvement de colère.

— Clotilde, dit-il, n'avez-vous jamais vu Kassem dans votre hôtel de
la rue de Tournon ?...

— Jamais, répondit la jeune fille... Je ne connais pas ce Kassem, et
c'est par vous que, pour la première fois, j'ai entendu prononcer son
nom !... Cependant il peut venir souvent à l'hôtel sans que je le voie...
Mon appartement est fort éloigné de celui de mon père...

Halil réfléchissait... Il s'expliquait maintenant pourquoi le suspect,
après une apparition à Saint-Avold, était si brusquement reparti pour
Paris.

— Ainsi, reprit-il, vous n'aviez pas écrit à M. de Bellegarde... ou du
moins vous n'aviez pas osé lui parler de moi ?...

Clotilde ne répondit que par un signe de tête.

— Il me hait donc bien ?... dit Halil...

— Non, non, s'écria la jeune fille..., c'est impossible !... Pourquoi
vous haïrait-il ?... Oh ! vous que ma mère a tant aimé !... Et pourtant il
y a entre vous et lui... quelque chose que je ne vois pas, que je ne
devine pas !...

— La volonté de Kassem..., peut-être ?...

— Toujours cet homme !...

— Toujours...

— Et vous dites qu'il vous aime..., qu'il vous est dévoué !...

— Je dis qu'il me torture... et que si c'est lui qui se jette entre votre famille et moi, je le briserai !...

Cet accès de violence effraya Clotilde.

— Écoutez moi donc sans colère, reprit doucement la jeune fille. Vous voyez bien que je m'efforce d'être calme, moi !... j'ai beaucoup songé, depuis deux jours... Je veux vous rapprocher de mon père, et... j'y réussirai !...

— Oh ! comment ?...

— Laissez-moi tout préparer ; ce sera sans doute une rencontre imprévue, pour lui sinon pour vous... Ah ! c'est alors qu'il vous faudra du courage et du sang-froid !...

— Je serai digne de vous, Clotilde !

— Vous serez ce que vous êtes, mon ami, un homme de cœur, et vous tiendrez toutes les promesses que vous m'avez faites. Je désire que vous passiez encore quelques jours à Ramyes.

— Sans vous ?...

— Je vous en prie !... Ici, tout le monde vous parlera de moi : tante Louise, M. Robert, Siéfer, le vieux Philippe.

— J'obéirai... Et puis ?...

— Et vous rentrerez à Paris, chez vous, sans témoigner aux personnes qui vous entourent ni mécontentement ni défiance...

— Non, je veux dire à Kassem...

— Vous ne lui direz rien... ou vous nous perdez !... Attendez patiemment, comme vous me l'avez promis, et voyez M. Robert tous les jours, plusieurs fois par jour si c'est possible... C'est par lui peut-être que vous apprendrez ce qui se passera au Fresnoy.

— Au Fresnoy ?... J'irai !...

— Non, pas avant que je vous appelle, et je vous appellerai, je le jure...

Halil saisit les mains de la jeune fille.

— Je viendrai ! dit-il.

— Rappelez-vous mes paroles et qu'aucun obstacle ne vous arrête, qu'aucune considération ne vous fasse hésiter !

Mlle de Bellegarde insistait avec une telle fermeté qu'Halil s'étonna.

— Pourquoi hésiterais-je ? dit-il en souriant. Vous prévoyez donc de bien graves dangers ?

— Des dangers, non ; mais encore une fois, souvenez-vous !... A l'heure fixée, vous serez où je serai et, quand même j'aurais autour de moi toute la famille et tous les amis de mon père, vous viendrez prendre la main que je vous tendrai !...

— Oui !...

— Me voilà forte, je puis partir !... Conduisez-moi auprès de notre vieil ami, Philippe Burtel !...

Halil se releva, admirant cette enfant de dix-huit ans, dont l'ardente parole venait de faire revivre en lui l'espérance et le courage.

Mais avant de reprendre le chemin qui de la lisière de la forêt conduisait à la tour, il promena son regard sur les roches grises entre lesquelles Clotilde s'était assise avec lui.

— Vous reviendrez ici quelquefois ?... dit la jeune fille...

— Oh ? oui, répondit Halil... Je songeais que j'y étais déjà venu... C'est là que je m'étais arrêté, le soir où je partais de Ramyes sans vous avoir vue ; c'est de là que je regardais le jardin où votre mère m'avait éveillé sous ses baisers et la maison où j'avais passé avec elle de si douces années !... Je m'étais accoudé sur ces blocs de grès et je disais à la chère vallée : « Adieu, pour toujours, adieu !... »

— Pauvre coin de terre ! murmura Clotilde, nous l'achèterons, à notre retour...

Et prenant le bras d'Halil, elle revint vers le jardin de l'oncle Philippe...

Assis à l'ombre des merisiers, l'aveugle travaillait au coffret de mariage.

Robert Desnoëls, laissant sa toile et son chevalet sous le parasol, au bord du chemin, était allé causer un instant avec le vieillard.

Du seuil de la tour, Halil et Clotilde entendirent la voix du peintre et ses éclats de rire.

— Ah ! leur dit Siéfer, c'est M. Robert qui « ragaillardit » le bonhomme !... Ecoutez !...

Robert criait de toutes ses forces, dans l'oreille de l'oncle Philippe !

— Oui, parbleu, vous verrez ça, et bien d'autres choses encore !...

— Mais non, répliquait le vieillard ; je ne verrai rien du tout et je n'entendrai pas même sonner les cloches, à moins d'un miracle ! Ce que c'est que de nous !...

— Enfin, reprenait joyeusement l'artiste, vous serez de la fête, et moi aussi...

— Ah ! si j'allais jusque-là !...

— Vous irez... C'est peut-être pour cet automne, ou pour le printemps prochain !...

— Alors on fera tout ce qu'il faudra pour vivre, et après...

— Après ?...

— On ne peut pas toujours être... je ne me suis jamais dit que j'userais le soleil !...

— Comment dites-vous ça, « user le soleil ?... »

Et cette singulière expression faisait la joie de Robert.

— C'est un mot de mon grand-père, ajouta l'oncle Philippe... Ah ! quel homme !... Il a su vivre longtemps. Ils avaient des secrets, nos vieux...

Desnoëls coupa court à l'histoire en criant :

— Les voilà !

Le vieillard déposa le burin et la plaque de bois sur la couverture qui lui enveloppait les genoux. Ses mains cherchèrent celles de Clotilde et d'Halil.

— Bonjour, mes enfants, s'écria-t-il, M. Robert me parlait de vous.

— Ami, dit Halil, Mⁱˡᵉ de Bellegarde a voulu vous revoir avant de partir...

— Elle part ?...

— Ce soir..., son père la rappelle...

— Et toi ?... demanda l'oncle Philippe, à demi-voix...

— Moi..., il faut que j'attende et que je ne désespère pas ?...

— Et pourquoi désespérerais-tu ?... répondit le vieillard... Ecoute, mon enfant...

Lorsque je vins dans ce pays, le grand sac de cuir sur le dos, — il y a de ça des années et des années, — je n'y avais pas un ami ; personne ne me connaissait, personne ne savait si j'étais un brave garçon ou un rien qui vaille... Le premier regard qui me sourit fut, Dieu merci, celui d'une honnête fille, et tout de suite je pensai : « Il ferait bon de vivre dans ce désert de Ramyes ! » Je restai et je travaillai ; on vit bien que j'étais un rude ouvrier et que je pourrais nourrir une femme avec des enfants ! La famille de la jeune fille ne ferma pas sa porte, mais elle disait : « C'est un étranger..., comme si j'étais venu en mendiant de l'autre côté de la Nied, ou du Rhin !... Tiens, le temps me semblait long et le chagrin me prenait quelquefois... Il me venait de mauvaises idées, par exemple de mettre mes quatre sous dans le sac de cuir et d'aller revoir les villages d'Alsace, où je ne serais pas un étranger... Alors je passais devant une maison que Siéfer pourrait te montrer là-bas, dans les prés... Une fenêtre s'ouvrait..., une voix que j'entends encore là au fond de mon cœur, me disait : « Bonjour, vous n'entrez donc pas, aujourd'hui, monsieur Philippe ?... » Au diable les idées noires !... Ce bonjour-là me faisait *raimer* le pays !... Fils, j'ai attendu six ans... Sois patient comme moi, et, quand le chagrin te prendra, il te viendra bien de quelque fenêtre un bonjour pour te consoler !...

— Oui... dit Clotilde en pressant fortement les mains de Philippe Burtel. A trois heures, elle était prête à partir.

— Si j'avais pu, dit Halil, vous accompagner... jusqu'à Metz !...

— Non, répondit-elle... je m'arrêterai un instant à Hombourg... J'irai... où vous êtes allé... Restez ici ; je ne veux pas que vous me voyiez partir...

Robert rentra, portant la petite Jeanne, et ce fut lui qui accompagna jusqu'à la grille Mlle de Bellegarde et Mme Andriol. Quand il remonta sur la terrasse, Halil sortait de la maison.

— Où allez-vous ? dit le peintre... — A Hombourg, par la forêt... — Seul ?... — Eh bien, venez avec moi !...

Une demi-heure après ils apercevaient Hombourg-le-Haut, la vieille chapelle, les murs à demi ruinés de l'ancien cimetière.

— Vous veniez voir le docteur Paulin ?... dit Robert.

— Je vous remercie de m'y avoir fait penser, répondit Halil ; attendez-moi donc chez lui...

Il s'engagea dans un sentier et monta vers le Calvaire. Puis, arrivé au chemin qui longeait le mur de l'ancien cimetière, il s'arrêta pour écouter.

Quel calme dans cette partie du haut pays, aux alentours de ce cimetière !... Pas d'autre bruit que le hou-hou des pigeons bizets, qui venaient « se soleiller » sur les pierres moussues des tombes...

Halil attendit, assis à l'ombre d'un noyer. De là il pouvait apercevoir la maison des Gérard, où était née Marie-Aimée, les prairies au milieu desquelles coule la Rosselle, et plus loin, la route des Ruines. Sur cette route, à la croisée du chemin de Saint-Avold, une voiture découverte venait de s'arrêter.

Une femme et une petite fille avaient mis pied à terre. Halil crut reconnaître Mme Andriol et Jeanne ; il n'apercevait pas auprès d'elles Mlle de Bellegarde. Cependant, elle lui avait bien dit, en partant : — Je passerai quelques instants à Hombourg... j'irai là-haut... où vous êtes allé !...

Dix minutes s'écoulèrent ; la voiture ne s'était pas remise en marche...

Enfin, la lourde porte du cimetière roula sur ses gonds rouillés. Halil se rapprocha du mur.

— Merci, mon bon Christian, disait une voix de femme..., grâce à vous, je reverrai la tombe couverte de fleurs au mois d'août...

— A la Notre-Dame ? répondait Christian.

— Oui, mon ami, comme toutes les années. Et maintenant, allez...

Le vieux fossoyeur se retira, Halil penché sur une brèche de la muraille, attendait qu'il eût disparu.

A genoux, devant la tombe de Mme de Bellegarde, Clotilde pleurait...

Une pierre se détacha du mur et roula au milieu des ronces.

Clotilde releva la tête et vit Halil dans le sentier. — Oh !... murmurat-elle, je savais bien !

Il s'agenouilla dans le sable, auprès d'elle.

— Mère ! dirent-ils ensemble... Chère mère !...

Ah ! si cette mère vénérée avait pu apparaître caressant de son souffle la tête blonde et la tête brune, avec quelle tendresse elle aurait répondu : — Enfants, cœurs purs, espérez !...

CHAPITRE XIV

Halil et Robert rentrèrent à Paris dans la soirée du 4 juin ; à dix heures, ils prenaient une voiture de place à la gare de l'Est.

Cette voiture les conduisit au quai de Béthune, et s'arrêta devant le numéro 45. — A demain, ami, dit Robert Desnoëls : à quelle heure vous reverrai-je ?...

— Dans la matinée... Peut-être aurez-vous des nouvelles...

— Et si j'en avais ce soir ?... reprit le peintre... Si quelque mystérieux messager avait apporté chez moi la lettre que je dois vous remettre, ou vous communiquer ?...

— Je ne sais pas même si ce sera une lettre, dit Halil, mais je monte avec vous, je vous aiderai à porter vos études... 'Au fait, j'ai bien le temps d'essuyer les reproches de Kassem !...

Les deux amis étaient à peine arrivés au troisième étage, que la porte cochère se rouvrit. Un jeune homme monta rapidement l'escalier, en fredonnant un air d'opérette.

Robert se pencha sur la rampe.

— Oh ! dit-il, nous saurons toujours quelque chose ce soir ; voilà un des alliés que nous avons dans la place... le fils de M. de Mausseins !...

Lucien leva la tête et cria joyeusement : — Vous, messieurs !... Nous ne partirons donc pas sans vous avoir serré la main !

Il entra avec Halil dans l'atelier de Desnoëls. Le peintre se hâta d'allumer deux bougies et trouva une vingtaine de lettres que la concierge avait déposées sur la cheminée. Mais il chercha vainement le billet que devait apporter le mystérieux messager.

— Demande d'argent, dit-il en jetant un rapide regard sur la première lettre..., c'est de Capellan !... Et ça ?... autre demande d'argent, encore de l'illustre Capellan !... Bon ! voilà qui est inouï, toujours les pattes de mouches de mons Capellan !... Le grand poète marseillais m'accuse de l'avoir laissé dans la misère !... C'est vrai que je suis un monstre !...

Lucien s'était assis auprès d'Halil, qui attendait, silencieux, les yeux fixés sur Robert. — Prince, lui disait-il, mon père s'est présenté deux fois à votre hôtel, hier et aujourd'hui. Il ne voulait pas quitter Paris sans vous renouveler l'assurance de notre respectueuse affection, de notre dévouement absolu...

Desnoëls ne put réprimer un mouvement de surprise ; toute sa gaîté tomba subitement.

— Vous quittez Paris, demanda-t-il... vous partez... bientôt ?...

— Demain, répondit Lucien... Mon père et mes sœurs ont tout préparé... J'étais revenu du Fresnoy ce matin, pour les aider, mais il paraît que je n'entends rien à ces choses-là... Marthe m'a traité sévèrement, comme un inutile gênant, encombrant, et je suis allé flâner sur le boulevard... Et puis, ce déménagement m'attristait... Vous savez, on ne se sent plus chez soi, dans l'appartement qu'on va abandonner et où peu à peu se fait le vide...

— Ah ! interrompit Robert, c'est là ce qui vous attristait ?...

— Oui, poursuivit le jeune homme, sans deviner ce qu'il y avait d'ironie dans l'exclamation de l'artiste. Mon père et mes sœurs ne faisaient rien pour dissiper cette pénible impression... Oh ! non ! Je leur ai demandé s'ils croyaient s'expatrier !...

— Pourtant, dit Halil, votre famille avait accueilli avec joie cette idée d'une installation définitive à la campagne, dans un beau pays, auprès de Mlle de Bellegarde...

— Certainement, répliqua Lucien, et, au moment de partir, on a le cœur serré comme s'il fallait dire un dernier adieu au paradis perdu... un joli paradis, ce petit cinquième !... Les meubles eux-mêmes n'ont plus leur physionomie des bons jours ; on découvre qu'ils sont vieux et délabrés, on leur trouve un air bête, maussade, presque lugubre, dans le pêle-mêle des malles et des paquets !.. Les vénérables débris et les précieuses loques sortent de leurs cachettes, et l'air qu'on respire est épaissi par une nauséabonde poussière d'antiquailles... Voilà surtout ce qui m'a fait fuir jusqu'au boulevard. Et puis, c'est très bon, de les revoir de temps à autre, ces boulevards. Cela vous remonte !... entre nous soit dit, l'existence n'est pas gaie, là-bas !...

— Là-bas ?

— Au Fresnoy... M. de Bellegarde est glacial..., il m'intimide, il me fait peur... Ah ! c'est lui qui voit tout en noir depuis quelques jours !... S'il est, comme on le prétend, de la première fournée de sénateurs, il s'élancera à la tribune pour crier : « Il faut sauver la patrie !... » Il prépare sa grande fête pourtant et je l'aide de mon mieux, — je ne suis peut-être bon qu'à cela, — mais on croirait, à nous voir, que nous réglons les détails d'une cérémonie funèbre. La maison est si morne qu'on n'ose pas parler haut !...

— Et Mlle Clotilde ?... demanda Robert.

Halil le remercia d'un regard.

— Mlle Clotilde, répondit Lucien de Mausseins, est mélancolique comme une Ophélie qui va se jeter dans le lac !... Nous pensions que son retour ramènerait la joie... Ah bien, oui !... Les domestiques disent qu'ils ne l'ont jamais vue ainsi : son sourire même est triste !... Du reste, depuis qu'elle est revenue de Lorraine, elle n'est sortie que trois ou quatre fois dans le parc... Elle a, paraît-il, avec toute la bonté de sa mère, des bizarreries de caractère, des caprices d'enfant gâté, des fantaisies de femme romanesque !...

Halil s'était levé, inquiet, tourmenté ; il était venu s'accouder sur la cheminée... A ces derniers mots, il se retourna, prêt à lancer au visage de Lucien une apostrophe indignée...

Robert lui fit signe de se taire, de se contenir jusqu'à la fin. Puis affectant lui-même le calme le plus parfait, le peintre vint vers Lucien :

— A quels caprices faisiez-vous donc allusion ?... lui demanda-t-il.

— Ah ! précisément, reprit Lucien, voilà qui vous intéresse... Je n'y pensais plus... Mlle Clotilde, qui n'avait pas même eu l'air de m'apercevoir pendant ces trois ou quatre derniers jours, m'a tendu la main, ce matin, vingt minutes avant mon départ. Elle m'a parlé de reprendre ses promenades dans la forêt, de revoir des sites qu'elle aime... et c'est à ce propos qu'il a été question de vous...

— De moi !...

— Oui... Je peux vous répéter ses paroles : « M. Desnoëls devrait s'installer, au moins pour deux ou trois semaines, dans quelque village des environs de Milly, à Achères, par exemple, ou au Vaudoué. Cette partie de la forêt a été jusqu'à présent peu explorée par les artistes. Il y a pourtant de fort belles choses, des choses presque inconnues !... mais il faudrait se hâter ; nos austères déserts seront bientôt envahis comme Franchart, comme les gorges d'Apremont et le Bas Bréau. »

— Je cite textuellement, ajouta Lucien en riant de son rire d'écervelé ; Mlle de Bellegarde a dit *nos austères déserts*... A-t-elle assez de poésie dans l'âme et dans l'expression ?...

— Mlle de Bellegarde, dit vivement Halil, a une grande intelligence et un noble cœur ; aucune honnête femme, je crois, n'a plus de droits à votre respect !...

Lucien rougit et balbutia...

— Monsieur, reprit le prince sans lui laisser le temps de protester, ou de s'excuser, c'est demain que votre famille part pour le Fresnoy ? A quelle heure ?...

— Dans l'après-midi... à trois ou quatre heures...

— J'aurai l'honneur de voir M. le comte de Mausseins ; je tiens à le remercier de la sympathie qu'il m'a témoignée... Adieu, monsieur !...

Et pressant fortement la main de Robert, Halil se dirigea vers la porte.

Lucien, abasourdi, le regardait s'éloigner sans trouver un mot qui pût dissiper ou atténuer la mauvaise impression produite par sa légèreté.

— Onze heures et demie, dit le peintre... je descends avec vous, Halil; la concierge a éteint le gaz dans l'escalier.

Robert prit un bougeoir et ouvrit la marche. Il s'arrêta sur le palier du premier étage et dit à voix basse:

— Vous avez donné une dure leçon à ce grand enfant..., j'espère qu'elle ne sera pas perdue!...

— Eh! répondit Halil, je ne sais pas, moi, si nous pouvons espérer... ce grand enfant n'a pas de sens moral.

— Oh!... répliqua Robert, ne le jugeons pas si sévèrement...; il vient de nous rendre un service...

— Un service?...

— Mais oui, n'est-ce pas par lui que nous avons appris ce qui se passe au Fresnoy?... Ecoutez, Halil, ma conviction est faite maintenant: le messager que nous attendions, c'est Lucien de Mausseins..., messager sans le savoir!...

— Lui?

— J'en suis certain... si certain que, dès les premiers jours de la semaine prochaine, j'irai m'installer dans un des villages désignés par Mlle de Bellegarde, sur la lisière de la forêt de Fontainebleau.

— A Achères?...

— Pourquoi pas?... Achères n'est pas fort éloigné de Milly...

— Et vous irez seul?...

— Oui, seul, pour ne pas éveiller les soupçons à Paris et au Fresnoy!... Je travaillerai dans la Gorge-aux-Archers, ou sur les Hautes-Plaines, ou encore dans le cirque d'Arbonne... Mlle de Bellegarde me rencontrera... par hasard, et vous aurez désormais, elle et vous, un messager plus sûr, plus discret, plus dévoué que Lucien de Mausseins. C'est ainsi, mon ami, que j'ai compris les paroles de Mlle Clotilde... Laissez-moi reprendre l'air de Paris, comme dit notre jeune fou, et lundi je serai prêt à partir. Un mot m'a frappé... un mot m'a tout fait deviner : « Il faut se hâter! » Allez, et attendez avec courage... Rêvez, cette nuit, que je reviens de Milly plein de joie!...

— Oh ! dit Halil, je vous devrai tout mon bonheur !...

L'avenue de Villiers, surtout dans le voisinage des Ternes, s'endort longtemps avant les grands boulevards; elle n'est jamais enfiévrée comme les artères du centre de Paris. Dès le commencement de mai la plupart de ses habitants ont émigré, pour ne revenir qu'à la fin d'octobre. On pourrait croire que la vie du quartier s'en va avec eux. Les fenêtres des luxueuses demeures sont presque toutes fermées et, lorsque la nuit tombe, le silence est pour ainsi dire claustral.

A minuit et demi, en mettant pied à terre devant la petite porte de son hôtel, le prince Halil se sentit attristé par ce silence qu'il aimait autrefois, cependant.

— La famille de Mausseins part aujourd'hui, se dit-il, et Robert va me quitter ; quel temps me faudra-t-il passer dans cette solitude, sous le regard de Kassem, et comment dissimulerai-je jusqu'au dernier instant ma tristesse, mon impatience, mon anxiété ?... Dissimuler, moi !... Non, mieux vaudrait engager la lutte..., et l'engager cette nuit, immédiatement, si l'occasion m'en était offerte... Je suis le maître et je parlerai en maître.

Cependant, au moment où, sous la pression de ses doigts, vibrait le timbre qui devait éveiller le concierge, il se rappela les paroles de Clotilde : — Vous rentrerez à Paris, chez vous, sans témoigner aux personnes qui vous entourent ni défiance ni mécontentement... Sachez attendre, ou vous nous perdez !...

Deux chiens des Pyrénées aboyèrent dans la cour et vinrent se dresser contre la petite porte, mais cette porte ne s'ouvrit pas comme à l'ordinaire au signal convenu, au troisième tintement du timbre.

Le concierge se leva et demanda en abattant la plaque de cuivre d'un judas : — Qui est là ?

— Moi, répondit Halil ; Pourquoi n'ouvrez-vous pas ?

— M. Kassem emporte tous les soirs les clefs dans sa chambre ; je vais les lui demander.

Les chiens continuaient à aboyer, mais joyeusement; ils avaient flairé le jeune maître.

Deux minutes après, le concierge revenait une lampe à la main, et Kassem le suivait, traînant ses babouches sur le sable de la cour.

— Me voilà, disait le vieillard en idiome syriaque..., je ne dormais pas, je t'attendais... Ah !... mon enfant..., mon enfant !...

Il ouvrit deux serrures, fit glisser un verrou et tira la porte. Les chiens bondirent autour du voyageur.

— Arrière!... arrière!... cria Kassem... L'haleine des chiens ne doit point souiller le Sidi!...

Et tendant les bras, se dressant sur la pointe des pieds, il toucha du menton l'épaule droite du prince.

— Tu m'attendais... cette nuit?... dit Halil...

— Toutes les nuits, depuis la semaine dernière, répondit Kassem...

— Et tu t'enfermais comme dans une forteresse?... Je n'avais jamais remarqué ce luxe de précaution.

— C'est que... ce qui se passe m'inquiète... on n'entend parler que de complots, d'émeutes, de révolutions... Mais viens, je vais te conduire dans ta chambre et nous causerons un instant, si... ce voyage ne t'a pas trop fatigué...

Il reprit la lampe des mains du concierge et se dirigea vers le perron.

En entrant dans le vestibule de l'hôtel, Halil fit un mouvement de surprise. A la lueur de la lampe, il venait d'apercevoir, entre deux colonnes, une magnifique panoplie d'armes orientales. L'or étincelait sur les canons luisants des fusils et sur les lames des yatagans.

— Est-ce un beau présent?... dit Kassem!...

— Un présent?... répliqua le jeune homme. Tu as acheté ces armes pour moi?

— Non, elles ont été apportées de là-bas...

— D'où?...

— Ah! du pays que tu verras bientôt, du seul pays que tu aimeras désormais... j'espère!...

— Mais qui donc les a apportées?...

— Un homme qui t'est dévoué comme moi..., un ami, envoyé en France pour m'annoncer les bonnes nouvelles!...

— Je veux lui parler...

— Il est reparti..., il n'y a jamais trop de fidèles autour des maîtres!...

— Eh bien, quelles nouvelles t'a-t-il communiquées?...

— Le sceau doit être encore quelque temps sur la bouche de tes serviteurs, répondit Kassem... C'est l'ordre... Patience..., tiens ton âme!...

Halil ne voulut pas insister. Ces vagues révélations, qui autrefois aiguillonnaient si vivement sa curiosité, ne lui inspiraient maintenant que de la défiance... Ou plutôt ce n'était pas l'espoir qu'elles faisaient renaître en lui, c'était l'appréhension. Son cœur se serrait, lorsque Kassem lui parlait du pays qu'il verrait bientôt, « du seul pays qu'il devrait aimer désormais ! »

— Je croyais, reprit simplement le jeune homme, que tu avais des choses importantes à me dire... Non ?... Adieu donc..., à demain !...

— Tu ne veux pas que je monte avec toi dans ta chambre ?... dit Kassem d'une voix émue... Si je t'ai affligé, c'est sans y penser... J'aurais désiré te voir, au moins un instant, mon enfant... Je ne t'ai pas vu...

Et en parlant ainsi, doucement, presque humblement, il élevait sa lampe vers le visage d'Halil...

Le docteur Paulin, pour pouvoir panser la blessure du crâne, avait dû couper les longs cheveux. La physionomie du jeune prince était devenue plus virile, plus énergique, sinon plus noble. L'ovale du visage semblait s'être allongé et sur ce visage pâli par la souffrance, la barbe soyeuse, ondulée, étendait ses reflets bleuâtres.

— Oh ! s'écria Kassem, tu as fait couper tes cheveux ?... Pourquoi ?...

— Une fantaisie !... répondit Halil, un peu troublé... On m'avait raconté si souvent d'ailleurs, que les Orientaux rasent leurs cheveux et laissent croître leur barbe, me voilà déjà à la mode d'Orient !...

Et d'un pas rapide, il se dirigea vers l'escalier qui conduisait à son appartement.

— Attends, dit le vieillard, je vais porter cette lampe dans ta chambre !...

Halil pensa qu'il ne pourrait éviter des explications pénibles.

— Viens donc ! répliqua-t-il en haussant les épaules.

A droite de l'escalier, une riche tenture persane était à demi relevée, devant un étroit corridor qui desservait l'appartement de Kassem.

Au fond de ce corridor, une porte entr'ouverte laissait apercevoir une partie de la chambre du vieillard.

Halil entendit crier le parquet et vit la porte se refermer.

— Je prendrai une bougie chez toi, dit-il, et je te laisserai ta lampe.

— Non, non, répondit Kassem en se hâtant de faire retomber la tenture.

Halil se demanda si l'homme qui avait apporté les armes orientales n'était pas encore à Paris, dans son hôtel.

Cependant, il monta sans rien dire qui pût trahir sa préoccupation.

Comme toutes les nuits, Abdallah était couché sur des peaux d'ours, devant la porte du jeune maître.

— Oh! sidi!... s'écria joyeusement le domestique noir en se relevant pour venir baiser la main d'Halil.

— Va-t-en, dit Kassem, va-t-en!...

L'habesch obéit, mais, en descendant l'escalier, il récitait tout son chapelet de salams :

— « Sur toi soit le salut, sidna!... Allah t'a ramené avec le bien!... »

— C'est bien, Abdallah, répondait Halil, c'est bien, tu es un bon serviteur...

L'habesch, dans son rire, montrait deux superbes rangées de dents blanches et reprenait, faisant une pause sur chaque marche de l'escalier :

— « En vérité, en vérité, le retour du maître est la joie de la maison!...

« Qu'Allah te couvre, qu'il te donne le doux sommeil et te fasse voir

« en songe les visages aimés!... »

— Va-t'en donc, *maboul*!... cria Kassem impatienté.

— Tu l'appelles fou?... dit Halil... Est-ce parce qu'il désire que je sois au moins heureux en songe?...

— Et moi, répliqua le vieillard, je veux que tu sois heureux en réalité... Le temps est proche!...

Le prince sourit; il l'avait si souvent entendue, cette phrase, qu'il finissait par la prendre pour une formule banale.

Les salams de son habesch lui paraissaient mériter plus d'attention et de respect...

Kassem poussa la porte de la chambre et alla déposer sa lampe sur une console.

— Assieds-toi, mon enfant, dit-il avec sa douceur paternelle... repose-toi... je vais te laisser seul, puisque tu es las...

Mais, au lieu de s'en aller, il cherchait à gagner du temps, regardant si les fenêtres étaient bien closes, tirant les rideaux, avançant un fauteuil, s'occupant des détails du service comme un domestique qui s'efforce de faire remarquer son zèle.

— Ah! demanda-t-il, peut-être veux-tu souper?...

— Non, merci, répondit Halil, se jetant enfin dans un fauteuil...

Kassem se rapprocha vivement et lui saisit les deux mains...

— Tu m'as fait souffrir!... murmura-t-il... Oh! ce n'est pas un reproche..., mais tu dois bien comprendre que je ne vis que pour toi!... Je n'ai pas aimé mon enfant comme je t'aime...

Il tremblait, ce vieillard, en attendant une parole affectueuse ; sa voix cassée suppliait, ses yeux étaient pleins de larmes.

Halil se sentait ému et voulait lutter encore contre cette émotion.

— Eh bien, oui, dit-il, je sais... Tu m'aimes à ta manière et nous souffrons l'un par l'autre!... Si tu m'avais laissé libre, j'aurais agi ouvertement, comme toujours !...

— Libre..., ne l'as-tu pas été?... Hélas!...

Kassem se pencha et vit la cicatrice au-dessus de la tempe du jeune homme.

— Oh! s'écria-t-il, Nazim ne voulait pas m'avouer que tu avais été blessé !... Blessé, toi!...

Et il effleurait de ses lèvres la marque encore violacée de cette blessure qui avait si vivement alarmé le docteur Paulin.

— Nazim, dit Halil, c'est l'homme que tu as envoyé en Lorraine?

— Oui... C'est mon frère!...

— Pourquoi n'est-il pas venu à moi franchement?

— Mais tu ne voulais pas!... Oh! raconte-moi tout, je t'en prie! Tu as couru de grands dangers, tu as été gravement malade.

Halil se leva très agité.

— Eh bien, non, non, reprit le vieillard, ne me dis rien, puisque je ne sais que t'affliger, et t'irriter, je m'en vais... Mais promets-moi, au moins, de ne plus repousser les dévoués serviteurs que je charge de veiller sur toi, de défendre ta vie... ta vie, mon enfant!...

— Soit, lorsque ces serviteurs ne seront pas... des espions!...

— Oh! malheureux, que dis-tu?... Je ne me ferai donc jamais comprendre?... Si, tu me comprendras et tu me remercieras, ajouta Kassem en élevant la voix. Cette existence est triste pour nous deux ; plus encore pour moi que pour toi, Halil... Mais elle va finir. L'ordre viendra plus tôt que tu ne penses, et nous partirons pour l'Orient...

— Nous partirons?...

— Oui, j'ai tout préparé, et il faut que tu sois prêt, toi aussi!... D'ailleurs quelles affaires et quelles affections pourraient te retenir à Paris?...

Le jeune prince pâlit.

— Je ne te dis pas, poursuivit Kassem, d'être ingrat pour les gens qui t'ont rendu de véritables services, je ne te demande pas d'oublier tes amis, mais si tu as contracté d'autres relations... des relations que j'ignore et qui retarderaient ton départ, tu les rompras, Halil... tu les rompras!... Hésiterais-tu, lorsque...

— Achève!...

— Non, je ne peux pas, je ne peux pas!... Mais il ne m'est pas interdit de te révéler la destinée qui t'attend là-bas, et pour laquelle j'ai voulu faire de toi un homme fort et courageux, un homme aux grandes vues, libre de tout préjugé...

Le vieillard parlait cette fois avec une chaleur et une autorité qui étonnaient Halil et le forçaient d'écouter sans interrompre.

— Tu m'as laissé voir souvent, poursuivit Kassem, ton indifférence, ou plutôt ton dédain pour ces questions d'argent dont j'étais forcé de m'occuper, moi qui me considérais comme ton tuteur... Cependant nous allons mettre entre tes mains une immense fortune..., et tu n'auras pas le droit de la refuser..., entends-tu?... car elle sera ce qu'elle a été jusqu'ici, un dépôt que tu devras garder, un dépôt dont il te faudra rendre compte. Si tu refusais, si, dans un moment de défaillance, tu te montrais effrayé de cette responsabilité... ce serait l'écroulement de ta maison, la ruine et la honte de ta race, de tes amis!...

— La honte de ma race!... s'écria le jeune homme... Tu parles comme si j'étais réellement fils de roi, comme si je devais demain prendre le pouvoir, gouverner des peuples!...

— Et pourquoi pas? répondit fièrement Kassem. Oui, tu commanderas en maître souverain, oui, tu exerceras un pouvoir absolu, et, si tu le veux, des peuples accourront, qui n'attendent que le signal pour accomplir nos desseins!... Voilà ce que j'avais à te dire, Halil, et si j'ai dit plus qu'il ne fallait, on me jugera... Sois prêt, sois prêt... Je ne te laisse pas avec les songes, moi... je te laisse avec les grandes pensées!...

Le vieillard se retira lentement, avec une dignité imposante. Il s'était soudainement transformé, et en révélant au prince une partie de ces secrets d'État, il s'était révélé lui-même. Il avait repris, à la fin de cet entretien, les allures graves, solennelles, des nobles d'origine, des *cheurfas,* si respectés, si honorés dans la société arabe.

Halil, silencieux, le regardait s'éloigner. Debout, au milieu de sa chambre, les bras croisés sur la poitrine, il se sentait transformé, lui aussi. Il se recueillait, il s'interrogeait avant de franchir le seuil de sa nouvelle existence, et les « grandes pensées » de Kassem ne l'épouvantaient pas. Le vieillard l'avait bien dit, il était de la race qui commande...

Mais un instant après, lorsque la porte se fut refermée, lorsque le bruit des pas s'éteignit, et qu'Abdallah se recoucha en disant à voix basse : « Allah augmente ton bien et te rende heureux, Sidna ! » le jeune prince éprouva tout à coup une tristesse accablante.

— Oh ! murmura-t-il, Clotilde... Clotilde !... Partir... non, non !

Et se jetant sur le lit, il pleura.

Il se reprochait comme un crime d'avoir pu oublier un moment la jeune fille qui lui avait si généreusement ouvert son cœur.

— Je ne suis donc pas digne d'elle?... se disait-il... Elle a la tendresse et la confiance, le dévouement, et moi... Moi, j'ai les lâchetés de l'égoïste, les éblouissements de l'ambitieux !... Oh! l'abandonner... elle... l'abandonner !... Qui donc a osé me parler de l'abandonner ?...

Il se rappela alors ces étranges paroles de Kassem : « Sois libre, « sois prêt..., si tu as contracté d'autres relations, des relations que « j'ignore, tu les rompras ! »

Et il ne pouvait comprendre pourquoi il n'avait pas crié à cet homme : — Tais-toi, misérable..., tais-toi !...

L'influence que le vieillard avait réussi à exercer sur sa volonté lui parut si dangereuse, qu'il résolut de s'y soustraire à tout prix. L'idée lui vint même de quitter furtivement l'hôtel, de partir, la nuit, pour le Fresnoy, d'aller se réfugier auprès de M. de Bellegarde et de lui dire : — Au nom de notre chère morte, au nom de Marie-Aimée, prenez pitié de moi... laissez-moi vivre dans votre maison, avec Clotilde... avec ma sœur !

Mais cette vaillante Clotilde ne lui avait-elle pas fait jurer d'attendre et d'espérer malgré tout... malgré tout?

Il songea aux promesses échangées le jour des adieux, au bord du chemin, devant la verte vallée de Ramyes ; il se souvint du naïf récit de Philippe Burtel, et ce fut peut-être ce souvenir qui peu à peu apaisa, *charma* sa douleur.

Quand il put enfin réfléchir, le brusque changement qui s'était produit dans l'attitude de Kassem lui inspira des soupçons. Il se demanda jusqu'à quel point il devait ajouter foi aux révélations de cet homme habile, trop habile pour livrer ses secrets sans préméditation, sans calcul.

Pourtant, Halil le sentait trop bien, le vieillard n'avait pas joué une indigne comédie : son émotion n'était pas feinte, sa parole avait cet accent de sincérité qu'il est impossible de méconnaître !...

Oui, mais ce Kassem ne faisait rien à l'aventure ; certaines circonstances laissaient au moins supposer qu'il avait préparé sa mise en scène.

Le retour d'Halil ne le surprenait pas. Il n'était pas couché à minuit et demi, lui qui chaque soir, à neuf ou dix heures, s'endormait pour se lever avant l'aube ; il avait pris les clefs de la petite porte, pour ouvrir lui-même, pour enlever à Halil tout moyen d'éviter une explication.

Un mot particulièrement significatif lui avait échappé : — Je t'attendais !

Et comme il s'était obstiné à suivre le prince dans son appartement !...

Et la magnifique panoplie orientale, pourquoi l'avait-il fait placer dans le vestibule, à l'endroit le plus apparent, directement en face de l'entrée ?...

Pour provoquer une question à laquelle il se hâterait de répondre :

— J'ai reçu de grandes nouvelles, le temps est proche, dispose toi à partir !...

Peut-être toute cette scène, Kassem l'avait-il préparée de concert avec le mystérieux envoyé qui venait d'apporter la panoplie.

Et comme tout à l'heure, Halil se disait : — Cet envoyé n'est pas reparti, il est encore à Paris, dans mon hôtel !

Il se souvint de l'empressement avec lequel le vieillard avait fait retomber la tenture persane qui masquait l'entrée du corridor, à droite de l'escalier.

Au fond de ce corridor, une porte était ouverte et Halil, en passant, l'avait vue se refermer. Qui donc attendait à cette heure, là-bas, dans la chambre de Kassem ?

Un irrésistible désir de savoir s'empara du jeune homme. Pour la première fois de sa vie, il pensa à questionner les domestiques, à épier Kassem ou à le faire épier. Cette idée, qu'il avait repoussée tout d'abord, revenait obstinément à la charge.

— Il faut pourtant que je lutte, murmurait-il, puisqu'on m'y force !... Je ne fais que me défendre... et avec les armes qu'on emploie contre moi...

Halil entr'ouvrit doucement la porte de sa chambre et se pencha vers Abdallah.

Le domestique noir s'était recouché sur ses peaux d'ours ; le bras droit replié sous sa tête crépue, il dormait d'un profond sommeil.

Le jeune maître lui toucha l'épaule et appela à voix basse : — Abdallah !

L'habesch s'éveilla en souriant. — Oh ! dit-il, sidi, je suis ton serviteur... Qu'Allah accomplisse ton désir !...

Halil lui fit signe de se taire et de le suivre. Abdallah se leva et entra dans la chambre avec son sidi.

Le prince le regarda dans les yeux et demanda brusquement en arabe :

— Il y a donc un étranger ici ?

— Ici !... répondit le domestique noir étonné...

— Oui, dans cette maison, probablement chez sidi Kassem...

— Non...

— Tu en es certain ?...

— Personne n'est venu aujourd'hui... personne !...

— Dis-moi la vérité, je le veux !... Si tu me trompais !...

Les gros yeux ronds d'Abdallah devinrent humides.

— Te tromper, moi !... balbutia l'habesch. Je suis entré chez toi par la volonté d'Allah... et je t'appartiens... Tu es le couteau, moi, je suis la chair, fais ce que tu voudras !...

— Oui, je sais que tu m'es dévoué, dit Halil en lui donnant sa main à baiser... Réponds sans rien craindre de sidi Kassem, c'est moi qui te protégerai, moi !... As-tu vu l'étranger qui a apporté ici des armes orientales ?...

— Oui, maître, je l'ai vu...

— Quand est-il venu ?

— Vers la fin de la semaine dernière..., vendredi, je crois...

— Quel homme est-ce, ce voyageur ?...

L'habesch, par la mimique plutôt que par la parole, essaya de dépeindre la physionomie de l'étranger.

— Grand comme ça, disait-il en mettant sa main à la hauteur de son oreille, épaules larges comme ça, barbe noire comme...

— Ce n'est pas cela que je te demande, interrompit Halil.

Abdallah se donna beaucoup de mal pour faire comprendre que le voyageur ressemblait à n'importe quel marchand levantin.

En somme, son attention ne s'était portée que sur des détails de costume ; ce qu'il avait particulièrement remarqué, c'était la coiffure — la *chéchia* — de ce voyageur, le caftan de drap bleu sombre, la large ceinture rouge roulée sous le gilet à boutons dorés, la culotte bouffante, les bas gris, les souliers à boucles d'argent.

— Mais, dit Halil, cet homme a-t-il passé plusieurs jours à l'hôtel ?...

— Non, répondit l'habesch, quelques heures seulement. Il était venu en voiture et la voiture attendait dans la rue. Je n'ai pu le voir qu'un instant, moi, lorsqu'il m'a fait porter les caisses qui contenaient les fusils et les yatagans.

— Alors il s'est enfermé avec sidi Kassem ?...

— Avec sidi Kassem et sidi Nazim.

Décidément il y avait un troisième maître dans l'hôtel de l'avenue de Villiers, et ce troisième maître, c'était Nazim, le frère de Kassem, — le suspect !...

— Tu peux m'affirmer, reprit Halil, que l'étranger n'est pas revenu aujourd'hui..., ce soir ?

20

— S'il est revenu, Abdallah ne l'a pas vu entrer... Abdallah dit vrai...

— Et pourtant... il y avait quelqu'un, tout à l'heure, dans la chambre de Kassem..., quelqu'un qui se cache !...

Le domestique noir répondit par le signe bizarre que les Arabes appellent la *ghomza*... C'est un clignement presque imperceptible de la paupière inférieure...

Halil demanda, en détournant la téte : — Eh bien ?

— Si le maître veut savoir... dit Abdallah.

L'habesch parlait bas et jetait vers la porte des regards craintifs.

— Le maître doit tout savoir !... répondit énergiquement Halil... Parle et encore une fois, ne crains rien..., tu es à moi !...

Abdallah balbutia :

— Sidi pourrait descendre, sans bruit... par le petit escalier, là... près de l'autre porte.

— Quel petit escalier ?

— Abdallah connaît le secret de sidi Kassem !...

L'habesch se mit à rire. On a dit bien souvent que la plupart des hommes de race noire sont de grands enfants. Abdallah oubliait ses craintes, il était tout à la joie puérile d'avoir surpris un secret.

— Viens avec moi, sidna, reprit-il en allumant une bougie.

Et mettant sa main devant la flamme, il sortit de l'appartement.

Halil le suivit. Après avoir traversé l'antichambre, Abdallah ôta ses sandales et fit signe au maître d'attendre. Puis, avançant avec les plus discrètes précautions sur le palier du premier étage, il se dirigea vers un grand tableau qui représentait une chasse en Orient, une chasse au faucon.

Ce tableau, beaucoup plus haut que large, était appliqué sur un panneau de stuc. L'habesch promena sa main le long des moulures du cadre.

Ses doigts rencontrèrent une aspérité, une légère pression fit jouer un ressort, le tableau sembla se détacher de son cadre, et la porte qu'il masquait s'ouvrit sans aucun bruit.

Du seuil de l'appartement, Halil regardait, étonné ; il avait toujours ignoré l'existence de ce passage, qui communiquait probablement avec la chambre de Kassem.

Abdallah, riant de son rire silencieux, revint dans l'antichambre et y prit ses peaux d'ours, qu'il traîna sur le dallage de marbre du palier.

— Maintenant, dit-il, le maître peut descendre...

Halil, marchant sur les moelleuses fourrures, traversa le vestibule du premier étage, franchit la porte secrète et aperçut dans un étroit couloir un escalier dont les marches étaient recouvertes d'un épais tapis.

Il descendit et écouta, pendant que son habesch se recouchait à l'entrée du passage.

La chambre de Kassem communiquait en effet par le petit escalier avec l'appartement du prince. Le vieillard pouvait ainsi, à toute heure, exercer sa mystérieuse surveillance.

On parlait haut, dans cette chambre, on parlait le syriaque vulgaire.

Halil crut reconnaître la voix et l'accent de l'homme que Robert Desnoëls avait surnommé le suspect.

— Il a hésité cinq ou six ans, disait cette voix.

— C'est vrai, répondait Kassem, il a toujours été lent à prendre certaines résolutions, mais un moment vient où aucun obstacle ne peut l'arrêter.

— Enfin, reprenait le suspect, si *elle* n'exerce plus sur lui sa funeste influence, il retrouvera sa volonté, son énergie d'autrefois... Mais quel charme avait-elle donc pour...

Halil ne put entendre ni la fin de la phrase ni la réponse de Kassem. Deux ou trois mots seulement parvinrent assez distinctement à son oreille : « Soulever... peuple de la montagne ».

— Dans les premières années, oui, répliqua le suspect, mais aujourd'hui le pourrait-elle encore ?...

— Qui sait?... répondit Kassem... C'est évidemment ce qui l'a fait hésiter si longtemps... Mais son parti est pris, il l'éloignera, il l'enfermera et... le reste regarde les gens qui tiendront les clefs...

— C'est ce qu'on appelle en France une *demi-mesure*... Il n'y a que les morts qui ne reviennent pas... Que de crimes pourtant il avait à lui faire expier !... Son père n'aurait pas agi avec cette timidité, avec cette faiblesse !...

— « Couds tes lèvres », Nazim ! riposta sévèrement le vieux Kassem... On ne parle pas ainsi du maître; le serviteur qui ose le juger n'est qu'un mauvais serviteur... Allons, c'est la première fois... ce sera la dernière, je pense ; à nos comptes !...

— Nous disions, reprit le suspect, sept cent soixante-trois mille francs, actions et obligations. Tout le reste est réalisé... La baisse du trois pour cent entraine une notable différence... La clôture s'était faite hier à 74 ; on a eu beaucoup de peine aujourd'hui à regagner cinquante centimes...

Cette partie de la conversation n'avait pour Halil aucun intérêt.

Cependant, le jeune homme ne remonta pas dans son appartement. Il espérait que Kassem et le suspect reprendraient le sujet trop tôt abandonné.

— Quel est, se disait-il, « ce maître qui a hésité cinq ou six ans pour ne prendre, en définitive, que des demi-mesures » ?... Et quelle est cette femme qu'on se propose d'éloigner, d'emprisonner... cette femme qui a exercé une funeste influence et qui aurait été assez puissante pour soulever des peuples ?...

Il songea à cette Ghazié, à cette « implacable » dont Kassem ne lui avait jamais parlé qu'avec une haine farouche.

Oui, c'était évidemment de la Ghazié qu'il était question entre ces deux hommes. Ainsi s'expliquaient les sinistres paroles de Nazim: « Il n'y a que les morts qui ne reviennent pas... que de crimes cependant il avait à lui faire expier !... »

Le prince attendit ; le hasard allait peut-être enfin lui livrer le mot de l'énigme.

— L'égyptien a clôturé à 83 1/4, poursuivait le suspect... D'ailleurs toutes les valeurs étrangères sont en baisse comme la rente.

— Au premier mouvement de hausse, au premier mouvement sérieux, répondit Kassem, il faudra vendre..., tu m'entends, Nazim?... Si ce n'est pas avant mon départ, ce sera quelques jours après, mais tu ne laisseras pas échapper l'occasion !...

— Et les deux cent cinquante mille francs du compte Marchal, demanda le suspect, les retirerons-nous?...

Halil tressaillit... Cette phrase corroborait les soupçons qui lui étaient venus si souvent depuis quelque temps, sur les relations de Kassem avec M. Marchal de Bellegarde.

C'étaient, il est vrai, des relations d'affaires ; mais il n'en était pas moins établi que Kassem avait habilement joué la comédie, le jour où Halil lui demandait à brûle-pourpoint: — Tu connais M. de Bellegarde?...

A cette question, le vieillard avait répondu sans se troubler, sans balbutier : — Non, je ne le connais pas !...

Il avait même ajouté du ton le plus calme : — Si tu le désires, je prendrai des renseignements sur ce M. de Bellegarde... Veux-tu que je m'informe ?

Halil se souvint de tous les incidents de la pénible scène. Il se rappela aussi que, le soir même, trois ou quatre heures après cet entretien, Robert Desnoëls avait rencontré Kassem à quelques pas de la rue de Tournon.

— Ah ! se dit-il avec une amère tristesse, il m'a donc toujours trompé... toujours !... Que faut-il que je pense des prétendues révélations qu'il vient de me faire ?... Mensonges encore... mensonges !... Cet homme ne reculera devant aucun moyen pour me séparer de Clotilde !... Il veut me forcer de partir ; peu lui importe que je souffre..., et peu lui importe que je me déshonore par une lâcheté... Je suis un instrument entre ses mains, et l'instrument ne discute pas !...

Kassem, comme pour confirmer cette hypothèse, venait de répondre au suspect :

— Les deux cent cinquante mille francs du compte Marchal... et pourquoi ne les retirerions-nous pas ? Il faut en finir et ne rien laisser après nous dans un pays où probablement nous ne reviendrons jamais. Soit, dans le courant de cette semaine, tu aviseras en mon nom M. de Bellegarde, ou plutôt... je le verrai moi-même ; il peut m'aider à vaincre les dernières résistances du prince...

— Tu me disais tout à l'heure, répliqua Nazim : « Il m'a écouté, il m'a compris !... » Tu ne doutais plus du succès !...

— Eh ! répondit Kassem, je ne cesserai de douter que lorsque nous serons là-bas... en mer, et que mes yeux reverront le sommet neigeux du Djébel !... C'est toi, n'est-ce pas ? qui te chargeras de la vente de l'hôtel ? Oh !... après notre départ seulement ; je veux épargner ce chagrin à cet enfant...

— Oui, c'est convenu, dit Nazim ; j'ai déjà trouvé acquéreur à trois cent vingt mille francs... Mais il faudrait en même temps céder mon pavillon et abandonner une partie des meubles et des objets d'art...

— Tu feras un état ; les prix d'achat sont tous consignés dans les livres que je vais te remettre... On fera les sacrifices inévitables. Mais l'important maintenant, c'est de ne pas nous laisser surprendre par la grande nouvelle. Réalisons aussi promptement que possible et... déblayons le chemin !...

Ce mot: « déblayons le chemin », Halil l'interpréta comme la condamnation de son amour.

Kassem se chargea d'ailleurs d'en préciser le sens.

— Qui sait, dit-il, quels obstacles nous aurons encore à surmonter !... Et si vraiment il aimait cette jeune fille ?...

— S'il l'aimait ?...

— N'est-ce pas pour la revoir qu'il est allé en Lorraine ? Elle était à Ramyes, on te l'a affirmé ?...

— Oui... Du reste son père te l'a dit...

— Eh bien, tu aurais dû, avant de revenir, passer quelques heures à Ramyes, pénétrer dans la maison, faire parler les gens... Une circonstance insignifiante peut-être pour d'autres nous aurait éclairés.

— C'est difficile... balbutia le suspect... oui, difficile, sinon impossible, depuis le voyage de Bordeaux... Tu m'avais toi-même recommandé d'être prudent... de me tenir à distance...

— Nous avons eu tort, Nazim, répondit Kassem avec une émotion qui, cette fois, ne pouvait pas être feinte..., nous avons eu tort l'un et l'autre. J'ai été trop faible, moi..., j'aurais dû t'ordonner de le suivre partout, cet enfant que j'aime comme un fils... Tu vois ce qui est arrivé !... Ah ! s'il était mort..., que serais-je devenu ?... après lui avoir tout sacrifié, tout..., jusqu'à ma propre famille..., le perdre..., le perdre !...

Ainsi, ce vieillard dont les actes, les démarches, les projets rendaient si douloureuse la situation d'Halil, exprimait pour ce même Halil une affection vraiment paternelle...

Le prince cherchait vainement à expliquer ces contradictions.

Un mot qui semblait trahir des préoccupations d'intérêt personnel excita de nouveau sa défiance...

— Oh ! poursuivit Kassem..., sa mort, ce serait la ruine de nos plus chères espérances.

Et il reprit vivement :

— Nazim, tu veilleras sur lui désormais..., jusqu'à notre départ... S'il s'irrite, s'il te menace, s'il t'outrage..., tu feras ce que tu as déjà fait pendant le voyage de Paris à Bordeaux... Tu lui répondras : « Tu

« es notre seigneur, frappe si tu veux... notre vie n'est rien, la tienne
« est tout ! » Il est bon, il est généreux, il nous pardonnera bien un
jour de l'avoir aimé malgré lui !...

Profondément troublé par ces dernières paroles, le jeune homme allait
se retirer, mais Kassem ajouta :

— Je m'occuperai moi-même des questions les plus délicates. Mlle de
Bellegarde est revenue de Ramyes, je saurai bientôt si elle est à Paris
ou au Fresnoy. Toi, tu iras tous les jours au quai de Béthune... Je me
demande quel rôle joue ce peintre qui t'inspire une si grande confiance...

— C'est une nature honnête, un cœur loyal ! dit Nazim.

— Eh ! s'écria Kassem, je le redouterais moins si nous n'étions pas
forcés de l'estimer. Dès qu'il deviendrait gênant, on s'en débarrasserait
avec ceci ou cela... Allons, Nazim, il faut prendre un peu de repos. Je
veux encore, avant de me coucher, savoir ce que fait cet enfant... Je l'ai
laissé émerveillé de mes révélations et de mes promesses, et cependant...

— Cependant ?...

— La parole que j'attendais n'est pas sortie de sa bouche, et je suis
inquiet... Emporte ces livres, ces papiers, va... Demain, dès que tu me
verras dans le jardin, tu pourras venir...

Halil se hâta de remonter ; il fit refermer par son habesch la porte du
passage secret, rentra dans sa chambre à coucher et éteignit la lampe.

Quelques minutes après, Kassem traversait le vestibule du premier
étage et se dirigeait vers Abdallah qui feignait de dormir.

Il entr'ouvrit une petite lanterne sourde et en projeta la lumière sur
la tête du domestique noir.

Abdallah sembla s'éveiller en sursaut.

— Eh bien ?... dit le vieillard.

— Sidna est avec la paix, répondit gravement l'habesch ; qu'Allah
prête toujours son aide aux serviteurs qui veillent sur lui !...

Kassem redescendit rassuré. Mais au lieu de se coucher, Halil s'était
retiré dans une vaste pièce qui lui servait de bibliothèque et dont les
fenêtres s'ouvraient sur le jardin de l'hôtel.

Debout dans l'embrasure d'une de ces fenêtres, il essayait de reprendre
assez de calme pour se préparer à la lutte. Il se demandait s'il serait
capable de dissimuler jusqu'à l'heure où Clotilde l'appellerait.

La nuit était claire, un vent frais s'était levé et avait chassé les nuages

vers le sud-ouest. Il ne restait plus au-dessus de l'horizon que d'étroites
bandes blanches et sur les bords de ces bandes blanches se reflétait la
lueur rouge de Paris ; les hirondelles commençaient à gazouiller doucement, vaguement, dans leurs nids, sous le toit, comme si l'aube allait
poindre.

Halil crut entendre fermer une porte au rez-de-chaussée de l'hôtel,
du côté du jardin.

Il souleva un rideau et aperçut un homme qui marchait lentement sur
le sable, à droite de la grande pelouse.

Cet homme portait sous son bras gauche des livres ou des registres,
et des liasses de papiers. Il passa le long des serres et disparut au fond
du jardin, derrière un massif de lilas.

Existait-il donc une communication entre l'hôtel du prince et la propriété voisine? C'était évident.

— Avant de quitter cette maison, se dit Halil, j'y ferai sans doute
encore quelques autres découvertes. Abdallah m'aidera !

La propriété voisine était très petite, ou plutôt ce n'était qu'une
étroite bande de terrain, à l'extrémité de laquelle s'élevait un pavillon
à demi masqué par des acacias.

Ce pavillon, dont l'entrée principale devait être dans une impasse, à
gauche de l'hôtel, n'avait qu'un étage au-dessus du rez-de-chaussée.

L'unique fenêtre de cet étage était ouverte; Halil y vit apparaître un
homme qui se pencha sur la barre d'appui, attirant à lui les persiennes
rabattues contre le mur.

Le réverbère de l'impasse éclairait assez vivement la tête de cet
homme.

Halil reconnut le suspect.

— Le troisième sidi, — sidi Nazim, pensa-t-il, n'est pas mon com-
mensal, c'est mon plus proche voisin.

CHAPITRE XV

OU ROBERT PARLE A LA VRAIE FEMME

Dans la matinée du 5 juin une voiture de déménagement s'arrêtait sur le quai de Béthune, devant le numéro 45. Elle repartait avant midi, emportant les meubles du « petit cinquième ».

De la terrasse de son atelier, Robert Desnoëls la vit s'éloigner.

Le peintre cévennol eut un serrement de cœur. Il s'était rapidement attaché à cette famille de Mausseins qui allait quitter Paris. Le noble caractère du père lui inspirait un profond respect, la gaieté et l'esprit de Juliette le charmaient, un regard, un sourire de Mlle Marthe le faisaient rêver des heures entières, lui qui n'était pourtant pas l'homme des rêves, comme il le disait si volontiers !

Aux yeux de Robert, le type le plus parfait de l'honnête femme, c'était Mlle Marthe de Mausseins.

Cet artiste insouciant, rieur, gouailleur, se sentait ému fortement, gravement, lorsque le comte lui disait :

— Ma fille aînée est l'âme de notre maison...

Ah! si Desnoëls avait osé révéler toute sa pensée, avec quelle chaleur il aurait répondu :

— Oui, je l'admire, oui, j'éprouve pour elle une sorte de vénération!... Elle a la passion du devoir, du travail, du sacrifice ; elle a autant d'intelligence et de raison que de courage et de bonté ; et si jamais elle me promettait d'associer sa vie à la mienne ; j'irais dire à ma mère : « Réjouis-toi, j'ai trouvé la *vraie femme*, la femme selon ton cœur! »

Il comprenait que Marthe avait été mûrie par l'infortune ; il devinait les tristesses et les inquiétudes qu'elle cachait sous son air de dignité simple, calme; il savait que, sans plier l'épaule, elle portait un lourd fardeau, et de ce fardeau il aurait voulu pouvoir prendre au moins la moitié...

Pendant que la voiture de déménagement franchissait le pont de la Tournelle pour aller gagner la route de Fontainebleau, il songeait, accoudé sur son balcon.

— Les laisserai-je donc partir ainsi?... se demandait-il... Mais que dire à cette jeune fille, et comment obtenir d'elle un mot qui me permette d'espérer?...

Il rentra dans son atelier, roula son chevalet devant la terrasse et travailla rageusement... dix minutes.

Sacrebleu ! s'écria-t-il en se relevant, c'est comme si je peignais avec du noir de fumée, aujourd'hui!... Robert, tu n'es qu'un naïf... Robert, tu n'es qu'une bête, mon garçon !... Tu as le bonheur là, à ta portée, et tu ne sais pas même étendre la main...

Et le pouce dans la palette, il allait à grands pas de son atelier à sa chambre à coucher, de sa chambre à coucher à son atelier.

— Si Halil avait la bonne idée de venir un peu plus tôt, pensait-il, je le prierais de parler pour moi... Capellan, qui a failli être avocat... — ces diables de Marseillais ont tous failli être quelque chose — Capellan prétend qu'on ne plaide jamais bien pour son propre saint... Je sens ça... Devant Mlle Marthe, j'aurai peut-être la larme à l'œil, mais je serai muet comme une carpe frite... ou bien je lâcherai quelque sottise... et l'on croira que je l'ai fait exprès pour égayer le départ! Tandis que si Halil consentait à se charger de ma cause, il dirait sans hésitation, en présence de M. de Mausseins : « Mademoiselle, il y a là-bas, à quinze ou

« seize marches au-dessous du petit cinquième, un brave garçon qui...,
« un brave garçon que..., dont..., un imbécile..., quoi..., qui a le cœur
« plein et qui n'ose pas ouvrir ses écluses!... »

Le peintre s'était arrêté un instant devant la fenêtre de sa chambre à
coucher ; en prononçant ce remarquable discours, il gesticulait vivement.

Une voix fraîche et joyeuse lui cria :

— Bonjour, monsieur Desnoëls !...

Il leva la tête et aperçut Juliette qui lui souriait du bord de la terrasse, du bord de ce belvédère où M. de Mausseins lui était apparu, un
soir d'avril, dans des circonstances si dramatiques...

La jeune fille avait sous le bras droit un rosier et une chrysanthème,
sous le bras gauche un géranium et un fuschia.

— Bonjour, mademoiselle, répondit l'artiste, vous emportez donc à
la campagne les jardins de Babylone ?...

— Non, monsieur Robert..., je voulais les mettre en pension...

— En pension,... où donc ? Mais vous me direz cela tout à l'heure...
car je me proposais bien d'aller présenter mes respects à M. le comte...
et à Mlle Marthe...

— Et moi je descendais chez vous... pour vous demander un service...

— Un service ?... je monte !...

— J'avais un vif regret d'abandonner ces pauvres fleurs, mais Marthe
m'avait dit...

Avant que la jeune fille eût terminé sa phrase, Robert était dans l'escalier. Il frappa à la porte du cinquième.

Ce fut Mlle Marthe qui vint le recevoir.

— Oh! monsieur Desnoëls, dit-elle en souriant, nous sommes bien
heureuses de vous voir avant de partir.

Elle avait tendu sa main et Robert la pressait, cette main, sans trouver
une parole.

— Hier, reprit Marthe, hier, en revenant du Fresnoy, mon frère a
immédiatement demandé si vous étiez de retour. De notre terrasse,
Juliette regardait tous les jours votre fenêtre...

— Merci, mademoiselle, répondit enfin l'artiste... Vous avez donc
pensé à moi quelquefois ?

— Pourrions-nous donc oublier ?... Votre nom et celui du prince Halil
seront toujours au fond de nos cœurs !... Je le disais tout à l'heure à

Lucien... Notre grand enfant a vu le prince chez vous, cette nuit..., il l'a affligé, ou blessé, par sa légèreté..., n'est-ce pas ?...

— Non, dit Robert, mais il nous a semblé que M. Lucien ne se préparait pas aussi sérieusement qu'il le devrait à sa nouvelle existence... Halil a voulu le lui faire sentir.

— Je sais tout, monsieur Desnoëls. Mon frère avait parlé bien légèrement... d'une personne qui a droit à notre respect et à notre reconnaissance... Dieu merci, le repentir a suivi de près la faute ; Lucien a été triste toute la matinée ; il est allé chez le prince le prier de lui pardonner, de lui rendre son amitié ; mon père l'a accompagné... Ah! si vous étiez toujours auprès de nous...

— J'y ai songé bien souvent, mademoiselle, dit Robert à demi-voix, en regardant la jeune fille avec une respectueuse tendresse.

Marthe ne comprit pas, ou du moins elle ne parut pas comprendre.

L'artiste, déconcerté, rougit et balbutia...

— J'avais pensé... si j'avais eu l'honneur...

Juliette appela de la terrasse :

— Monsieur Robert... monsieur Robert... Voulez-vous me faire le plaisir de m'aider un peu ?...

— Me voilà, mademoiselle, répondit le peintre...

Et il se hâta de gravir l'échelle de meunier.

— Cette enfant, pensait-il, est fort à propos venue à mon secours...

— Monsieur Robert, reprit Juliette, en se penchant au bord de la trappe, j'aurais besoin de vous pour transporter les jardins de Babylone !...

— Ah ! c'était le fameux service ?...

— Non, pas précisément, mais c'est chez vous que je voulais mettre mes fleurs en pension. Marthe m'avait dit : « Laisse-les à M. Desnoëls, petite sœur, elles seront très bien sur sa terrasse ». Est-ce que vous acceptez, dites ?...

— Si j'accepte !... Donnez !... Seulement en les regardant j'aurai du chagrin...

— Parce que nous serons loin de vous ?... Eh bien! je vous crois, là..., nous étions de bons voisins, des amis... nous aussi nous aurons du chagrin, Marthe le disait à notre père... Mais non, ça n'est pas au bout du monde, Maisse, Milly, le Fresnoy ! Vous viendrez nous voir le plus souvent possible. Nous aurons une jolie maison, un grand jardin, un vrai, cette fois... Viendrez-vous ?... Répondez sérieusement, la main sur le cœur !...

Une voix plus grave, la voix de Marthe, demanda :

— Vous promettez, monsieur Desnoëls ?

— Oui, je promets, répondit l'artiste, et peut-être serai-je bientôt dans quelque village des environs de Milly. Il me tarde de revoir ce beau pays qui désormais me sera doublement cher. C'est là que je vous retrouverai, mademoiselle, et alors..., non, il y a des choses que je ne sais pas dire !

Ses yeux humides parlaient assez éloquemment cependant...

Marthe demeura un instant silencieuse. Elle ne rougissait pas, elle ne tremblait pas, elle ne détournait pas son regard.

Dans ce regard il y avait encore plus de mélancolie que de tendresse.

Debout sur l'échelle, Robert attendait, très ému...

La jeune fille dit enfin :

— Vous aviez à me parler, monsieur Desnoëls ?...

— Oui, mademoiselle...

— Eh bien, faites donc d'abord ce que veut cette enfant qui s'impatiente là-haut... je vous écouterai ensuite quand il vous plaira...

— Tendez vos bras, s'écria Juliette... voici les géraniums, il y en a quatre... le double est superbe ! Vous ne les arroserez que le soir, monsieur Robert, au coucher du soleil... Si vous pensiez de temps à autre à remettre un peu de terreau...

— J'y penserai, mademoiselle.

Et pour chaque fleur, c'étaient des recommandations maternelles.

Quand les douze ou quinze pots furent alignés sur le carreau de la cuisine, Juliette descendit du belvédère...

— Maintenant, lui dit Marthe, tu porteras bien tout cela toi-même sur la terrasse de M. Desnoëls ?...

— Mais, oui, répondit l'enfant enchantée..., et je verrai vos nouvelles études, monsieur Robert...

Le peintre lui remit la clé de son appartement.

— Regardez et jugez, dit-il..., je n'ai peut-être jamais travaillé avec plus d'entrain que pendant ce dernier voyage...

— Dans vos montagnes?... demanda Mlle Marthe, souriant...

— Dans un pays où souvent... souvent on me parlait de vous...,
quelqu'un que vous aimez vous le dira probablement...

Juliette était déjà sur le balcon du vrai cinquième. De l'appartement
de M. de Mausseins on l'entendait parler à ses fleurs.

Demeuré seul avec Mlle Marthe, Robert essayait de reprendre courage.

— C'est toujours comme ça dans les occasions solennelles, pensait-
il, ce que je sais le moins, c'est mon commencement!...

Il suivit la jeune fille dans le petit salon où Clotilde de Bellegarde
avait chanté avec une émotion si pénétrante la mélodie de Schubert.

— J'ai passé ici de bonnes soirées, mademoiselle, dit-il tristement.
Mais où est le piano maintenant, et la table autour de laquelle nous
causions, et la machine à coudre qui, elle aussi, prenait part à la
causerie?... J'ai vu emporter tout cela, et il m'a semblé que mon existence serait bien vide désormais...

— Vide, pourquoi? répondit Mlle de Mausseins... vous avez tant
d'amis, vous monsieur Desnoëls..., mais où vais-je vous faire asseoir?...
Il ne nous reste pas même une chaise...

Elle était un peu pâle et sa voix avait une vibration étrange, mais ses
grands yeux noirs, aussi doux, aussi veloutés que ceux du prince Halil,
s'attachaient sur l'artiste avec une calme confiance...

— Oh! en quelques mots je pourrais tout dire, reprit Robert..., si
j'étais encore brave comme au moment où Mlle Juliette m'a appelé...

— Eh bien... soyez brave...

— Je voulais vous demander l'autorisation... de parler à M. de
Mausseins... aujourd'hui...

— Il va venir, monsieur Desnoëls...

— De lui parler de l'estime et de l'affection que vous m'avez inspirée...
J'avais fait de beaux projets, et si vous me permettiez...

La jeune fille l'interrompit.

— Ne dites rien à mon père, murmura-t-elle, je vous comprends et
je suis profondément touchée des sentiments que vous nous témoignez,
mais...

— C'est de ce « mais » que j'avais peur, balbutia Robert.

Marthe dit d'un ton plus ferme :

— Ecoutez, monsieur Desnoëls, je n'ai pas le droit de songer à moi...

à ma situation personnelle, à mon avenir... Je ne m'appartiens pas...
Mon père, dont la santé est si fortement ébranlée, aura toujours besoin
de mes soins, Juliette n'a pas seize ans...; Jeanne est devenue notre
enfant, et, je peux bien vous dire cela, à vous..., j'ignore si nous devons
compter sur Lucien... Hélas ! dans cette nouvelle existence que nous
fait M. de Bellegarde, que de déceptions j'entrevois !...

— Vous avez une noble tâche à remplir, s'écria Robert..., et j'espérais que vous me laisseriez vous aider !...

— Merci, répondit la jeune fille en lui tendant la main... Vous avez
cédé à un généreux entraînement... Mais je ne veux pas que la réflexion
vienne plus tard... trop tard, monsieur Desnoëls... Non, je n'accepterai
pas le sacrifice de votre vie...

— Le sacrifice ?...

— Vous n'avez pas pensé qu'il vous faudrait travailler pour cinq personnes..., pour six peut-être, car je vous le répète, la légèreté et l'insou-
ciance de Lucien m'épouvantent... Nous sommes déjà accoutumés à la
gêne, nous autres... mais vous, votre famille...

— Je me suis dit tout cela, mademoiselle, répliqua énergiquement
l'artiste, mais je sais le courage et la force que peut donner à un honnête homme l'affection d'une compagne telle que vous !... S'il y a des
époques de gêne..., de misère, à traverser, nous les traverserons dignement, sans une minute de défaillance, appuyés l'un sur l'autre...

Marthe ferma les yeux...

— Oui, ce serait beau !... murmura-t-elle... Et pourtant... pardon...
si quelqu'un doit craindre de vous affliger, c'est moi... et pourtant... je
ne peux pas !...

— Vous ne pouvez pas !...

— Je ne dois pas, monsieur Desnoëls... Laissez-moi achever... puisqu'il le faut... Tenez, moi aussi j'ai fait des projets... j'ai pensé que cette
affection dont vous m'honorez, vous pourriez un jour la reporter sur
Juliette...

— Sur cette enfant ? Mais c'est vous que j'aime, vous !...

— Comme un ami entièrement dévoué, je le sens, j'en suis heureuse !...
Attendez... deux ou trois ans... et je vous donnerai ma Juliette... Elle a
un bon cœur, un intelligence vive et cette gaieté vaillante qui résiste à
toutes les épreuves... J'en ferai une femme digne de vous... C'est ainsi

que je répondrai à votre affection, et alors vous me comprendrez ; vous m'aimerez autrement, mais peut-être encore plus qu'aujourd'hui... Je serai vieille, — ne le suis-je pas déjà ? — et j'adorerai vos enfants !

Robert écoutait, consterné.

— Ainsi, dit-il avec abattement, vous ne me permettez pas même de conserver un peu d'espérance ?

Juliette remontait en chantant.

Marthe céda à un mouvement de pitié.

— Monsieur Desnoëls, répondit-elle, vous nous avez promis de venir nous voir souvent au Fresnoy ?

— Oui, mademoiselle.

— Promettez-moi aussi d'aimer cette enfant... comme vous m'aimez... Je désire que nous ayons, l'une et l'autre, une égale part de votre affection...

Robert s'inclina, trop ému pour pouvoir parler. Juliette venait d'entrer en disant : — Voilà le père et Lucien !...

Et elle ajouta en riant :

— Comment déjeunerons-nous ?... Il faudra s'asseoir à la turque, sur le carreau... autour d'une de ces caisses... Ce sera drôle !...

Marthe regarda Robert, et dans ce regard, elle lui demanda de ne pas se montrer attristé, elle le pria d'avoir du courage, comme elle en avait elle-même...

L'artiste comprit. Il releva la tête, fourragea à pleines mains dans les masses rousses de sa barbe et dit avec un rire trop sonore :

— Merci de la leçon, mademoiselle Juliette..., faut-il que je sois... bête, pour ne pas vous avoir encore offert l'hospitalité !...

— Tiens, c'est vrai, s'écria l'enfant, on pourrait déjeuner chez vous...

— Mais oui, mais oui..., j'ai des chaises, moi, j'ai une table, moi, j'ai même des assiettes, des verres, des fourchettes et quelques couteaux, moi, y compris le couteau à palette...

— Tout un ménage alors, il ne manque plus qu'une Mme Desnoëls !...

— Eh ! parbleu, j'attendais tous les jours qu'il m'en vînt une du ciel..., ou du petit cinquième.

— Enfin, dit M. de Mausseins, en entrant, vous voilà, monsieur Desnoëls..., vous et votre joyeuse humeur !...

— Monsieur le comte, répliqua Robert, vous partez, je reste et si je suis gai, c'est par ordre !

— Comment, par ordre ?

— Oui. Mlle Marthe et Mlle Juliette ne veulent pas souffrir que je sois mélancolique une fois en ma vie, elles ne me permettent pas même d'être à peu près grave à l'heure des adieux. Il n'y a pas beaucoup plus loin, disent-elles, de Paris au Fresnoy que du quai de Béthune à l'avenue de Villiers... A propos, vous avez vu le prince Halil aujourd'hui ?...

— Non, répondit M. de Mausseins, le prince venait de sortir à cheval avec son domestique noir. Mais puisqu'il m'a fait annoncer sa visite, nous l'attendrons ici, jusqu'au train de sept heures, s'il le faut.

— Nous l'attendrons chez M. Robert, dit Juliette, puisque M. Robert met son appartement à notre disposition... Lucien ne prétendra plus que nous sommes sur le pavé !...

A trois heures, Halil arriva ; le comte et ses enfants lui firent leurs adieux avec une effusion qui l'émut.

Lucien cependant, craignant de l'avoir blessé dans leur entretien de la veille, s'était d'abord tenu à l'écart... Halil lui tendit la main et l'assura qu'il ne conserverait de leurs relations qu'un agréable souvenir.

— J'espère, lui dit-il, vous trouver parfaitement heureux de votre nouvelle situation, quand j'irai vous voir avec notre ami commun, M. Desnoëls.

Mais, ajouta le prince, en se retournant vers Juliette, je ne vois pas votre petite Jeanne... Où donc est-elle ?

— Au Fresnoy, répondit la jeune fille. Mlle Clotilde nous l'a amenée à son retour de Lorraine, mais nous n'avons eu que le temps de l'embrasser... On me la rendra, cette enfant, dès que nous serons installés dans notre maison.

La famille de Mausseins partit à quatre heures. Robert et Halil lui firent leurs adieux à la gare.

Au retour, le peintre était triste et son compagnon hésitait à lui demander la cause de cette tristesse.

— Cependant lorsque les deux amis furent rentrés dans l'atelier, le chagrin de Desnoëls se trahit brusquement par une singulière boutade.

— Est-ce que je vais encore peindre avec du noir de fumée, comme ce matin ? dit le pauvre garçon en se mettant à cheval sur une chaise;

devant son chevalet... Peindre... peindre... il faudrait au moins en avoir le courage... et je n'ai pas plus d'énergie aujourd'hui qu'un simple Capellan !... Je suis plus malheureux que vous, Halil !...

— Vous, malheureux! s'écria le prince...

— Oui, c'est prodigieux, n'est-ce pas? ça ne serait jamais venu à l'idée d'un être doué de raison..., et pourtant c'est comme ça !... On vous a dit, à vous : « espérez, ayez confiance », tandis que... Ah ! sacrebleu, n'en parlons plus, tenez, c'est stupide, de s'occuper de soi si longtemps !

— Oh ! pourquoi? vous ne voulez donc pas me laisser partager vos peines, vous qui cherchez constamment à alléger les miennes !...

— Eh bien si..., je lâche les écluses, voilà ! J'ai essayé de parler, tout à l'heure.., j'ai fait de la diplomatie de niais, de sot, de bélître, pour savoir si une demande en mariage aurait quelques chances d'être accueillie, et l'on m'a répondu...

L'artiste se releva, et marcha à grands pas dans l'atelier.

— Là, là, c'est bien fait, grondait-il en se frappant la poitrine, tu n'as que ce que tu mérites, animal!... Avoir songé au mariage comme un homme qui place ses économies et achète du trois pour cent ou des obligations P.-L.-M. !... Avoir pensé qu'une honnête femme te prendrait au sérieux !...

— Mais enfin, dit Halil, que vous a-t-on répondu?...

— Qu'on a de grands devoirs de famille à remplir, qu'on ne s'appartient pas, qu'on n'a pas le droit de déposer le fardeau..., et ce qui me met hors de moi..., c'est qu'on a raison!...

Pourtant, ajouta l'artiste en mettant ses mains sur son cœur, je me sentais là de la force pour tous... oui, pour tous !...

— Eh ! puisque vous aimez véritablement, dit le prince, vous ne vous laisserez pas abattre... Demain ou après-demain vous reverrez Mlle de Mausseins, vous passerez sans doute plusieurs semaines auprès d'elle, et le jour viendra où vous lui ferez comprendre que, porté à deux, le fardeau ne serait plus un fardeau !...

— Tiens... c'est vrai !... s'écria Robert... au premier choc, j'étais sens dessus dessous... la tête en bas... vous me remettez sur mes pieds, vous!... Ah ! Je vais en ruminer, des discours !...

Il venait de passer subitement du désespoir à la confiance. Son heureux caractère avait de ces sursauts.

— A propos de discours, reprit-il, je crois bien que j'en ai fait trois ou quatre, ce matin... et, entre nous soit dit, ça n'était pas réussi, mais j'ai trouvé le moyen d'y glisser une réponse au message!...

— Une réponse?...

— Oui, j'ai laissé entendre que prochainement, très prochainement j'irais à l'étude par là-bas du côté de Milly, d'Achères, du cirque d'Arbonne... Parions que ce soir mon message, à moi, aura été transmis, et par la voie la plus sûre!... Puisqu'il faut se hâter, nous nous hâtons!...

— Ami, dit Halil, jamais je n'ai éprouvé plus d'impatience et plus d'inquiétude... La lutte à laquelle je me préparais s'est engagée cette nuit!...

— Ah! votre Kassem a immédiatement démasqué ses batteries?...

— Robert, cet homme s'acharne à briser mes affections... il veut me séparer de... Mlle de Bellegarde... il veut que je parte!...

— Que vous partiez... maintenant?...

— Bientôt, peut-être avant la fin de ce mois... Il règle mes affaires, il s'occupe de la vente de mon hôtel, il agit comme si j'étais résolu à quitter Paris et la France pour toujours!

— Et nous nous révoltons, nous... et nous prenons l'ennemi à la gorge, afin qu'il ne nous étrangle pas?... Dites!...

— Robert, répondit le jeune prince, le jour où je vous laissai à Saint-Avold, le jour où j'arrivai à Ramyes, j'aimais... Et pourtant alors j'aurais pu repartir sans avoir vu Mlle de Bellegarde, j'aurais pu me condamner à vivre loin d'elle, en Orient, en Amérique..., je ne sais où; maintenant si je dois renoncer à Mlle de Bellegarde, je ne vivrai ni en France, ni ailleurs, je vous le jure..., je ne vivrai pas!... Voilà ce que je voudrais dire à Kassem, et c'est précisément ce qu'il faut lui cacher!...

— Voyons, dit le peintre, tout ça c'est de la douleur, c'est de la colère, c'est de la passion, ce n'est pas du raisonnement... Nous manquons absolument de sang-froid, mon ami... En somme, vous n'êtes pas réduit au désespoir; il y a beau temps que vous n'avez plus six ans, on ne vous arracherait pas de Paris comme on vous arracha de Ramyes autrefois!...

— Oui, mais il faut à tout prix éviter un éclat, jusqu'au moment où Mlle Clotilde m'appellera auprès d'elle...

— Eh bien, exposez-moi les faits avec ordre, avec calme, si c'est possible , et montrez-moi nettement la situation... nous dresserons ensuite notre plan de bataille.

Halil raconta tout ce qui s'était passé depuis son retour à l'hôtel de l'avenue de Villiers.

Lorsqu'il eut répété presque textuellement les révélations de Kassem, lorsqu'il eut parlé des hautes destinées que le vieillard lui avait promises, Robert le regarda bien en face...

— Et cette fortune ne vous tente pas ?... demanda-t-il...

— Non, dit le prince...

— Vous n'avez pas songé à accepter ce pouvoir ?... Vous n'avez pas eu une minute d'éblouissement ?...

— Je mentirais si je répondais encore non. Mais à peine Kassem était-il sorti de ma chambre que j'ai eu honte de moi-même... Ami, je n'oublierai jamais cet instant de défaillance ; désormais j'aurai plus de pitié que de mépris pour les hommes que je verrai atteints du délire des grandeurs... Puis j'ai réfléchi, je me suis dit que peut-être Kassem avait voulu me forcer à lui faire l'aveu de mes espérances... J'ai essayé, à mon tour, de le surprendre et de pénétrer ses secrets.

— Et avez-vous réussi ?...

— Je devrais rougir de m'être abaissé jusque-là, mais en une demi-heure j'ai appris plus de choses que je n'en aurais deviné en cinq ou six ans...

Halil répéta ce qu'il avait entendu de l'entretien de Kassem avec le suspect.

— Vous le voyez, dit-il, ce projet de départ est bien près de se réaliser.

— En effet, répondit Robert, je vois ce que je n'aurais jamais pu imaginer..., je vois qu'on dispose de vous et de vos biens sans votre consentement !...

— Oui, pour la vente de l'hôtel, par exemple, on ne me fait pas même l'honneur de me consulter... Kassem prétend que c'est pour m'épargner un chagrin...

— Oh ! la bonne âme !...

— Que m'importent, après tout, ces étranges procédés?... Mais que je sois un instrument docile entre les mains de ces gens-là, que je doive, bon gré mal gré, accomplir leurs desseins, comme ils le disent, c'est ce que je ne puis admettre, c'est ce qui me révolte!... Vous connaissez maintenant, ami, les dangers qui me menacent... j'allais dire qui nous menacent... car vous voilà, vous aussi, sous la haute surveillance de Nazim !

— Du suspect ? Tiens, c'est drôle ! s'écria Robert.

— Et ce qu'il y a de plus curieux, c'est qu'il vous estime, ce suspect, c'est qu'il a l'air de plaider pour vous les circonstances atténuantes...

— Bien obligé... Et naturellement, l'accusateur, c'est notre terrible Kassem ?

— Oui, il regrette, lui, d'être forcé de vous estimer. Si vous n'étiez ce que vous êtes, dit-il, on se débarrasserait de vous « avec ceci ou cela... » Oh ! comme j'aurais voulu voir les deux gestes qui ont accompagné la parole !...

— Moi aussi, dit Robert, mais je devine à peu près... Donc, je vais avoir à mes trousses une police orientale ?

— Nazim doit faire tous les jours un voyage d'exploration sur le quai de Béthune.

— Ah ! j'avais une revanche à prendre sur le suspect, je la prends, mon ami, je la prends !...

— Mais comment ?

— Laissez-moi le temps d'y songer... ce sera plus tôt fait, je crois, que de préparer une constitution pour les peuples dont Kassem veut vous donner le gouvernement.

Dix minutes après, le peintre exposait son plan.

— C'est très simple, dit-il, et ce sont toujours les moyens les plus simples qui réussissent le mieux contre des adversaires trop habiles. Et d'abord, il est bien entendu que vous ne faites aucune opposition au projet de départ qui semble si près de se réaliser.

Vous demandez seulement s'il ne vous sera pas interdit, lorsque vous serez prince régnant, prince gouvernant, de correspondre avec vos anciens amis et de les attirer auprès de vous... Faites comprendre, par exemple, qu'il vous serait agréable de revoir de temps à autre le nommé Robert Desnoëls et de lui commander quelques tableaux pour votre galerie... Il faut avoir l'air de poser des conditions...

— Ces conditions-là, répondit Halil, seraient immédiatement acceptées.

— Eh !... on ne sait pas... Insinuez que vous aimeriez à reprendre, comme dit Lucien de Mausseins, l'air de Paris, du boulevard, du bois

de Boulogne, des théâtres, des cafés à la mode, où l'on soupe jusqu'à
cinq ou six heures du matin...

— Oh ! Kassem sait trop bien que je vais rarement au théâtre et que
je ne soupe plus après minuit !...

— N'importe..., il pensera que vous vous reprenez de belle passion
pour toutes ces choses futiles, précisément à l'heure où vous êtes obligé
de leur dire adieu... C'est très naturel, cela !... Puis vous laisserez voir
parfois combien il vous est difficile de contenir votre curiosité...

— Ma curiosité, dites-vous ?...

— Oui, elle doit avoir été vivement excitée par les demi-révélations
de Kassem... Provoquez de nouvelles explications sur la situation qui
vous serait faite, sur le pays que vous habiteriez, sur les mœurs, les
usages, le caractère des populations au milieu desquelles vous vivriez...
Chaque question sera bien accueillie, allez !... C'est très amusant à
jouer, ce rôle-là !...

— Je suis si peu comédien !...

— Essayez !... il le faut!... Si vous ne savez pas faire prendre le
change à l'ennemi, tous ses efforts se porteront du côté du Fresnoy...
songez-y !...

— Soit, j'essaierai..., répondit Halil...

— Je me charge du reste poursuivit Robert Desnoëls, et voici mon
programme, à moi :

Demain je ne sors pas de mon atelier; je me fais monter mon déjeuner et mon dîner ; s'il se glisse chez mon concierge des suspects ou
des Capellan, on leur répond que je suis malade. La police orientale fera
le pied de grue tout le jour, s'il lui plaît, sur le quai de Béthune. Vous
ne viendrez pas me voir..., vous serez très préoccupé, sinon très affairé...
Vous devriez même, par quelque démarche significative, attirer sur
vous seul l'attention de Kassem... Pourquoi, par exemple, n'iriez-vous
pas prendre des informations, à l'ambassade ottomane ?

— Des informations... sur qui et sur quoi ?...

— Sur les princes et les peuples d'Orient, parbleu !... N'est-il pas
logique que tous vos efforts tendent à découvrir ce qu'on s'obstine
encore à vous cacher ?...

— Et si je cherchais à me renseigner sur Kassem lui-même ?...

— Ce serait cent fois mieux !... Mais vous ne l'avez donc pas déjà fait ?...

— Non..., cela me paraissait presque... une mauvaise action !...

— Une mauvaise action ?... répliqua Robert... O naïveté !... Mais je ne vous la reproche pas, cette naïveté, je l'admire !...

Allons, poursuivit le peintre, ce que vous n'avez pas fait jusqu'ici, par excès de délicatesse, vous ne le ferez ni aujourd'hui ni demain... Promettez-moi seulement d'aller à l'ambassade ottomane, sous un prétexte ou sous un autre... Vous devez bien y connaître quelqu'un ?...

— Oui, dit Halil, j'ai été en relation avec deux des secrétaires.

— A merveille !... Vous renouerez ces relations... L'important, c'est que votre phaéton et votre Abdallah stationnent le plus longtemps possible devant l'hôtel de l'ambassade... Moi, je partirai demain, dans la soirée, à dix ou onze heures ; j'irai coucher à Fontainebleau... Je ne suppose pas qu'à ce moment-là les agents de Kassem rôdent encore autour de l'Ile Saint-Louis...

— C'est peu probable, surtout si je suis dans mon appartement de la rue de Villiers, et j'y serai...

— Vous passerez une partie de la nuit au milieu de vos livres et de vos collections de gravures, vous vous replongerez dans vos études orientales, et demain, avant midi, vous recevrez une lettre signée Robert Desnoëls...

— Une lettre de là-bas ?...

— Oh ! non !... L'enveloppe portera le timbre d'un bureau de Paris, du bureau le plus proche de mon quartier. Après avoir lu cette lettre, vous la laisserez bien en évidence, dans votre chambre, sur une table, ou sur la cheminée, et vous viendrez chez moi...

— Mais ne disiez-vous pas que vous partiriez demain ?...

— Eh oui, je serai parti !... mais, pour Kassem et pour les suspects, il faut que je sois à Paris, souffrant, cloué sur un lit de douleur, et que j'aie pour garde-malade mon meilleur ami, le prince Halil... Comprenez-vous ?

— Très bien...

— Voici une clef de mon appartement ; tous les jours vous vous enfermerez dans cet atelier ; vous ouvrirez ma correspondance, je vous y autorise, je vous le demande, car je m'écrirai probablement à moi-même... et puis vous tuerez le temps comme vous pourrez de deux heures à six heures de l'après-midi !... Pour vous distraire, vous regarderez de mes fenêtres le suspect en faction sur le pont ou sur le quai... et ce sera un beau spectacle !... Et maintenant, laissez-moi écrire quelques mots à ma famille; depuis quinze jours je suis sans nouvelles de mon père... et ce silence m'inquiète...

— Et si la réponse arrive à Paris pendant votre absence, où vous la ferai-je parvenir ?

— Où ?... je ne sais pas même s'il y a un bureau de poste à Achères... Mieux vaut donc que j'écrive de là-bas, pour donner plus exactement mon adresse... On ne peut pas correspondre au petit bonheur avec « Monsieur Robert Desnoëls, peintre de paysages, dans la forêt de Fontainebleau »; c'est trop vague pour les facteurs... Ah ! j'oubliais... Si, par hasard, par un hasard très heureux, je rencontre dans cette forêt une belle jeune fille blonde, que lui dirai-je ?... Faudra-t-il lui parler... de ce projet de départ ?...

— Non, non !... s'écria le prince... Elle a déjà tant souffert par moi..., à cause de moi !... Vous lui direz que je me souviens..., que j'attends, et que j'ai du courage, puisqu'elle m'en a donné !...

CHAPITRE XVI

LE MUSÉE DES SOUVENIRS

Le surlendemain, à midi, Halil recevait une lettre ainsi conçue :

« Vous m'abandonnez, ami, vous me laissez broyer du noir, vous allez me réduire à considérer comme une bonne fortune la visite du grand poète Capellan !...

« Je vous ai attendu hier toute la soirée, et les malades ne savent pas attendre... Mais je vous pardonne, Halil ; vous ne supposiez pas qu'avant sa quatre-vingt-dix-neuvième année, Robert Desnoëls pût être malade, infirme, pour ainsi dire paralytique !... J'ai eu la fièvre pourtant, je crois même que je l'ai encore, et me voilà perclus, oui, perclus, incapable de marcher seul de mon lit à mon atelier. D'ailleurs, on ne me permet pas de me lever, et je n'ai d'autre distraction que d'étudier les mœurs d'un ménage de moineaux qui a élu domicile dans un trou de mur, sous le belvédère du petit cinquième.

« Hier, le médecin que j'avais fait appeler est venu trois heures après le plus fort de l'accès. C'est un jeune, très intelligent, paraît-il, trop intelligent, car il formule son diagnostic à quinze pas du malade... — Vous avez la goutte, me dit-il en entrant. — Moi, goutteux, comme un bon bourgeois gourmand, somnolent, ventru, dodu !... J'avoue que cela me fit rire aux larmes...

« Eh bien, non, la Faculté y a regardé de plus près, et j'ai décidément un rhumatisme articulaire qui affecte surtout la jambe et la hanche droites. Pendant notre dernier voyage, j'ai quelquefois dormi dans les bois, sur la mousse humide ; c'est une faute que j'expie durement. Quand nous ferons d'autres excursions en forêt, j'emporterai un matelas...

« Venez, ami, apportez-moi des livres, des journaux, des cigares, des cancans et une bonne dose de patience pour attendre le jour où je pourrai entreprendre à pied, — à pied ! — le grand voyage du quai de Béthune à l'avenue de Villiers.   « ROBERT DESNOELS. »

Halil déposa cette lettre sur son bureau, dans sa chambre, et ordonna à son habesch d'atteler le phaéton. Puis il descendit, emportant trois ou quatre volumes et une boîte de cigares. Kassem l'attendait sur le perron.

Chose extraordinaire, le vieillard, ce jour-là, était vêtu avec une certaine recherche ; il venait de ganter sa main gauche ; à l'annulaire de la main droite il portait la bague à large pierre gravée que, dans certaines contrées orientales, on appelle « le signe du cheik ».

— Tu sors ? demanda-t-il ; veux-tu m'emmener ?...

— Viens, répondit le jeune homme... Où faut-il que je te conduise ?...

— À l'ambassade ottomane... Tu sais bien où est l'ambassade ?...

— Oui... je sais, dit Halil, feignant d'éprouver un peu d'embarras.

Et comme le vieillard fixait sur lui un regard pénétrant, il ajouta :

— J'y suis allé hier.

— Ah !... qu'avais-tu donc à demander ?...

— Je pensais... qu'il ne serait pas inutile de renouer d'anciennes relations... Et puis, j'espérais obtenir certains renseignements... Ah ! à propos, est-il vrai, comme on me l'a dit, que les princes du Liban aient tous une situation fort précaire ?...

— Pas tous !... Tu t'intéresses donc particulièrement aux princes du Liban ?...

— Non, mais j'avais lu hier un livre sur la Syrie et l'Egypte... un récit de voyage écrit par un homme d'esprit, excellent observateur...

— Tu me montreras cela, dit Kassem... la plupart de ces livres si spirituellement écrits fourmillent d'inexactitudes... Les princes du Liban, mon enfant, ne sont plus ce qu'ils étaient autrefois... la dette les ronge... S'il y en a de très honorables, il y en a aussi de très vaniteux qui ont des idées étroites et de grands besoins... Depuis les tristes événements de 1859 surtout, leur autorité est bien affaiblie... C'est peut-être uniquement pour ne pas provoquer une nouvelle intervention de la France que la Turquie leur permet de vivre... et de parader... Est-ce là ce que tu voulais savoir ?...

— Alors, répondit Halil... ma famille, à moi, n'est pas une de ces familles du Liban ?...

Le vieillard sourit :

— Patience, dit-il... patience quelques jours encore... je ne te demande plus des années !...

— Pourtant, reprit Halil, qui semblait obsédé par une idée fixe, tu m'as toujours fait parler le syriaque !...

— Oh !... avec beaucoup d'arabe, de kurde et de persan !... Le temps est proche, te dis-je..., tu verras que pour t'élever ainsi j'avais de très bonnes raisons !... Mais nous voici à quelques pas de l'ambassade..., je te quitte... Tu vas au bois ?...

— Non, je vais passer un instant auprès d'un ami malade..., auprès d'un de ces amis que je n'oublierai jamais !

— M. Desnoëls?... Eh ! je ne te demande pas de l'oublier... je désire au contraire que tu lui fasses le plus de bien possible avant notre départ...

— Avant notre départ ?... J'y ai pensé...

Ce fut sur ce mot qu'Halil et Kassem se séparèrent.

Le jeune homme remit son cheval au trot et se dirigea vers les quais.

— Allons, se disait-il, Robert serait content de moi !

Il mit pied à terre dans l'île Saint-Louis et renvoya Abdallah en lui recommandant de ramener le phaéton entre cinq et six heures.

Et tous les jours il venait ainsi passer une partie de l'après-midi dans l'appartement du peintre. Il lisait les livres qu'il avait achetés pour le « malade » ; il prenait soin des fleurs de Juliette, il essayait de dessiner. Parfois, assis dans l'atelier, au milieu des nombreuses études que Desnoëls avait rapportées de Lorraine, il s'abandonnait à de douces illusions, il croyait encore être à Ramyes. Son regard errait par la verte vallée ; il revoyait le chemin de la Corniche, les roches grises, les haies de prunelle et d'aubépine, les pyramides des genévriers, et, un peu plus loin, au-dessus du château, la tour tapissée de lierre. Siéfer creusait ses sabots devant le puits, l'oncle Philippe, dans son grand fauteuil, sculptait le coffret de mariage. Des festons de vigne se balançaient entre les mérisiers du jardin et à l'ombre de cette vigne et de ces mérisiers, une jeune fille, vêtue d'un long peignoir gris et bleu, jouait avec une enfant.

C'était pour Halil le musée des souvenirs, cet atelier de Robert Desnoëls, et c'était aussi le pays des rêves. L'oncle Philippe demandait : « Es-tu heureux? » Siéfer s'écriait : « Oh ! les beaux fiancés ! » Clotilde murmurait : « N'est-ce pas que rien désormais ne pourra troubler notre bonheur? »

Comme ces beaux rêves charmaient l'attente... et comme ils faisaient oublier les « grandes pensées » de Kassem !

Deux lettres de Robert arrivèrent pendant la première semaine.

« Mon ami, disait le peintre, je suis comme un sieur Tantale, dont vous avez sans doute entendu parler : j'ai de l'eau fraîche et limpide à portée de ma main et il m'est défendu d'en boire.

« Mais non, la comparaison n'est pas juste, car précisément ce qui manque le plus dans nos *austères déserts,* c'est l'eau !... Je ferais mieux de dire tout simplement : Milly est là, au bas de la côte, derrière ce massif rocheux, et à quelques kilomètres de Milly, dans le parc du Fresnoy, se promènent trois jeunes filles... et il m'est interdit de descendre la côte, de me montrer à la calme population de Milly, de chanter « ma mie, voici votre Jean », dans l'avenue du Fresnoy, et surtout, surtout... d'apparaître aux yeux des dragons qui gardent les trois jeunes filles !... C'est un supplice de tous les instants, ça !...

« Des paysans d'Achères m'ont accordé une hospitalité presque écossaise, je mange à leur table, je suis de la famille ; quand vous viendrez, il y aura pour vous un lit monumental sous un ciel à badalquin.

« Je vais chaque matin à l'étude dans le cirque d'Arbonne et, assis sur mon pliant, devant les rochers de la Justice, j'attends l'amazone qui doit passer... Elle ne passe pas, mon ami, et je peins sans cesse les

mêmes blocs de grès, les mêmes arbres, les mêmes fougères. Quand
c'est fini, fini, je laisse sécher en fumant comme une locomotive, et je
regarde du côté de Milly... Rien, rien..., pas un bûcheron, pas un braconnier, pas un garde, pas un chien !... Je pousse de longs soupirs et
je recommence à peindre des fougères, des bouleaux, des blocs de grès...

« Courage pourtant, courage !... Avant-hier j'ai vu sur le sable quelque
chose qui ressemble aux empreintes creusées par les sabots d'un cheval...
Elles sont petites, ces empreintes, le cheval qui les a laissées n'est pas
un limonier des carrières... Hier je les ai retrouvées, beaucoup plus
multipliées, beaucoup plus visibles, devant les rochers de la Justice...
A quel moment était-on venu ou venue?... Probablement pendant que
je dînais avec mes paysans... (Il y avait grand gala chez ces braves
gens.) Aujourd'hui, quand je plierai bagage pour remonter à Achères,
j'oublierai ma palette, ou mon pliant... Il faut qu'on sache que je suis
à mon poste, et on le saura ! »

Une troisième lettre, très courte, apporta de meilleures nouvelles :

« J'ai vu l'amazone, mon ami, je l'ai vue, et j'ai constaté qu'elle ressemble d'une manière frappante à..., devinez à qui ? Elle est arrivée ce
matin à huit heures, par l'ancienne route de Milly... Un vieux domestique la suivait à distance respectueuse... J'ai eu la sottise de faire un
mouvement trop brusque..., j'allais me lever, le domestique s'est immédiatement rapproché...

« Oh ! rien n'est compromis ; l'amazone m'avait fait un signe et ce
signe suffisait... Il fallait la laisser passer comme une inconnue. On
obéira, mademoiselle !

« A demain ! Je déjeunerai et dînerai dans la forêt; je serai à mon
poste avant l'aube et j'y serai jusqu'à la nuit.

« P. S. — Le suspect est-il toujours au sien? »

Le lendemain, pas de nouvelles, le surlendemain non plus ; la seconde
semaine s'écoula, et Robert n'écrivait pas : « J'ai revu l'amazone, elle
m'a parlé... venez!... »

A six heures, chaque soir, Halil rentrait dans son hôtel de l'avenue
de Villiers, mais il en ressortait presque aussitôt, car il ne se sentait
plus la force de cacher constamment sa tristesse et sa préoccupation.
Le matin, il montait son Guébla et faisait avec Abdallah de longues
courses dans les environs de Boulogne.

Kassem ne paraissait ni s'étonner, ni s'inquiéter. Cependant, il lui arriva de demander au domestique noir :

— Que fait donc ton sidi? ... Où va-t-il?...

Le sidi marche, marche, marche, répondit l'habesch, et son serviteur le suit... le sidi ne parle pas, et le serviteur ne doit pas l'interroger...

Dans la matinée du 24 juin, Halil revint du bois un peu plus tôt que de coutume. En entrant dans le vestibule, il aperçut deux étrangers qui descendaient avec Kassem l'escalier du premier étage.

L'un de ces étrangers s'arrêta pour jeter un coup d'œil sur un papier que le vieillard tenait à la main.

— L'évaluation des meubles, dit-il, a été exagérée; quant aux objets d'art, puisque le prince se réserve encore de faire un choix...

— C'est une question que nous traiterons plus tard..., chez moi, répondit vivement Kassem en voyant Halil au pied de l'escalier.

Les deux étrangers saluèrent; le prince, sans prononcer une parole, leur rendit leur salut et se retira dans le jardin...

Un instant après, Kassem venait l'y chercher...

Halil laissa percer un peu d'irritation...

— Je ne suis donc plus chez moi ?... dit-il... Que veulent ces gens-là?...

— J'avais pensé... répondit le vieillard... que tu n'emporterais pas là-bas... tout ce que nous avons acheté dans ces dernières années... Tu auras tant d'autres richesses!... J'avais appelé des experts...

— Pour faire évaluer les meubles et les objets d'art?...

— Oui...

— Pourtant, l'un de ces deux hommes n'est pas expert... c'est un spéculateur fort connu... Tu lui as fait visiter l'hôtel... Pourquoi ne m'as-tu pas dit franchement : « Je veux vendre cette maison ?... »

— Mais... je n'ai jamais eu l'intention de la vendre sans ton assentiment... Si cela te déplaît...

— J'aurais désiré au moins conserver un pied-à-terre à Paris... Tu agis, ce me semble, comme si je devais prendre l'engagement de ne plus revenir en France... Cet engagement, je ne le prendrai pas, non, non !

— Oh ! ne parle pas ainsi, Halil... Ton vieil ami, ton vieux serviteur fera tout ce que tu voudras... Ordonne !...

— J'y songerai.

Pendant le déjeuner, la pénible impression que le prince avait éprouvée en rencontrant deux étrangers dans son hôtel, pour ainsi dire sur le seuil de son appartement, ne parut pas se dissiper.

— Écoute-moi, dit Kassem, lorsque le jeune homme se leva pour retourner au quai de Béthune..., il m'est venu une idée que tu ne désapprouveras pas... j'en suis sûr... Tu tiendrais beaucoup, beaucoup, à avoir un pied-à-terre à Paris ?...

— Oui, répondit Halil... je ne sais comment t'expliquer cela..., mais je me suis demandé si je n'aurais pas quelquefois là-bas la nostalgie de la vie parisienne !...

— Eh bien, si avant de partir nous achetions une petite maison avec un jardin..., et si nous y aménagions un appartement... et un atelier.

— Un atelier ?...

— Pour ton ami, M. Desnoëls ?... Ah !... tu souris, enfin !... Tu vas le voir, cet ami?...

— Oui...

— Parle-lui de notre projet... Nous achèterions la maison dans un quartier bien aéré, bien sain... moins humide que l'île Saint-Louis,... aux Ternes, par exemple... qu'en penses-tu ?

Évidemment Kassem avait lu la lettre de Robert, la lettre du « malade ».

— A ce soir, répondit Halil ; ne décidons rien sans avoir consulté le principal intéressé...

— Mais, répliqua le vieillard, le principal intéressé... n'est-ce pas toi?... Si tu veux, nous irons faire une promenade du côté des Ternes, nous verrons, dans les nouvelles avenues, s'il y a quelque chose à acheter...

— Aujourd'hui ?...

— Il n'est que midi et demi... M. Desnoëls ne t'attend pas avant deux heures?...

— En effet... Allons !...

Halil, ce jour-là, n'arriva qu'à deux heures et demie au quai de Béthune. Il monta rapidement les cinq étages...

— Si Robert me laisse encore aujourd'hui sans nouvelles, se disait-il, je lui écrirai... Et pourquoi n'irais-je pas à Achères, demain ?... Il faudrait pouvoir faire ce voyage en une après-midi, pour ne pas éveiller les soupçons de Kassem.

Et en se demandant s'il lui serait possible d'aller et de revenir en sept ou huit heures, le jeune homme ouvrit la porte de l'atelier.

— Enfin, vous voilà !... s'écria une voix joyeuse, la voix de Robert Desnoëls...

Le peintre écrivait, au moment où Halil était entré.

Il se leva brusquement et saisit les deux mains du prince.

— Ah ! mon ami, dit-il... je commençais à désespérer !...

— Et moi ?... répondit Halil...

— Vous... lorsque vous êtes aimé... lorsque... Mais je vous raconterai tout en allant à la gare... Venez !...

— On m'appelle ?... Nous partons ?...

— Eh ! certainement, nous partons, je vous enlève... Kassem et ses suspects diront ce qu'ils voudront, cette fois !... L'important, c'est qu'ils n'aient pas le temps de nous barrer le chemin... Il y a, tout près d'ici, sur l'autre quai, une station de voitures. En moins de dix minutes nous serons à la gare de Lyon... à trois heures cinq... le train siffle... c'est un train direct... Êtes-vous prêt ?...

Halil ne trouvait plus le moyen de placer un mot...

— Ah oui, je sais, reprit Robert, toujours avec la même volubilité, dans les circonstances ordinaires nous aurions encore une question à trancher, la question des bagages, n'est-ce pas ? S'il vous manque quelques-unes des choses indispensables à un Parisien qui va passer une nuit dans les bois, nous les achèterons à Fontainebleau... En route !

Le peintre était déjà sur le palier, et Halil le suivait demandant :

— Comment !... nous allons passer la nuit dans les bois ?...

— J'en ai au moins une vague idée... Laissez-moi refermer ma porte et descendons... Si le suspect s'avise de nous emboîter le pas, nous lui ferons arpenter du terrain...

Une voiture de place passait dans la rue des Deux-Ponts, Robert y monta avec Halil et cria au cocher :

— Gare de Lyon, vite !...

CHAPITRE XVII

UNE VAREUSE SUR LES ROCHERS

— Eh bien, dit le prince, qu'est-il donc arrivé?...

— Il est arrivé, répondit Desnoëls, que, cette nuit, à onze heures et demie, je rentrais chez moi, que toute la matinée je vous ai attendu et que, lorsque vous êtes entré, j'allais vous envoyer un billet ainsi conçu : « Venez, nous n'avons plus un instant à perdre ! »

22

— Mais, là-bas, au Fresnoy ?...

— Au Fresnoy... j'ai failli tout compromettre... Vous avez reçu mes trois lettres, n'est-ce pas ?...

— Oui... Et après celle où vous me parliez de... l'amazone, j'espérais recevoir promptement des nouvelles... les bonnes nouvelles que vous m'aviez promises...

— Eh ! c'est que l'amazone ne revenait plus... Pendant trois jours entiers je n'ai pas quitté mon poste.

— Dans le cirque d'Arbonne ?...

— Précisément... devant les rochers de la Justice... J'y étais au lever du soleil, j'y étais encore à la nuit tombante... Vous pensez si j'avais le temps d'observer, et je remarquais des choses qui excitaient vivement ma curiosité. Le désert n'était plus le désert, mon ami ; des voitures chargées de poutres et de planches y venaient par la route de Milly, et sur ces amas de planches et de poutres étaient juchés des ouvriers.

Une quinzaine de charpentiers se mirent au travail, à quelques centaines de mètres de la grande butte de sable que nous appelons le Mont-Blanc. Des bûcherons abattirent des pins, des terrassiers arrachèrent les bruyères et nivelèrent le sol, une construction bizarre s'éleva.

Rien ne m'était plus facile, pensez-vous, que d'interroger les ouvriers... Eh bien ! non ; deux personnages étaient arrivés à cheval, avant les voitures, et dans ces deux personnages il me semblait reconnaître M. de Bellegarde et Lucien de Mausseins !

— Lucien ne vous avait pas vu ?

— Non... je ne crois pas du moins, mais c'était surtout la présence de M. de Bellegarde qui m'inquiétait. J'étais réduit à me cacher dans le défilé de la Justice, entre les blocs de grès... De mon observatoire j'entendais clouer des planches, je voyais dresser des mâts...

— Des mâts ?

— De longues perches peintes, comme celles que les entrepreneurs des fêtes publiques font planter sur l'avenue des Champs-Elysées, aux approches du 15 août... Il n'y manquait que les oriflammes... mais avant-hier on y a fixé des banderoles ; cela égaie l'austère désert...

Devais-je porter ailleurs mon pliant, mon parasol et mon chevalet ?... J'attendais vainement les ordres de l'amazone.

Le quatrième jour, je perdis patience. — Allons, me dis-je, il faudra pousser une reconnaissance du côté du Fresnoy !

Je partis dans l'après-midi ; à sept heures j'étais à l'entrée du parc de M. de Bellegarde. Au fond de l'avenue principale passèrent Mlle Clotilde et Mlle Marthe, se pressant l'une contre l'autre..., échangeant probablement des confidences... Je m'avançai jusqu'à la grille..., j'entendais rire Mlle Juliette qui jouait avec la petite Jeanne...

— Et Mlle Marthe ne vous voyait pas ? dit Halil...

— Non, pas plus Mlle Marthe que Mlle Clotilde... Je me mettais l'esprit à la torture pour trouver un moyen d'éveiller leur attention, lorsque deux domestiques sortirent d'un pavillon et vinrent ouvrir la grille. A peine eus-je le temps de me retirer et de me cacher derrière la haie vive d'un jardin. Oh ! ce n'était pas les domestiques qui me faisaient battre en retraite ; mais un phaéton attelé d'un robuste trotteur arrivait de la route de Maisse par le chemin du château, M. de Bellegarde tenait les rênes, et à sa gauche était assis un général en petit uniforme...

— Le général de Fallières ?

— Probablement... Un homme de quarante ans, presque aussi svelte, pour ne pas dire aussi fluet que Lucien de Mausseins... Eh bien il paraissait très soucieux, ce général. je peux vous l'affirmer, car je l'ai vu d'assez près... En tout cas il n'avait pas, ce soir là, cet air vainqueur qui est son « signe particulier », à ce que prétendent Mlle Clotilde et Mme Andriol... Mais nous voici à la gare de Lyon, prenons nos billets, choisissons dans le train direct un compartiment que nous défendrons énergiquement contre l'invasion des suspects, et je vous raconterai la fin de mes aventures.

Dès que le train se fut engagé dans la tranchée de Bercy, le peintre reprit en riant :

— Mon ami, c'est maintenant que vous allez dire : « Ce Robert est parfois beaucoup plus timide qu'une ingénue du *Gymnase!* »

Le beau général au front soucieux n'avait peut-être pas encore présenté ses hommages à Mlle Clotilde, que deux jeunes filles sortaient du parc et passaient devant moi, avec la petite Jeanne... Je n'avais qu'à allonger le bras par-dessus la haie pour tendre la main à Mlle Marthe de Mausseins... Et je n'osai pas, Halil, je n'osai pas !... Si je m'étais montré, il aurait fallu prier ces jeunes filles de dire à Mlle de Bellegarde : « M. Desnoëls est là... il attend de vous un mot, ou un signe »... Cependant je n'étais pas venu pour autre chose, je crois !...

Marthe et Juliette s'éloignèrent, je les vis entrer dans la cour de l'usine neuve; cinq minutes après, elles en ressortaient avec M. de Mausseins et se dirigeaient vers une maison blanche entourée de vergers. Et je suis resté plus d'une demi-heure derrière ma haie, à me demander si j'irais frapper à la porte de la maison blanche !...

— Vous y êtes allé pourtant ? dit Halil...

— Non ! depuis quelque temps je n'ai plus de courage et plus d'aplomb... Je suis un autre homme, un être qui veut et ne veut pas, ou qui ne sait pas vouloir à propos... Le lendemain j'étais reparti d'Achères avec de grandes résolutions, je devais tout affronter, tout braver, et à l'entrée de Milly, je fus obligé d'en rabattre... Je faillis être renversé par le phaéton qui m'avait mis en fuite la veille... Si M. de Bellegarde ne me reconnut pas au moment où je me réfugiais dans une auberge, c'est que, sans doute, il était encore plus préoccupé que moi...

Décidément ces voyages d'exploration ne me réussissaient pas !... Mieux valait retourner à mon poste et m'y tenir comme un factionnaire dans sa guérite... C'est ce que j'ai fait pendant les derniers jours, et ma patience a été récompensée... Hier enfin, entre deux et trois heures, je vis apparaître à l'entrée du cirque d'Arbonne, deux ombrelles, deux chapeaux de paille et deux robes de toile grise... Hélas ! mon ami, il y avait une avant-garde, une avant-garde en uniforme de général, une avant-garde coiffée du képi rouge brodé d'or !...

J'étais alors au seuil de mon observatoire, c'est-à-dire sur la butte de la Justice, devant les trois blocs de grès qui forment un immense fauteuil... Le temps était très chaud; j'avais accroché ma vareuse à une branche de pin et je me disposais à faire un somme à l'ombre de mon parasol. L'apparition des chapeaux de paille fut une charmante surprise, mais la vue du képi rouge m'inspira des inquiétudes. Je fermai le parasol, que l'avant-garde n'avait probablement pas encore aperçu, et je descendis par l'étroit sentier qui zigzague entre les roches.

— Le sentier du Labyrinthe ?... je m'en souviens...

— Oui, et blotti dans la gorge des fougères, j'attendis quelques minutes.

Le général suivait lentement cette ancienne route de Milly à Fontaine-

bleau, qui, depuis cinq ou six ans, n'est plus qu'un « chemin de sable ».
Je le regardais venir ; il était soucieux comme la veille ; parfois il battait du bout de sa canne les bruyères qui végètent dans la poussière de
grès. Il s'arrêta un instant, presque à l'entrée du défilé où je me cachais
et leva les yeux vers les grandes roches.

A ce moment-là, je reconnaissais sous les chapeaux de paille la tête
blonde de Mlle Clotilde et la tête brune de Juliette...

Mlle de Bellegarde s'avança vivement ; je me demandais par quel moyen
je pourrais lui faire savoir que j'étais à mon poste, lorsque le général
se retourna.

— Mademoiselle, dit-il, c'est là ce que vous appelez le rocher de la
Justice ?...

— Oui, répondit la jeune fille, quand je fais de longues excursions
dans la forêt, je me repose là haut, sur cette plate-forme, entre ces
énormes blocs de grès...

— C'est très pittoresque, reprit le général, oui très pittoresque... mais
presque sinistre... Sur ces monticules qui ont gardé leur ancienne et
significative dénomination de *justices,* il y avait autrefois des potences...
Et tenez, ne dirait-on pas qu'il y a un pendu ?... Voyez... là, sous ce pin !...

— Vous avez aujourd'hui des idées lugubres, dit Mlle de Bellegarde.

Juliette se mit à rire, de ce rire d'enfant qui éclate par fusées :

— Un pendu ?... s'écria-t-elle... mais non, c'est la veste d'un bûcheron ou la blouse d'un carrier ! Voyons cela de plus près... voulez-vous
me donner la main, général ?...

Elle allait s'élancer sur les premiers blocs de grès...

— Folle... dit doucement Mlle Clotilde, tu ne sais pas combien l'as-
cension est fatigante de ce côté... Je te montrerai tout à l'heure le
sentier du Labyrinthe... quand nous aurons visité les travaux.

De quels travaux parlait-elle ?... Sans doute de cette construction
bizarre que j'avais vu commencer là-bas, sous le Mont-Blanc.

Ce fut, en effet, vers le Mont-Blanc que se dirigea le général de Fallières ; Juliette le suivit. Dès qu'ils eurent disparu entre deux taillis, je
remontai à mon observatoire.

Mlle de Bellegarde s'éloignait, elle aussi, mais à petits pas ; elle tourna
la tête et me vit. Je la saluai, elle me fit des signes que j'interprétai ainsi :

— Tenez-vous caché là... tout près.

J'allais obéir et déjà j'étendais le bras pour reprendre la vareuse que j'avais accrochée à une branche... Mlle Clotilde m'arrêta par un geste rapide.

Cette façon d'échanger ses pensées à une distance de deux ou trois cents mètres n'est peut-être pas très pratique ; je lui reproche surtout de manquer de clarté... Cependant, je finis par comprendre que je ne devais pas « dépendre le pendu », et je laissai la vareuse où elle était.

D'un signe de tête, Mlle Clotilde me dit : C'est bien !

Je m'occupai aussitôt de mon déménagement et je transportai mon parasol, mon chevalet, ma boîte, mon sac, tout mon bagage de peintre, au fond d'un ravin, sous les Hautes-Plaines.

Une heure après, les deux jeunes filles et le général revinrent vers la butte de la Justice. Je les entendais se rapprocher de moi par la gorge des Fougères.

— Ce n'est pas un labyrinthe, disait la rieuse Juliette, c'est un chaos !... Mais où est donc le sentier ?...

— Un peu plus loin, à droite, répondit Mlle Clotilde. Attends, je vais te guider.

— Vous ne venez pas, général ? reprit Juliette.

Et je crois me rappeler que l'enfant terrible ajouta : — Vous êtes las ?

— Oh ! répliqua le général, j'arriverai peut-être avant vous, mademoiselle... je monte à l'assaut !...

Je compris qu'il voulait escalader les rochers, comme vous le faisiez, vous, Halil, l'année dernière. Les éclats de rire de Juliette m'annoncèrent bientôt que l'assaut présentait certaines difficultés.

— Par ici, général, disait la jeune fille, et tâchez de ne plus glisser sur cette mousse perfide ! Allons, encore un faux pas !... C'est moi qui vais vous donner la main. Ah ! enfin, vous voilà nez à nez avec le pendu... Tiens !... mais c'est un paletot de peintre, ce pendu !... Regarde donc, Clotilde... il est décoré de superbes taches rouges, jaunes, vertes, comme...

Je n'entendis pas le reste de la phrase, mon ami, mais probablement Mlle Clotilde tenait peu à ce que le général honorât de son attention ma vareuse multicolore ; elle fit une habile diversion :

— Oh ! dit-elle, si ma présence n'était absolument nécessaire là-bas, je

Je monte à l'assaut, dit le général...

voudrais m'installer demain sur cette plate-forme... Vu d'ici, le spectacle
sera bien étrange !...

— En effet, répliqua Juliette, on découvre le cirque dans toute son
étendue... C'est très beau, ces entassements de rochers... cela ressemble
aux ruines d'une vaste enceinte fortifiée ; sur quelques points se dres-
sent des tours à demi démolies... et là, devant nous, le Mont-Blanc
miroite au soleil comme un immense bloc de glace !...

— Vous avez une brillante imagination, mademoiselle, dit le général.

— Comment, vous n'admirez pas ?...

— Certes oui... j'admire... mais c'est un site désolé ; la végétation y
est pauvre, les pins eux-mêmes y meurent de tristesse... et de soif...
Oh ! l'idée de Mlle Clotilde n'en est que plus originale !...

— Je n'y pensais plus, répondit Mlle de Bellegarde, et lorsque mon
père m'a parlé de mettre ce projet à exécution, j'ai cru qu'il voulait se
moquer de ce qu'il appelle mes fantaisies d'artiste... Mais n'est-ce pas
lui que j'aperçois parmi les ouvriers ?... Oui, il nous fait signe de descendre... Viens, Juliette...

Les jeunes filles et le général reprirent le chemin de Milly, et je remontai à mon observatoire. Cinq minutes après, en cherchant un cigare
dans la poche de ma vareuse, je mettais la main sur un billet à l'adresse
de M. Robert Desnoëls... Le service postal est décidément mieux fait que
je ne pensais, dans la forêt de Fontainebleau !... Le voici ce billet ; j'aurais dû commencer par vous le faire lire, mon ami, mais je l'avais attendu
plus de quinze jours, vous pouviez bien attendre trois quarts d'heure !...

— Ah ! dit Halil, si vous saviez quel courage il m'a fallu !...

— Pour jouer votre rôle entre Kassem et le suspect ?... J'y ai songé
quelquefois... Eh bien, vous avez lu ? Que dites-vous de cette invitation
collective ?

Le billet était ainsi conçu :

« Je prie monsieur Robert Desnoëls et le prince Halil d'assister à la
fête que nous donnons demain soir, à dix heures, dans le cirque d'Arbonne.

« Je désire qu'ils viennent *en touristes,* comme si le hasard les amenait
sur la route de Milly au moment où arriveront nos invités. »

— Une fête... demandait Halil... une fête à dix heures, dans le cirque
d'Arbonne ?

— Eh oui, dit Robert, j'avais déjà pris des informations... M. de Belle-. garde a voulu célébrer ainsi l'inauguration de sa cristallerie... mais vous ne lisez donc pas l'autre billet ?

— L'autre ?

— Il est sous la même enveloppe et il porte votre adresse, celui-là !...

La main d'Halil tremblait en décachetant ce second billet.

Mlle de Bellegarde n'avait écrit que trois ou quatre lignes :

« J'ai dit malgré tout, Halil, et *malgré tout* j'espère... Ce soir peut-être le principal obstacle sera aplani... A demain, souvenez-vous !

« CLOTILDE. »

Mais comme si elle avait prévu de nouvelles difficultés, la jeune fille ajoutait en *post-scriptum :*

« Quoi qu'il arrive, soyez calme et ayez confiance. »

— Eh bien, dit Robert, on vous appelle, comme on vous l'avait promis ?... moi je serais fou de joie, et vous êtes grave... ou plutôt vous êtes triste !... Qu'avez-vous donc, ami ?...

— Je ne sais, répondit Halil... Oh ! que je voudrais être à demain !...

— Eh ! demain vous serez chez M. de Bellegarde qui vous aura accueilli avec une tendresse toute paternelle...

— Lui ?...

— Oui, oui... je gage qu'à la première parole, il vous ouvrira ses bras !... Cet homme vous a aimé quand vous étiez enfant, il vous avait pour ainsi dire adopté..., et si Kassem n'était pas venu vous arracher de Ramyes, il vous aurait toujours aimé comme un fils... En l'abordant, ce soir, dites-lui : « père !... » ainsi qu'autrefois... Je sens au fond de mon cœur qu'on ne résiste pas à ces choses-là !...

— Lui dire « père !... » murmurait Halil..., j'y ai pensé souvent...

Jusqu'à la fin du voyage, le jeune prince fut silencieux. Il se recueillait ; il cherchait à se rappeler tous les incidents de la dernière matinée qu'il avait passée à Ramyes avec Mlle de Bellegarde.

Avant de revenir, par le chemin de la Corniche, vers le jardin de Philippe Burtel, Clotilde lui avait dit :

— Je veux vous rapprocher de mon père, et j'y réussirai !... Ce sera sans doute une rencontre imprévue, pour *lui* sinon pour vous... Ah ! c'est alors qu'il vous faudra du courage et du sang-froid !...

Et elle avait ajouté avec un accent énergique :

— « A l'heure fixée vous serez où je serai, et quand même j'aurais autour de moi toute la famille et tous les amis de mon père, vous viendrez prendre la main que je vous tendrai ! »

Elle allait sonner, cette heure décisive, et Halil se sentait plus troublé qu'il ne l'avait été pendant les longues journées d'attente. Pour combattre ce sentiment de tristesse ou plutôt d'anxiété, il se répétait les paroles de Clotilde. — « Rien ne vous fera hésiter, aucune considération ne vous arrêtera ! »

— Oui, se disait-il..., je suis prêt à tout, — je suis prêt... Il faut que je me montre digne d'elle !...

Puis il relisait le billet que Robert venait de lui remettre et il essayait de pénétrer le sens de cette phrase : « Ce soir peut-être le principal obstacle sera aplani. »

Le principal obstacle, n'était-ce pas la volonté de M. de Bellegarde ?

Or, Halil n'en pouvait plus douter, M. de Bellegarde voulait que Clotilde épousât le général de Fallières. Avant de repartir pour le Fresnoy avec sa famille, Lucien de Mausseins avait laissé échapper un mot qui était toute une révélation : — M. de Bellegarde croit que le moment est proche où il pourra jouer un grand rôle dans le monde politique..., son entrée au Sénat ne sera qu'un premier pas, les événements feront le reste... Il faut tout d'abord qu'il donne des gages aux Fallières...

M. de Bellegarde était-il capable de sacrifier le bonheur de sa fille à son ambition personnelle ?... Clotilde elle-même avait-elle confiance ?

Halil s'efforça cependant de réagir contre la souffrance que lui causait le doute.

— Eh bien, oui, dit-il à haute voix..., oui, quoi qu'il arrive !...

— Vous me parliez, ami ? demanda Robert...

Halil tressaillit : — Je crois, répondit-il..., que je rêvais tout éveillé...

— Oh ! rêvez... rêvez !... Je songe, moi aussi, en regardant filer les villages, les prairies, les bois... Il me semble que la vie humaine doit filer comme cela depuis l'invention des chemins de fer.

Et le peintre revint s'accouder à la portière, jusqu'au moment où le train, après avoir décrit deux fortes courbes dans la forêt, passa sous la route et arriva à l'extrémité de la tranchée, en vue du viaduc de Changis.

Alors, se retournant brusquement, et tirant sa montre, il cria :

— Fontainebleau !... Fontainebleau !... quatre heures quarante !... dix minutes de ballottage en omnibus ou en tapissière pour aller de la gare à la ville, une bonne heure de flânerie dans le parc et nous dînons au Cadran Bleu... Aimez-vous mieux l'Aigle Noir, Halil, ou l'Hôtel de France et d'Angleterre ?... Ah ! il y a aussi un Lion comme à Saint-Avold...

— Choisissez, ami, dit Halil... Mais le dîner est donc aujourd'hui une grande affaire ?

— Parbleu !... répliqua l'artiste, comme le festin de Pâques après les quarante jours de jeûne !... Je n'ai pas jeûné quarante jours, il est vrai, mais du moment où je me suis installé chez mes braves gens d'Achères, j'ai été condamné à l'omelette... Le matin, pour saluer le lever du soleil, l'omelette ; à midi, au retour de l'étude, l'omelette ; le soir, pour introduire un peu de variété dans cet excellent régime alimentaire, l'omelette encore, et toujours l'omelette !... Ah ! mais je m'insurge, à la fin, et je veux dîner sérieusement une fois, par extraordinaire... Va pour le Cadran Bleu... Si le garçon apporte une omelette, je la... flanque par la fenêtre !...

CHAPITRE XVIII

FÊTE DANS LA FORÊT

A sept heures, Robert Desnoëls, enchanté d'avoir dîné sans omelette, sortait du Cadran Bleu, renouvelait sa provision de cigares et courait chez un loueur de voitures de la rue de France, faire atteler une victoria.

Vingt minutes après, la victoria roulait sur la large chaussée de la route d'Orléans ; puis, à l'angle du champ de manœuvres, elle s'engageait dans une partie plus accidentée de la vaste forêt, et se dirigeait par le chemin de la Salamandre vers la contrée rocheuse qui domine la plaine de Milly.

Après une journée très chaude, le vent du nord avait soufflé un instant, rafraîchissant un peu l'atmosphère ; maintenant, au coucher du soleil, l'air redevenait si calme, qu'on ne voyait plus trembler le feuillage léger des bouleaux. A droite de la route, le ciel s'empourprait entre les branches des pins et, sur les buttes élevées, les fûts de ces pins brillaient comme des colonnes de cuivre rouge : à gauche, l'ombre semblait monter du fond de la *combe* jusque sous la ramure des chênes qui entourent le carrefour de Souvray.

— Voilà la vraie forêt, mon ami, dit Robert Desnoëls ; on n'y rencontre ni les tribus anglaises, ni les petites dames de Paris. Hier j'ai fait tout ce chemin à pied, presque constamment au pas gymnastique, comme un chasseur de Vincennes et, du camp d'Arbonne au champ de manœuvres, je n'ai vu qu'un bûcheron. Notre cocher doit se trouver en pays inconnu...

En effet, lorsque la victoria eut franchi la *route ronde* qui relie les unes aux autres, autour de Fontainebleau, les principales voies forestières, le cocher, un tout jeune homme, paraissait hésiter à chaque croisée des chemins. Il se retourna vers Desnoëls, et demanda avec le « chantonnement » particulier aux paysans du Gâtinais : — Est-ce que nous ne revenons point, monsieur, sans vous c'mmander?...

— Va toujours, mon garçon, dit le peintre ; nous te donnerons ton pourboire là-bas, sur le chemin de Milly, à la sortie du bornage.

A huit heures et demie, les deux voyageurs mirent pied à terre et renvoyèrent la victoria à Fontainebleau.

— Maintenant, dit Robert, il ne s'agit plus que de trouver le sentier qui nous conduira aux rochers de la Justice... Heureusement la nuit est claire..., ce n'est pas une nuit, c'est un crépuscule !...

L'artiste s'engagea dans un chemin sablonneux et, après avoir fait quelques centaines de pas le long du bornage de la forêt, il chercha l'étroit passage qu'on appelle « la gorge des Fougères ».

— Ah ! nous y voilà, s'écria-t-il, mais ici nous entrons dans les ténèbres ; donnez-moi la main, ami... Eh ! eh !... on dirait que nous avons un peu de fièvre, ce soir !...

Halil ne répondit qu'en pressant avec force la main de Desnoëls.

Ils marchèrent lentement au fond de ce ravin obscur. Çà et là des blocs de grès interceptaient le chemin ; il fallait tourner l'obstacle ou le franchir. Un peu plus loin, des roches énormes surplombaient ; le goulet se rétrécissait et descendait par gradins vers le cirque, comme un escalier sous une voûte.

Deux ou trois fois Robert s'arrêta pour faire flamber des allumettes bougies.

— C'est bizarre, disait-il, je n'avais jamais remarqué ces choses-là ; nous sommes dans un tunnel !... Pourtant je ne m'égare pas... je reconnais les marques rouges que j'ai faites hier sur la pierre... Oh ! nous approchons du monde habité ; entendez-vous, Halil?... On achève les préparatifs de la fête...

— Mais, demanda le prince, que sera-ce donc, cette fête?

— Je ne sais pas... Tout ce que je peux vous dire, c'est que les constructions légères qu'on a élevées dans « l'austère désert » ont un aspect très pittoresque... Ce n'était pas complètement terminé hier lorsque je suis parti, et, tenez, les ouvriers y travaillent encore... Vous entendez bien les coups de marteau sur les planches ?

— Oui, la vibration se prolonge de rochers en rochers... Nous arrivons ?

— Encore deux minutes de patience ; dès que nous aurons remis les pieds dans l'épaisse couche de sable, nous serons à cinquante mètres du labyrinthe. Ah ! si j'avais amené Capellan, comme il me crierait, ce vaillant poète marseillais : « Où diable me conduis-tu, Robert?... Robert, mon bon, mon très bon, ne m'abandonne pas! » Je l'abandonnerais pour savoir comment un Marseillais se tire d'embarras !...

Bientôt le goulet s'élargit et le chemin redevint sablonneux, entre ses deux bordures de hautes fougères et de jeunes bouleaux.

— Ah! dit Halil, nous arrivons au cirque et je vois là-bas comme un fourmillement de lumière !...

Desnoëls retrouva facilement le sentier du labyrinthe et conduisit Halil au sommet de la butte de la Justice.

— Enfin, reprit-il, nous sommes chez nous ; cette plate-forme sous ces trois rochers, c'est mon observatoire ; cet arbre qui l'abrite du côté du nord, c'est le pin que le général de Fallières affectait de prendre pour une potence, et voici la branche à laquelle j'avais accroché ma vareuse... Maintenant, regardez vers le sud...

— Oui ! dit Halil, j'aperçois les constructions dont vous m'avez parlé... On commence à les illuminer.

— Montez avec moi sur ce bloc de grès, vous découvrirez peut-être mieux, sinon l'ensemble, du moins les détails... Tiens, on tire un feu d'artifice là-bas, à notre droite, dans les environs de Milly !... Ce doit être au Fresnoy, entre le château et la cristallerie.

Des fusées montaient de la plaine, décrivaient leurs grandes paraboles sous un ciel d'une admirable pureté, et éclataient en pluie d'or ou d'étoiles. Un instant après, d'ardentes lueurs embrasèrent la partie de l'horizon sur laquelle s'étaient fixés les regards des voyageurs ; des détonations crépitèrent comme des feux de file et une immense gerbe tricolore s'épanouit.

— Il y a donc deux fêtes, dit Robert, l'une au Fresnoy, l'autre dans le cirque d'Arbonne ?... La première touche à sa fin, voici le bouquet !

L'attention des deux amis se reporta vers le désert qu'entourent les amoncellements de rochers. Au delà des maigres taillis de pins, des cordons de verres de couleur dessinaient un vaste parallélogramme.

Au-dessus des balustres qui fermaient l'enceinte se dressaient des mâts peints en rouge vif, à la pointe desquels flottaient de longues banderoles ; et, entre ces mâts, sous des arceaux de verdure, s'allumaient des guirlandes de lanternes vénitiennes et de ballons japonais. Le parallélogramme s'allongeait sur la plaine de sable, dans l'espace compris entre le Mont-Blanc et la route neuve de Milly.

Deux de ses côtés surtout étaient brillamment éclairés.

— L'entrée, dit Robert Desnoëls, doit être à droite, sous la vaste arcade que dessine une triple rangée de globes blancs. C'est là très probablement que nous nous présenterons. Mais je voudrais bien savoir ce qu'il y a à l'extrémité opposée, entre ces pilastres ornés de faisceaux de drapeaux.

— Cela ressemble, répondit Halil, à une tribune élevée sur des gradins.

En arrière de cette tribune, une seconde construction, moins grande que la première, s'illumina peu à peu, mais intérieurement. La charpente était recouverte d'étoffes légères et très transparentes ; et dans ce pavillon de toile, qu'éclairaient des lustres suspendus à des poutrelles, se produisait un mouvement incessant d'ouvriers ou de domestiques.

Quelques personnes avaient déjà pris place sur la tribune ; d'autres s'installaient sur les gradins. Entre neuf heures et demie et dix heures, des violons, des flûtes, des cuivres préludèrent.

— Oh ! s'écria Robert, nous aurons un orchestre complet !...

Un long roulement de voitures étouffa le bruit des instruments ; les invités arrivaient.

La fête commençait gaiement ; de la butte de la Justice, Halil et

Desnoëls entendaient les rires, les cris de joie, les exclamations de surprise.

Sous l'arcade éclairée par la triple rangée de globes blancs, passèrent les premiers couples, que précédaient des domestiques en livrée.

L'orchestre attaqua l'ouverture des *Diamants de la couronne;* une quarantaine de flammes de Bengale s'allumèrent à la fois entre les mâts vénitiens, et leurs reflets rouges, verts, violets colorèrent un instant les masses de roche les plus rapprochées.

Lorsque ces flammes s'éteignirent, six foyers électriques dirigèrent leurs rayons sur les amoncellements de grès qui entourent le cirque comme les ruines d'une muraille cyclopéenne.

Ce fut féerique. La foule battit des mains; un long cri d'admiration s'éleva de la route, où s'étaient massés plus de mille curieux.

Les rayons bleus, projetés par des appareils semblables à ceux qu'on expérimentait depuis quelques années à Paris sur la plate-forme de l'Arc-de-l'Étoile, illuminaient successivement chaque monceau de roches, chaque bouquet de pins, chaque brèche de l'enceinte, et chacun de ces pics sur lesquels des entassements de blocs énormes figuraient des tours démantelées. Le scintillement même, ou plutôt la vacillation, si fréquente alors, de la lumière électrique, produisait des effets d'une étrangeté saisissante; le tableau paraissait s'animer, se mouvoir, avancer ou reculer; la butte de sable fin qu'on appelle « le Petit-Mont-Blanc » surgissait tout à coup de l'ombre avec l'éclat du cristal.

— Superbe!..., superbe!... s'écria Desnoëls, émerveillé... Si M. de Bellegarde a invité quatre ou cinq journalistes parisiens, — et il n'y aura pas manqué, — voilà sa nouvelle affaire lancée!... On parlera de cette fête plus peut-être qu'on n'a parlé du dernier bal des Tuileries... Allons, mon ami, c'est à dix heures que nous devons nous présenter..., regardez votre montre à la lumière électrique !... Dix heures moins sept minutes..., en marche !...

Au moment où Robert et Halil redescendaient par le sentier du labyrinthe, l'orchestre jouait les premières mesures d'un quadrille. Les deux amis traversèrent le cirque et allèrent attendre à quelques pas de la porte cintrée que, de leur observatoire, ils avaient vu illuminer.

M. de Bellegarde venait d'ouvrir le bal avec une élégante parisienne;

proche parente du général de Fallières. Le général était auprès de
Mlle Clotilde.

On avait voulu donner à cette fête un caractère de simplicité villageoise,
que démentait cependant l'éclat de la décoration et de l'illumination.
Autour de la salle découverte les tapissiers avaient disposé deux rangs
de banquettes; au fond, derrière l'estrade de l'orchestre, dans le pavillon
de toile qu'éclairaient des lustres et des girandoles, était installé un buffet magnifiquement servi.

Mais, suivant les indications très précises des lettres d'invitation,
personne n'était en habit de cérémonie, ou en toilette de soirée. On
devait venir « en voisin de campagne ».

Parmi les invités figuraient, en effet, avec des notabilités parisiennes
de la finance et de l'industrie, quelques voisins de M. de Bellegarde,
des familles qui avaient leurs châteaux ou leurs villas aux alentours du
Fresnoy, plusieurs grands propriétaires de Milly, de Maisse et des environs, de riches cultivateurs, et enfin les principaux employés et les
contremaîtres de la cristallerie.

Mlle Clotilde avait donné l'exemple de la simplicité; elle portait une
robe blanche. Sur ses cheveux blonds, des fleurs naturelles, un œillet
blanc dans une petite touffe d'héliotrope; et pas un bijou, pas un diamant.

La plupart des riches voisines avaient mis plus de recherche dans
leur « toilette de campagne ». Elles devaient avoir dépensé beaucoup
d'ingéniosité pour résoudre le grand problème qui peut se formuler ainsi :
« Faire du luxe simple ou de la simplicité luxueuse. » Ce n'était, en
somme, ni plus ni moins sincère que la paysannerie d'opéra-comique.

Lucien de Mausseins avait dit, dans son jargon de boulevardier...

— Ça a la prétention d'être ça... et ce n'est pas ça... Tout le monde
a triché, excepté Mlle Clotilde et Juliette!...

Elle était fort jolie, cette Juliette, dans sa robe blanche un peu étroite,
un peu courte — une robe de pensionnaire — sans autre ornement que
le ruban lilas noué sous la légère ruche du col. L'œil étincelant, le teint
chaud, la lèvre vermeille, elle se montrait franchement heureuse du
plaisir qui lui était offert; et depuis deux ans surtout, les moments de
plaisir avaient été si rares dans la vie de cette enfant!...

Robert Desnoëls la regarda un instant, souriant à cette grâce ingénue,
à cette joie naïve; mais ce n'était pas Juliette qu'il cherchait.

Marthe devait venir, un peu plus tard... faire au moins acte de présence. Son père lui avait dit : — Mon enfant, M. de Bellegarde ne l'exige pas; toutefois, il le désire...

Halil, lui, ne vit tout d'abord que Clotilde. Il s'abandonnait au bonheur de la retrouver si belle dans sa fraîche parure de jeune fille.

C'était pour lui, il le devinait, qu'elle s'était ainsi vêtue, avec cette simplicité charmante; c'était pour lui qu'elle avait mis l'œillet blanc dans ses cheveux, entre les deux branches d'héliotrope. Elle lui apparaissait adorable dans sa grâce si douce et si chaste, comme aux jours où elle traversait la chambre de Ramyes, la chambre du blessé, pour aller ouvrir la fenêtre et faire entrer le soleil.

Mais elle semblait préoccupée et ne répondait que par un vague sourire aux paroles du général de Fallières. Son regard se dirigeait vers l'entrée de la salle de bal ; sans doute il y cherchait les deux amis qui devaient se présenter en touristes, comme si le hasard les avait amenés avec la foule des curieux.

A la fin du quadrille, elle prit le bras de M. de Bellegarde, pour recevoir les derniers groupes d'invités.

La main de Robert Desnoëls se posa sur l'épaule d'Halil.

— Voici le moment, dit le peintre..., venez!... Ah! vous tremblez, ami?...

— Non, répondit Halil... mais j'ai cru que mon cœur cessait de battre... J'avais moins d'émotion, en défendant ma vie, sur la route de Hombourg...

— Courage!...

— Oh! je n'hésiterai pas... Il faut que je parle à M. de Bellegarde, ce soir, et je lui parlerai. Si je redoute quelque chose, ce n'est pas sa colère, c'est son indifférence.... sa froideur!...

— Eh! rappelez-vous le mot qui doit faire fondre la glace!...

L'artiste et le prince étaient au dernier rang des invités, et cependant Clotilde les voyait; elle avait pâli, mais elle s'efforçait encore de sourire. Quand elle se trouva enfin face à face avec eux, elle ne se troubla pas, et ce fut d'un ton très calme qu'elle dit à son père :

— Monsieur Robert Desnoëls... le prince Halil!...

M. de Bellegarde avait pâli, lui aussi... il pressait violemment le bras de la jeune fille. Cependant, il reprit promptement son sang-froid:

— Monsieur, dit-il en tendant la main au peintre, soyez le bienvenu,

ici et chez moi... Je désirais vous montrer que vos œuvres occupent
la place d'honneur dans notre maison...

Pour le compagnon de l'artiste, pas un mot, pas même un regard...
Halil ne put maîtriser un mouvement de colère... ou de douleur.

Clotilde attacha sur lui ses yeux suppliants.

Et faisant un pas en avant, elle répéta lentement, à haute voix, pour
être entendue de toutes les personnes qui entouraient M. de Bellegarde :

— Mon père,... le prince Halil !... Le prince Halil qui vient vous remercier de l'hospitalité affectueuse qu'à deux reprises il a reçue chez
vous... à Ramyes !...

Le jeune homme sentit une larme rouler dans ses yeux ; mais le mot
qui devait « faire fondre la glace » ne montait pas de son cœur à ses
lèvres.

M. de Bellegarde comprit qu'il ne pouvait laisser se prolonger cette
scène pénible :

— Prince, dit-il en s'inclinant, vous me pardonnerez de ne pas vous
avoir aussitôt reconnu... Vous aviez six ans, je crois, lorsqu'on vous
fit quitter notre pays ?...

— Lorsque finirent pour moi les jours de bonheur, répondit Halil à
demi-voix, et ces jours de bonheur, je ne les oublierai jamais..., père !...

M. de Bellegarde lui saisit brusquement la main :

— Je n'avais pas oublié non plus, reprit-il. Mais ce n'est pas notre
famille qui a exigé... cette séparation... Vous saurez plus tard...

Le jeune homme allait répondre : « Je sais ». M. de Bellegarde
s'éloigna, sous le prétexte de faire les honneurs de la soirée à la famille
d'un conseiller général.

Clotilde dut le suivre, mais elle eut le temps de dire :

— Monsieur Desnoëls, nous avons amené Juliette, elle sera très heureuse de vous voir...

Et elle ajouta, se retournant vers Halil :

— Vous m'avez demandé la première valse, n'est-ce pas ?...

Robert se rapprocha du prince :

— Maintenant, lui dit-il, nous sommes dans la place, le plus fort est
fait !... moi, je vais danser avec M\ue Juliette, et vous avec M\ue Clotilde...
Valsez-vous ?...

— Oui, répondit Halil, mais... l'étrange accueil de M. de Bellegarde m'a laissé une impression de tristesse que je ne puis vaincre. Cet homme me considère encore comme un ennemi!...

— Non, non! vous n'avez donc pas vu qu'il s'est ému enfin lorsque vous l'avez appelé « père » ainsi qu'autrefois?

— Etait-ce de l'émotion, ce brusque serrement de main? Je me suis demandé si ce n'était pas plutôt... de la colère!...

— Il s'est ému, vous dis-je, autant que M. de Bellegarde puisse s'émouvoir!... Il y a entre vous et lui un malentendu que la première explication dissipera, et vous l'obtiendrez aujourd'hui ou demain, cette explication... Allons, relevez la tête, que diable!... Je sens que tous les regards se fixent sur nous, et j'entends chuchoter: « Un prince... c'est un prince!... » Vous faites sensation, mon ami!...

— Alors je vais perdre contenance, dit Halil avec son mélancolique sourire... Vous savez bien que je suis un timide...

— Prenez mon bras, je vous conduirai auprès de M¹¹ᵉ Juliette. La gaieté de cette enfant est si communicative, que vous retrouverez aussitôt votre belle humeur des bons jours...

— Attendons un instant; M¹¹ᵉ Juliette cause avec le général de Fallières...

— Qui nous voit venir... et qui s'empresse de nous céder la place... C'est un galant homme, ce général..., il m'inspire ce soir une sympathie qui ressemble peut-être à de la pitié... Pourquoi le regardez-vous d'un air si farouche? Vous ne pensez pas, j'imagine, à provoquer un rival évincé?...

— Je n'ai jamais provoqué personne... et je ne croyais pas avoir cet air farouche...

Les deux amis s'avancèrent vers la tribune de l'orchestre, au pied de laquelle Juliette s'était assise.

La jeune fille fit un mouvement de joyeuse surprise.

— Vous, monsieur Desnoëls... vous, prince! s'écria-t-elle... Ah! les voilà donc, ces invités de la dernière heure dont Clotilde nous parlait ce matin?...

Elle s'était levée, tendant ses deux mains et agitant un peu ses poignets, pour faire bruire les bracelets de sequins dont M¹¹ᵉ de Belle-garde avait voulu les parer.

— N'est-ce pas que je suis belle?... reprit-elle en riant de ce rire

encore enfantin qui avait un charme irrésistible... C'est Marthe qui m'a
donné sa robe, et c'est Clotilde qui m'a fait cadeau de ces bracelets!...

— Oui, répondit Robert, vous êtes ravissante!...

— Ah! tant mieux!... Et mes fleurs, monsieur Desnoëls?...

— Vos fleurs, dit Robert, j'oubliais de vous donner des nouvelles de vos
fleurs!... Elles se portent à merveille, sur ma terrasse ; c'est le prince
Charmant qui les a arrosées tous les jours, depuis votre départ... Mais
ne disiez-vous pas que Mlle Clotilde vous avait parlé ce matin de deux
invités de la dernière heure ?...

— Oui, répondit Juliette, ces deux personnages mystérieux dont elle
n'a révélé les noms qu'à Marthe...

— Elle n'est donc pas venue, mademoiselle Marthe ?...

— Oh! elle viendra plus tard avec mon père...

— Et monsieur Lucien ?...

— Mon frère? C'est lui qui m'a amenée, mais vous voyez, il m'abandonne... Ses devoirs d'organisateur de la fête ne lui permettent pas de
s'occuper bien longtemps d'une petite fille... Pourtant il m'a promis de
me faire danser la première polka, « pour me lancer », c'est son mot!...
Ah! la voilà, cette polka; votre bras, monsieur Desnoëls!...

— Mais puisque M. Lucien a des droits!...

— Des droits qu'il ne réclamera pas!... Tenez, le voyez-vous, là-bas,
qui papillonne ? Il connaît déjà tout le monde!... Prince, vous ne dansez
donc pas, vous ?...

Et, sans attendre la réponse, Juliette entraîna Robert dans le bal.

Un instant après, Halil voyait entrer Mlle Marthe au bras de M. de
Mausseins. Il se dirigea vers le comte...

Marthe l'aperçut et dit à son père : — En insistant pour nous déterminer à venir, Clotilde nous avait promis une joie... Regardez !

Halil, doucement ému, souriait...

— Oui, s'écria M. de Mausseins, c'est une grande joie!...

La polka venait de finir; Robert et Juliette accoururent, amenant
Lucien; le cercle intime se forma.

— Je suis heureux, mes enfants, disait le comte, heureux comme
dans nos bonnes soirées du quai de Béthune...

L'orchestre attaqua l'introduction d'une valse à la mode...

Halil se leva et son regard rencontra aussitôt celui de Clotilde...

Assise entre son père et le général de Fallières, la jeune fille l'attendait... Robert observait Halil...

— Vous voilà presque aussi troublé, lui dit-il à voix basse, qu'au moment où nous nous sommes présentés!... Je vais vous donner des gardes du corps...

Et se retournant vers Marthe, le peintre lui demanda :

— Mademoiselle, vous ne vouliez pas danser, disiez-vous?... Est-ce une résolution irrévocable?... Accordez-moi cette valse seulement; votre meilleure amie vous en témoignera sa reconnaissance...

Mlle de Mausseins prit le bras de l'artiste, et ce fut accompagné par ces deux gardes du corps qu'Halil traversa la salle de bal.

Le prince salua M. de Bellegarde qui, très froidement, le présenta au général de Fallières.

Le général, homme du monde et homme d'esprit, fit excellente contenance : — Prince, dit-il, j'allais demander cette valse à Mlle de Bellegarde... j'oubliais qu'à mon âge on ne valse plus !...

C'était la première fois qu'il parlait « de son âge ».

Clotilde mit sa main dans celle d'Halil et dit rapidement à voix basse :

— M. de Fallières sait tout..., et il mérite votre estime, sinon votre amitié...

Le général essaya de sourire, en les voyant s'éloigner.

— Clotilde, murmurait Halil..., Clotilde, ma sœur !

La jeune fille répondit par un regard, et dans ce regard, elle exprima toute sa tendresse.

Ils dansèrent un instant, trop émus pour se parler.

— Comme je l'ai attendu, ce moment! dit enfin le prince...

— Sans douter de moi? demanda Clotilde.

— Oh! oui, sans douter de vous ! mais j'attendais avec plus de tristesse encore que d'impatience... Vous souffriez pour moi..... à cause de moi...., je le sentais...

— Qu'importe, puisque nous voilà réunis!... Quand on me croyait abattue..., accablée..., j'étais seulement résignée à attendre encore, à laisser passer les jours, les semaines, les années, s'il le fallait... Je me réfugiais dans le souvenir des douces heures...

— Comme moi !...

— Je me disais que notre patience finirait par avoir raison de tous les mauvais vouloirs... Rien n'aurait pu séparer nos cœurs... Halil, ma mère nous a fiancés sur la colline de Hombourg !...

— Notre mère !

— Je lui parle, je la prie... Je lui demande d'apparaître à mon père, entre nous deux, ses mains dans nos mains, et de dire : « Aime-les l'un et l'autre comme je les ai aimés ! » Oui..., Halil, nous voulons, elle et moi, que mon père vous rende toute son affection, et il vous la rendra... Vous avez vu, ce soir..., déjà ?...

— Oui... j'ai eu un vague espoir...

— Pourquoi dites-vous vague ?... C'est donc toujours moi qui ai le plus de confiance ?... Mais il faut que je me hâte de tout dire..., car à peine pourrons-nous échanger quelques mots encore... Je suis impérieuse, vous le savez bien, et je vais vous dicter mes volontés...

— Puisque je ne sais vouloir que ce que voulez !...

— Vous passerez ici une heure ou deux avec M. Desnoëls et la famille de Mausseins... Vous ne me regarderez plus...

— Oh !... Clotilde !...

— Vous vous montrerez aussi gai que M. Robert..., vous danserez avec Juliette, avec Marthe, et aussi avec deux ou trois personnes sur lesquelles j'attirerai votre attention par un signe...

— Alors il faudra bien que je vous regarde ?...

— C'est vrai... Puis, avant de repartir, vous saisirez l'occasion de vous rapprocher de mon père... Oh !... cette valse est déjà finie !... Vous demanderez à mon père de vous recevoir demain, dans l'après-midi, au Fresnoy.... et vous lui direz...

— Je lui dirai ?...

— On nous observe..., ramenez-moi.

Et, mettant son éventail sur ses lèvres, la jeune fille acheva ainsi cette causerie entrecoupée par le mouvement de la valse.

— Vous n'aurez qu'à laisser parler votre cœur ! Adieu...

Une légère pression du bras, un salut et il fallut se séparer...

Clotilde jeta sur ses épaules une mante de crêpe de Chine et s'assit au milieu d'un groupe de jeunes femmes.

On chuchotait dans ces groupes, et Mlle de Bellegarde entendit courir ces mots : « Le prince..., un vrai prince », envoyés d'éventail en éventail, comme le volant chassé par les raquettes.

— Eh bien oui, dit une parente du général de Fallières, il est très beau, ce prince, trop beau peut-être...

Le général passait, errant comme une âme en peine.

— C'est vous, cousine, demanda-t-il, vous qui le trouvez trop beau, cet émir ?...

— Oui, répondit la jeune femme.

— Vous pourriez le lui pardonner, répliqua M. de Fallières, si vous saviez, comme M. de Bellegarde et M. de Mausseins, qu'il est très intelligent, très instruit, très... artiste...

— Et brave, dit Clotilde, et généreux...., presque autant que vous !...

Elle tendit la main à M. de Fallières et le fit asseoir auprès d'elle.

— Alors, insista l'élégante cousine, c'est le plus parfait des princes... Cependant nous lui reprochions tout à l'heure de valser avec une nonchalance trop orientale... On dirait qu'il daigne danser...

Le général se retourna vers l'élégante Parisienne :

— Dans son pays natal, reprit-il, l'émir ne danserait pas ; il aurait des danseuses à ses gages et il s'ennuierait royalement en les regardant se balancer sur les hanches aux sons du tambour de basque et de la darbouka. Mais désirez-vous qu'on vous le présente, cet émir ?... Mᴸˡᵉ de Bellegarde vous l'amènera très volontiers...

— Certainement, dit Clotilde.

Suivant l'expression de Robert Desnoëls, l'arrivée d'Halil avait fait sensation.

— Vous le connaissez ? demandait-on à Lucien de Mausseins.

Et Lucien était enchanté de pouvoir répondre :

— C'est un ami de notre famille !

Le prince, lui, avait repris sa place, presque à l'entrée de la salle de bal, auprès de M. de Mausseins. De dix heures et demie à minuit, il dansa trois ou quatre fois ; mais toujours il revenait se réfugier dans son petit cercle d'intimes. Il pouvait encore, en s'adossant à la balustrade, rencontrer les regards de Clotilde.

De temps à autre, la jeune fille passait devant lui, et en souriant au comte de Mausseins, elle souriait au prince... A plusieurs reprises, elle s'arrêta pour parler à Marthe, et Marthe la retenait un instant... Dans cette causerie se glissait facilement le mot qui devait parvenir à l'oreille d'Halil..., à l'oreille et au cœur....

Un peu après minuit, elle envoya Robert Desnoëls.

— M. de Bellegarde sera seul tout à l'heure, au moins pour quelques minutes, dit le peintre... Etes-vous prêt à faire la démarche convenue?...

— Oui, répondit Halil...

— Je demeure avec vous pour attendre le signal.... Ah! voici le moment : Mlle Clotilde prend le bras du général de Fallières... Allez, mon ami!...

Le prince traversa rapidement la salle de bal et aborda M. de Bellegarde.

— Monsieur, demanda-t-il sans hésiter, pourrez-vous me recevoir demain au Fresnoy?...

La réponse fut très bienveillante.

— Demain et tous les jours, s'il vous plaît, dit M. de Bellegarde... Vous serez cordialement accueilli...

— Oh! merci! reprit Halil avec effusion...

— Venez demain, à quatre heures ; je pourrai disposer du reste de l'après-midi, mes invités seront repartis pour Paris... Je vous prie d'ailleurs de considérer désormais ma maison comme la vôtre.

— Ah! murmura le prince en pressant la main que M. de Bellegarde lui tendait, je retrouve ma famille française, ma famille de Ramyes!...

— Oui, répondit M. de Bellegarde..., et c'est comme membre de la famille que vous signerez très prochainement au contrat de mariage de ma fille avec le général de Fallières!

Halil pâlit et chancela.

Sans trouver une parole, sans proférer une plainte, il regardait s'éloigner l'homme impitoyable qui venait de le frapper au cœur.

Desnoëls accourut, effrayé.

— Eh bien, ami, dit l'artiste..., qu'avez-vous donc?... vous souffrez?... On ne vous a pourtant pas repoussé, cette fois!...

— Repoussé!... balbutia le prince en prenant le bras de Robert... repoussé, non..., mais brisé, brisé!

— Comment?

— Plus tard..., je vous dirai...; maintenant, je ne peux pas... Partons, je vous prie, partons!

— Sans revoir Mlle de Mausseins... ni Mlle Clotilde?

— Personne!... ma vie est finie!......

— On ne vous laissera pas partir ainsi, s'écria Robert !... voyez !...

Clotilde arrivait au bras du général de Fallières.

Elle était aussi pâle qu'Halil, mais ses yeux exprimaient une résolution énergique.

Le prince la vit; elle lui fit signe de s'arrêter, de l'attendre, et il obéit.

— Halil, demanda-t-elle, vous venez de parler à mon père?... Que lui avez-vous dit..., que vous a-t-il répondu?...

Le jeune homme fit un violent effort pour maîtriser sa colère :

— Mademoiselle, dit-il, M. de Bellegarde m'a répondu par une cruelle raillerie !...

— Par une raillerie?... Oh! c'est impossible..., vous vous êtes mépris, Halil !...

— Je voudrais pouvoir admettre que je me suis mépris. Ce que M. de Bellegarde vient de faire est indigne de lui... et de moi !... Par respect pour une personne dont la mémoire m'est chère, mademoiselle, je me suis contenu...

Le prince parlait la tête penchée, sans regarder Clotilde...

— Je veux tout savoir, dit la jeune fille... j'aurai le courage de tout entendre...

— Et moi le courage de me taire, répondit Halil...

— Je vous ordonne de parler !...

— Devant M. de Fallières ?...

Halil releva la tête et jeta au général un coup d'œil menaçant.

— Au fait, ajouta-t-il, M. de Fallières n'ignore rien... votre père n'a pas de secrets pour lui...

Le général dit d'un ton très calme :

— Prince, j'ignore absolument ce qui s'est passé entre vous et M. de Bellegarde... je vous en donne ma parole d'honnête homme, de soldat !... Maintenant, désirez-vous que je me retire ?... Si j'ai accompagné Mlle Clotilde, c'est sur son expresse demande...

— Sur mon instante prière, dit la jeune fille, et je ne pouvais mettre à plus rude épreuve le dévouement d'un ami... Demeurez auprès de moi, général, et vous, Halil, je vous en prie encore, parlez !...

— Mademoiselle, répondit le prince de cette voix grave qui avait parfois une vibration si étrange, M. de Bellegarde me fait l'honneur de me considérer comme un membre de votre famille... Il veut qu'à ce

titre, je signe votre contrat de mariage avec M. de Fallières... Eh bien,
j'accepte l'invitation..., j'irai à cette cérémonie, mademoiselle..., pour
vous revoir une dernière fois!...

Clotilde écoutait, tremblante, les yeux pleins de larmes...

— Ah! malheureux enfant, dit le général en se rapprochant vivement
d'Halil, si vous saviez combien vous êtes injuste... si vous saviez!...

Mlle de Bellegarde se hâta de l'interrompre...

— Il souffre!... murmura-t-elle... laissez-moi lui rendre l'espoir...

— Et s'adressant au prince, elle reprit avec un accent très ferme :

— Halil, mon père n'a pas refusé de vous recevoir?...

— Non, répondit le jeune homme...; je devais le voir demain, au
Fresnoy...

— Eh bien, je veux que vous le voyez!... Vous lui direz : « J'aime
Clotilde et Clotilde m'aime!... »

Profondément ému, Halil balbutiait

— Je voudrais... vous demander pardon... à genoux... à genoux,
Clotilde !...

Mlle de Bellegarde lui tendit la main :

— Allez, dit-elle, et ayez la foi!

— Vous voyez, mademoiselle, s'écria le général de Fallières, il n'y a
que les vieillards qui sachent aimer... Je n'aurais pas douté, moi!...

Halil s'inclina respectueusement devant cet homme de cœur.

— Sacrebleu! dit Robert Desnoëls, il me va, à moi, ce général! Si
je m'appelais Halil, je lui demanderais son amitié.

— Mon amitié?... répondit M. de Fallières, et pourquoi pas, messieurs?... Nous sommes de braves gens... Vous ferez votre devoir
demain, prince; moi, j'ai fait le mien ce soir... Mais je ne pouvais pas
aller dire à M. de Bellegarde : « Je vous rends votre parole... Je renonce
à Mlle Clotilde! » C'eût été héroïque; mais il paraît que je ne suis pas
encore un héros...

Et le général ajouta, en se retirant :

— Cela viendra peut-être, avec quelques belles campagnes et le bâton
de maréchal!...

CHAPITRE XIX

AU FRESNOY

Le jour allait poindre lorsque Robert Desnoëls et le prince Halil arrivèrent au plateau d'Achères.

— La voilà, dit le peintre, cette grande cité où j'ai mangé quarante-quatre omelettes..., quarante-quatre, mon ami, je les ai comptées !

La grande cité d'Achères est un village de trois ou quatre cents habitants, qui confine à la pointe sud-ouest de la forêt de Fontainebleau.

Quelques-unes de ses maisons, aux toits très inclinés comme dans les pays de neiges, sont éparses sur la plaine ; d'autres, adossées à d'énormes blocs de grès, sont échelonnées, de gradin en gradin, jusqu'à la vallée du Vaudoué, d'où sort la petite rivière de Milly, l'Ecole.

Le Vaudoué, pays arrosé, a une physionomie avenante, un aspect riant, au milieu de ses prairies et de ses cultures variées. Achères est triste, sur son plateau de sable, entre les roches et les pins. Une partie de la population passe ses journées dans les bois, à « bûcheronner » ou à exploiter le grès ; le reste va travailler au loin, dans la plaine plus fertile.

Ces rudes paysans se lèvent avant l'aube, et c'est peut-être seulement à cette heure matinale que leur village est « vivant ».

Au moment où Robert et Halil, longeant le bornage de la forêt, se dirigeaient vers les premières maisons d'Achères, la fumée montait déjà des toits ; les chaînes des puits grinçaient sur leurs poulies ; des femmes passaient, portant leurs seaux soutenus par un cercle de tonneau ; aux lucarnes des fenils apparaissaient des enfants qui faisaient rouler le long des échelles les bottes de paille et les paquets de luzerne ; les grandes portes s'ouvraient, laissant voir les vastes cours où, sur les monceaux de fumier, les coqs à gorge dorée battaient des ailes et chantaient.

— « Ecoutez voir », monsieur Robert, dit un bûcheron qui allumait sa pipe dans le chemin avant de franchir le bornage, ça vous dit bonjour comme les gens, les coqs de ce pays !... C'est pt'être par orgueil de ce que vous les mettez dans vos tableaux...

— Eh ! je vous y ai bien mis, vous aussi, répondit le peintre, et vous n'êtes pas plus fier pour ça !...

— Savoir... savoir !... Ah ! diable, écoutez encore c'bonjour-là !...

Un coup de feu venait de retentir, à gauche de nos deux voyageurs, du côté des futaies qui s'avancent sur la plaine d'Uri, et qu'on appelle les ventes des Barnolets.

— Ça, reprit, le bûcheron, c'est du chasseur rouge !...

— Oh ! répliqua Robert, dans d'autres contrées, à Marlotte, par exemple, lorsqu'on entend un coup de fusil sous bois, avant le lever du soleil, on dit : « C'est du Chasseur « Noir »... Est-ce que, par hasard, à Achères, tous les braconniers auraient la barbe rousse, comme moi ?

Le bûcheron cligna de l'œil, et rabattant sur sa pipe le chapeau de cuivre percé de petits trous :

— Pas moyen, dit-il, de vous en faire *en croire*, à v's'autres de la ville...,
aux peintres surtout!... Possible tout d'même que le Chasseur Rouge
ait la barbe rousse, le nez écrasé et la moitié des dents cassées, comme
un certain braconnier qui payait l'écot pour tout le monde, dimanche
soir, à la Corne-de-Cerf... Vous l'avez bien vu, monsieur Robert?...

— Oui, répondit l'artiste; le métier est bon, paraît-il?...

— Des fois!... Ce dimanche-là, le Chasseur Rouge était revenu d'un
endroit que je sais, là-bas, entre Maisse et Milly, avec deux billets de
cent francs... Ah! le monsieur du Fresnoy n'y regarde plus, aux billets
de cent francs, d'puis qu'il vat'être sénateur et qu'il marie sa demoiselle avec un général...

— Adieu, adieu!... dit vivement Robert en entraînant Halil.

Le bûcheron poursuivit son chemin en grommelant:

— Pour braconner... possible qu'on braconne, c'est la faute aux riches
qui donnent des billets de cent francs!...

— Eh bien, Robert, disait Halil, vous avez entendu?

— Ce qu'a dit cet homme?... Parbleu!... Mais j'ai entendu aussi ce
que vous ont dit Mlle Clotilde et le général de Fallières!... Avez-vous
« la foi », oui ou non?... Ma parole! on croirait que vous vous ingéniez
à vous rendre malheureux!... Si Mlle Marthe m'avait glissé ces trois mots
dans l'oreille: « Ayez la foi », avant de me laisser partir, je crois que
je chanterais à tue-tête:

> Y a des peintr's qui sont veinards!...

Mais nous voilà bientôt chez nos paysans; la maison est au fond de
cette ruelle... Parions que la mère Reynaud est déjà levée... Oui, la
porte est ouverte et les branches de pin flambent sous la haute cheminée.

Et Robert Desnoëls fit entrer Halil dans une vaste salle carrelée,
qu'éclairait un feu pétillant.

— Bonjour, la mère, cria-t-il... qu'est-ce qu'on fricote, ce matin?...

— Ah! c'est vous, monsieur Robert?... répondit joyeusement une
vieille paysanne accroupie entre les chenets... On fricote une omelette...

Le peintre éclata de rire...

— Ça ne pouvait pas manquer, dit-il... Eh bien, j'en mangerai, de
cette omelette..., ça fera quarante-cinq!... Asseyez-vous, Halil!...
Non?... Vous préférez vous coucher?... Je vais vous montrer votre lit...

Robert conduisit son ami dans une grande chambre qui prenait jour sur le jardin.

C'était la plus belle pièce de l'habitation des Reynaud. Deux lits immenses, recouverts de leurs courtines de vieille étoffe « à images » étaient dressés sous des ciels à baldaquins ; des rideaux les enveloppaient tout entiers.

Entre ces deux lits, la longue table devant laquelle les parents et les amis s'asseyaient après la grand'messe, le jour de la fête patronale. A gauche de l'unique fenêtre, la monumentale armoire de noyer ; à droite, la commode Louis XV, ventrue, ornée de cuivres brillants, et au-dessus de ce meuble, l'antique glace de « mariage », avec son couronnement paré de trois touffes de buis bénit.

— Nous sommes chez nous, Halil, dit Robert, les Reynaud vont travailler à la plaine, j'entends l'homme qui attelle son cheval dans la remise... vous pourrez dormir tranquillement toute la matinée... Voici votre lit, celui de gauche ; pour y monter, avancez une chaise... Ah ! le soleil vous éveillerait probablement, je vais tirer les volets...

Le peintre cévennol ne se coucha qu'après avoir mangé sa quarante-cinquième omelette.

Il dormait d'un profond sommeil, lorsqu'on frappa à la porte de la cour.

Une voix enrouée criait :

— Monsieur Robert Desnoëls !

L'artiste s'éveilla en sursaut.

— Qui diable peut venir me chercher dans ce village d'Achères ? dit-il. Pourvu que ce ne soit pas l'illustre Capellan, de Marseille !

Des coups de pied ébranlèrent la porte et la voix enrouée répéta :

— Monsieur Desnoëls, artiste peintre, une lettre !

— Ah ! reprit Robert, c'est le facteur rural, un homme primitif, je vais lui ouvrir dans le simple appareil...

Deux minutes après, l'artiste revenait consterné...

— Ami, dit-il, j'ai du chagrin... j'ai peur..., et il faut que je parte...

— Pour Paris ? demanda le prince.

— Non, pour Antraygues... Je viens de recevoir une lettre d'un de mes amis, le jeune médecin que je vous fis connaître il y a deux ans, lorsque je vous menai dans mon pays... Cet ami m'apprend que mon père est gravement malade... Voyez.

La ferme aux omelettes.

24

Robert ouvrit la fenêtre et lut à haute voix :

« Venez le plus tôt possible, notre cher malade a eu, cette nuit, un peu de délire, et, à plusieurs reprises, il vous a appelé. Votre arrivée lui fera du bien ; je crois même qu'elle pourra produire une réaction salutaire. »

En achevant sa lecture, Robert Desnoëls revint vers Halil.

— Ah ! dit-il, je le connais à fond, ce médecin, ce n'est pas le docteur Tant-Pis... S'il me parle de ses inquiétudes, c'est que le mal est grave..., très grave... Je lis cela entre ses lignes...

— Mon ami, répondit le prince, il faut que vous partiez aujourd'hui, ce matin !... Je vous ai pris, depuis l'an dernier surtout, une grande partie de votre temps, — vous donnez toujours à plein cœur, vous ! — mais maintenant je me reprocherais comme un crime de vous faire perdre un heure... Je me lève..., je vous accompagnerai jusqu'à Fontainebleau...

— Non, dit le peintre, à quatre heures vous devez être au Fresnoy, chez M. de Bellegarde,..

— J'y serai... J'ai peu dormi, ce matin..., peu dormi et beaucoup réfléchi... M. de Bellegarde a du sang-froid et de la fermeté, j'en aurai autant que lui, j'espère... En tous cas, cet entretien décidera de ma destinée !...

Avant de partir, Robert oublia un instant ses propres chagrins pour relever le courage d'Halil.

— Ma parole, dit-il, nous sommes tristes l'un et l'autre comme si notre séparation devait être éternelle !...

Le prince lui tendit les bras, sans répondre...

— Allons, reprit l'artiste, nous nous écrirons très prochainement, et nous n'aurons, j'espère, que de bonnes nouvelles à nous communiquer... Vous, Halil, vous n'avez rien à craindre désormais ; depuis cette nuit, grâce à l'énergie de Mlle Clotilde et à l'abnégation du général de Fallières, votre situation est devenue plus nette. Attendez donc avec confiance le moment où vous devez vous présenter chez M. de Bellegarde... Eh ! tenez, vous pourriez l'attendre, ce moment, dans une maison amie...

— Au Fresnoy?...

— Oui, auprès de M. de Mausseins...

— Mais M. de Mausseins est à la cristallerie jusqu'à sept heures... Il me l'a dit hier...

— Eh bien, vous passerez une partie de l'après-midi avec Mlle Marthe et Juliette... Je pensais les revoir aujourd'hui... vous leur direz... pourquoi je suis parti sans leur faire mes adieux... Mais il faut que je vous trace votre itinéraire : voyez, vous traversez le village et vous laissez la forêt à votre droite ; puis vous descendez la côte par une excellente route qui vous mène directement à Milly ; là, après avoir déjeuné à l'hôtel du Cygne, sur la place du Marché, vous vous faites indiquer le chemin de Maisse, et bientôt vous apercevrez l'usine neuve du Fresnoy, le parc de M. de Bellegarde, l'avenue plantée d'ormes qui conduit au château... Vous souviendrez-vous ?... Oui, c'est au moins aussi clair que les indications des Guides Joanne... Une poignée de main encore et... soyez heureux... je le veux de toute mon âme !...

Robert monta sur le char à bancs qui l'attendait devant une auberge, le fermier fouetta son cheval, et deux minutes après la voiture disparaissait dans les bois.

Alors le prince fut pour ainsi dire effrayé de l'isolement où le laissait le départ de Desnoëls.

Cet artiste si gai, si franc, si brave, qui le suivait partout depuis deux ans, c'était comme un frère aîné...

Et un frère aîné n'aurait pas eu pour Halil plus de tendresse, plus de dévouement ; il n'aurait pas mis plus d'ingéniosité à le consoler, à l'encourager, plus d'affectueuse attention à écarter les pierres de son chemin !

A eux deux, Halil et Robert se sentaient forts ; l'un avait ce qui manquait à l'autre : le prince, l'instruction, l'éducation, la fortune ; l'artiste, la résolution, le ressort et aussi l'habitude de lutter contre les difficultés de la vie pratique.

Et le robuste montagnard cévennol, doublé d'un Parisien souple et fin, se séparait d'Halil à l'instant où le faible, l'irrésolu, le timide, avait le plus grand besoin de force, de décision, peut-être même d'audace !

En traversant le village d'Achères pour gagner la route de Milly, le jeune prince se retourna plusieurs fois, regardant tristement ces futaies de la Haute-Borne sous lesquelles venait de disparaître la voiture qui emportait Robert Desnoëls.

Et ce n'était pas seulement parce qu'il comprenait que jamais l'appui fraternel de l'artiste ne lui aurait été plus utile, c'était aussi parce que d'étranges pressentiments le troublaient.

— Allons, pensa l'*isolé* en descendant du pays des roches et des pins vers les prairies du Vaudoué, je n'ai plus qu'à me dire comme les Arabes : « Ce qui doit arriver arrivera ; nous ne sommes que terre, et le potier fait de la terre ce qu'il veut ! »

A trois heures, suivant l'itinéraire que lui avait tracé Robert Desnoëls, il sortait de Milly et s'engageait sur la route de Maisse.

Bientôt, dans la plaine, à l'extrême limite de ces champs de sauge, d'absinthe, de romarin, d'armoise, de menthe, qui sont comme les plates-bandes d'un immense jardin, il aperçut les bâtiments de la cristallerie, puis, au fond d'une avenue bordée de beaux ormes, le parc du Fresnoy et le château de M. de Bellegarde.

A quelques centaines de pas de l'usine, au milieu des prés qui descendent en pente douce jusqu'à la petite rivière, il découvrit le verger et la maison blanche dont Robert lui avait parlé.

Ce fut vers cette maison blanche qu'il se dirigea.

Clotilde était dans le jardin avec Marthe, Juliette et la petite Jeanne.

Juliette accourut à la rencontre d'Halil et ouvrit la barrière à claire-voie.

— Monsieur Robert n'est donc pas venu avec vous ? demanda-t-elle. Il nous avait promis pourtant...

— Il vient de partir pour Antraygues, mademoiselle, répondit le prince... Son père est gravement malade... Nous nous sommes dit adieu à Achères, bien tristes l'un et l'autre !... Mais, ajouta-t-il à demi-voix, en cherchant à lire dans les yeux de Mlle de Bellegarde, nous sommes tous tristes, aujourd'hui... Vous avez pleuré, Clotilde ?...

La jeune fille détourna la tête.

— Les femmes, murmura-t-elle, ne savent pas toujours pourquoi elles pleurent.

— Que s'est-il donc passé ce matin ? demanda le prince.

— Venez, répondit Clotilde en se dirigeant vers la maison de M. de Mausseins. Marthe nous conseillera, elle a plus de raison que moi.

Obéissant à un signe de sa sœur aînée, Juliette demeura dans le jardin avec la petite Jeanne.

Marthe fit asseoir Halil et Clotilde dans une pièce du rez-de-chaussée :

— C'est, dit-elle, comme à Paris, dans notre appartement du quai de Béthune, le salon, l'atelier, la salle à manger ; j'ai placé tous les meubles dans le même ordre... Prince, voici votre fauteuil, auprès de celui de mon père... et, voyez, le violon est accroché au-dessus du piano ; on n'y a plus touché depuis le soir où vous nous avez joué la mélodie de Schubert...

Halil avait pris les deux mains de Clotilde. Il se penchait vers la jeune fille et il la regardait avec une tendresse inquiète ; il la voyait pâle, abattue...

— Ce soir-là, dit-il, j'ai compris que je serais à vous pour la vie... Mais, je vous en prie, répondez-moi... Que s'est-il passé ce matin ? pourquoi avez-vous pleuré ?...

Clotilde essaya de sourire.

— Eh bien, répliqua-t-elle, j'ai pleuré... parce que le général de Fallières est reparti pour Paris...

— Et puis ?...

— Et puis... parce qu'il avait eu avec mon père une explication... pénible... J'aurais dû le retenir, le prier de ne parler que ce soir..., ou demain : je n'ai pas osé...

— Cette explication a eu lieu en votre présence ?...

— Non... J'avais eu peur... Je ne suis pas toujours brave..., et j'étais venue me réfugier ici, auprès de Marthe... Quand je suis rentrée au château à onze heures...

— Dites.... dites !

— Je ne peux pas... je ne dois pas !...

— Oh ! ne me cachez rien, Clotilde..., ne me cachez rien de ce que vous avez souffert... à cause de moi !...

Mlle de Bellegarde refusa de répondre, ou plutôt elle ne répondit que par ses larmes.

Marthe, qui se tenait debout derrière le fauteuil de son amie, fit signe à Halil de ne pas insister. Et se penchant pour mettre un baiser sur le front de l'affligée, elle s'efforça de la consoler.

— Calme-toi, lui disait-elle..., nous te comprenons, nous devinons... Tu voudrais souffrir seule... C'est cela, n'est-ce pas ?... Regarde-moi..., chère égoïste !... Tu ne m'as rien avoué, à moi aussi... Pourtant, tu avais un conseil à me demander...

— Un conseil..., oui, murmura Clotilde..., hésitante...

— Faut-il... que le prince nous laisse seules un instant ?...

— Non... je pensais... qu'il vaudrait mieux...

— Parle, ma pauvre chérie !...

— Qu'il vaudrait mieux peut-être qu'Halil ne vît pas mon père aujourd'hui !... Si nous pouvions trouver un prétexte...

— M. de Bellegarde doit me recevoir à quatre heures, dit le prince... Vous savez, Clotilde, ce que j'ai à lui demander...

— Oui..., c'est moi qui vous ai poussé à faire cette démarche... et maintenant...

Halil se leva très agité...

— Et maintenant, reprit-il..., vous croyez que M. de Bellegarde me répondra par un refus !...

— Mon Dieu... balbutia la jeune fille... que faire... que faire ?...

— Il ne voudra pas même m'entendre ?...

— Non... non... ce n'est pas possible... Il ne m'a pas dit cela..., je vous l'affirme, Halil !...

— Oh ! mes grands enfants, dit Marthe, vous ne savez donc que vous irriter ou vous désoler !... Ecoutez-moi... Vous vouliez un conseil, le voici :

A quatre heures le prince se présentera au château ; il verra M. de Bellegarde un instant, il ne lui parlera que du passé, du temps où il était si heureux à Ramyes auprès de ta mère... il le remerciera des soins qui lui ont été donnés par sa famille d'adoption... il lui dira avec quelle joie, il l'a retrouvée, cette famille... et ce sera tout..., pour cette fois !...

— Non, répondit Clotilde..., ce ne sera pas tout... Je voudrais... ajourner cette entrevue... Halil, je vous en supplie... partez ! vous écrirez... et si nous savons attendre... dans quelques mois...

— Ah ! s'écria le prince, vous voulez que je m'éloigne, vous aussi ?... Eh bien, ce soir, quand je rentrerai chez moi, dans mon hôtel de la rue de Villiers, Kassem me dira peut-être : « Viens, nous partons pour l'Orient ! »

Clotilde tressaillit.

— Pour l'Orient ?... dit-elle toute tremblante...

— Oui, répondit Halil... Ce que je ne vous ai pas avoué hier... ce que Robert vous avait caché, sur ma demande, pour ne pas vous affliger, il faut que je vous le révèle aujourd'hui... Le temps presse... ou plutôt l'heure va sonner... où je serai forcé de choisir...

— De choisir?...

— Entre la situation qui m'attend là-bas et... le bonheur... le bonheur, Clotilde, le bonheur de vivre avec vous... d'aimer, d'être aimé!... Ah! vous pensez bien que je n'hésiterais pas..., mais...

— Dites tout!... s'écria Mlle de Bellegarde les yeux pleins de larmes.

— Eh bien, lorsque je suis revenu de Ramyes, Kassem m'a demandé : « Es-tu prêt? »

— Prêt à partir?

— Oui... et en mon absence il avait pris toutes les dispositions pour ce départ... Il avait réglé mes affaires... et maintenant il vend mon hôtel, comme si je ne devais jamais revoir Paris.

Clotilde, accablée, murmura :

— Mon Dieu!... toujours cet homme... entre ma famille et vous!

— Oh! dit Marthe de Mausseins, quelle autorité a-t-il donc sur vous, prince?... Il n'est pas votre père!...

— C'est lui qui m'a amené en France, répondit Halil; c'est lui qui m'a élevé, et pour me défendre contre les ennemis qui menaçaient ma vie, il a tout sacrifié, dit-il... ses intérêts, ses affections, sa femme, son enfant!... Dans mes moments de colère, de révolte, il me rappelle les services rendus...

— Eh! répliqua Marthe, n'est-ce pas ce Kassem qui vous avait abandonné à Ramyes?...

— Il obéissait aux ordres de son maître... et, deux ans après, lorsqu'il vint m'arracher à ma mère d'adoption... ce fut encore parce que le maître avait ordonné... Et ce maître, dont jamais il n'a voulu me dire le nom... c'est mon père!... Oui, je n'en puis plus douter, c'est mon père!... Kassem a été mon tuteur... il parle et agit comme mandataire de ma famille...

Clotilde se leva et essuya ses larmes.

— Halil, dit-elle, votre famille exige que vous partiez?...

Le prince ne répondit que par un signe de tête.

— Eh bien, reprit la jeune fille, votre devoir est d'obéir!...

— Que dites-vous, Clotilde?... Mon devoir est... de renoncer à vous..., de vous quitter pour toujours?...

Mlle de Bellegarde se jeta dans les bras de Marthe :

— Ah!... balbutia-t-elle... je voudrais mourir!...

— Non, répondit le prince dont la douleur s'exaspérait, c'est moi qui ai été coupable...

— Coupable !...

— En vous faisant partager mes illusions, en essayant de vous associer à ma destinée, en apportant dans votre existence le trouble, le malheur... Et c'est moi seul qui dois être puni... Adieu, Clotilde !... Puisque vous le voulez, je retourne à Paris... je vais...

— Halil ! Halil !... supplia la jeune fille épouvantée.

Et inclinant sa tête sur l'épaule du prince, elle ajouta : — Faites donc ce que vous deviez faire, et que Dieu ait pitié de nous !...

— Ce que je devais faire, Clotilde, que voulez-vous dire ?

— Voyez mon père..., essayez de le calmer, dites-lui de nous laisser au moins... un peu d'espoir !...

— Oui, répondit Halil..., oui, je le verrai et il m'écoutera... et quand il m'aura entendu, il n'aura pas la cruauté de nous séparer !... Je lui raconterai, tout, Clotilde... je veux qu'il sache ce que j'ai souffert loin de ma famille d'adoption... je veux lui dire que je ne compte plus que sur lui... que ma vie est entre ses mains... Tenez, pendant les trois semaines qui viennent de s'écouler depuis mon retour de Ramyes... j'ai eu cent fois la pensée de me réfugier auprès de lui, de lui demander asile dans sa maison... de lui crier : « Sauvez-moi !... » Alors... il ne m'aurait pas repoussé... Maintenant, il faut que je parvienne à le fléchir, il faut qu'il m'ouvre ses bras... Et s'il me dit, lui aussi, que je dois obéir à ma famille, partir pour l'Orient, accepter la situation qui m'est destinée, je lui répondrai : « Oui, je partirai quand vous m'aurez rendu votre affection, quand je serai certain de retrouver, en revenant en France, un second père et une fiancée !... »

Et, se retournant vers Marthe, le prince lui demanda :

— Agir ainsi, mademoiselle, est-ce agir en honnête homme, en homme de cœur ?...

— Oui, répondit Mlle de Mausseins, il est impossible qu'à votre prière M. de Bellegarde oppose un refus formel...

— Allez donc, dit Clotilde... j'attendrai votre retour ici, auprès de Marthe et de Juliette... Avec elles je peux parler de vous... votre nom est aimé, béni, dans cette maison... Allez, mais je vous conjure, quoi qu'il arrive..., soyez calme, soyez ce que vous avez toujours été..., bon et généreux!...

— Je vous promets... d'être digne de vous!...

— Ecoutez... ami... si quelque parole cruelle vous offense... si quelque pénible incident vous irrite, si vous sentez votre raison se troubler, pensez à Marie-Aimée, à cette mère sur la tombe de laquelle nous nous sommes fiancés... Vous me l'avez dit plusieurs fois, elle est notre protectrice...

— Je me souviendrai!...

Halil partit... Juliette et la petite Jeanne voulurent l'accompagner, dans le sentier des prairies, jusqu'à la route de Maisse.

Souvent il se retourna, regardant du côté de la maison blanche.

Clotilde et Marthe étaient venues s'accouder à l'entrée du verger, sur la barrière.

— Que veulent-elles dire, prince?..., demanda Juliette... Elles vous font des signes d'adieu... comme si vous partiez pour un long voyage!...

— Je vais en effet dans un pays inconnu, répondit Halil... et l'inconnu est toujours redoutable...

La propriété qu'on appelait autrefois « la garenne de Fresnoy, ou du Fresnoy », et que le père de Clotilde avait agrandie par des acquisitions successives, est peut-être la plus vaste sinon la plus belle du pays. En 1870, on la comparait à ce domaine de Courances où plusieurs générations de peintres sont venues chercher des motifs d'étude.

La partie boisée est même plus pittoresque que le parc de Courances. Si elle a peu de chênes et de hêtres deux ou trois fois centenaires, si depuis vingt ou vingt-cinq ans elle n'a plus les fourrés de broussailles, les lierres géants, les aspects de forêt vierge que regrettent les artistes, elle a de très nombreux accidents de terrain, quelques beaux rochers, des eaux vives, et de charmantes échappées du côté de la vallée de l'Essones. Le château, construit vers la fin du règne de Louis XIV et intelligemment restauré, a grand air sur son esplanade gazonnée. L'avant-corps, orné de hauts pilastres, apparaît seul, dans la perspective d'une allée de marronniers, au voyageur qui s'arrête à la grille du parc. Les ailes, en retrait, se relient à des bâtiments modernes construits en hémicycle, qui enveloppent les deux cours entre lesquelles s'étend le tapis vert de l'esplanade.

Dans une de ces cours, lorsque le prince Halil arriva au tapis vert,
on attelait un landau. Le visiteur fut reçu par un domestique en livrée,
à l'entrée d'un immense vestibule à l'italienne. On le fit monter immé-

diatement au premier étage et le valet de chambre de M. de Bellegarde
l'introduisit dans la pièce qu'on appelle le « salon de laque ».

Ce n'est, à vrai dire, qu'un petit cabinet de travail, mais un cabinet
de travail très richement décoré. Dans les boiseries peintes en vert
bronze et discrètement relevées d'or mat, sont encastrés d'anciens
panneaux de laque, sur lesquels se détachent en relief des rochers, des

arbustes, des oiseaux. Les caissons du plafond sont laqués, tout l'ameublement est laqué.

Au milieu de cet ameublement luxueux, M. de Bellegarde avait fait placer un bureau-pupitre de chêne, très simple, ou plutôt très vulgaire devant lequel il travaillait debout. Lorsque Halil fut introduit, le riche industriel feuilletait un registre de comptabilité.

Par la haute et large fenêtre ouverte sur l'esplanade, il avait dû voir arriver le visiteur. Cependant il paraissait profondément absorbé dans ses recherches. A peine répondit-il par une légère inclination de tête au salut du jeune prince.

S'il éprouva quelque émotion, il sut la dissimuler ; le visage fut impassible, la main droite étendue sur le haut du registre, ne trembla pas, le regard ne fit pour ainsi dire que glisser entre les cils.

Il y eut un instant de silence pénible pour Halil. Puis M. de Bellegarde dit à demi-voix, sans relever les yeux :

— Asseyez-vous et permettez-moi d'achever la vérification que j'ai entreprise.

Deux minutes après, il posait un couteau à papier sur le registre, se retournait vers le visiteur et reprenait, demeurant debout, adossé au bureau-pupitre :

— Je regrette, monsieur, d'avoir peu de temps... très peu de temps à vous donner... Des affaires d'une extrême importance m'appellent en Angleterre... Ce soir, je retourne à Paris et demain je partirai pour Londres... avec ma fille...

Halil ne put retenir un mouvement de douloureuse surprise :

— Oh !... dit-il... à cause de moi !... pourtant...

M. de Bellegarde lui imposa silence d'un geste.

— Je ne comprends pas, répondit-il, mais... je vous l'ai déclaré tout d'abord, le temps nous manquerait pour une explication... Laissez-moi donc traiter aussi complètement que possible la question principale.

A diverses reprises, poursuivit M. de Bellegarde, de 1850 à 1857, votre fondé de pouvoirs, Monsieur Kassem, m'a confié des sommes dont le total, en janvier 1858, s'élevait à cent soixante mille francs. Vous considérant comme mon commanditaire, je vous ai fait une très large part dans les bénéfices des affaires que j'ai fondées ou que je dirige ; j'étais parvenu, en janvier 1869, à vous constituer un capital de cinq cent

quarante mille francs. Une partie de cette somme a été retirée au commencement de l'année courante, le reliquat m'a été réclamé le 9 de ce
mois, et ce reliquat, je viens de le constater, était de deux cent cin-
quante-quatre mille trois cent vingt-six francs. J'ai donné aussitôt à
Paris l'ordre de satisfaire à cette réclamation, et le 15 du mois prochain, nos comptes seront entièrement et..... définitivement liquidés.....
Si cependant vous désiriez avancer la date du dernier règlement...

— Mais... monsieur, dit Halil qui, plusieurs fois, avait vainement
essayé d'interrompre, je n'étais pas venu pour des questions d'argent...

— Ah! Que vouliez-vous donc me dire?...

Halil se leva et se rapprocha vivement de M. de Bellegarde.

— Je voulais vous dire, s'écria-t-il, combien j'ai souffert de n'être
considéré par vous que comme un commanditaire!...

— Eh! répliqua l'homme des grandes affaires, il ne dépendait pas
de moi qu'il en fût autrement, monsieur!...

— Ah! dit le prince, vous savez bien que jusqu'au jour où le hasard
m'a fait rencontrer Mlle Clotilde à Paris, chez M. de Mausseins, il m'avait
été impossible de retrouver ma famille d'adoption... J'ignorais votre
nom... j'ignorais le nom du pays que vous habitiez lorsque Mme de Bellegarde me recueillit!...

— Oui..., vous ne vous souveniez de rien!

— Je me souvenais, monsieur,... je me souvenais d'une jeune femme
dont la beauté et la grâce m'avaient ébloui, moi, l'enfant abandonné!...
Je me rappelais que cette femme avait une grande intelligence, une
haute raison, un cœur généreux, une bonté idéale..., et qu'elle inspirait à tous la plus respectueuse affection... Aurais-je donc pu oublier
qu'elle m'aimait comme une mère, et que je l'admirais moi... que je
l'adorais?...

La voix d'Halil s'élevait, chaude, vibrante.

— Parlons plus bas, je vous prie, dit M. de Bellegarde en allant
fermer la fenêtre... mes domestiques pourraient croire que vous avez
quelque chose à me reprocher...

— Oh! murmura le jeune homme, c'est vous qui devriez me reprocher de vous avoir été fatal, de vous avoir causé, peut-être... sans le
vouloir, sans même le comprendre, le plus grand chagrin de votre vie!...
Mais non..., vous ne m'accusiez pas, — je me souviens aussi de ces

choses, — vous vouliez encore m'aimer, en mémoire de la chère morte !... On me l'a dit, à Hombourg, à Ramyes... Le jour où, me portant dans vos bras...

— Halil... Halil!..., dit M. de Bellegarde, dont l'émotion se trahit enfin.

Mais aussitôt, étendant le bras comme pour repousser le prince qui s'élançait vers lui, il reprit avec un calme apparent :

— C'est la première fois que nous parlons ensemble de ces douloureux événements..... c'est la première fois et je veux que ce soit la dernière... Depuis quelques heures, monsieur, depuis ce matin, tout est fini entre vous et moi !

— Tout est fini ! Et pourquoi, pourquoi ?

— C'est vous qui me le demandez... vous ?

— Eh bien oui, ai-je donc commis une de ces fautes... qu'un père ne peut pardonner?

— Un père, dites-vous? C'est un père en effet qui vous juge, et moins sévèrement que vous ne le mériteriez... Hier, monsieur, je me suis attendri en vous revoyant, j'ai eu la faiblesse de vous accueillir, de vous presser la main... j'étais prêt à vous laisser reprendre la place que vous occupiez autrefois dans ma maison. Aujourd'hui je ne saurais vous haïr, et quand je vous ai vu entrer chez moi, je n'ai pu me résoudre à vous faire chasser.

— Me faire chasser !... s'écria le prince bondissant sous l'insulte...

— C'était mon droit... poursuivit M. de Bellegarde... Si vous n'êtes pas capable de m'entendre sans colère, retirez-vous !... Oui, c'était mon droit et c'était aussi mon devoir... Vous aviez indignement abusé de ma confiance !...

— Non !... non !...

— Encore une fois, monsieur, je vous rappellerai que si l'un de nous deux pouvait être excusable en se montrant violent, ce serait moi... l'offensé !... Je n'ai pu, vous dis-je, me résoudre à vous faire chasser... mais mon parti était pris de refuser toute explication... j'espérais que vous comprendriez... dès les premiers mots... Il n'en a pas été ainsi... aujourd'hui comme hier, j'ai manqué de fermeté... Ecoutez-moi donc sans m'interrompre par d'inutiles protestations.

J'avais formé de beaux projets pour l'avenir de ma fille unique, et ces

projets je vous les ai confiés... Par le mariage de Clotilde avec le général
de Fallières, ma famille devait être alliée à une des meilleures maisons
de France, à la grande noblesse lorraine... Oui, j'ai eu cette ambition...,
non pour moi, quoi qu'on en ait dit, mais pour mon enfant...

— Cependant, dit Halil essayant de reprendre tout son sang-froid,
jamais vous n'auriez disposé de Mlle Clotilde sans son assentiment !...

— Depuis plus d'un an, répliqua M. de Bellegarde, je m'étais assuré
des bonnes dispositions de ma fille pour le général de Fallières... Il ne
lui déplaisait pas alors de devenir la femme d'un brillant officier qui
peut arriver à tout... Vous m'entendez... à tout ! Vous vous êtes trouvé
sur notre chemin et, pour nous témoigner votre reconnaissance...
puisque vous daignez vous souvenir des services rendus, vous avez
fait échouer nos projets, vous avez ruiné nos espérances ! Hier, au moment où je vous recevais comme un fils, vous alliez obliger le général
de Fallières à se retirer... Il est parti ce matin, en me suppliant de
n'exercer en sa faveur aucune pression sur ma fille... C'est un homme
d'honneur, lui !...

Le prince qui avait écouté avec plus de tristesse que de colère les
plaintes de cette ambition déçue, se redressa fièrement :

— Oui, s'écria-t-il, c'est un homme d'honneur et un homme de cœur,
il me l'a prouvé... Et s'il était là... s'il vous entendait m'accuser ainsi,
je trouverais en lui le plus généreux défenseur !...

M. de Bellegarde fit un dédaigneux mouvement des épaules :

— Il est assez... chevaleresque pour cela..., dit-il..., et je regrette
d'autant plus qu'il m'ait rendu ma parole... L'idée ne me viendrait pas
d'établir une comparaison entre lui et l'homme qui l'a supplanté dans le
cœur de ma fille...

Halil sentit la rougeur lui monter au front.

— En effet, répliqua-t-il... j'oubliais qu'un homme pratique... un
homme tel que vous, ne peut voir en moi que *l'abandonné !...*

Le coup porta. La colère de M. de Bellegarde se trahit par une rapide
contraction de la lèvre inférieure.

— Vous me prêtez, dit l'industriel, des opinions trop... pratiques;
mais je ne m'en offense pas... Il me serait plus pénible d'avoir à réprimer
des écarts de sentimentalité... Voyons donc les choses sous leur véritable aspect... Le général de Fallières s'est retiré devant vous, et vous

veniez m'offrir des compensations, n'est-ce pas?... Oh! je sais, vous devez me dire : « J'aime Mlle Clotilde... j'ai quelques raisons de croire qu'elle m'aime et je vous demande sa main! »

— Oui!... répondit énergiquement le prince.

— Je vous épargne l'embarras d'une déclaration, poursuivit M. de Bellegarde; mais après avoir poussé la condescendance jusqu'à ses extrêmes limites, je dois vous répondre : « Pourquoi, au lieu de m'envoyer une personne de votre famille, me faites-vous personnellement votre demande? Il y a, en France, dans notre monde, des usages que vous ne pouvez ignorer... »

Halil éprouva une violente douleur, sa gorge se serra, ses yeux se cernèrent subitement :

— Oh! balbutia-t-il..., c'est vous qui me reprochez de ne pas connaître... ma famille..., c'est vous qui me faites un crime de mon isolement..., de mon malheur!...

— Je ne vous reproche rien, répliqua M. de Bellegarde en se croisant les bras. Mais s'il pouvait être sérieusement question d'une union entre ma fille et vous, mon devoir de père, mon premier devoir serait de demander : « Qui êtes-vous?... » On vous appelle prince..., je sais que vous êtes riche... je n'ignore pas que vous semez l'or sur les grandes routes, et c'est tout..., vous reconnaîtrez vous-même que ce n'est pas assez!...

— Je reconnais, dit Halil..., que la haine éclate dans toutes vos paroles...

— La haine, non, la raison, oui!... vous auriez pu au moins m'envoyer votre fondé de pouvoir..., ce monsieur... Kassem, qui vous a élevé en prince... Il m'aurait peut-être enfin démontré que vous n'êtes pas une sorte de déclassé... ou d'aventurier!... Mais non, il aurait répondu : « Prince ou aventurier, mon maître n'épousera jamais Clotilde Marchal..., jamais, jamais! »

— Monsieur!... s'écria le prince frémissant, monsieur, vous voulez par vos insultes me pousser à quelque violence indigne de mon caractère..., vous n'y réussirez pas!... Je me suis juré d'être calme, par respect pour la mémoire de ma mère d'adoption..., que je vénérerai jusqu'à mon dernier soupir!...

M. de Bellegarde s'avança menaçant :

— Ah! dit-il d'une voix mordante, vous avez d'étranges façon de la

respecter, la mémoire de cette noble femme... qui est morte pour vous
avoir trop aimé !... Un hasard que vous auriez dû bénir vous fait
retrouver votre famille française, et au lieu de venir me demander s'il
me plaît de vous recevoir, vous courez à Ramyes compromettre notre
réputation, notre honneur !...

Halil exaspéré, s'élança sur M. de Bellegarde, puis, tout à coup, s'arrêtant et se frappant le front :

— Oh ! malheureux que je suis, s'écria-t-il..., malheureux..., raillé,
insulté, souffleté !... Eh bien ! non, non..., je ne me vengerai pas !...

— Je n'insulte pas, répliqua M. de Bellegarde, je juge et je condamne...

— En effet, dit le prince en se retirant..., et j'exécuterai la sentence !...

M. de Bellegarde sourit dédaigneusement et appela son valet de
chambre :

— Joseph, lui dit-il, reconduisez monsieur ; puis vous monterez chez
Mlle Clotilde et vous lui direz que je la prie de se disposer à partir pour
Paris ce soir, à cinq heures...

Halil sortit rapidement du château... Tête nue, le front couvert de
sueur, les yeux pleins de larmes brûlantes, il traversa le tapis vert de
l'esplanade et redescendit vers la grille par l'allée de marronniers.

Il se sentait encore sous le regard du maître et des domestiques ; il
ne voulait pas défaillir...

Mais lorsqu'il eut franchi la porte du parc et que, par l'avenue latérale,
il se dirigea vers la route de Maisse, le malheureux chancela comme un
homme ivre... Son cœur cessait de battre, ses yeux se voilaient...

Il ne vit pas une voiture qui s'était arrêtée à la croisée du chemin.

Un vieillard à barbe blanche, un peu courbé, mais encore vigoureux
et agile, descendit de cette voiture, fit signe au cocher de s'éloigner
dans la direction de Maisse, et marcha d'un pas ferme à la rencontre
du prince.

— *Tiens ton âme !...* dit-il en saisissant la main d'Halil pour la porter
à ses lèvres.

— Toi !... s'écria le jeune homme... Toi ici, Kassem !...

— Oui, répondit Kassem, moi..., l'ami qui ne t'abandonnera jamais...
Oh !... mon enfant, mon enfant, tu souffres..., tu pleures ?...

25

— Je vais cesser de souffrir... bientôt, dit Halil avec l'accent du désespoir..., mais laisse moi un instant..., laisse moi !...

— Non, répliqua le vieillard épouvanté..., où vas-tu ?...

Halil étendit la main vers la maison de M. de Mausseins.

— Je vais, murmura-t-il, dire un dernier adieu..., et tout sera fini, tout !...

— Un dernier adieu..., à qui, mon enfant ?...

Le jeune homme s'éloignait sans répondre. Kassem le suivit :

— Parle, lui disait-il, ouvre moi ton cœur, je t'en conjure !... Oh ! tu es malheureux !... Et j'accourais, moi, croyant t'apporter une grande joie !...

— Une joie..., à moi ?...

— Oui, l'avis que j'attendais..., que nous attendions depuis si longtemps, est enfin arrivé... Halil nous partirons quand tu voudras..., entends-tu, nous partirons !...

— Eh ! que m'importe, maintenant !...

— Que dis-tu ?... Ah ! la douleur t'égare..., tu ne me comprends pas... Demain, si tu le veux, nous partirons pour l'Orient, nous irons revoir notre pays natal..., et tu retrouveras ta famille, tu reprendras ton rang, tu seras riche, puissant !...

Kassem avait passé son bras sous celui du jeune homme.

— Demain, répétait-il avec obstination, demain !...

— Demain, dit le prince en le repoussant, Halil sera mort !...

— Tiens ton âme, reprit le vieillard..., je mourrai avant toi, c'est dans l'ordre... mais dis-moi pourquoi tu voudrais mourir... Tu viens de là-bas..., tu as vu M. de Bellegarde ?...

— Oui !...

— Qu'allais tu faire chez cet homme ?...

Halil hésita un instant... Puis, s'arrêtant à l'entrée du sentier qui de la route de Maisse conduit à la maison blanche, il répondit avec emportement :

— Tu es mon ami, dis-tu, mon ami le plus dévoué..., et cependant tu m'as fait plus de mal que de bien... J'ai dû te cacher mes affections et mes espérances..., parce que tu aurais tout brisé, tout détruit, comme autrefois !... Mais aujourd'hui que je n'espère plus, pourquoi dissimulerais-je ?... Kassem, je suis allé chez M. de Bellegarde, je lui ai demandé la main de sa fille !...

— Et il te l'a refusée ?

— Il m'a insulté, il m'a accablé de son mépris...

— Toi ?...

— Il m'a traité comme le dernier des aventuriers...

— Ah ! il a osé !... s'écria le vieillard tremblant de colère... Dans notre pays, entre l'insulteur et nous il y aurait du sang !...

— Il y aura le mien !... répondit Halil.

— Non, dit vivement Kassem, je verrai cet homme, et s'il a prononcé des paroles insultantes, il faudra qu'il les retire... Il te doit sa fortune !... Mais la démarche que tu as faite auprès de lui, j'aurais pu la faire moi-même... Et pourquoi ne la ferais-je pas aujourd'hui ? Halil, mon enfant, tout n'est peut-être pas désespéré !

Halil tressaillit.

— Tout n'est pas désespéré ?... dit-il. Ah ! tu essayes de me tromper encore... de faire renaître mes illusions !...

— J'essaye de te rendre le courage, répondit gravement Kassem. Elle t'aime cette jeune fille ?

— Oui !

— Eh bien, je vais chez M. de Bellegarde..., laisse-moi tenter ce dernier effort...

Halil entrevit une lueur d'espoir...

— Va donc, murmura-t-il..., j'attendrai ton retour là-bas, chez M. de Mausseins.

Il était comme le naufragé qui, à bout de forces après une longue lutte contre les vagues, aperçoit au loin une épave flottante et la prend pour le navire sauveur.

Immobile dans le sentier, il voyait Kassem marcher d'un pas ferme vers la grille du château. Deux fois le vieillard se retourna, en portant vivement la main droite à sa poitrine, comme pour dire encore :

— Ne te laisse pas abattre... espère... tiens ton âme !...

Halil se dirigea vers la maison de M. de Mausseins.

Juliette l'aperçut et vint en courant ouvrir la barrière du verger.

— Oh ! dit-elle... qu'avez-vous donc ?... Comme vous êtes triste... et pâle !...

La petite Jeanne avait péniblement suivi Juliette. Elle s'arrêta haletante devant le prince et fixa sur lui ses yeux pleins d'une curiosité inquiète :

— Vous avez donc toujours du chagrin?... dit-elle...

— Oui, répondit Halil en se penchant pour l'embrasser, j'en ai toujours, moi... toujours !...

Quand il traversa le jardin, Clotilde était assise dans le salon, près de la fenêtre ; elle l'avait vu venir... elle avait compris que tout était perdu, et sa douleur débordait.

Courbée devant elle, Marthe lui tenait les mains et disait :

— Courage, ma chérie, courage !... Il faut que tu le consoles..., il faut que tu lui donnes la force de vivre... Veux-tu qu'il parte désespéré?...

— Ah! s'écria Mᴵˡᵉ de Bellegarde, tu as raison... je dois être forte... forte au moins jusques après la séparation... Le voici, levons-nous... Tu verras si je manque de courage !...

Halil venait d'entrer dans la maison. Trop oppressé pour pouvoir parler, il salua les deux jeunes filles et s'arrêta sur le seuil de l'appartement.

Clotilde s'avança vers lui et demanda à voix basse :

— Eh bien !... ami?...

Il voulut répondre, son cœur se brisa.

— Clotilde! cria-t-il en sanglotant, il m'a condamné!... condamné!...

Clotilde chancela, un spasme lui souleva la poitrine, puis, fermant les yeux, elle laissa tomber sa tête sur l'épaule d'Halil.

Marthe, épouvantée, s'écria :

— Partez, monsieur, partez! ces émotions la tuent !

Tandis qu'elle se demandait comment elle pourrait calmer Halil et relever le courage de Clotilde, M. de Bellegarde et Kassem venaient ensemble par le sentier des prairies.

Ils s'arrêtèrent un instant devant la barrière du verger et échangèrent quelques explications à voix basse :

— Oui, disait le riche industriel, il m'a fait pitié et à plusieurs reprises j'ai été sur le point de lui dire : « Va, malheureux enfant, va, je te pardonne les peines que tu m'as causées..., celles d'aujourd'hui comme celles d'autrefois ! » Mais il fallait en finir..., cette situation ne pouvait se prolonger sans péril pour nous tous !...

— Je vous avais prié, répondit Kassem, de lui faire comprendre que ce mariage est impossible..., impossible à tous les points de vue !...

— Eh ! répliqua M. de Bellegarde, devais-je donc lui exposer les raisons que vous m'aviez données !... Dans l'état d'exaltation où il est, il n'hésiterait pas à rompre avec sa famille pour demeurer en France, pour vivre auprès de nous... et cette rupture, vous vouliez l'éviter à tout prix !... Aussi, pourquoi cette famille l'a-t-elle si longtemps condamné à l'isolement ?...

— J'aurai dans quelques années, je l'espère, dit Kassem, l'occasion de revenir à Paris et de vous demander votre concours pour la réalisation d'un grand projet... Halil fera probablement ce voyage avec moi, et nous vous expliquerons tout... Ah ! ce sera le temps des immenses affaires !...

— Je ne vous ai jamais questionné, répondit M. de Bellegarde, vous me rendrez cette justice... Mais, vous me l'avez très nettement déclaré il y a quelques jours, il faut que le prince parte le plus tôt possible, et, pour le déterminer à partir, j'ai été dur, j'ai été cruel... je le serai jusqu'à la fin !... Pourquoi tout à l'heure lui avez-vous laissé une dernière espérance ?... Je ne vous comprends pas !...

— Parce que son désespoir m'effrayait !...

— Et vous m'obligez à jouer encore une fois ce rôle si pénible... si peu digne de moi !... Il fallait l'entraîner, vous dis-je, ce malheureux enfant, et ce soir, dans la période d'accablement qui suit les crises violentes, il aurait consenti à tout !... Eh bien, je suis à bout de courage... Je ne peux pas le revoir, je ne le reverrai pas !

Et M. de Bellegarde, s'avançant vers la barrière, appela :

— Clotilde !... venez, Clotilde !

La jeune fille obéit. Mais en partant elle mit sa main dans celle d'Halil.

— Croyez toujours, toujours..., murmura-t-elle, et...

Elle n'eut pas la force d'achever.

Halil, atterré, la vit sortir du verger et s'engager rapidement, avec M. de Bellegarde, dans le sentier des prairies.

— C'est la fin... balbutia-t-il, la fin !...

— Viens, mon enfant... viens, dit Kassem en ouvrant ses bras... Tu oublieras auprès de ton père...

Halil le repoussa et s'élança vers la porte.

— Prince, dit Marthe de Mausseins... je ne veux pas que vous partiez ainsi... désespéré... Clotilde vous aime, elle n'aimera jamais que vous... Calmez-vous, attendez un moment, ici, dans cette maison que vous pourrez toujours considérer comme la vôtre... Je vais envoyer Juliette à l'usine, elle ramènera mon père... mon père qui saura peut-être vous rendre l'espoir, lui... Vous voulez bien lui faire vos adieux ?...

Halil saisit la main que la jeune fille lui tendait.

— Adieu, répondit-il, adieu à tous !...

Et, accablé par sa douleur, il se laissa entraîner par Kassem.

Juliette le regarda partir sans oser lui adresser la parole.

— Ah ! pensait-elle, si M. Robert était là !

Kassem fit monter le prince dans la voiture, qui attendait à la croisée des chemins, et dit au cocher : — Vite, à la gare de Maisse !

M. de Bellegarde et Clotilde étaient encore dans l'avenue du château.

Ils allaient sans se parler, presque aussi tristes l'un que l'autre.

Quand la voiture qui emportait Halil roula sur la route de Maisse, Clotilde s'arrêta défaillante.

Elle mit ses deux mains sur son cœur et murmura :

— Toujours... toujours !...

CHAPITRE XX

GUÉBLA

Pendant tout le voyage de Maisse à Paris, Halil ne prononça pas une parole. A demi couché dans l'angle du wagon, il avait fermé les yeux et semblait dormir. Son visage, si pâle tout à l'heure, se plaquait de rouge. La pensée s'était peut-être engourdie mais le corps souffrait maintenant ; le sang affluait à la tête, la cicatrice, qui était encore très apparente au-dessus de la tempe, devenait violette ; parfois le jeune homme y portait vivement la main ; les battements étaient précipités et douloureux, il dut croire un instant que la blessure allait se rouvrir.

Pourtant il ne proféra pas une plainte.

Parfois aussi un rapide mouvement contractait les lèvres, et une larme roulait entre ses longs cils noirs.

Kassem, alarmé, se rapprochait et disait doucement, en posant sa main sur le bras d'Halil : — Qu'as-tu, mon enfant?... parle-moi!...

Halil tressaillait, mais il ne répondait pas.

Quand ils rentrèrent dans leur hôtel de l'avenue de Villiers, la nuit était venue. Le prince, chancelant, traversa la cour et le vestibule, sans vouloir accepter l'appui de Kassem : Il monta dans son appartement ; le vieillard le suivit en disant :

— Tiens ton âme et repose-toi ; nous partirons avant la fin de la semaine... Il faut que tu reprennes des forces pour ce grand voyage !...

— Je ne partirai pas, répondit enfin Halil. Il n'y a plus pour moi ni famille, ni amour, ni amitié... Je suis seul... je suis abandonné... mais je suis libre de disposer de moi-même... Eh bien, je mourrai en France !...

— Ecoute-moi, reprit Kassem, tu feras ensuite ce que tu voudras...

— Non, je ne t'écouterai plus... répliqua le jeune homme, dont la colère éclata avec une extrême violence... Tu m'as sans cesse trompé..., et aujourd'hui encore tu t'es joué de moi !

— Ah !... dit Kassem... c'est donc toujours moi qui brise tes affections, ainsi que tu me le reprochais à ton retour de Bordeaux?... C'est moi qui te sépare de Mlle de Bellegarde ?... Soit, tu comprendras plus tard... Personne ne t'aime autant que moi, personne, pas même cette jeune fille qui ne tardera pas à t'oublier.

— Silence, misérable... silence !... s'écria le prince, fou de douleur... Va-t-en, va-t-en !

— Tu me menaces, pauvre enfant !...

— Je ne menace pas... je frappe... je me fais justice !...

Halil s'était élancé sur un fauteuil, il avait décroché un yatagan d'une panoplie, il allait se jeter sur Kassem...

— C'est bien, répondit le vieillard en se croisant les bras... tu peux prendre ma vie... Ne t'avais-je pas sacrifié celle de deux êtres qui m'étaient plus chers que moi-même ? Ce sera Nazim qui te conduira en Orient !...

Halil s'arrêta.

— Qui donc m'attend là-bas ?... dit-il haletant. Ma mère est morte, mon père m'avait oublié... Vous partirez cette nuit, si vous le voulez, ton frère et toi, et vous irez dire à votre maître : « Tu t'es souvenu trop tard, ton fils était las de la vie ! »

Le jeune prince tourna contre sa propre poitrine la lame du yatagan.

Avec une agilité et une vigueur étonnantes, Kassem se rua sur lui et lui arracha son arme. Puis, l'étreignant fortement, il cria :

— Nazim, à moi ! à moi !...

Le suspect accourut.

— Enlève toutes ces armes... toutes... ordonna Kassem... Prends les revolvers qui sont là, sur la cheminée, emporte-les, va... et reviens veiller avec Abdallah devant la porte de cet enfant !...

— Laissez-moi... laissez-moi !... murmurait Halil à bout de forces...

— Eh bien, oui, je m'en vais, dit Kassem, comprenant que la crise violente était finie et que les larmes allaient déborder... Mais au nom de ton père, qui est un vieillard comme moi, et qui n'a plus que toi à aimer, je te supplie de nous suivre en Orient... Jure !...

— Soit, répondit Halil avec un étrange sourire, je jure de vous suivre en Orient !...

Kassem se retira. En passant devant Abdallah, il lui recommanda de veiller toute la nuit.

Demeuré seul, Halil se jeta sur son lit. Le domestique noir l'entendit sangloter et gratta doucement à la porte de la chambre :

— Oh ! sidi, murmura-t-il..., que le mal soit loin de toi !... Sidi, Allah *remette* ton âme !... Sidi... je suis ton chien, triste quand tu es triste, malheureux quand tu es malheureux !...

Le maître n'écoutait pas ; Abdallah entr'ouvrit la porte.

Jamais, autrefois, il n'aurait osé entrer sans qu'on l'appelât.

— Sidi, balbutia-t-il en arabe, Allah seul sait si la consolation est loin de nous, mais...

— Laisse-moi, toi aussi, dit Halil.

— Ce n'est pas l'habesch qui « a fait ton chagrin » pourtant..., répondit le noir en se retirant lentement.

— Non, reprit le jeune maître..., tu m'es dévoué, toi, et j'ai peine à comprendre qu'*ils* ne t'aient pas éloigné de moi !... Que veux-tu ?...

— Ils disent que tu pars...

— C'est vrai...

— Le sidi emmènera-t-il son serviteur Abdallah ?

— Tu regretterais de quitter Paris ?...

— Oh ! non... Pour le bon serviteur, où est le sidi est le soleil !

— Allons, tu me suivras en Orient, et s'il faut que nous nous séparions là-bas, je t'enverrai chez mon père...

Abdallah vint baiser la main de son maître et demanda :

— Le sidi n'a rien à ordonner ?

Halil avait la fièvre ; ses lèvres étaient brûlantes et sa bouche sèche.

— J'ai soif, dit-il, tu m'apporteras à boire...

— Quoi ?...

— De l'eau... de l'eau glacée... pas autre chose.

Quelques minutes après, l'habesch apportait le verre d'eau que le maître avait demandé.

Halil but avidement. Puis, trouvant à cette eau un goût et un parfum particuliers : — Que m'as-tu donc donné ?... dit-il...

Le domestique noir regarda avec inquiétude du côté de la porte...

— Ce n'est pas toi, reprit Halil, qui as préparé ce verre d'eau ?...

Mais avant qu'Abdallah se fût décidé à répondre : « C'est sidi Kassem, » le prince sentit sa tête s'alourdir et ses yeux se fermer.

— De l'eau, murmura-t-il..., de l'eau pure !...

Puis comprenant qu'il ne pourrait lutter plus longtemps contre la torpeur qui l'envahissait, il rappela son habesch...

— Abdallah, dit-il, aide-moi à me déshabiller.

Et bientôt il s'endormit d'un profond sommeil.

Quand il voulut se lever, le lendemain, à dix heures, il n'avait qu'une idée confuse des scènes de la veille. C'était comme l'impression pénible que laisse un mauvais rêve.

Au rez-de-chaussée de l'hôtel, on s'occupait très activement des préparatifs du départ. Dans le vestibule, les domestiques clouaient des caisses. Halil entendait, et chaque coup vibrait dans sa tête endolorie.

Il se vêtit à la hâte, et se réfugiant au fond de la vaste pièce qui lui servait de bibliothèque, il ouvrit les fenêtres pour respirer l'air frais du jardin. Mais aussitôt on frappa à la porte de la chambre à coucher, et Kassem entra. Alors, le prince se souvint.

— Que me veux-tu ?... demanda-t-il brusquement. Viens-tu me dire

encore : « Tiens ton âme » ? C'est inutile, je suis calme... et je le serai
jusqu'à la fin !...

— J'aurais voulu savoir, dit le vieillard, si tu te déterminerais... à
vendre cette maison.

— Je consens à tout, répondit Halil. Tu pouvais te dispenser de me
consulter..., je n'ai à signer ni acte ni procuration, rien n'est à mon
nom...

— Oh ! reprit Kassem, les affaires se régleront ainsi bien plus facilement... Je venais aussi pour te rappeler...

— Que je t'ai promis de partir avec toi pour l'Orient ?... J'ai toujours
tenu mes engagements, tu le sais... seulement...

— Seulement ?...

— Je veux que nous partions le plus tôt possible...

— Eh bien, demain !...

— Non..., aujourd'hui..., ce soir !...

— Tu te sens assez fort pour voyager la nuit ?... Hier, tu souffrais
encore... de ta blessure... tu avais la fièvre...

— Eh !... répliqua le prince, tu ne vois donc pas qu'il me tarde de ne
plus souffrir !... Nous partirons ce soir ; ton frère, comme tu me l'as dit
il y a quelques jours, s'occupera des affaires que tu ne peux terminer
toi-même.

— C'est convenu, répondit Kassem ; si je différais notre départ de
vingt-quatre heures, c'était pour te laisser le temps de faire tes adieux
à tes amis...

— Je n'avais qu'un ami..., je ne le reverrai plus..., mais je lui écrirai...

— Ne désirais-tu pas, avant de quitter Paris, lui témoigner ta reconnaissance pour le dévouement dont il t'a donné tant de preuves ?... Je
t'avais entretenu d'un projet...

— Il est trop tard pour réaliser ce projet... Mais suis-moi, je vais te
désigner un certain nombre d'objets qu'on portera aujourd'hui même
chez M. Robert Desnoëls...

Et Halil fit un choix parmi les richesses artistiques qu'il avait accumulées dans son hôtel.

— On enverra ces tableaux, disait-il, et ces statuettes, et ces coupes,
ces aiguières, ces flambeaux, ces glaces, ces appliques... On y joindra
ces meubles de la Renaissance, ce beau gorgerin Louis XIII, et la

panoplie orientale du vestibule... et tout ce que j'avais fait mettre là-haut, dans le divan, les petites pièces d'orfèvrerie, les albums de dessins, le piano, les deux plus beaux narghilés...

— Tu es le maître, dit Kassem... mais ce que tu viens de désigner représente déjà soixante-dix ou quatre-vingt mille francs..., sans compter les pièces d'orfèvrerie du divan...

— Je crains que Robert n'accepte pas, répliqua le prince..., il est homme à ne se considérer que comme dépositaire. Mais je te l'ai dit, je lui écrirai. Occupons-nous maintenant de faire porter chez lui tout ce que j'ai indiqué.

— Aujourd'hui ?...

— Oui, dis à Nazim d'aller chercher une voiture...

— Mais c'est une voiture de déménagement qu'il nous faudrait... Et puis le temps nous manquera... si tu veux partir ce soir...

— Eh ! tu me répétais sans cesse, autrefois : « Tout est possible, à Paris, avec de l'argent ! » Fais faire ce que j'ordonne... Je veillerai moi-même à l'installation des objets que je laisse à Robert ; j'ai là-haut, dans ma chambre, une clé de son appartement.

Il fallut obéir. Halil l'avait dit, il ne voulait plus avoir le temps de penser... Penser, c'était souffrir !

L'idée lui vint plusieurs fois d'écrire à Clotilde ; il la repoussa.

— Non, murmurait-il, ce serait une lâcheté... Je ne troublerai plus sa vie !...

Aussitôt après le déjeuner, qui fut très court, et pendant lequel Kassem ne put lui arracher que des réponses brèves et sèches, il remonta dans sa chambre avec Abdallah.

— Roule ce bureau devant la cheminée, dit-il au domestique noir... Tu feras ensuite un peu de feu.

Il avait conservé un certain nombre de lettres, quelques-unes parce qu'elles étaient spirituellement écrites, d'autres parce qu'elles lui rappelaient des émotions ou simplement des incidents curieux de sa vie parisienne, d'autres encore parce qu'elles exprimaient d'une manière touchante des sentiments de reconnaissance.

Assis entre le bureau et la cheminée, il en relut une trentaine... Parfois cette lecture amenait sur ses lèvres un sourire dédaigneux. C'était sans doute lorsqu'il rencontrait les protestations d'amitié des viveurs qui lui faisaient jadis de si fréquents et de si larges emprunts.

— J'ai donc été de ce monde-là ?... pensait-il.

A deux heures, il avait tout brûlé, tout excepté les lettres de Robert Desnoëls.

Ces dernières lettres, il les relut avec attendrissement, et pour ainsi dire avec respect. Elles étaient gaies, pourtant, çà et là folles même, mais si franches, si bonnes, si cordiales !... Que de « vérités » le peintre y disait en gouaillant, quelle chaleureuse admiration il y exprimait pour les belles actions et pour les belles œuvres, et comme il y laissait naïvement éclater son bonheur... le bonheur de se dévouer !

— Non, se dit Halil, je n'aurai pas le courage de brûler ces lettres... Je les lui rendrai ; il les mettra avec les miennes... et peut-être aurat-il plaisir, plus tard, à y retrouver comme le roman de notre jeunesse !

Au moment où Halil achevait de classer par ordre de date les lettres du peintre, Kassem accourut.

— Tout est prêt, dit le vieillard souriant ; Nazim a voulu te donner raison... il a fait l'impossible. La voiture sera peut-être avant toi sur le quai de Béthune.

— C'est bien, répondit le prince ; je vais chez Robert... A quelle heure partirons-nous ce soir?

— A huit heures trente-cinq minutes ; il faudrait sortir de l'hôtel à sept heures et demie... Tu emmènes ton habesch ?...

— Oui, il me l'a demandé.

— Je te l'aurais proposé.

Halil appela le domestique noir.

— Selle deux chevaux, lui dit-il, Guébla et Mobb.

Un instant après, monté sur son cheval arabe, il se dirigeait vers l'île Saint-Louis ; Abdallah le suivait sur un grand alezan anglais.

Quand ils arrivèrent au quai de Béthune la voiture de déménagement venait de s'arrêter devant la porte cochère du numéro 45. Nazim l'avait accompagnée, avec deux des domestiques de l'hôtel. A quatre heures, les objets d'art et les meubles étaient rangés dans l'appartement de l'artiste.

Halil renvoya Nazim, s'enferma dans l'atelier et jeta un dernier regard

sur les études que Robert Desnoëls avait apportées de Ramyes. Il dit
adieu à la vallée lorraine, à la maison où deux fois il avait reçu l'hospitalité, à la tour tapissée de lierre, au vieux Philippe Burtel assis dans
son jardin, à Siéfer qui travaillait devant le puits, à la jeune fille qui
venait, par le sentier, sous les pins, vers l'ancienne route de Forbach.

Puis, luttant énergiquement contre son émotion, il écrivit :

« Ami, Les beaux rêves sont finis ; je n'avais pas le droit d'aimer, je ne
pouvais pas être aimé. Quand vous reviendrez d'Antraygues, vous verrez
Mlle Marthe de Mausseins ; elle vous expliquera tout ; je n'ai pas le courage de vous dire aujourd'hui l'accueil que j'ai reçu au Fresnoy. Hier,
j'ai cruellement souffert, j'ai été violent, j'ai été fou... Maintenant,
j'éprouve une accablante lassitude. Kassem veut que je parte avec lui
pour l'Orient ; il est parvenu à m'arracher une promesse ; ce soir nous
aurons quitté Paris.

« J'ai voulu revoir votre atelier, je me suis entouré des études de Ramyes, et c'est ainsi, chez vous, mon ami, que je fais mes adieux à la
France. Mieux aurait valu pour moi mourir sur la route de Hombourg ;
je vais mourir à Constantinople, ou au Caire, ou dans quelque bour-
gade de la Syrie... Qu'importe !... Je ne demanderai pas même à Kassem : « Où allons-nous ? »

« Vous m'avez témoigné un dévouement fraternel et, au lieu de vous
exprimer ma reconnaissance, je ne sais que vous parler de moi et de mes
chagrins. Je serai donc égoïste jusqu'à la fin !... Vous me pardonnerez
en pensant que jamais personne ne m'a inspiré autant d'estime et autant
d'affection que Robert Desnoëls. S'il était permis à un désespéré de faire
encore des vœux, je vous souhaiterais, à vous et à votre famille, tout
le bonheur possible en ce monde.

« Permettez-moi d'ajouter quelques objets au *musée des souvenirs*.
Vous les accepterez, je vous en prie, et vous les conserverez, non pas à
cause de la valeur artistique qu'ils peuvent avoir, mais parce qu'ils m'ont
appartenu.

« Quelques-uns m'étaient particulièrement chers, et c'est ce qui m'a
déterminé à vous les offrir. Mais aucun n'avait plus de prix à mes yeux
que vos propres tableaux..., je me figurais parfois y avoir travaillé
avec vous. Si je pleurais encore, je n'aurais pu tout à l'heure revoir
sans pleurer cette gorge de la Malmontagne où je vous fis mes pre-

mières confidences. Jamais je n'aurais consenti à les donner, ces tableaux, encore moins à les laisser vendre ; et pourtant, puisque je n'aurai désormais d'autre domicile qu'une cabine de paquebot, il faut bien que je les confie à un dépositaire, et je veux que ce dépositaire les aime comme je les aimais.

« Je n'ai pu me résoudre à brûler vos lettres ; vous y aviez trop mis de votre affection pour moi. Elles sont dans le coffret sculpté par l'oncle Philippe, dans ce coffret où les bohémiens qui m'avaient assailli sur la route de Hombourg ne trouvèrent que des œillets blancs. La tête de femme que le burin du vieux sabotier a gravée sur le couvercle, est le portrait de Marie-Aimée Gérard, ma mère d'adoption.

« Et maintenant, au moment de vous dire adieu, mon ami, mon frère, j'hésite... Eh bien non, vous recevrez encore une lettre de moi, une lettre d'Orient. J'essaierai d'écrire sans trop de tristesse ces dernières confidences. « HALIL. »

« *P. S.* — Si vous retournez au Fresnoy, portez-y le coffret, je vous prie, Mlle Marthe ne refusera pas de le remettre un jour à Mlle de Bellegarde. »

Halil cacheta cette lettre et la déposa sur le coffret, dans la chambre du peintre.

Puis, ayant refermé l'appartement et porté la clé chez le concierge, il remonta à cheval. Cinq heures venaient de sonner.

— Encore deux grandes heures... dit-il. Abdallah, retourne à l'hôtel, je vais faire une promenade aux Champs-Elysées.

Le domestique noir feignit de n'avoir pas entendu.

— Ah ! reprit le prince, je comprends ; sidi Kassem t'a donné des ordres sévères... tu dois me suivre partout aujourd'hui ?...

— Le serviteur n'obéira qu'à sidi Halil... balbutia l'habesch.

— Non, obéis à sidi Kassem, et viens avec moi...

Ils repassèrent les ponts et se dirigèrent rapidement vers les Champs-Elysées par les quais de la rive droite. Au rond-point de l'Etoile, le prince imprima à son Guébla une allure plus vive. Une heure après, il galopait dans une avenue du bois de Boulogne, et, s'animant de plus en plus, — toujours sans doute pour ne pas penser, — il lança le cheval arabe dans une course folle.

Abdallah s'efforça de le suivre.

— Le sidi veut tuer Guébla et Mobb avant de partir, pensait-il.

Quand les deux chevaux, ramenés par les Ternes à l'avenue de Villiers rentrèrent dans la cour de l'hôtel, l'alezan, le grand Mobb, ruisselant de sueur, l'œil injecté, la respiration sifflante, tremblait sur ses jambes.

Guébla, lui, plutôt excité que lassé, caracolait en hennissant; il secouait joyeusement sa petite tête et lançait des flocons d'écume.

C'était un des plus admirables spécimens de la pure race arabe, ce Guébla. La beauté de ses formes et l'élégance de ses actions l'attestaient aussi bien que sa généalogie dressée à Riad (Arabie centrale) et « certifiée sans tache » par les plus illustres personnalités du pays. Il avait ses titres de noblesse parmi lesquels figurait une « autorisation de le donner au grand cheik du Djebel », autorisation religieusement contresignée par l'iman de la Djama (mosquée principale).

De telles autorisations ne s'obtenaient pas facilement alors au Nedjed, et plusieurs gouvernements européens avaient fait d'inutiles démarches pour se procurer quelques pur-sang des haras de Riad.

Le cheval du Nedjed, disait en 1863 un célèbre voyageur anglais (W.-G. Palgrave), l'emporte non seulement sur les races persanes ou indiennes, mais sur toutes celles de l'Arabie; il est le type pur et sans mélange du vrai cheval arabe. Celui qui a vu les haras du prince Feyzoul a vu les chevaux les plus parfaits sans doute du monde entier. Jamais je n'avais imaginé une si admirable réunion. Cette race pure n'existe qu'au Nedjed, et encore elle n'y est pas commune. »

Et le voyageur anglais ajoutait :

« Les chefs seuls ou les riches possèdent ces magnifiques animaux, *qui ne sont jamais vendus.* Quand je demandai comment il était possible de les acquérir, on me répondit : « Il faut les recevoir à titre de don ou les obtenir par héritage, ou bien les enlever dans un combat. » Il en est donc du pur cheval nedjéen comme du bonheur et de la santé : c'est un bien trop précieux pour être acquis à prix d'argent. »

Après de longues négociations, dont l'histoire serait fort curieuse, Guébla avait été envoyé, escorté par toute une caravane nedjéenne, à un grand personnage syrien. Le chef de cette caravane était une sorte d'ambassadeur : il apportait des présents : du café de l'Yémen dont chaque sac avait été *scellé* du sceau royal, des parfums de l'Oman, des dattes *khalas*, les meilleures du monde, de magnifiques manteaux brodés, des kandjars à poignée d'or et des *djellales* (couvertures de cheval) d'une richesse fastueuse.

Cet ambassadeur repartit, comblé de cadeaux, pour la capitale du Nedjed. Il laissait à Beyrouth, avec Guébla et les autres présents, un jeune esclave noir nommé Abdallah, originaire du littoral abyssinien.

Quelques jours après, on expédiait en France, au prince Halil, le cheval et le « serviteur du cheval ».

L'habesch s'était présenté au prince en disant :

« Monseigneur Guébla t'appartient, tu le reçois en pur don, avec les titres de sa généalogie et les djellales (couvertures) de Perse. Moi, Abdallah, je t'appartiens aussi ; j'ai été attaché à monseigneur Guébla dès sa naissance, et il aime son serviteur comme son serviteur l'aime. »

Et « monseigneur le cheval » avait approuvé ce discours en allongeant son col effilé et en posant sa tête sur l'épaule du domestique noir.

Depuis lors Guébla et Abdallah avaient été les deux enfants gâtés de la maison. Et de fait, ils jouaient parfois ensemble, dans la cour, comme deux enfants. Sur un signe de l'habesch, le cheval montait les marches du perron, ou bien il se dressait contre le mur, passant sa tête par la fenêtre de l'office. L'habesch chantait ; le cheval dansait ; le serviteur s'agenouillait sur le gazon de la pelouse, Guébla venait gravement et faisait du pied le geste du *sidi* (du maître) qui donne sa main à baiser, puis l'homme et l'animal se roulaient dans l'herbe, Guébla hennissant, écumant, Abdallah riant follement.

C'était surtout ainsi, sans harnais, en pleine liberté d'allures, que le cheval nedjéen était beau. « Bleu comme le pigeon à l'ombre », suivant l'expression arabe, c'est-à-dire gris d'étourneau foncé avec des reflets d'acier, le poitrail d'une blancheur éclatante, le front étoilé, la longue crinière et la queue argentées, les naseaux d'un rose vif, les oreilles presque noires, la jambe fine et nerveuse, « les pieds aussi mignons que ceux de la gazelle », l'encolure haute, la croupe superbe, la tête fine, l'œil pétillant d'intelligence, il semblait avoir conscience de la pureté de son sang, de la noblesse de sa race.

— Même quand il joue avec moi il est fier ! disait naïvement Abdallah.

26

En mettant pied à terre, au retour de sa dernière promenade au bois de Boulogne, le prince Halil caressa son Guébla et le regarda avec une admiration attendrie.

— Tu regretterais ce cheval, dit Kassem, et tu aurais raison; les plus riches émirs, là-bas, n'en ont pas d'aussi beaux... Nazim te le conduira en Orient...

— Non, répondit brusquement Halil..., c'est inutile, je ne monterai probablement plus à cheval...

— Que dis-tu?... demanda le vieillard plus attristé encore qu'étonné...

Le prince se tourna vers Abdallah!

— Desselle Guébla, ordonna-t-il, ôte-lui le mors; puis tu apporteras sa plus belle couverture.

Le domestique noir se hâta d'obéir.

Halil enveloppa le cheval, du poitrail à la chute de la croupe, d'une couverture de fine laine blanche et rouge, brodée d'or.

— Maintenant, reprit-il, conduis Guébla au fond du jardin...

— Par le vestibule? demanda l'habesch...

Abdallah siffla doucement et monta les marches du perron; Guébla le suivit jusqu'à l'entrée du vestibule; là, tendant le col et regardant la vaste salle aux blanches colonnes, il hésita.

— Viens, dit l'habesch, et marche à tout petits pas sur les dalles de marbre, comme une belle épousée qui entre dans la maison de son mari...

Le cheval paraissait comprendre; il s'avançait lentement, arrondissant le bas de la jambe, levant le pied avec précaution, et posant délicatement ses sabots que chaque matin on peignait en rouge.

Abdallah lui fit traverser le vestibule, puis une autre grande pièce du rez-de-chaussée, aux parois de laquelle étaient suspendus des fleurets, des épées, des sabres, des pistolets et des fusils de tous les modèles, depuis le long mouckala des Arabes jusqu'aux types les plus nouveaux des armes de luxe, françaises, anglaises, américaines.

Alors le prince, l'œil sombre, la main un peu tremblante, décrocha un Lefaucheux, en fit jouer la bascule et glissa dans chaque canon une cartouche de chevrotines.

— Oh!... sidi!... s'écria le domestique noir, en joignant les mains...

— Fais ce que j'ai ordonné!... répliqua durement Halil...

L'habesch courba la tête. Le cœur gonflé, le regard humide, il descendit les marches du deuxième perron ; le cheval le suivit...

Pour Guébla, c'était un jeu, et ce jeu lui plaisait...

Dans les allées sablées du jardin, le magnifique animal se remit à caracoler. Puis, reprenant une allure plus calme, il mordilla des pousses de lilas.

— Où faut-il donc le conduire ? demanda tristement Abdallah.

— Là-bas, répondit Halil, vers le bosquet sous lequel tu as enterré le flamant.

Le domestique noir obéit, en murmurant :

— Le maître est le maître, et quand il dit : « Je veux tuer », le serviteur ne doit pas se révolter, ni pleurer... *Mektoub Allah* ! (c'était écrit chez Allah !)

Du seuil de la salle d'armes, Kassem assistait à cette scène.

— Halil, que vas-tu faire ?... demanda le vieillard, pâlissant.

— Tu le vois !... répondit le prince.

Kassem descendit dans le jardin et étendit la main comme pour s'emparer du fusil.

Halil fit un dédaigneux mouvement des épaules.

— Tu penses, dit-il, que le premier coup sera pour Guébla et le second pour moi ?...

— Oh ! mon enfant... mon enfant... balbutia le vieillard...

— Ne crains rien, reprit Halil... J'ai juré de te suivre en Orient, et puisqu'il faut te le rappeler encore une fois, tu sais bien que je n'ai jamais trompé personne !...

Et se retournant vers Abdallah, qui avait espéré un instant voir faiblir la résolution du maître, le prince marcha vers le fond du jardin.

L'habesch ne résistait pas, — l'idée ne lui en serait pas venue, — mais il ne faisait plus un geste, plus un signe pour que Guébla le suivît.

Halil saisit la longue crinière du cheval, et Guébla, croyant que le maître voulait jouer, lui aussi, hennit joyeusement.

Le domestique noir, les doigts crispés dans les masses épaisses de sa chevelure crépue, ne cessait de répéter son *Mektoub Allah*

Guébla s'arrêta devant le bosquet, à l'ombre des cytises et des arbres de Judée, et leva la tête pour brouter la pointe d'une branche.

— Viens, Abdallah, dit Halil, et fais que ce cheval se tienne tranquille!

Le pauvre habesch avança ses lèvres charnues et essaya de siffler, mais un sanglot lui monta à la gorge.

— Guébla, s'écria-t-il, désespéré, monseigneur Guébla !

— Eh bien, va-t'en ! commanda le prince, va-t'en !...

Abdallah saisit la tête du cheval et la baisa entre les naseaux.

Puis il alla s'adosser au mur et dit doucement :

— Sidi, que ta main ne tremble pas, tu le ferais souffrir !...

Le prince arma le fusil et en appuya le canon sous l'oreille droite de Guébla.

Mais alors le cheval inclina la tête.

Adossé à son mur, l'habesch avait fermé les yeux ; les sanglots qu'il voulait étouffer lui soulevaient la poitrine ; de grosses larmes coulaient entre ses cils et roulaient sur sa face noire.

Halil l'avait vu, cette douleur muette le touchait beaucoup plus vivement que tous les *Mektoub Allah,* et cependant pour la seconde fois il épaulait le fusil.

Guébla allongea le col, passa sa fine tête sous le canon du Lefaucheux et flaira les mains du jeune maître...

— Non... non... je ne peux pas, murmura le prince... Je ne pourrai jamais !...

Abdallah entendit ; il rouvrit les yeux et poussa un cri de joie :

— *Allah isteur ali-k, Sidna !* Allah te couvre, notre seigneur !

Le maître avait déposé le fusil sur le sable de l'allée et caressait le front étoilé de Guébla.

Et ce maître finit par dire à son serviteur :

— Abdallah, ramène ce cheval au palefrenier et prépare-toi à partir !...

— Oh ! sidi, répondit l'habesch, riant et pleurant à la fois, « Allah augmente ton bien..., Allah te rougisse la figure ! »

Il aurait épuisé, si Halil avait voulu l'écouter, la longue liste des souhaits orientaux.

Mais déjà le prince s'éloignait en désarmant le fusil.

Alors, battant des mains, le domestique noir se mit à danser devant Guébla. Avec les inflexions les plus variées et les plus bizarres, il criait le you you des femmes et des enfants arabes. Il ne cessait de crier et de danser que pour appliquer ses grosses lèvres sur le poitrail et sur les naseaux du cheval. Enfin, sautant à reculons et faisant claquer sa langue, il revint vers le perron de l'hôtel. Guébla le suivit en secouant les longs plis et les franges d'or de ses riches djellales.

Halil, pensif, rentra dans la salle d'armes et remit le fusil au râtelier.

— Eh bien, lui dit Kassem, tu as fait grâce à Guébla ?...

— Je viens de lui trouver un maître, répondit Halil.

— A qui le laisses-tu donc ?

— Je l'enverrai à quelqu'un qui n'attend de moi ni présents, ni adieux.

— Hâte-toi, reprit Kassem ; il était sept heures lorsque tu es revenu avec ton babesch ; Nazim a fait conduire nos bagages à la gare et le breack de voyage est attelé.

— Je ne te demande plus que quelques minutes, répondit le prince.

Halil remonta dans sa chambre et écrivit rapidement :

« MONSIEUR,

« Rien de ce que je possédais à Paris ne m'était plus cher que mon cheval arabe, mon Guébla. Je n'ai pas eu le courage de le tuer, je vous l'envoie. Il est aussi doux et aussi docile que beau ; je vous prie de l'accepter pour Mlle Clotilde. C'est la dernière demande du condamné.

« Je pars à l'instant même pour l'Orient, et toutes mes dispositions sont prises afin que vous n'entendiez plus parler d'Halil.

« Ma mère d'adoption voulait former mon âme à l'image de la sienne ; elle s'efforçait de me faire comprendre ce qu'il y a de grand et de noble dans le pardon des injures. Je n'étais qu'un enfant, mais je crois n'avoir oublié aucune des leçons de ma mère, et je pardonne... »

Ces lignes signées, le jeune homme acheva ses préparatifs de départ et descendit dans la cour.

— Marc, ordonna-t-il au palefrenier, vous mènerez Guébla chez M. de Bellegarde, rue de Tournon, et vous l'y laisserez avec la lettre que voici. On ne vous demandera sans doute aucune explication ; en tout cas, vous répondriez simplement que je suis parti.

Les domestiques roumanches que depuis 1856 Kassem avait attachés au service du prince, étaient dans la cour ; ils se pressaient, consternés, autour de la voiture.

Halil vit des larmes dans leurs yeux ; il voulut tendre la main à chacun de ces dévoués serviteurs.

— Adieu, mes amis, leur dit-il, je vous remercie de l'affection que vous m'avez témoignée, et j'emporte de vous tous le meilleur souvenir.

Un témoin de cette scène touchante se tenait à l'écart. C'était le personnage mystérieux que Robert Desnoëls avait surnommé le *suspect*.

Halil l'aperçut et lui fit signe d'approcher.

— Et toi, lui demanda-t-il doucement, as-tu toujours peur de ma colère ?

— Je n'ai pas eu peur, répondit Nazim, employant cet idiome syriaque qui, même pour les vieillards du Liban et de l'anti-Liban, n'est plus qu'une langue morte; je n'ai pas eu peur, prince... je faisais mon devoir... Tu le reconnaîtras lorsque je te reverrai là-bas, dans la maison de ton père, où je reprendrai ma place !

— Ah ! oui, dit Halil avec un mélancolique sourire, j'oubliais que tu dois venir quelques jours après nous et j'allais te faire mes adieux comme si nous ne pouvions jamais nous revoir !...

— Je partirai, reprit le suspect, dès que j'aurai accompli ma tâche... As-tu encore quelques ordres à me donner ?

Le prince répondit en français :

— Un seul : à chacun de ces braves gens qui nous ont si fidèlement servis, tu compteras une année de gages. Il faut qu'ils aient le temps de trouver de bons maîtres.

FIN DE LA PREMIÈRE PARTIE

DEUXIÈME PARTIE

CHAPITRE PREMIER

AU BORD DE L'ABIME

Six semaines après, par une des plus chaudes journées du mois d'août, le prince Halil, pâle, amaigri, affaibli, les yeux cernés, la main tremblante, écrivait à Robert Desnoëls :

« J'ai rempli mes engagements, mon ami, je me suis laissé conduire en Orient. Me voilà donc enfin libre de disposer de moi-même.

« Depuis hier, nous sommes dans une petite ville de l'île de Chypre, attendant le passage d'un paquebot du Lloyd. Si ce paquebot faisait escale ce soir à Larnaca, demain nous pourrions aborder à Beyrouth.

Pourtant, je ne verrai pas le Liban. Je ne prendrai pas possession de l'immense fortune qu'on a amassée pour moi, paraît-il ; je n'accomplirai pas les grands projets de mes prétendus amis.

« Kassem a pensé bien souvent, pendant la première partie de notre voyage, que ma mort allait les faire échouer, ces projets de conquête ou de gouvernement ; il aura donc moins de peine à se résigner et, comme mon pauvre Abdallah, il finira pas dire : C'était écrit !

« On vous a dit sans doute combien j'ai été malheureux, au Fresnoy, après notre séparation, et vous savez comment se sont évanouies mes plus chères espérances. Je ne vous raconterai donc pas ces scènes douloureuses ; toute récrimination me semble maintenant indigne de moi... J'ai pardonné et, en pardonnant j'ai promis à M. de B... qu'il n'entendrait plus parler du prince Halil.

« Il me reste à vous expliquer pourquoi nous avons mis six semaines à faire le voyage de Paris à Larnaca. Puis je prendrai congé de mon unique ami et, si j'en ai la force, je prouverai à cet ami que le parti auquel je me suis arrêté est le seul sage, le seul qui puisse m'épargner de nouveaux chagrins et de nouvelles humiliations.

« Après une crise violente, si violente que je n'y saurais penser sans un peu de honte, j'avais quitté Paris, accablé de tristesse et de fatigue. A la souffrance morale s'ajouta bientôt la souffrance physique. La blessure que j'avais reçue à la tête, dans ma lutte contre les bohémiens, menaçait de se rouvrir. Je passai une nuit d'autant plus pénible que Kassem ne cessait de m'observer. Cet homme m'était odieux. Sous son regard inquiet, je feignais de dormir ; je ne voulais ni de ses soins ni de sa pitié.

« La douleur se calma cependant, quelques heures avant notre arrivée à Marseille, et alors je tombai dans un état de prostration absolue.

« Kassem, effrayé, me supplia de me reposer au moins cinq ou six jours, je refusai ; un des paquebots qui font le service du Levant devait partir le lendemain, et le lendemain, quand la cloche du bord appela les passagers, j'étais déjà couché dans ma cabine.

« Mon Abdallah, qui m'a suivi, me demanda la permission de remonter sur le pont. Il voulait voir les côtes de France jusqu'au dernier moment. — « L'habesch a été heureux dans ce pays », disait-il. Moi qui suis Français de cœur, de tout cœur, mon ami, j'avais dit adieu à la France, chez vous, dans votre atelier. Je fermai les yeux, j'essayai de ne plus penser et je parvins à m'endormir. A mon réveil, j'étais malade, j'avais la fièvre, je délirais, et le mal s'aggrava si rapidement, les douleurs devinrent si vives, que chaque mouvement du vaisseau m'arrachait un cri. Le médecin du bord déclara que je ne supporterais pas la traversée et me fit débarquer à Malte.

« C'est donc à Malte que j'ai attendu la guérison, et cette guérison paraissait si peu probable, du moins pendant les dix ou douze premiers jours, qu'Abdallah a entendu Kassem s'écrier : — « Je devais mourir le premier... Jamais je n'aurai le courage de dire au maître : « *Tiens ton âme !* »

« Nous étions dans une maison anglaise, chez un médecin anglais, et je dois reconnaître que j'y ai reçu des soins affectueux.

« La famille de ce médecin a fait tout ce qu'elle a pu imaginer, je crois, pour me distraire et pour m'égayer, lorsque je suis entré en convalescence. Mais au fond, ces honnêtes Anglais étaient probablement aussi tristes que moi. Ils se considèrent comme des prisonniers dans cette île-forteresse. La femme surtout regrette la verte vallée du Yorkshire où elle est née, où elle a passé son enfance. Quand elle m'en parlait, je me sentais ému, peut-être parce que certains détails de sa description me rappelaient Ramyes...

« D'ailleurs, ces prisonniers de Malte sont durement éprouvés par le climat. Ils ont une fille de dix-huit ans, qui s'étiole comme les plantes qu'elle voudrait tant voir fleurir sur la terrasse de la maison ! Pour elle et pour ses plantes, les étés sont trop chauds, et les vents d'hiver ont trop d'âpreté...

« La veille de mon départ, elle m'a demandé de lui envoyer des saxifrages très robustes, qui croissent, disent ses traités de botanique, sans eau et presque sans terre, sur les calcaires de la Syrie méridionale. — « Je réussirai peut-être à les acclimater ici », murmurait cette pauvre enfant qui ne s'acclimatera jamais !

« Dans une lettre que j'ai écrite tout à l'heure et qui sera remise à Kassem ce soir, j'exprime mes dernières volontés; je vais ajouter cette ligne : « Faire chercher et expédier les saxifrages. »

« En quittant la famille anglaise, j'ai pris place à bord d'un bâtiment anglais; sur ce bâtiment, j'ai fait un échange avec un touriste anglais; j'ai donné un anneau ancien, orné d'une belle pierre gravée, pour un revolver anglais, et je crois, ami Robert, que le mal dont je souffrirai jusqu'à la fin est précisément le mal des Anglais, le spleen, l'ennui de vivre !

« Ici, sur ce littoral de Chypre, dans cette petite ville de Larnaca, brûlée par un soleil implacable, je sens que le mal est arrivé à l'état aigu. Kassem m'a conduit chez un riche commerçant, originaire de Syrie, qui m'a reçu avec d'étranges démonstrations de respect. Ce n'est donc pas dans la maison de mon hôte que je déposerai le fardeau, le *faix*, comme disait le bon Siéfer. Non ; j'ai pris mes dispositions en parfait gentleman.

« Ce matin, à l'aube, j'explorais les environs, avec mon habesch. Ce que j'ai pu voir est triste, triste, presque aussi triste que Malte. On m'a montré des jardins entourés de haies de cyprès, des oliviers, des figuiers, des caroubiers, mais tout cela est poudré à blanc comme par une poussière de chaux. La sécheresse a été trop persistante, cette année, disent les gens du littoral ; depuis la fin de mai, les puits de la plaine sont taris ; l'eau que j'ai bue à Larnaca vient de je ne sais quelles sources merveilleuses qui jaillissent dans une vallée de l'Olympe ; on l'apporte la nuit, dans des outres, à dos de chameau... C'est cela, l'Orient?...

« Nous sommes revenus par le bord de la mer, et je me suis reposé dans le creux d'un rocher sur lequel de vigoureux tamaris étendent leur ombre. Là enfin, j'ai trouvé un peu de fraîcheur ; à mes pieds l'eau était profonde, très calme et d'un bleu intense, d'un bleu sombre... Cela m'attirait et je me penchais... — « Oh ! sidi... sidi !... » me disait mon habesch, suppliant... — Pour rassurer ce fidèle serviteur, je suis rentré chez mon riche Levantin.

« Maintenant, dans la maison où j'ai reçu l'hospitalité, tout le monde fait la sieste. Après une longue et mystérieuse conversation avec notre hôte, Kassem s'est endormi ; Abdallah est étendu là-bas sur les dalles de la cour. Moi, mon ami, j'ai perdu le sommeil comme l'espérance, comme la force de vivre et je vous écris : Adieu !... adieu...

« Mon père m'avait abandonné et oublié quand j'étais enfant ; il ne me connaît pas pour ainsi dire, et ma mort ne pourra lui laisser de bien vifs regrets. Du reste, il n'aurait pas trouvé en moi un homme robuste et énergique capable de l'aider dans l'accomplissement de ses vastes

desseins. Je suis épuisé par la maladie et je n'ai pas plus d'activité, pas
plus de ressort que d'ambition. J'aurais honte de traîner mon ennui dans

une oisiveté accablante et de répondre si mal aux vues de ma famille
et de ses amis. Nos serviteurs eux-mêmes rougiraient peut-être de moi.

« Le parti que je prends, je vous le répète, est donc le plus sage et aussi le plus digne. Halil aura disparu pour jamais, aujourd'hui, avant cette heure du soir que les Orientaux appellent l'*asser*.

« J'aurais dû, mon ami, avoir assez de courage pour ne pas vous attrister par ces pénibles confidences ; mais avant d'en finir, j'éprouvais un irrésistible besoin de crier ma souffrance...

« Et qui donc m'entendrait, qui me comprendrait ? Vous seul, Robert, qui me connaissez peut-être mieux que je ne me connais moi-même. Vous seul pouvez dire que, si j'ai refusé de mener plus longtemps cette vie misérable, ce n'est pas par lâcheté. Ah ! vous savez bien que j'ai essayé d'être un homme actif et utile, vous savez bien ce que j'avais dans l'âme... vous savez bien jusqu'à quel point j'étais capable d'aimer !... Et j'aime encore... malgré tout... Ne le dites pas !... »

Couché sur des tapis, le buste relevé par des coussins, Halil avait pour pupitre un plateau de santal. Affaibli par la maladie, énervé par les chagrins et les insomnies, il écrivait péniblement.

Pour la vingtième fois peut-être depuis qu'il avait commencé sa lettre à Robert Desnoëls, il se pencha vers un bassin de cuivre, plein de cette eau limpide que les chameliers apportaient des vallées de l'Olympe cypriote. Il y trempa une petite éponge, se mouilla le front, les yeux, les lèvres ; et, après quelques minutes de repos, il reprit :

« J'ai des moments de torpeur où je ne sais plus guère si je vis. Kassem semble croire que c'est l'apaisement qui se fait en moi... Je me garderais bien de dissiper cette illusion !

« Ici, comme à Malte, Kassem a dû recommander aux personnes qui nous entourent de ne jamais me parler de la France et surtout de Paris. Il était inquiet, agité, ce matin, parce que notre hôte m'avait apporté des journaux de Marseille que le capitaine d'un trois-mâts français venait de lui donner. Je les ai rendus sans les lire, ces journaux, et le front de Kassem s'est immédiatement rasséréné.

« Est-il donc question encore, dans votre Paris, de complots, de projets révolutionnaires, de menaces de guerre ?... Que m'importe, puisque je suis mort au monde !...

« Mais ce qui vit toujours au fond de mon cœur, c'est mon affection pour *elle* et pour vous... Si vous la revoyez, *elle,* ne lui avouez pas que j'ai fini comme je vais finir...

« Laissez-lui plutôt entendre que je me suis résigné et même que,

dans la somnolence de la vie orientale, j'oublie la France et mes amis...
accusez-moi d'égoïsme, ou du moins d'indifférence... Elle se dira que
j'étais un être faible, incapable d'élever mon caractère à la hauteur du
sien, et elle épousera un homme digne d'elle...

« Oh ! pourtant... je ne veux pas qu'elle me méprise... je ne veux pas
qu'elle rougisse de son frère Halil !

« Faites ce que vous dictera votre amitié, Robert, et ne conservez
pas de mes adieux une impression trop pénible. Souvent j'ai entendu
dire, lorsque la mort étendait sa main sur un malheureux qui avait longtemps souffert : « C'est la délivrance ! » Eh bien, je me délivre... Si vous
étiez là, si vous pouviez voir ce que je suis devenu, vous me presseriez
sur votre poitrine et vous me diriez : « Va! »

« Je vous envoie mes dernières pensées, mon ami, et je pars ! »

Le prince cacheta cette lettre, y mit l'adresse de Robert Desnoëls et
se releva. Puis, appliquant son oreille contre la légère cloison qui séparait sa chambre de la pièce où Kassem et son hôte faisaient la sieste,
il écouta un instant.

La chambre qu'on lui avait donnée chez le commerçant cypriote était
la plus belle de la maison. Elle ressemblait à ce *divan* qu'Halil s'était
plu à meubler et à orner, dans son hôtel de Paris, avec toutes les
recherches du luxe oriental.

Des étagères de bois découpé, peintes de couleurs vives et supportées
par des consoles dorées étaient chargées de ces vases de cuivre, de ces
plateaux laqués et de ces innombrables tasses que les familles levantines
étalent avec tant d'orgueil aux yeux des visiteurs « honorables ». A droite
et à gauche de la fenêtre on avait creusé des niches dans l'épaisseur du
mur, pour y déposer des flambeaux, des lampes, des brûle-parfums.

Halil souleva avec précaution le couvercle d'un de ces brûle-parfums
et prit un revolver qu'il y avait caché la veille.

Enfin, après avoir placé bien en évidence une lettre destinée à
Kassem, il descendit dans la cour intérieure.

Abdallah était toujours couché sur les dalles, près de l'escalier, la
tête et le buste dans l'ombre, les jambes au soleil.

Le jeune maître regarda ce serviteur si naïvement bon, si sincère-
ment dévoué : — Adieu, murmura-t-il, mon pauvre habesch, adieu !...
J'ai assuré ton avenir... Ma famille te donnera place au foyer !...

Le domestique noir souleva sa tête crépue et balbutia quelques mots en arabe, mais aussitôt, accablé par la chaleur, il reposa son front sur ses deux bras relevés en arceau et se rendormit.

Halil sortit de la maison et se dirigea vers *la Marine*. Il cherchait, pour lui confier la lettre adressée à Robert Desnoëls, le capitaine du trois-mâts français dont son hôte, le commerçant cypriote, lui avait parlé. Ce trois-mâts devait repartir le surlendemain pour la France.

Une demi-heure après, sur le seuil d'un khan, Halil pressait la main d'un marin qui lui disait avec le pur accent provençal :

— Adieu, monsieur, soyez tranquille, té !... ça arriverait plus vite par la poste des *Turs ;* mais puisque c'est votre plaisir de charger un Français de la commission, suffit !... Où diable allez-vous donc, maintenant, par ce gredin de soleil ?...

— Visiter une mosquée, là-bas, près de la porte Verte.

Et, en effet, Halil sortit de la ville en passant devant une mosquée délabrée, dans la cour de laquelle une trentaine d'enfants, accroupis sur leurs talons, récitaient des versets du Coran. Il entendait les voix glapissantes des marmots et le bruit des coups de baguette que le maître d'école frappait sur son tableau.

C'était le moment de la troisième prière, et le muezzin, perché sur son minaret, la face tournée vers la Mecque, les mains ouvertes à la hauteur du visage, criait :

Allah Akber !... Acheheud, la ila ill' Allah ! « Dieu est le plus grand ! J'atteste qu'il n'est pas d'autre Dieu que Dieu !... »

Halil pressa le pas, franchit une porte en ruine et chercha, au bord de la mer, le creux de rocher où il s'était assis le matin avec Abdallah.

Il descendit par un étroit sentier vers les touffes des tamaris. Puis, s'avançant jusqu'au bord du rocher, et se penchant sur l'eau profonde, sur cette eau bleue qui l'attirait, il arma son revolver.

CHAPITRE II

PLACE AU GRAND CHEICK DU DJÉBEL !

Une barque à peu près semblable aux canges égyptiennes passait lentement, conduite à la rame par des matelots cypriotes.

Au seuil de la chambre qui occupe le milieu de ces sortes de barques, était groupée une famille grecque de Larnaca. Les hommes, debout, fumaient la cigarette ; les femmes, agenouillées sur des nattes, se penchaient vers un enfant malade, et le caressaient en chantant une mélodie lente et triste comme une complainte. Ces gens venaient d'un îlot voisin, où vit solitaire un vieillard qui a la réputation de guérir les fièvres par l'imposition des mains.

Halil attendit que la barque disparût derrière les rochers.

Les Grecs le saluèrent en passant, et l'un d'eux dit à haute voix :

— Ce jeune Franc a peut-être les fièvres, lui aussi..., il est encore plus pâle que notre petit Boutros !...

La brise du large, qui rafraîchit un peu l'atmosphère aux approches de l'*asser* (deux heures avant le coucher du soleil), n'avait pas recommencé de souffler : la mer était unie comme un miroir, et les *râs* blancs de l'île étincelaient dans l'azur.

A quelques milles de la côte, dans la direction du sud-est, un bâtiment à vapeur paraissait immobile. Sa fumée s'élevait presque droite ; il s'en détachait de petites nuées qui flottaient un instant comme des oiseaux et s'évaporaient en scintillant.

La barque de la famille grecque doubla un dernier râs avant de se diriger vers l'entrée du port de Larnaca, et la psalmodie des femmes n'arriva plus à l'oreille du prince que comme un vague murmure.

Halil prononça deux noms, celui de Marie-Aimée et celui de Clotilde ; puis il éleva le revolver à la hauteur de sa tempe droite.

Par le chemin que le désespéré avait suivi depuis la porte Verte de Larnaca jusqu'à la mer, quatre hommes accouraient : Abdallah, Kassem, leur hôte et le capitaine du trois-mâts français.

Quelques minutes après le départ d'Halil, Kassem était entré dans la chambre du jeune homme, et sur le divan il avait trouvé une lettre d'adieux, ou plutôt un testament.

Aussitôt, éveillant le domestique noir, et priant son hôte de le guider, il était sorti de la maison.

— Ah ! malheureux, disait-il en pleurant, je mourrai, moi aussi... il faut que je meure !... Que répondrai-je à celui qui va venir ?...

Le commerçant cypriote interrogea ses voisins ; un enfant avait vu le Franc se diriger vers le port ; puis, un douanier turc indiqua le khan où ce même Franc était entré. Là, les marins marseillais fournirent de plus amples explications. Le capitaine du trois-mâts montra le chemin qu'avait pris Halil...

— Je l'ai longtemps suivi du regard, dit-il, ce grand jeune homme pâle ; il avait une physionomie si triste, si triste... et il paraissait si accablé, que je me reprochais de ne pas l'avoir accompagné... Té ! il a passé là-bas, sous cette arcade...

— L'arcade de la mosquée ?... demanda le commerçant cypriote...

— Oui, je me rappelle maintenant ; il m'a dit qu'il allait visiter cette mosquée...

— Mais, s'écria Abdallah, le sidi l'avait visitée ce matin en revenant de sa promenade au bord de la mer !... Oh !... je sais où il est, je sais !... venez !...

Et les quatre hommes se mirent à courir vers la mosquée ; ils franchirent la porte en ruine et s'engagèrent dans le chemin qui serpente le long du littoral. Une épaisse couche de poussière crayeuse amortissait le bruit de leurs pas.

L'habesch, plus jeune et beaucoup plus agile que ses compagnons, prit sur eux une avance considérable. Il arriva haletant au râs que venait de doubler la barque de la famille grecque et découvrit un étroit sentier, ombragé par les tamaris. Puis il s'élança vers les deux massifs de roches entre lesquels il avait vu, le matin, s'engager son sidi ; et il aperçut le sidi debout, le revolver à la main, au bord de l'abîme !...

Alors, rassemblant toutes ses forces, il bondit.

Deux bras vigoureux étreignirent Halil qui chancela et tomba... Le maître et le serviteur roulèrent dans la mer.

Mais Abdallah était un intrépide nageur ; il avait passé une partie de son enfance parmi les pêcheurs de perles du Câtar. Il ressaisit énergiquement le bras droit d'Halil et nagea le long des rochers, en criant :

— A moi !... A moi !...

Le capitaine du trois-mâts français arriva le premier à son secours et se jeta à la mer.

— Tiens bon, mon brave moricaud, disait-il à Abdallah, entre deux marsouins comme nous, ton maître ne risque rien, té !...

En cinq ou six brasses il atteignit Halil ; puis passant son bras droit sous l'épaule du prince, il continua de nager vigoureusement de la main gauche.

— Va toujours, négro, reprit-il, et surtout ne perds pas la boule, mon bon..., il ne s'agit plus que de ne pas se lasser !...

Sur un espace de deux cent cinquante à trois cents mètres, les rives étaient escarpées ; la mer baignait des rochers à pic. Mais Abdallah avait complètement repris son sang-froid et le Marseillais nageait aussi bien que lui. Dix minutes après, ils retrouvaient pied devant une petite crique sablonneuse.

— Eh ! vive la France, mon bon, nous touchons, nous touchons !... s'écria joyeusement le capitaine du trois-mâts... Négro, prends ton maître sous les épaules, nous le porterons, là...

Abdallah et le Marseillais déposèrent sur le sable Halil évanoui.

L'habesch s'agenouilla et appela en pleurant :

— Sidi ! sidi ! m'entends-tu ? Au nom d'Allah, le miséricordieux, regarde ton serviteur !...

Kassem accourut, pleurant lui aussi et balbutiant :

— Halil, mon enfant..., mon enfant !...

— Pleurez donc pas, pécaïre... dit le Marseillais. Il n'est pas mort et il n'aura plus envie de mourir, je pense !... Vous allez voir comme le soleil va le ranimer... aidez-moi seulement à le frictionner...

Et mettant à nu la poitrine d'Halil, le rude marin frictionna de toutes ses forces.

— Tenez, reprit-il ça revient plus vite que je ne croyais; le brave moricaud ne lui aura pas laissé le temps de boire... pas vrai, négro ?...

Abdallah tenait une main du jeune maître et la couvrait de baisers en disant : — Sidna (notre seigneur), tu vivras, tu vivras !... Ton habesch t'en supplie... Sidna, sois heureux désormais... heureux !...

Halil ouvrit les yeux, plusieurs expirations de plus en plus fortes soulevèrent sa poitrine.

— Ah !... murmura-t-il, mourir... mourir !...

— Non, dit Kassem, tu n'as pas le droit de mourir... avant d'avoir revu ton père...

— Mon père !... balbutia le jeune homme.

— Et tu le verras ce soir... ce soir, ajouta le vieillard. Courage... encore une heure ou deux, mon enfant ! Notre maître à tous vient à nous !... Je devais lui amener de France un homme fort et résolu, un fils digne de lui... Veux-tu donc qu'il te voie faible comme une femme !... Laisse-moi soulever ta tête, repose-la sur mes genoux, tu respireras plus librement. Oh ! tu frissonnes !... Abdallah, va chercher des vêtements, va...

— Sidi, Allah te sauve !... répéta l'habesch en prenant sa course vers la ville.

Avant que le soleil fût descendu sur l'horizon, le bâtiment à vapeur qui venait du sud-est se rapprocha rapidement de la côte.

Kassem l'aperçut enfin et se releva :

— Prince, dit-il d'une voix émue, regarde, regarde !...

Halil enfin ranimé, Halil enveloppé dans un long manteau de laine blanche qu'avait apporté son habesch, mit sa main dans celle de Kassem et monta sur un rocher.

— Eh bien, demanda-t-il, que veux-tu que je regarde ?

— Ce vaisseau qui t'apporte la joie...

— C'est un grand yacht qui n'a pas été construit dans les chantiers du Levant, pour sûr !... dit le capitaine marseillais. Il navigue sous pavillon ottoman, pourtant...

— Pourra-t-il aborder ici?... demanda Kassem...

— Non, il faudra qu'il entre dans le port...

— Viens donc, reprit Kassem en entraînant Halil, viens recevoir le baiser de ton père !...

Le jeune homme se sentit plus fort qu'il ne l'avait été depuis son départ de Malte. Il s'achemina rapidement vers le port, et, un instant après, il voyait le yacht s'arrêter à quelques encâblures.

A l'avant se tenait un grand vieillard richement vêtu ; l'ample *machlah* (manteau), ouvert sur la poitrine, découvrait les magnifiques broderies du cafetan, la large ceinture tramée d'or et les brillantes poignées des armes. Sur le turban bigarré scintillait une étoile de diamants, et du *cafieh* de soie qui protégeait la nuque contre l'ardeur du soleil, descendaient des cordelines à glands d'or.

Deux matelots détachèrent une chaloupe ; le vieillard y prit place avec quelques-uns des serviteurs qu'il avait amenés, et bientôt il mit pied à terre.

Kassem saisit la main d'Halil et dit rapidement à voix basse :

— Tiens ton âme !...

Il voulait lui recommander par ces mots de ne pas manifester une émotion trop vive, et peut-être aussi de se conformer exactement, devant les serviteurs, aux règles du cérémonial oriental.

Le jeune prince fléchit le genou et attendit, silencieux...

— Maître, reprit Kassem en baisant avec un profond respect la main du grand vieillard, maître, voici ton fils !...

Le vieillard, lui, ne put contenir son émotion ; il ouvrit ses bras et pressa le prince sur sa poitrine...

— Père !... dit Halil... père !...

Et dans cette seule parole, son cœur se donna tout entier...

Il pouvait vivre maintenant, il avait une famille, il avait ce vieillard à aimer !... Et avec quel ravissement il redisait : — Mon père, mon père !...

Une larme de ce père se mêla à celles d'Halil...

Puis, relevant la tête et promenant fièrement son regard sur la population du quartier de la Marine qui était accourue pour assister au débarquement, le vieillard dit, comme Kassem : — Fils, tiens ton âme !...

Le commerçant cypriote qui avait donné l'hospitalité au prince s'avança et baisa la main du vieillard :

— Je suis Ahmed, dit-il, Ahmed de Tabarié ; Hassan, notre maître, le grand cheick du Djébel, se souvient-il de son serviteur ?...

— Oui, répondit le cheick, je me souviens de toi, qui fus toujours parmi les plus fidèles... C'est toi que j'envoyai à Naplouse, n'est-ce pas, puis à Riad, dans le Nedjé. T'ai-je récompensé selon tes actions ?...

— Tu as toujours été le plus généreux des généreux !... Fais-moi la grâce de venir dans ma maison, qui est la tienne, comme tous mes biens sont tes biens... Elle a abrité le prince ton fils (que la félicité soit éternellement avec lui !), et si tu exauces ma prière, ce sera pour ma famille un honneur impérissable.

— Va donc, répondit simplement le cheick, nous te suivons !

Et la main droite sur l'épaule de son fils, la main gauche sur le bras de Kassem, le grand vieillard se dirigea vers la maison de son hôte.

La population du port se tenait à distance respectueuse. Ahmed venait de prononcer ces mots, qui produisaient sur la foule une impression profonde :

— Place au grand cheick du Djébel !

CHAPITRE III

LA ROUTE DE LA MONTAGNE

De toutes les villes de la Syrie, Beyrouth est la plus animée et la plus *vivante,* ou plutôt elle est, suivant l'expression d'un poète oriental, « la vie elle-même, entre la mer, la montagne et le sable du désert ». Le mouvement de sa rade étonne le voyageur qui vient de jeter en passant un regard dédaigneux sur les ports d'Acre et de Saïda, et de cette rade trop étroite, le mouvement déborde sans cesse dans le golfe.

Beyrouth n'a pas d'hiver ; son printemps commence en décembre, et lorsque les cimes du Sannin sont encore couvertes de neige, tout reverdit et refleurit sur les plateaux inférieurs. C'est le moment où la Syrie paraît mériter son ancienne dénomination de « terre bénie » ; mais les étés syriens ont des ardeurs dévorantes ; ils dépouillent la campagne comme les froids de nos hivers ; ils accablent parfois les hommes les plus robustes, et alanguissent l'activité des Francs eux-mêmes, — de ces Francs sans cesse affairés à qui les Orientaux reprochent de vaguer à toute heure comme les chiens.

Dans l'après-midi du 14 août 1870, Beyrouth était une ardente fournaise. Devant une maison voisine du quartier israélite, dans une rue étroite, des moûcres dormaient à l'ombre d'une arcade. Ils avaient attaché leurs mulets à des anneaux de fer fixés dans le mur, et attendaient, couchés dans la poussière, que les serviteurs d'Hassan, le cheik du Djébel, vinssent dire : — Debout !... C'est l'heure de charger les bagages !

Dans la maison, dont la façade n'était percée que de deux étroites fenêtres à moucharabys, on achevait cependant les préparatifs de départ des maîtres. Le cheick et son fils allaient le soir même s'acheminer vers l'Anti-Liban.

Etendus sur des nattes, dans une des salles magnifiquement décorées qui entourent la cour intérieure, Hassan et Halil venaient de s'éveiller. Abdallah leur apportait ces sorbets fortifiants que les véritables croyants n'effleureraient jamais de leurs lèvres, « les *héïtaliés* au vin d'or ».

— Fils, dit le cheick, tu te sens assez robuste aujourd'hui pour entreprendre ce voyage ?

— Oui, mon père, répondit Halil. Les habiles médecins que vous avez fait appeler ne vous ont-ils pas dit que l'air vif de la haute montagne m'aurait bientôt rendu toute ma santé, toute ma vigueur ?

— Songe, reprit doucement le vieillard, qu'il faudra faire cette longue route à cheval, et ne pas avoir en présence de nos serviteurs un seul instant de défaillance.

— Je monte à cheval comme les Arabes du désert, répliqua le prince, et mon père n'aura pas à rougir de moi.

Hassan mit la main sur la poitrine du jeune homme, du côté du cœur :

— C'est cela qui est encore malade, dit-il, avec un mélancolique sourire. Nos poètes ont raison : le regard de la femme fait des blessures que le merveilleux baume de Zakkôun ne pourrait guérir !... Mais mon affection, j'espère, sera plus puissante que le baume de Zakkôun...

Halil prit la main du vieillard et la porta à ses lèvres.

— Et puis, poursuivit le cheick, je n'ai pas vainement fait appel à ta raison ! tu as bien compris toi-même que tu ne pouvais épouser cette jeune fille !... Ce mariage aurait entraîné la ruine de nos espérances, nous aurions été séparés pour jamais, toi et moi, et mes dernières années se seraient écoulées dans la plus amère tristesse...

Le prince fut sur le point de demander : — « Pourquoi m'avez-vous si longtemps condamné à vivre loin de vous ? » Il n'osa formuler cette question qui, si souvent, s'était arrêtée entre ses lèvres.

Le cheick évitait avec soin tout ce qui aurait pu déterminer une explication sur ce sujet. Halil avait plusieurs fois essayé de faire parler Kassem, mais Kassem répondait : — Le maître te dira peut-être un jour les secrets de sa vie... Garde-toi de l'interroger, tu ferais saigner son cœur par plus d'une plaie !...

Et Halil se taisait pour ne pas affliger ce père qui semblait vouloir lui faire oublier, à force de tendresse, les douleurs de la longue séparation.

D'ailleurs, le cheick lui avait dit, en lui montrant, de la rade de Beyrouth, les sommets du mont Liban :

— Le moment est proche où tu seras « initié ». La-haut, sur la montagne, d'où tes jeunes yeux découvriront les plaines, les vallées, les villes, les villages, la mer, je t'apprendrai les grandes choses !

Quand le soleil descendit sur le râs de Beyrouth, et que la brise de mer rafraîchit un peu l'atmosphère, un grand mouvement se produisit dans la rue. Les moûcres avaient chargé leurs mulets, les domestiques du cheick amenaient les chevaux ; la garde d'honneur du vieillard, composée de robustes montagnards syriens, était sous les armes ; à l'entrée de la première cour, les crosses des fusils résonnaient sur les dalles.

Hassan s'avança lentement et donna sa main à baiser à chacun de ses serviteurs. Puis il monta à cheval, le prince Halil présentant son genou et tenant l'étrier.

Le prince, à son tour, posa le pied sur le genou d'un jeune Syrien de haute origine et monta un cheval blanc comme neige, superbement harnaché. Halil avait revêtu le costume oriental, le caftan bleu, lamé d'argent, le gilet de cachemire blanc, brodé d'or, serré à la taille par une large ceinture. Le *mahclah* rouge drapé sur ses épaules retombait en longs plis sur la croupe du cheval. La tête du jeune prince était couverte du cafiéh de soie à gland d'or et entourée d'énormes torsades sur lesquelles étincelaient des diamants.

Il était beau, d'une beauté sévère et douce à la fois...

Le vieux cheick du Djébel le regardait avec une orgueilleuse tendresse. Il l'admirait, ce fils, le dernier espoir de sa race, ce fils unique
qui devait accomplir les vastes projets !...

Le cortège se mit en marche, précédé par les jeunes montagnards de
l'Anti-Liban qui devaient servir d'éclaireurs.

Le cheick et le prince allaient de front, suivis d'une vingtaine de serviteurs armés. Tous ces serviteurs montaient des chevaux de pure race
syrienne, aux jambes fines, au poitrail étroit, à l'encolure maigre, aux
mouvements vifs et souples, ces chevaux dont le pied est si sûr, et qui
grimpent comme des chèvres par les sentiers abrupts taillés en gradins
dans le roc. Les moûcres formaient l'arrière-garde, avec leur longue file
de mulets, chargés de caisses, de sacs, de vases de cuivre et de provisions de bouche. C'était toute une caravane, et cette caravane se
dirigeait vers la Porte-Neuve (ou porte du Pacha), avec une lenteur
solennelle — et obligatoire.

L'agglomération urbaine de Beyrouth est groupée pour le plaisir des
yeux, au pied des contreforts du Liban ; mais la viabilité n'y a pas encore été assez améliorée pour rendre régulière et facile la marche d'une
troupe nombreuse. Ici de vieilles maisons, véritables monuments du
style arabe, entourent une petite place, au milieu de laquelle un syco-
more deux ou trois fois centenaire ombrage une claire fontaine ; c'est
comme un cloître dont il faut chercher l'issue. Là, une rue tortueuse,
étroite, est bordée de pittoresques boutiques qui empiètent sur la
chaussée, et d'espace en espace des arcades figurent des ponts jetés
entre les terrasses. Des voies beaucoup plus larges ont un aspect tout
européen, — c'est le quartier des Francs, — mais ces mêmes voies se
rétrécissent tout à coup ; on en sort par des ruelles obscures, pour admirer l'architecture mauresque d'un ancien palais où s'est installé un
établissement de bains, ou le parvis d'une église du moyen âge convertie
en mosquée, ou encore le bizarre fouillis d'un marché.

A chaque instant, les cavaliers sont obligés de faire halte, surtout
à l'heure de l'*asser*.

La ville a fait sa sieste (son *kief*), elle se réveille, elle revit.

Les moûcres (muletiers) conduisent au port les marchandises du haut
pays, les Bédouins arrivent de la plaine, frappant leurs chameaux avec
le bâton recourbé ; les *hamal* (portefaix) traînent les ballots, les sacs,

les coufins. Les matelots européens boivent devant les boutiques des cafedjis, ou se pressent autour des marchands de dattes, de pastèques, d'olives, de poisson frit, de mouton grillé, installés en plein vent aux abords des fontaines ; les courtiers du commerce *franc,* qui savent que le temps est de l'argent, vont achever les affaires de la journée ; les passagers des paquebots, en attendant que la cloche du bord les rappelle, visitent les bazars ou errent autour des mosquées.

Et puis c'est l'heure où les femmes sortent des maisons de bain. Elles ont bu du café, humé des sorbets, fumé le narghilé, entendu de la musique arabe, écouté des contes et des cancans, regardé des danseuses, mangé, dormi, caqueté, caqueté surtout et, enveloppées des pieds à la tête dans leurs fourreaux blancs ou noirs, elles rentrent au logis en mâchant cette espèce de gomme parfumée qu'on appelle le *mastic.*

Plus d'une de ces oisives souleva discrètement son voile pour voir passer les princes syriens.

Les juifs regardaient, eux aussi, essayant d'évaluer la richesse des costumes et des armes, supputant ce que pouvaient coûter les chevaux et les pièces des harnais, les pierreries du frontal, la plaque du poitrail, la haute selle de velours rouge chamarrée d'or et bordée de perles, les larges étriers d'argent niellé.

Les habitants de Beyrouth sont peut-être blasés sur ces sortes de spectacles, ils ont vu trop souvent descendre du Liban les émirs des Maronites et des Druses qui, suivis de leurs petites armées, comme de vrais seigneurs féodaux qu'ils sont encore, viennent se ruiner fastueusement. Cependant le passage d'Hassan déterminait un grand mouvement de curiosité et, dans la foule qui accourait vers le quartier de la Porte-Neuve, ces mots circulaient de bouche en bouche :

— C'est le cheick du Djébel !

— Il y a plus de vingt ans, dit-on, qu'il n'était venu de sa montagne !

— Et le grand jeune homme pâle ?

— C'est son fils, qu'il est allé chercher à Chypre, la semaine dernière, sur un de ses vaisseaux. Vous ne les avez pas vus débarquer ? Leurs serviteurs jetaient les piastres à pleines mains !

— Il faut donc croire ce qu'on rapporte de ses immenses richesses ?

— Le père a prêté des sommes énormes aux pachas et au sultan !...

Le cortège dut faire halte dans un carrefour pour laisser défiler une procession bizarre... une procession d'écoliers turcs, précédés de leurs maîtres.

Entre le maître et les élèves s'avançait un enfant de douze à quatorze ans, juché sur un cheval somptueusement harnaché. Derrière ces jeunes cavaliers, un étudiant du même âge, les mains élevées au-dessus de la tête, portait un plateau de cuivre doré, et sur ce plateau était un livre recouvert d'une étoffe blanche. Le maître et les élèves récitaient des prières, ou plutôt ils les chantaient, et quelques-uns des enfants marquaient le rythme en frappant sur des tambours de basque. Des femmes suivaient, poussant le cri de réjouissance, le *lou lou* tantôt saccadé, tantôt doux et prolongé.

Halil se pencha vers le cheick du Djébel et lui demanda :

— Qu'est-ce donc que cette cérémonie ?

— Je ne sais, répliqua le vieillard, quelque fête d'initiation sans doute, comme chez les Druses...

Et se retournant vers Kassem, il lui transmit la question du prince.

— Je me souviens, répondit Kassem, d'avoir assisté à une de ces cérémonies, à Damas ou à Alep. L'enfant qu'on a fait monter à cheval et qu'on promène comme un triomphateur est un élève modèle ; il vient d'achever la lecture du Coran, ou du moins il est arrivé au passage : *Allah scella les cœurs,* et toute l'école le reconduit processionnellement chez ses parents. La famille est en joie, elle donnera ce soir un grand repas et versera les piastres dans la bourse du maître. Voyez : pour varier les divertissements, on a fait venir des danseuses... elles entrent dans la maison...

En effet, quatre femmes, moins sévèrement voilées que les autres, pénétraient dans la maison vers laquelle se dirigeaient le maître d'école et ses élèves. Le *tatikos* incliné sur l'oreille gauche, la chevelure surchargée de sequins, elles agitaient leurs tambours de basque.

Halil demanda à son père :

— Ce sont ces danseuses qu'on appelle des *ghaziés?*

— Oui, répondit le vieillard ; c'est le nom qu'on leur donne en Egypte.

— Qu'est-ce donc, reprit le prince, que cette ghazié « dont le regard tue », s'il faut en croire l'inscription gravée sur mon médaillon ? Est-elle aussi terrible que le disent Kassem et Nazim ?...

Le visage du cheick trahit une pénible émotion.

— Kassem et Nazim, dit le vieillard à voix basse, t'ont-ils raconté cette histoire?...

— Non, répondit Halil, mais plusieurs fois, en ma présence, ils ont fait allusion aux crimes de la ghazié...

Le cheick inclina sa tête blanche et songea un instant.

— Ne me parle jamais de cette femme, dit-il enfin avec amertume... J'ai trop tardé à faire justice, mais justice est faite...

Et il ajouta vivement : — Qu'importe le reste!...

La procession scolaire s'était arrêtée, l'élève modèle avait mis pied à terre et faisait entrer dans la maison de ses parents son maître et ses camarades ; la caravane du cheick put se remettre en marche. Mais, devant la Porte-Neuve, elle rencontra le pacha qui revenait de sa maison de campagne.

Hassan et le haut dignitaire qui représentait à Beyrouth l'autorité du sultan, se saluèrent avec de grandes démonstrations de respect ; et tandis que leurs escortes faisaient halte, ils s'avancèrent l'un vers l'autre, à cheval, d'un pas également mesuré.

La foule des curieux se rapprocha d'Halil, et le prince entendit la conversation suivante engagée entre deux européens attachés au consulat anglais :

— C'est un homme puissant ?

— Si puissant que jamais les pachas n'oseront entreprendre de lui faire payer l'impôt, ou de lui arracher un acte de soumission... Ce cheick est un souverain absolu, il règne sur une population fanatisée... Hassan perpétue la tradition du Vieux de la Montagne.

— Mais c'est une légende du moyen âge !

— Une légende en chair et en os, vous le voyez bien ?...

— Alors, c'est avec le *Chef des Assassins* que le pacha de Beyrouth s'entretient si amicalement ?...

— Oui, et je puis vous affirmer que ce pacha a fait avant-hier une longue visite au redoutable montagnard...

A ces mots, le *Chef des Assassins,* Halil avait chancelé sur sa haute selle...

Un éclair s'alluma dans son regard, et une vive sensation de chaleur colora ses joues.

— Messieurs, dit-il en anglais, vous m'expliquerez vos paroles...
Elles outragent un vieillard, et ce vieillard est mon père !...

— Nous n'outrageons pas, nous n'insultons pas, répliqua l'un des
deux Anglais... Nous donnons au cheick les titres qu'il a pris lui-même
ou que ses ancêtres lui ont transmis...

Frappé de stupeur, Halil murmurait : — Le chef des assassins !...

Kassem vint se placer entre le prince et les Anglais.

— Ton père te fait signe d'avancer, dit-il vivement, il veut te présenter
au pacha.

Le cheick, en effet, s'était retourné vers son escorte, et du geste
appelait Halil. Le jeune homme dut obéir.

— Voici mon fils, dit Hassan, il vient de visiter les pays d'Occident ;
il y a étudié les institutions et les mœurs..., il parle les langues franques
aussi bien que l'arabe, le turc et notre vieux syriaque !...

— Louange à Allah ! répondit le pacha... Nous sommes heureux,
illustre et vénérable ami, de voir se perpétuer si noblement ta race !...
Le désir de notre maître Tout-Puissant (Allah exauce tous ses vœux !)
est que toi et les tiens vous soyez toujours avec le bien...

Et le haut dignitaire de l'empire ottoman, après avoir employé les plus
respectueuses formules de la civilité musulmane, interrogea très habilement Halil sur ses voyages, et particulièrement sur son séjour en
France.

— J'ai habité Paris quelque temps, dit-il, c'est le paradis de l'Occident !

Le prince allait s'écrier : « La France est ma seconde patrie ! » mais
Hassan le heurta du genou, pour lui recommander la prudence.

Ce fut donc avec une certaine réserve que le jeune homme répondit
aux insidieuses questions du pacha.

— Comment vont se terminer, disait le représentant du sultan, les
graves événements dont nous attendons les nouvelles ?

Et Halil répliquait : — La fin des choses humaines est entre les mains
d'Allah !

L'entretien se termina par cette insinuation du pacha :

— J'espère que notre vénérable et glorieux ami, le Grand Cheick de
la Montagne (Allah ne cesse d'accroître son bien !) visitera un jour Stamboul, avec son très cher et très illustre fils (Allah lui accorde les nombreuses années de prospérité !). J'aurai alors, *en cha Allah !* l'insigne

honneur de les recevoir dans ma maison qui est voisine de l'Atméïdan.

— Ainsi soit-il, répondit le vieux cheick, Allah nous réunisse dans un moment fortuné !

Sur cette formule évasive, les deux personnages se séparèrent.

Hassan et son escorte franchirent la Porte-Neuve et se dirigèrent vers la montagne. — Je suis content de mon fils, dit le cheick à demi-voix, sa parole a été sage !

— J'ai compris le signe de mon père, répondit Halil...

— Et tu as « enchaîné ta langue » pour ne pas livrer ta pensée, reprit le vieillard... C'est bien, tu parlais à l'ennemi !...

— A l'ennemi ?

— A un Osmanli, c'est tout dire !... Fils, si nous étions assez fous pour accepter l'invitation que j'ai cent fois déclinée, d'aller à Stamboul et d'y recevoir l'hospitalité du sultan, jamais nous ne reverrions nos montagnes !... Cependant, tu l'as remarqué, j'écoutais avec la joie sur le visage ; si les paroles de l'ami font quelquefois pleurer, celles de l'ennemi me font rire souvent... Tu as entendu ma réponse ?...

— Oui, père, c'était comme un rendez-vous dans le paradis de Mahomet...

— Après le jugement dernier !

— Mais, dit Halil, à quels graves événements le pacha faisait-il allusion ? Que se passe-t-il donc en Europe ?

Le cheick hésita un instant...

— Que sais-je ?... répliqua-t-il enfin... Je vis dans la solitude et je passe de longues années sans descendre du Djébel ; les nouvelles du Franghistan arrivent rarement jusqu'à mon oreille !...

Pensifs l'un et l'autre, le père et le fils poursuivirent leur chemin ; ils traversèrent la plaine cultivée, puis le bois de pins que Fakardin, le célèbre émir des Druses, avait fait planter pour arrêter l'invasion des sables, et bientôt ils gravirent la première rampe du Liban, celle qui s'élève du Khan-el-Djerid (une des misérables auberges échelonnées d'étape en étape sur l'ancienne voie phénicienne) vers la région des oliviers.

Ce fut seulement au bord du premier plateau que le cheick fit halte ; il laissa défiler son escorte, ne retenant auprès de lui qu'Halil et Kassem, et se retourna du côté de Beyrouth.

Le soleil s'était couché, mais derrière le môle rocheux que forme le râs, la mer était encore embrasée et la lueur de cet embrasement se répandait sur une partie de l'amphithéâtre.

Au-dessus de l'agglomération compacte de la ville, masse sombre entourée de vieilles murailles crénelées, apparaissaient en pleine lumière les dômes et les minarets des mosquées, les mâts des maisons consulaires et la haute tour carrée qu'on appelle le *bordj* de Fakardin ; puis, hors de l'enceinte, les villas, les châteaux avec leurs terrasses plantées de mûriers ou de sycomores, leurs galeries supportées par des arceaux en ogives, leurs escaliers à balustres ; et plus bas, sur les gradins qui se rapprochent de la mer, les kiosques de bois peint, aux toitures dorées, aux vitraux étincelants.

La riche et pittoresque banlieue se montrait, dans ce lumineux crépuscule, presque aussi belle qu'au printemps, enveloppée de sa ceinture de jardins.

— Regarde cette ville, dit le vieux cheick en s'appuyant sur l'épaule de son fils..., elle est grande, elle est riche..., et cependant les Osmanlis ne font rien pour la mettre à l'abri d'un coup de main !... Au lieu de la fortifier, ils pratiquent de larges brèches dans ses remparts... Tu les as vues, en passant ?

— Oui, répondit Halil, et j'ai vu les soldats du pacha encore endormis, après l'*asser,* devant ces murailles à demi ruinées.

— Laissons l'ennemi dormir dans son orgueilleuse sécurité, reprit le vieillard... Quand nous descendrons, nous, les montagnards, les vrais Syriens, le rêve de l'Osmanli sera fini !

Et après un instant de méditation, Hassan poursuivit, caressant sa longue barbe blanche :

— C'est pour toi que nous avons semé, fils, moi et les fidèles serviteurs comme Kassem ; c'est toi qui feras la moisson, mais j'espère bien voir ta faucille couper les gerbes dorées... Là-bas, que d'amis attendent, avec plus d'impatience que moi !... Ils veillent sur une partie de tes biens, car tu as à Beyrouth trente maisons, et presque toutes ces maisons sont des palais. Parmi les plus riches commerçants, parmi les principaux banquiers, nous avons des associés, ou plutôt des frères, et nos relations s'étendent mystérieusement des échelles du Levant aux grandes places de l'Europe... Vois-tu, dans cette baie, entre le râs et le port, le yacht qui t'a ramené de Chypre ?

— Oui, dit le jeune prince, il est à l'ancre devant la terrasse d'un château.

— Le château t'appartient, le yacht est à toi, et tu as d'autres vaisseaux sur cette mer !... Mais remettons-nous en route, l'ombre monte vers les collines sablonneuses de Djamhour, elle enveloppe Beyrouth, elle couvre les jardins et le bois... Fils, salue cette ville qui sera ta capitale, et partons !

Et le cheick du Djebel, remettant son cheval à l'amble, alla se replacer au milieu de ses montagnards syriens.

Par une nuit très claire, les voyageurs gravirent plusieurs des « étages » du Liban. La plupart des gens de l'escorte sommeillaient sur leurs chevaux, tressaillant parfois et se redressant brusquement, quand les moûcres poussaient des cris rauques pour accélérer la marche des mulets.

Abdallah, le domestique noir, était à l'avant-garde, portant, appuyé sur sa cuisse gauche, le magnifique fusil de chasse de son jeune maître. Ce voyage lui plaisait ; il harcelait ses compagnons de questions sur le pays, les habitants, les coutumes ; et lorsque les Syriens, fatigués de son verbiage d'enfant, tardaient trop à lui répondre, il piquait des deux pour montrer la supériorité du cavalier nedjéen et faire un peu de fantasia.

Quand on eut dépassé le khan d'El-Djamhour, le cheick rappela Kassem auprès de lui, et les deux vieillards marchèrent côte à côte, s'entretenant à voix basse de leurs grands projets.

Halil les suivait, silencieux. Songeait-il aux vastes desseins qu'il devait accomplir, ou bien se rappelait-il les années qu'il avait passées loin de son pays natal, dans ces contrées du Franghistan d'où les nouvelles, suivant l'expression du cheick, arrivent si rarement au Djebel ?...

Trois mois s'étaient écoulés depuis l'époque où Mlle de Bellegarde lui était apparue dans l'atelier de Robert Desnoëls. Que d'événements dans ces trois mois ! que de souffrances, que de déceptions !... Mais c'en était fait, Halil avait pris l'engagement de ne plus troubler la vie de Clotilde, de se laisser oublier, de rendre à la jeune fille sa complète liberté ; il tiendrait son serment.

Pourtant il pouvait bien encore écrire à Robert, non pas une lettre désespérée comme celle qu'il avait reprise des mains du capitaine marseillais, mais un simple récit de son voyage, depuis le départ de Paris jusqu'à la fin du séjour à Beyrouth.

Et ce récit achevé, il parlerait à plein cœur de la nouvelle affection qui devait lui faire supporter la vie; il parlerait de son père, de ce noble vieillard qui lui témoignait une si vive tendresse.

Mais alors un douloureux souvenir recommença de l'obséder: le souvenir des étranges paroles prononcées par l'Anglais devant la Porte-Neuve de Beyrouth: — Ce vieillard est *le chef des assassins!*...

Le prince cherchait vainement à s'expliquer ce que cet Anglais avait voulu dire en répondant à ses menaces par ces mots:

— Je donne au cheick du Djébel le titre qu'il a pris lui-même, ou que ses ancêtres lui ont transmis.

Le chef des assassins, un titre!... quelle sinistre raillerie!...

Non, ce vieillard ne pouvait pas être un bandit dont on laissait les crimes impunis parce que sa richesse, son audace, et le fanatisme de son entourage le mettaient au-dessus des lois!... Ce n'était pas de la terreur qu'il inspirait, Halil avait pu s'en rendre compte à Beyrouth mieux encore qu'à Larnaca, c'était de la vénération!... Et en ce moment même, un émir de la montagne, un prince maronite, qui retournait à son village après une chasse au faucon dans la petite vallée d'El-Hazar (le lieu d'abondance), s'avançait vers le cheick, le saluait plus respectueusement encore que n'avait fait le pacha de Beyrouth, et le suppliait d'accepter l'hospitalité dans son château.

— Ce sera, disait cet émir, un grand honneur pour ma famille, si vous daignez, vous et les vôtres, passer cette nuit sous notre toit!

Il insistait avec une franchise d'accent, avec une cordialité d'expression qu'on ne pouvait méconnaître. Ah! ce n'étaient plus les vaines formules de la civilité musulmane; « c'était langage d'homme », comme disent les montagnards du Liban.

Le vieux cheick refusait, mais en répondant aux prières de l'émir par des démonstrations réellement affectueuses.

— Je sais, disait-il, que ta parole est sincère, et je voudrais pouvoir accepter l'hospitalité que tu nous offres de si grand cœur. Nous passerions quelques heures de cette douce nuit à nous entretenir de ton père, qui fut mon ami dévoué et qui me visita dans ma montagne. Mais ta demeure est loin de notre route, et il faut que nous marchions encore jusqu'au premier village dont nous apercevons les maisons blanches, là-haut, à deux ou trois *berris* (le berri équivaut à 1,667 mètres) du Khan d'Hussein.

— Eh bien, répliqua l'émir, permets-moi au moins de t'accompagner jusqu'à mi-chemin, jusques au Khan-el-Machrah (de la belle verdure).

— Ce sera une joie pour moi, répondit Hassan, la longueur de la route me semblera diminuée de plus de moitié. Viens donc, et puisque l'heureuse occasion se présente de renouer les liens entre ta famille et la mienne, fais amitié avec mon fils !...

— Ton fils..., je vais voir ton fils !... s'écria joyeusement l'émir... Que toutes les bénédictions soient sur lui !...

Sur un signe de son père, Halil s'avança, saluant à l'orientale.

— Donnez-vous la main comme les gens du Franghistan, dit le cheick, et parlez la langue des Français... Ce sera, je le crois, un égal plaisir pour le fils de Youssef-ben-Abbas et pour le fils d'Hassan !

L'émir tendit sa main, et Halil la pressa affectueusement.

Ils étaient à peu près du même âge, grands, sveltes, excellents cavaliers l'un et l'autre. L'émir maronite avait une physionomie ouverte qui inspirait immédiatement la confiance; il s'exprimait avec une franchise peu commune dans un pays où la « prudente réserve », sinon la dissimulation, est la règle générale.

Mettant son cheval au pas du bel étalon syrien que montait le fils du cheick, il prit place à la gauche du prince et engagea la conversation en français.

— J'ai été instruit, dit-il, par des maîtres français ; ils m'auraient appris à aimer la France, si ma famille n'avait été déjà liée avec de hautes personnalités de cette grande nation... D'ailleurs, depuis des siècles et dès siècles, c'est la France qui nous protège, nous, Maronites, et tous les *Nazaréens !* Elle a encore manifesté, en 1860, sa ferme intention de ne jamais nous abandonner. J'ai vu ses soldats campés à Beyrouth, devant la forêt de pins ; mon père a eu l'honneur de recevoir dans son château plusieurs officiers supérieurs.

— Et maintenant, dit Halil, voyez-vous souvent des Français dans les villes et les villages du Liban ?

— Moins souvent que nous ne le désirerions. Cependant, quelques-uns

28

se sont établis parmi nous ; ils y ont des magnanneries et des fila-
tures. Trois ou quatre fois par semaine, j'ai le plaisir d'en rencontrer un qui habite à une demi-lieue de mon village. Je l'ai revu
avant-hier, en allant chasser le héron sur les bords du *nahr* (rivière).
On venait de lui communiquer, disait-il, des nouvelles alarmantes.

— De France?...

— Oui...

— Des nouvelles récentes?...

— Oh ! pas précisément ; quand nous ne descendons pas à Beyrouth, nous ne savons rien de ce qui se passe en Europe. Cependant
mon voisin, le Français, reçoit des journaux qui lui arrivent par paquets.

— Et qu'avait-il appris, ce Français ?

— Que la guerre était déclarée entre l'empereur Napoléon et le roi
Guillaume de Prusse, et que...

Le cheick du Djébel se retourna brusquement et appela : — Youssef !...
L'émir se hâta d'aller prendre place auprès du vieillard.

— N'est-ce pas le village de Behamdoun que j'aperçois au faîte de
cette colline ?... demanda le cheick.

— C'est du moins un hameau maronite qui dépend de Behamdoun,
répondit Youssef. Est-ce là que tu veux faire halte ?...

— S'il y a de l'eau dans le voisinage.

— Tu y trouveras une source qui ne tarit jamais.

Tout ceci était dit à haute voix, en arabe, et chaque parole parvenait distinctement à l'oreille d'Halil. Mais le cheick reprit tout bas :

— Youssef, par l'amitié qui nous liait, ton vénéré père et moi, pas
un mot à mon fils des événements qui s'accomplissent en France !...

— Je t'entends, répliqua simplement l'émir.

Et, retenant sa monture, il attendit Halil.

Le prince réitéra la question à laquelle l'émir maronite n'avait pas eu
le temps de répondre.

— N'affirmait-on pas, demanda-t-il, que la guerre était déclarée
entre la France et la Prusse ?

— On supposait du moins, répliqua Youssef, qu'il serait difficile d'éviter un conflit... Vous en aviez sans doute entendu parler ?...

— Plusieurs journaux faisaient allusion à des menaces de guerre
lorsque j'ai quitté Paris.

— A quelle époque?

— Il y aura bientôt deux mois...

L'émir s'empressa d'interroger Halil sur son séjour en France. Il se montra surtout avide de détails relatifs à la vie parisienne, à la cour de Napoléon III, au monde élégant, aux spectacles, aux lieux de plaisir, aux revues, aux expositions, aux courses de chevaux; si bien que le prince finit par se dire : — Kassem avait raison, il y a beaucoup de légèreté dans le caractère de ces nobles Syriaques!

A dix heures, Hassan et son escorte firent halte devant une bicoque dont la cour extérieure était entourée d'une haie de nopals.

C'est là ce qu'on appelle le Khan-el-Machrah.

Le plateau, une grande table de grès, où la terre végétale n'a une épaisseur suffisante que dans quelques creux, le plateau ne tardera pas à être complètement envahi par les sables ; mais, de l'entrée du Khan, on découvre la pittoresque et fertile vallée du Nahr-Beyrouth, avec ses champs d'oliviers, ses vergers, ses vignes, ses plantations de mûriers, ses riches villages.

La « belle verdure » n'est pas autour du Khan : elle est là-bas, au bord de la rivière, sur les pentes des deux collines, et plus loin, dans la plaine cultivée, jusqu'à la mer.

— Youssef, dit le vieux cheick, je te remercie de m'avoir accompagné ; tu as le cœur généreux et je vois revivre en toi ton vénéré père...

S'il te plaît, un jour, de nous venir visiter dans notre montagne, tu nous rendras heureux... Je me félicite d'avoir acquis à mon fils un ami tel que toi.

— Oui, répondit l'émir, j'irai te voir, je te le promets... j'irai avant la première neige... Tu me donneras les bons conseils dont la jeunesse a si grand besoin, « surtout dans notre pays de ruines ! »

— Les dernières années n'ont-elles pas été des années d'abondance ? demanda le cheick à demi-voix...

. — Mes frères se plaignent, répliqua Youssef sur le même ton ; moi, je vis de peu, quand il y a peu.

— C'est le commencement de la sagesse, dit Hassan en souriant ; mais il serait encore plus sage de vivre de peu quand il y a beaucoup !...

— Je veux essayer, répondit l'émir, et ta maxime demeurera gravée dans ma mémoire... Mais avant de nous séparer, permets-moi de laisser à ton fils un gage d'amitié... Tu ne veux pas que ce fils refuse le présent d'un Abbas ?

— Il acceptera avec joie, dit le cheick.

Youssef se retourna vers les deux serviteurs qui l'avaient suivi à cheval et appela : — Bôlous !

Bôlous (Paul) accourut, portant sur son poing un oiseau enchaîné et chaperonné.

L'émir s'empara de l'oiseau et le présenta au prince Halil :

— Voici mon meilleur faucon, dit-il, c'est moi qui l'ai dressé ; les riches Khazen, qui vont chasser tous les ans la gazelle dans la vallée de Beckaa, n'en ont pas un qu'on puisse lui comparer.

Halil tendait son poing pour recevoir le faucon.

— Prends garde ! reprit Youssef, il faut savoir lui parler !...

Abdallah s'avança et dit : — Je sais, moi !... Les maîtres veulent-ils que le serviteur interroge ?...

— Demande !... dit l'émir.

— Comment s'appelle ce faucon ?...

— Je l'ai nommé Sirkis, en souvenir d'un intrépide chasseur du Sannin qui me l'avait apporté.

Et le domestique noir se mit à parler doucement à l'oiseau qui, s'éveillant à demi, battit de l'aile, allongea le cou, étira ses serres et les posa sur le bras d'Abdallah.

Halil détacha de sa ceinture un superbe kandjar à poignée d'or, et l'offrit à l'émir.

— J'accepte, dit Youssef, quoique le présent soit trop somptueux... Mais toi qui as vécu si longtemps en France, n'as-tu pas oublié que donner une arme pareille, devant des témoins vénérables, c'est prendre un engagement sacré?...

— Je n'ai pas oublié, répondit à tout hasard le prince, comprenant que la moindre marque d'hésitation blesserait son nouvel ami.

— Alors, reprit l'émir s'exprimant en arabe, cette fois, mes ennemis seront tes ennemis?...

— Oui, dit Halil d'une voix très ferme.

— Emporte donc mon couteau de chasse avec le faucon!...

Le vieux cheick du Djébel avait écouté sans intervenir. Les échanges accomplis, il prit la main droite d'Halil et la mit dans la main droite du jeune Maronite.

— Youssef, dit-il, nous avions pris, ton père et moi, un engagement semblable à celui que tu viens de contracter avec mon fils.

— Et quand mes parents d'El-Fidjeh sont allés se réfugier chez toi, t'apportant une lettre de mon père, répliqua l'émir profondément ému, tu les as préservés de la fureur des Druses et des Osmanlis, tu les as sauvés du massacre!...

Hassan s'inclina vers Youssef et lui dit à voix basse :

— Le jour viendra où la balance pèsera du côté des justes!

L'émir baisa la main du vieillard et repartit dans la direction de son château.

Ses deux serviteurs tirèrent des coups de fusil auxquels l'escorte du cheick répondit par une salve, et dans les profondeurs de la vallée du Nahr-Beyrouth les détonations se répercutèrent longuement.

La route « phénicienne » de Beyrouth à l'Anti-Liban est en réalité une voie romaine très mal entretenue ; il serait même plus exact de dire que, comme la plupart des routes de l'empire ottoman, elle n'est pas entretenue du tout.

Praticable pour les cavaliers seulement, elle est çà et là assez large, et on y rencontre quelques vestiges de l'ancien pavé ; mais dans la plus grande partie de son parcours, elle n'est guère qu'un sentier, ou une piste. Plus elle s'élève vers les sommets du Liban, et plus elle devient irrégulière, étroite, rocailleuse.

L'escorte du cheick dut parfois marcher à la file indienne ; deux cavaliers ne pouvaient passer de front.

Cependant, aux approches du village de Behamdoun, la voie s'élargit ; les voyageurs purent accélérer leur marche, et avant minuit ils arrivaient au lieu désigné pour le campement.

— Je reconnais ce pays, dit Kassem, et pourtant il y a plus de trente ans que je n'y suis venu. La fontaine qui ne tarit jamais doit être entre ces deux bouquets d'arbres. Nous y trouverons à qui parler... voyez !...

Une vingtaine d'hommes étaient groupés devant le petit édifice au pied duquel est le bassin de la source.

Ils avaient allumé un grand feu, et, dans la lueur de ce feu, brillaient les canons de leurs fusils réunis en faisceaux.

— Ce sont sans doute, dit le cheick, les *seymens* (chasseurs ou gendarmes) du *malmudiri* (receveur), qui viennent obliger la *nakiyé* (la commune) à payer le *vergu* (l'impôt foncier).

— Oh ! répondit Kassem, si c'était les *seymens*, ils se seraient logés dans les meilleures maisons du pays, et ils y mangeraient les meilleurs morceaux. Les choses étaient ainsi autrefois, elles n'ont pas dû changer !...

— Elles changeront !... répliqua le cheick ; mais regarde, plusieurs de ces hommes se sont levés brusquement... ils saisissent leurs fusils, ils viennent à nous... Fais faire halte !...

L'escorte s'arrêta ; rappelés par Kassem, Abdallah et ses compagnons, les jeunes montagnards syriens, se replièrent sur le gros de la troupe. Puis le cheick et son fils se portèrent en avant.

Les cinq ou six hommes qui avaient été envoyés pour les reconnaître, les regardèrent à la lueur d'un tison.

Voyant un noble vieillard et un beau jeune homme, richement vêtus et montés sur de magnifiques chevaux, ils demandèrent avec respect :

— « Quels noms illustres », s'il vous plaît de les dire à d'honnêtes nazaréens de Behamdoun ?...

Hassan répondit : — Le cheick du Djébel et son fils !

— Qu'ils soient les bienvenus, ici comme partout !... le cheick du Djébel a sauvé six cents Nazaréens de la fureur des adorateurs du veau (les Druses) !

Et les Maronites de Behamdoun, témoignant aux deux cavaliers la
plus affectueuse déférence, les guidèrent vers la fontaine. Ils s'empres-
sèrent d'aider les gens de l'escorte à établir leur campement.

Ces paysans maronites veillaient autour d'une statuette de pierre, une
« image sainte » que les Druses, disait-on, avaient voulu briser. Ils se
tenaient prêts à faire parler la poudre.

L'escorte du cheick alluma ses feux, les moûcres improvisèrent des
fourneaux entre des blocs de grès, et les Syriens préparèrent le café.

C'est toujours, dans les pays orientaux, une opération d'une extrême
importance, cette préparation du café. On y procède avec une sage
lenteur, on y apporte des soins méticuleux, surtout en Syrie, où l'on est
si fier de recevoir, soit par les caravanes, soit par les *sandals* (grandes
barques marchandes) de la côte « la vraie fève de l'Yémen », le pur Moka,
dont il ne parvient peut-être pas une seule balle authentique sur les marchés européens. Après avoir examiné le grain poignée par poignée, on

le fait rougir et craquer sur le feu, dans une large cuiller de métal ou dans une sorte de poêle percée de petits trous, qu'on agite sans cesse ; puis on le moud dans le moulin de cuivre, on bien on le pile dans un mortier, et on le jette dans l'eau bouillante de la cafetière.

Pour le préparateur et pour les amateurs attentifs qui l'entourent, c'est le moment solennel. Il faut veiller à ce que l'ébullition ne soit ni trop rapide, ni trop lente, remuer doucement le précieux liquide, empêcher que le vase ne déborde et qu'il ne s'en répande une seule goutte, ce qui serait considéré comme un fâcheux présage.

Enfin on apporte sur les plateaux les tasses à peine grandes comme des coquilles d'œuf et le cafedjé les remplit à moitié.

Les Arabes du Nedjed mêlent au café du safran ou des graines aromatiques ; mais les Syriens en général n'admettent pas cette profanation ; ils ne souffriraient pas non plus un atome de sucre dans leurs petites tasses.

Assis auprès de son père sur d'épais tapis que les serviteurs avaient étendus au centre du campement, Halil fumait le narghilé. Autour des feux tourbillonnaient des myriades d'éphémères ; groupés à distance respectueuse, les Maronites regardaient « les illustres voyageurs » et attendaient qu'on leur offrît le café.

Derrière la fontaine, les chevaux, débridés et entravés, mangeaient sous des chênes dont un été brûlant avait déjà rougi le feuillage. Les moûcres, descendant vers le nahr (la rivière de la vallée), cherchaient de l'herbe pour leurs mulets.

Le cheick du Djebel fit un signe, les maronites se rapprochèrent et formèrent le cercle. Le serviteur qui avait préparé le café versa dans une tasse les premières gouttes de l'odorante liqueur, y trempa ses lèvres et servit les invités.

Minuit venait de sonner à l'église de Behamdoun ; les Maronites pouvaient boire ; le jeûne rigoureux qui pour eux précède la fête de l'Assomption était terminé.

Alors la causerie commença, discrète et vague, effleurant les sujets les plus divers, mais moins languissante que dans la société musulmane, où l'échange des formules cérémonieuses fait paraître interminables les préliminaires de chaque entretien.

— La sagesse est en toi, comme la générosité, disait le plus âgé des

Maronites, en s'adressant au grand cheick... Tu connais les hommes et tu sais ce qu'ils valent...

— Je ne les pèse pas avec leurs richesses, répondit Hassan.

— On rapporte que tu devines leurs pensées au premier regard...

— La pensée se réflète quelquefois dans l'œil comme en un miroir ; l'homme qui sait attendre le moment favorable la voit.

— Bénédiction sur toi ! Tu te plais à secourir les malheureux, tu es l'ennemi des violents.

Un homme de quarante à quarante-cinq ans, drapé dans un ample mahclah, venait de descendre du village. Il s'approcha du cercle et dit aux Maronites, après avoir salué les voyageurs :

— Je crois que vous pouvez rentrer dans vos maisons, enfants..., *ils* n'oseront pas revenir !...

— L'arrivée du cheick du Djébel, répondit le plus âgé des paysans, aura fait reculer les *briseurs !*

L'homme au mahclah était le *kodja-bachi* (le syndic ou le maire) de Béhamdoun. Il vint baiser la main du cheick et le supplia d'accepter l'hospitalité dans sa maison. — Tout le village me mépriserait, s'écriat-il, si tu me refusais.

Hassan dut céder. Suivi de son fils et de Kassem, il monta vers le village pour y passer le reste de la nuit.

A quatre heures, lorsque le ciel blanchit au-dessus des hautes montagnes, dans la direction de Damas, Hassan prit congé de son hôte et revint au campement.

Les Druses s'étaient tenus tranquilles. Les serviteurs du cheick préparaient le repas du matin, le riz et le mouton fumaient dans les grands vases de cuivre étamé. Les Maronites eurent leur part de *pilau* et reçurent une nouvelle distribution de café, et lorsque Hassan donna le signal du départ, ils voulurent l'accompagner, au moins jusqu'à la limite du territoire druse.

Leur troupe s'était grossie des notables que le kodja-bachi avait amenés du village. Ils marchaient devant le chef en poussant des cris de joie, et à chaque instant ils faisaient feu de leurs fusils à pierre, ou de leurs longs pistolets.

Ces bruyantes démonstrations alarmèrent probablement les Druses, car, à l'entrée d'un défilé où il fallait passer un à un, des hommes aux vêtements sombres, le mouchoir blanc noué autour de la tête, le poignard à la ceinture, se montrèrent sur les rochers ; les canons de leurs fusils brillèrent entre les broussailles.

Hassan fit arrêter les Maronites et voulut les renvoyer dans leur village.

— Les « gens du veau » croiront que nous avons peur, répondit le kodja-bachi de Béhamdoun.

— Éh bien, reprit le cheick, prends parmi les tiens quatre des plus honorables et qu'ils viennent avec toi, sans armes !

Cette dernière condition fut assez longuement débattue. Cependant la volonté d'Hassan finit par prévaloir, et les cinq Maronites suivirent l'escorte jusque dans le hameau de leurs ennemis.

— La paix est entre nous ! leur dit le chef des Druses... Vous pouvez retourner chez vous sans que personne songe « à vous faire avanie » ; nos jeunes gens accompagneront le vénérable cheick au prochain village.

Et comme les Maronites, les Druses firent à Hassan les honneurs de la fusillade.

Le cheick, toutefois, fut plus réservé avec eux qu'il ne l'avait été avec les maronites de Béhamdoun. Il ne se départit de cette réserve qu'au moment où il les congédia :

— Allez, dit-il, j'ai vu avec bonheur que, pour vous comme pour vos pères, le voyageur est un hôte... En honorant l'hôte, vous honorez Dieu !

— Dieu est libéral et magnifique, répondirent les Druses, il veut que tous les hommes soient frères !...

— C'est la maxime de vos anciens, répliqua le cheick, puissiez-vous ne pas l'oublier !...

— Ce n'est pas nous qui l'oublions, dit un des hommes armés que le vieillard avait aperçus à l'entrée du défilé... Que le sang retombe sur ceux qui en ont versé la première goutte !

Quelques minutes après, les voyageurs passaient devant un village maronite beaucoup plus considérable que Béhamdoun.

C'était jour de grande fête, jour de l'Assomption, et Halil vit avec une joyeuse surprise que, suivant une tradition à peu près abandonnée aujourd'hui, le drapeau français avait été arboré sur la tour carrée de l'église.

Les cloches sonnaient à toute volée, — car les chrétiens du haut pays ont conservé le privilège d'avoir des cloches ; — les fermiers des hameaux éloignés venaient à cheval à la messe ; les femmes, parées de leurs plus beaux atours, sortaient de leurs maisons pour aller prendre place dans la vaste tribune grillée qui leur est spécialement réservée au fond de l'église.

Les unes, laissant voir, sous l'étoffe transparente du *féredjé* dont elles s'enveloppaient, les vives nuances de leurs larges *cheytian* (pantalons), de leurs robes ouvertes et de leurs gilets serrés à la taille par des ceintures de métal, balançaient sur une chevelure chargée de sequins le *tantour* des femmes mariées, corne d'orfévrerie recourbée en avant, à laquelle sont fixés les longs plis du voile. Les plus riches, faisant remonter le féredjé vers la hanche par un mouvement du coude, montraient les anneaux d'or ou de vermeil de leurs chevilles nues. Coiffées de la toque de satin festonnée et brodée, les jeunes filles, les mains teintes de henné, portaient des fleurs qu'elles allaient déposer sous le porche.

Bientôt des chants parvinrent à l'oreille des voyageurs.

— Ecoute, fils, dit le cheick du Djébel, c'est notre vieux syriaque, notre langue à nous !... Hélas !... ce pauvre peuple ne la comprend plus !...

Halil retenait son cheval pour entendre plus longtemps les cloches et les chants. Le cheick lui demanda :

— Tu aurais voulu entrer dans ce village et assister à la fête de ces Maronites ?

— Oui, mon père, répondit le prince...

— J'allais te le proposer, reprit le vieillard ; mais je connais le cheick du pays ; je lui ai rendu des services ; il s'efforcerait de nous retenir non seulement aujourd'hui, mais demain et après-demain... et après-demain, *ceux qui nous attendent dans la montagne* seraient inquiets ; ils viendraient à notre rencontre dans une région où je désire ne pas les attirer encore...

— Ceux qui nous attendent ? dit Halil.

— Ils sont trop nombreux et trop indisciplinés, ajouta le cheick du Djébel... C'est l'armée de l'avenir, mais une armée qu'il faut parquer dans ses cantonnements jusqu'à l'heure de l'action.

— Poursuivons donc notre chemin, murmura le jeune homme en se retournant pour jeter un dernier regard vers la tour carrée où flottait le drapeau tricolore...

Entre neuf et dix heures, les voyageurs traversèrent un de ces plateaux ńus, désolés, où, sur un maigre gazon brûlé par le soleil dès le commencent de juin, le vent répand çà et là des couches de sable.

Plus un village à l'horizon, et sur tout le parcours de la route, ou plutôt de la piste, pas une source, pas un arbuste. A gauche, à une distance de trois ou quatre berris (cinq ou six kilomètres), d'énormes masses de roches blanches assises par bancs les unes sur les autres ; à droite, des roches encore, mais beaucoup moins hautes et se rapprochant de la piste, comme des sentinelles échelonnées entre le plateau désert et le versant méridional de la montagne:

La chaleur était intense, et la lumière, réverbérée par les blocs de calcaire et les plaques de sable, éblouissante, aveuglante.

On marchait dans un silence morne. Abdallah lui-même, le faucon sur le poing, le fusil en bandoulière, Abdallah se taisait et ne faisait plus la fantasia ; la sueur ruisselait sur sa face noire.

Enfin, après une heure d'extrême fatigue, l'habesch retrouva un peu de sa vivacité et de sa gaieté. Il venait de voir passer, dans la direction de l'orient, un grand vol d'étourneaux.

— Amis des « vrais pays ! » s'écria-t-il en les suivant du regard.

Cependant les vrais pays, c'est-à-dire les pays cultivés, n'apparaissaient pas encore. On dut faire halte sous le vaste hangar adossé au khan Mourad.

Le paysage était toujours triste, la contrée toujours aride, mais, à quelques centaines de pas du khan, s'ouvrait une gorge profonde où coule un torrent impétueux, bouillonnant, grondant en hiver, mince filet d'eau pendant l'été. Dans cette gorge sauvage, le torrent entraîne un peu de terre, qu'arrêtent des blocs de rocher, et sur cette terre des pins réussissent à vivre. Ce fut à l'ombre d'un bouquet de pins que le cheick du Djébel, Halil et Kassem firent la sieste. Ils ne se remirent en marche qu'à cinq heures, lorsque le soleil déclina vers la mer.

Au dernier khan du pays inhabité, ils rencontrèrent une vingtaine de Druses armés jusqu'aux dents. Hassan échangea quelques paroles avec leur chef.

— Est-ce donc, lui dit-il, jour de fête pour les fils d'Hakem (le prophète des Druzes) comme pour les Nazaréens ?... Vous êtes joyeux, tes frères et toi, et quand vous nous avez aperçus, vous avez fait parler la poudre !

— Les fils d'Hakem, répondit le rude montagnard, ont leur jour de justice... Ils attendent longtemps, longtemps quelquefois, et leurs ennemis s'endorment... Le réveil du méchant ne doit pas être heureux comme celui de l'innocent !

Et la bande poursuivit son chemin, chassant devant elle des moutons, des mulets, des ânes et des buffles.

— Ces gens, dit dédaigneusement Hassan, ont sans cesse à la bouche le nom de Dieu ou le mot justice !

— Et ils viennent sans doute, demanda le prince Halil, d'accomplir quelque acte de vengeance ?

— Ici, répondit le vieillard, tout homme qui laisse une offense impunie est méprisé, même de ses enfants !... Ces Druses se sont vengés, ils ont dévasté et pillé ; leurs ennemis dévasteront et pilleront à leur tour !... C'est la loi commune...

Le cheick et son escorte marchèrent un instant sur une route large, presque aussi belle que nos grandes voies européennes.

— C'est, dit Hassan, un tronçon de la route que les Français ont tracée en 1860.

Halil demanda : — Mais pourquoi ne l'avons-nous pas suivie, cette route ?

— Eh ! répliqua le cheick, nous l'avons suivie depuis la forêt de pins jusqu'au deuxième khan ! Seulement elle est si mal entretenue, qu'elle commence à ressembler à nos mauvais chemins de l'Anti-Liban.

— Cependant elle doit être meilleure que les sentiers par lesquels nous sommes venus du deuxième khan jusqu'ici... Pourquoi l'avons-nous abandonnée ?...

— Parce que, dans l'opinion de nos serviteurs, l'ancienne voie est la plus directe... Et puis... il est bon de passer où ont toujours passé les anciens !

Au coucher du soleil, les voyageurs commencèrent à découvrir la vallée de la Békaa, cette Syrie Creuse (ou Célésyrie) qui sépare le Liban de l'Anti-Liban. Mais avant d'y arriver, ils durent franchir des ravins, traverser des lits de torrents, suivre des sentiers creusés dans le roc. Par un de ces sentiers, la population d'un village maronite accourut en criant : — Où sont-ils, les voleurs, les brigands ? les avez-vous rencontrés ?...

— Nous n'avons rencontré, répondit le cheick, qu'une vingtaine de Druses qui emmenaient des buffles et des mulets.

— Ah ! les lâches pillards, reprirent les Maronites, ils ont dévasté le pays pendant que nous étions à l'église... Ils ont brisé nos oliviers, scié nos mûriers, enlevé nos bestiaux... Malheur sur eux, malheur !... Où étaient-ils lorsque vous les avez vus ?...

— Ils avaient dépassé le khan Mourayadjah...

— Ces fuyards ont des ailes de *katta* (de perdrix), notre vengeance aura des ailes d'aigle !...

Et les Maronites, exaspérés, s'élancèrent sur les traces de l'ennemi.

— Toujours la haine, toujours la soif de vengeance ! dit Halil.

— Hélas! ce sera ainsi, répondit le cheick, tant que l'Osmanli sera le maître. Il a trop intérêt à perpétuer les divisions et à faire naitre les conflits !

CHAPITRE V

AVALANCHE HUMAINE

Les voyageurs, cette nuit-là, campèrent dans la plaine de la Békaa, qui, à peine large de deux lieues, s'allonge du sud au nord sur un espace de cent cinquante kilomètres. Ils avaient passé pour ainsi dire à pied sec les rivières qui arrosent cette plaine. Sur les contreforts orientaux du Liban, ils pouvaient apercevoir les pittoresques villages de Kab-Elias et de Haouch-Echtourah; dans la vallée, les maisons blanches de Makseh et de Thaâlabeyah, et sur les pentes occidentales de l'Anti-Liban, les hameaux épars entre les masses de roches.

L'atmosphère était lourde, la chaleur étouffante. Couché au bord d'un ruisseau, Halil se sentait oppressé, une buée tiède l'enveloppait. Les chevaux, entravés dans une clairière qu'entouraient de beaux caroubiers, répondaient par de longs hennissements aux cris lugubres des chameaux de Makseh; les chacals glapissaient; une sorte d'orfraie au plumage sombre, que les Syriens appellent « le corbeau de nuit », passait et repassait, hullulant lamentablement, au-dessus du feu allumé par les moûcres.

— Tout « crie l'orage », cette nuit, dit un des serviteurs du cheick.

— Avant que le soleil se lève, ajouta un autre Syrien, le « père des pluies » aura fait gronder son tonnerre !

En effet, à trois heures du matin l'horizon s'assombrit du côté de l'ouest; les nuages s'amoncelèrent sur le Liban, puis un éclair les déchira, illuminant vivement le monticule sur lequel est perché le village de Kab-Elias. Un coup de foudre éveilla les voyageurs.

Hassan se leva et appela le chef de l'escorte qui, depuis Beyrouth, avait servi de guide.

— Mansour, lui demanda-t-il, ne serait-il pas prudent de nous remettre en route et d'aller chercher un refuge dans la montagne?

— Oui, maître, répondit Mansour, mais je crains que nous ne puissions, avant la pluie, atteindre le village que je t'ai montré quand nous sommes arrivés au campement... Cependant ce n'est pas ici que nous devrions laisser passer l'orage; les ruisseaux seront bientôt gonflés et déborderont, nous aurons à traverser de véritables marais... J'ai vu quelquefois la vallée semblable à un immense lac !...

— Où donc pourrions-nous trouver un abri.

— Là-haut, derrière les ruines de la *Kalata* (de la citadelle).... Il y a sous les rochers de vastes chambres où les bergers se réfugient avec leurs troupeaux.

— Les cavernes de Nebâ-Andjar?

— Précisément, c'est d'une de ces cavernes que sort la neba (la source) dont l'eau coule à nos pieds.

— Pour y arriver sans risquer de nous égarer, nous n'aurions qu'à remonter le cours du ruisseau.

— Oui, mais il faudrait partir immédiatement. Nous ferons le premier repas dans la montagne.

Sur l'ordre du cheick, on se hâta de détacher les chevaux et de recharger les mulets, et les voyageurs se mirent en marche à la lueur des éclairs. Ils suivirent aussi rapidement que possible le cours sinueux du ruisseau, mais les nuées se rapprochaient, tandis qu'une brume blanche semblait sortir de terre et planer autour des têtes rondes des mûriers.

A plusieurs reprises, le guide, arrêté par d'épaisses haies de nopals, dut faire de longs circuits pour retrouver un chemin à peu près praticable. Souvent il se retournait vers l'ouest, interrogeant le ciel d'un regard anxieux.

Le premier coup de tonnerre avait violemment retenti dans les gorges du Liban, répercuté comme si des batteries de canons faisaient feu successivement de chacune de leurs pièces sur les masses de rochers. Les autres détonations furent plus sourdes, mais elles ébranlaient par longues couches la lourde atmosphère de la vallée. Parqués dans des pâturages où les chardons croissent à hauteur d'homme, des buffles allongeaient leurs têtes noires et ne cessaient de mugir.

Soudain un éclair ou plutôt une série d'éclairs embrasa l'horizon, courant avec une rapidité vertigineuse sur tout le versant oriental du Liban. Sur la gauche des voyageurs, au pied de la montagne, une ville apparut, une ville chrétienne, avec les tours de ses églises et les arceaux de ses couvents.

— N'est-ce pas Zahleh?... demanda le cheick.

— Je le crois, répondit Mansour. Pourtant, du point où nous sommes, nous ne devrions pas encore découvrir Zahleh ; nous commençons seulement à monter...

— Si nous laissions un instant souffler nos chevaux, dit Kassem ; les moûcres ont peine à nous suivre. D'ailleurs, cet orage paraît tourner vers le nord ; le vent du désert chassera les nuées sur les sommets du Sannin !...

— Non, répliqua Mansour, ce n'est pas le vent du désert (qui souffle du sud). Pressons le pas, stimulons les moûcres ; la tempête va descendre sur la plaine et s'engouffrer dans les premiers défilés du Djébel (la montagne, et particulièrement la chaîne de l'Anti-Liban qui porte le nom de Djébel-ech-Cheick).

29

Et le chef de l'escorte, se retournant vers les muletiers retardataires, leur cria : — *Taaï !... Taaï !...*

— C'est ainsi, dit un jeune Syrien, qu'on appelle les oiseaux de mer (les goëlands) sur les terrasses d'Alep.

— Ils accourent, répondit le guide, lorsque le vent souffle du couchant. Les moûcres devraient bien faire comme eux !

Les muletiers, maugréant, frappant leurs bêtes à grands coups de matraque, s'efforcèrent de se rapprocher du gros de la troupe.

Il était temps; l'ouragan passait sur la plaine, courbant les arbres et faisant craquer les branches. Mais alors, Mansour entendit résonner le roc sous les sabots de son cheval.

— A droite! cria-t-il, à droite ! Voici le défilé d'Aïn-Kalata! (la source de la citadelle).

Quelques minutes après, en effet, les voyageurs s'engageaient dans le défilé, marchant un à un entre deux murailles de roches. L'obscurité était complète et la marche devint de plus en plus pénible. Mansour brisa des branches de pin résineux, y mit le feu et les fit porter comme des torches par les jeunes Syriens de l'avant-garde. Les chacals, effrayés, fuyaient, passant entre les jambes des chevaux qui se cabraient.

Les coups de tonnerrre éclatèrent, de plus en plus violents, et de larges gouttes de pluie tombèrent dans le défilé.

Mais enfin les voyageurs apercevaient les ruines dont Mansour leur avait parlé, trois murailles formées d'énormes blocs de pierre rougeâtre, des tronçons de colonnes ou plutôt de piliers, les débris d'une frise et une sorte d'immense table supportée par quatre pyramides de granit.

— Si je me souviens bien, dit Mansour en s'adressant an cheick, il y a un de nos signes sur les pierres de la kâlata ; je te le montrerai après l'orage...

Et agitant une branche de pin, pour la faire flamber, il l'éleva vers les ruines.

— Ah! s'écria-t-il, le voilà, le signe... regarde !...

Un dessin grossier, figurant trois poignards superposés, était gravé sur une des pyramides qui soutenaient la table.

— C'est le triple fer, dit le cheick avec émotion... Il y a des siècles et des siècles que les fils d'Hassan ont passé par là...

— Au temps où ils défendaient les défilés? demanda Kassem...

— Au temps où ils auraient pu être les maîtres du pays!... répondit le cheick...

Halil regarda, lui aussi, ce signe que son père appelait « le triple fer ». C'était bien le glaive aux trois poignées, tel qu'il figurait sur son médaillon, sur sa plaque d'or.

Au moment où le jeune homme se dressait sur sa haute selle, pour examiner de plus près les pyramides et l'immense table, une rafale s'engouffra dans le défilé, emportant au loin les étincelles des torches. Puis, un grondement pareil au bruit d'une cataracte lointaine se fit entendre dans la montagne et les nuées semblèrent s'abattre sur les rochers.

— Vite! vite! cria Mansour.

La pluie tombait à torrents lorsque le cheick et son fils pénétrèrent dans la caverne de la Neba.

C'était une vaste grotte, creusée par les eaux dans un terrain léger, sous une énorme masse de rochers. Quarante cavaliers auraient pu facilement s'y abriter, eux et leurs montures.

Entre les deux blocs de pierre qui formaient le seuil de cette grotte, coulait une source, peu abondante à cette époque de l'année.

Mansour mit pied à terre et tourna la tête de son cheval vers le fond de la caverne. Ses compagnons l'imitèrent; puis, obéissant à un ordre du guide, ils coururent aider les moûcres.

Toute la caravane trouva des abris dans les environs des ruines. A peu de distance de la grande grotte s'ouvrent des souterrains plus ou moins profonds où l'on a cru reconnaître des chambres sépulcrales. Une partie de la population de la montagne les avait déblayés en 1860, pour s'y réfugier pendant les massacres. Mais depuis dix ans les broussailles y avaient repoussé avec plus de vigueur que jamais. Mansour, le guide de l'escorte, fit couper ces broussailles qu'on amoncela ensuite au fond des souterrains. Entre les pieds des travailleurs fuyaient d'énormes lézards.

Pendant plus de deux heures, la pluie ne cessa de tomber. C'était un déluge. Les torrents se précipitaient avec fracas sur les pentes abruptes du Djébel. Entre la grande grotte et les ruines de la Kalata, une cascade écumait, et ses eaux se ruaient dans le défilé.

La petite source de la grotte se mit tout à coup à bouillonner; elle jaillit entre les deux blocs de pierre; le torrent, qui se brisait au-dessus des ruines avant de pouvoir prendre son cours vers la vallée, la fit refluer; elle menaça un instant d'inonder complètement le vaste souterrain. Le cheick et ses compagnons durent remonter à cheval.

A sept heures seulement l'orage s'apaisa; mais ce fut un changement à vue. Le ciel redevint bleu, un soleil radieux fit étinceler les gouttes de pluie sur les rochers, sur les branches des pins, sur les raquettes des nopals, sur les lances des aloës.

L'air était devenu froid; Abdallah grelottait, enveloppé dans un ample machlah de laine que lui avait prêté un jeune montagnard. Les Syriens apportèrent à l'entrée d'une grotte une partie des broussailles qu'ils avaient coupées; puis, les ayant entourées de pierres de trois côtés, ils y mirent le feu et préparèrent le repas du matin.

L'habesch vint se blottir devant ce feu.

— Suis-moi, lui dit Halil, tu te réchaufferas bien mieux ou soleil!

Guidé par Mansour, ils montèrent sur un de ces plateaux gazonnés où, dès la fonte des neiges, les bergers kurdes amènent leurs troupeaux.

De là le spectacle était magnifique. Entre les deux montagnes s'allongeait la vallée de la Békaa, la vallée rafraîchie, ranimée, qui venait pour ainsi dire de reverdir sous la pluie.

La brume s'élevait par nappes vers les sommets du Liban; le soleil la diamantait et, par un effet de mirage assez fréquent dans ces contrées, les villages, les assises de rocher, les rangées de mûriers, tout se rapprochait des points déjà dégagés du brouillard. On aurait pu compter les églises, les couvents et les collèges de Zahleh. A mesure que les masses de vapeur blanche s'éloignaient, le promontoire qui porte la ville chrétienne paraissait s'avancer vers le Djébel...

Tandis que le prince demandait à Mansour les noms des villages qu'on découvrait dans la plaine et sur la montagne, Abdallah dansait pour se réchauffer plus vite.

— Bon soleil, bon soleil!... disait-il en battant des mains.

Quand il fut las de danser et de sauter, il vint s'asseoir auprès de son sidi. Alors il aperçut, à sa droite, au pied du Djébel, un hameau musulman groupé autour d'une ancienne *koubba* (petite chapelle), dont le dôme à demi ruiné livrait passage aux branches d'un arbre.

Dans ce hameau, sur la toiture de chaque maison, des hommes allaient

et venaient, se penchant, se relevant, se penchant encore et faisant
avec les bras des mouvements à peu près semblables à ceux des cultivateurs qui travaillent la terre à la pioche.

— Oh! sidi, s'écria joyeusement le domestique noir, c'est comme au
Nedjed!...

— Comme au Nedjed?... demanda le prince en regardant les travailleurs, dont l'attitude et les mouvements paraissaient intéresser si fort
son habesch... Je ne suis jamais allé au Nedjed, moi... Mais que font ces
hommes?

— Ils « roulent leurs toits!... » répondit Abdallah, en riant de l'étonnement de son sidi.

Mansour expliqua qu'un grand nombre d'habitations, surtout dans les
villages pauvres, ont pour toiture des bardeaux, ou des branchages,
sur lesquels on étend un lit d'herbes sèches et une épaisse couche d'argile.

— Pendant les grandes chaleurs, dit-il, la couche d'argile se fend,
se lézarde, au soleil. Dès que la pluie tombe, les habitants se hâtent
d'aller boucher les crevasses avec de la terre pétrie, et pour niveler
cette terre, ils y passent le rouleau. Voilà ce que l'habesch appelle
« rouler son toit! »

— La plupart de ces villages sont donc bien pauvres? demanda le
prince.

— Les « mains maigres » de la misère seront sur le pays, répliqua
gravement le guide, tant que les Osmanlis n'auront pas été chassés.
Regarde à tes pieds : la plaine a un sol fécond, elle est arrosée, elle
devrait donner d'abondantes récoltes; ça et là, sous Zahleh, Reyak,
Niha, elle est belle et riche; mais du côté du midi, elle est presque
toute « terre du sultan », il n'y pousse guère que des ronces, des chardons, des nopals, des prunelliers sauvages et des aloës!... Où s'assied
l'Osmanli s'assied la stérilité... Oh! les maudits, les maudits!... Quand le
maître donnera le signal...

Il ne put achever; Hassan le faisait appeler, pour le consulter sur
la route à suivre.

Bientôt les voyageurs se remirent en marche par les *akabas* (les cols,
ou défilés) de la montagne.

Ils ne firent ce jour-là qu'une seule halte, de midi à trois heures. La contrée était encore plus sauvage et plus accidentée que celle qu'ils avaient parcourue la veille; des gorges profondes et d'immenses murailles de rochers la séparent de la plaine de Damas. A plusieurs reprises les serviteurs du cheick durent mettre pied à terre pour déblayer les passages où les torrents avaient roulé des pierres, entraîné des masses de terre et couché des arbres déracinés. Mais l'air était plus frais et les chevaux montrèrent plus d'ardeur. Halil qui pendant la nuit avait éprouvé une fatigue accablante, se sentit ranimé par la pure atmosphère des hautes régions.

Une heure avant le coucher du soleil, on traversa une des rares forêts que la cognée a respectées dans les montagnes de Syrie. Des cèdres peut-être plus beaux que ceux du Sannin étendaient leur vaste ramure sur un sol presque complètement nu.

— Fils, dit le cheick en se rapprochant d'Halil, nous sommes sur tes domaines. Ces arbres t'appartiennent, j'ai acheté bien cher le droit de les défendre contre « les ravageurs du pays ». Tu maintiendras ce droit, n'est-ce pas?...

— Je protégerai la forêt comme vous l'avez protégée, répondit le jeune prince.

Puis la caravane déboucha sur le *tell* (plateau) où paissaient de grands troupeaux de moutons. Les bergers, à cheval, armés de longues lances, poussèrent des cris de joie et vinrent baiser la main du cheick.

— *Où sont-ils?* demanda le vieillard...

— Là haut, répondirent les bergers, entends leur salut !...

En effet, du sommet d'une colline qui dominait le *tell,* une formidable clameur salua l'arrivée du cheick. Et aussitôt, sur la pente de cette colline, s'élancèrent trois ou quatre cents cavaliers. Ils descendirent en masse serrée, avec une rapidité prodigieuse. Ce fut une avalanche humaine.

Parvenus à la limite du tell, ils enlevèrent leurs chevaux tous à la fois et les firent bondir. Le sol en trembla.

— Va, fils, dit le cheick du Djébel en étendant sa main sur la tête d'Halil... marche seul à la rencontre de ces serviteurs... Tu leur parleras la langue de leur pays, la langue du Kurdistan...

— Et que leur dirai-je?... demanda le prince...

— Ceci seulement : « Je suis celui que le peuple attendait !... » Va et prouve leur que mon fils est un cavalier accompli !...

Les cèdres du Liban.

Halil toucha légèrement du bord de l'étrier le flanc de son cheval blanc. Le magnifique étalon partit au galop.

À cinquante pas de la petite armée qui venait de descendre la colline, le prince s'arrêta brusquement devant un bloc de rocher. Puis, enlevant son cheval, il lui fit franchir l'obstacle d'un bond.

L'étalon retomba d'aplomb sur le sol gazonné et demeura immobile.

— Oh! dit l'habesch, il est presque aussi beau que « monseigneur Guébla ! »

Halil se dressa sur sa selle et fit un simple signe de tête.

Quatre cavaliers se détachèrent de l'escadron et s'avancèrent au pas.

Le prince les examinait avec une impassibilité apparente.

Ces hommes étaient plus grands que les Syriens : maigres et nerveux, les traits anguleux, l'ovale du visage allongé par la barbe en pointe, le nez busqué, la moustache tombante, le teint mat, l'œil un peu bridé, les sourcils arqués, ils avaient quelque ressemblance de type avec les montagnards persans.

Vêtus misérablement, ils étaient coiffés, les uns du bonnet de laine frisée, les autres de la *chéchia* rouge des Levantins, serrée autour du front par une grosse corde. Quelques-uns avaient pour tout costume une espèce de sac en loques, plissé au-dessus des hanches par une large ceinture de cuir non tanné, et des bandes d'une étoffe brune, faite de poil de chèvre, qui leur enveloppaient les cuisses.

Ils montaient des chevaux velus, petits, généralement efflanqués, et pourtant ardents et solides. Assis sur des selles de bois, plus élevées que les selles arabes et rehaussées encore par un véritable amas de peaux de moutons, ils portaient en bandoulière la longue lance qui est l'arme favorite du cavalier kurde et aussi l'aiguillon du pasteur nomade. Devant eux, en travers de la selle, était couché le fusil à pierre.

Les chefs avaient sur la poitrine de vastes gibecières, et à la ceinture le sabre recourbé et les lourds pistolets.

Les quatre délégués s'arrêtèrent devant Halil, saisirent leurs lances et les inclinèrent en demandant : — Qui es-tu? que veux-tu?...

Le prince répondit dans cette langue gutturale du Kurdistan, que Kassem lui avait apprise : — Je suis celui que le peuple attendait!

Les délégués se retournèrent vers le gros de la troupe en répétant la phrase de toute la force de leurs poumons et remirent les lances en bandoulière pour prendre les fusils.

C'était le signal impatiemment attendu par l'escadron. Les Kurdes saisirent leurs fusils et firent feu avec beaucoup plus d'enthousiasme que d'ensemble ; lançant leurs chevaux au galop sur le sol uni du *tell*, ils vinrent tumultueusement se presser autour d'Halil.

— Salut à celui qui commandera désormais!... crièrent les chefs.

A cet ordre, chaque cavalier recoucha son fusil en travers de la selle et mit pied à terre pour baiser le genou et la main du prince.

Le défilé terminé, les Kurdes, tenant leurs montures par la bride, se rangèrent sur deux lignes parallèles, et entre ces deux lignes le cheick du Djébel et son fils passèrent lentement, suivis de plusieurs serviteurs qui portaient des sacs de monnaie. Les princes firent une large distribution de piastres d'argent. Sur leur passage éclatait le cri :

— Seigneurs généreux!... Seigneurs généreux!...

Les montagnards syriens qui, depuis Beyrouth, avaient escorté le cheick, regardaient de loin ; quelques-uns souriaient dédaigneusement.

— Les voleurs du Kurdistan, murmura Mansour, nous reprochent de cacher notre religion. En vérité, ils ne cachent pas la leur : ils adorent la piastre à la face du soleil!...

— Mets le sceau sur tes lèvres! dit sévèrement Kassem.

La caravane touchait au terme de son voyage. Les Kurdes, remontant à cheval, la suivirent jusqu'à l'extrémité du plateau. Là ils s'arrêtèrent, saluant une dernière fois le cheick et son fils de leurs bruyantes acclamations. Puis, ils retournèrent vers la forêt, le long de laquelle ils s'étaient construit des huttes, des *gourbis*.

Halil fut sur le point de demander à son père : — Est-ce l'armée dont tu me parlais sur la route du Liban... est-ce « l'armée de l'avenir »?

Mais il craignit que la question ne parût trop ironique et se rappela fort à propos les mots que Kassem répétait si souvent autrefois :

— Le maître interroge, s'il lui plaît; le serviteur attend.

Le cheick devina la pensée du jeune homme.

— Ils sont mal armés, dit-il, à demi-voix, on les armera... Ce sont des bandits, nous en ferons des soldats.

CHAPITRE VI

ENTRE LE JOUR ET LA NUIT

Les voyageurs, se dirigeant vers le nord, laissaient sur leur droite, à une distance de cinq ou six kilomètres, le massif le plus élevé du Djebel-Cheick. Ce géant de pierre, qui se dresse si fièrement au-dessus de tous les sommets de l'Anti-Liban, leur apparaissait couronné de blanches nuées. En le revoyant après vingt-quatre ans d'exil, Kassem se sentit ému.

— Il est beau ! s'écria-t-il... ne dirait-on pas qu'il a déjà son turban de neige?...

— Avant six semaines, répliqua Mansour, on l'apercevra, ce turban de neige, de la route du Liban et des plaines de la Galilée !...

Et se retournant vers le cheick, le guide demanda :

— Nous voici au dernier *nakb* (au dernier col) ; qu'ordonnes-tu?...

Faut-il permettre que les moûcres nous suivent jusqu'au *kasr* (jusqu'au château)?

— Les moûcres, répondit Hassan, passeront la nuit dans le bordj (le fort). Déploie l'étendard!

Mansour déroula le drapeau ou plutôt la bannière que portait un des jeunes Syriens de l'avant-garde, et en appuya la hampe contre le pommeau de sa selle. Sur cette bannière étaient peints le sommet du Djébel, le glaive aux trois poignées et une tête d'homme entourée de rayons, les trois emblèmes qui figuraient sur le médaillon d'Halil.

Au nord du plateau où les Kurdes étaient venus recevoir le prince, s'ouvrait une gorge sauvage, et de l'autre côté de cette gorge qu'il fallait franchir pour arriver à la demeure d'Hassan, une longue et haute chaîne de rochers fermait l'horizon.

Devant ce rempart naturel s'élevait le bordj (le fort), dont parlait le cheick. La lourde masse de ce bâtiment percé de meurtrières et flanqué de deux tours obstruait complètement l'unique passage.

Ce fut en face du bordj que Mansour se plaça pour déployer l'étendard.

— Sonne le retour! commanda le cheick.

Le guide souffla sept fois dans une trompe de corne.

Après le septième appel, une lueur rouge illumina, avec la rapidité de l'éclair, une des meurtrières du bordj. Un nuage de fumée monta entre les deux tours et la détonation d'une pièce d'artillerie salua l'arrivée du maître.

Les voyageurs franchirent alors le ravin et s'engagèrent dans le dernier défilé. Bientôt ce défilé s'élargit et devint une bonne route qui, défendue par les rochers de toute agression du côté du sud, s'élevait en lacets sur les pentes de la montagne et passait sous la voûte du fort.

Les moûcres s'arrêtèrent dans la première cour du bordj et demandèrent à Mansour: — Le maître a-t-il été content de nous?

Hassan qu'entouraient déjà les gardiens de la citadelle, entendit la question des muletiers et sourit.

— Vous avez été de bons serviteurs, dit-il, voici ce que j'ajoute à vos gages.

Et il leur fit donner un sac de piastres.

Le cheick et son escorte traversèrent de vastes cours; devant eux s'ouvraient de grandes portes de cèdre, bardées de fer.

Ils sortirent du fort et montèrent vers une esplanade bordée, à droite et à gauche, de chênes magnifiques.

— Regarde, dit Hassan, appelant son fils auprès de lui, c'est dans cette vallée que tu vivras, respecté, aimé, heureux, je l'espère, jusqu'au jour où s'accompliront nos desseins. On l'appelait autrefois l'*Ouady-ech-Dya* (la vallée du prix du sang), je lui ai donné un nom plus doux : l'*Ouady-ech-Sehaur* (la vallée entre le jour et la nuit). Elle est située au point central du Djébel, entre la montagne qui reçoit le premier rayon du soleil et celle qu'éclairent les dernières lueurs du couchant.

Halil, silencieux, l'admirait, cette vallée large et profonde.

Elle était aussi verte que Ramyes, et mieux cultivée peut-être, et plus abondamment arrosée. C'était comme un immense jardin qu'enveloppait une ceinture de rochers. La plupart des arbres de l'Europe y croissaient avec ceux des climats tempérés de l'Asie. Au-dessus des vergers apparaissaient les terrasses d'une centaine de maisons. Un lac miroitait au fond de la vallée et, sur la rive de ce lac, du côté du nord, se montrait le *kasr* (le château) du cheick, tout à la fois forteresse et palais.

La forteresse avait été construite sur les ruines d'une citadelle du moyen âge. Ses murailles crénelées et ses tours percées d'ogives hardies s'élevaient par plans successifs, pour ainsi dire de gradin en gradin, jusqu'au rempart que formaient les rochers.

Elles dominaient et protégeaient le palais, bâti au bord de l'eau.

La partie centrale de ce palais avait l'aspect élégant des châteaux que le prince Halil avait vus dans les environs de Beyrouth. Sa vaste terrasse et ses galeries extérieures étaient supportées par de nombreuses colonnes.

Des portiques prolongeaient les deux ailes ; leurs arceaux se reflétaient dans le lac.

— Il y a, dit le cheick, dans notre *Bar-el-Cham* (pays de la gauche, ou Syrie), sur les pentes du Mackmel, un riant village qu'on appelle *Eden*, j'ai voulu le voir autrefois..., je ne crois pas qu'il soit aussi beau que l'*Ouady-ech-Sehaur* !...

— Oui, répondit Halil, l'œil humide, on pourrait vivre heureux dans cette vallée?...

Il n'avait pas voulu dire, pour ne point affliger son père : — On aurait pu vivre heureux !

— Ah ! s'écria Kassem, je te l'avais bien affirmé, à Malte, qu'en revoyant ton pays natal, tu ne regretterais plus la France !...

— Ne plus regretter la France ! murmura le jeune homme.

Il songeait encore à Ramyes ; et comment se souvenir de Ramyes sans penser à la fille de Marie-Aimée, à Clotilde de Bellegarde !

Le cheick du Djebel se pencha vers Kassem et dit à voix basse :

— Ami, ce n'est pas le *baume de Zakkoun* que tu viens de répandre sur la blessure !...

La population de la vallée accourait pour souhaiter la bienvenue aux maîtres.

— Fils, reprit le cheick, voici ton vrai peuple, celui qui t'est dévoué comme Kassem et Nazim, celui qui combattra autour de toi quand le grand jour sera venu !... C'est ta famille syrienne ; elle est, ainsi que nous, du sang des *Hassanites,* elle parle notre langue, ses chefs sont initiés à nos projets. Aux vieillards, tu dois dire : « pères » ; aux jeunes : « frères » et à tous : « ma fortune est votre fortune, ma maison est votre maison! »

Au signal donné par le canon du bordj, cette population de la vallée était sortie de ses demeures; mais les hommes seuls montaient vers l'esplanade; les femmes, à demi voilées, et les enfants, attendaient devant leurs habitations.

La race était saine, robuste, le type généralement beau, le teint clair, l'œil grand, le regard franc, l'allure fière, le geste sobre, la parole un peu lente. Les jeunes gens, dont la vie était laborieuse, et qui faisaient de chacune de leurs journées deux parts : l'une consacrée aux exercices de l'équitation et des armes, l'autre à la culture des champs, venaient d'interrompre leurs travaux. Mieux vêtus que ces paysans du Liban parmi lesquels Halil avait passé une nuit à Behamdoun, ils s'avançaient en bon ordre, comme un corps de troupes discipliné à l'européenne. Ils cédèrent le pas aux vieillards qui, presque tous, avaient grand air, la tête ceinte du turban blanc et rouge, la longue barbe étalée en éventail, l'ample machlah flottant sur les épaules.

Ce fut à ces vieillards que le cheick parla tout d'abord :

— Frères, leur dit-il, je vous amène mon fils ; il a longtemps vécu chez les *Francs,* pour étudier leur caractère, leurs mœurs, leurs institutions ; mais auprès de lui étaient de vrais Syriens qui lui apprenaient notre langue, notre loi, nos coutumes. Demain, quand le soleil montera de l'Yamin, je *l'initierai* sur le Djébel. C'est en écoutant vos sages avis, c'est en puisant constamment au trésor de votre expérience qu'il deviendra le maître ferme et bon.

— Celui qui « vient de toi », répondit le plus âgé des chefs de famille, n'a qu'à gouverner comme toi pour être honoré et aimé.

— Pères, dit simplement Halil, vous m'enseignerez mes devoirs !

, Et le cheick reprit, s'adressant aux jeunes gens :

— Soyez pour votre frère ce que vos pères ont été pour moi. Celui qui doit commander après le maître d'aujourd'hui s'efforcera d'être juste et suivra le chemin de l'*esprit* (de la conscience). Il a le cœur *blanc* (pur) et ses yeux ne verront que les actions.

— Nous le regarderons (nous nous modèlerons sur lui), répondirent les « frères ».

Sur un signe du cheick, Mansour remit l'étendard au prince Halil, et, devant cet étendard, les vieillards et les jeunes hommes prêtèrent le serment :

— « Par l'œil de la lumière (le soleil), par le triple fer, par la dent (le sommet) du Djébel, aux seigneurs de la vallée nous jurons fidélité ! »

Puis, précédant le cheick et son fils, ils redescendirent vers leur beau village.

Le soleil se couchait, illuminant encore le faîte de la forteresse et les crêtes de quelques rochers. Ces dernières lueurs, reflétées par le lac, semblaient trembler à la surface de l'eau limpide. La fraîcheur du crépuscule s'étendait sur le calme paysage ; des cigognes montaient, suivant le mouvement de l'ombre, des portiques aux galeries supérieures du palais et des galeries du palais aux tours de la citadelle.

Un chant très doux, rythmé par de légers coups de *bendair* (tambourin) montait du fond de la vallée. C'était le « salut aux voyageurs ». Chaque phrase, dite lentement par les femmes, était répétée par les enfants :

« Louange à celui qui vient par le chemin des gazelles !

« Que sa famille ait toujours des richesses, des serviteurs et des chevaux !

« Que sa main et son genou soient toujours baisés !

« Que partout, dans le pays de droite et dans le pays de gauche, on lui dise : « Sois le bienvenu ! »

« Que ses regards ne rencontrent que des regards clairs et joyeux, brillants comme ses armes et ses étriers !

« Que sous les pas de son cheval, les fleurs naissent, même dans la neige du Djébel ! »

Conformément aux instructions qu'il avait reçues de son père, Halil s'arrêta devant chaque maison et dit :

— Que le bien soit ici ! Nous prions le père (le chef de la famille) de s'asseoir dans notre demeure et de partager notre repas !

Les femmes soulevaient leurs voiles et montraient leurs grands yeux cerclés de bleu par le *koheul*, leurs lèvres rougies par le *souack*, leurs vêtements de fête, leurs pieds teints de hermès et leurs chevilles nues parées de *kholkals* (bracelets) d'or ou de vermeil.

— Louange à toi, répondaient-elles... Celle qui t'a porté était de notre race. Meçaouda était une Syrienne de notre *ouady* (de notre vallée). Les pères iront à ton repas et nos fils te serviront.

Halil s'attendrissait en attendant ce nom de Meçaouda, si doucement prononcé.

— Ces femmes m'ont parlé de ma mère ! dit-il au cheick avant d'entrer dans le palais. Ecoutez... elles répètent encore : « Meçaouda était une Syrienne... » Mais, qu'ajoutent-elles donc ?... Ne font-elles pas allusion à cette Ghazié que vous avez punie ?...

Le vieillard ne put réprimer un mouvement d'impatience :

— Les femmes, répliqua-t-il, sont ici ce qu'elles sont partout : elles mêlent au miel de leurs paroles le suc des herbes amères !

Et avec une inquiétude visible, Hassan demanda :

— Je t'ai dit que j'avais puni cette Ghazié ?...

— Oui, père, répondit le jeune homme, vous m'avez dit à Beyrouth : « J'ai fait justice ! »

— Après la justice, l'oubli !... murmura le cheick... Je veux ne me souvenir que de ta mère, et je m'en souviens chaque fois que je te regarde... Tu as ses yeux, sa bouche... et aussi sa tristesse vague... Cette tristesse m'alarme, mon enfant !... Ton âme souffre encore ?...

Halil essaya de sourire :

— Non, dit-il, moi aussi j'oublierai ce qu'il faut oublier !...

— Meçaouda, reprit le vieillard, n'avait pas dix-huit ans quand la mort me l'a prise... Depuis quelques mois, elle ne connaissait plus la

joie... elle demeurait sans cesse enfermée avec toi... Je lui demandais :
« Qu'as-tu ?... Ouvre-moi ton cœur ! » Elle me répondait : « Je n'ai rien ;
mon nom signifie « *l'heureuse,* je suis heureuse si tu m'aimes !... » Fils,
ne fais pas comme la pauvre Meçaouda, ne me cache pas tes pensées !...

— A qui les confierais-je, dit Halil, si ce n'est à vous ?...

Une heure après, les chefs de famille étaient réunis dans une des
plus vastes salles du palais, décorée avec tout l'éclat du luxe oriental.

Les torchères d'argent ciselé, les lustres et les girandoles de cristal
éclairaient vivement les arabesques des boiseries, l'ornementation des
portes cintrées, les lambris peints et les rosaces du plafond, les magnifiques pièces d'orfèvrerie placées dans les niches de marbre, et les
riches tentures qui voilaient à demi l'estrade.

Assis sur des coussins, et ayant devant eux les nattes aux couleurs
vives et aux longues franges rouges, les plateaux de santal ornés d'argent, d'ivoire et de nacre, les vastes bassins dans lesquels on apporte

30

les viandes, les brillantes aiguières émaillées, les plats ovales chargés
de fruits et de *chibânis* (gâteaux), les petites coupes pour les sorbets et
pour le *vin d'or* du Liban, les convives étaient servis par les fils des plus
anciennes familles.

Aucune femme ne parut sur l'estrade entourée de fleurs où, dans les
maisons qui ne suivent pas la règle de l'islam, les *lellas* (dames), plus
ou moins voilées, assistent aux diners d'apparat. Personne ne s'en
étonna et les regards des convives ne se dirigèrent jamais vers cette
estrade vide.

Quand le repas toucha à sa fin, le cheick, peut-être pour marquer
une des différences de mœurs et de croyance qui séparaient son peuple
des « fidèles mahométans », versa lui-même le *vin d'or* dans une grande
coupe et but la première gorgée.

La coupe passa de main en main et la causerie devint plus animée.

Les vieillards attendaient ce moment pour questionner Halil sur les
observations qu'il avait faites dans le pays du Franghistan.

Quelques-uns l'interrogèrent en] français, en italien, en anglais, en
allemand.

Le prince s'exprima dans ces quatre langues avec une remarquable
facilité. Il mit en ses jugements sur les principales nations européennes
une réserve qui produisit l'impression la plus favorable.

— Pères, dit-il, je vois que vous en connaissez mieux que moi les
usages et les lois; c'est vous qui avez beaucoup observé et beaucoup
retenu ; je n'aurai qu'à vous écouter pour achever de m'instruire.

La plupart de ces vieillards, en effet, avaient voyagé. Les questions
de commerce, de navigation, de finances surtout, leur étaient familières.
Ils en discutèrent quelques-unes, ou plutôt ils les traitèrent avec calme,
avec précision, en fumant le narghilé.

Avant minuit, ils se retirèrent, laissant le cheick très heureux des
témoignages d'affection qu'ils venaient de donner à son fils.

Hassan et Kassem conduisirent le prince à l'appartement qui lui avait
été préparé. Cet appartement, situé dans la partie centrale du palais, était
aéré par de larges baies ouvertes sur la galerie du premier étage. Plusieurs des vastes salles étaient meublées à l'européenne. Dans les autres,
— les divans d'été et les chambres d'hiver — on avait réuni d'admirables spécimens de l'art ancien, arabe et persan.

Au milieu de ces richesses, un homme pleurait.

C'était Abdallah, le domestique noir. Assis sur un tapis, les coudes sur les genoux relevés, la tête entre les mains, il regardait venir son maître et les deux vieillards, précédés des serviteurs qui portaient les flambeaux ; et ce regard plein de larmes s'attachait sur Halil avec une expression suppliante.

— Tu pleures ?... dit le prince... Sans doute tu regrettes maintenant que je ne t'aie pas renvoyé au Nedjed, ou dans ton pays ?

— Non, balbutia le noir, le pays de l'*abd* (de l'esclave), c'est la terre où se pose le pied du maître... Mais ton habesch est malheureux, bien malheureux !...

— Pourquoi ?...

— Ils m'ont appelé *kelb* (chien), là-bas... ils disent que je ne te servirai plus jamais, jamais... que demain on me chassera de la montagne et que je m'en irai avec les moûcres...

— Qui a dit cela ?... Qui donc t'a injurié ?...

Abdallah n'osait répondre.

Kassem échangea quelques mots à voix basse avec Halil et le cheick ; et, se penchant vers l'habesch, il s'efforça de le consoler.

— Non, lui dit-il, on ne te chassera pas !... Tu continueras de servir ton sidi, et dès cette nuit tu coucheras là, devant sa porte, comme tu le faisais à Paris !...

Abdallah se releva, joyeux, et baisa la main de Kassem.

— Je suis le *kelb* (le chien) du maître, s'écria-t-il, mais le maître défendra son chien... je le leur dirai là-bas, quand ils m'insulteront...

— Ils ne t'insulteront plus, dit le cheick, quand ils sauront combien tu as été dévoué à mon fils. Mes serviteurs ne te traiteront pas comme un espion des Osmanlis !...

— Mais, reprit Kassem, ne les fatigue pas de tes interminables *salams,* et surtout n'invoque pas devant eux le prophète des musulmans !

— Je te le promets, répondit l'habesch. Par notre Seigneur Ahmed, que ma tête ne tienne plus à mes épaules si j'oublie mon serment !

— Eh ! tu l'as déjà oublié ! dit Halil souriant.

Abdallad, confus, se retira vers la porte en murmurant :

— Pauvre habesch, pauvre tête noire !...

Le cheick attira son fils sur sa poitrine :

— Repose-toi, dit-il, tu vas t'endormir dans la maison paternelle... Il sera court, ce sommeil, puisque nous devons, aux premières lueurs de l'aube, monter vers le grand Djébel, mais il sera tranquille, j'espère, comme le mien... Le temps des alarmes est passé !

En prononçant ces dernières paroles, Hassan fit un signe à Kassem, et les deux vieillards redescendirent avec les serviteurs.

Halil se coucha, fatigué du long voyage qu'il venait de faire à cheval. Mais l'excès même de la fatigue l'empêchait de s'endormir.

Chaque fois qu'il fermait les yeux, il lui semblait revoir les femmes qui l'avaient salué à son arrivée dans la vallée ; et ces femmes lui répétaient avec une étrange insistance :

— Tu es le fils de Meçaoùda, ta mère était une vraie Syrienne !...

Ce fut une obsession, contre laquelle le jeune homme essayait vainement de lutter. Il se releva et alla s'accouder sur la balustrade de la galerie.

La nuit était claire, les étoiles se miraient dans le lac. Au bord de ce lac, une ombre passa, et une voix de femme, ou d'enfant, dit timidement :

— Ecoute !

Halil, sommeillant à demi, croyait rêver.

Il se pencha pourtant vers le jardin, et la voix reprit avec plus de fermeté :

— Venge Meçaouda, venge ta mère !...

Et le prince n'entendit plus qu'un bruit vague, un léger froissement de branches.

CHAPITRE VII

RÉVÉLATIONS SUR LA MONTAGNE

Halil dormait depuis deux heures à peine, lorsque son père vint l'éveiller.

— Les chevaux sont sellés, dit le cheick, hâtons-nous, pour arriver au Déjébel au lever du soleil ! Ce sera encore une matinée de fatigue, mais il faut que tu te montres fort comme le plus robuste de nos montagnards !

— Je serai prêt, répondit le jeune homme ; si vous le voulez, j'emmènerai mon habesch et je chasserai au faucon sur les hauteurs.

— Non, répliqua le père, ton habesch ne doit pas te suivre ce matin. Nos plus dévoués serviteurs eux-mêmes, ceux qui méritent toute notre confiance, s'arrêteront à l'endroit que je désignerai. Ils nous verront de loin, mais ne nous entendront pas.

Un quart d'heure après, Halil et le cheick, escortés par une vingtaine de cavaliers, traversaient la vallée et se dirigeaient vers l'esplanade. Ils se firent ouvrir les portes du bordj, passèrent sous la longue voûte et s'engagèrent dans le ravin qu'ils avaient franchi la veille. Puis, remontant sur le *tell* où les Kurdes avaient défilé devant eux, ils marchèrent dans la direction du sud-est.

Le ciel commençait à blanchir ; le vent, qui soufflait du nord, poussait des masses de vapeurs grises sur la forêt de cèdres.

Dans une petite vallée, entre cette forêt et la haute montagne, l'escorte s'arrêta. Le cheick et son fils gravirent seuls, à pied, les escarpements du Djébel. Le vieillard déployait dans cette excursion une vigueur et une agilité extraordinaires.

— Ah ! disait-il, je n'ai pas passé la moitié de ma vie à dormir, comme les Osmanlis !

Cependant, si rapide que fût sa marche, il ne pouvait atteindre le sommet de la montagne avant le lever du soleil.

Halil mesura du regard les énormes masses de rochers qui se dressaient sur la droite du sentier.

— Nous n'arriverons pas, dit-il, au moment que vous avez fixé !

— Oh ! répondit le cheick, je ne te conduis pas aux derniers degrés de « l'escalier de pierre » ; ils ne sont accessibles que pour le *lerouy* (le mouflon).

Et pénétrant dans un étroit et tortueux défilé, il tourna les obstacles infranchissables.

Enfin, gravissant une dernière pente, abordable l'été seulement par le lit d'un torrent, il parvint à un plateau nu, sur lequel s'élevait une pyramide de granit.

— Tu vois, dit-il, le ciel n'est pas encore embrasé au-dessus de la Galilée... Entre le soleil et nous, il y a une immense mer de brume... les nuées flottent sous nos pieds !...

La pyramide était triangulaire, comme celles qui supportaient la table de pierre, devant les ruines imposantes de la Kalâta. Sur chacune de ses faces étaient gravés une figure entourée de rayons, un zodiaque, et le signe que le cheick appelait le triple glaive, ou plus habituellement le *triple fer*.

— Père, dit Halil, j'ai souvent demandé à Kassem l'explication de ce signe... Il m'a toujours affirmé que *le maître* seul pourrait me la donner, et le maître, c'est vous !...

Le cheick ne répondit pas. Il avait les yeux fixés sur la région qui s'étend entre Palmyre, Homs, Hama et les montagnes de la Galilée.

Dès que le premier rayon de soleil perça la brume qui flottait sur cette région, il éleva les mains.

— Fils, dit-il, imite-moi... On nous regarde de l'ouady (de la vallée).

Halil hésita. Ces mots : « On nous regarde » l'avaient troublé. Peut-être pensa-t-il que son père l'invitait à faire un simulacre d'adhésion, devant le peuple de la vallée, à une religion dont jusqu'à ce moment on lui avait laissé ignorer les dogmes.

— Nos ancêtres, reprit le cheick, adoraient le soleil et les astres. Nous n'adorons plus *l'œil de la lumière,* mais nous le saluons... Ce n'est pas un culte, c'est une coutume !

Le jeune homme obéit ; il se tourna vers le soleil et éleva les mains.

Du bordj qui défendait l'entrée de l'ouady, on devait apercevoir les mouvements des maîtres. Le canon tonna.

— Fils, dit le cheick, enveloppe-toi dans ton machlah et assieds-toi auprès de moi. Je t'apprendrai ce que furent nos pères, je te révèlerai ce que nous sommes, nous, *les assassins,* comme disent les Francs (les Européens), qui nous connaissent si peu et si mal ; je t'initierai à tous nos projets.

Au mot *assassin,* Halil avait tressailli.

Le vieillard sourit dédaigneusement.

— Qu'importent, s'écria-t-il, les absurdes légendes répandues parmi les étrangers ? N'as-tu pas déjà vu que de toutes les populations des deux montagnes (le Liban et l'Anti-Liban), la nôtre est la plus honnête et la plus douce ?

Et il poursuivit :

— Tu me demandais tout à l'heure l'explication du signe peint sur notre étendard et gravé sur la pyramide du Djébel. La voici, tu garderas ce secret comme je l'ai gardé moi-même.

Le *triple fer* est un de ces emblèmes mystérieux qui frappent l'imagination des peuples. Il nous rappelle, à nous, que nos ancêtres ont régné par le glaive sur trois grandes contrées de l'Orient : la Syrie, l'Iran (la Perse) et l'Yamin (l'Yémen).

Neuf ou dix siècles se sont écoulés depuis cette époque glorieuse. Les princes qui succédèrent au chef de notre dynastie, le Victorieux Hassan-ben-Sabbah, ne surent maintenir leur domination que par la terreur. Oui, ils furent violents, ils furent cruels. La violence se retourna contre eux — c'est l'éternelle loi, — et les huit souverains qui portèrent le nom d'Hassan périrent par le fer ou par le poison.

Ils commandaient à des peuples vaillants, et ces peuples gardaient les passages des montagnes. Les caravanes étaient forcées de leur payer le tribut. Quand les chrétiens de l'Occident marchèrent sur la Galilée, le signe de la croix fixé au manteau, et qu'ils entreprirent de délivrer Jérusalem, ils se heurtèrent aux *Hassanites*. Ce sont eux qui ont si étrangement modifié notre nom ; ce sont eux qui nous ont appelé *Hassassinites,* puis *assassins !*

Alors, les Hassanites étaient encore puissants. Un de leurs princes, le second de ceux qui portèrent le titre de cheick du Djébel *(vieux de la montagne)*, opéra, au profit de son autorité, une révolution religieuse. Il parvint à faire accepter une partie des croyances des *ismaélites,* ces croyances qui se répandirent ensuite dans certaines sectes musulmanes.

— « Les âmes des braves et des fidèles, disait-il, ne seront jamais humiliées. Elles passeront successivement, jusques à la fin des temps, *dans les corps les plus glorieux*. Ainsi l'âme d'Abel le Juste a passé dans le corps d'Abraham, puis dans celui d'Ismaël. C'est elle qui a inspiré les prophètes et les messies. Le serviteur qui meurt pour le cheick est un être privilégié ; son âme est prédestinée aux *transmigrations illustres ;* elle sera noble entre les nobles sur cette terre, et jouira enfin dans le paradis de toutes les félicités. »

Ces félicités, le cheick du Djébel les faisait entrevoir, dit-on, à ses fanatiques, à ses *feidawis,* qu'il enivrait de *haschisch ;* et ces terribles rêveurs, après leurs extases, après leurs visions, avaient un superbe mépris de la vie. Sur un signe du maître, ils se plongeaient le kandjar dans le cœur.

Regarde ce rocher à pic qui se dresse à deux mille palmes (environ cent mètres) au-dessus de la plate-forme où nous sommes assis. Devant ce rocher, le maître amena cinquante de ses feidawis.

— « Ceux d'entre vous, leur dit-il, qui monteront sur la dent du Djébel, seront mes élus pour le sacrifice. »

C'étaient des Syriens, jeunes, vigoureux, agiles comme des *lerouys*. Trente parvinrent à escalader la muraille de roche et poussèrent le cri de triomphe.

Le maître leva la main, et les trente fanatiques s'élancèrent dans le vide. Leurs corps se brisèrent sur cette plate-forme, entre la dent du Djébel et la pyramide.

Les autres, qui n'avaient pu escalader le roc, et que le maître n'avait pas élus pour le sacrifice, pleuraient en disant :

— Nous sommes des réprouvés !

Ces hommes qui faisaient si bon marché de leur existence, quel respect pouvaient-ils avoir pour la vie des *infidèles ?* Ils versèrent le sang avec une joie délirante ; ils eurent la folie religieuse du meurtre. Le maître commandait : — Allez et frappez ! Et ils partaient !... Ils auraient frappé les victimes désignées jusque dans les villes de l'Occident, jusque dans les palais des rois !...

Les rois tremblaient sur leurs trônes et envoyaient des présents au Vieux de la Montagne. Et le Vieux de la Montagne était fier de répandre partout la terreur. Quand il sortait de sa citadelle de Meysoût, dont je te montrerai un jour les ruines, il portait le triple glaive et une hache, sur laquelle était gravée la figure du soleil. Un héraut marchait devant lui en criant : — « Détournez-vous du chemin du Puissant qui tient dans « ses mains la vie des rois et des empereurs ! »

Lorsque les armées des chrétiens vinrent de l'Occident, leurs chefs durent traiter avec les fils d'Hassan-ben-Sabbah. Ils payèrent le droit de passage. Un seul de ces chefs refusa le tribut avec une fermeté qu'aucune menace ne put abattre. C'était un roi de France, Louis le neuvième, dont les Nazaréens vénèrent la mémoire. Il avait planté son étendard sur le sol de la Syrie ; il était, avec ses chevaliers vêtus de fer, dans la ville d'Acre. Le cheick du Djébel lui envoya un émir et quelques-uns de ses serviteurs.

Devant le roi de France, l'émir se présenta armé du triple glaive. Auprès de lui se tenait un *feidawi* qui portait un linceul enroulé autour de son bras gauche. C'était dire au prince chrétien : « Si tu ne rends pas hommage à notre maître, tu seras frappé ; nous apportons un suaire pour t'ensevelir ! »

Le roi Louis feignit de ne pas comprendre et dit avec calme à l'ambassadeur du Vieux de la Montagne : « Assieds-toi devant nous et parle. Que veux-tu ? »

L'émir montra les signes et demanda : « — Connais-tu mon maître ?

« — Je ne l'ai jamais vu, répondit le roi, mais j'ai quelquefois entendu parler de lui.

« — Si tu as entendu parler de lui et de son pouvoir, reprit l'émir, comment se fait-il que tu ne lui aies pas envoyé les présents, les gages d'amitié?... Ne sais-tu pas que l'empereur d'Allemagne, le roi de Hongrie, le soudan de Babylone et beaucoup d'autres souverains, lui en envoient tous les ans?... Ceux-là ne seront pas frappés ; ils vivront, parce qu'il plaît à mon seigneur de les laisser vivre !... Lis cet écrit que le cheick du Djébel a revêtu de son *tabâa* (de son sceau). »

Le Vieux de la Montagne dictait ses conditions; il exigeait que le roi de France tranchât à l'avantage des Hassanites un différend qui s'était élevé entre eux et les chevaliers du Temple et de l'Hôpital.

Les grands maîtres de ces deux ordres furent appelés et dirent à l'émir :

« — Si tu n'étais venu comme ambassadeur et si notre souverain ne t'avait reconnu ce caractère, nous te jetterions à la mer !... Mais va, retourne chez ton seigneur, et dis-lui qu'avant que quinze jours se soient écoulés, il envoie au roi de France des lettres respectueuses et de dignes présents ! »

En signe d'amitié, le Vieux de la Montagne envoya sa *habaya* (sa chemise). C'était dire : « Je te fais remettre ce qui me touche de plus près. »

Il donna aussi son anneau d'or, son anneau de cheick, et l'ambassadeur expliqua le sens de ce présent en disant « que son maître épousait le roi Louis ».

Le roi Louis, à son tour, députa au Vieux de la Montagne un moine qui parlait l'arabe et le syriaque, et ce moine remit à Hassan des joyaux, des draps d'écarlate, des coupes d'or et des freins d'argent. La paix était signée entre les deux souverains !...

Ce fut avec un visible sentiment de fierté que le cheick, le père d'Halil, prononça cette phrase : *la paix était signée entre les deux souverains !* »

— Père, dit le jeune prince, la puissance de ce chef des Hassanites était déjà fortement ébranlée; les chevaliers du Temple et de l'Hôpital ne la redoutaient plus.

— Ceux-là, répondit le cheick, ne craignaient pas la mort !... Mais tu as dit vrai, le temps de la décadence était proche pour les Hassanites. Les chefs, ne pouvant plus tirer des étrangers les riches rançons, pressurèrent leurs peuples, et ces peuples se soulevèrent. Les *feidawis* eux-mêmes, les serviteurs fanatiques se révoltèrent, et l'autorité des maîtres tomba dans la boue et dans le sang !... Et la nation, de jour en jour plus affaiblie par les guerres intestines et plus corrompue par le vice, se trouva incapable d'un grand effort lorsque les Osmanlis vinrent pour l'accabler, pour l'achever !...

Fils, poursuivit le vieillard après un instant de méditation, je t'ai dit que de notre nom d'*Hassanites,* de notre nom flétri, déshonoré, les chrétiens d'Occident ont fait l'équivalent de *meurtriers,* et tu penses qu'ils ont eu raison... Mais c'était surtout leurs propres chefs et leurs propres frères que les Hassanites frappaient avec acharnement. Vois combien l'histoire diffère de la légende : on ne pourrait te citer un seul prince d'Occident qui ait péri sous les coups des *feidawis,* tandis que tous les Hassan de la première dynastie sont morts massacrés par leurs parents ou par leurs serviteurs. Ce pauvre peuple s'ouvrait les veines !

Les débris de la nation ont traîné pendant des siècles et des siècles une existence misérable. Oui, les descendants de nos plus anciennes et de nos plus illustres familles ont erré comme les Kurdes de ces montagnes lointaines, comme les Bédouins des *néfounds* (déserts de sable) !

Les petits-fils des *Djouads* (nobles) syriens ont été moûcres, chameliers, *hamals* (portefaix). D'autres se sont alliés aux bandits qui se ruaient sur les voyageurs dans les *akabas* (les défilés). Et ce temps de la honte a duré jusqu'aux jours où mon aïeul paternel a pu réunir autour de lui ceux qui étaient restés honnêtes et courageux.

Celui-là, — que son souvenir soit à jamais respecté ! — était un Hassan de la race des grands cheicks. Il triompha de la misère par le travail, par la probité, il acquit une fortune en conduisant et en protégeant les caravanes, et cette fortune, il la décupla par le commerce. C'est lui qui a défriché notre vallée, lui qui a creusé les canaux par lesquels s'écoulent les eaux de la montagne, lui qui a fondé le village et construit la forteresse. Nous n'avons fait, mon père et moi, que suivre son exemple et continuer son œuvre.

Les richesses s'étaient accumulées dans notre maison ; nous ne les avons pas laissées dormir. Nos auxiliaires les plus actifs et les plus intelligents ont été chargés de les faire fructifier.

Ces agents mystérieux se sont répandus tout d'abord dans la Syrie, à Beyrouth, à Damas, à Alep, à Latakié, à Zahleh, à Acre, puis dans toutes les échelles du Levant. Nous en avons maintenant dans les régions lointaines, au Nedjed et au cœur de l'Oman, et aussi en Perse, en Arménie, en Grèce, en Égypte et dans les principales villes des Osmanlis. Quelques-uns se sont établis dans les contrées de l'Occident, à Vienne, à Pesth, à Naples, à Marseille; tu sais que nous en avons eu à Paris !

Les uns sont commerçants, les autres banquiers. Laborieux, patients, ou plutôt tenaces, prompts à se renseigner mutuellement, habiles à suivre les mouvements de la spéculation, ils font leur fortune, et sans cesse ils accroissent la nôtre.

Des lois rigoureuses assurent l'exécution des engagements qu'ils ont contractés envers nous ; et ces engagements les lient, eux et leurs familles, pour un temps indéterminé. Toi seul pourras leur dire : « Vous êtes libres », lorsque notre œuvre sera achevée, lorsque nos grands desseins seront accomplis.

Pour eux comme pour nous, la première condition du succès, c'est le secret. Les populations au milieu desquelles ils vivent doivent toujours ignorer d'où viennent les ressources qui permettent à ces enfants perdus de notre montagne de tirer parti de toutes les circonstances favorables à leurs entreprises.

Qui donc supposerait que la *rivière d'or,* comme disait hier un de nos vieillards, sort d'une vallée du Djébel pour se répandre partout, jusque dans le Franghistan, par des canaux invisibles ? Elle est dans une des régions les plus sauvages de la Syrie, cette vallée. Des amas de rochers, des précipices, d'immenses tells incultes, l'isolent du monde habité.

— Père, dit Halil, un grand nombre de Syriens connaissent pourtant le chemin de l'*ouady.* L'émir Youssef-ben-Abbas, que nous avons rencontré aux environs de Behamdoun, n'est-il pas venu, il y a quelques années, vous voir dans votre maison ? Ne disait-il pas aussi que vous aviez souvent reçu la visite de son père ?

— Oh ! répondit le cheick souriant, beaucoup d'autres sont venus :

des émirs maronites, des Druzes, des Grecs, et même des Osmanlis !...
Ils savent que je suis riche, que ma vallée est devenue fertile, que tout
le monde travaille autour de moi, que mes serviteurs portent sur les
grands marchés du littoral les huiles, les résines, la cire, le tabac, les
soies. Les princes que ruine le luxe des femmes, des vêtements, des armes, des chevaux ; ceux qui étalent tant de faste et qu'on appelle cependant « princes d'olives et de lait caillé », frappent à la porte du bordj, et
mes serviteurs me les amènent. Je leur ai prêté des sommes considérables, et à peine peuvent-ils de temps à autre me payer un dixième du
revenu. Le jour n'est pas loin où il me sera permis de dire : « Leurs
biens sont à moi ! »

Halil fit un mouvement de surprise et rougit.

Le vieillard se hâta d'ajouter :

— Je ne le dirai pas, ce mot, je ne chasserai pas de leurs châteaux
ces pauvres vaniteux !... Il me suffit qu'ils soient mes obligés. Je les
tiens, dans mes mains ils seront des instruments dociles. Je sais ce
qu'ils valent et quels services ils pourront nous rendre ; car je tiens
registre de leurs origines, de leur fortune, de leur caractère, de leurs
relations, de leurs qualités, de leurs vices et de leurs défauts. Fils, nous
mettrons sous tes yeux cette comptabilité du bien et du mal. Tu appren-
dras ainsi à juger et à peser les hommes ; tu t'accoutumeras à n'attendre
d'eux que ce qu'ils peuvent donner.

Ce n'est pas seulement pour les meilleurs que j'ai été généreux ;
parmi les autres, je t'en désignerai un certain nombre qui nous seront
utiles, même par leurs défauts. Des plus braves et des plus influents,
j'ai voulu faire nos alliés pour l'époque de l'action. Leurs paysans gros-
siront le noyau de l'armée syrienne.

Mais, je te le répète, s'ils connaissent le chemin de l'ouady, s'ils
savent que je suis riche, ils ignorent que presque toute ma fortune est
à Beyrouth, à Damas et à l'étranger, et les combinaisons par lesquelles
cette fortune ne cesse de s'accroître leur sont absolument inconnues.

Jamais un de nos serviteurs ne nous a trahis ; celui dont les allures
éveilleraient nos soupçons serait aussitôt jugé par ses frères. Le *maître*
commande, il règne, comme autrefois les redoutables cheicks du Djébel ;
mais la loi a été faite par tous et pour tous, et la loi de tous est la plus
sévère des lois !... Je n'aurais pas le droit de faire grâce...

Attends donc avec confiance le jour où notre étendard sera déployé sur ces rochers, devant la pyramide ! Pour entreprendre la guerre de délivrance, nous aurons d'immenses ressources ; de tous côtés nous arriveront les armes, les munitions, les chevaux ; nous serons maîtres des chemins de Beyrouth, d'Alep, de Damas, avant que l'ennemi ait eu le temps de se reconnaître... Oh ! ce jour-là, l'Osmanli nous paiera sa dette !... Depuis des siècles et des siècles, il s'acharne à épuiser ce pays ; sur les contrées qui sont restées fertiles malgré ses constants efforts pour les stériliser, il soufflerait, s'il pouvait, tous les sables du désert.

Quand les populations des deux montagnes ont joui de quelques années de tranquillité, il pense qu'elles reprennent trop de sang et il les arme les unes contre les autres. Puis il intervient, non pour apaiser, mais pour exercer le droit de punir, qu'il s'est arrogé. Il frappe à droite ou à gauche, afin d'augmenter le nombre des victimes et d'affaiblir le parti qui pourrait relever la tête !...

Eh bien moi, depuis dix ans surtout, je ne cesse de travailler à maintenir la paix intérieure. C'est ainsi que je prépare la guerre contre l'étranger !...

Je veux que les Nazaréens de la plaine et ceux des hauts pays « reprennent du sang » pour la grande lutte. Ils seront avec nous qui sommes de la vieille race syrienne et qui respectons leurs coutumes. La plupart de leurs chefs sont à nous, tu l'as compris, fils, tu l'as compris ?

Le vieillard s'animait de plus en plus ; son visage se colorait, sa voix devenait chaude et son regard ardent.

— Tu ne réponds pas, reprit-il, tu ne réponds pas !... Je n'ai donc pas su trouver le chemin de ton âme ?...

— Père, s'écria le prince, quand il faudra combattre au premier rang, tu n'auras qu'à me dire : « Va ! »

Mais, ajouta-t-il, ce n'est pas à mon courage que tu voulais faire appel, c'est à ma raison. Tu m'exposais tes projets, tu me confiais tes espérances. Achève donc, et dis-moi le nombre des auxiliaires sur lesquels nous pourrons compter à l'heure du danger !

— Ce nombre, répondit le cheick, tu l'évalueras toi-même, quand je t'aurai mis en relations avec mes obligés, mes alliés, les chefs des districts. Ils prendront devant toi ces engagements sacrés. Mais sur les flancs de ce corps d'élite marchera la grande armée dont tu as vu hier l'avant-garde...

— L'armée des Kurdes?...

— Oui, nous les jetterons sur l'ennemi, ces légions d'affamés qui viennent des lointaines montagnes. La misère les chasse de leur pays, ils ne demandent qu'à dévorer!...

Depuis trente ans surtout, ils arrivent par milliers, il passent devant notre bordj, ils campent sur nos plateaux ou dans nos forêts. C'est moi qui les attire, moi qui les protège, moi qui leur donne des pâturages pour leurs troupeaux. Je viens en aide à ceux qui veulent poursuivre leur route jusqu'au littoral; je leur indique et même leur fournis les moyens de gagner leur vie dans les villes des Osmanlis. Leurs principaux chefs ont reçu l'hospitalité dans notre demeure et sont repartis chargés de présents. Ils m'appellent « père » ou « maître », comme les Syriens de l'ouady; je leur laisse croire que nous sommes, eux et moi, de la même race, du même sang!... Quand j'aurai donné le signal, ils seront soixante ou quatre-vingt mille dans les plaines du nord, quatrevingt mille qui viendront dresser leurs tentes autour de nous, recevoir des armes, de la poudre, des balles et attendre l'heure où nous devons les mener à la curée!...

— A la curée? dit Halil avec un geste de dégoût... Mais ces affamés dévoreront tout ce qui se trouvera sur leur passage, et c'est par la Syrie qu'ils commenceront!... Quand nous les aurons déchaînés, nous ne pourrons plus les arrêter!

— Eux!... s'écria le cheick... Ce sont des « chiens maigres » que j'ai habitués à ramper devant moi!... Tu vas juger de leur docilité...

Le vieillard se retourna du côté de la vallée, déroula la longue bande rouge de son turban et la fit flotter un instant.

A ce signal, le canon du bordj tonna deux fois, et sur chaque tour on hissa une oriflamme, rouge comme la bande du turban.

— Regarde autour de nous, maintenant!... reprit le cheick.

Quelques minutes après, les « chiens maigres » apparaissaient sur les pentes du Djébel.

Ces Kurdes en haillons semblaient sortir des anfractuosités des rochers.

Il en arriva de l'ouest par le tell et par la forêt, du nord par les ravins, de l'est et du sud par les lits des torrents.

Ceux du plateau venaient à cheval; les autres accouraient à pied; ils avaient l'air de monter à l'assaut en s'aidant de leurs grandes lances.

Et tous ces sauvages de Kurdistan levaient les yeux vers les deux princes syriens qui se tenaient debout devant la pyramide, sur la plate-forme du Djébel.

Le cheick prit la bande blanche de son turban et l'agita en se tournant d'abord du côté du nord, puis vers les autres points de l'horizon.

Les Kurdes reculèrent, et peu à peu disparurent. Un petit groupe seulement, le conseil des chefs, demeura sur le tell, en face du bordj; le cheick leur avait fait signe d'attendre.

— Redescendons, dit Hassan, je veux récompenser leur docilité; mais tu reconnaîtras, fils, qu'il m'en coûte peu de les satisfaire!

Un incident dont la signification ne pouvait être douteuse pour un observateur intelligent, venait cependant de réveiller la défiance d'Halil.

Tandis que les Kurdes accouraient vers les sommets du Djébel, l'escorte syrienne du cheick était remontée en toute hâte de la petite vallée où, sur l'ordre du maître, elle avait fait halte.

Elle s'était massée, en carré, sur un terrain découvert. Tous ces fidèles serviteurs d'Hassan avaient saisi leurs armes et semblaient se disposer à repousser une agression des « chiens maigres ».

— Père, dit Halil, as-tu remarqué l'attitude de nos Syriens?

— Oui, répondit le cheick, ils se croient toujours obligés de tenir les Kurdes à distance respectueuse. Quelques rixes ont éclaté autrefois entre eux et les affamés; tu t'efforceras de faire disparaître les dernières traces de ressentiment.

Et le vieillard ajouta, en descendant du Djébel :

— Pourtant, il faut veiller à ce que les Kurdes ne franchissent jamais la porte du bordj. Je me suis repenti d'avoir admis quelques-uns de leurs chefs dans mon entourage. Ils se sont bientôt montrés avides et arrogants; j'ai dû les éloigner en leur donnant des missions pour les contrées d'où il est difficile de revenir..., et ils ne reviendront pas !...

Bien que jusqu'alors les bandits du Kurdistan n'eussent inspiré au prince Halil qu'une insurmontable aversion, ces dernières paroles produisirent sur son âme si loyale, si généreuse, une impression très pénible.

— Kassem me l'avait bien dit, pensa-t-il, les procédés de gouvernement sont partout les mêmes en Orient... Quelque vil que soit l'instrument dont le maître veut se servir, peu importe... mais dès que cet instrument ne paraît plus assez docile, on le brise sans pitié!...

Et cependant il ne pouvait croire que son père, ce vieillard qui était pour ainsi dire le patriarche de la vallée, se fût « débarrassé » par le meurtre des auxiliaires qu'il avait librement choisis, ces auxiliaires fussent-ils les misérables « chiens maigres » du Kurdistan !

— Oh ! reprit le cheick, comme s'il avait lu dans la pensée du jeune homme, nous ne sommes pas des assassins, quoi qu'en disent les Francs et les Osmanlis !... Les chefs que j'ai éloignés sont plus heureux qu'ils n'auraient pu l'être sous leurs tentes ou dans leurs gourbis... On a si bien doré leurs chaînes, qu'ils sont peut-être fiers de les porter !...

— Père, demanda le prince, étaient-ils Kurdes, ces chefs dont les intrigues ou les violences te semblaient autrefois si menaçantes pour moi ?

Le vieillard feignit de ne pas comprendre.

— C'est sans doute, poursuivit Halil, afin de me mettre hors de leur atteinte que tu as fait prolonger mon séjour en France ?...

Le cheick hésita; son regard s'était assombri; sa main qu'il tenait sur l'épaule d'Halil en redescendant les pentes escarpées du Djébel, avait légèrement tremblé.

— Oui, dit-il enfin, ton ennemi... ou plutôt tes ennemis étaient de la race des Kurdes... Mais tu sauras tout... un jour; d'autres que moi parleront, avec plus de courage et avec plus de clarté !...

Le prince, cette fois encore, n'osa insister.

Hassan, très préoccupé, ne lui adressa plus la parole jusqu'au moment où ils retrouvèrent leur escorte.

Les montagnards syriens étaient venus sur le tell à la rencontre des maîtres. Peut-être en passant devant les Kurdes avaient-ils lancé quelques mots injurieux. Une altercation allait s'élever.

Le cheick fit signe à ses serviteurs de se retirer vers le ravin. Puis, remontant à cheval, il ordonna à son fils de le suivre.'

— Souviens-toi, lui dit-il, que tu dois toujours pacifier !...

Et ils marchèrent ensemble vers le petit groupe des chefs kurdes.

Hassan remercia ces étranges alliés du dévouement qu'ils venaient de lui témoigner.

— Mon fils, dit-il, me demandait, là-haut sur le Djébel : « Quels sont

ces intrépides amis? » Je lui ai répondu : « Tes frères du Kurdistan... »
et il a voulu vous saluer. Souvent désormais il sera parmi vous ; c'est
vous qui le guiderez dans les contrées de chasse... Venez sous le bordj,
ce soir avant l'asser, il y aura de la poudre pour vous !...

Plus joyeux de cette promesse que des flatteries du vieillard, les
Kurdes lancèrent en l'air leurs longs fusils à pierre et les ressaisirent
en faisant caracoler leurs chevaux efflanqués.

— Oh ! les généreux, crièrent-ils comme la veille, après la distribution
des piastres, oh ! les généreux !...

Le cheick et son fils reprirent le chemin de la vallée.

Halil, en s'éloignant, entendit un des chefs kurdes qui disait à ses
compagnons :

— Celui-là est bien de notre sang... c'est le fils de la Ghazié !...

— Père, murmura le jeune prince, profondément troublé, que dit cet
homme ?... Est-ce de moi qu'il parle ?...

— Je n'ai pas entendu, répondit le vieillard...

— Il dit que je suis le fils de la Ghazié !... Moi, le fils de cette femme
que tous nos serviteurs méprisent et détestent ?...

— Oh ! tais-toi, balbutia le cheick, avec l'accent de la douleur, tais-toi,
mon enfant !... Si tu savais !... Mais non, tu ne douteras pas de la parole
de ton père !... Tu n'es pas du sang de cette femme... Ta mère, on te l'a
dit à ton arrivée dans la vallée, ta mère était une Syrienne de notre
noble race, de ma famille à moi !... Et la mémoire de Meçaouda est
bénie !...

Halil se pencha sur sa selle, prit la main de son père et la porta à ses
lèvres.

Une larme roula sur la joue du vieillard.

CHAPITRE VIII

FRANCE ! FRANCE !...

Lorsque le cheick et son fils entrèrent dans la première cour du bordj, la porte venait de s'ouvrir devant un voyageur qu'accompagnaient deux Syriens à cheval et cinq ou six moûcres.

Ces moûcres se hâtaient de décharger leurs mulets, et déposaient sur le sol des caisses, des sacs, des livres, des liasses de papiers.

Le voyageur, un homme de cinquante ans, — traits anguleux, barbe touffue et grisonnante, nez fortement busqué, lèvres sèches, longues mains osseuses, — accourut dès qu'il aperçut les maîtres et les salua avec de grandes démonstrations de respect.

— Père, dit-il après avoir baisé le genou et la main d'Hassan, ton serviteur est heureux de revoir son pays, mais bien plus heureux encore de retrouver le meilleur des maîtres et d'apprendre que ses désirs sont comblés.

— Oui, répondit le cheick, visiblement ému, mes désirs sont com=

blés, grâce à ton frère et à toi, Nazim !.. C'est vous qui avez veillé sur l'enfance et sur la jeunesse de mon fils... Je vous dois tout mon bonheur !... Vous nous aviez fait le sacrifice de vos affections, de votre famille ; désormais, votre place sera dans notre maison ; nous vous traiterons ainsi qu'il convient de traiter les plus dévoués et les plus dignes !...

— Ah ! s'écria Nazim, ta bonté guérit toutes les blessures... les années d'exil sont oubliées !...

Et ce personnage bizarre, aux allures mystérieuses, qu'Halil avait si souvent appelé le chef des espions de Kassem, ce Nazim que Robert Desnoëls avait surnommé *le suspect,* s'avança souriant vers le fils du maître : — Tu sais aujourd'hui..., dit-il, et tu m'as pardonné ?

— C'est toi, répondit Halil, qui avais à me pardonner mes emportements, mes insultes !

— Oh ! dit le suspect, tes emportements ne m'offensaient pas, mais ils me troublaient et ils m'attristaient... J'aurais tant voulu pouvoir parler quand tu m'interrogeais !

Au lieu de le laisser, suivant l'usage, incliner la tête pour baiser le genou du « seigneur », le prince mit pied à terre et saisit les mains de Nazim. Il regardait avec attendrissement cet homme contre lequel, à plusieurs reprises, il avait manifesté une si violente colère.

— Oui, dit-il, je sais... je sais combien j'ai été injuste... mais j'étais si malheureux !

— Et maintenant ?... demanda le suspect dont les yeux s'étaient mouillés...

Halil reprit à demi-voix, en entraînant Nazim vers la seconde cour : — Tu viens de France ?... Tu viens de Paris ?...

— Fils, dit le cheick, intervenant aussitôt, laissons ce bon serviteur à la joie de revoir son frère et ses amis !...

Le jeune homme obéit à regret.

— Nazim, dit-il vivement avant de retourner auprès de son père, je voudrais pouvoir te parler seul à seul tout à l'heure... M'apportes-tu des nouvelles ?... Réponds, je t'en prie..., réponds !...

— Eh bien... oui !

Le suspect avait paru hésiter... Peut-être le cheick lui avait-il fait comprendre, par un geste ou par la *ghomza* (mouvement presque imperceptible de la paupière), qu'il no devait pas répondre à certaines questions du prince. Mais l'affectueuse prière d'Halil obtint de Nazim ce que jamais autrefois n'auraient obtenu ses menaces.

Avant de quitter Paris, ce Nazim avait reçu par la voie de Malte des instructions très précises. On lui recommandait de ne révéler à personne la nouvelle résidence d'Halil, on lui enjoignait de ne pas parler devant le jeune maître, lorsqu'il le retrouverait en Orient, des événements qui s'accomplissaient en France, on lui ordonnait de remettre à Kassem toutes les lettres qui seraient arrivées depuis la fin de juin à l'hôtel de l'avenue de Villiers.

Le suspect était l'esclave du devoir.

Pourtant, sous le regard suppliant du prince, il n'eut pas le courage de faire *tout son devoir*. Il se laissa toucher.

— Ce sera ma première faute, se dit-il... mais le père ne me pardonnera-t-il pas d'avoir eu pitié de son fils ?

Et après avoir répondu aux pressantes questions du prince : « Eh bien oui, je t'apporte des nouvelles de France », il ajouta vivement :

— A bientôt !... Tiens ton âme !...

Halil attendit avec une impatience fiévreuse le moment où il pourrait lui parler en secret. Mais pendant toute l'après-midi, Nazim demeura enfermé avec le cheick et Kassem. Puis, à l'heure du repas, ce fut entre le cheick et Kassem qu'on le fit asseoir, et, le repas terminé, Kassem allait l'emmener dans sa chambre, sans lui laisser le temps de fumer le narghilé avec le maître.

— Viens, lui disait-il, nous avons tous grand besoin de repos.

Halil n'eut pas la force d'attendre jusqu'au lendemain. Il se détermina à interroger Nazim en présence du cheick.

— A quelle époque es-tu parti de Paris ? lui demanda-t-il en essayant de se montrer calme.

— Au commencement du mois d'août, répondit le suspect. J'ai passé un jour à Marseille et quarante-huit heures à Beyrouth. Mon voyage a donc duré dix-sept jours.

— On parlait encore de complots, de révolution, de menaces de guerre ?...

Kassem fit un signe à Nazim pour lui recommander la prudence.

— Je ne sais pas, répondit le suspect ; pendant ces dernières semaines, j'ai été complètement absorbé par le règlement de nos affaires.

— Depuis mon départ, n'est-il arrivé à l'hôtel aucune lettre pour moi, Nazim ?...

— Aucune.

— Mon ami, M. Robert Desnoëls n'est pas venu ?...

— Oh ! il est venu plusieurs fois, mais j'étais souvent absent de l'hôtel... les affaires me retenaient presque toute la journée dans les quartiers du centre. C'est par hasard que nous nous sommes enfin rencontrés, un soir, aux Champs-Elysées.

— Et que t'a-t-il dit ?

— Que ton départ lui avait causé beaucoup de chagrin... qu'il ne pourrait se consoler d'avoir perdu un ami tel que toi...

Avant de parler, Nazim regardait Kassem comme pour lui demander : « Dois-je encore répondre à cette question ? »

Et d'un signe fugitif ou d'un clignement de l'œil, Kassem l'autorisait à répondre.

Halil s'en aperçut et finit par s'irriter.

— Et puis, s'écria-t-il... et puis ?...

— M. Desnoëls, reprit le suspect, aurait voulu t'écrire... mais il attend la lettre que tu lui as promise... J'ignorais d'ailleurs si je devais...

Nazim balbutiait ; le cheick se hâta d'intervenir.

— Fils, dit-il, tu pourras correspondre avec tes amis ; ils t'adresseront leurs lettres chez un commerçant de Beyrouth, qui te les fera parvenir.

— J'écrirai dès demain, dit Halil.

Et se rapprochant de Nazim, il lui demanda :

— Ainsi, M. Desnoëls ne t'a rien remis pour moi, rien ?...

— Rien...

Le jeune homme fit un geste de découragement.

— Ceux que j'ai aimés m'oublieront, pensait-il ; encore quelques mois et tout sera fini... tout !...

Nazim se retirait en lui jetant un regard de pitié. Halil le rappela et demanda doucement :

— On a conduit Guébla à l'hôtel de la rue de Tournon ?...

— Oui, répondit le suspect, une heure après ton départ.

— La lettre a été remise ?...

— C'est Marc qui l'a portée.

— Et... pas de réponse ?

— Pas de réponse... M. de Bellegarde était retourné au Fresnoy.

— Ah !... il n'a pas renvoyé Guébla ?...

— Non !

Ce fut tout ce qu'Halil put apprendre de Nazim.

— Les voilà donc, les nouvelles de France ! se disait-il en rentrant dans son appartement.

Et accablé de tristesse, il alla, comme la veille, s'accouder sur la balustrade de la galerie.

— Clotilde, murmura-t-il..., Clotilde !... Adieu, beaux rêves, adieu, douces espérances !... Et il faut que je vive !...

Une ombre passa au bout du lac, et une voix de femme, que l'émotion ou la crainte faisait trembler, dit comme la veille :

— Venge Meçaouda, venge ta mère !...

— Approche, répondit Halil..., approche..., je t'écoute.

La femme ajouta rapidement :

— Tu ne laisseras pas tant de crimes impunis !

Et, comme la veille, elle disparut dans un massif de lauriers-roses.

— Et je songeais à aimer !... se dit le prince... Ici je ne dois plus entendre parler que de haine, de vengeance, de guerre !...

Puis il pensa que la femme inconnue qui deux fois était venue lui dire : « Venge ta mère ! » pourrait lui raconter l'histoire de la Ghazié !...

Il ne lui était plus permis d'en douter maintenant, pour cette Ghazié, pour cette grande coupable, la justice du cheick avait été trop clémente.

Le prince se souvint de la conversation qu'il avait surprise, à son retour de Ràmyes, entre Kassem et Nazim :

« — Le maître n'hésitera pas plus longtemps, disait Kassem, il éloignera cette femme, il l'enfermera...

« — C'est une demi-mesure, répondait le suspect. Qui sait ! Il n'y a que les morts qui ne reviennent pas ! »

La Ghazié n'était donc pas morte... Elle expiait ses crimes dans une prison... Pour le peuple de la vallée, et surtout pour les Syriennes qui avaient aimé la pauvre Meçaouda, — « la pâle victime » comme disait Kassem, — justice n'était pas faite...

Halil voulut enfin savoir. Il appela son habesch.

— Abdallah, lui dit-il, quelqu'un se cache là-bas, dans ce massif d'arbustes... quelqu'un qui a, je crois, un secret à me confier, et qui n'ose pénétrer dans cette maison. Descends, va lui demander à quelle heure et où je pourrai lui parler... Mais prends toutes les précautions possibles pour ne pas éveiller l'attention des serviteurs de mon père...

— L'habesch a la couleur de la nuit, répondit le domestique noir.

Quelques minutes après, Abdallah s'élançait, pieds nus, de la galerie extérieure sur la terrasse du portique latéral. Puis il franchissait la balustrade de cette terrasse et se laissait glisser le long d'une colonne.

A deux ou trois reprises, il se retourna inquiet. Il lui sembla qu'on le suivait.

Le bruit, d'abord vague comme un frôlement, qu'il avait entendu en entrant dans le couloir, devint plus distinct. L'habesch s'arrêta pour écouter. Une main se posa sur son épaule. Abdallah fit un bond en arrière.

— Par notre seigneur Ahmed !... s'écria-t-il.

— Tais-toi !... dit le personnage mystérieux qui l'avait suivi, tais-toi et prends cette lettre que tu remettras immédiatement à ton maître !...

Et l'inconnu s'éloigna, laissant le domestique noir ébahi.

Abdallah remonta sur la terrasse et pénétra dans l'appartement du prince.

Halil vint sa rencontre et lui demanda :

— Tu as vu... la personne qui désirait me parler ?...

— Non, sidi, répondit l'habesch, encore très ému, j'ai vainement cherché au bord du lac et dans les jardins... Mais, en revenant, j'ai trouvé ce que je ne cherchais pas, cette lettre !

— Une lettre... pour moi ?...

— Pour toi, on me l'a dit...

— Qui te l'a dit ?...

— Je ne sais pas !... Que les nouvelles soient bonnes, sidi... que la joie te rougisse la figure !...

Halil se hâta de rentrer dans sa chambre et regarda la suscription de la lettre.

— Oh ! murmura-t-il, l'écriture de Robert !

Oui, c'était une lettre de Robert Desnoëls, une lettre datée de Paris,

22 juillet ; et dans cette lettre du peintre, il y avait un billet non ca-
cheté...

Ce fut ce billet que le prince voulut lire tout d'abord. Ses mains tremblaient, ses yeux se remplissaient de larmes.

Ne reconnaissant pas l'écriture, qui était fort irrégulière, il courut à
la signature. — Jeanne!... dit-il... La petite Jeanne!...

« Mon grand ami prince, écrivait l'enfant, ma première lettre un peu
longue sera pour vous. On le veut, et j'en suis bien contente.

« Je vous aime, moi, et de tout mon cœur. Vous m'avez tant cares-
sée à Ramyes, vous m'avez si souvent portée sur vos épaules ou entre
vos bras !... Vous souvenez-vous ?... Je riais, je chantais, et vous disiez :
— « Il faut bien que les enfants soient heureux ! »

« Ici, tout le monde vous aime comme moi, M. de Mausseins,
M. Lucien, Mlle Marthe, et ma Juliette, qui me gronde doucement parce
que je fais trop de fautes d'orthographe, et puis (là un mot effacé) quelqu'un qui pleure en me regardant écrire.

« Ah! on est triste, triste, depuis que vous êtes parti!... Mais on ne
veut pas que vous ayez du chagrin, vous... Juliette me dit de mettre
COURAGE, COURAGE, en grosses lettres, et aussi : ESPOIR MALGRÉ TOUT...

« On ne va plus à Paris, jamais, on ne sort que dans le parc. On
n'a qu'un bonheur, c'est de parler de vous.

« Monsieur Robert est venu deux fois ; mais il ne sait plus rire ni nous
faire rire, monsieur Robert. Il prend les mains de (deux mots effacés) quelqu'un qui vous aime bien, bien, et il pleure, lui aussi. Mais quand vous
lui écrirez, il faut dire que vous avez du courage et que vous espérez
revenir en France, pour consoler (encore des mots effacés) tout le
monde.

« Voilà tout, mon grand ami, parce que je ne sais pas écrire longtemps sans me fatiguer : si je continuais, vous ne pourriez plus lire.

« Et puis, il n'y a rien de nouveau au Fresnoy. Seulement, il est arrivé
un beau cheval qu'on appelle Guébla. On le caresse, mais on n'ose pas
le monter. Pourtant, il est doux, et lorsque (toujours des mots supprimés) quelqu'un l'appelle, il suit très docilement sur les pelouses de
l'esplanade et dans les allées du parc. On lui parle de son maître d'autrefois, et il comprend, ce Guébla.

« Quand son maître reviendra... »

Ces quatre mots avaient été rayés ; l'enfant terminait ainsi sa lettre :

« Adieu, mon grand ami prince, encore COURAGE et ESPOIR. Je vous embrasse de tout mon cœur, pour tout le monde. On vous aimera toujours, toujours !

« JEANNE. »

Halil porta le billet à ses lèvres et le couvrit de baisers...

De baisers et de larmes... Son cœur débordait !...

Dans ce billet, tout l'avait ému ; chaque ligne lui parlait de Clotilde...

Il le relut lentement, souriant à travers ses larmes aux expressions naïves de l'enfant, aux chères fautes d'orthographe que Juliette n'avait pas toutes corrigées... Et il essaya de rétablir les mots supprimés. Sous chaque rature il retrouvait le nom de Clotilde.

Mais elle, Clotilde, pourquoi n'avait-elle pas écrit ?... Pourquoi n'avait-elle pas au moins ajouté une ligne ?... Elle était là, cependant, chez M. de Mausseins, lorsque la petite Jeanne écrivait... Ce passage du billet ne lui laissait aucun doute : « et puis quelqu'un qui pleure en me regardant ! »

Halil voyait par la pensée l'ensemble et les détails de la scène.

Les trois jeunes filles étaient réunies dans la maison du Fresnoy, dans ce salon du rez-de-chaussée où le prince et Mⁱˡᵉ de Bellegarde avaient passé la dernière heure, l'heure d'angoisse, avant la cruelle séparation.

Marthe était assise auprès de Clotilde et lui parlait à voix basse.

Juliette, debout, se penchant sur Jeanne, dictait mot à mot ; et souvent elle se retournait vers Clotilde, pour demander :

— Est-ce bien cela qu'il faut lui dire, à ce pauvre exilé ?...

Et Clotilde répondait !

— Dis surtout que je veux... qu'il ait du courage, qu'il ne désespère pas... et que nous l'aimons... que nous l'aimons !...

— Il faut dire « que nous l'aimons » ? demandait Juliette avec son charmant sourire... Pour le consoler un peu, pour lui donner la force d'attendre, tu devrais ajouter toi-même...

Halil devinait que Clotilde avait dit non... Pourquoi ?... La lettre de Robert lui expliqua tout.

CHAPITRE IX

LA LETTRE DE ROBERT

« Ami, disait le peintre cévennol, voilà donc pourquoi j'avais le cœur si gros en vous quittant sur la route d'Achères : nous ne devions plus nous revoir !...

« — Ah ! sacrebleu, si, nous nous reverrons, dussé-je aller vous chercher au diable..., au diable d'Orient !

« J'avais des pressentiments, cela m'arrive quelquefois, quoique je ne sois pas homme à allonger le bras pour fourrer ma main dans le pot au noir !... Et puis je vous voyais si inquiet, si triste !... J'essayais encore de vous égayer, mais ça ne venait pas, tous mes effets rataient comme des fusées mouillées.

« Pourquoi éprouvais-je tant de chagrin en pensant que vous iriez seul au Fresnoy, chez « l'homme de glace? »... Parce que... parce que... Eh bien, oui, je l'avoue aujourd'hui, cet homme m'effrayait; je m'étais dit souvent, mon ami, que s'il y avait quelque chose sous sa glace, ce devait être l'ambition et l'orgueil. Il y avait donc aussi de la haine, et la plus terrible des haines, la haine froide ?...

« On raconte pourtant que M. de B... a parfois donné des preuves de sensibilité ; on l'a vu s'attendrir ; c'est invraisemblable, mais des personnes dignes de toute votre confiance me l'ont affirmé. J'ai même entendu dire qu'après votre départ il avait exprimé quelque regret de vous avoir traité si cruellement. L'excellent homme !...

« Quoi qu'il en soit, lorsque je vous quittai à l'angle de la forêt, je tremblais pour vous. L'idée me vint, sur le chemin de Moret, de dire à mon voiturier : « Tourne bride, bonhomme, et allons au Fresnoy !... » Mais vous savez quel devoir j'avais à remplir !...

« J'arrive à Antraygues et je trouve mon père souriant dans son lit :

« — Eh ! garçon, me dit-il en me tendant les bras, te voilà, je suis guéri ; demain je me lèverai, et la semaine prochaine, j'irai voir si les cerises sont mûres dans le clos !...

« Le médecin était rassuré ; ma mère, joyeuse, remerciait Dieu ; et moi, je chantais tout ce qui me passait par la tête de vieilles chansons du pays !...

— « Et ton ami, ton prince ?... me demandait le père... Tu aurais dû l'amener !...

« Ma foi, les idées noires s'étaient dissipées ; je venais de recevoir sur le cœur comme un coup de soleil ; si Kassem lui-même avait été là, ce hibou de Kassem, mon ennemi intime, je crois que je l'aurais embrassé !...

« — Mon prince, répondis-je, doit être maintenant auprès de sa fiancée ; peut-être m'écrira-t-il ce soir : « Je suis heureux, Robert, je suis heureux, heureux !... »

« Ah ! égoïste que je suis, incorrigible égoïste !... Quand j'ai de la joie dans l'âme, je me figure qu'il y a du bonheur pour tout le monde, que les pauvres gens n'ont qu'à traîner des baquets dans la rue pour recueillir la pluie d'or, et qu'on ne verra plus jamais sur cette terre ni malades, ni infirmes, ni amoureux désespérés !...

« Cette lettre du Fresnoy, qui devait m'annoncer les bonnes nouvelles, ne venait pas, pourtant...

« — Allons, pensai-je, il y a encore des pierres dans le sentier, on m'attend pour le dernier coup de main !

« Et je retournai à Paris.

« Oh! mon ami, quelle surprise quand je rentrai dans mon atelier ! Comme le musée s'était enrichi ! Des tableaux de maître, des statuettes, des bronzes, des ivoires, des émaux : un de mes rêves d'artiste, réalisé par la baguette d'un enchanteur !... Mais quelle douleur lorsque j'ouvris votre lettre !...

« Non, je ne savais pas, jusqu'à ce moment des grandes afflictions, combien je vous aimais et quelle place vous aviez prise dans ma vie !... Je pleurais comme un enfant, en appelant : Halil !... Halil !..., et je n'avais pas le courage de lire vos adieux... Cette lettre m'épouvantait...

« Vous avez donc voulu mourir ?...

« Mourir, vous !... Ah ! vous n'en avez pas le droit, puisque vous êtes aimé !... Et cependant je comprenais que vous étiez las de la vie, que vous renonciez à lutter ; que, sans espérances désormais, vous vous sépariez de tout ce qui vous avait été cher !... Vous laissiez tout en France, chez moi, même le coffret de l'oncle Philippe, même le portrait de votre mère d'adoption !... Mon pauvre désespéré !... Comme vous avez dû souffrir pour en arriver là !...

« Je courus à votre hôtel et je demandai : — Où est le prince Halil ?

« — Le maître est parti depuis dix jours, dirent vos domestiques, qui me parurent attristés, eux aussi...

« — Parti depuis dix jours !... Pour quel pays? Je veux lui écrire, je suis son ami, Robert Desnoëls, son meilleur ami !...

« Ils m'avaient reconnu, les braves gens, et je crois que je leur fis pitié, mais aucun d'eux ne put me répondre... Tout ce que j'appris, c'est que vous aviez quitté Paris, avec Kassem, le lendemain de notre séparation. « Monsieur l'intendant », seul, pouvait me dire le reste.

« Quatre fois dans la journée, je revins du quai de Béthune à l'avenue de Villiers, pour parler à « Monsieur l'intendant », quatre fois je retournai chez moi sans l'avoir vu. Évidemment, cet homme ne voulait pas me recevoir. Kassem lui avait laissé l'ordre de me traiter en ennemi !

« Je repartis de Paris, le soir, pour aller coucher à Maisse, et le lendemain, à sept heures du matin, j'entrais comme une bombe dans le jardin de M. de Mausseins.

« Mlle Juliette et Jeanne vinrent se jeter dans mes bras.

« — Ah! monsieur Robert, disait la jeune fille, ah! monsieur Robert, si vous aviez été là!...

« Si j'avais été là!... Qu'aurais-je donc fait?

« Eh bien oui, si j'avais été là, je me serais mis entre vous et M. de B..., j'aurais dit à cet homme... Non, je ne sais pas ce que je lui aurais dit, mais je jure que je l'aurais forcé de s'incliner avec respect devant vous, et de reconnaître que vous avez dans l'âme toute la noblesse, toute la bonté, toute la générosité qu'il n'a pas, lui!... C'est plus fort que moi, voyez-vous, il faut que je lâche les écluses, là!

« Et puis, je vous aurais ramené à Paris, chez moi, et nous aurions dit au terrible Kassem : « Allez où il vous plaira, en Turquie, en Grèce, aux Indes, au Japon, peu nous importe, pourvu que vous vous absteniez de nous donner de vos nouvelles. Entre vous et nous, tout est fini!... Emportez vos millions, ça nous est bien égal; nous aurons toujours du pain à manger, dans mon atelier, Halil et moi, et si le prince n'a plus de principauté, tant mieux, ça le gênera moins pour gagner sa vie!... » Vous ne seriez pas parti, mon ami, non, vous ne seriez pas parti!...

« Hélas! voilà que je déraisonne, malgré toute la peine que Mlle Marthe a prise pour me prouver que vous deviez partir... Vous aviez une famille, votre père vous rappelait...

« Vous avez une famille et vous ne me parlez que de mourir!

« Non, vous ne mourrez pas! Si votre père est bon comme vous, s'il vous aime ainsi que vous méritez d'être aimé, il voudra vous voir heureux. Vous reviendrez en France avec lui, et M. de B... rougira de vous avoir traité d'aventurier... Je le connais, vous dis-je... il sera fier de vous donner la main de sa fille!

« Ah! si vous saviez comme votre retour sera fêté dans certaine petite maison blanche du Fresnoy!...

« C'est toujours dans cette petite maison que votre sœur, votre fiancée vient se réfugier pour pleurer. Elle y trouve ce qu'elle chercherait vainement chez M. de B..., l'affection qui fortifie!...

« Je l'ai vue deux fois et je lui ai remis le coffret, ainsi que vous me l'aviez recommandé. Elle n'a pas osé l'emporter au château ; elle l'a déposé dans la chambre de Mlle Marthe, où chaque jour elle passe quelques instants. Pauvre coffret, il faut qu'il se cache comme moi !... Car je me cache mon ami, quand je vais au Fresnoy ; je suis devenu suspect, et si ma présence dans le pays était trop fréquemment constatée, le château finirait par rompre toute relation avec la petite maison blanche... Est-ce assez... sottement odieux !...

« Soit, j'en prends mon parti, et je conspire contre le fier châtelain qui voudrait me faire reconduire à la gare de Maisse par la gendarmerie de Milly !... L'inimitié de cet homme me met à l'aise. S'il était venu me dire comme autrefois : « Veuillez vous installer chez moi, vous y verrez vos œuvres à la place d'honneur », j'aurais certainement répondu : *Non, non, non !* mais... je ne sais comment vous exprimer cela... ces bons procédés m'auraient gêné... oui, gêné presque autant que des menottes !...

« J'ai les mains libres, Dieu merci ! mais ce n'est pas pour peindre des paysages destinés à la galerie du Fresnoy... Je ne peins plus, mon ami, je vous l'ai dit, je conspire... Aussi, lorsqu'on m'a demandé : — « Où est-il ? » (parbleu, *il,* c'est toujours vous !), j'ai répondu sans hésiter : — « Je le saurai ! »

« Et j'ai immédiatement ajouté : — « Il faudrait lui écrire, pour lui donner la force de vivre !... »

« Lui écrire..., *on* y a déjà songé mille fois !...

« Mais il paraît que, précisément pour être libre de ne penser qu'à lui désormais et pour n'avoir plus à entendre parler de projets odieux, *on* s'est engagée à ne pas lui écrire.

« Et de peur de compromettre la situation déjà si précaire de la famille de Mausseins, *on* a la générosité de dire à Mlle Marthe et à Juliette ! — « Vous n'écrirez pas non plus !... »

« Moi qui suis un homme si dangereux, j'avais remarqué ceci :

« Juliette apprenait à écrire à la petite Jeanne, et l'enfant, toujours faible, toujours maladive, mais de plus en plus intelligente, faisait de rapides progrès. Je pris la petite sur mes genoux et lui demandai :

« — Te souviens-tu du prince, ton grand ami de Ramyes ?

« — Oh ! s'écria-t-elle...

« — Voudrais-tu lui écrire ?...

« — Si je savais !...

« — Tu sauras !... Essaie au moins !...

« Et je lui dictai deux ou trois lignes.

« — Ah ! fit-elle, en regardant Mlle de B..., si quelqu'un me disait les mots un à un, comme vous !...

« — On te les dira !...

« Vous verrez, mon ami, qu'en effet on lui en a dit une partie... La pauvre mignonne y a mis du sien, çà et là, mais...

« Au fait, je ne sais pas exactement de quelle façon les choses se sont passées, car on n'avait pas voulu dicter en ma présence. Le dangereux Robert Desnoëls avait été prié de se retirer dans la chambre de M. de Mausseins et d'attendre patiemment que le grand œuvre fût achevé...

« Eh bien, êtes-vous content du grand œuvre ?... Ces deux pages de grosse écriture, irrégulière et tremblée, vous consoleront-elles un peu ?... Lisez, mon ami, lisez avec les yeux du cœur ; à chaque ligne, vous trouverez un nouveau témoignage de l'affection que vous avez inspirée...

« Oh ! vous ne la découragerez pas, cette affection qui, si vous le vouliez, saurait résister à toutes les épreuves !... Songez-y, Halil, vous abandonner au désespoir maintenant, ce serait vous dérober à l'accomplissement d'un devoir sacré. La jeune fille, si digne de tendresse et de respect, qui vous a voué sa vie, vous demande d'attendre avec courage, avec confiance. Hélas, vous savez à quel prix elle en a acquis le droit !...

« Vous êtes parti accablé, relevez-vous !... Oh ! nous n'exigeons pas l'impossible, nous ne prétendons pas que vous n'ayez jamais une heure d'abattement. Mais le courage et la force vous reviendront du pays où vous avez aimé, où vous êtes aimé... Quand votre cœur sera trop plein, regardez du côté de l'Occident et dites : France !... France !... Il me semble que nous vous entendrons...

« Par quelle voie nos lettres iront-elles vous consoler, ami ?... C'est ce que je me suis demandé bien souvent. J'avais promis de vous faire parvenir les deux pages de la petite Jeanne, et je ne savais comment tenir ma promesse. Que de fois je suis allé encore à l'hôtel de l'avenue de Villiers !... M. l'intendant était toujours absent.

« Le hasard a fini cependant par le mettre sur mon chemin, cet homme du mystère ; il avait sans doute laissé tomber de son doigt l'anneau qui rend invisible.

« C'était un soir, aux Champs-Elysées, où je promenais mon ennui. Un régiment passait — il en passe, des régiments, depuis quelques jours ! — et s'en allait, musique en tête, à la gare de l'Est. La foule suivait en criant : « La *Marseillaise,* la *Marseillaise !...* »

« La musique attaqua très vigoureusement un pas redoublé. A l'explosion des cuivres, un homme, qui marchait devant moi tressaillit et tourna la tête. Je reconnus le *suspect !*

« C'était bien cela : les pommettes saillantes, le nez crochu, le regard inquiet sous les lunettes d'acier, la barbe grise comme... mais non, je ne veux plus rien dire qui puisse être désagréable à cet homme... Je l'ai vu s'émouvoir quand je lui parlais de vous, je lui ai pressé les mains et il a pressé les miennes ; ma parole, s'il revient jamais en France après avoir fait loyalement ce que je l'ai supplié de faire, nous serons une paire d'amis !...

« Il m'avait reconnu, lui aussi, et alors il n'écoutait plus si c'était la *Marseillaise* que jouait la musique du régiment... Savez-vous qu'il est encore très agile, ce vieux suspect ?...

« Je le suis plus que lui et, la preuve, c'est qu'au moment où il croyait se dérober par l'avenue Marigny, je lui saisis les deux bras.

« — Monsieur le suspect, lui dis-je, vous ne m'échapperez pas comme le fantôme qui se glissa dans ma chambre, à Saint-Avold !

« — A Saint-Avold ?... balbutia-t-il...

« — Au Lion d'Argent... Le fantôme dont il s'agit laissa sur mon chevalet quelques lignes de son écriture ; je dois les avoir encore dans mes archives... Mais j'aime mieux avoir affaire à vous, qui êtes beaucoup plus tangible... Passez donc votre bras sous le mien, là, sans façon, amicalement, et dites-moi où est le prince Halil !

« — Vous vous méprenez, monsieur...

« — Oh ! m'écriai-je, vous êtes trop intelligent pour essayer de jouer cette comédie !... Rappelez-vous que nos sommes... alliés, depuis le voyage de Paris à Bordeaux...

« Puis, je ne sais plus ce que je lui dis, mais je le troublai, je l'émus !...

« — Monsieur Desnoëls, me dit-il, vous êtes un parfait honnête

32

homme ; vous ne voudriez pas me faire manquer à mon devoir ?

« — Et votre devoir est de ne pas m'apprendre où est mon ami ?... Je ne pourrai donc consoler Halil, je ne pourrai donc lui écrire : « Ayez le courage de vivre ! »

« — De vivre ?...

« — Ah ! si vous connaissiez sa pensée comme je la connais, moi, vous me comprendriez et vous céderiez à ma prière... Tenez, voulez-vous venir chez moi ?... Je vous montrerai la dernière lettre d'Halil...

« Il vint et comprit...

« — Monsieur Desnoëls, me dit-il, si vous nous aidez à le sauver de son désespoir, je ferai pour vous tout ce qui dépendra de moi, tout ! J'ai reçu de mon côté des nouvelles qui m'ont vivement alarmé. Le prince a été très malade ; on attendait son rétablissement pour le conduire dans le pays qu'habite sa famille. Pardonnez-moi de ne pas m'exprimer plus nettement, j'ignore si j'en aurais le droit. Mais écrivez et apportez-moi votre lettre... Oh ! je ne vous demande pas de m'en donner communication ! Vous m'affirmerez que cette lettre a pour objet de relever le courage du prince et votre parole me suffira...

« Voilà, mon ami, tout ce que j'ai pu obtenir de cet homme... Mais j'ai confiance en lui et je vais lui porter ma lettre. Ce qu'il ne ferait pas pour moi, il le fera pour vous. Je sens qu'il vous aime, qu'il est capable de grands dévouements, ce suspect d'autrefois.

« Et maintenant, je vous le répète, ne vous laissez pas abattre. Songez à l'avenir, songez aux joies du retour ! »

Halil, cette nuit-là, s'endormit en murmurant : — France ! France !...

Et le lendemain, lorsqu'il rencontra Nazim, il lui exprima sa reconnaissance en un seul mot : — Ami !

— Tu veux vivre maintenant ? lui dit le suspect.

— Oui !...

CHAPITRE X

LE SANTON

La saison des pluies arriva. Puis la neige s'amoncela sur le sommet du Djébel; au commencement de novembre, elle blanchit la crête des rochers qui entourent la vallée, l'*Ouady-ech-Sehaur*.

Pendant des semaines entières cette vallée, si riante l'été sous son beau ciel bleu, fut réellement « entre le jour et la nuit ». La brume froide qui peu à peu avait enveloppé son horizon, ne laissait passer qu'une lumière crépusculaire.

La plupart des voyageurs, enthousiastes plus ou moins naïfs ou plus ou moins sincères, semblent n'avoir vu en Orient que le soleil, l'azur et les fleurs. Ils mettent bien çà et là dans leurs tableaux un peu de désert, mais c'est évidemment pour avoir l'occasion d'y faire défiler des caravanes. Si, des terrasses d'une ville, par une splendide journée de janvier, ils ont aperçu la neige sur les crêtes des montagnes lointaines, il se sont dit peut-être : « C'est un charme de plus dans ces admirables paysages, c'est le doux éclat de la note blanche! »

Pourtant, certaines contrées de l'Orient ont un hiver, un hiver de plusieurs mois, avec ses brouillards, ses nuages, ses frimas.

La tristesse de cette sombre saison pénétra dans l'âme d'Halil comme elle avait pénétré dans la vallée d'*Ech-Sehaur*.

Et comment secouer ce lourd fardeau d'ennui ?... Plus d'excursions à cheval sur les plateaux du Djébel ; plus de chasses dans les ravins et les bois...

Et plus de nouvelles de France !...

Le prince avait écrit souvent à Robert Desnoëls ; il lui racontait sa vie pour ainsi dire journée par journée. Les messagers du cheick portaient les lettres à Damas ou à Beyrouth. Robert ne répondait pas !

— Il veut, se disait Halil, que j'aie la force d'attendre, il veut que j'espère malgré tout, que je songe aux joies du retour, que je rêve du bonheur à venir, et il m'abandonne !... Lui, m'abandonner..., non, ce n'est pas possible !... Il faut qu'entre lui et moi aient surgi de nouveaux obstacles... Mes lettres ne lui parviennent pas, ou bien ses réponses sont interceptées... Qui donc s'acharne à me faire souffrir ?... Croit-on que je finirai par oublier la France et... tout ce que j'ai aimé, dans l'isolement auquel on me condamne ?...

A plusieurs reprises, il interrogea Nazim ; mais le suspect, qui était devenu son confident, son ami, ne pouvait lui donner aucune explication.

— Parle à ton père, balbutiait cet homme, il doit bien voir que tu es malheureux !...

Hélas ! à toutes les questions de son fils, le père répondait :

— Depuis six mois, nous n'avons reçu aucune lettre de France.

Et Halil passait, triste, morne, au milieu de la population de la vallée.

— Il regrette les contrées du Franghistan, murmuraient les Syriens...

— Il a laissé son âme à Paris, ajoutaient les vieillards qui avaient vu le monde... Jamais il ne s'accoutumera à notre existence si calme et si simple !...

Ces propos, répétés au cheick par quelques-uns de ses anciens serviteurs, l'alarmèrent vivement.

Un soir de février, le *maître* était seul avec Kassem dans une salle du palais qui, par une étroite porte de fer, communiquait avec la forteresse. Autour de cette salle voûtée, pas de divan, pas de coussins, mais de grands coffres de métal et des rayons chargés de registres.

La journée avait été pluvieuse et l'humidité suintait des murs. Pour combattre cette humidité, le cheick faisait entretenir deux brasiers dans les vastes *mangals* de cuivre rouge. D'épaisses vapeurs s'amassaient sous la voûte et, dans cette atmosphère lourde, la flamme des lampes était enveloppée de nimbes violets.

Couverts de riches fourrures et assis sur d'épais tapis, Hassan et Kassem fumaient le narghilé. Longtemps ils demeurèrent ainsi, sans se parler, sans se regarder.

Immobile, la tête penchée, les yeux demi-clos, le cheick semblait s'endormir. Un domestique entra pour aviver le feu des *mangals* et répandre sur les charbons une poudre parfumée. Le cheick tressaillit.

— Laisse-nous, dit-il, laisse-nous !...

Et quand le domestique se fut retiré, Hassan observa un instant la physionomie de Kassem.

— Ta pensée, demanda-t-il, est donc aussi sombre que la mienne ?...

— Maître, répondit Kassem, je songeais à ces gens du Kurdistan qui, je te l'avoue, ne m'inspirent pas une entière confiance... Il y a bien longtemps que les sentinelles du bördj n'ont signalé la présence de leurs bandes aux environs de la vallée !...

— Les habitudes des Kurdes n'ont pas changé, dit le cheick. Dès que la neige commence à blanchir le Tell, ils redescendent vers les plaines avec leurs troupeaux.

— Je m'en souviens ; mais ils remontent sur le Tell dès que la neige est fondue...

— Oui, nos veilleurs les voient arriver, aux premiers beaux jours, par le col de Schabât... mais le temps a été si mauvais pendant quelques semaines !...

— Ainsi, reprit Kassem, pour aller à leurs campements d'hiver et pour revenir au Djébel, ces Kurdes passent devant le *Khoreibeh* (village ruiné) de Schabât ?...

— Ils passent sous le *kasr* (le château), dit le cheick, mais ils ne le voient pas, derrière son rempart de rochers.

— Et tu penses que... la Ghazié n'a aucun moyen de communiquer avec eux ?...

— Aucun... Ils ignoreront jusqu'à la fin qu'elle est enfermée dans le *kasr*... oui, jusqu'à la fin !... Nos dispositions ont été bien prises et la captive est gardée par nos plus vigilants serviteurs. Celui qui commande, à Schabât, est le père de Mansour ; tu l'as connu !...

— Oui, c'est en effet un homme sûr...

— Avant de pârtir, il a juré par son khandjar ; tu sais ce que vaut son
serment !... Mais ce n'est ni des Kurdes, ni de... la prisonnière que je
voulais te parler tout à l'heure... c'est de mon fils !... Nos amis
s'étonnent et s'alarment de le voir toujours si triste... Il vit au milieu
d'eux comme un étranger... On finira par croire qu'il dédaigne leur
affection... Et pourtant, dès le premier regard, nos Syriens l'avaient
aimé !...

— Il n'est pas encore complètement guéri, dit Kassem ; l'hiver, trop
rude cette année, l'a beaucoup éprouvé.

— Ah ! s'écria le cheick, c'est la blessure du cœur qui n'est pas
cicatrisée !...

— Rappelle-toi le proverbe, répondit Kassem : « Une femme l'a faite,
une femme la guérira ! » Ton fils aura bientôt vingt-sept ans.

— Eh bien, dès que le soleil entrera cette année dans le signe de la
Vierge, j'ordonnerai qu'on fasse l'ouada, ainsi qu'autrefois. Les jeunes
filles de la vallée viendront apporter des fleurs dans la grande cour
du palais. Mon fils choisira parmi les plus belles.

— Encore six mois alors ?... Ne pourrais-tu fixer l'ouada à une époque
plus rapprochée ?...

— Je dois me conformer aux coutumes de nos pères... Mais jusque-là
que faire pour dissiper la tristesse d'Halil ?... Nous n'aurions pas dû
l'empêcher, le pauvre enfant, de correspondre avec ses amis du Franghistan !... Je l'avais autorisé à écrire...

— Nous n'avons intercepté que sa première lettre ; les autres sont
toutes parties de Beyrouth...

— Parce que nous savions qu'elles n'arriveraient pas !... Je me
reproche souvent d'avoir ainsi trompé Halil !... Tromper mon fils !...

— Voulais-tu donc le voir repartir?... Si son ami Robert Desnoëls lui
avait écrit : « La France éprouve de grands revers, son sol est envahi,
Paris va être assiégé », Halil nous aurait quittés... Ton fils a le cœur
français, il me l'a dit souvent !... Et puis, de ce Paris menacé par les
armées allemandes, la voix de la jeune fille qu'il aime lui aurait crié :
« Viens ! »

— Hélas !

— Ne te reproche pas, reprit vivement Kassem, d'avoir agi en homme sage, plutôt qu'en homme généreux... De tous tes enfants, un seul te reste, et tu ne pouvais songer à le sacrifier ! Nous le consolerons, nous le guérirons... D'ailleurs, les événements de France touchent à leur fin ; il n'y aura bientôt plus d'inconvénient à ce que les lettres de Paris parviennent à *l'ouady-ech-Sehaur*... Je verrais même avec plaisir arriver ce jeune peintre qui a témoigné à ton fils un si sincère dévouement... Ce serait peut-être le meilleur des médecins, cet artiste français !... Puis le temps redeviendra beau et les émirs du Kesrouan accourront avec Youssef-ben-Abbas ; ils te l'ont promis. La vie de ton fils sera si active alors et si joyeuse, que dans chaque journée il n'y aura plus une heure pour « les regrets ! »

— Youssef devait venir avant les premières neiges, dit le cheick, il n'a pu tenir sa promesse, et je ne l'attends plus que vers le milieu du printemps.

— Eh bien, faisons voyager Halil !... Nous pourrions, demain ou après-demain, l'envoyer à Damas.

— Puis le faire remonter vers le nord, à la rencontre des Kurdes... Il faut qu'il les attire, il faut qu'il prenne sur eux une influence encore plus puissante que la mienne !...

— Tu n'as qu'à lui dicter son devoir... C'est l'inaction surtout qui lui pèse !...

— Je lui parlerai ce soir... Mais à qui confier le soin de veiller sur lui pendant ces voyages ?

— Pourquoi pas à Nazim ?... Aucun de tes serviteurs n'est plus dévoué à ton fils... Halil le connaît maintenant et, plus il le connaîtra, plus il l'estimera.

— Prépare donc tout avec Nazim...

— Oh ! dès demain tout sera prêt. Sous les ordres de mon frère, Mansour formera une escorte et la guidera... Quand nos voyageurs reviendront, ils trouveront ici les émirs du Kesrouan. Nous examinerons aussi, dès que nous aurons reçu de Paris des nouvelles décisives, s'il faut écrire au peintre français... Ce serait notre dernière ressource, peut-être la plus sûre !...

Deux jours après, Halil partait pour Damas. Il avait saisi avec empressement l'occasion qui lui était offerte de visiter la partie orientale de la Syrie.

Mansour, qui connaissait admirablement le pays, devait le conduire à la cité *trois fois heureuse* (Damas), sur laquelle, disait Mahomet, les anges ont étendu leurs ailes, « la ville aux mille et mille jardins, l'irem aux innombrables minarets, le collier de la beauté, le signe sur la joue du monde, le paradis de la terre ! » Puis il se proposait de lui montrer, au sud-est, la région des lacs et les plaines du Hauran et la frontière du désert, et enfin de le mener par la route des caravanes admirer les ruines de Palmyre. On reviendrait à l'Ouady par Balbeck et la route des Kurdes.

Le prince approuvait cet itinéraire. Il se montrait heureux d'avoir Nazim pour compagnon de voyage. C'était la première fois, depuis cinq ou six mois, qu'on l'avait vu sourire.

Peu lui importaient cependant Damas, le Hauran, le désert, les colonnades de Palmyre et le temple de Balbeck... Il avait une espérance. Il formait des projets qui, grâce au bienveillant concours de Nazim, ne tarderaient pas à s'accomplir.

Le froid était vif lorsque la caravane franchit la montagne ; mais le ciel s'était complètement découvert, et, sur les crêtes dentelées de l'Anti-Liban, la neige étincelait au soleil.

A neuf heures du matin, malgré ce beau soleil, Abdallah frissonnait sous son machlah de laine doublé de peau de mouton. Son sidi lui fit revêtir une grande pelisse de renard, et l'habesch chevaucha fièrement à l'avant-garde.

— L'*abd* (l'esclave), disait-il, est heureux quand il a chaud dans ces bonnes fourrures, heureux comme un pacha !... Qu'est-ce qui fait le pacha ? La pelisse...

Et le domestique noir riait en se balançant sur sa haute selle.

Vers le milieu du jour, les voyageurs descendirent dans la vallée du Barada. A mesure qu'ils se rapprochaient de la rivière qui, par tant de canaux, arrose les environs de Damas, l'aspect du paysage, d'abord si sévère, devenait plus riant.

Au village si pittoresque de Souk, dont le moulin a été construit avec les débris d'un temple grec ou romain, Abdallah rejeta la pelisse sur la croupe de son cheval.

Dans les anfractuosités des roches calcaires où ont été creusées de si nombreuses chambres sépulcrales, les voyageurs aperçurent des arbustes épineux à peu près semblables à nos prunelliers sauvages. Ces arbustes commençaient à fleurir.

En arrivant à Aïn-Fidjeh, où les eaux sont si limpides et si abondantes, l'habesch se débarrassa de son machlah.

Mansour, lui frappant sur l'épaule, lui demanda en arabe :

— Face de Chitân (de Satan), aimes-tu les cerises ?

Abdallah répondit en français, avec le parfait accent des faubourgs de Paris :

— Des Mémorency ?... On s'en ferait mourir !...

Et il traduisit la dernière partie de la phrase par une mimique fort expressive.

— Eh bien, reprit Mansour en le faisant arrêter devant un des plus beaux vergers d'Aïn-Fidjeh, tu n'as qu'à demeurer assis pendant trois mois, le nez en l'air, sous un de ces arbres à écorce lisse et brillante ; les meilleures cerises du Levant te tomberont dans la bouche !

Un peu plus loin, lorsque se montrèrent sur les pentes des collines d'autres villages nichés entre les plantations de mûriers, Abdallah roula son léger burnous sur le devant de sa selle.

Et enfin, dans l'après-midi, quand le regard des voyageurs plana sur les fertiles campagnes de Mézé, le noir n'avait plus que sa habaya (chemise ou tunique de laine).

— C'est le printemps, le vrai printemps !... Par la barbe de notre seigneur-Ahmed, il n'y a de bons pays que ceux où l'habesch transpire !...

L'air tiède était embaumé du parfum des violettes, et autour de Damas les *michmichs* (abricotiers) fleurissaient. Les dômes bleuâtres et les blancs minarets des mosquées apparaissaient, éclairés par le soleil déclinant, au milieu de cette floraison rosée.

— Maître, s'écria Mansour, en se retournant vers Halil, les Damasquins ont le droit d'être fiers de leur ville et de l'appeler « la divine tourterelle de l'Orient ». Est-elle assez belle dans son nid de fleurs ?

— Je l'ai habitée quelques mois, dit Nazim ; on prétendait alors qu'elle avait une ceinture de vingt-deux mille jardins !

— Ah ! reprit Mansour, si les vrais Syriens pouvaient chasser de ce paradis les Osmanlis et les Kurdes !...

— Ces Kurdes sont donc nombreux, à Damas ? damanda le prince.

— Trop nombreux partout, répondit le guide... Tu pourras les voir là-bas, dans leur sale quartier, au nord-ouest de la ville. C'est là qu'en 1860, après le massacre et le pillage, ils avaient entraîné des centaines de nazaréennes... Ces bandits se sont faits marchands de femmes !...

Le regard d'Halil s'assombrit.

— Est-il possible, se disait le jeune homme, que mon père compte sur de tels auxiliaires !

Cette pensée l'absorba jusqu'au moment où la caravane descendit vers le village de Mézé, qui est peut-être le plus riant faubourg de Damas. Alors il se rapprocha de Mansour et lui demanda : Les Francs ont-ils des khans (des hôtelleries) à Damas ?

— Ils en ont plusieurs, dit le guide, mais tu ne veux pas loger dans un khan ?

— Pourquoi non ?...

— Le maître a donné des ordres ; depuis ce matin, tout doit être prêt pour te recevoir dans une des maisons qui lui appartiennent. Tu seras chez toi, avec tes serviteurs, comme à Beyrouth.

— Et comme à Beyrouth, reprit Halil, la France a-t-elle à Damas un représentant, un consul ?

— Le palais du consulat est à quelques pas du tien ; je te le montrerai demain si tu veux.

Au coucher du soleil, le prince traversait les quartiers populeux du nord-ouest de Damas et allait s'installer, avec toute son escorte, dans une maison aussi misérable à l'extérieur, aussi belle, aussi riche à l'intérieur que celle qu'il avait habitée à Beyrouth.

Malgré la fatigue du voyage, il passa une partie de la nuit à écrire à Robert Desnoëls, et le lendemain, avant midi, il se fit conduire au consulat de France.

— Monsieur, dit-il, j'ai longtemps habité Paris, je considère la France comme ma seconde patrie, et c'est presque en qualité de Français que je viens vous demander un service.

— Vous m'avez fait prier ce matin de vous recevoir, répondit notre représentant, et je me suis empressé de vous écrire que je me tenais à votre disposition. Il vous aurait suffi de dire à un de nos cawas : « Annoncez le prince Halil », pour être accueilli comme un compatriote. Quel service puis-je vous rendre ?

— Voudriez-vous joindre à votre correspondance personnelle une lettre que j'adresse à un de mes amis de Paris ? Toutes celles que j'ai envoyées cet hiver de ma résidence du Djébel, par la voie de Beyrouth, sont restées sans réponse... J'ai fini par me demander si les intermédiaires que j'employais remplissaient réellement leur mission.

— Hélas ! dit le consul, quelque habiles et quelque zélés qu'eussent été ces intermédiaires, ils n'auraient pas mieux réussi que les nôtres !...

Halil ne comprenait pas.

— A quelle époque avez-vous expédié vos lettres ?

— La première, m'a-t-on dit, est partie de Beyrouth avant la fin d'août.

— Oh ! celle-là a dû arriver : mais les autres...

— Les autres ?...

— Elles ont attendu la fin du siège...

— La fin du siège !... s'écria le prince... Que dites-vous, monsieur ?...

— Vous ne pouvez ignorer qu'après cette fatale campagne des Vosges, qui s'est terminée par un immense désastre, Paris a été étroitement investi ?... Quelques milliers de dépêches seulement sont parvenues sous l'aide des pigeons voyageurs... Les nouvelles que nous attendions avec tant d'impatience... avec tant d'anxiété, arrivaient de Paris à la province *par ballon monté* et nous étaient transmises, à nous, bien irrégulièrement...

Halil, très ému, se fit raconter la lamentable histoire de la guerre et du siège.

Il comprenait maintenant les allusions que le pacha de Beyrouth et l'émir Youssef-ben-Abbas avaient faites devant lui aux « graves événements qui s'accomplissaient en Occident ». Il rougissait de l'ignorance où l'avaient laissé son père et Kassem ; il se voyait forcé d'expliquer à notre représentant que, pendant six mois, il avait vécu dans un isolement absolu.

— Je serais parti, disait-il, je n'aurais pas hésité un instant. Mes meilleurs amis sont peut-être morts en défendant Paris, j'aurais voulu mourir avec eux !

— Prince, répondit le consul vivement touché de cette douleur dont l'expression était si sincère, je vous remercie des sympathies que vous témoignez à notre malheureux pays. Les vaincus trouvent rarement des amis tels que vous. Ce soir j'expédie un courrier, je joindrai votre lettre aux miennes et la recommanderai spécialement. Pendant votre séjour à Damas, veuillez m'honorer souvent de votre visite. Ici vous serez en France ; nous parlerons de Paris, je vous communiquerai mes journaux et ma correspondance.

La paix, ajouta-t-il, doit être signée depuis la semaine dernière et Paris a ouvert ses portes. La réponse de votre ami peut vous arriver au commencement du mois prochain. Faudra-t-il vous l'envoyer ? J'aurai des messagers très sûrs, qui vous la porteront dans votre solitude du Djébel...

— Non, monsieur, répondit Halil, je viendrai la prendre moi-même.

Il rentra profondément attristé dans sa maison du Meydan (le Meydan est la plus large des anciennes rues de Damas).

— Nazim, dit-il, pourquoi m'as-tu laissé ignorer ce qui se passait en France ?... J'ai cruellement souffert tout à l'heure... j'ai rougi devant un Français !...

— Et moi, répliqua le suspect, j'ai dû obéir aux ordres du maître...

— Et aux recommandations de Kassem ?... Vous m'avez tous traité comme un enfant... ou comme un lâche !... Aucun de vous n'a donc pensé que c'était peut-être me déshonorer ?...

Nazim ne pouvait que balbutier :

— Tiens ton âme !... C'est parce qu'*ils* te savaient trop brave et trop généreux qu'ils ont fait le silence autour de toi ! Leurs intentions étaient bonnes..., ils t'expliqueront tout à ton retour... Sois calme et ne condamne pas ton père !...

Le prince passa au consulat de France la plus grande partie des dix ou douze jours qui suivirent. Il avait résolu de prolonger son voyage de quelques semaines afin de revenir prendre à Damas la réponse de Robert Desnoëls. Dans la seconde quinzaine de février, il se remit en route, dirigeant ses premières excursions vers le sud. Puis, ayant parcouru la région des lacs et la Palestine supérieure, il remonta du côté des Banias, pour voir les sources du Jourdain.

Un soir qu'il campait avec son escorte au pied d'un grand tertre couvert de beaux chênes (le Tell-el-Kadi, qui passe pour le soubassement du temple élevé au veau d'or par Jéroboam), l'éclat des feux allumés pour la préparation du repas attira un bizarre personnage.

C'était un homme d'environ cinquante ans, grand, maigre, le front haut et large, l'œil noir, le regard pénétrant, la physionomie intelligente.

Monté sur une mule blanche caparaçonnée de laine rouge, il était vêtu du plus étrange costume. Sur son machlah de poil de chameau étaient appliqués des lambeaux de broderie aux couleurs éclatantes. Une sorte de dalmatique à paillons dorés recouvrait son caftan et tombait en plis raides sur ses jambes nues, et le devant de cette dalmatique était orné d'un pectoral de cuivre, où brillaient, grossièrement enchâssées, d'énormes pierres fausses. A son cou pendaient des chapelets à grains noirs, des amulettes retenues par de fines tresses de soie : cornes de verre, branches de corail, morceaux d'écarlate, coquillages, fragments d'os sculptés. Des bandes de mousseline étaient roulées à la base de son bonnet conique à peu près semblable à la coiffure des Persans; et sur les bandes de mousseline comme sur le cône du bonnet, étaient fixées des centaines de petits talismans de cuivre, d'étain, de plomb.

Aux rebords de sa selle, il avait accroché des *amaras* (musettes) de filet, pleines de boîtes et de flacons.

Les enfants d'un village voisin, — un village musulman, — le suivaient en criant :

— Mets ta main sur nous, homme de Dieu, mets ta main sur nous!...

Le buste incliné, les genoux relevés jusqu'au col de sa tranquille monture, le bizarre personnage poursuivit son chemin en tirant de son *tchibouck* de fortes bouffées de fumée.

Cependant, lassé par les criailleries des enfants, il arrêta sa mule et dit en arabe :

— Approchez, vilains étourneaux, et tâchez de vous dresser sur vos pattes ; ce n'est pas pour une engeance comme celle-là que le santon mettra pied à terre !

Les petits mulsumans se hâtèrent d'obéir. Se dressant sur leurs orteils, ils présentèrent leurs fronts au santon, qui les toucha du bout du pouce entre les yeux.

— Et maintenant, reprit l'homme, allez-vous-en ; vous ne vaudrez pas mieux que vos pères ; c'est tout ce que je peux vous prédire !... Mais toi, le plus grand et le plus effronté de la bande, ajouta-t-il en rappelant un garçon de douze à treize ans, montre-moi le voyageur !...

— Le fils du cheick? dit l'enfant...

— L'étranger qui dans ton village s'est fait passer pour le fils du cheick...

— C'est le maître de ces gens qui viennent d'allumer leurs feux devant le Tell-el-Kadi.

— Celui qui dépose ses armes au pied du chêne?

— Oui, homme de Dieu !

Le santon frôla les flancs de sa mule du tranchant de ses étriers et se dirigea vers le campement.

A cinq ou six pas des serviteurs du prince, il fit halte, suspendit son tchibouck à un crochet de sa selle et dit d'un ton dédaigneux :

— Où est l'imposteur?... Je veux le confondre!... .

— De qui parles-tu? lui demanda Nazim en l'examinant avec beaucoup d'attention.

— Je parle, répondit le santon, d'un fourbe qui n'ose pas me montrer son visage, à moi !...

Halil voulut voir de près un personnage si singulièrement accoutré. Il descendit du tertre des chênes et demanda à Mansour :

— Que veut cet homme?...

— Je ne sais, dit le guide..., probablement quelques pièces de monnaie et un peu de café... Il se contente de peu...

— Tu le connais?...

— Je l'ai rencontré plusieurs fois à Nablous, à Sour, à Tabarié... C'est le santon-voyageur, ou le santon-fou, comme on l'appelle plus habituellement. Faut-il l'inviter à s'asseoir parmi nous?...

— Va le prier de partager notre repas. ·

Mais le santon repoussa durement l'invitation du guide.

Mansour, confus, vint dire au prince :

— Il ne veut pas... il nous injurie... C'est pourtant un homme très doux... Peut-être devrions-nous, pour le calmer, lui acheter des amulettes...

Halil, souriant, s'avança vers le santon et lui demanda un talisman.

— Ah! s'écria le fou, c'est toi le prétendu fils du cheick?...

— Oui, répondit le jeune homme, très calme, je suis le fils d'Hassan, le vénéré cheick du Djébel.

— Tu mens!... tu mens!... répliqua le santon. Personne ne connaît mieux que moi le maître de l'Ouady-ech-Sehaur... Hassan n'a pas de fils, c'est le châtiment de sa faiblesse... de ses fautes!...

— Silence! dit le prince. Si tu n'injuriais que moi, je pourrais te pardonner; mais tu parles de mon père devant ses serviteurs, et puisque ta parole n'est pas respectueuse, je vais te faire chasser!...

— Me chasser, moi?... On n'oserait pas!...

— Maître, balbutia Mansour, rappelle-toi qu'il est fou!

EF.

— Il arrive quelquefois aux fous, dit le santon, d'agir plus honnêtement que les sages... C'est le cheick du Djébel qui a été fou, puisqu'il a laissé périr ses enfants et ses femmes, et que jamais il n'a voulu voir les crimes de la Ghazié!

Halil ne put réprimer un mouvement de colère.

— C'est toi qui mens, s'écria-t-il, mon père a fait justice!...

— Justice, lui? riposta le fou... Oui, sa main s'est appesantie sur ses amis, sur ses fidèles... Ceux-là sont tombés, sacrifiés à la fille des Kurdes... D'autres sont allés mourir au loin, comme Kassem et son frère Nazim... Va, ne défends pas le malheureux qui n'a pas même su protéger les fils de son sang!... Qui es-tu, d'ailleurs, toi qui voudrais m'imposer silence?...

Nazim s'était levé. Il s'approcha du santon et lui dit à demi-voix :

— Tu m'écouteras, moi, Moussa!...

Mais le fou, de plus en plus irrité, ne l'entendit pas et poursuivit en se penchant vers Halil :

— Ah! oui, je sais, je me souviens? Des voleurs du Kurdistan que j'ai rencontrés cet hiver m'ont appris d'étonnantes nouvelles... Le cheick s'est fait amener un jeune homme qui passe pour le fils de la Ghazié... Et il a adopté ce jeune homme, et il veut en faire le chef de son peuple! On me l'avait dit, je ne le croyais pas. La Ghazié n'a pas eu d'enfants. Qui donc ignore ces choses dans notre vallée? Un Kurde comme toi ne réussira pas à tromper les vrais Syriens... Car sous tes riches vêtements, tu n'es qu'un Kurde venu par la route de Balbeck avec les chiens affamés!...

Halil avait porté la main à son kandjar.

— Tiens ton âme!... lui dit vivement Nazim... Cet homme va pleurer en te demandant pardon! Tu n'auras qu'à lui montrer la plaque d'or.

Et saisissant la main du santon, Nazim répéta :

— Moussa, par l'âme de Meçaouda, tu m'écouteras! Mets pied à terre et viens!

— Qui es-tu, demanda le fou, toi qui m'appelles d'un nom que j'avais presque oublié?...

Nazim le fit descendre de sa mule et le conduisit devant les feux du campement.

— Maintenant, Moussa, lui dit-il, regarde-moi bien!... S'il y a encore en toi une étincelle de raison, tu me reconnaîtras!...

— Nazim!... murmura le santon stupéfait... Toi, Nazim!...

— Oui, et si tu veux être calme et venir à la vallée, tu verras mon frère, tu verras Kassem!...

— Il n'est donc pas mort dans le Franghistan avec le fils de Meçaouda? La main de la Ghazié n'a donc pas su l'atteindre?...

— Le fils de Meçaouda, répondit Nazim en ramenant le santon auprès d'Halil, le voilà!... C'est notre jeune maître, que tu as si cruellement injurié!... Regarde les signes..., regarde!...

Le prince, portant la main à sa poitrine, écarta ses vêtements et mit à découvert la plaque d'or émaillé...

— Oh ! mon enfant, mon enfant !... s'écria le santon, les yeux pleins de larmes... Pardonne, pardonne !... Il s'était amassé dans mon cœur tant de douleur et tant de colère ! Tu me comprendras... tu me comprendras, toi le fils de Meçaouda, le fils de ma sœur ! Ouvre-moi tes bras, mon enfant !...

Halil le pressa sur sa poitrine.

Obéissant à un geste de Nazim, tous les serviteurs s'étaient retirés. Moussa ne pouvait se lasser d'admirer le jeune prince.

— Comme tu ressembles à ta mère !... murmurait-il, on a dû te le dire souvent ?... Je retrouve dans tes yeux la douceur caressante de ses yeux... Tu as son beau front, sa bouche, son sourire... Oh ! ce front et ces lèvres, comme elle les couvrait de baisers... lorsque...

Moussa ne put achever ; un sanglot lui montait à la gorge.

— Parle-moi de ma mère, dit Halil... parle !...

— Alors, reprit le santon, tu étais son unique joie... Tout en elle souffrait, le corps épuisé par un mal mystérieux, l'âme désolée, la tendresse trahie, la fierté de l'épouse humiliée... Et Hassan ne voyait pas !... La fille des Kurdes l'avait aveuglé... Mais, puisque je te retrouve, mon enfant, notre vallée et notre peuple sont donc délivrés de la tyrannie de la Ghazié ?... Je partirai avec toi, je reverrai mon pays !...

— Oui, dit Nazim à voix basse, tu partiras avec nous, mais... tais-toi, de grâce... tais-toi !... *Il* ignore tout... Tu ne voudrais pas irriter le fils contre le père ?...

— Laisse-le parler ! s'écria le prince... Il en a trop dit pour ne pas achever... J'ai d'ailleurs deviné tant de choses, Nazim, depuis le soir où tu disais à Kassem dans notre hôtel de la rue de Villiers : « Le maître pourra se repentir de sa faiblesse... il n'y a que les morts qui ne reviennent pas ! »

Le suspect fit un mouvement de surprise.

— Tu as entendu ? balbutia-t-il...

— Je pourrais, dit Halil, te répéter mot à mot la plus grande partie de cet entretien... Tu vois bien que je sais attendre, moi aussi ? Je n'ai pas interrogé les femmes de l'ouady qui, la nuit, se glissaient sous mes fenêtres en disant : « Venge Meçaouda, venge ta mère ! » L'idée

m'en était venue plusieurs fois, mais il m'a semblé peu digne de moi
d'apprendre par une bouche étrangère les secrets de ma famille... Je
n'ai plus adressé une question sur ce sujet ni à Kassem, ni à toi, Nazim,
mais ce soir, le frère de ma mère parlera !

— La Ghazié est-elle morte?... demanda Moussa.

Le suspect ne répondait pas.

— Tu te tais, Nazim?... reprit le santon. Il faut cependant que je
sache ce qu'est devenue cette misérable?... Tu refuses de me le dire?
Qui donc m'affirmait tout à l'heure que le cheick avait fait justice?...

— Le maître, murmura le suspect, fait justice comme il l'entend...
Quels serviteurs serions-nous si nous osions discuter et blâmer ses
actes... en présence de son fils?...

— C'est moi qui répondrai, dit Halil, et je crois en avoir le droit...
La Ghazié a été conduite loin de l'ouady ; elle expie ses crimes dans
une prison...

— Dans une prison dorée, s'écria Moussa, dans quelque palais de
Damas ou de Beyrouth !... Est-ce là expier ? Non, il reste encore quelque
chose à faire, et c'est la famille de Meçaouda qui seule peut fixer la
diya... (le prix du sang). Ecoute donc, fils de Meçaouda, écoute pour
juger !

CHAPITRE IX

MEÇAOUDA

Pendant que les serviteurs préparaient le repas du soir, Halil fit étendre des nattes et allumer un feu sous les chênes du Tell-el-Kadi.

Nazim et Moussa s'assirent auprès de lui.

— Depuis vingt-cinq ans, dit le santon, la folie était ma compagne et ma
sauvegarde, nous venons de nous séparer elle et moi. Fils de Meçaouda,
et toi Nazim, si mes paroles ne sont pas d'un sage, vous me direz :
— « Retourne vers ta mule, elle te connaît, nous ne te connaissons plus ! »

— Songe, répliqua le suspect, que tu parles devant le fils d'Hassan !..

— Je ne l'oublierai pas... Le temps de la colère est passé, celui de la
saine justice commence. Le père de Lalla-Feytoum, qui était un grand
thaleb, avait coutume de dire : « Il faut tenir la balance d'une main
calme. » Te souviens-tu de Lalla-Feytoum, Nazim ?

— Oui, je m'en souviens, c'était la première femme du Maître... une Syrienne de la vallée, comme Meçaouda.

— En quatre ans, poursuivit le santon, elle donna trois filles au cheick du Djébel. Les anciens du peuple allaient au *kasr* (au château) et demandaient au Maître, suivant l'usage :

« — Comment ton bien s'est-il augmenté ? »

Et ayant appris que ce n'était pas un fils qui venait de naître, ils s'en retournaient en disant :

« — Que le tout soit accepté ! »

Hassan était triste de ne jamais entendre la bonne parole :

« — Que le fils te soit heureux ! »

Et son regard se détournait de Lalla-Feytoum.

L'épouse du cheick avait deux esclaves noires, élevées dans les croyances et les pratiques de l'islam. Ces esclaves lui persuadèrent d'entreprendre un pèlerinage à la koubba de Sidi-Senadj, qui est au pied du Djébel-Shefa, près de la route de Médine.

Hassan a toujours détesté les Osmanlis, et n'ayant confiance à aucun *neby* de leurs *koubbas* (chapelles), il résista longtemps aux prières des femmes. Cependant il finit par céder et conduisit Lalla-Feytoum au tombeau de Sidi-Senadj.

Dans les trois années qui suivirent, l'épouse du cheick eut deux fils, et les esclaves noires disaient :

« — Il n'y a de puissants nebys que les nebys de l'Islam ! »

Mais les deux fils étaient si chétifs que leur mère ne cessait de pleurer.

— Nous ne pourrons jamais, murmurait-elle, les disputer aux longs doigts de la mort !

— Reprends confiance, répondaient les esclaves noires. Puisque Sidi-Senadj te les a donnés pour quelques tapis que tu as déposés sur son tombeau, porte d'autres tapis à la koubba, et le neby achèvera son œuvre, il accordera la force à tes enfants !

Lalla-Feytoum repartit pour le Djébel-Shefa, avec une caravane qui se rendait à la Mecque. Elle mourut en chemin et ses fils demeurèrent chétifs. Ce qui doit arriver arrive !...

L'année suivante, à la fête de l'été, la jeunesse de la vallée porta des fleurs, suivant la coutume, dans la grande cour du kasr. Hassan vit Meçaouda et l'aima.

Elle était belle, blanche comme la fleur de jasmin, avec des lèvres plus vermeilles que les roses, de longs cheveux noirs plus fins que la soie, et des yeux plus doux que ceux de la gazelle.

Le cheick la demanda à mon père et mon père répondit:

— Que Meçaouda t'apporte le bien et réjouisse ta maison !

Et les souhaits furent exaucés.

Un fils naquit de Meçaouda ; il était beau, il paraissait robuste, et le cœur d'Hassan nageait dans la joie.

— Mon seigneur, disait la jeune mère, celui-là sera grand et fort comme toi, il domptera les chevaux ardents, il poursuivra le lerouy sur les rochers du Djébel !...

Elle était si fière, si heureuse !...

Et le père, lui aussi, était plein d'orgueil... Il célébra la naissance de son fils par une *diffa* (festin) qui dura sept jours. A chaque repas on apportait l'enfant nu pour le montrer aux convives.

Un célèbre thaleb (savant) des environs de Baalbeck, qui avait la réputation d'entrevoir l'avenir, fut mandé et vint prendre part à la diffa.

Après avoir examiné l'enfant, ce thaleb passa un jour et une nuit sur les terrasses du kasr, à observer les faals (les présages).

Puis on le conduisit dans la première chambre du harem, où les femmes avaient étalé sur un riche tapis les présents qui lui étaient destinés.

Le devin remercia le cheick et lui baisa la main.

— Sidna, dit-il, que ta générosité ait sa récompense en ce monde !... Tu pourras, grâce à mes avis, conjurer les périls qui menacent ton enfant.

Hassan ne croyait guère aux devins et aux présages ; mais les femmes voulurent qu'il consultât le thaleb.

— Eh bien, demanda-t-il sans s'émouvoir, quels sont ces périls qui menacent mon fils?...

— Je ne sais, répondit le thaleb, mais prends garde aux étrangers !... Hier et ce matin, des étrangers sont entrés dans ta vallée, dans ta maison ?...

— Oui, des Kurdes qui venaient mendier quelques piastres. J'avais ordonné de leur ouvrir les portes du bordj ; les cœurs heureux aiment à répandre le bonheur.

— Chaque fois que ces étrangers ont pénétré dans la cour du kasr, le nouveau-né a pleuré ; je l'ai entendu.

Le cheick dit en souriant :

— Le destin de l'homme est de pleurer aux deux portes de la vie !...

— Ecoute-moi, reprit le thaleb, je n'ai rien de commun avec ces imposteurs qui prétendent tout connaître et ne connaissent en réalité que les moyens d'accroître leur bien. Ma science n'est pas certaine, elle conjecture et n'affirme pas. Cependant s'il est un danger à prévoir, ce danger viendra du dehors, il viendra de l'autre côté du Djébel...

— Du côté de l'Orient ?

— Oui, et plutôt par les chemins du nord que par ceux du midi. Les voies de salut, au contraire, sont, pour ton fils, du côté de l'Occident. C'est vers les contrées où le soleil se couche que se sont dirigés, depuis hier, tous les « oiseaux heureux » et toutes les étoiles voyageuses... Peut-être devrais-tu chercher, pour veiller sur le nouveau-né, une femme d'Occident, une femme franque...

— Mais, dit le cheick, n'est-ce pas à sa mère de veiller sur lui ?...

— La mère, répliqua le thaleb, n'a pas encore seize ans. Ne serait-il pas sage de placer auprès d'elle une femme intelligente et dévouée, qui l'aiderait à accomplir sa tâche ?

— Une Franque, disais-tu ?...

— Ton père ; qu'on appelait le prévoyant, et qui voulait faire de toi un vrai chef de peuple, ne t'avait-il pas confié à une femme franque ?

— En effet ; c'était afin qu'elle m'apprît de très bonne heure les coutumes et les langues de l'Occident.

— Et cette femme, qui n'avait pas d'enfant, t'aima de toute son âme... elle remplaça ta mère...

— Tu dis vrai, je ne cesserai de bénir sa mémoire.

— Vois donc si tu dois faire pour ton fils ce qu'on a fait pour toi !...

Le cheick aurait probablement attaché peu d'importance aux paroles du thaleb.

— Cet homme, se disait-il, a longtemps vécu dans les pays d'Occident ; on lui a parfois reproché d'en avoir rapporté des opinions trop favorables aux Francs.

Mais, cachée derrière un rideau, Meçaouda avait tout entendu. Elle supplia le cheick de ne pas dédaigner les avis du thaleb.

— Va, lui dit-elle, va me chercher l'esclave franque. Je ne serai pas jalouse de la tendresse qu'elle témoignera à mon fils ; jamais elle ne l'aimera comme je l'aime !

Hassan partit le lendemain pour Damas, mais il n'y put trouver une

franque qui consentît a le suivre au Djébel... Celles qu'on offrit de lui vendre ne lui parurent pas dignes de sa confiance.

En revenant vers la vallée, il rencontra sur le chemin de Mézé des Kurdes qui lui proposèrent des esclaves.

Ces Kurdes venaient de Beyrouth. Ils amenaient des femmes enfermées dans des litières.

— Vous n'avez pas, leur dit le cheick, la rose bleue que je cherche pour orner mon harem !...

— Peut-être !... répondirent les éhontés voleurs... Nous conduisons à Damas la plus séduisante des Ghaziés...

— Une Egyptienne ?...

— Non, une merveille de notre pays... Elle est née sur la frontière de l'Iran (de la Perse), et jamais Iranienne n'eut des yeux plus brillants, des mains plus fines, des pieds plus légers, des dents plus blanches, un teint plus éclatant. Nous l'avons fait élever en Egypte ; elle danse et chante à ravir, elle lit dans les lignes de la main, elle parle quatre langues, elle sait des centaines de contes. Tu ne trouverais nulle part une esclave comparable à cette Ghazié pour divertir tes femmes et tes enfants... Veux-tu la voir ?... Nous entrerons dans une maison de Mézé et notre Tamir dansera devant toi !...

Ce qui est écrit là-haut ne peut être effacé par la main de l'homme, même par la main savante d'un thaleb.

Hassan se laissa conduire dans la maison de Mézé, pour voir la merveille du Kurdistan.

La Ghazié descendit de sa litière. Elle dansa ses danses d'Egypte et chanta des chansons iraniennes. Puis elle dit au cheick du Djébel :

— Montre-moi ta main, j'y lirai tes destinées.

Hassan tendit sa main ouverte.

Mais au lieu de regarder la main, la fille des Kurdes regarda les yeux d'Hassan, et elle lui prit son âme !

Et le lendemain, lorsque le cheick fit entrer cette esclave dans son harem, Meçaouda pâlit.

— Ce n'est pas la Franque ?... demanda-t-elle...

— Non, répondit Hassan, c'est une Ghazié d'Egypte que j'ai amenée pour te divertir.

— Ta volonté doit toujours être ma volonté, murmura la pauvre Meçaouda...

Halil, ta mère avait deviné l'ennemie ; elle sentit sur son cœur le froid des glaces du Djébel.

— Mon père, dit Halil, n'a jamais cessé d'aimer Meçaouda !

— Il n'a jamais cessé, répondit le santon, de lui témoigner le respect dont elle était digne ; il l'a traitée jusqu'à la fin comme un cheick doit traiter la mère de ses enfants. Souvent, en présence des autres femmes, il lui demandait : « Vous n'avez donc pas de désir à exprimer, ma Meçaouda ? » car il lui disait *vous,* pour montrer qu'il l'honorait davantage depuis qu'elle lui avait donné un fils. Il aurait voulu la couvrir de bijoux... mais elle savait trop bien que la plus belle parure d'une femme c'est la tendresse du maître.

Et la tendresse était à une autre !...

Pourtant, les premiers jours, l'autre sembla ne songer qu'à dissiper toutes les défiances. Elle se fit humble devant Meçaouda, humble et caressante.

— Je serai, lui disait-elle, la plus docile de tes esclaves. Accorde-moi le bonheur de te servir, laisse-moi te parer... Te parer, ce sera ma joie, afin que l'époux te trouve chaque jour plus belle. C'est moi, si tu daignes le vouloir, qui préparerai le henné pour teindre tes pieds et tes mains, c'est moi qui peignerai ton admirable chevelure, moi qui mettrai le bleu du koheul autour de tes yeux et au bord de tes cils... Et en te parant je te dirai les contes que les Ghaziés d'Égypte m'ont appris... Si ma main est maladroite, tu me frapperas, si mes contes t'ennuient, tu meurtriras mes lèvres... Oh ! les chiennes kurdes, les chiennes rampantes !...

Meçaouda répondait doucement : — Ne sois pas craintive, je n'ai jamais frappé... J'avais déjà plusieurs femmes pour me parer ; ton devoir, à toi, sera d'égayer le maître, quand il viendra dans le harem.

C'est que ta mère, Halil, essayait de reprendre courage. Elle ne voulait pas croire que Tamir pût exercer sur le cheick une influence durable.

— Cette Ghazié, se disait-elle, ne sera pour lui qu'un jouet !

Ce fut le maître qui devint le jouet de la Ghazié !...

Et Meçaouda le comprit bientôt... L'œil de l'épouse voit jusqu'au fond du cœur de l'époux ; il est comme la lampe merveilleuse dont la lumière éclaire les galeries tortueuses creusées par les génies sous la Kâla-el-Hosem (la citadelle de la beauté).

La pensée du cheick s'éloignait peu à peu de la femme syrienne ; elle s'éloignait même de l'enfant !... Ah ! les Ghaziés ont des secrets ! Elles n'ont pas été élevées, comme les filles de nos vallées, à traire les brebis, à moudre les grains, à seller le cheval, à le faire boire, à lui donner l'orge, à tenir gracieusement l'étrier du seigneur, à préparer les aliments, à franger les djellales (couvertures), à tisser les rideaux, à coudre les sacs, à tordre les cordes, à broder les coussins, à orner les litières et les harnais... Mais elles savent broyer les poudres pour les philtres ; avec un rayon du regard, elles allument le feu qui va courir dans les veines ; avec une larme feinte, elles amollissent les plus féroces volontés ; avec un éclat de rire, elles rendraient insensés les oulémas des oulémas (les docteurs des docteurs). C'est d'elles qu'on a dit : « Elles se ceinturent avec des léfâs (vipères) et s'épinglent avec des scorpions ».

Aucune de ces terribles charmeuses n'avait mieux appris que Tamir l'art de « faire des fous ». Deux ou trois mois après son entrée dans le harem, elle aurait pu persuader au cheick qu'elle commandait au Chitann (à Satan), qu'elle changeait les sables en or pur et qu'au mouvement de ses paupières les saphirs et les émeraudes tombaient des étoiles... Je ne veux plus accuser Hassan, il n'apercevait pas le cheveu qui sépare le mal du bien, il n'était plus libre de penser ni d'agir comme un djieud (comme un noble)... il était possédé !...

Pour lutter contre la Ghazié, Meçaouda n'avait que sa jeune beauté, son cœur sincère... et les premiers sourires de son fils. Mais c'était seulement en passant que le cheick caressait l'enfant et la mère ; il était soumis à l'impérieuse volonté de la fille des Kurdes, qui s'était déjà fait donner un appartement et des esclaves.

Les servantes murmuraient :

— C'est une honte que celui qui commande au peuple soit ainsi ensorcelé !...

Meçaouda leur imposait silence. Elle voulait qu'avant tout le maître fût honoré. En présence de ses femmes, pas une plainte, pas une larme.

Halil, ta mère ne pleurait que la nuit, lorsque tes yeux clos par le sommeil ne cherchaient plus les caresses de ses yeux.

Le sommeil..., un temps vint où elle le repoussa comme un ennemi... Elle sentait la vie menacée...

Les deux fils de Lalla-Feytoum, la première femme du cheick, moururent dans l'année qui suivit l'arrivée de la Ghazié. Les médecins de Damas et de Beyrouth, que le cheick fit appeler, ne purent les sauver.

Et ces médecins, quand nous leur demandâmes : « De quel mal les aînés d'Hassan sont-ils morts ? » ne firent que des réponses évasives :

« — Allah le sait !... il remplace les pertes !... »

Le peuple disait :

— C'est l'œil de la Ghazié qui tue les enfants du cheick !

Les femmes du harem avaient raconté que tous les matins l'étrangère se faisait amener les fils de Lalla-Feytoum, et qu'elle les regardait long-temps, longtemps ; que parfois elle les caressait avec une tendresse passionnée, mais que toujours ou presque toujours elle finissait par les repousser brusquement, en disant aux esclaves :

— Emportez-les ; je ne veux plus les voir !

Ceux d'entre nous, — il y en a — qui ne croient pas à la puissance meurtrière du regard n'osaient mettre à nu leur pensée. Ils disaient seulement :

— Quoi de plus subtil que les poisons de l'Iran ? les poisons de l'Égypte !

Devant le cheick « l'oiseau du soupçon » se taisait et remettait sa tête sous son aile.

Personne n'avait le courage de dire au maître deux fois frappé dans ses enfants, deux fois en si peu de temps :

— Coupe la main de femme qui ouvre au malheur la porte de ta maison ! Ainsi arrivent les choses fatales !...

Et Meçaouda tremblait pour son fils.

— Le père est aveugle, pensait-elle, il ne saura pas écarter le danger !...

Halil, ta mère passait toutes les heures du jour, toutes, à veiller sur toi, et, je te l'ai dit, la nuit elle n'osait s'endormir.

Sa santé s'altéra, sa beauté pâlit, ses yeux se creusèrent... As-tu vu, après les longues sécheresses, se décolorer la *zerga* (fleur bleue) de la montagne ?... ainsi se décolorait Meçaouda.

Et pour te préserver des poisons égyptiens, la malheureuse s'obstinait à ne te nourrir que de son lait. Lorsque les deux sources commencèrent à tarir, elle éprouva une accablante tristesse.

Ses femmes lui disaient, la voyant s'épuiser dans le chagrin :

— Il faudrait mander le thaleb de Baalbeck ; peut-être conjurerait-il les maléfices !...

— Non, répondait-elle, j'ai devant les yeux le livre de l'avenir, et il me semble que j'y lis maintenant aussi bien que les tholbas... Préparez les vêtements de deuil !...

Quelques jours après, elle fit appeler notre mère :

— Je mourrai bientôt, lui dit-elle, la main glacée se pose déjà sur mes seins... Mais je veux que l'enfant vive et qu'il grandisse, pour la

confusion de l'étrangère. Cherche donc parmi nos Syriennes une jeune
mère qui lui donne son lait et son affection, une femme de cœur, que je
puisse considérer comme une autre moi-même.

Les jeunes mères de l'ouady refusèrent de se laisser conduire au harem.

— L'étrangère, dirent-elles, a un pouvoir trop funeste ; elle ferait
de nous ce qu'elle a fait de Meçaouda..., elle dessécherait nos poitrines !

Une se dévoua cependant ; ce fut une Syrienne de noble race, Lalla-
Aïssa, l'épouse de Kassem.

Et Kassem n'hésita pas à mener sa femme au kasr (au château). Il
avait vu avec une profonde douleur l'abaissement du maître, et il
espérait se rapprocher de l'oreille d'Hassan pour y faire pénétrer la
vérité... J'invoque ton témoignage, Nazim, n'était-ce pas son dessein ?...

— Oui, répondit le suspect, mon frère voulait dire au maître : « Res-
saisis-toi, relève-toi ! » Il croyait que nous parviendrions à chasser
l'étrangère, et que le malheur s'en irait de la vallée en même temps que
la terrible Ghazié...

— Louange à lui ! poursuivit le santon... Kassem avait du courage
pour tous ; il entreprenait de délivrer le cheick et le pays ! C'était pour
cela qu'il exposait la vie de sa femme et de son enfant... Car il avait
un fils de Lalla-Aïssa, et le fils allait habiter le harem avec la mère...

Dès le premier jour, dès la première heure, Meçaouda comprit qu'elle
pouvait ouvrir son âme à Lalla-Aïssa.

— Nous serons sœurs, lui dit-elle, ou plutôt je mettrai mon cœur
dans le tien, afin que tu aimes mon fils d'amour maternel quand je ne
serai plus.

Et avant de mourir, elle lui confia tous ses secrets.

Halil, ta mère s'est éteinte dans les bras de Lalla-Aïssa.

Alors que peu à peu la vie se retirait d'elle, le cheick la regardait
avec épouvante. Debout sur le seuil de la chambre, il pleurait...

La mourante essaya de lui parler :

— Tu étais le maître de tout, murmura-t-elle, et tu aurais eu le droit
de me répudier, les actes du cheick ne sont jamais blâmés... Je te
remercie de m'avoir honorée...

Hassan se frappa la poitrine.

— Pardonne, s'écria-t-il, pardonne !

Meçaouda eut encore la force de lui sourire...

— Dans le pays des âmes, dit-elle, je ne me rappellerai que le bien...
mais jure-moi de sauver ton fils. Jure!...

— De sauver mon fils ?...

La voix de la mourante devenait de plus en plus faible.

— Penche-toi, dit Meçaouda, et mets ton oreille là, sur mes lèvres...

La Ghazié entra, poussant de grandes exclamations, déchirant ses
vêtements et feignant de s'arracher les cheveux.

Puis elle saisit les deux mains du cheick...

— Ta douleur est ma douleur, cria-t-elle, j'ai été et je suis encore
l'esclave de Lalla-Meçaouda... Laisse-moi pleurer avec toi... Je serai la
mère de son fils...

Meçaouda ne dit plus qu'une parole en pressant la main d'Aïssa :

— Souviens-toi !...

Elle se souleva pour chasser la Ghazié.

Mais ses yeux se noyèrent de larmes, ses lèvres tremblèrent, et la main
de la mort la recoucha pour toujours...

Le soir, quand le cheick, assis sur la terre nue, devant la porte de
la seconde cour, eut fait la distribution des dons en souvenir de
Meçaouda, ma mère et les autres parentes revinrent pleurer dans le
kasr. Elles aidèrent les femmes du harem à laver et à parfumer la morte
sur la table de marbre. Puis, ayant enveloppé le corps dans les trois
linceuls, avec les branches de baume et de verveine, elles tinrent leur
assemblée. Et ma mère leur demanda, suivant la coutume :

— Que pensez-vous de Meçaouda, qui vient de mourir?...

Les parentes et les amies répondirent :

— Louange à elle !... Meçaouda a été la plus soumise des épouses et
la plus tendre des mères ! Ah ! comme elles disaient vrai !...

Et après minuit elles se retirèrent. Une seule demeura dans la chambre avec les femmes du harem.

Celle-là, vêtue comme Lalla-Aïssa, se coucha à la place de la nourrice, entre ton berceau, Halil, et le lit funèbre.

Mais le berceau était vide. Lalla-Aïssa avait compris les dernières
paroles de Meçaouda, et obéissant à ces dernières paroles, elle était
partie... Elle fuyait avec Kassem ; ils t'emportaient dans les pays de l'Occident, afin que la main de la Ghazié ne pût se poser sur ta tête.

Pourtant au lieu d'aller s'embarquer à Beyrouth, ils se cachèrent quelque temps à Damas. Kassem espérait se dérober ainsi aux recherches ordonnées par l'ennemie. Tandis qu'on le poursuivrait sur les chemins du Liban, il attendrait, perdu dans la foule d'une grande ville, l'heure la plus favorable pour gagner le littoral.

Nous l'avions accompagné, mon père, mon frère aîné et moi. Des amis nous procurèrent un refuge dans le quartier des juifs. Ce fut à Damas que mon père fit faire la plaque d'or que j'ai revue tout à l'heure sur ta poitrine. Puis les fugitifs, pensant qu'on avait perdu leurs traces, descendirent vers Yafa. Là nous nous séparâmes. Ils trouvèrent place sur un navire en partance pour l'Italie... Tu sais mieux que moi ce qui leur arriva, Nazim... Pendant plus de vingt-cinq ans j'ai ignoré ce qu'ils étaient devenus. On disait : « Ils ont été frappés, comme tant d'autres ! »

— Aïssa et son fils furent frappés, en effet, dit Nazim. La mère et l'enfant moururent dans un village de Sicile, huit mois après leur départ de l'ouady.

— La colère de la Ghazié avait pu les atteindre en Sicile ?... demanda le santon.

— L'implacable avait condamné toute notre famille, répondit Nazim. Nous l'avions cruellement offensée, disait-elle, en lui enlevant le fils du maître...

— Vous aviez fait échouer ses projets, continua Moussa, au moment où le succès définitif lui paraissait assuré. Elle croyait tenir entre ses mains la vie du prince Halil... Le prince serait mort d'un mal mystérieux comme étaient morts les enfants de Lalla-Feytoum ; et alors, si la Ghazié devenue l'épouse du cheick, avait eu un fils, ce fils aurait été le chef de notre nation !...

Eh bien non, elle n'a jamais eu le bonheur d'être mère, de tenir entre ses bras un enfant de son sang !...

Le peuple, dans la vallée, la méprisait plus encore qu'il ne la détestait.

— Que pourrait-il naître de cette léfa ? disaient nos femmes... Des léfas (des vipères) !

Ah ! comme la Ghazié le haïssait, ce peuple syrien !... Sa rage a fait des victimes dans nos plus illustres familles. Mon père et mon frère sont tombés sur la route d'Alep, assassinés par ses Kurdes. Tous tes parents, Nazim, ont dû s'expatrier.

— Oui, dit le suspect, et moi j'ai couru les plus grands dangers avant de pouvoir passer en France, où mon frère s'était réfugié.

— L'implacable m'a laissé vivre, moi, reprit le santon... Je n'étais pas dangereux.. Un pauvre fou qui s'en allait dans les pays lointains en vendant des amulettes, un *mahboul* qui débitait aux passants des sentences ridicules !... Et il y a vingt-cinq ans que je joue cette comédie, sans oser rentrer dans notre vallée... Je savais que la Ghazié attirait les Kurdes et que les chefs de ces bandits étaient plus maîtres dans l'ouady que le maître lui-même...

— Ils ont été chassés !... s'écria Nazim... Depuis plusieurs années, aucun d'eux n'a franchi la porte du bordj. Le cheick leur abandonne des pâturages sur le tell ; parfois il leur fait l'aumône d'une poignée de paras, ou d'un sac d'orge, ou encore d'une charge de poudre, mais il ne souffre pas qu'ils remettent le pied sur le sol de l'ouady. Quand tu rentreras dans la maison d'Hassan, tu n'y verras plus un seul étranger !...

C'est mon frère, c'est Kassem qui a le plus activement travaillé à l'œuvre de la délivrance. Quelque temps après son arrivée en France, il fit dire au cheick, par un intermédiaire très sûr :

« J'ai sauvé ton fils, je l'élèverai, j'en ferai un prince digne du respect et de l'affection de ton peuple ; mais je ne te le ramènerai que lorsque tu seras libre, lorsque tu auras rouvert les yeux et repris ton âme ! »

Entre Kassem et le cheick, poursuivit Nazim, la correspondance devint de plus en plus active, sans que la Ghazié pût en surprendre la trace.

Le maître, il est vrai, a été bien souvent faible et irrésolu. Un jour, désespérant de s'affranchir de la tyrannie des Kurdes, il écrivait à mon frère : « Confie l'enfant à une famille franque, il n'y aurait jamais de bonheur pour lui dans notre vallée. » Et quelques mois après, il ordonnait de reprendre l'enfant, de le faire voyager dans le nord de l'Italie, puis en Allemagne et en Angleterre. Enfin il décidait que son fils habiterait Paris et y vivrait dans une situation digne de sa naissance.

Que de fois, depuis l'époque où mon frère acheta la maison de Paris, que de fois les mystérieux messagers vinrent nous apporter les instructions du maître !... Ils repartaient en disant : « Nous vous laissons avec « l'espoir, les grands événements vont s'accomplir... le temps est « proche ! » Et les années succédaient aux années. »

— A quelle époque, demanda le santon, les irrésolutions du maître ont-elles cessé?...

— A la fin de l'hiver dernier. On avait alors tout combiné pour éloigner et emprisonner la Ghazié à l'insu des Kurdes.

— Quoi !... Le maître les redoute encore, ces chiens affamés ?...

— Moussa, répondit Nazim, tu l'interrogeras, si tu l'oses. En tout cas, ce n'est pas la crainte que tu trouveras au fond de sa pensée...

Halil avait écouté silencieusement les deux Syriens.

Certaines parties de leur récit éclairaient des événements demeurés obscurs à ses yeux jusqu'à cette heure ; d'autres lui inspiraient les réflexions les plus pénibles ; mais il s'efforçait de dissimuler ses impressions. Il ne voulait pas laisser échapper une seule parole qui pût être interprétée comme un blâme des actes du cheick.

— Moussa, dit-il enfin avec calme, tu nous suivras lorsque nous retournerons à l'Ouady-ech-Sehaur ?...

— Où tu iras j'irai, répliqua le santon ; tu es toute ma famille !...

— Nous monterons demain vers Balbeck, reprit Halil ; puis nous irons voir les grandes ruines dans le désert...

— Je te conduirai, si tu veux ; les Bédouins des plaines de sable m'ont souvent reçu sous leurs tentes, ils seront pour nous des serviteurs.

— Soit ; nous redescendrons ensuite à Damas, où j'ai quelques affaires à terminer, et après un jour de repos, nous repartirons pour l'ouady. Mon père te recevra comme il doit recevoir le frère de Meçaouda. Toi, Moussa, tu lui témoigneras le respect que mérite, aujourd'hui plus que jamais, le chef des vrais Syriens !...

Le santon jeta dans le feu son bonnet et ses oripeaux.

— Fais-moi donner des vêtements de Syrien, dit-il, j'ai dépouillé le fou !...

CHAPITRE XII

L'HEURE EST PROCHE !

Halil revint à Damas dans les premiers jours de mars.

Il courut chez le consul de France, qui lui remit une lettre de Paris, une lettre signée Robert Desnoëls.

« Oui, disait le peintre, ouvrez vos bras, je vais m'y jeter !

« Oh ! ce n'est pas une métaphore : je fais mes paquets, et en route pour Marseille !...

« J'étais plus morose, plus sombre, plus... farouche que le citoyen Capellan lorsqu'on lui a offert, sur les boulevards, huit ou dix apéritifs et pas une côtelette. Oui, j'avais dans l'âme toutes les tristesses du siège, avec des indigestions de cheval, de chien, de rat, de pain d'avoine, et enfin sur les lèvres les nausées de la capitulation... Il ne nous manquait plus que des Prussiens dans Paris, aux Champs-Elysées, aux Tuileries, au Louvre... En voilà !...

« Et que de bons amis nous avions vus mourir, pendant ces mois de misère et d'affolement !... Marthe, épuisée, Marthe, succombant à la tâche, nous avait dit adieu, un soir de décembre. Avant d'entrer dans

34

l'éternel repos, elle qui depuis la ruine de la famille ne s'était jamais reposée, elle avait voulu me voir, me remercier de mon affection, me recommander encore Lucien et Juliette. Ah ! mon ami, mon beau rêve est fini ! Je vis maintenant avec les chers souvenirs, avec les souvenirs de « la vraie femme », de la noble et touchante victime du devoir.

« Puis, une nuit de janvier, M. de Mausseins s'était éteint en prononçant votre nom... Ses dernières paroles, c'est moi qui les ai recueillies :
— « Dites au prince Halil... »

« Il pleuvait du fer, cette nuit-là, dans le faubourg Saint-Jacques, où la famille de Mausseins s'était réfugiée. L'explosion d'un obus m'empêcha d'entendre la fin de la phrase. Juliette pleurait toutes ses larmes... Lucien était aux avant-postes, avec un peloton d'éclaireurs... La petite Jeanne dormait chez M. de Bellegarde... Mlle Clotilde était venue la veille ; elle avait voulu emporter l'enfant...

« Que fallait-il dire au prince Halil ?... A nous deux, mon ami, nous devinerons peut-être...

« Mais qu'était-il devenu, notre prince ?... Où lui écrire *par ballon monté ?*... « Au pays où était allé le comte de Mausseins ?... J'en avais peur quand je relisais le billet que vous aviez écrit dans mon atelier, le jour de votre départ ; et Dieu sait combien de fois je l'ai relu, ce billet, pour y trouver une indication !...

« Vous m'appelez à votre secours, vous voulez que je vous aide à lutter contre votre ennemi intime, l'ennui oriental. Et puis vous espérez que le messager Robert apportera encore les bonnes paroles qui donnent du courage pour longtemps !

« Eh ! le messager ne demande qu'à partir... Mais comment fera-t-il savoir qu'il part, et comment pourra-t-on lui remettre les messages ?

« La solution de ces problèmes est difficile à trouver, depuis la mort de M. de Mausseins. Lucien, qui a repris du service, vient de passer en Algérie. Juliette et la petite Jeanne sont chez M. de Bellegarde, à Paris, rue de Tournon.

« J'ai rôdé aujourd'hui toute la matinée dans cette rue de Tournon, et il m'a fallu revenir les mains vides au quai de Béthune. Si encore l'après-midi était beau, j'irais passer trois ou quatre heures au Luxembourg ; on doit parfois y conduire la petite Jeanne, et peut-être deux jeunes filles accompagnent-elles l'enfant. Mais, au moment où je vous écris, les giboulées de grésil crépitent sur les vitres de mon atelier et le vent pousse vers Paris d'énormes masses de nuées bordées de blanc ; il fera tout à l'heure un temps à ne pas mettre un Prussien dehors.

« N'importe, le messager ira chercher les messages ; il pénétrera dans l'hôtel de l'avenue de Tournon, cet hôtel fût-il gardé comme l'était votre forteresse de l'avenue de Villiers ! On caressera les têtes de Cerbère, on essaiera de leur nouer des bandeaux sur les yeux. Quand on a réussi à se faire un ami du *suspect* — un ami et un commissionnaire, — on ne doute plus de rien !...

« Il ne s'agira ensuite que de vendre ou d'engager quelques objets de notre musée. Dure extrémité, Halil !... Pendant le siège, j'ai souvent tremblé pour ce riche dépôt. Les obus de M. le feld-maréchal de Moltke prenaient de formidables élans ; il en est tombé un dans le bureau du commissaire de police, sur le quai de Béthune. Aussi avais-je porté au fond d'une cave voûtée les objets les plus précieux de *notre* collection. Quant à en faire argent, ma foi, l'idée ne m'en était pas venue !... Et pourtant l'art était dans le marasme... A la fin de janvier, la situation devenait si critique, malgré les générosités du gouvernement (trente sous par jour), que Capellan balbutiait, honteux et bourrelé de remords, en m'empruntant cinquante centimes : « Je te rendrai ça demain ! »

« Ah ! certes, elle ne s'est pas améliorée, la situation !... Les marchands de tableaux nous disent : « L'amateur est mort, attendez qu'il ressuscite ! » Et ceux d'entre nous qui ne peuvent pas attendre offrent des chefs-d'œuvre pour des morceaux de pain blanc ; c'est de la nouveauté, le pain blanc !

« Il me faut, à moi, quelques chiffons de la Banque de France, pour payer mon passage sur un paquebot des Messageries imp... — ce que c'est que l'habitude ! — des Messageries nationales. Les marchands qui jadis achetaient mes *Rochers d'Arbonne,* n'osent pas précisément me refuser douze ou quinze cents francs ; mais ils demandent à réfléchir jusqu'après le vote de je ne sais quelles lois sur les échéances... Hum !... j'attaque le musée !...

« Il y a, mon ami, dans votre trésor artistique, deux aiguières ornées de figures à barbe d'argent, qui n'ont jamais charmé mon regard. C'est probablement parce que les figures à barbe d'argent ressemblent trop à mon ennemi Kassem... Va pour les aiguières !...

« Si ce soir j'ai dans mon portefeuille, sur mon cœur, un billet de quatre lignes, écrit par la petite Jeanne, avec la collaboration d'une jeune fille blonde et d'une jeune fille brune, demain je boucle le sac.

« Sur le P. L. M. je bifurque ; je pousse une pointe vers Vals et Antraygues, j'embrasse mon père et ma mère, qui m'ont cru mort à Buzenval, et en route pour Marseille !...

« De Marseille à Beyrouth, dix ou douze jours, n'est-ce pas ?... Donc, si j'ai la chance de trouver immédiatement un paquebot en partance, j'apercevrai bientôt les sommets de votre Liban. Ce sera certainement avant le 15 mars.

« Vous viendrez, dites-vous, me recevoir à Beyrouth, avec une petite armée de montagnards syriens ? Dès que vous aurez reçu cette lettre, franchissez les montagnes et descendez vers la mer.

« De la jetée du port vous verrez arriver sur les vagues bleues un homme aux cheveux roux, à la barbe ardente, aux larges épaules, chargé de toiles, de boîtes, de pliants et de parasols. Cet homme, qui rira, qui pleurera, qui chantera, qui vous étouffera dans ses bras, et que vos Syriens prendront pour un fou, ce sera votre ami

« ROBERT DESNOELS. »

Il y avait un post-scriptum, à cette lettre du peintre :

« Victoire !... J'aurai le *message* demain !... En attendant le départ du messager pour Marseille, voici des nouvelles recueillies entre deux averses de grésil, autour du bassin du Luxembourg :

« On pense à vous toujours, toujours ! »

Halil prit congé du consul de France et se disposa à repartir pour l'Ouady. Nazim et Moussa l'attendaient dans la cour du consulat.

— La joie est dans tes yeux, lui dit le suspect... les nouvelles de l'Occident sont bonnes ?...

— Il nous vient un ami, répondit le prince...

— Un ami de Paris ?

— Un gai compagnon, qui aura grand plaisir à te serrer la main !...

Vingt-quatre heures après, la caravane, guidée par Mansour, franchissait les sommets du Djébel.

Quand elle redescendit sur le tell et que le canon du bordj signala son retour, plusieurs bandes de Kurdes accoururent à sa rencontre.

Deux de ces bandes paraissaient moins misérables que les autres. Elles avaient à leur tête des hommes robustes, vêtus d'étoffes de laine aux couleurs éclatantes. Ces chefs, bien armés et montés sur des chevaux excellents, saluèrent le prince de leurs acclamations et de leurs coups de fusil:

— Nous sommes arrivés hier, dirent-ils, et nous avons fait demander au vénérable cheick de l'ouady s'il daignerait nous recevoir dans son kasr. Nous attendons sa réponse!...

Ils parlaient d'un ton ferme, en attachant sur Halil un regard hardi.

— Nos anciens, reprit un des plus jeunes chefs, ne frappaient pas vainement à la porte du bordj ; on leur offrait la *diffa* (le festin) lorsqu'ils venaient avec des présents. Nous amenons des chevaux, nous apportons des armes et des tapis. Dis au cheick du Djébel que nous sommes des environs d'Ourmiah... du pays de la puissante Ghazié!...

— Jamais, murmura Moussa, je n'avais vu ces chiens du Kurdistan si fiers... ou plutôt si menaçants !

Halil, très calme, répondit aux chefs kurdes :

— Vous êtes les bienvenus sur le tell; autour de notre vallée vous choisirez des pâturages pour vos troupeaux, et le peuple de l'ouady vous considérera comme de fidèles alliés. Mon père recevra vos présents et vous fera remettre les siens.

Quelques-uns des chefs kurdes murmurèrent.

— Le fils de la Ghazié, dirent-ils, nous traite comme des amis dangereux !

Halil se retourna, irrité. Ces mots : « le fils de la Ghazié », lui faisaient toujours monter le sang au visage.

Nazim lui saisit la main et dit rapidement à voix basse :

— Rappelle-toi les ordres du maître !...

— Eh bien, répondit le jeune prince, faut-il donc que je poursuive ma route comme si je n'avais pas entendu les insultes de ces bandits ?...

— Ils ne croient pas t'insulter, répliqua Nazim... mais calme-toi et regarde !...

Le canon du bordj avait tonné deux fois et la grande porte de la voûte s'était ouverte.

Le cheick du Djébel, richement vêtu, s'avançait à la tête de cinquante cavaliers. Il avait fait déployer l'étendard. Les coureurs de son avant-garde agitaient des banderoles rouges et blanches et faisaient feu de leurs longs pistolets.

— Voici le maître!... s'écria Nazim, en faisant signe aux Kurdes de se ranger sur le tell.

Hassan monta avec son escorte. Il se dirigea vers la caravane syrienne, qui s'était arrêtée au bord du plateau. De loin, le vieillard souriait à son fils.

— Moussa, dit le prince, je vais te conduire à mon père.

— Me reconnaîtra-t-il?... demanda le santon, dont la voix tremblait... Il y a vingt-cinq ans que ses yeux n'ont rencontré mes yeux!...

— Il t'a déjà reconnu, répondit Halil...

Hassan avait pâli... Se penchant vers Kassem, qui l'accompagnait, il lui demandait :

— Quel est cet homme qui vient à nous avec mon fils?... Il ressemble au frère de Meçaouda!...

— A ce Moussa qui m'avait suivi à Damas, lorsque nous emportions Halil?...

— Oui...

En se rapprochant de la caravane, le cheick observait avec inquiétude l'attitude et le visage d'Halil.

— Moussa aura tout dit, pensait-il, et l'âme de mon fils me condamnera... C'est mon châtiment!...

Et le vieillard se rappelait le proverbe syriaque: « Malheur aux pères, quand ils peuvent lire le mépris de leurs actions dans les yeux de leurs enfants! »

Mais Halil et Moussa mirent pied à terre devant le cheick. Comme les plus humbles serviteurs, ils lui baisèrent les genoux et la main.

— Fils, dit le maître, ton voyage a été heureux?...

— Doublement heureux, répondit le jeune prince: je ramène à l'ouady Moussa-ben-Hamza, le frère de ma mère, et j'ai reçu des nouvelles de France.

— Le frère de Meçaouda est comme mon propre frère, dit le cheick; je le vois avec grande joie reprendre sa place dans notre famille.

— Que tous les jours de ta vieillesse soient glorieux! répliqua Moussa.

Et comme le maître, lui tenant la main, le regardait d'un œil humide, presque suppliant, il ajouta tout bas :

— Meçaouda a dit en mourant : « Je ne me souviendrai que du bien ! »

— Vos âmes sont aussi généreuses que la sienne, murmura le cheick...

Mais reprit-il à haute voix, en se redressant sur sa selle, ce n'est pas l'heure des entretiens intimes. Accompagnez-moi un instant, puis vous vous tiendrez devant nos serviteurs, et vous veillerez à ce qu'ils ne profèrent aucune parole blessante, à ce qu'ils ne fassent aucun geste menaçant pour les étrangers !...

Les étrangers, c'étaient les Kurdes, massés sur le tell, entre le ravin et la forêt de cèdres.

Le cheick du Djébel se dirigea vers eux, précédé de ses coureurs et de son porte-étendard. Lorsqu'il eut fait à peu près le quart du chemin, les Kurdes s'élancèrent à sa rencontre, en le saluant de leurs cris aigus. A cinq ou six pas de l'étendard, ils s'arrêtèrent, et les chefs « firent parler la poudre ».

Hassan promena sur eux son calme regard.

— Quels sont, demanda-t-il, ceux d'entre vous qui viennent d'Ourmiah ?... Qu'ils disent leurs noms...

Quelques-uns des mieux vêtus et des mieux armés sortirent des rangs et se nommèrent.

— J'ai connu vos pères, reprit le cheick ; ils vous ont envoyés, soyez bien accueillis !...

— Dans ton kasr ?... dit le plus jeune et le plus hardi des chefs.

Hassan feignit de ne pas entendre. Il se retourna vers son escorte et éleva la main.

Des serviteurs vinrent étendre des tapis sur le gazon du tell ; d'autres apportèrent des sacs d'orge, des bassins de cuivre pleins de viande et de riz, des jattes de miel, des olives, des raisins secs, des paquets de tabac, de la poudre, du plomb, et les coffres où tintaient les piastres.

Le cheick mit pied à terre et s'assit, les jambes croisées.

Les chefs des Kurdes s'assirent comme lui. Au centre du cercle que formait cette assemblée, ils avaient déposé leurs présents : des djellales (couvertures), des armes persanes et des vases de métal estampé.

Hassan présida à l'échange des cadeaux ; il mangea avec les « étrangers », il fuma le premier le tchibouck qui devait passer de main en main ; mais surtout il fit des prodiges de diplomatie orientale pour prouver « à ses excellents amis du Kurdistan » qu'ils avaient tout intérêt à poursuivre leur voyage sans perdre de précieuses journées dans sa vallée. On se sépara froidement.

Le cheick était très préoccupé en retournant à l'ouady.

— Ces gens d'Ourmiah, disait-il à Kassem, ne sont pas de misérables mendiants comme les autres ; j'aurais dû au moins leur offrir la *diffa* dans le bordj !...

— Et du bordj, répondait Kassem, ils seraient descendus au kasr... Peut-être, comme l'avaient fait leurs pères, se seraient-ils installés chez toi pour plusieurs années !...

— Le plus jeune a prononcé des paroles qui m'inquiètent... Il m'a demandé avec un étrange sourire pourquoi je faisais garder par mes Syriens armés le col de Schabat...

— Mais ce passage n'a-t-il pas toujours été gardé ?...

— Non, j'avais longtemps négligé de le faire surveiller. Le château qui le commande est occupé par une troupe d'élite depuis l'époque où nous y avons enfermé la Ghazié. Nos gens ont sans doute montré trop de zèle, ils ont éveillé les soupçons des Kurdes... J'irais voir par moi-même ce qui se passe à Schabat, s'il m'était possible d'éloigner mon fils pour deux ou trois jours.

Halil se rapprocha des deux vieillards. — Père, dit-il, je t'ai annoncé que mon voyage avait été doublement heureux... J'ai reçu à Damas des nouvelles de France... une bonne lettre de Paris...

— De M. Desnoëls ?... demanda Kassem...

— Oui, de mon meilleur ami ; et cet ami m'apprend qu'il vient passer avec nous quelques semaines.

— Il réjouira notre maison !... dit le cheick... Quand arrivera-t-il ?...

— Très prochainement. Il a dû s'embarquer à Marseille deux ou trois jours après l'envoi de sa lettre, et cette lettre est datée du 28 février... Peut-être le paquebot qui nous amène M. Desnoëls sera-t-il en vue de Beyrouth demain ou après-demain...

— Et tu désirerais retourner à Beyrouth, pour recevoir ton ami ?...

— Oui, mon père.

— Pars donc demain matin ; Nazim et Mansour t'accompagneront.

Tu pourras passer trois ou quatre jours avec ton ami à Beyrouth, pour lui montrer la ville et l'accoutumer aux usages du pays. Puis vous monterez dans le Kesrouan, et tu inviteras les émirs maronites dont je t'indiquerai les noms ce soir. Fais tout ce qui dépendra de toi pour les déterminer à te suivre. Commence par ce Youssef-ben-Abbas que nous avons rencontré sur la route de Behamdoun ; il entraînera les autres. Je veux qu'à ton retour notre vallée soit en fête !

Le lendemain, aux premières lueurs de l'aube, Halil était en marche sur Beyrouth. Il traversait le tell et la forêt de cèdres, et descendait rapidement vers les *akabas* (les cols ou défilés), qui devaient le conduire à la plaine de la Bekaa.

— C'est bizarre, disait Mansour, nous n'avons pas vu un seul de ces Kurdes d'Ourmiah qui se montraient si arrogants hier matin !...

Ils avaient disparu, ces Kurdes, et leur disparition étonnait le cheick du Djébel qui rentrait au bordj après avoir accompagné son fils jusqu'à la lisière de la forêt.

Les gardiens du fort, interrogés par le maître, répondaient :

— Les étrangers ont campé cette nuit dans le ravin, nous avons vu leurs feux.

— Et à quelle heure sont-ils repartis ? demandait le cheick.

— Nous l'ignorons ; les feux étaient éteints longtemps avant le *fedjeur* (le point du jour).

Le maître lança des éclaireurs dans toutes les directions. Ces éclaireurs constatèrent que les Kurdes d'Ourmiah étaient remontés vers le nord ; ils semblaient retourner dans leur pays, au lieu de continuer leur voyage.

— Cependant, dit le cheick, confiant ses craintes à Kassem, ils m'avaient affirmé qu'ils descendraient jusqu'aux abords de la Bekaa, pour y chercher les meilleurs pâturages... Leur brusque retour du côté du nord est inexplicable. Demain, nous ferons une excursion dans la montagne ; nous pousserons jusques au kasr de Schabat.

Et toute la journée Hassan s'occupa des préparatifs du départ.

Le soir, après le repas, il se reposait en fumant le narghilé avec Kassem et Moussa-ben-Hamza.

Le frère de Meçaouda racontait ses pérégrinations en Galilée, en Egypte, en Perse et dans les régions moins connues du Nedjed et de l'Oman.

— J'étais tout à la fois, disait-il, le santon et le fou, l'homme de Dieu
et le maboul, et j'avais fini par jouer assez habilement mon double rôle.
En somme, j'ai reconnu que presque partout la folie a plus de chance
que la sagesse d'être favorablement accueillie !...

Les Syriens de garde dans la première cour du palais, ceux qu'Abdallah appelait les *chaoucks,* signalèrent l'arrivée d'un voyageur.

Ce voyageur entra, escorté par deux soldats du bordj. C'était un
homme de cinquante-cinq à soixante ans, encore très robuste, l'œil
vif sous d'épais sourcils, la barbe à peine grisonnante. Il rejeta sa che-
chia en arrière pour essuyer la sueur de son front.

Le cheick reconnut Daoud-ben-Odjal, le père de Mansour ; et en le
reconnaissant, il ne put réprimer un mouvement de frayeur.

C'était à ce Daoud-ben-Odjal qu'il avait confié la garde du château de
Schabat.

— Maître, dit le voyageur d'une voix étranglée par l'émotion, je voudrais te parler seul à seul...

Les chaoucks de garde et les soldats du bordj se retirèrent aussitôt.
Kassem et Moussa s'étaient levés.

— Demeurez auprès de moi, dit le cheick ; Daoud apporte des nouvelles du kasr de Schabat... et probablement aussi des Kurdes d'Ourmiah
dont la disparition nous inquiétait ce matin..., il peut parler devant
vous !...

— Maître, reprit le voyageur, la prisonnière s'est évadée !...

— La Ghazié ?... s'écria Kassem.

— Malheureux ! murmura le cheick, tu l'as laissée fuir avec les bandits du Kurdistan !...

— Sidna (notre seigneur), répondit Daoud, il faut qu'un Djénour
(un génie) soit venu la prendre par la main et l'ait emmenée par les
chemins de l'air ! Jamais ma surveillance ne s'est lassée, jamais ! crois-
en la parole d'un serviteur qui va mourir !

— Mourir !

— J'avais juré par mon kandjar... et je tiens mon serment !

Daoud-ben-Odjal tira son kandjar. Il allait se le plonger dans la poitrine. Moussa lui saisit la main.

— Attends ! dit-il. Tu mourras en combattant pour le maître. L'heure
est proche !...

CHAPITRE XIII

IMPOSSIBLE DE PEINDRE

Le 16 mars, à neuf heures du matin, le peintre de paysage Robert Desnoëls débarquait du paquebot le *Tancrède* et mettait le pied sur le quai de Beyrouth.

Vêtu d'une vareuse bleue, le gilet à demi caché par une large ceinture rouge, les cheveux en broussaille sous un grand chapeau de feutre gris, l'artiste disputait ses bagages à l'empressement trop familier des hamals (portefaix).

— La paix ! criait-il, la paix !... Comment, vous vous mettez dix contre un !... Bon, il en arrive d'autres, toute une armée !... Attendez, sacrebleu, attendez !... Vous allez me crever mes toiles... On n'a donc pas la moindre idée de l'art, dans ce pays ?... Ne touchez ces choses qu'avec respect.

Et l'armée des hamals, tourbe bruyante d'Arabes, de Maltais, de Kurdes déguenillés, enveloppait le voyageur. Tous ces portefaix parlaient à la fois, s'exprimant avec une étourdissante volubilité dans ce jargon *franc* qui est le *sabir* des échelles du Levant.

— A bas les pattes, sacrebleu !... reprenait Robert Desnoëls en jouant vigoureusement des coudes. Six pour une seule malle, douze pour les autres paquets, c'est effrayant à la fin... Trop de commissionnaires non médaillés qui me tombent sur le dos !...

— Sidi !... Sidi !... glapissaient les Arabes et les Kurdes.

Môssou !... Signor !... Signor, Môssou !... disaient les Maltais, les Dalmates, les Albanais, les Grecs, les Cophtes.

Les *chasseurs* des trois ou quatre hôtelleries franques s'efforçaient de repousser ces « chiens du port » et faisaient leurs offres de service.

Les hamals revenaient à la charge :

— Sidi !... Môssou !... Signor !...

Le voyageur hésitait encore à leur confier ses bagages.

Il avait deux partis à prendre : ou se faire conduire dans un hôtel franc, ou se présenter chez le commerçant levantin qu'Halil lui avait désigné, dans ses lettres, comme son correspondant à Beyrouth.

— C'est chez ce correspondant, se disait-il, que le prince m'attendra ou viendra me chercher.

Pendant que Robert réfléchissait, en essayant de tenir les portefaix à distance respectueuse, un nègre agile et vigoureux, le burnous blanc roulé en bandoulière sur le caftan brodé d'or, accourut, la carabine à la main.

Ce nègre fendit la foule, distribua libéralement les coups de crosse et cria :

— Sidi Desnoëls !... sidi Desnoëls !...

Robert se précipita en avant, bouscula les portefaix et aperçut enfin la face d'Abdallah, cette figure ronde qu'il appelait « une pleine lune noire ».

— Toi ! s'écria-t-il, toi, *negro bono !*... Viens, moricaud, jamais je n'ai eu plus de plaisir à voir ta tête crêpue !... Où est ton maître ? où est le prince Halil ?... Ah ! le voilà !... le voilà... Vive la France !...

Un groupe de cavaliers syriens avait suivi Abdallah et venait de s'arrêter sur le quai.

Les gens du port disaient, admirant l'éclat des costumes, la richesse des armes, la beauté des chevaux :

— Par la barbe de Brahim (Abraham), voilà des djouads (nobles) de la montagne, et ceux-là ne se nourrissent pas seulement d'olives et de fromage !...

Deux de ces djouads mirent pied à terre et saluèrent joyeusement le Franc débarqué du *Tancrède* :

— Robert !

— Monsieur Desnoëls !...

Le peintre se jeta dans les bras du prince Halil...

— Ami, disait-il, pleurant et riant tout à la fois... ami !... ami !...

Il ne trouvait pas autre chose !...

Et la première émotion un peu calmée, l'artiste regarda le prince avec une admiration naïve.

— Sacrebleu, s'écria-t-il..., savez-vous que vous êtes superbe !... Je vais vous peindre dans votre costume de sultan !

Puis, apercevant Nazim qui lui souriait, il lui tendit la main en disant :

— Merci, monsieur le suspect, vous êtes un bien brave homme !...

Les domestiques d'Halil arrachèrent aux portefaix les bagages du voyageur franc. Obéissant au signe du jeune maître, Mansour jeta aux hamals quelques poignées de paras, et pendant que les pauvres diables du port se disputaient les pièces de monnaie, Abdallah amena un cheval aussi brillamment harnaché que celui du prince.

— Sidi Desnoëls, dit l'habesch, mettez votre pied sur mon genou ; je tiens l'étrier.

— Ah ! demanda Robert, il faut que je caracole, moi aussi, et que je fasse la fantasia ? J'avoue que je manque d'habitude, moricaud !

— Votre cheval est aussi doux que Guébla, répondit le domestique noir.

— Aussi doux que Guébla ! Sapristi, j'oubliais qu'on m'avait chargé de donner des nouvelles de Guébla ! Halil, votre beau nedjéen n'a pas été mangé ; on lui a fait grâce parce qu'il a conduit à l'honneur, sur le champ de bataille, un *éclaireur de la Seine,* notre ami Lucien de Mausseins. Mais j'ai tant d'autres choses à vous apprendre que je ne saurais par quoi commencer. Laissez-moi d'abord me débarrasser de mes boîtes et de mon parasol, ça ne doit pas être commode pour chevaucher dans les rues de Beyrouth ! Attention, negro bono, c'est sacré, l'outillage de la fabrique aux chefs-d'œuvre !

Et après avoir confié à l'habesch tout son attirail de peintre, Robert Desnoëls monta à cheval.

— Sire, dit-il au prince, est-ce que de ce pas Votre Majesté me mène dans ses états ?...

— Non, répondit Halil, mon père a pensé que vous prendriez volontiers deux ou trois jours de repos à Beyrouth.... Vous visiterez notre grande ville syrienne, ou plutôt nous la visiterons ; à mon arrivée en Orient, j'y ai passé une semaine, mais j'étais malade, et si triste, que je n'ai rien vu !...

— Et maintenant ?

— Maintenant, j'aurai auprès de moi un frère qui me parlera de la France et de tout ce que j'aime ! Ah ! si vous saviez combien j'ai été malheureux cet hiver, dans mon isolement !

— Et moi !... et nous !... Séquestrés, mon ami, absolument séquestrés !... Il n'y avait plus que notre pensée qui pût voyager, et je vous jure qu'elle s'est mise en route bien souvent pour aller vous consoler... Mais, je vous l'ai dit, nous en étions réduits à nous demander : « Où est-il ? A-t-il eu le courage de vivre ? » Les lettres que nous aurions expédiées par ballons montés ne vous seraient pas parvenues avec cette adresse trop fantaisiste : « Au prince Halil, quelque part en Orient. » Les vôtres, comme celles de nos parents et de nos amis de province, étaient *en souffrance pour cause de blocus*. Eh ! c'était nous qui souffrions de ne pas les recevoir ! Elles me sont arrivées toutes ensemble le mois dernier.

— Toutes ?

— Au fait, il y en a une qui a dû s'égarer ; la première, très probablement ; certains passages des autres me le font supposer...

— C'est celle que je vous avais envoyée le 18 août...

— Pas de lettre du 18 août !... A cette époque, mon ami, on me demandait du Fresnoy trois ou quatre fois par semaine : « Avez-vous des nouvelles ? », et en répondant non, toujours non, je n'osais exprimer mes craintes... Jamais je n'ai consenti à communiquer le billet que vous aviez écrit dans mon atelier... Quand je le relisais, ce billet me donnait le frisson !...

Le 19 septembre arriva ; Paris fut complètement investi. Le lendemain M. de Mausseins frappait à ma porte ; il était venu avec sa fille aînée et Mlle de Bellegarde.

Mlle Clotilde entra, toute tremblante et mit sa main dans les miennes, sans rien dire.

Nous étions là, tous quatre, à nous regarder, muets, consternés.

Les yeux de Mlle Clotilde se fixèrent sur une des études que j'avais faites à Ramyes, celle où l'oncle Philippe, assis dans son jardin, sculpte le coffret de mariage... Et alors... Mais tenez, voilà que je vais pleurer, comme nous pleurions !... Ça n'est pas permis, n'est-ce pas, à Beyrouth, devant des Orientaux qui n'estiment que les *hommes forts* !...

Ma foi, je ne suis pas précisément un homme fort, moi, et j'ai dû bien souvent laisser voir que j'avais le cœur plein, plein à déborder, pendant les cinq mois de siège... Quand je revenais du bastion et des avant-postes, je courais au faubourg Saint-Jacques, où la famille de Mausseins s'était réfugiée... Mlle Marthe malade, épuisée, nous parlait de l'avenir de sa jeune sœur.

— « Juliette vous aimera comme je ne saurais aimer, me disait-elle. »

Moi, je lui répondais : — « Marthe vous vivrez ! il faut que vous viviez ! »

Je ne pouvais pas lui promettre d'épouser Juliette... une enfant !...

L'avenir de Juliette est assuré par Mlle de Bellegarde; Lucien, plus insouciant que jamais, vient de passer en Algérie avec le grade de lieutenant... et moi je cours le monde en essayant d'oublier.

Eh bien, pourtant, il faut tout dire, je pense quelquefois à Juliette !... Il me semble que cette enfant est un peu de ma famille... et j'ai eu grand plaisir à la revoir avant mon départ...

— Chez M. de Bellegarde?... demanda le prince.

— Oh ! non, il paraît que je suis encore considéré comme un personnage fort dangereux... Mais, je vous l'avais écrit, j'espérais rencontrer la petite Jeanne au Luxembourg... Cela dépendait d'un rayon de soleil... Dans l'après-midi, le vent a chassé les nuages, le soleil a brillé dans un ciel presque pur, et je suis allé attendre mes trois jeunes amies devant la fontaine de Médicis.

Elles sont venues à deux heures ; Jeanne m'a aperçu la première. Vous entendez son cri de joie: « Monsieur Robert!... » Juliette, souriante, m'a tendu ses deux mains, et Mlle Clotilde a cherché à lire dans mes yeux...

— Enfin !... a-t-elle murmuré.

Je voyais ses joues se colorer et ses lèvres trembler sous sa voilette noire...

— Oui, répondis-je, il a écrit et je vous apporte ses lettres, toutes, toutes !...

— Elle les a lues ?... s'écria le prince.

— Je les ai laissées entre ses mains, mais en lui faisant promettre de me donner mon message dans les vingt-quatre heures !...

— Votre message ?... Elle a consenti ?...

— Il le fallait bien ; je n'admettais plus aucune hésitation... Oh ! d'ailleurs, son cœur n'hésitait pas... J'avais dit le mot magique : « Mademoiselle, je pars demain pour l'Orient... »

Elle s'était appuyée, défaillante, sur le bras de Juliette... « Demain ?.. balbutiait-elle, vous allez le voir ? — Je vais... lui rendre l'espérance ! — Dites-lui... — Non, mademoiselle, si vous ne me confiez pas une lettre, je ne dirai rien, rien ! — Une lettre de Jeanne ?... demanda Juliette. — Soit, une lettre de Jeanne, mais avec un post-scriptum de Mlle Clotilde... »

Halil, j'ai tenu mordicus à mon post-scriptum, et je l'ai..., je l'apporte...

— Donnez mon ami... dit le prince, dont la main tremblait... Mais non, je ne pourrais dissimuler mon émotion... Tout à l'heure, chez moi...

— Ah ! reprit Robert, il me serait difficile de vous remettre le message ici, dans la rue. Il est sous double serrure, dans ma plus belle boîte, avec les objets précieux, les chères reliques...

— Les chères reliques ?

— Mais oui, vos fleurs... les œillets blancs de Ramyes, ceux qui étaient restés au fond du coffret... Vous verrez avec quel soin on les a conservés !...

— Et puis ?...

— Et puis le portrait !... car il y a un portrait... Je ne devais rien dire jusqu'au dernier moment, mais c'est plus fort que moi... Oh ! vous aurez assez d'autres surprises !... C'est inouï ce que deux jeunes filles, aidées d'une enfant, peuvent préparer de surprises en quelques heures... Tout a été fait du jour au lendemain... Où donc est ma boîte ?... Abdallah, negro bono, ici, ici !

L'habesch portait « l'outillage de la fabrique aux chefs-d'œuvre », ou du moins il en portait une partie.

— Marche devant moi, moricaud, dit le peintre, afin que j'aie toujours l'œil sur mes trésors ; il y a probablement, à Beyrouth comme à Paris,

des escamoteurs qui opèrent dans la rue, sans musique et sans gobelets!
Où diable nous conduis-tu?

Abdallah venait de s'engager dans une rue étroite et tortueuse, bordée
de maisons d'apparence misérable et presque sordide. Çà et là les terrasses de ces maisons surplombaient, et parfois les massifs contre-

35

forts qui supportaient des arcades rétrécissaient encore la chaussée.

— Ceci, dit Halil en souriant, ne vous rappelle ni la rue de la Paix, ni la rue de Rivoli, ni même l'avenue de Villiers ?...

— Le fait est, répliqua l'artiste, que ça ne paie pas de mine...

— C'est ainsi presque partout, dans nos villes orientales ; les riches cachent leur richesse avec plus de soin que les pauvres leur pauvreté.

Le prince mit pied à terre devant la porte d'une maison dont la façade n'était percée que de deux petites fenêtres à moucharabis.

Il précéda Robert dans un couloir obscur, aussi tortueux que la rue. Nazim, Mansour et les gens de l'escorte les suivirent, tenant leurs chevaux par la bride.

Au sortir de ce couloir, le peintre traversa une cour plantée de sycomores et entourée de vieux bâtiments d'aspect vulgaire, maussade. Mais à l'extrémité d'un second corridor, il s'arrêta ébloui...

Ah ! murmura-t-il, quel changement de décor !... C'est un tableau de féerie !...

Au milieu d'une cour pavée en fine mosaïque, des eaux limpides jaillissaient de trois grands bassins de marbre, répandant leur pluie irisée sur des massifs d'arbustes et de fleurs. Cette cour était entourée de portiques aux blanches colonnes, et sous les légers arceaux que supportaient ces colonnes, on apercevait les somptueux appartements du rez-de-chaussée, les cintres sculptés des portes, les brillantes rosaces aux vitraux multicolores, les boiseries peintes, les niches ogivales, à demi voilées par des tentures de soie, les poutrelles dorées et les caissons délicatement fouillés des plafonds, les sofas recouverts de magnifiques étoffes, les tablettes chargées de pièces d'orfèvrerie.

— Première halte dans le pays des rêves !... s'écria Robert. — Abdallah, ma boîte, une toile et une pile de coussins... Je veux peindre un coin de ce palais...

— C'est, dit Halil, la maison que nous avons habitée, mon père et moi, lorsque je suis revenu de Chypre... Voici votre chambre, mon ami, ou plutôt notre chambre, si vous voulez...

— Si je veux !... mais ayez la bonté de m'introduire et de présenter mes excuses...

— A qui ?...

— Je ne sais pas, mais il me semble que je n'aurais pas dû entrer dans ce palais en vareuse et en chapeau mou... Je détonne là dedans, je détonne !...

Halil s'était déjà emparé de la boîte du peintre, — la belle boîte à double serrure...

— Ah ! c'est juste, dit Robert, allons au plus pressé... Aux nouvelles de la rue de Tournon... Tenez, voici la clef du trésor... Vous ne pouvez pas ouvrir, vous êtes trop impatient, votre main tremble... laissez-moi faire !...

Le trésor, c'était un coffret ancien cerclé d'or émaillé, un coffret aux armoiries de Mlle de Bellegarde.

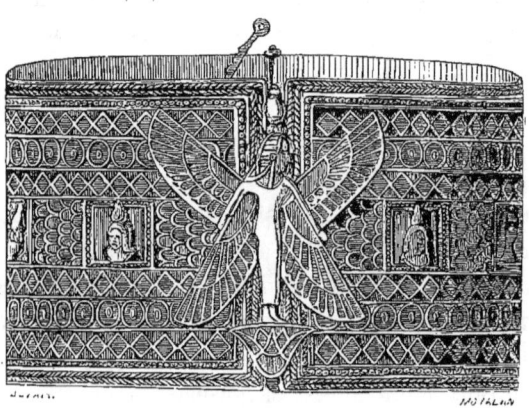

Coffret.

Halil y trouva d'abord les œillets blancs de Ramyes, pressés entre deux sachets de soie bleue ; puis, sous les sachets, dans une épaisse couche d'ouate, un médaillon avec un portrait.

Un portrait de jeune fille blonde...

— Dites-moi donc de vous laisser seul un instant, s'écria Robert... Il y a des moments dans la vie où le meilleur ami n'est plus qu'un gêneur, n'est-ce pas ?... Je vais visiter notre palais... Ah ! avant de redescendre, il faut cependant que je vous demande votre opinion sur cette miniature.

— Mon opinion ?... balbutiait le prince..., les yeux pleins de larmes...

— Bon !... reprit l'artiste, je la connais, c'est votre cœur qui me répond... Vous êtes content de l'auteur ?...

— Ah ! ami, ami... c'est vous..., vous qui avez fait ce portrait ?...

— Cet hiver, dans la petite maison du faubourg Saint-Jacques, auprès du lit d'un mourant... C'est peut-être pour cela que le regard de la jeune fille blonde est si triste... Mais suis-je bête de vous dire ces choses..., quand nous devrions être tout à la joie, tout au bonheur !... Je vous laisse, je vais fumer du vrai latakié avec mon excellent suspect.

Halil, demeuré seul, couvrit le portrait de baisers.

— Clotilde, disait-il, ma sœur, ma fiancée... ma vie !...

Puis il lut la lettre de la petite Jeanne, la lettre naïve et charmante, écrite « au grand ami prince » sous la dictée de Juliette.

Et à cette lettre Clotilde avait ajouté quelques lignes.

« Halil, ne désespérez jamais, jamais !... Aux heures de souffrance, songez que nous avons été fiancés à Hombourg. Ma mère nous a bénis, elle nous réunira. J'ai confiance malgré tout, et pour vous rendre le courage, la force, je vous envoie mes pensées de chaque jour. Dans ce récit de ma vie, depuis le moment où je vous ai dit adieu, de loin, sur la route de Maisse, vous trouverez bien des tristesses, mais pas la trace d'un doute !...

« Hier mon père me demanda, oh ! doucement, car j'ai fini, je crois par lui faire pitié : « Pauvre enfant, tu l'aimes encore ? » Je répondis : « Je l'attends. » Il me regarda sans colère. Je sens que le temps est proche où il ne restera dans son cœur que le regret de nous avoir condamnés à souffrir... Courage donc, courage encore et sans cesse !...

Au fond du coffret, Halil trouva plusieurs cahiers où Clotilde avait noté, pendant huit mois, les incidents de chaque journée.

C'était un récit écrit bien simplement, avec la sincérité de ces âmes pures qui peuvent faire sans réticence et sans trouble l'aveu de toutes leurs pensées.

Le prince venait d'en lire les deux premières pages, lorsque Robert Desnoëls rentra en disant :

— Impossible de peindre ça !... J'ai beau chercher le point, je ne trouve pas... C'est comme un fourmillement de couleurs dans une lumière qui n'est ni celle d'Antraygues — quoique Antraygues soit pour moi le plus beau pays du monde — ni celle de Ramyes, ni celle d'Arbonne, ni celle du quai de Béthune !... Le suspect, qui est décidément un homme intelligent, m'affirme que mes pauvres yeux de Franghis s'y habitueront... En attendant, je demande des lunettes bleues... Abdallah! où es-tu?... Va m'acheter des lunettes !...

Que de fois Robert répéta, pendant les premiers temps de son séjour en Syrie:

— Impossible de peindre !... Impossible de peindre !

Lorsqu'il voulut faire porter par Abdallah son chevalet et son pliant à

l'entrée du grand bazar de Beyrouth, Nazim s'efforça de l'en dissua-
der :

— A l'entrée du bazar ! dit le suspect, vous n'y songez pas sérieusement, monsieur Desnoëls?...

— Quel inconvénient y verriez-vous donc ?

— Eh ! je craindrais que la populace musulmane du marché vous fît un mauvais parti !... J'ignore si elle est devenue plus tolérante depuis quelques années, mais autrefois elle aurait lapidé avec le plus beau zèle un artiste franc qui se serait avisé d'ébaucher dans la rue le portrait d'un moûcre ou d'un hamal !...

— Diable!... Il me faut des types et des costumes, pourtant!...

— Nous pourrions vous amener les modèles ici, dans la première cour de la maison... des Bédouins du désert, des Kurdes, des Grecs, des Juifs. Les Osmanlis eux-mêmes sont beaucoup moins farouches en particulier qu'en public... Mais introduire ainsi toutes sortes de gens chez le maître, croyez-vous que ce soit prudent?...

— Alors, je devrai me contenter de faire poser Abdallah?

— Et nos montagnards, si vous le désirez...

— Vos montagnards ? Ils sont tous plus fiers que le prince!...

L'artiste s'arrêtait-il, le carnet et le crayon à la main, devant la porte ouverte d'une vieille mosquée, les fidèles criaient à la profanation. Essayait-il de dessiner les ruines des remparts ou la tour de Fakardin, les soldats du pacha, si somnolents d'ordinaire, roulaient des yeux furibonds.

— Venez, venez, disait Nazim effrayé, on croirait que vous relevez les points faibles de l'enceinte, pour livrer la ville aux ennemis!...

— Mais, répondait le peintre, il n'y a pas autre chose que des points faibles!...

— Il ne faut pas avoir l'air de s'en apercevoir!

— Eh bien, si je m'installais devant cette porte tendue d'un rideau de soie?... J'ai remarqué qu'il y passe beaucoup de femmes...

— Malheureux, c'est l'entrée d'une maison de bains!... Le rideau indique que, jusqu'à ce soir, la maison ne sera ouverte qu'aux dames.

— Mais puisque toutes ces baigneuses sont enveloppées des pieds à la tête dans leurs abominables fourreaux..., la morale musulmane ne s'effarouchera pas ! C'est à peine si nous apercevons çà et là un bout de babouche...

— Chut!... chut!... Si vous regardez trop longtemps ce bout de babouche, nous aurons contre nous toute la population du quartier!...

— Impossible de peindre, alors !...

Quatre jours après, lorsque le prince et son escorte sortirent de Beyrouth et s'acheminèrent vers les hauts plateaux du Liban, Robert Desnoëls n'emportait que des notes prises de la terrasse du palais.

— Comme vous allez vous dédommager chez les émirs du Kesrouan!... lui disait Halil...

Chez les émirs maronites du Kesrouan, le prince et son ami reçurent une hospitalité fastueuse.

— Fête aujourd'hui, fête demain, fête après-demain, s'écriait Robert... fête jusqu'à la fin des fins !... Je ne trouverai pas une heure pour peindre !..,

CHAPITRE XIV

LES CHIENS AFFAMÉS

Ce fut seulement dans la première semaine d'avril que le prince put retourner à l'Ouady-ech-Sehaur.

Youssef-ben-Abbas et quatre autres émirs du Kesrouan avaient accepté l'invitation que le cheick du Djébel leur avait fait faire par son fils de venir passer quelques jours dans sa vallée.

Ils se mirent en route avec Halil et Robert. Chacun de ces petits princes de la montagne emmenait une dizaine de serviteurs, ses meilleurs chevaux et ses meutes de slouguis (lévriers).

Lorsqu'ils traversaient les villages du Liban, ils faisaient déployer leurs étendards. Les piqueurs sonnaient de la trompe ; Abdallah et les coureurs de l'avant-garde rivalisaient d'audace et d'adresse dans les brillants exercices de la fantasia.

— Halil, disait Robert Desnoëls, vous m'aviez promis de venir m'attendre à Beyrouth avec une petite armée ; la voilà, cette armée !... Elle est toute féodale ; les seigneurs suzerains, magnifiquement vêtus, sortent de leurs manoirs avec leurs hommes d'armes, leurs équipages de chasse et leur fauconniers ; les pennons flottent au vent ; les olifants appellent les manants à l'hommage ; c'est complet, il n'y manque pas même le noir Sarrasin amené captif d'une expédition en terre sainte ; mais je dois faire une singulière figure dans le tableau avec ma vareuse et mon feutre gris !...

La caravane se reposa un jour dans la pittoresque ville de Zahleh, sur la pente orientale du Liban ; puis elle traversa la plaine de la Bekaa et s'engagea dans les défilés du Djébel-ech-Chick.

Elle devait arriver avant la nuit à la vallée des Hassanites.

A trois ou quatre berris (environ sept kilomètres) de la forêt de cèdres, le guide Mansour s'arrêta épouvanté.

En travers du chemin creux, un homme gisait dans une mare de sang.

Et cet homme, Mansour le reconnaissait pour un Syrien de l'ouady.

— Regarde, s'écria le guide en se retournant vers Halil, les chiens du Kurdistan ont tué un de nos frères... Tu ne laisseras pas le crime impuni !

— Un de nos frères... tué par les Kurdes ? dit le prince mettant pied à terre et se penchant vers la victime... Oh ! vois, il respire encore, il essaie de se soulever, sa main cherche la mienne !...

— Sidna... balbutia le mourant, le Maître m'envoyait... pour...

Ce fut tout... La voix s'éteignit, la tête retomba, le regard devint fixe.

Le malheureux qui venait de mourir était un jeune homme de vingt à vingt-deux ans, grand, robuste, à la physionomie intelligente. Halil se rappelait l'avoir vu parmi les gardiens du bordj.

— Mansour, demanda le prince, n'est-ce pas ce Feyzoul qui m'a plusieurs fois accompagné à la chasse du lerouy ?

— Tu as dit son nom, répliqua le guide. Feyzoul était agile comme la gazelle, il bondissait devant toi de rocher en rocher.

— As-tu entendu les paroles qu'il a murmurées en expirant ?

— Oui, il t'a dit : « Le Maître m'envoyait. » Le Maître n'aurait pu trouver parmi ses jeunes serviteurs un messager plus prompt et plus courageux!

Les montagnards de l'escorte regardaient le cadavre et comptaient les blessures.

— Deux coups de feu, disaient-ils, deux balles entre les épaules!...

— Une troisième a brisé le bras gauche... Elle a été tirée par derrière, comme les autres... Pourtant, Feyzoul n'était pas homme à tourner le dos à l'ennemi!...

— Lui, tourner le dos aux chiens du Kurdistan!...

— Feyzoul, dit le guide, avait une mission à remplir, une mission du cheick du Djébel... Il ne devait pas combattre... il devait arriver!...

Halil cherchait vainement à deviner quelle pouvait être cette mission et pourquoi les Kurdes avaient assassiné le messager.

— Mansour, reprit-il, ta conviction est que le crime a été commis par les Kurdes?...

— Ah ! les bandits, les lâches bandits, s'écria le guide, ils en ont commis tant d'autres, au temps où la Ghazié était toute puissante dans l'ouady!... Mais cette fois, ils paieront la *dya* (le prix du sang), et ils la paieront pour tous les meurtres de jadis, nous le jurons par nos kandjars!...

Les montagnards de l'escorte répétèrent le serment.

— Frères, poursuivit Mansour, nous n'abandonnerons pas le corps d'un hassanite à la dent des hyènes!...

— Non, non, il faut le porter aux pieds du cheick... Le Maître fera justice!...

— Aidez-moi donc à mettre Feyzoul sur mon cheval!... C'est moi qui le ramènerai à l'ouady!...

Le khébir (guide ou conducteur) attacha le cadavre sur la croupe de son cheval, et la caravane se remit en marche.

Pour honorer le mort, Halil voulut être au premier rang.

— C'est ma place, disait-il, dans le convoi funèbre d'un ami... d'un frère!...

Ses yeux se fixaient obtinément sur le corps inanimé de Feyzoul.

Personne, dans la caravane, n'osait rompre le silence. Les hassanites ne songeaient qu'à venger leur ami; la crosse du fusil appuyée sur la cuisse droite, ils fouillaient du regard les anfractuosités des rochers, les buissons, les bouquets de pins. Le premier Kurde que le hasard amènerait dans le défilé, servirait immédiatement de cible à une dizaine de moukhalas.

Nazim, très sombre, comprenait que toute tentative pour apaiser la colère de ces braves gens serait durement repoussée, et il se taisait, cherchant les moyens de parer à des dangereuses complications.

Superstitieux comme tous les Orientaux, les émirs du Kesrouan et leurs serviteurs avaient murmuré :

— *El faal !...* le présage !...

En gravissant les escarpements du Djébel, ils regardaient si les kattas rouges (les perdrix) se lèveraient à droite ou à gauche. Les piqueurs retenaient les chiens, afin « de ne pas contrarier le sort ».

Robert, qui, jusqu'alors, avait causé très gaiement avec Youssef-ben-Abbas, n'interrompant la causerie que pour admirer le paysage ou pour chanter quelque couplet de ses vieilles chansons vivaraises, Robert avait dit à Abdallah :

— Donne-moi un fusil, moricaud, et un fusil sérieux, je te prie, une des bonnes armes de ton sidi !

Et après avoir glissé deux cartouches dans une excellente carabine américaine, il était venu se placer aussi près que possible d'Halil et du guide.

Comme le prince, il ne pouvait détacher ses regards du corps de Feyzoul.

Ce lugubre spectacle l'impressionnait fortement.

— Quel tableau, pensait-il, pour un artiste d'un tempérament puissant !... Je peindrais le décor du drame, moi, les masses de rochers çà et là hérissées de broussailles, le chemin étroit et sinueux, la verdure sombre des cèdres que nous commençons à apercevoir là-haut, sur le bord du plateau... Mais le drame lui-même, le mort ballotté par chaque pas du cheval, les physionomies farouches des amis, la morne tristesse du cortège, c'est impossible à rendre... Notre Regnault l'aurait essayé... mais Regnault est tombé devant le mur de Buzenval !...

Mais de tous les personnages de cette scène, le plus triste c'était Halil. Il se rappelait avec douleur l'étrange obstination de son père à compter sur l'alliance des Kurdes. Il se souvenait du jour où le cheick lui disait, en redescendant du sommet du Djébel :

— L'heure venue, je lancerai sur les Osmanlis les bandes de chiens affamés !

Et le jeune prince avait répondu :

— Les chiens affamés dévoreront tout ce qui se trouvera sur leur passage !...

Ces prévisions allaient-elles se réaliser ?... Ou bien le crime commis par les Kurdes dans le défilé de la Kalata, aux abords de l'ouady, n'obligerait-il pas le cheick à ouvrir les yeux ?... Hassan ne verrait-il pas enfin qu'entre ses montagnards syriens et les vagabonds du Kurdistan une alliance sincère était impossible ?...

Cette dernière hypothèse était la moins effrayante. Le cheick, forcé de sévir contre les meurtriers, se mettrait à la tête de son peuple ; il refoulerait vers le nord les « chiens affamés ». Pour l'accomplissement de ses projets, d'autres alliés lui seraient acquis, des alliés honorables : les Nazaréens des environs de Damas, les émirs du Kesrouan, toutes les populations maronites des deux montagnes... Peut-être alors parviendrait-on à s'assurer l'appui de la France... Halil retournerait à Paris, il y trouverait des auxiliaires dévoués, il saisirait l'occasion la plus favorable pour engager les négociations.

Oui, mais la France était vaincue, accablée ; elle perdait deux provinces, elle avait cinq milliards à payer ; les armées ennemies campaient encore sur son territoire !... Le temps était passé des généreuses interventions...

Et le prince courbait la tête en murmurant :

— Le reverrai-je jamais, ce pays que j'aime de toute mon âme !...

La caravane venait de s'engager sous les cèdres trois ou quatre fois centenaires.

Comme dans le chemin creux où il avait aperçu le jeune Syrien assassiné par les Kurdes, Mansour s'arrêta brusquement :

— Maître, cria-t-il, Maître, le malheur est sur les nôtres... Regarde !... regarde !...

La caravane fit halte... Seuls le prince Halil, Robert Desnoëls et les montagnards de l'escorte se portèrent en avant.

Trois cadavres étaient étendus sur le sol nu qu'ombrageaient les vieux cèdres.

— Oui, reprit le guide en mettant pied à terre, voici encore deux des

nôtres, deux hassanites, frappés par les balles des brigands.... mais ils
ont combattu ; le troisième cadavre est celui d'un Kurde maudit !...

— Un seul de ces chiens ignobles pour trois braves Syriens !...
s'écrièrent les serviteurs du cheick... Oh ! vengeance, vengeance !...

Les trois corps étaient glacés et rigides ; la mort devait remonter au
moins à huit ou dix heures.

Autour d'eux le terrain avait été fortement foulé.

— La lutte a dû être acharnée, dit Nazim après avoir examiné les
empreintes de pas et les traces de sang... On a emporté, ou plutôt traîné
des blessés dans la direction de l'ouady.

— Alors... demanda Mansour à voix basse, nos Hassanites auraient
été vaincus... et refoulés vers le bordj ?...

Les cadavres des deux Syriens avaient été presque entièrement
dépouillés. Les Kurdes étaient donc restés maîtres du champ de bataille !

Halil, agité par les plus sombres pressentiments, remonta à cheval
et donna l'ordre de charger les armes.

On traversa rapidement la forêt, et, sur la lisière, Mansour aperçut
un quatrième cadavre, le corps d'un Kurde, vêtu de haillons.

— Ce sont les brigands, dit-il, qui ont traîné leurs blessés jusqu'ici !...
Pourquoi ne les ont-ils pas emportés dans leurs tanières ?...

Nazim et Halil essayaient en vain de s'expliquer le retour des Kurdes
vers la vallée, après un combat avec les Syriens du cheich.

Pas un troupeau dans les pâturages du tell, pas un de ces bergers
qu'on y rencontrait habituellement, juchés sur les hautes selles de leurs
chevaux efflanqués.

— Amis, s'écria Nazim, le Maître aura déjà fait justice... nous serons
délivrés pour longtemps des chiens affamés !...

— Pour toujours, j'espère, répondit Mansour ; il faudra que désormais
les bandits prennent d'autres routes que celle du tell, nous n'en laisserons plus passer un seul à portée de nos fusils !...

Après avoir traversé le plateau, la caravane, suivant l'usage, fit halte
en face du bordj. On déploya les étendards ; les guides et les piqueurs
des émirs sonnèrent de la trompe pour annoncer le retour du jeune
maitre.

Le canon du bordj ne répondit pas.

Cependant, des hommes apparurent sur les plates-formes des deux tours. Ils firent de grands gestes, ils agitèrent leurs fusils et brandirent leurs kandjars, mais sans pousser un seul cri.

Au-dessus de l'ouady s'élevaient des colonnes de fumée.

— L'incendie !... balbutia Nazim atterré, l'incendie... partout !...

Halil s'élança dans le ravin.

Dix minutes après, le pont-levis du bordj s'abaissait, la lourde porte s'ouvrait et toute la caravane s'engouffrait sous la voûte.

— Maître, crièrent des voix éplorées, maître, sauve-nous !...

— Arrête, arrête, dirent les gardiens du fort... la lutte est impossible... ils sont venus par milliers !...

Quel spectacle dans la cour du bordj !... Une partie de la population hassanite s'y pressait éperdue de douleur et d'épouvante. Des blessés gémissaient, étendus sur des nattes souillées de sang. Un jeune homme, affolé par la souffrance, criait à son père, agenouillé devant lui.

— Délivre-moi... finis ce supplice !... frappe, frappe !

Un autre accusait de lâcheté les parents et les amis qui l'entouraient :

— Vous ne savez donc que pleurer ? leur disait-il... Les autres combattent là-bas !... vous les laisserez tous massacrer, tous !...

Des femmes échevelées, la plupart demi-nues, quelques-unes enveloppées dans les machlahs que leur avaient prêtés les soldats du fort, pleuraient accroupies sur les dalles ; des mères regardaient avec une indicible expression de désespoir les enfants couchés à leurs pieds.

Lorsque le prince Halil entra à cheval dans la première cour, les sanglots éclatèrent. Les femmes se levèrent, poussant des cris déchirants.

Le fils du cheick, très pâle, en proie aux plus cruelles angoisses, essaya d'interroger les malheureux qui lui tendaient les mains, les uns le suppliant de les sauver, les autres le conjurant de ne pas aller plus loin.

— C'est le dernier désastre, répondit un vieillard..., c'est la fin de ce pauvre peuple !...

— Où est mon père ?... demanda le prince...

— Le malheur est sur lui, répliqua le vieillard, le malheur est sur tous les Hassanites !...

Le chef de la garnison du bordj accourut.

— Maître, dit-il, que devons-nous faire ?... Faut-il que nous persistions à défendre le fort et la population qui s'y est réfugiée?... C'est l'ordre que nous ont apporté cette nuit les serviteurs du cheick... Mais fais un signe et nous allons au kasr, mourir avec toi !...

— Que s'est-il donc passé, cette nuit ?... s'écria Nazim...

— Tu l'ignores !... tu n'as pas rencontré les messagers que nous avons expédiés à Kab-Elias et à Zahleh pour demander du secours ?...

— Les messagers ont été tués, les uns dans la forêt, les autres dans les défilés. Nous ramenions le cadavre de Feyzoul... mais parle, parle !...

— Les bandits kurdes ont pénétré dans la vallée par le passage du nord... Avant le point du jour ils étaient sept ou huit mille, se ruant à l'attaque du village et du kasr !... Une femme les conduisait, une femme leur avait livré les secrets du cheick...

— La Ghazié ?...

— Oui, la Ghazié !... Nous l'avons vue, ce matin, excitant les chiens maudits !... Nos demeures ont été pillées, saccagées, un grand nombre de nos frères massacrés, leurs femmes et leurs filles enlevées... L'incendie achève l'œuvre de destruction !...

Nous avons fait notre devoir, nous, ajouta le chef du bordj en s'adressant au prince Halil; maître, tous ces malheureux qui t'entourent l'affirmeront !... Notre petite troupe a repoussé quatre assauts. Chaque fois que nous ouvrions les portes, du côté de l'ouady, pour laisser entrer des vieillards, des femmes, des enfants, des blessés, les bandits accouraient du fond de la vallée... J'ai mis nos canons en batterie, là-haut sur l'esplanade et l'ennemi n'ose plus remonter... Peut-être renonce-t-il enfin à s'emparer du bordj; il a dévasté le kasr, les voleurs du Kurdistan emportent leur butin !...

— Et mon père, mon père ?... répéta le prince...

— Le cheick a défendu le kasr jusqu'au milieu du jour... A plusieurs reprises ses ordres nous sont parvenus... Il voulait que le bordj résistât, le bordj a résisté !...

— Et maintenant ?...

— Peut-être le Maître et quelques-uns de ses serviteurs se sont-ils réfugiés dans la kala (la citadelle).

La kala n'est pas prise ?...

— Depuis deux heures aucun messager n'a pu arriver jusqu'à nous... La lutte vient de cesser; nous n'entendons plus un seul coup de feu...

— Fais ouvrir les portes du côté de l'esplanade...

— Tu veux combattre? Ah ! tu es bien de cette noble race des Hassanites qui ne désespèrent jamais !...

— Tu as fait ton devoir, répondit Halil, je vais faire le mien !

Le prince donna ses ordres avec une résolution qui ranima le courage des défenseurs du bordj.

Les portes ouvertes, il monta vers l'esplanade.

— Ami, dit Desnoëls les yeux pleins de larmes, ami, où allez-vous ?

— Robert, répliqua le fils d'Hassan, donnez-moi votre main... Adieu !... mes dernières pensées seront pour vous... et pour elle !... Vous lui direz...

Il n'acheva pas, son cœur se brisait.

Et pourtant, devant la foule dont les regards étaient sans cesse fixés sur son visage, il parvint à dissimuler son émotion.

— Eh bien, quoi, s'écria le peintre, il s'agit de se battre!... Je suis soldat, moi, j'étais à Buzenval !... Vive la France, toujours !...

— La France, dit Halil à voix basse..., je veux que vous la revoyiez, vous... Qui donc porterait mes adieux... à ma fiancée ?

Puis se retournant vers Youssef-ben-Abbas et les émirs du Kesrouan, il les pria de lui donner un dernier témoignage d'amitié...

— Une partie de la garnison du bordj, leur dit-il, va sortir avec moi... Je laisse sous votre garde des femmes, des enfants, des vieillards... me promettez-vous de les défendre et de faire tout ce qui semblera possible pour assurer leur retraite sur Damas ou Beyrouth ?...

Youssef-ben-Abbas tira son kandjar du fourreau.

— C'est toi, répondit-il, qui m'as donné cette arme, lorsque nous nous sommes juré amitié fraternelle, sur la route de Behamdoun. En acceptant ton présent, je t'engageais ma vie. J'irai donc combattre avec toi. Mais voyons l'ennemi. Dis à tes serviteurs de ne pas franchir la porte du bordj jusqu'au moment où nous les appellerons. Si tu veux surprendre les bandits kurdes, il ne faut pas qu'ils puissent nous compter !...

Mettons pied à terre, et marchons vers l'ouady en nous dissimulant derrière ce rideau d'arbres.

Halil, Youssef, Robert, Nazim et le chef du bordj montèrent seuls sur l'esplanade.

De cette vaste plate-forme, leurs regards plongeaient dans la vallée.

36

Elle était belle, cette vallée, elle avait sa parure de printemps. Sur les pentes, les blés, déjà hauts, ondulaient au souffle frais du vent d'asser. Les vergers étaient en pleine floraison ; au pied des coteaux exposés à l'est et au sud, les vignes avaient reverdi ; dans les eaux pures du lac se reflétaient des massifs de figuiers, d'orangers, de grenadiers, de lauriers-roses.

Et de toutes les habitations nichées dans cette verdure et ces fleurs, montait la fumée de l'incendie !...

Plusieurs des plus grandes et des plus riches maisons venaient de s'écrouler. Le village, si heureux, si riant la veille, était dévasté, ruiné. Aux abords du kasr, les chemins étaient jonchés de cadavres.

Les bandits kurdes s'agitaient en un tumultueux désordre autour du palais. Après avoir massacré les serviteurs du cheick, ils avaient pénétré dans les vastes salles où, depuis tant d'années, s'accumulaient les richesses. Maintenant ils commençaient à se partager le butin.

— Que font-ils donc, ces ignobles voleurs ? s'écria Youssef-ben-Abbas... Ah !... ils se battent au bord du lac..., les chiens affamés se dévoreront entre eux !...

— Leurs chefs interviennent pour les apaiser, dit Halil..., mais ils ne peuvent y parvenir... Parmi ces chefs ne vois-tu pas... une femme ?...

— Oui, elle gesticule avec colère..., elle étend le bras vers la tour de la Kalaâ.

— C'est dans cette tour, dit le commandant du bordj, que s'étaient réfugiés les derniers défenseurs du cheick. Ils avaient résisté longtemps, sous les voûtes épaisses, derrière les portes de fer, avant d'abandonner la partie inférieure de la Kalaâ.

— Ils luttent encore !...

— Oui ; peut-être nous aperçoivent-ils... Les braves gens !... ils reprennent courage... ils dirigent un feu plongeant sur les cours intérieures.

— Voyez, dit Youssef, les deux décharges que nous venons d'entendre ont dû faire des victimes parmi les pillards... Quelques-uns des bandits kurdes sortent du kasr effarés, et vont s'abriter sous les portiques... Ah ! mais nous n'avions pas remarqué qu'ils n'ont pas de chevaux, ces brigands !...

— Ils n'auraient pu franchir à cheval les rochers du nord, répondit le chef du bordj. Toute leur cavalerie doit être hors de l'ouady, du côté de Schabat. C'est vers ce point qu'ils ont transporté la plus grande partie de leur butin.

— Combien as-tu de chevaux dans le fort? demanda le prince Halil.

— J'en avais soixante; les réfugiés nous en ont amené une trentaine.

— Fais donc monter quatre-vingt-dix hommes, les plus robustes et les plus énergiques. Donne-leur les meilleures armes. Tu as les fusils

que mon père avait fait acheter l'an dernier en Europe à l'époque de mon arrivée?...

— J'en ai du moins une cinquantaine.

— Et des munitions?...

— Oh! les cartouches ne nous manqueront pas; c'est le canon qui a fait la principale besogne, ce matin.

— Va; réunis tous les hommes valides, fais comprendre aux réfugiés que nous avons encore l'espoir de sauver le Maître et de délivrer l'ouady!... Tu laisseras seulement dans le bordj une vingtaine de soldats éprouvés, pour le service de la batterie.

Un quart d'heure après, le chef du bordj venait dire :

— Tout est prêt !...

Halil voulut une dernière fois presser les mains de Robert et des émirs, mais, pendant qu'il observait l'ennemi, Youssef et le peintre français s'étaient concertés avec les montagnards du Kesroûan ; on avait pris de grandes résolutions.

— Nous te suivrons ! dirent les émirs. Tu as maintenant plus de cent cinquante serviteurs déterminés à combattre ; nous sommes soixante, nous, bien montés, bien armés ; cette troupe fera sa trouée dans les masses des lâches bandits.

— D'ailleurs, ajouta Youssef, les Kurdes ne sont pas aussi nombreux qu'on nous le disait tout d'abord... deux mille cinq cents ou trois mille, pas plus !

— Ils se sont divisés, répliqua le chef du bordj. Il y en a beaucoup dans le kasr et la partie basse de la Kalaâ. D'autres ont déjà quitté l'ouady, pour mettre leur butin en sûreté... Oh ! voyez, les plus acharnés ripostent au feu de la tour... ils ont dû forcer le passage du chemin de ronde... Ils allument l'incendie dans les salles des gardes... La flamme aura bientôt gagné le palais ; eh bien, tant mieux, elle en chassera les pillards ; mais que pourrait-elle contre les masses de pierre de la forteresse ?...

La fumée et la flamme montèrent en effet de la partie inférieure de la citadelle.

Et une explosion formidable se produisit, renversant d'énormes pans de mur.

— Le Maître a fait sauter ce qu'il ne pouvait plus défendre, dit le chef du bordj ; il a voulu accumuler les décombres sur la chambre du trésor !...

Une gerbe d'étincelles avait jailli au milieu d'un immense nuage de poussière et de fumée.

Quand ce nuage se dissipa, les défenseurs de la tour firent une décharge générale, non plus comme tout à l'heure sur les pillards répandus dans les cours, mais sur les bandits massés entre le lac et le kasr.

Des cris de douleur et d'épouvante s'élevèrent du fond de la vallée... Les Kurdes que leurs chefs avaient conduits à l'attaque de la kalaâ, reculèrent en désordre...

— Ah ! dit Halil d'une voix vibrante, à nous maintenant, à nous !...
En avant, mes amis, en avant !...

Cent soixante cavaliers syriens, la plupart ayant en croupe des réfugiés du bordj, s'élancèrent sur les traces du jeune prince.

Ils traversèrent l'esplanade et descendirent vers le lac avec la rapidité de l'ouragan.

Les chevaux hennissaient, les étendards et les machlahs flottaient,
l'acier des armes étincelait dans la lueur du soleil couchant.

Abdallah, poussant le cri de guerre des *nedjéens,* était venu se placer
auprès de son maître.

— Bravo l'habesch !... lui dit Robert en le voyant passer. Si mon
cheval marchait aussi bien que le tien...

— Laboure-lui le ventre !... répondit le noir, poursuivant sa course.

— Lancez les slouguis, criait Youssef-ben-Abbas, en se retournant
vers les émirs du Kesrouan, lancez les slouguis !... Les chiens étrangleront
les chiens !...

Des aboiements furieux retentirent sur les flancs de la colonne, et
les beaux lévriers d'Asie bondirent avec les chevaux dans des tour-
billons de poussière blanche.

La panique s'était emparée des Kurdes; les pillards, affolés, aban-
donnaient leur butin, leurs bandes fuyaient vers le passage du nord.

En vain les chefs s'efforçaient de les ramener au combat; la plupart
de ces misérables jetaient leurs longues lances et leurs fusils.

Cinq ou six cents seulement se massèrent sur la droite du kasr et firent un instant ferme contenance. Une femme, richement vêtue, le tatikos de soie-rouge retenu sur le front par des cordelines d'or, les bras demi-nus, la poitrine couverte de brillantes amulettes, passait devant les rangs en brandissant un kandjar.

— La Ghazié !... s'écria Nazim, enlevant son cheval pour se rappro-cher d'Halil... maître, la Ghazié ?...

Le prince regarda cette femme.

— C'est nous qui allons faire justice ! dit-il.

Des cris de joie partirent de la tour de la Kalaâ...

Les derniers défenseurs du cheick saluaient l'armée de secours ; à la tête des vaillants cavaliers syriens, ils reconnaissaient le fils du Maître.

Ils firent feu de tous leurs fusils ; quelques balles portèrent jusqu'au bord du lac ; deux Kurdes s'affaissèrent, à quelques pas de la Ghazié.

Puis la petite garnison de la tour descendit dans la Kalaâ et, pour attaquer de flanc les bandits groupés sur la droite du kasr, elle franchit avec une incroyable audace les décombres des bâtiments renversés par l'explosion.

Sur ces décombres apparurent deux vieillards...

L'un, très grand et très droit, la tête ceinte du turban bigarré, la barbe blanche étalée en éventail, rejeta le long manteau qui embarras-sait sa marche et s'avança rapidement au milieu des ruines fumantes.

L'autre, un peu courbé, le front entouré d'un bandeau taché de sang, chancela plusieurs fois entre les pierres et les poutres. Son robuste compagnon se retournait pour lui tendre la main.

Ils voulurent suivre la poignée de braves qui depuis dix-huit heures combattaient avec eux.

Halil les vit descendre dans les jardins du palais et s'élancer, le fusil à la main, vers le bord du lac où les chefs des Kurdes essayaient de rallier leurs bandes...

— Mon père !... s'écria-t-il.

— Oui, dit Abdallah, le cheick et sidi Kassem !... Oh !... sidi Kassem est blessé !...

La fusillade crépita sous les portiques du palais ; la petite troupe du cheick essuyait presque à bout portant les dernières décharges des Kurdes.

Halil et les cavaliers syriens étaient encore à plus de trois cents mètres du kasr.

— Les chiens du Kurdistan ne nous attendront pas, dit Youssef... Voyez, ils se dispersent, ils fuient !... Les lâches, les lâches !...

Et là-bas, au bord du lac, une femme criait, comme Youssef :

— Lâches ! misérables lâches !...

Les Kurdes entraînèrent cette femme qui se tordait entre leurs bras.

— Si la Ghazié nous échappe, dit Nazim, malheur à nous, malheur encore !

Les chevaux bondissaient, les flancs déchirés par le tranchant des

étriers ; devant eux s'élançaient les slouguis exaspérés par les cris des maîtres et des piqueurs.

Halil commanda le feu.

Les cavaliers syriens, combattant à la manière arabe, déchargeaient et rechargeaient leurs fusils sans ralentir leur galop.

Quelques groupes de Kurdes résistèrent un moment dans les champs d'oliviers. Mais deux ou trois cents habitants de l'ouady, qui s'étaient réfugiés sur les hauteurs, derrière les rochers, accoururent, armés de pierres et de bâtons. Par tous les sentiers, ces vigoureux paysans se ruèrent sur l'ennemi.

Dès lors la retraite des « chiens affamés » ne fut plus qu'une déroute. Les soldats du bordj, brandissant de grands sabres recourbés, semblables aux cimeterres des anciens mameloucks, hachaient des bras et fendaient des têtes. Les émirs du Kesrouan et leurs serviteurs faisaient feu de leurs longs pistolets ; les paysans lançaient une grêle de pierres ; les slouguis mordaient avec rage les jambes nues des fuyards.

— Quelle chasse !... disait Robert Desnoëls.

Le peintre, médiocre cavalier, suivait de fort loin Halil et Nazim.

Abdallah passa au galop, en appelant de toutes ses forces :

— Sidi !... A nous, sidi !...

Le prince n'entendait pas ; Abdallah lança à fond de train son cheval blanc d'écume et parvint à se rapprocher du maître.

— Sidi, reprit-il, la femme est redescendue avec les plus acharnés des brigands !...

— La Ghazié ?... demandèrent à la fois Halil et Nazim...

— La femme qui commande aux Kurdes. Je l'ai vue rentrer dans le kasr, avec quelques-uns des bandits. Le combat a recommencé devant la porte de la première cour. La femme était comme une lionne folle de fureur.

Halil revint sur ses pas.

Lorsqu'il arriva au bord du lac, deux des plus vieux serviteurs du cheick accoururent à sa rencontre. Les vêtements en lambeaux, les mains et le visage noir de poudre, ces hommes pleuraient.

— Sidna, dirent-ils, le maître nous a donné cet ordre : « Allez apprendre à mon fils que l'ennemie est morte, et que c'est moi qui ai fait justice ! »

— L'ennemie est morte, s'écria le prince, et vous pleurez, vous, les fidèles d'Hassan !...

— Ce qui était écrit est arrivé, répondirent les messagers. L'*implacable* a été terrible jusqu'à la fin. Elle est tombée aux pieds du maître, mais en tombant elle a frappé...

— Frappé mon père ?... dit Halil pâlissant.

— Les moments du maître sont comptés. Va ! Le cheick du Djébel veut que ses dernières paroles soient pour toi.

Le prince s'élança vers le palais. Il mit pied à terre devant le portique et se précipita dans la cour.

Les serviteurs emportaient une femme inanimée.

— Hors d'ici la maudite !... Hors d'ici la *léfa !* criait Moussa le santon en brandissant son kandjar.

Halil eut à peine le temps de voir la face livide de la Ghazié, la longue chevelure dénouée, les bras pendants, les jambes déjà raidies dans leur kolkalls d'or.

— Viens, viens ! lui dit Moussa. Ton regard ne doit pas rencontrer celui de la vipère morte !

Une voix défaillante appelait :

— Halil !... mon fils !

— Père !... répondit le prince en se jetant à genoux.

Hassan, le cheick du Djébel, était étendu sur les dalles, la poitrine ensanglantée. Kassem, blessé dans la dernière lutte contre les Kurdes d'Ourmiah, trouvait encore la force de soutenir dans ses bras la tête pâle du vieux maître.

— Fils, murmura le Cheick, le malheur est sur nous et sur notre peuple... Ah ! la destinée..., les fautes..., Meçaouda...

— Meçaouda t'avait pardonné... Elle t'a aimé jusqu'à sa dernière heure, dit Moussa...

— Pardonné !... balbutia le mourant... Et toi, Halil, mon enfant ?

— Moi, je t'aime..., je t'aime !... répondit Halil dont le cœur se brisait.

Le cheick éleva les mains, essaya de les poser sur les épaules de son fils. Mais elles retombèrent aussitôt. Les frissons de la mort secouèrent le vieillard.

— Maître, maître, disait Kassem, mon âme suivra la tienne !...

Hassan expira entre les bras de son fidèle serviteur et sous les baisers de son fils.

CHAPITRE XV

VIVRE QUELQUES HEURES !...

Lorsque la nuit tomba, la vallée d'Ech-Sehaur était délivrée ; les bandits kurdes fuyaient vers les défilés de Schabat ; mais en fuyant, ils
emportaient une partie de leur butin ; ils entraînaient des femmes et des
enfants pour les vendre aux Osmanlis, comme en 1860 ils avaient vendu
les jeunes nazaréennes de Damas. On entendait de l'ouady les cris
désespérés des captives.

Pendant que les Hassanites s'acharnaient à poursuivre l'ennemi dans
les ravins, Robert Desnoëls, Youssef-ben-Abbas et les émirs du Kesrouan
redescendirent vers le kasr.

Dans ce palais dévasté, ils trouvèrent Halil accablé de douleur entre
son père mort et Kassem mortellement blessé.

Après avoir baisé la main droite du mort, les émirs s'agenouillèrent,
récitant à voix basse leurs prières, les uns en arabe, les autres en
syriaque.

On avait transporté le cheick dans une vaste salle du rez-de-chaussée, que les habitants de l'ouady appelaient « le divan du jugement ».

Là, tous les jours, le seigneur de la vallée siégeait quelques instants, pour trancher les différends qui s'élevaient entre les Hassanites. Quand il avait dit : « Allez, j'ai décidé, mes yeux n'ont vu que le droit », les plus obstinés s'inclinaient avec respect.

Par un étrange hasard, les Kurdes n'avaient pas complètement dévalisé cette salle de la justice. Les vieilles tentures encadraient encore l'estrade au fond de laquelle apparaissaient, éclairés par des lampes d'argent, les *signes de la nation,* le glaive à triple poignée, la hache d'armes, la face d'homme entourée de rayons.

Sur cette estrade on venait d'étendre le corps du Maître.

Les serviteurs lavèrent le sang qui avait coulé des blessures ; puis, ne trouvant plus dans le palais de riches étoffes pour en faire les trois linceuls, ils enveloppèrent le corps dans de longs machlahs de laine blanche. La tête seule demeura découverte sur un coussin.

Le santon Moussa-ben-Hamza, beau-frère du défunt, fit ouvrir la porte de la salle et quelques vieillards hassanites entrèrent, consternés.

— Le cheick du Djébel a-t-il été juste ? demanda Moussa.

— Oui, répondirent les anciens, nous lui rendons ce témoignage !...

— A-t-il été magnanime ?

— Magnanime comme son père, de glorieuse mémoire !

— Reconnaissez-vous que sa fin a été digne d'un grand chérif ?

— Il est mort pour la défense de son peuple !...

— Pères de l'ouady, nous le demandons devant les signes sacrés, le bien l'emporte-t-il sur le mal ?...

— Que le mal soit oublié, que nos fils, comme nous, ne conservent que le souvenir du bien !...

Moussa-ben-Hamza se retourna vers le prince Halil.

— Toi, dit-il, fils d'Hassan et de Meçaouda, désormais le seul maître de l'ouady, le seul chef du peuple, fais ton devoir !...

Le jeune homme se pencha et appuya un instant ses lèvres sur les yeux du mort.

Alors un sanglot lui monta à la gorge.

Une voix faible lui dit lentement :

— Maître, tiens ton âme !...

C'était Kassem qui venait de parler, Kassem, couché sur des nattes, au pied de l'estrade.

Halil s'assit auprès de ce vieillard qui, pendant plus de vingt-quatre ans, lui avait témoigné tant de dévouement.

Il le regardait avec une émotion profonde.

— Ami, lui dit-il, tu as été pour moi un second père... Me pardonnes-tu d'avoir si souvent méconnu ton affection ?...

— Hélas ! murmura le blessé, nous ne pouvions nous comprendre !... Ainsi que le cheick (à jamais soit honorée sa mémoire !), je faisais pour toi de grands rêves !... oui, des rêves... Mes yeux voient la vérité aujourd'hui... trop tard... Nous voulions te donner la richesse et la puissance... Tu cherchais les douces joies de la famille... Ton bonheur, c'était d'aimer et d'être aimé... Ah ! si je pouvais vivre assez pour réparer !... Vivre... ajouta Kassem, quelques heures, sinon quelques jours !... Il le faut !... Soyons calmes, mon enfant... j'ai encore des devoirs à remplir...

Et le vieillard, avec un admirable sang-froid, pansa lui-même ses blessures. Aidé de Nazim et d'un thaleb-médecin que le cheick avait attiré de Tabarié, il étudiait les moyens de prolonger sa vie « pendant le temps nécessaire », disait-il.

Parfois il appelait Moussa et lui demandait :

— On poursuit les fouilles que j'ai ordonnées ?...

— Oui, répondait le santon, avant le milieu de la nuit les travailleurs auront enlevé les décombres que l'explosion avait accumulés autour de la chambre du trésor.

— Les Kurdes n'ont pu forcer les portes de cette chambre ?...

— Non ; ils allaient y pénétrer par la Kalaâ, lorsque le Maître a fait sauter la vieille muraille et les contreforts.

— Pense-t-on que les voûtes aient résisté ?

— Oh ! elles auraient résisté peut-être à la chute de la grande tour !...

Entre dix et onze heures, malgré les soins qu'on lui prodiguait, le blessé sentit s'accroître la violence de la fièvre.

— Irai-je jusqu'au fedjeur ? (jusqu'au point du jour) demanda-t-il au médecin de Tabarié.

Et le médecin répondit par des sentences arabes :

— Nos sages ont écrit : « Il faut toujours être prêt à prendre congé de ce monde, car le plus robuste ne sait s'il vivra du crépuscule à l'aurore... Les jeunes marchent la tête haute et le regard fier, sans se douter que le tisserand a déjà préparé leur linceul ; les vieillards seraient accablés par le fardeau de la tristesse, s'ils se demandaient sans cesse combien de fois s'emplira le bas du sablier ! »

Kassem sourit.

— Oh ! murmura-t-il, je ne compte pas sur le lendemain !... Laisse-moi seul avec le jeune maître et mon frère... Je ne veux perdre aucune des dernières minutes.

Ecoute-moi, Nazim, reprit le vieillard après un moment de méditation ; les bandits du Kurdistan, guidés par la Ghazié, ont dévalisé le palais du cheick ; ils emportent de riches dépouilles, mais le courage d'Hassan et de ses fidèles serviteurs a sauvé la chambre du trésor. C'est là que je t'ai fait passer, cet hiver, tant de longues journées à compulser et à mettre en ordre les titres des créances.

Peu importent l'or, l'argent et les pierreries enfermés dans les coffres de fer ; c'étaient les livres surtout, les livres et les lettres qu'il fallait préserver de la destruction. Nous y aurons réussi, malgré tous les efforts de l'Implacable et des lâches brigands qu'elle a soulevés contre nous.

Achève donc notre œuvre, frère, aucun de nos amis n'en est plus capable que toi !... La plus grande partie de la fortune d'Halil est depuis longtemps hors de l'ouady ; le cheick l'avait mise entre les mains loyales de ses agents de Beyrouth, de Damas, de Zahleh, d'Alep, d'Acre, de Sour, de Nablous, d'Alexandrie, de Chypre, de Smyrne... D'autres dépositaires habitant les villes de l'Occident, Vienne, Naples, Messine, Gênes, Alger, Marseille... Tu les connais presque tous ; ils rendront leurs comptes aux époques que tu fixeras, ou bien ils continueront de faire fructifier les sommes que nous leur avons confiées... Le maître décidera !...

— Ami, dit Halil, cette fortune ne m'appartient pas...

— Elle est à toi, répondit Kassem, à toi bien légitimement !...

— Non, répliqua le prince, elle est le fruit du travail des Hassanites ; mon désir est de la partager entre les familles que vient de ruiner le désastre d'aujourd'hui.

— Tu as le cœur de ta mère, répliqua le vieillard ; la douce Meçaouda, même au temps de son affliction, aurait voulu sécher les larmes de tous les malheureux. Elle a dit bien souvent à ma pauvre Aïscha : « Que

ne suis-je seule à pleurer !... » Oui, mon enfant, tu panseras les blessures
de ton peuple, ta main généreuse cicatrisera les plaies ; mais il faut que
tu aies ta part de bonheur...

— De bonheur ?... dit le jeune homme avec abattement...

— Ta place n'est pas ici, poursuivit Kassem ; je le sentais, je le voyais,
et depuis quelques mois surtout, j'avais beau repousser cette idée, elle
m'obsédait !... A l'heure de la mort, la conscience parle, elle crie la
vérité, entends-tu, la vérité !... Tu ne seras jamais, malgré les efforts
que j'ai faits pour modifier ton caractère, le maître oriental qui ne veut
voir autour de lui que des instruments dociles, le souverain qui méprise

les hommes et les sacrifie à l'accomplissement de ses projets. Il y a
en toi, avec la générosité de ton père, la douceur de Meçaouda et
la tendresse caressante de la femme française qui prit soin de ton
enfance.

La nazaréenne de Ramyes t'aimait comme si tu avais été le fils de ses
entrailles, elle formait ton intelligence et ton cœur, elle élevait ta pensée
jusqu'à la sienne... tu aurais été heureux auprès d'elle... Pourquoi ne
t'ai-je pas laissé vivre sous le charme de son regard !... Je crus accomplir
un devoir et je commis une faute, en écrivant au cheick : « La femme
franque fait de ton fils... un nazaréen !... » Et le Maître répondit :
« Emporte mon fils !... » Ah ! mon enfant, mon enfant, c'est par nous
que tu as souffert, par nous qui pensions t'aimer cependant plus que ne
t'aimait ta mère d'adoption !...

Et pourquoi t'avoir fait souffrir ainsi ? Tu vois où en sont nos grands desseins... Une misérable créature les fait échouer. Si les yeux du Maître pouvaient se rouvrir lorsque ses serviteurs le porteront à sa dernière demeure, là-haut, devant l'esplanade du bordj, ils ne verraient dans l'ouady que la ruine et la désolation... Approche, enfant, approche et écoute... j'ai peur de ne pouvoir... tout dire...

Il n'est pas juste que tu te sacrifies encore, ce peuple ne te comprendrait pas ; pour lui, tu serais toujours « l'homme du Franghistan ». Nos Syriens considéreraient comme des défauts ou des vices tes meilleures qualités... Et puis, le temps est venu peut-être où les Hassanites doivent se disperser comme les fils d'Israël... J'ai beaucoup étudié leurs tendances : avant le désastre, les jeunes se lassaient de la vie si simple et si calme qu'ils menaient dans la solitude de l'ouady. Ils enviaient le sort de ceux qui ont émigré. « Ceux-là, disaient-ils, prospèrent à l'étranger ; le Maître les favorise, le Maître leur fournit les moyens de faire fortune ! » Les Hassanites qui parlaient ainsi n'osaient partir sans l'autorisation de ton père ; ta main ne sera pas assez ferme pour les retenir. Si tu leur demandes pourquoi ils veulent quitter la vallée, ils te répondront qu'il n'y a plus de sécurité pour eux, leurs familles et leurs biens... Hélas ! n'ont-ils pas raison ?... Entre les Kurdes et les Osmanlis, ils trembleront jour et nuit désormais...

Fais donc, afin d'assurer leur avenir, ce qu'un père ferait pour ses enfants, et, le devoir du maître accompli, retourne en France, retourne à Paris !... Sois aimé, sois heureux enfin !... Ah ! si je pouvais t'accompagner... oui, t'accompagner... et renouer les relations que j'avais dû rompre !... Halil, si je pouvais maintenant t'unir à la fille de la nazaréenne !... Tu l'aimes toujours ?...

— Toujours !...

— Elle t'attend ?...

— Oui.

— Je vais écrire à son père. Il faut que je consacre ces dernières heures à réparer... Aurai-je la force ?... Je veux, je veux !...

Le vieillard acheva sa tâche.

— Maintenant, dit-il, je serai calme jusqu'à la fin, je tiendrai mon âme !... Halil, Nazim, Moussa, et vous, monsieur Desnoëls, asseyez-vous auprès de moi... je veux mourir entouré d'amis... Où es-tu, mon enfant ? je ne te vois plus...

Sa main, cependant, tenait celle d'Halil. Le prince se pencha vers le mourant pour l'envelopper de son manteau.

— Le froid du matin te glace, lui dit-il, laisse-nous te porter au bordj...

— Je serais plus près du champ du repos, répondit le vieillard, dont la voix devenait de plus en plus faible... mais les minutes sont comptées... Soulève un peu ma tête... je voudrais encore une fois voir ton père... mon maître... il est là, n'est-ce pas?... Je pensais sauver sa vie en sacrifiant la mienne... il est mort le premier... Destinée... destinée !... Halil, tu me feras enterrer à ses pieds...

Le jour s'était levé, l'air était doux, l'eau pure du lac se nuançait de blanc et de rose comme le ciel, les fauvettes chantaient dans les arbres en fleurs.

Kassem venait de mourir. Ses dernières paroles avaient été pour Halil:

— Retourne en France..., sois heureux !...

Huit ou dix jours après, des soldats turcs venaient prendre possession du bordj.

Le juz-baschi (capitaine) qui les commandait remit au prince Halil une lettre du pacha de Damas.

Cette lettre, où le kodja (secrétaire) avait employé les plus respectueuses formules de la civilité musulmane, commençait ainsi :

« Louange à Dieu, le maître des maîtres qui règnent en ce monde ! Que Dieu soit propice à notre seigneur Mohammed et à tous ses frères prophètes et apôtres !

« Puisse la faveur de Dieu, aujourd'hui et dans l'avenir, en séjour et en voyage, couvrir le fils très sage et très glorieux du grand cheick Hassan-ben-Hassan (que sa mémoire soit à jamais vénérée !), illustre entre les illustres princes du Djébel !...

« Nous avons appris avec une douleur profonde les malheurs qui viennent d'accabler sa famille et son peuple ; et conformément au précepte de Dieu, transmis aux croyants par notre seigneur Mohammed : *Que ta main couvre les fidèles alliés,* nous nous hâtons d'envoyer les secours de notre Haute Puissance. »

Ce qui signifiait, en réalité :

« Sous prétexte de vous protéger contre les attaques des Kurdes, nous mettons garnison chez vous. »

Pour Halil et ses serviteurs, rien n'était plus facile que de forcer une poignée de soldats turcs à reprendre au plus vite le chemin de Damas. Mais le prince comprit qu'en agissant ainsi il fournirait aux Osmanlis l'occasion depuis si longtemps cherchée de traiter les Hassanites comme des rebelles et de les ruiner partout, dans les villes du Levant aussi bien que dans leur vallée.

Il convoqua donc les anciens et leur exposa la situation.

— Ce qui arrive devait arriver, répondirent les vieillards. Au temps de ton aïeul, un thaleb l'avait prédit. Le peuple d'Hassan se dispersera comme s'est dispersée la race de Brahim (d'Abraham). Nos familles veulent aller chercher sur d'autres terres la sécurité qu'elles n'ont plus ici. Si tu le désires, cependant, toi, notre maître, que nous honorons toujours en mémoire de tes pères, nous conseillerons aux malheureux Hassanites la patience et la résignation ; mais bientôt notre voix ne sera plus écoutée, car la souffrance et la peur l'emporteront sur l'affection et sur le respect ; « le sabre atteindra jusqu'à l'os ! »

Ainsi se confirmaient les prévisions de Kassem. L'ouady-ech-Sehaur perdait son indépendance ; elle était vouée à l'abandon ; la plupart de ses habitants allaient s'expatrier. Ceux qui resteraient reconnaîtraient pour chef Moussa le frère de Meçaouda.

Halil laissa les Osmanlis s'installer dans le bordj et vécut sous la tente, comme les Arabes du désert. Sa principale préoccupation fut d'empêcher tout conflit entre les Hassanites et les soldats du juz-baschi.

Nazim travaillait très activement à régler les questions d'affaires. Vers le milieu de juin, il était parvenu à réaliser une grande partie de la fortune du cheick.

Suivant les intentions qu'il avait exprimées à Kassem mourant, Halil distribua aux habitants de la vallée les neuf dixièmes de cette immense fortune.

— Je serai encore assez riche, disait-il, pour faire quelque bien en France ; c'est tout ce qu'il faut.

Lorsque les familles dont il avait assuré l'avenir eurent choisi leurs nouvelles résidences — et presque toutes manifestèrent le désir de se fixer soit à Damas, soit dans les villes du littoral — il les escorta lui-même, avec l'élite de ses serviteurs, jusqu'à leur destination. Puis il revint dire adieu à l'ouady et s'agenouiller sur les tombes d'Hassan, de Meçaouda, de Kassem.

Mansour et ses frères furent autorisés à se construire une maison dans les ruines du kasr. Ils y demeurèrent avec Moussa, chargé de représenter « le droit du Maître ».

Et à la fin de juillet, le Maître put s'embarquer pour la France.

ÉPILOGUE

CHAPITRE PREMIER

MATINÉE DE JUILLET

La belle aube d'été !

— Il y a du bonheur dans l'air, disait Robert Desnoëls.

Le peintre s'était éveillé à Milly, à l'hôtel du Cygne. Il venait d'ouvrir les fenêtres de la grande chambre à deux lits.

— Regardez, reprit-il : c'est frais, comme au printemps ! Les arbres humides de rosée, scintillent aux premiers rayons du soleil ; les chèvre-feuilles sont en fleur là-bas sur les buissons ; les hirondelles passent en saluant le matin de leurs cris joyeux ; les coqs chantent dans la cour, et... il vient de la cuisine une odeur de soupe aux légumes que je respire avec délices. Ça a sa poésie, les légumes ! Halil, levez-vous ! Il faut qu'à huit heures nous soyons à notre poste d'observation.

Un instant après, le prince et l'artiste s'engageaient dans les bois de Courdimanche.

Halil ne parlait pas ; les yeux demi-clos, il semblait sommeiller encore en marchant.

— Je parie, dit le peintre, qu'au moment où j'ai ouvert les volets pour laisser entrer dans la chambre les parfums des légumes et des chèvrefeuilles, vous faisiez un rêve charmant... Et vous le continuez tout éveillé, ce rêve?

— Peut-être, répondit Halil. Je n'ai jamais été heureux qu'en songe.

— Ah ! s'écria Robert, pas de mélancolie aujourd'hui ! Il n'y a plus un nuage dans notre ciel !

— Plus un nuage?...

— Oh ! un tout petit, là-bas, sur le Fresnoy. Demain ou après-demain un souffle de brise l'emportera. Moi, voyez-vous, je n'ai maintenant que des pressentiments de bonheur, et j'éprouve un irrésistible besoin de chanter les vieilles chansons de mon pays. C'est comme si j'allais à une noce d'Antraygues, au son des cloches et des crins-crins.

Et Robert Desnoëls entonna avec un entrain superbe la chanson de *la Suzanne matineuse* :

> Ah ! levez-vous, Suzanne, levez-vous !
> Mettez la tête à la fenêtre.
> Le ciel rosoie et l'air est doux ;
> Le loriot chant' sur les grands hêtres.
>   Apercevez-vous pas,
>   Là-bas, là-bas, là-bas,
>   Au bord de la rivière,
> L'André, votre cousin germain,
> Qui boit dedans le creux d'sa main
>   La belle eau claire ?
> Lon laire, lon la, lon laire, lon la... Ah !

Halil souriait.

— Eh bien, demanda le peintre cévennol, qu'est-ce que vous pensez de ça, mon ami? On a sa voix des bons jours, hein? C'est avec cette voix-là que j'ai annoncé hier notre retour des satanés pays d'Orient. On a dû m'entendre de Maisse et de Milly.

— Vous ne chantiez pas, en me quittant, dit Halil. Vous paraissiez soucieux...

— Parbleu !... La consigne était « silence et mystère ! » J'allais en reconnaissance autour du parc du Fresnoy. Vous vouliez savoir si M. de Bellegarde était au château, s'il avait lu la lettre de Kassem, cette lettre où le vieux serviteur de votre père lui révélait le secret de votre origine et lui racontait vos malheurs, s'il consentirait à vous recevoir et à vous entendre. J'espérais, j'avais confiance...

— Et moi... je doute toujours.

— Tenez, ami, j'aurais dû suivre ma première inspiration, pénétrer hardiment dans la place, aller droit à M. de Bellegarde et lui dire : « Halil n'a plus de famille et plus de patrie... il vient à vous, il vous prie de lui rendre l'affection d'autrefois ; le repousserez-vous encore? » Mais vous avez pensé qu'avant de faire cette démarche décisive, il fallait s'assurer de l'assentiment de Mlle Clotilde. J'ai rempli une partie de ma mission et je suis revenu à Milly vous faire mon rapport. N'était-il pas assez circonstancié, ce rapport? J'étais si pressé de vous apprendre les bonnes nouvelles que j'ai sans doute oublié quelques détails intéressants... Faut-il compléter le récit? Eh bien, voilà :

Nous nous étions séparés sur la lisière des bois de Courdimanche, et je continuais seul, un peu soucieux, comme vous l'avez dit, mon voyage d'exploration.

J'avais sur le dos l'outillage de la fabrique aux chefs-d'œuvre, et si messieurs les gendarmes m'avaient demandé : « Et vous allez? » j'aurais pu répondre sans le moindre embarras, comme l'illustre Jean Bellin : « Je vais à la gloire par le chemin du travail! » Mais je ne rencontrai aucun agent de l'autorité. Le seul personnage dont l'apparition m'inquiéta un instant, fut un jeune domestique qui promenait un cheval arabe.

— Mon Guébla? dit le prince.

— Vous avez nommé le cheval; quant au domestique, c'est un petit paysan à figure douce et intelligente. Il tenait Guébla par la bride, respectueusement, en lui laissant toute la liberté possible. Je ne pus résister à la tentation d'aller caresser le cheval. Guébla allongea le col, mit sa tête sur mon épaule et hennit joyeusement.

— Ah! Monsieur, dit le petit paysan, il a de l'amitié pour vous presque autant que pour Mademoiselle. Il vous connaît donc?

Je fis lâchement un geste de dénégation.

— Alors, reprit l'enfant, c'est que vous ressemblez à quelqu'un qu'il a connu.

— Ah! peut-être.

— Il a une mémoire étonnante. Ainsi, depuis longtemps, longtemps, on n'avait plus prononcé devant lui le nom de son ancien maître qui voyage dans les pays *d'au loin*. La semaine dernière, Mademoiselle voulut faire une promenade en forêt, du côté d'Arbonne. Elle m'ordonna de seller Guébla. Je le lui amenai dans la cour. Mademoiselle le caressa, en disant : « Halil va revenir... Halil!... Entends-tu? Halil? » Ah!

Monsieur, je le pense, qu'il entendait et qu'il comprenait... Si vous
aviez vu... Mademoiselle en avait les larmes aux yeux...

— C'était la semaine dernière, dis-tu?...

— Attendez... C'était jeudi, la veille du départ de Monsieur...

— Ah! Monsieur est parti?...

— Il est allé en Lorraine avec Mademoiselle.

— Alors..., il n'y a plus personne au château?...

— Il y a toujours Mlle Juliette et Mlle Jeanne, et puis...
Robert n'achevait pas.

— Et puis? demanda le prince.

— Ah! répondit l'artiste, je ne dois pas vous nommer la troisième
personne que vous verrez tout à l'heure. J'ai promis de garder le secret;
on veut vous faire une surprise, une très agréable surprise... Lorsque
mon petit paysan s'en alla, je savais à peu près tout ce que je voulais
savoir... M. de Bellegarde n'était pas au Fresnoy; on parlait de vous
dans la maison de cet homme terrible, on y attendait votre retour. Je
reprenais courage et je pouvais chanter.

Votre messager acheva sans autre incident cette première partie de
son voyage et alla s'installer dans le joli sentier des roches grises, à
vingt-cinq ou trente mètres de la petite porte du parc.

Or, — cela ne pouvait être autrement, — les troupes allemandes ont
laissé au Fresnoy des traces de leur passage. Après avoir ruiné la
cristallerie, sous prétexte de détruire « un repaire de francs-tireurs »,
elles avaient crénelé le mur du parc. Çà et là les créneaux étaient de
véritables brèches. M. de Bellegarde entreprit, le mois dernier, de faire
réparer le mur; les maçons viennent de passer quinze jours à boucher
les ouvertures pratiquées par les Allemands.

Ce fut sous un vénérable châtaignier que votre ambassadeur, le peintre
Robert Desnoëls, s'assit devant son chevalet. Il se mit à chanter à
pleins poumons, de cette voix vibrante que vous venez d'entendre, mon
ami, toutes les scies qu'il avait l'habitude de chanter jadis dans
son atelier du quai de Béthune. Vous savez que le répertoire est
riche!

Mais la petite porte ne s'ouvrait pas!... mais la muraille du parc ne
tombait pas! Celle de Jéricho devait être moins solide.

Cependant, au quinzième ou seizième couplet de *la Suzanne mati-*

neuse, un fait insignifiant en apparence, mais très important pour l'observateur intéressé, me prouva qu'on m'avait entendu.

A l'intérieur du parc, à gauche de la petite porte, une échelle était dressée et les pointes de ses montants dépassaient le mur... Cette échelle vacilla... Puis un chapeau de paille apparut et, sous ce chapeau, un doux visage de fillette.

Je ne chantais plus, je m'étais levé, la palette à la main.

— Jeanne ! m'écriai-je...

— Oh ! monsieur Robert ! dit la fillette en joignant les mains.

— Monsieur Robert !... répéta une voix féminine..., une voix charmante que je reconnus aussitôt.

Pour la seconde fois l'échelle vacilla. Au-dessus du chapeau de paille de la petite Jeanne, apparut la tête d'une belle jeune fille au teint frais, aux yeux noirs, aux lèvres vermeilles. Je regardais, attendri.

— Mademoiselle !... soupirai-je...

Il me sembla que, de son côté, la jeune fille éprouvait un peu d'émotion... Mais ce ne fut pas long. Les lèvres vermeilles laissèrent échapper une fusée de rire.

— Ah ! monsieur Robert, comme vous avez bruni !...

— Oui, répliquai-je, en soupirant de nouveau, je reviens bronzé par les caresses du soleil d'Orient. Vous avez dû me prendre, au premier abord, pour le negro bono du prince Halil?

— Le prince ? s'écria Juliette... Vous avez vu le prince ?

— Tous les jours, depuis le 16 mars, mademoiselle, et de plus près que je ne vous vois.

— Mais approchez donc !

— Hélas ! Il n'y a pas d'échelle de ce côté...

— Ah !... C'était vous qui chantiez ici depuis plus d'une heure ?

— Votre cœur vous l'a dit?

— Mon cœur me dit qu'il faut aller chercher la clef de cette porte..., et vite, vite !...

Cinq minutes après, la porte était ouverte, et j'embrassais ma chère petite Jeanne... Et je crois que j'allais aussi embrasser Juliette, lorsqu'accourut la troisième personne dont je vous ai parlé.

— Mais enfin, dit Halil, impatient, quelle est donc cette troisième personne?

— Mystère!... mystère!... Qu'il vous suffise de savoir qu'elle a d'excellents conseils à vous donner..., qu'elle vous aime beaucoup..., qu'elle veut vous voir heureux?...

— Heureux?... Est-ce possible? En ce moment même qu'ai-je à espérer? Si je revenais dans ce pays où j'ai tant souffert, c'était pour y retrouver Mlle Clotilde, et pour lui demander l'autorisation de faire une dernière démarche auprès de M. de Bellegarde. J'arrive, Mlle Clotilde est partie. M. de Bellegarde apprend mon retour; il se hâte d'emmener sa fille en Lorraine. C'est dire assez clairement qu'on ne veut pas me recevoir!

— Non! non! répliqua Robert... S'il en était ainsi, je ne vous ramènerais pas au Fresnoy. Prenez donc patience quelques minutes; de la lisière du bois vous apercevrez la petite porte du parc, et je n'aurai pas chanté un couplet de ma *Suzanne,* que cette porte s'ouvrira. On vous attend, on vous expliquera pourquoi M. de Bellegarde et Mlle Clotilde sont partis... Au fait, leur aviez-vous annoncé votre retour?

— Halil ne répondit pas.

— Vous aviez simplement, continua Robert, envoyé la lettre de Kassem?

— Oui.

— Sans ajouter un mot?

— Je n'osais pas...

— Il fallait oser! ne vous l'avais-je pas dit?

— J'avais osé, l'an dernier!...

— Allons, vous voilà aussi triste que le jour où nous nous dîmes adieu sur la route d'Achères. Ah! mais, ah! mais, vous ne pouvez donc pas croire au bonheur?

— Eh! répondit Halil, en essayant de sourire, je veux croire, je le veux de toute mon âme!...

— C'est vrai tout de même que l'habitude vous manque, reprit Robert avec une émotion contenue... Mais le bonheur va venir, vous dis-je... Il vient, il vient... Regardez!...

La porte du parc était ouverte. Juliette accourait, donnant la main à la petite Jeanne, et la « troisième personne » que Robert n'avait pas voulu nommer, les suivait en disant:

— Attendez!... Mais attendez donc!.. Je veux l'embrasser la première.

Halil reconnut Mme Andriol, « tante Louise », qui lui avait donné à Ramyes tant de soins et tant de marques d'affection. Elle lui tendait les bras, en balbutiant : « Ah ! mon enfant !... mon pauvre enfant !... Viens, viens ! »

Il était trop ému pour répondre.

Tante Louise l'entraîna dans le parc ; elle le fit asseoir sur un banc de gazon, devant un pavillon rustique.

— C'est là, dit-elle, que nous venions nous réfugier, Clotilde et moi, pour parler de l'absent..., de l'absent aimé...

Et plus vive que jamais, passant d'un sujet à un autre avec son extrême mobilité, elle demanda :

— Pourquoi n'as-tu pas écrit que tu viendrais au Fresnoy ? Clotilde serait là...

A tante Louise comme à Robert Desnoëls, Halil répondit :

— Je n'ai pas osé...

— Il ne t'aurait pas repoussé, va ! reprit Mme Andriol... Il n'aurait plus le triste courage de séparer ses deux enfants... Les séparer, mais c'était un crime !... Je le lui ai dit, lorsqu'il est venu à Ramyes, avant cette fatale guerre... Oui, je le lui ai dit, et plus d'une fois !... Il ne daignait pas discuter avec moi, mais je le forçais de m'entendre... « Pourquoi as-tu brisé le cœur de ta fille et celui de ton fils ? Car enfin Halil est ton fils adoptif ! » Il avait beau me traiter comme une pauvre folle dont les paroles ne méritent pas une réponse, je voyais bien que déjà il se repentait !... A Paris, où Clotilde m'avait appelée au commencement du mois dernier, puis ici, au château, nous avons achevé la conversion... Nous étions deux à y travailler, ou plutôt nous étions trois..., quatre... Juliette et la petite Jeanne s'en mêlaient... Si Maurice (M. de Bellegarde) luttait encore, ce n'était qu'à regret... Un soir il m'avoua qu'il déplorait ce qui s'était passé... « Mais, ajouta-t-il brusquement, je devais faire ce que j'ai fait... J'y étais obligé par la famille d'Halil. » Par ta famille, mon enfant !... était-ce possible ?...

— C'était vrai... murmura le jeune homme...

— Oui, Maurice me l'a expliqué, il y a quelques jours. Il venait de recevoir une lettre qui l'avait profondément ému : Clotilde allait faire une excursion en forêt ; elle montait ton Guébla, Maurice la regardait, penché à la fenêtre. — « Attends ! » dit-il. Sa voix tremblait. Clotilde le remarqua et elle se sentit troublée ; elle renvoya le domestique qui devait l'accompagner. Maurice descendit, la lettre à la main. Il s'approcha de Guébla, comme pour le caresser, et dit à demi-voix : « J'ai des nouvelles d'Halil. » Clotilde pâlit ; elle n'eut pas la force de demander : « Quelles nouvelles ? » — Sois calme, reprit aussitôt Maurice ; il a eu de grands chagrins, mais nous essaierons de les lui faire « oublier. Il revient en France ; il y retrouvera des amis..., une famille... » Alors... Clotilde, ne dit qu'un mot : « Père !... » mais jamais elle ne l'avait dit ainsi, ce mot... Le père la prit dans ses bras... Ah ! si tu avais vu..., les bons baisers et les bonnes larmes !... J'étais sur le perron, muette de surprise. Maurice vint à moi et me fit lire la lettre. Oh ! mon cher enfant, tu avais donc été bien malheureux, là-bas, dans ton pays ?

— Bien malheureux, oui !

— Pensais-tu quelquefois à moi et à notre Ramyes ?

— Oh ! si j'y pensais !...

— Notre Ramyes..., ce sera pour moi une grande douleur quand il me faudra le quitter...

— Le quitter ?

— Eh ! oui, tous nos pauvres gens songent à partir..., puisque ce n'est plus la France. L'oncle Philippe lui-même s'en ira avec Siéfer... Et pourtant il aurait voulu dormir son dernier sommeil dans le vieux cimetière de Hombourg, auprès de sa femme et de ses enfants !... Mais Siéfer lui a dit : « Si je me marie à Ramyes les petits seront donc Allemands ? » Et l'oncle Philippe a répondu : « Partons ! » Tous nos ouvriers français les suivront. Maurice est allé en Lorraine pour les engager à prendre patience jusqu'à ce qu'il ait réorganisé son industrie dans les environs de Saint-Dié. Clotilde l'a accompagné ; elle a une grande influence sur les ouvriers ; ils l'aiment comme ils aimaient sa mère. Elle leur fera comprendre qu'il faut du temps, des études, des capitaux... Maurice a subi des pertes considérables, pendant cette fatale guerre.

— Toute ma fortune est à lui ! dit Halil...

— Ta fortune ? Tu es donc toujours riche ?...

— Je crois l'être encore assez pour pouvoir construire le nouveau Ramyes et assurer l'avenir des braves gens au milieu desquels j'ai passé les meilleures années de mon enfance.

— Eh bien, s'écria tante Louise, c'est à Ramyes, dans la maison de ta mère adoptive, que tu reverras ta Clotilde, ta fiancée... Ce soir nous partirons pour la Lorraine, et demain tu diras à Maurice : « Père, voulez-vous m'associer à votre œuvre? » Ah ! enfin, il y a de la joie dans tes yeux !... Mais où vas-tu donc?... Où vas-tu?

— Dire à Robert que nous partons !...

— Le voilà... Ecoute !...

Dans une allée voisine, le peintre, portant la petite Jeanne sur ses épaules, chantait à pleins poumons :

> Ah ! levez-vous, Suzanne, levez-vous !
> Mettez la tête à la fenêtre...
> Le ciel rosoie et l'air est doux !

Cinq ou six jours après, Desnoëls était chez ses bonnes gens d'Achères. Il revenait de l'étude à l'heure du déjeuner.

— Parbleu ! ça sent l'omelette ! murmura-t-il en déposant sur la table de la cuisine « l'outillage de la fabrique aux chefs-d'œuvre ».

— Monsieur Robert, dit vivement la fermière, vous la mangerez avec plaisir, cette fois, mon omelette. Voilà la lettre que vous demandiez tous les matins !...

— Donnez !... donnez !...

La lettre portait le timbre de Hombourg-le-Haut.

« Robert, disait Halil, revenez au Fresnoy. Nous y serons demain. *On* veut que vous me voyiez heureux !... heureux !...

« Ami, je crois au bonheur ! »

CHAPITRE II

A LA FRONTIÈRE

Le 10 mai 1872, dans une pittoresque vallée des Vosges, au bord de la nouvelle frontière, les habitants de Ramyes-le-Neuf célébraient leur première fête.

Ils avaient émigré par centaines, ces paysans et ces ouvriers lorrains; ils étaient venus fonder un village sur la terre française.

Deux usines s'élevaient au milieu des vastes prairies qu'arrose un affluent de la Meurthe ; et autour de ces usines s'étaient déjà groupées les habitations provisoires des verriers , des maisons de sapin, toutes blanches sous leurs toitures rouges. C'était ce qu'on appelait dans le pays de Saint-Dié la *Ville de bois*.

Aux premières lueurs de l'aube, les drapeaux tricolores flottaient sur les usines et sur une ancienne ferme qui était devenue « le château ».

A onze heures, toute la population de Ramyes-le-Neuf se réunit dans la cour de ce château. Puis, elle s'achemina vers « la chapelle de bois », construite sur le penchant d'une colline.

Elle allait assister au mariage du prince Halil avec Mlle de Bellegarde.

Immédiatement après la famille et les amis intimes, parmi lesquels étaient Robert Desnoëls, Juliette de Mausseins, Lucien de Mausseins, lieutenant aux chasseurs d'Afrique, et Nazim, arrivé de Beyrouth au commencement du printemps, venait un vieillard aveugle, que Siéfer et Abdallah portaient dans un grand fauteuil.

— Oncle Philippe, dit Siéfer, quel dommage que vous n'entendiez pas votre carillon !... Jamais peut-être il n'a si joyeusement sonné la chanson des noces :

> Quand une fille d'Hombourg
> Met sa coiffe des dimanches...

— Et quel dommage surtout, répliqua le vieillard, que je ne puisse voir mes deux chers enfants !... Mlle Clotilde est bien belle, n'est-ce pas?

— Oh! oui, bien belle !... L'air de ce pays lui a rendu la santé... c'est vraiment notre bon air de Ramyes...

— Et lui, mon Halil, comme il doit être heureux !...

— Trop heureux pour pouvoir parler... Vous l'avez bien compris, ce matin !

— Quand je lui ai donné le coffret de mariage ?

— Oui ; il s'est agenouillé devant vous, avec sa fiancée...

— Ils ont pris mes mains pour les étendre sur leurs têtes... La bénédiction d'un pauvre vieux comme moi leur portera-t-elle bonheur ?

— Oncle Philippe, répondit Siéfer, ils disent que vous êtes notre patriarche. Le prince veut que, pendant la cérémonie, votre fauteuil soit au pied de l'autel, à la première place.

— Je le regarderai, je le verrai, cet enfant, avec les yeux du cœur !... Et M. Robert, que fait-il ?... En voilà un qui doit avoir envie de rire et de chanter !... Quel bon vivant !... As-tu vu comme il m'embrassait tout à l'heure en criant: « Eh! sacrebleu, quand même je serais dix fois plus sourd que vous, nous nous entendrions encore, papa Burtel... Deux artistes! »

— Sidi Robert, s'écria Abdallah, c'est le plus Français des Français !... Un peu maboul pourtant...

— Comment, demanda Siéfer étonné, un peu... maboul?...

— Oui, répondit l'habesch..., par la barbe de Brahim et par celle de notre seigneur Ahmed, je ne voudrais pas lui manquer de respect, mais il a quelquefois des idées bizarres... Ne voulait-il pas tout à l'heure me peindre la figure en blanc et en rose? — « Negro bono, me disait-il, ce jour de printemps est un trop beau jour pour que ta pleine lune d'Afrique soit en deuil; nous allons égayer ça, mon ami ! »

Eh bien, depuis un instant, Robert Desnoëls ne gouaillait plus.

Il était presque grave, ce grand diable de peintre, en montant vers la chapelle où devait se célébrer le mariage du prince Halil.

Il avait à son bras une belle jeune fille brune.

Devant eux marchait la petite Jeanne, en robe de mousseline, portant une énorme gerbe d'œillets blancs.

— Mademoiselle !... dit timidement l'artiste.

— Monsieur Robert? répondit Juliette.

Il y eut un moment de silence. Juliette releva la tête et son regard humide rencontra celui de Desnoëls.

Le bras du peintre trembla.

A l'entrée d'un chemin creux bordé d'aubépins en fleur, l'artiste reprit:

— J'ai un aveu à vous faire, mademoiselle...

— Dites, monsieur Robert...

— En venant assister au mariage de mon ami, il m'a passé par la tête une idée que sans doute vous trouverez... étrange.

— Voyons...

— L'idée de me marier, moi aussi...

— Mariez-vous, monsieur Robert..., je crois que vous serez un excellent mari...

— Ah ! vous croyez?... J'ai rêvé, cette nuit, que j'épousais une jeune fille... charmante, brune, avec de grands yeux noirs... des yeux doux comme les vôtres... Mais... si cette jeune fille ne m'aimait pas !...

— Elle doit vous aimer, monsieur Robert, tout le monde vous aime...

— C'est que je voudrais qu'elle m'aimât un peu plus que... tout le monde...

— Je pense qu'elle vous aime... comme vous désirez être aimé...

— Ah ! mademoiselle... Juliette !... s'écria le peintre ravi... Mais,

ajouta-t-il à demi-voix, cette jeune fille n'a plus ni père ni mère à qui
je puisse demander sa main... Oh ! pardon, voilà que je vous attriste...
triple cévennol que je suis !...

— Monsieur Robert, cette jeune fille a sans doute d'autres parents...

— Oui, un frère, un brave garçon, qui revient d'Afrique avec le
grade de lieutenant et la croix.

— Alors... c'est à lui que vous parlerez...

Deux minutes après, Robert Desnoëls abordait Lucien de Mausseins
devant la porte de la chapelle.

— Monsieur le comte, lui disait-il, j'ai l'honneur de vous demander
la main de Mlle Juliette de Mausseins.

Le lieutenant fit un mouvement de joyeuse surprise.

— Monsieur Desnoëls, répliqua-t-il, c'est grâce à vous... et au prince
que je suis devenu ce que je crois être aujourd'hui, un homme... et un
bon officier. Je vous donne donc de grand cœur ce que j'ai de plus cher,
ma sœur Juliette.

Robert vit venir à lui Nazim qui lui souriait.

— Ah ! monsieur le suspect, s'écria le peintre, nous sommes tous
heureux, ce matin... Je me marie, moi aussi... N'est-ce pas que j'aurais
dû y penser plus tôt?... On aurait fait les deux noces ensemble...

Déjà la foule se pressait dans l'église de bois ; Halil et Clotilde, en
s'agenouillant sur leur prie-Dieu, se disaient dans un regard ces choses
« du fond de l'âme », que la parole ne pourrait exprimer. Siéfer et
Abdallah faisaient asseoir l'oncle Philippe au pied de l'autel, devant
M. de Bellegarde et Mme Andriol.

Un vieux prêtre s'avança vers les époux ; c'était le vénérable curé de
Hombourg, qui avait uni Marie-Aimée Gérard à Maurice Marchal.

— Oh ! mes enfants, dit-il, les yeux pleins de larmes... mes chers
enfants de Ramyes !... je viens bénir le village que vous avez fondé
sur la terre française... Bénis soient aussi vos généreux protecteurs ;
avec le travail et le pain ils vous donnent l'espérance !...

L'espérance !... comme ce mot faisait battre tous les cœurs !...

Lorsque la cérémonie fut terminée, la population de Ramyes-le-Neuf
monta sur la colline de l'est.

— Siéfer, demanda l'oncle Philippe, où va-t-on maintenant ?

— Là-haut, répondit le sabotier, pour regarder le pays lorrain... Le prince Halil plantera le mai, avec le drapeau, sur le bord de la nouvelle frontière.

— J'y voudrais aller, moi aussi, dit le vieillard. Pourras-tu me porter jusque-là, garçon ?

— Oui ! je vous porterai !...

Là-haut, pendant que les ouvriers et les paysans, groupés autour du mai, regardaient silencieux « par-dessus la nouvelle frontière », l'oncle Philippe appela le prince Halil et Clotilde.

— Enfants, leur dit-il, aidez-moi à me lever !

Et debout, les mains étendues, le visage tourné vers la Lorraine, l'oncle Philippe cria :

— Vive la France !

TABLE DES CHAPITRES

PREMIÈRE PARTIE

DEUXIÈME PARTIE

ÉPILOGUE

153. — Tours, imp. E. Arrault et Cⁱᵉ.

www.ingramcontent.com/pod-product-compliance
Lightning Source LLC
Chambersburg PA
CBHW052341020726
47503CB00001B/59